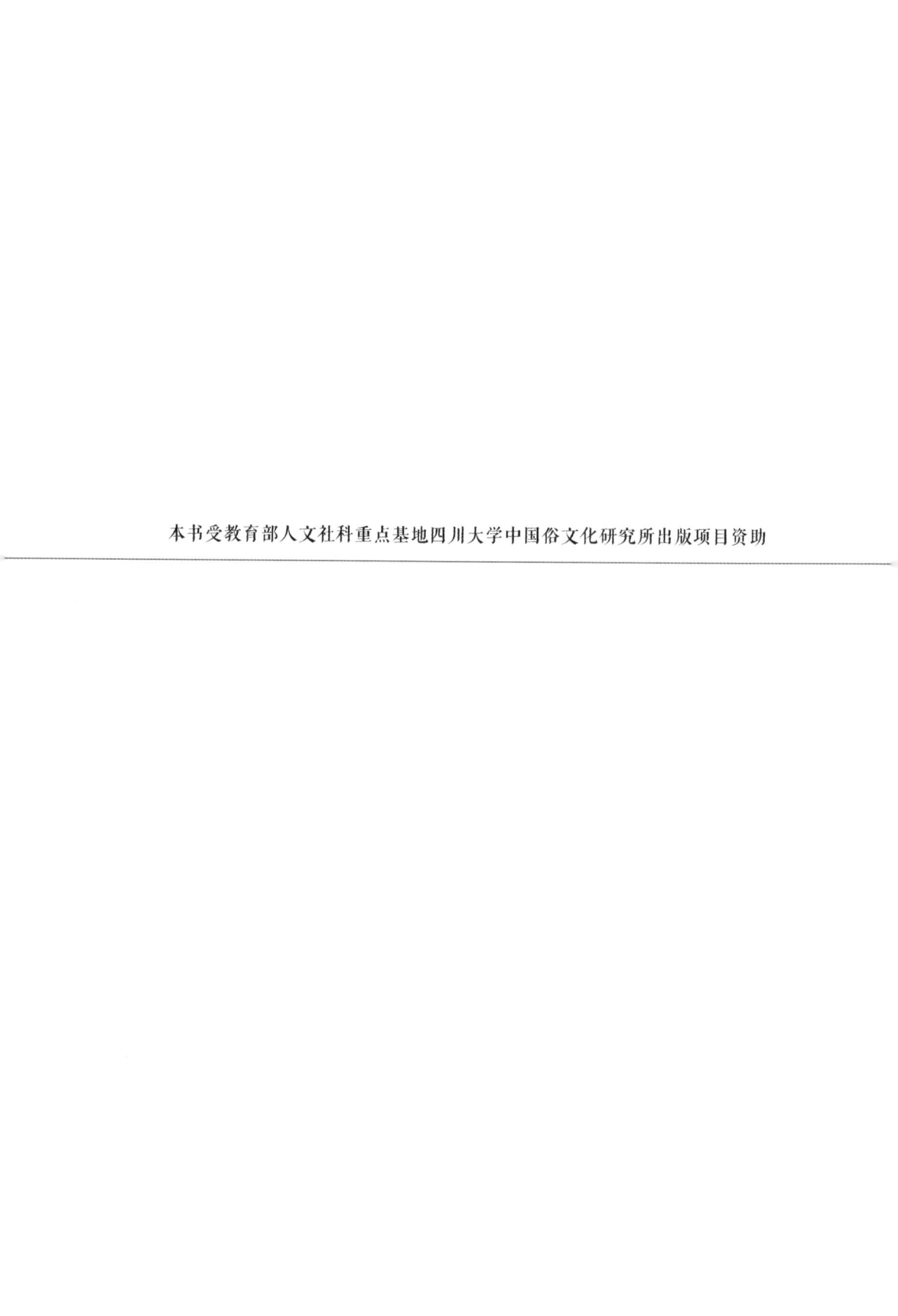

本书受教育部人文社科重点基地四川大学中国俗文化研究所出版项目资助

中国多民族文化研究文库

徐新建◎主编

不同而和
——中国文学的多元共建

徐新建◎著

中国社会科学出版社

图书在版编目(CIP)数据

不同而和：中国文学的多元共建/徐新建著. —北京：中国社会科学出版社，2023.3
（中国多民族文化研究文库）
ISBN 978-7-5227-1254-3

Ⅰ.①不… Ⅱ.①徐… Ⅲ.①少数民族文学—文学研究—中国 Ⅳ.①I207.9

中国国家版本馆 CIP 数据核字（2023）第 021371 号

出 版 人	赵剑英
责任编辑	郭晓鸿
特约编辑	杜若佳
责任校对	师敏革
责任印制	戴 宽

出　　版	中国社会科学出版社
社　　址	北京鼓楼西大街甲 158 号
邮　　编	100720
网　　址	http://www.csspw.cn
发 行 部	010-84083685
门 市 部	010-84029450
经　　销	新华书店及其他书店

印　　刷	北京明恒达印务有限公司
装　　订	廊坊市广阳区广增装订厂
版　　次	2023 年 3 月第 1 版
印　　次	2023 年 3 月第 1 次印刷

开　　本	710×1000　1/16
印　　张	33.5
插　　页	2
字　　数	505 千字
定　　价	178.00 元

凡购买中国社会科学出版社图书，如有质量问题请与本社营销中心联系调换
电话：010-84083683
版权所有　侵权必究

目 录

序一 置身"问题情景"的学术研究
　　——与新建先生共勉 ················· 李　怡（1）

序二 中国文学百花园：简评徐新建教授的多民族
　　文学新作 ············· 马克·本德尔（Mark Bender）（1）

绪论 ···（1）

第一章　文学词变：现代中国的新文学创建 ·············（26）
　一　内外交织的文学变义 ·································（26）
　二　"英文学"对应下的"汉文学"革新 ··············（35）
　三　创建小说主导的"文学中国" ······················（49）
　四　新词筐承载的新"中国文学" ······················（60）

第二章　华夏崛起：解体王朝的复兴先声 ··············（70）
　一　1900：世纪之变 ··（70）
　二　清末年间的反清浪潮 ·································（73）
　三　汉族复兴的标志象征 ·································（82）
　四　汉语世界的小说革命 ·································（98）

第三章　解放政治：迈向现代的历史巨变 ············（106）
　一　辛亥起义：从独立到建国 ·························（107）

二　王朝终结:从分治到共和 ……………………………………（110）
　三　解放少数:从束缚走向平等 …………………………………（115）
　四　苗夷觉醒:解放政治与解放文学 ……………………………（130）

第四章　团结起来:民族联合的多元创建 ……………………………（138）
　一　共同纲领:政治协商下的民族联合 …………………………（138）
　二　共同缔造:"非汉民族"的建国参与 …………………………（141）
　三　自主表述:文学世界的多族景象 ……………………………（147）
　四　民族团结:联合奋进的时代选择 ……………………………（154）

第五章　立誓结盟:华夷关联的时代象征 ……………………………（162）
　一　封贡与誓盟的古今演变 ………………………………………（165）
　二　歃血盟誓的历史延续 …………………………………………（173）
　三　多民族国家的内部整合 ………………………………………（178）
　四　普洱盟誓的时代象征 …………………………………………（185）

第六章　身份归属:多元民族的政治确认 ……………………………（195）
　一　民歌关联的文学族别 …………………………………………（195）
　二　承前启后的族类认知 …………………………………………（197）
　三　作为中华人民共和国成立根基的民族确认 …………………（205）
　四　汉语"民族"的多重论争 ………………………………………（219）

第七章　民族文学:多民族文化的国家展现 …………………………（234）
　一　形塑认同:民族文化的现代交会 ……………………………（234）
　二　国家运动:少数民族文学的正式登场 ………………………（239）
　三　民族文学:多重交映的社会工程 ……………………………（246）
　四　语文并置:口语和书面的交叉兼容 …………………………（257）

第八章　母语表述：多民族文学的语文根基 …………………（264）
　　一　现代中国语、汉藏诸语系 ………………………………（264）
　　二　族别和语别、口语和笔语 ………………………………（277）
　　三　民族文字和母语文学 ……………………………………（292）
　　四　语言转用与双语书写 ……………………………………（308）
　　五　多语言政策与多母语前景 ………………………………（323）

第九章　改革开放：多民族文学的再度起航 ………………（338）
　　一　新时期开启新变革 ………………………………………（338）
　　二　新交流催生新跨越 ………………………………………（361）
　　三　新方法带动新话语 ………………………………………（368）
　　四　新范畴创建新体系 ………………………………………（377）

第十章　文学生活：民间传统的世代承继 …………………（383）
　　一　《格萨尔》：英雄的颂唱 ………………………………（384）
　　二　《亚鲁王》：祖灵的回归 ………………………………（403）
　　三　《阿哈巴拉》：摩梭的传承 ……………………………（424）
　　四　《阿里郎》：文学的跨境 ………………………………（467）
　　五　多元美学：创建跨族别的审美话语 ……………………（496）

结语 ………………………………………………………………（500）
参考文献 …………………………………………………………（505）
后记 ………………………………………………………………（513）
致谢 ………………………………………………………………（515）

序一　置身"问题情景"的学术研究
——与新建先生共勉

李　怡

新建兄的学术新著要出版了，来函嘱我完成序言一篇。这让我有点为难，他的研究有很多方面是"独门绝技"，特别是多民族文学的研究部分。要让我加以评判，可能是我力所不及的，但是，这些年来，我又的确比较关注他的动向，并且从中获益不少，予以拒绝也没有足够的理由。思前想后，我只好谈一谈对新建兄治学的粗略印象，也算是我对他即将面世的学术著作的一种阅读心得吧。

我的专业是中国现当代文学，新建兄的专业是中国少数民族语言文学或者说文学人类学，后者是"自主设置的学科"名称。在中国教育部最早的学科名目中，中国少数民族文学的研究与中国现当代文学研究渊源深厚，甚至在一些国内高校，这两个学科就放在一个教研室，要不就是从更早的中国现当代文学教研室里分出骨干另建了少数民族文学教研室。因为这一层学科的渊源和知识的关联，我很早就注意到了他对20世纪20年代"歌谣运动"的研究，因为这本身也是中国新文化运动的重要内容。那时，我注意到新建兄的研究与一般的中国现代文学学者有所不同，有着他自己的问题意识和学术路径。到后来，他的主要精力放在了少数民族文学的研究中。我很快发现，他又与某些"补缀式"的少数民族文学研究不同，在一开始，他就着力挖掘少数民族文学自身的独特性，而不是仅仅将它作为百年中国文学的一点补充和局部延伸。

21世纪初，中国的少数民族研究出现了从思想到方法的重要调整。

中国社会科学院的关纪新老师、汤晓青老师是积极的推动者。他们多次盛情相邀，通知我参加"多民族文学论坛"。后来思之，这包含了他们独特的用意：让更多的现代中国文学的学者摆脱传统思维的束缚，在多民族文学的"异质空间"中开阔视野，自我更新。事实证明，这是极具学术价值的举措。两个"文学"领域同根而生，却在 2020 年前后各有生长的方向。大家重新聚谈，面对面讨论问题，真的收获多多。对我而言，则接受了不少基本观念的挑战，比如什么是"文学"，我们现当代文学长期沉湎在知识分子的创作之中，以对文人写作的观察构建起了一整套文学阐释模式。但问题是，在任何一个时代，除了精英化的知识分子写作，都还存在非精英的民间文学，少数民族文学就是这些民间的非精英化的文学的重要组成。一旦进入这个领域，我们都必须承认，这样一些现象，需要用新的观察方式、新的阐述方式来分类、认知，就是最基本的概念——文学就已经如此的千差万别了。在这些讨论中，新建兄是十分活跃的一员。虽然不是每一个观点我都同意，但必须承认，其目光的敏锐、问题意识的鲜明和表述的力量，都一再给我留下深刻的印象，触动我的思索，逼迫我的反思。

在新建兄的这本新著中，第一章就是"文学词变：现代中国的新文学创建"，令我想起二十年前参与多民族文学论坛之时的种种情景，感慨良多。对关键词的考察，包括对"文学"这个关键词的历史梳理，在进入 21 世纪以后不乏其人，金观涛先生的"观念史"研究更是扩展成了闻名中外的一个著名的数据库。我也曾经投身其间，乐而忘返。尽管如此，新建兄对"文学"的考辨依然独到，他自由地穿行在中、英、日等多种语言文化现场，剔抉清晰，感受细腻，在中外文学比较之中再启多民族文学比较的观察。这种多方位多层次的综合阐述，让一个论证多年的话题再度焕发了光彩。

这本著作，最大的篇幅是在讨论多民族文学的相关问题，体现的是新建兄多年思索的成果。我相信，这一讨论的最大意义还不在于具体作品的评定，而是更大格局的一种历史认知机制的形成。

近年来，"多民族文学"的理念已经逐渐进入整个中国文学的讨论当中。如何在中华文学史的大格局中真正体现我们"多元一体"的民族事实，如何让少数民族在文化上获得自己的主体性，不再因为"少数"而退居文化的边缘，成为汉文化叙述的补充和附赘，学术界已经展开了一系列热烈的研讨。阅读新建兄的文字，我还想到了一个不容忽视的问题，就是在普通读者的知识系统中，我们既有的文学格局究竟是怎样形成的；因为，只有从根源上厘清了这一格局的形成过程、生长过程，我们才便于实现新的文学的叙述。

普通读者的知识系统的获得在很大程度上得益于学校教育，而学校教育的基本方式则是"文学史"的建构和传输。也就是说，对一个普通的读者而言，在他完全不熟悉、不了解甚至没有接触任何文学现象、文学事实的情况下，就已经被灌输了一套完整的文学史框架；而这样的文学史，本身却是在把汉民族之外的其他民族视作"少数"之时完成的。以汉族知识分子为绝对主体的文学史书写者本身就不具备更丰富的多民族文化与文学知识，他们在缺少更充分的多民族文学体验时完成了汉民族的文学史，后来又因为国家文化格局扩大的需要而试图纳入一定的其他民族的内容；而在纳入的时候，整体的文学史框架已经无法改变了，补充与附赘的痕迹在所难免。在最后，当这样一种文学史被"理所当然"地作为文学的权威知识在学校教育中加以传输的时候，一个最基本的也是最有影响的、最根深蒂固的知识系统就形成了。在漫长的历史演进中，这样的知识系统会发生持续不断的作用，成为在社会上最难改变的基本认识。如果说这些现实普遍地存在当今中国文学教育中，那么对于我们中国文学史叙述的深层调整——比如我们所讨论的多民族文学知识重新进入的问题就显得尤其重要了。对于汉民族区域的文学现象的接受和理解，在读者层面产生的阻力主要来自观念——一种将理论的架构视作高于具体文学现象的思维习惯，对于汉民族以外的文学现象的接受和理解，则还直接受制于语言与区域的固有障碍。

文学归根结底是语言的艺术，毋庸回避的事实是，占人口数量优势的广大的汉民族的读者与其他少数民族的语言艺术之间，存在着深深的语言鸿沟。他们根本无法领略少数民族文学的语言魅力，无从获得真切的感性体验。此外，也存在区域文化关怀本身的差异性。

众所周知，文学的吸引力来自它能够将我们自身的关怀对象化。我们有机会借助文学的世界发现我们自己心灵的律动和希冀。在这种意义上，人们往往容易对自己生存遭遇的"切近"之处产生"共鸣"关注的冲动。作为少数民族区域的独特存在，其社会文化情形、现实遭遇显然与生活于汉地的读者有种种差异。除了"观看"的需要之外，能够真切地产生应和的所在并不一定丰富，这些都在一定程度上影响了汉地读者认识、了解其他民族文学的"切迫性"。大约正是出于这样一种语言的焦虑，新建兄特别讨论了"母语表述"的问题，将它视为"多民族文学的语文根基"。

文学是语言的艺术，也是自我生存对象化的镜像。但是，这一基本特征所产生的效果却未必都是一致的。我们既见到了固有的自我语言牢笼的保守，也目睹了突破语言边界，寻找文化交流的努力，就如同寻找"陌生化"与自我对象化同样必不可少一样。人类文学的历史既是自我沉醉、自我欣赏的历史，同时又可以说是自我超越、彼此沟通和认知扩大的历史；而且越是一个有理想、有追求的民族就越是希望在未知的世界中寻找异样的文化经验（包括文学经验）。相反，只有那些封闭狭隘的民族才会陷入不可自拔的自恋状态，拒绝对其他异样文学经验与人生经验的接受。

今天，我们看到的现实是，越是发达的国度，越是对少数民族文化表现出了浓厚的兴趣和强烈的好奇。这是一种文化的气度，也是一种民族的伟大气象。也就是说，作为中华民族大家庭的一员，占数量优势的汉民族读者其实同样存在关怀异域世界、体验其他民族经验的愿望与冲动。今天的问题在于，这样的愿望与冲动，如何有效地生发为对其他民族文学作品的更为深入的体察和认识。更重要的则在于，我们是否能够逐步形成这样一种共识：在没有更深入、更丰富地体验其他民族的文学世界之前，一切文学史的叙述都应该留有余地，等待更多的亲历者的参与。自然，语言的实际隔膜并没有立即解决。不过，我想，这本身不是问题的全部。因为，不同语言之间的沟通也从来没有停止，关键在于我们是否愿意来推动这样的沟通。只要我们突破了目前存在的如此统一的文学史教育的模式，尝试不同民族区域努力建设自己全新的文学史叙述，并且让这些文学史的新叙述同时伴随着对文学作品向其他民族区域的翻译、推广，使之不仅有其在他民族地区的翻译和传播，也努力促进不同少数民族区域之间的翻译和传播，那么在新一代的接受者那里，或许会有比今天丰富得多的多民族文学创作的感受和体验。在某一天，当汉族与其他各民族对彼此的创作现状都有更为切实的理解之后，一些新的中华民族的文学史才会出现，并且区别于以往的任何一部文学史，而且，它不会自命是历史叙述的终点。

  阅读新建兄的文字，读者应该不时产生如我一般的感触和心动，因为他的学术讨论从来都不是架空了的自说自话，几乎在每一个主题、每一个段落甚至每一处判断中都充满了对当下学术与思想状况的关切。我将这种切入骨髓般的体验称作学术的"问题情景"。也就是说，他的论辩的冲动总是来自对当前思想文化现场的浸润；他的提问是对种种"问题情景"的不可遏制的回应。因为回应，他有的放矢，切中肯綮；因为对话，他能够唤起我们精神的回响，激发我们再一次出发的强烈愿望。这可能就是学术的赋能吧。

  我姑且写下这些阅读的感受，当作与新建兄的共勉。

2022年元宵节于成都江安河畔

（注：作者系四川大学教授、文学与新闻学院院长、中国现代文学研究会副会长）

序二　中国文学百花园：简评徐新建教授的多民族文学新作

马克·本德尔（Mark Bender）[*]

徐新建教授的新作将让世界重新认识中国丰富多彩的多民族传统文学及其现代演变。尽管书面文本是几个少数民族传统的重要组成部分，大部分传统文学却都基于口传。

在中国文学史上，对少数民族口传文学的这种关注，可视为理解源自《诗经》的中国文学传统相对较新的一种途径。这种文学传统从根源上就与口语及歌唱有着密切而微妙的关系，且反映了不同地域和族群的文学成就。随着时间的推移，在中国境内发展出丰富多样的地方文化。其历史是一个在多变气候与地理环境中复杂的迁徙、扩张及互动与融合的过程。由此诞生了地球上最具生机与活力的文化区域之一。

在19世纪，随着工业化与帝国冒险的发展，中国更多地接触到世界其他地区的知识，最终在20世纪初开始了新文化运动。中国知识分子创造了一种比较视域下的新文学观。在本书第十章，徐教授讨论了王国维等学者对中国史诗传统"缺失"的焦虑。由此，他们开始寻找"可比物"，并最终取得了引人注目的成就。格萨尔王史诗的发现打开了一道闸门，不仅从此发掘出了许多史诗，而且经过数十年的研究，尤

---

[*] 作者简介：马克·本德尔（Mark Bender），文学博士，美国俄亥俄州立大学教授，研究中国多民族文学与文化的专家，出版专著 The Borderlands of Asia: Culture, Place, Poetry, Amherst, Mark Bender, ed. (New York: Cambria Press, 2017)；译著《凯欧蒂神迹：阿库乌雾旅美诗歌选》、《苗族史诗》、《中国五十五个少数民族婚俗志》等。

其是在1949年后，人们开始意识到中国是一个"史诗之国"，对史诗的研究力度也持续加大。

到了今天，人们越来越认识到，中国拥有一个充满活力且多姿多彩的多民族马赛克。文学作品，无论是口头或书面的传统文学，抑或是现代作家们创作的长篇小说、短篇小说和诗歌作品，都是更完整的中国文学图景中的一部分。而在过去，中国文学曾被误认为主要是汉族的文学成果。在中国文学经典的扩展中，少数民族文学以及不同类型的文学得到承认。在汉族地区，源于地方文化、曾被忽视和低估的口头传统和与口头相关的文学风格也得到认可。此外，某些风格还包括我提出的"史诗毗连"（"epic adjacent"，即将发表）式的表演叙事。这些风格通常具有与史诗相关的某些特征（尽管"史诗"这一术语的意义一直在不断演变中）。这些与"史诗毗连"的传统例子包括：古代敦煌的"变文"、"宝卷"以及中国学者称之为"曲艺"的各种形式的弹词。当然，除此之外，中国还有众多的多民族文学，它们丰富和扩展了"中国文学"，其内涵还有待进一步发掘、研究和翻译。

徐教授是中国文学人类学的奠基人之一，本书的写作就是从文学人类学的维度来进行的。尽管与文学研究中的民间文学、生态文学、比较文学、民族/原住民文学研究存在类同，文学人类学在中国以外的追随者却有限。事实上，中国现有一个特别活跃的文学人类学领域，学者们正努力为研究中国多元的文学及文化做出理论贡献。徐教授认为，文学与生活密不可分，文学文本是"一个积极的过程，在生产和传播过程中涉及多个参与者"。文本的这种生命，徐教授称之为"文学生活"。这是我们理解以传统为基础的中国文学的关键，无论是对多样态的汉族文学传统还是对丰富多彩的少数民族文学传统都是一样。

与西方民俗学"表演学派"的学术观点相呼应，徐教授认为将文本视为嵌入生活的文化过程至关重要。为了解释文本，人们需要融入它产生的背景。这种态度与20世纪30年代以来中国的民间文学研究是一脉相承的。顾颉刚以及后来的钟敬文等学者提倡"到民间去"，搜集口头文学。正如徐教授注意到的那样，早期的调查工作带动后来数量庞大的民间文本的搜集（到20世纪80年代，中国学者搜集的民间故事、歌谣和谚语的字数达到数百万），但这些文本往往缺乏对与文本相关背景的关注。我记得自己研读过许多在20世纪80年代出版或再版的民间文学文本。这些文本收录了许多民歌或民间故事，有时文本也会附带故事讲述者/歌手、采集者姓名、采集地等信息。在某些情况下，单独发表的著述中会提供更多的背景信息，例如马学良和今旦于1983年译注的《苗族史诗》（中国民间文艺出版社1983年版），就提供了全面的背景介绍和注释，甚至附有几段带拉丁化拼音的苗语史诗。幸运的是，中国学者对这些文本的语境价值的认识已经发生了转变。这一点在包括中国社会科学院民族文学研究所朝戈金在内的学者那里得到体现。他们开展了众多有关中国史诗传统的研究项目。

随着数字技术的进步，在对口述和较少被认可的文学传统的认识和鉴赏过程中，中国学者明显增加了对这些文献的学术研究和翻译。近年来，包括上文提到的中国社会科学院民族文学研究所，以及云南和四川的民族出版社中央民族大学和辽宁师范大学等高校机构出版大量的少数民族史诗、民间文学双语作品以及对这些作品的学术研究。

这些出版物在中国提高了民族文学的知名度，并有可能在世界范围内获得更多的认可。当然，由于面临语言障碍以及提供阐释框架的挑战，要获得世界对任何类型的中国文学的关注始终面临巨大挑战。虽然某些作品如《道德经》、《孙子兵法》，以及较小范围的《红楼梦》和《三国演义》（后者在某种程度上是通过电子游戏）在中国以外获得了广泛的认可，然而，大部分翻译作品仅仅被学者消费，受众有限。在少数民族的文学世界中，在西藏及周边地区流传的《格萨尔王》可能是最有名的传统文学作品，而阿来的小说《尘埃落定》或许是少数民族作家在海外最有名的作品，但这并不意味着没有取得进展。

总体而言，目前国外读者对中国少数民族文学的认知度比20年前高了很多。这体现在学术刊物上发表的少数民族文学作品越来越多，也有国外出版社出版少数民族民间故事、歌曲和史诗的翻译版。在我看来，还需要更多的创新举措来改善这种状况，为中国学术和文学作品寻找海外市场，以反映多民族中国文学传统的多样性和丰富性，让它能在文学的园地里盛开。在此过程中，研究人员、多语种翻译团队以及发行营销渠道之间的协同工作至关重要。在这方面，一个非常成功的非西方作品的例子（即在作为文学标准的"荷马史诗"的压倒性影响之外的作品），是来自中美洲的玛雅圣书《波波尔·乌》(*Popol Vuh*)。该作品基于一部在 18 世纪早期转录而成的西班牙语手稿呈现，但长期被遗忘。其完整版本直到 20 世纪中叶才得以出版。现在，其文本以多种语言（包括汉语）出现在众多版本中，不仅被视为传统史诗文学的典范，而且与古老的玛雅遗址和多彩的玛雅活态文化相结合，引起了全世界数百万人的想象，从而推动了危地马拉乃至整个中美洲玛雅地区的旅游创收。然而要达成这种认识，唯有通过专门的国际研究人员、翻译人员和出版商在国际出版市场中进行持续合作才可能得以实现。

徐教授在呈现多民族中国的文学花园愿景时，主张"文学不是对生活的反映，文学就是生活本身"。他从丰富的备选项中选择了中国少数民族口头传统和书面文学的许多例子，首先对由几个少数民族共同分享的藏族格萨尔史诗的不同版本进行了细致入微的分析，接着讨论其他北方史诗传统，以及最近才被"发现"的南方和西南史诗传统。自 20 世纪 50 年代以来，这些传统日益受到重视。更早的时候，像约瑟夫·洛克（Joseph Rock）这样的外国学者以及民族语言研究先驱者，马学良这样的中国学者都曾对此给予关注。徐教授详细讨论了苗族、纳西族（摩梭人）等人群的口传文学案例。他建议运用跨学科的方法来构建每个文学项目，强调提供背景并注重上下文，以充分了解它们各自的性质和优点。这种方法需要完整的专家团队（和适当的机构支持），在许多情况下可能需要集体努力才能实现。理想的情况下，该方法将包括来自语言分析、诗学、翻译研究、民俗学、民族音乐学、互文研究、博物馆展品及私人收藏研究等各方面获得的理论与实践。至关重要的是：所有这些努力都必须在传播地进行实地田野考察和进行活态传承，还要有本土学者和健在的传承人（如果有的话）参与其中。

需特别指出的是，流传于黔中苗族地区的亚鲁王史诗/仪式，其传统在20世纪初开始引起学界的广泛关注，研究涉及地方文化、自然生态及历史背景等多个维度。与其他许多史诗学者的看法相同，徐教授强调，尽管在数字技术的协助下，人们拥有了大量通过音译和意译形成的书面记录样本，然而重要的是必须意识到，唯有保持活态的传统表演，史诗才能以多种形式持续存在。以苗族的"亚鲁王"为例，传统口头表演的可行性，依赖于对"东郎"，即民间演述传承人的培养。数百年来，他们一直在当地的生存环境中传承本土文化。

学者们一般会将这样的传统描述为"史诗"/"仪式表演"，因为这种丰富的传统同时兼具这两个术语的相关特征。关于史诗的范畴，徐教授根据其他几部西南创世史诗的内容提出：这一术语现在包括了现今标准的"英雄史诗"和"创世史诗"两种类别，以及由这两者叠加而成的第三类别，即"英雄创世史诗"。属于第三类的不仅有《亚鲁王》，还有《苗族史诗》、彝族诺苏人的口传史诗《勒俄特依》及主人公与标题同名的壮族史诗《布洛陀》等，里面都有英雄人物，或者是被芬兰史诗学者劳里·杭科（Lauri Honko）所称的"典范形象"（exemplary characters）。

总之，徐教授的目标不是试图人为地"提升"少数民族文学的文本价值，而是努力创造一种新的美学，使特定传统的独特特征能够通过适当的文化术语得到鉴赏。虽然在对各种传统的不断演变的鉴赏模式之间肯定存在关系和共鸣，但有趣的是我们会看到更大规模的全景美学，其或许最终将带来徐教授设想的"不同而和"的多民族、多美学空间。

我认为这样的设想完全可被世界接受。

马克·本德尔，2022年6月17日
（文培红校）

绪　论

1997年6月，笔者在新加坡举办的"儒学与世界文明"国际会议上宣读论文，论述"和而不同"的现代意义，开篇强调：

> "和而不同"是中国儒家思想的重要内容之一，亦可视为儒学所肯定、倡导和追求的一种理想境界。《论语·子路》篇载："君子和而不同，小人同而不和。"这便在相互区别的"和"、"同"态度中，表明了立场和观点。儒学境界追求的是"和"，展开来看，就是在多样化的现实社会中，和众、和谐、和平。此种可称为"和论"的思想境界，对于当今世界文明的生存与发展，有着十分重要的意义。①

转眼岁月跨了世纪。时代变了，古理仍存，只是作为方法和起点的"和而不同"或许可调整词序，换成作为原则与目标的"不同而和"。

一　多民族国家的文学背景

现代中国是统一的多民族共同体。国家颁布的《中华人民共和国宪法》指出"中华人民共和国是全国各族人民共同缔造的统一的多民族国家。平等团结互助和谐的社会主义民族关系已经确立，并将继续加强。"（1982年12月4日第五届全国人民代表大会第五次会议通过，

---

① 徐新建：《和而不同：论儒学境界与世界文明》，收入陈荣照主编《儒学与世界文明》，新加坡国立大学中文系、八方文化企业公司联合出版2003年版，第117—128页。

1982年12月4日全国人民代表大会公告公布施行。)①

从数千年的历史演变看，自1949年中华人民共和国成立后，由于党和国家对"民族团结"政策的强调，使夷夏并存的多民族关系达到了前所未有的融洽互补。国家领导人的号召是"中华人民共和国各民族团结起来!"②这不但体现了新政权在民族观念与民族政策的整体观和一致性，亦反映出对旧中国"民族对立"模式的突破和超越。旧中国的民族对立模式，以近代为例，就是大清帝国声称的"五族共和"及中华民国宣扬的"中华同源"。前者以满、汉、蒙、回、藏划分排列，在政治权力上凸显和固化民族等级；后者以中华同源同宗说为基础，否认非汉民族的存在，在文化认同上推行民族消亡论。这样的状况即如中华人民共和国成立后以政府名义发布的《中国国务院新闻办公室白皮书》指出的那样："中国历代政府虽都有一套关于民族事务的政策和制度，但无论是汉族还是少数民族建立的中央政权，民族间无平等可言。"③

中华人民共和国"民族团结"的基本国策在20世纪50年代取得显著成果，各族人民平等相处，互补共进，在物质和精神上都取得了较为均衡的改进。这一局面在遭到"文革"十年动荡破坏之后，又在20世纪80年代的"新时期"复苏。改革开放以来，作为现代多民族国家内的各族群体，在民族意识、民族身份、民族文化及民族关系等方面，都出现了朝"多元一体""不同而和"再次迈进的新趋势。

然而，由于经济开发浪潮及国际局势等因素的冲击，尤其是20世纪90年代后中国东西部差距日益加大，民族间的某些观念、信仰和文化水准也碰撞出或隐或显的问题，加上社会上对多民族国家在经济大潮下涌现的民族问题认识不一，致使中国的多元族群关系时常会出现有待

---

① 新华社北京2018年3月21日电，http://www.npc.gov.cn/npc/xinwen/node_505.htm，2022年12月18日浏览。

② 中华人民共和国成立之初，执政的共产党为民族问题制定了基本路线。毛泽东号召："中华人民共和国各民族团结起来"。毛泽东的号召以亲笔题词的方式向全国发布，通过层层传达和组织学习，产生了广泛影响。参见降边嘉措《民族大团结从此开始——记毛主席书写"中华人民共和国各民族团结起来"题词的经过》，《中国民族》2000年第6期。

③ 《中国国务院新闻办公室白皮书》，人民出版社2009年版，第98页。

改进和完善的缺憾。

笔者的基本看法是：作为特定历史时期的社会意识形态载体，多民族文学是多民族国家文化的重要部分。它的功能和意义在于，一方面，经由多民族文学的构成、演变可了解和认知民族关系；另一方面，亦可通过文学表述与文学教育，影响国家形象的塑造及各族之间的身份认同和相互尊重，也就是借助有利于多民族团结的文学措施，调动文学艺术对由各族民众组成的全体公民的凝聚力量，朝着宪法指明的目标——向继续加强"平等团结互助和谐的社会主义民族关系"迈进。

此外，从文化和学术层面看，今天的中国，在语言上包含汉藏、阿尔泰、南亚、南岛和印欧等多种语系；民族则有国家认定的56个民族，生态及生产类型上主要有草原、农地、海洋和畜牧、农耕、渔业之分；传统信仰方面除了儒家、道家、佛家（包括藏传、汉传和南传"上座部"）及外来的基督教和伊斯兰教等以外，还包括在民间流布传承的萨满教、本教及巫术信仰等多种系统。这样的多元现象，在文学上亦有对应体现。自古以来的本土文学，无论在文学创作还是文论批评的话语体系上，都呈现丰富多元的格局，加上民间层面的口头传统和仪式文本等类型，更可谓千姿百态、五彩缤纷。

然而作为多民族国家巨大财富的多民族文学，在以往漫长的王朝岁月里，不是受到观念上的否定，就是遭到实践中的排斥。直到20世纪初的"新文化运动"后，在一批批现代学者努力下，随着民族学、史学和文学、人类学界对"五族共和"的扬弃、对"俗文学运动"及"歌谣运动"等被誉为"眼光向下之革命"的发动和参与，国人对于中国多民族文学的意义和价值的认知，才逐渐改观。

1949年中华人民共和国成立后，政府对民族文学的共建和发展高度重视，不但在中国作家协会系统内设立少数民族文学机构和团体，还创办了专门的《民族文学》期刊以及后来的民族文学研究所。国家发动和组织一轮又一轮队伍，深入各地和各族的乡村基层、牧区草地，收集整理并出版了多种类型的民族民间文学资料，举办不同形式的文学讲习班，发掘、培养出一批后来在社会上产生重要影响的各族作家。正如玛拉沁夫和吉狄马加在《波澜壮阔的历史画卷》中所指出的那样，到跨入 21 世纪之际，不但全中国 55 个少数民族都有了自己的作家，其中加入中国作协的已超过 600 人，占了全体作协会员的 11.1%（1999 年统计数）。① 此外，国家专为少数民族文学设立的"骏马奖"和覆盖各民族文学的"茅盾文学奖"，都发掘和激励了一批又一批引人注目的多民族作家、作品。仅以 2008 年颁发的第九届少数民族文学创作"骏马奖"为例，除了小说、散文和诗歌外，该奖还设立了民族文学的理论和翻译奖。其中的作品既包括汉文写作也包括其他多种少数民族语文，如帕尔哈提·伊力牙斯的《楼兰之子》（维吾尔文小说）、玛波的《罗孔札定》（景颇文小说）、张春植的《日据时期朝鲜族移民文学》（朝鲜文，评论）、浩斯力汗·哈米江的《论哈萨克文学》（哈萨克文，评论）和仁钦道尔吉的《新时期蒙古族文学批评》（蒙古文，评论）。同一届"骏马奖"还特别设立了"人口较少民族特别奖"，对毛南族（孟学祥《山中那一个家园》，散文集）、裕固族（铁穆尔《星光下的乌拉金》，散文集）、德昂族（艾傈木诺《以我命名》，诗集）、阿昌族（孙宝廷《月亮刀魂》，散文集）和普米族（曹翔《家乡的泸沽湖》，诗集）等富有成就和特色的新生作家的积极佳作进行奖励。在此以前，改革开放之初回族作家张承志的《黑骏马》、鄂温克族作家乌日尔图的《一个猎人的恳求》和回族作家霍达的《穆斯林的葬礼》、藏族作家阿来的《尘埃落定》等也先后获得过全国优秀短篇小说奖和"茅盾文学奖"，也就是获得了国家和社会的高规格承认。

但是由于帝国王朝时期残留的"中原中心"观、"大汉族主义"以及族群"孤立主义"② 等影响，以及 20 世纪中期出现的"文革"破坏，

---

① 参见玛拉沁夫、吉狄马加《波澜壮阔的历史画卷：中国少数民族文学经典文库·总序》，云南人民出版社 1999 年版。

② 此处的族群"孤立主义"主要指在不同民族和文化间否认彼此联系以至于导致相互诋毁排斥的主张和倾向。这种倾向否定跨族群的多元整体存在，不承认民族交往的历史事实和文化意义，因而与"华夏中心论"等偏见一样，同样不利于"不同而和"的民族共生。不过用族群"孤立主义"而不是"地方主义"，是要突出彼此间的横向对等，而不是后者体现的纵向等级。

使我们期待创建的"民族团结"目标未能在多民族文学领域全然实现。文学教育——无论学校还是社会，也无论书面印刷的精英文学还是民间流传的口头传统，抑或是现代出现的电子游戏和网络书写，均没有完整体现与多民族国家之总体文学面貌相符的深度和效果。正如马学良先生多年前就曾指出的一样：

> 我们生存在多民族的国家中，很多人不知跟我们生活在同一个国家中有些什么民族。不说一般人，就连有些大学生也不甚了了，更谈不上对少数民族文学的了解了。大学文科的文学课程设置，不乏古今中外的文学课，唯独没有少数民族文学这类课程……因而有的少数民族学者为此喷有烦言，认为大学的中国文学系，既曰中国文学，就应当包括五十几个少数民族的文学，否则就改名汉族文学系。①

马学良所言的这种后果不但影响到文学领域的各民族团结互助、平等共进，而且还使本应对多民族国家之国民认同发挥积极作用的多民族文学表述——包括创作、评论、文学史构建及全社会的文学教育失去了正面和充分参与的时代良机。

事实上早在1958年，作家老舍（满族人）在为中国作家协会理事会做的《关于少数民族文学工作的报告》里就已指出："我国早已是一个统一的多民族国家，各民族在长期相处与交往中，创造了我们整个祖国历史与文化。在文学方面也是如此。我们各少数民族文学是祖国文学不可分割的一部分。"② 四十多年后，北京大学教授、中国比较文学学会会长乐黛云在《读书》杂志发表专文，又强调了研究中国各民族文学的意义。她指出：

---

① 参见马学良、梁庭望、张公谨《中国少数民族文学史》，马学良"序"，中央民族学院出版社1992年版。

② 参见老舍《关于少数民族文学工作的报告》，收入玛拉沁夫、吉狄马加主编《中国少数民族文学经典文库》，云南人民出版社1999年版，第1—23页。

（包含）五十多个民族的少数民族比较文学研究会不仅在中国独一无二，就是在全世界恐怕也是绝无仅有。我们正处于一个世界性的文化转型时期。在这种历史阶段，文化的横向开拓比一般的纵向发展显得更突出。所谓横向开拓，就是一种民族文化向他种民族文化借鉴，主流文化向边缘文化靠拢，一门学科向他种学科寻求渗透等。在这种情况下，曾经处于边缘地位的少数民族文化无疑将对主流文化的更新起很大的刺激作用。[①]

在这些前辈学者的倡导、努力下，值得庆幸的是，经过新时期以来的改革开放推动，学界对多民族文学的价值和意义在认识和实践上再次发生了重大转变。其中，笔者参与的相关平台便有中国多民族文学论坛与中国多民族文学研究会等。前者由中国社会科学院民族文学研究所与四川大学、西南民族大学及广西民族大学、青海民族大学和新疆大学、内蒙古赤峰学院等多家机构和高校相关单位共同发起和主办。后者的前身是中国比较文学学会所属的二级机构"中国少数民族比较文学分会"。其他的相关团体与学术平台还有"中国文学人类学研究分会"[②]以及由国内多家学术团体共同组建的"中国少数民族文学学会"等。它们的存在为各族学者彼此交流和平等对话提供了重要的学术空间，同时对从学理层面广泛深入地关注和研究中国多民族文学起到了明显的促进作用。

首先是少数民族比较文学分会自20世纪80年代就开始倡导中国国内各民族文学的比较研究；文学人类学研究会提出以人类学的整体文学观审视和考察跨族群的多样性文学——既包括书面写作和口头传统，也涵盖神话仪式与网络文学。自2007年以后，由《民族文学研究》杂志领头，在国内发起对创建"中华多民族文学史观"的大讨论。2010年，

[①] 参见乐黛云《多民族文化研究的广阔前景》，《读书》1993年第12期。
[②] 中国少数民族比较文学分会与中国文学人类学研究会都是隶属于中国比较文学学会的二级学会。2011年年末，在总会支持批准下，以两个分会为基础又拓展成立了中国多民族文学研究分会，将中国的多民族文学研究推向了新阶段。

"中国多民族文学论坛"在广西桂林举办专题会议，讨论有关中国的多民族文学教育问题，进一步把关注的视野拓展到新的场域之中。① 在此进程中，各族学者纷纷参与，面对现状，提出问题，有共识也有论争，有分歧更有共同关怀——那就是希望通过对多民族文学的研讨，平等对话、冷静思考，既总结历史、参与现实，更展望未来、创建明天，期待走向多民族国家在民族问题上的和谐共处新时代。

如今，以全球化进程中的跨文化对话为背景，参照国外多民族国家的文学境况，若要更为深入和理性地评说多民族国家的各民族文学价值和意义，就应寻求一个更为全面的解释框架。就中国的情况来说，可行的方式之一是从多元史观的角度出发，把握多民族国家的内外关系，突破以往的二元对立模式，把少数民族文学与汉族文学一道置于作为总体的"中国文学"中加以审视，从而形成完整的认识整体并由此获得对汉与非汉民族文学的新体认，简言之，即研讨并确立全面系统的"多民族文学史观"，以使中国多民族文学研究走向完善。

二 多民族文学研究的现状和问题

无论在现实境遇中受到何种程度的忽略和回避，有关多民族文学的研究竟未曾中断，而是此起彼伏，绵延不已。若要将此项事业推进下去，就需要对已有研究做系统回顾和深入梳理：继承成就，指出问题，扩展路径。此处仅结合本研究的关注重点略加简述。

1. 中国学界的研究概况

通过对中国期刊网全文数据库、中国知网优秀硕士和博士学位论文数据库的检索，仅在1979—2011年的30年内，社会科学领域对多民族文学进行研究的论文共有万余篇，仅2000—2011年期间，有关民族文学的硕士、博士学位论文共457篇。其中与本书内容主题相关文章的大致分布如图1。②

从现有材料看，国内迄今的相关研究可大致分为以下几个方面。

---

① 《第七届"中国多民族文学论坛"在桂林召开》，《民族文学研究》2010年第1期。
② 图由杨骊博士提供绘制，特此致谢。

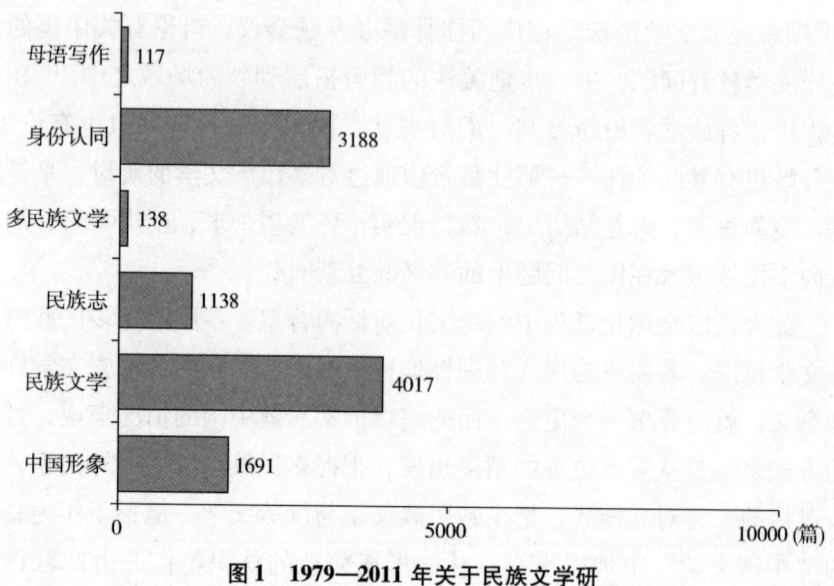

图1　1979—2011年关于民族文学研

1）对各族文学的历史书写和自我阐释：如云南省民族民间文学大理调查队编著的《白族文学史》、苏晓星的《苗族文学史》、热贡·多杰卡等主编的《藏族文学史》（藏文版）、黄伟林《论壮族作家冯艺的文学创作》、赵志忠《民族文学论稿》、李骞《李乔小说的社会价值》、姑丽娜尔《比较文学研究中的国家认同与族别身份——怀念导师贾植芳先生》、罗庆春（阿库乌雾）《灵与灵的对话——中国少数民族汉语诗论》、栗原小荻《精神的觉悟与创造的突变——试评中国少数民族先锋诗人的态势》、钟进文《我国人口较少民族书面文学初探》等。这类成果的特点是一大批少数民族身份的学者登上舞台，以堪称文化"自表述"的方式阐释本民族的文学和文化，与主流的一元话语展开对话。①

---

① 参阅云南省民族民间文学大理调查队编写，张文勋主编《白族文学史》（修订版）（云南人民出版社1983年版）；苏晓星《苗族文学史》（四川民族出版社2003年版）；热贡·多杰卡等主编《藏族文学史》（藏文版，西藏人民出版社2013年版）；黄伟林《论壮族作家冯艺的文学创作》（《民族文学研究》2006年第3期）；赵志忠《民族文学论稿》（辽宁民族出版社2005年版）；李骞《李乔小说的社会价值》（《民族文学研究》1990年第1期）；姑丽娜尔《比较文学研究中的国家认同与族别身份——怀念导师贾植芳先生》（收入陈思和主编《贾植芳先生纪念集》，复旦大学出版社2011年版）；罗庆春（阿库乌雾）《灵与灵的对话——中国少数民族汉语诗论》（香港天马图书有限公司2001年版）；栗原小荻《精神的觉悟与创造的突变——试评中国少数民族先锋诗人的态势》（《民族文学研究》1995年第4期）；钟进文《我国人口较少民族书面文学初探》（《民族文学研究》2007年第4期）。

2）对少数民族文学与汉族文学和世界文学关系的研究：如梁庭望、张公瑾主编的《中国少数民族文学概论》，马学良主编的《中国少数民族文学比较研究》，季羡林的《比较文学与民间文学》，玛拉沁夫和吉狄马加主编的《中国少数民族文学经典文库》，刘亚虎的《南方民族文学关系史》，郎樱、扎拉嘎主编的《中国各民族文学关系研究》，李鸿然的《中国当代少数民族文学史论》，徐其超、罗布江村主编的《族群记忆与多元创造》，汤晓青的《比较文学视阈下的中国各民族文学关系研究》，陈岗龙的《蒙古民间文学比较研究》，以及陈守成、庹修宏等主编，季羡林作序的《中国民族文学与外国文学比较》，关纪新的《满族书面文学流变》等。这类成果的特点在于以跨族群的比较视野考察各族文学的联系及异同，开掘出许多被以往单一眼光遮蔽的重要发现。①

3）对多民族文学的总体研究：如20世纪80年代以来，关纪新、朝戈金的《多重选择的世界——当代少数民族作家文学的理论描述》、张炯等编的《中华文学通史》、杨义的《中国古典文学图志》、汤晓青主编的《多元文化格局中的民族文学研究》、邓敏文的《中国多民族文学史论》以及梁庭望的《中华文化板块结构与中国文学关系研究》等。② 在此之后，在中国多民族文学论坛等平台的协作推进下，又相继

---

① 参阅梁庭望、张公瑾主编《中国少数民族文学概论》（中央民族大学出版社1998年版）；马学良《中国少数民族文学比较研究》（中央民族大学出版社1997年版）；季羡林《比较文学与民间文学》（北京大学出版社1991年版）；玛拉沁夫、吉狄马加主编《中国少数民族文学经典文库》（云南人民出版社1999年版）；刘亚虎、邓敏文、罗汉田《中国南方民族文学关系史》（民族出版社2001年版）；郎樱、扎拉嘎主编《中国各民族文学关系研究》（贵州人民出版社2005年版）；徐其超、罗布江村主编《族群记忆与多元创造》（四川民族出版社2001年版）；李鸿然《中国当代少数民族文学史论》（云南教育出版社2004年版）；汤晓青《比较文学视阈下的中国各民族文学关系研究》（《新疆大学学报》2006年第1期）；陈岗龙《蒙古民间文学比较研究》（北京大学出版社2001年版）；陈守成、庹修宏等主编《中国民族文学与外国文学比较》（中央民族学院出版社1989年版）；关纪新《满族书面文学流变》（中国社会科学出版社2015年版）。

② 参阅关纪新、朝戈金《多重选择的世界——当代少数民族作家文学的理论描述》（中央民族大学出版社1995年版）；张炯等主编《中华文学通史》（华艺出版社1997年版）；杨义《中国古典文学图志》（生活·读书·新知三联书店2006年版）；汤晓青主编《多元文化格局中的民族文学研究》（中国社会科学出版社2010年版）；邓敏文《中国多民族文学史论》（社会科学文献出版社1995年版）；梁庭望《中华文化板块结构与中国文学关系研究》（民族出版社2011年版）。

涌现了刘大先的《文学的共和》（2014）及笔者的《多民族国家的文学与文化》（2015）等。这批成果的显著特点是力图突破长期以来以汉文化和汉文学为中心的书写模式，将以往被排斥或处在边缘的"少数民族文学"与汉民族文学整体并置，吸纳到中国文学的整体之中。① 北京大学教授陈平原呼吁在民间与域外的助推之外，应重视和开拓现代中国文学的第三种发展动力，即"中国境内多民族文学的对话与互动"。②

4）多民族文学的文论研究：多民族文学理论研究主要在两个领域成果较为突出，一是对历代多民族文学文论的整理；二是对当代多民族文学文论话题的方法与理论探讨。其中较突出的成果有：买买提·祖农、王弋丁等主编《中国历代少数民族文论选》，王弋丁等的《少数民族古代文论选释》，彭书麟、于乃昌等主编的《中国少数民族文艺理论集成》，以及王佑夫等的《中国古代民族文论概述》和《中国少数民族文学史（文学批评卷）》等。这些论著的面世，丰富了少数民族文学理论研究的话题与视点，为认识和阐发多元式的"中国文论"开拓出新的局面。进入 21 世纪以来，高校中国少数民族文学、文学人类学、艺术人类学与审美人类学等相关专业培养的硕士与博士中，涌现了一批聚焦多民族审美范畴的学术成果，为构建跨族别的文论体系做出了积极贡献。③

5）对多民族文学史观的倡导和论争：从多元史观和跨文化对话进行的多民族文学研究尤其值得关注。这方面的突出成果有：季羡林的《少数民族文学应纳入比较文学研究的轨道》，关纪新的《应当确立中华多民族文学史观》，曹顺庆等的《多民族文学史的编写问题》，徐新建的《"多民族文学史观"简论》，姚新勇的《"族裔民族主义"思潮与中国多族群文学的立场选择》，杨曦和潘年英的《"多民族文学史观"

---

① 刘大先：《文学的共和》，北京大学出版社 2014 年版；徐新建：《多民族国家的文学与文化》，人民出版社 2015 年版。
② 陈平原：《"多民族文学"的阅读与阐释》，《文艺争鸣》2015 年第 11 期。
③ 陆晓芹：《吟诗与暖——广西德靖一带壮族聚会对歌习俗的民族志考察》，广西师范大学出版社 2016 年版；郭明军：《"热闹"的乡村：山西介休民间艺术的审美人类学考察》，博士学位论文，四川大学，2017 年，以及已单篇发表的《"热闹"不是"狂欢"——多民族视野下的黄土文明乡村习俗介休个案》，《民族艺术》2015 年第 2 期；卢婷：《嘉绒"达尔尕"的苯教审美文化解读》，《宗教学研究》2021 年第 2 期。

之管见》以及李晓峰和刘大先的《中华多民族文学史观及相关问题研究》等相关论述。① 正如有论者分析的那样，中国多民族文学史观的提出绝非偶然，而是20世纪"重写文学史"与中华民族"多元一体"论（以及夷夏文明起源的"满天星斗"说）等新思潮、新观念和新成果相互催生的必然体现。②

6) 对多民族文学的人类学研究：这方面的研究主要集中在被视为新兴交叉学科的文学人类学领域，引人注意的成果有：叶舒宪的《中国文化的构成与"少数民族文学"：人类学视角的后现代观照》、彭兆荣的《文学与仪式：文学人类学的一个文化视野》、程金城的《当代文学研究范式的人类学转向》、夏敏的《密教双修与藏族文学》和梁昭的《汉、壮文化的交融与疏离——"歌圩"命名再思考》以及徐新建的《多民族国家的人类学》等。③ 这些研究把文学与人类学两大领域整合为一体，从文化表述与族群互动的角度加以审视，同时强调对口头传统与生活仪式的田野考察，扩展了多民族文学的关注视野和方法论体系。

7) 多民族文学论坛及相关平台的讨论：2004年，首届"中国多民

---

① 参阅季羡林《少数民族文学应纳入比较文学研究的轨道》（见薛克翘主编《季羡林学术著作选集：比较文学与民间文学》（新世界出版社2016年版）；关纪新《应当确立中华多民族文学史观》（《中国民族》2007年第4期）；曹顺庆、付品晶《多民族文学史的编写问题》（《民族文学研究》2008年第2期）；徐新建《"多民族文学史观"简论》（《民族文学研究》2007年第2期）；姚新勇《"族裔民族主义"思潮与中国多族群文学的立场选择》（《贵州民族学院学报》2011年第6期）；杨曦、潘年英《"多民族文学史观"之管见》（《民族文学研究》2008年第2期）；李晓峰、刘大先《中华多民族文学史观及相关问题研究》（中国社会科学出版社2012年版）。

② 参见王立杰《起点与限度：对"多民族文学史观"讨论的思考》，《民族文学研究》2009年第1期。有关夷夏文明起源的"满天星斗"说，可参阅苏秉琦的《中国文明起源新探》，生活·读书·新知三联书店1999年版。

③ 参见叶舒宪《中国文化的构成与"少数民族文学"：人类学视角的后现代观照》（《民族文学研究》2009年第2期）；彭兆荣《文学与仪式：文学人类学的一个文化视野——酒神及其祭祀仪式的发生学原理》（北京大学出版社2004年版）；徐新建《当代中国的民族身份表述——"龙传人"和"狼图腾"的两种认同类型》（《民族文学研究》2006年第4期）；程金城《当代文学研究范式的人类学转向》（《淮北师范大学学报》2011年第4期）；夏敏《密教双修与藏族文学》（《民族文学研究》1997年第1期）；梁昭《汉、壮文化的交融与疏离——"歌圩"命名再思考》（《民族文学研究》2007年第1期）；徐新建《多民族国家的人类学》（中国社会科学出版社2021年版）。

族文学论坛"在四川大学召开。这个标志性事件意味着多民族文学研究进入了综合性大学的研究视野,同时也是对此前关于多民族文学理论研究的总结和对今后多民族文学研究的推进。作为一年一度、换地举行的学术平台,多民族文学论坛连续举办了12届。其以"多民族文学的理论建设"为中心,相继讨论了以下方面的问题:(1)多民族文学的概念、现状与批评:对当代少数民族作家文学既往批评方式的得失探讨和"中国少数民族文学"概念的重新认识与把握,由此关注多民族社会及民族文化裂变形势下的民族文学命运;(2)民族作家与时代、使命:多民族文学会通中的民族作家"身份"以及经济发展时代民族作家的文化使命;(3)在全球语境中的多民族文学:世界少数民族文学与后殖民批评;兼容共创:21世纪中国多民族文学的发展走向;(4)多民族文学在国民教育中的问题与对策。①

8)多民族文学研究的课题概况:进入21世纪以后,涉及多民族文学研究的国家和省部级课题(包括立项和已结题)日益增多,研究内容大致分为三类:(1)多民族文学史观研究;(2)多民族文学专题研究;(3)多民族文学关系研究。对多民族文学日增关注的趋势表明,有关民族身份与文论书写在现代知识生产领域的国家化、专业化和应用化趋势,同时也体现出学界研究对现实决策的积极参与。

总之,以上各类著述和讨论的成绩是突出和可观的,尤其值得强调的是在多民族文学的研究领域中,除汉民族学者外,已涌现出众多少数民族老中青三代学人。其中不少具有创建性的论题和观点业已引起学界的日益重视。如曹顺庆(满族)等学者的论点尖锐直接,无论对突破"三重霸权"的呼吁还是对民族文学批评"萎靡"的警惕,都引起了普遍关注和论争。②除了前面指出过的主办多民族文学论坛及发起的多民族文学史观讨论以外,在中国社会科学院两个文学研究所(文学研究

---

① 徐新建:《回顾与前瞻:2015中国多民族文学论坛评述》,《贵州民族大学学报》2015年第6期。
② 曹顺庆:《三重话语霸权下的少数民族文学研究》,《民族文学研究》2005年第3期;姚新勇:《萎靡的当代民族文学批评》,《西南民族大学学报》2004年第8期。

所和民族文学研究所）自何其芳开始直到张炯、郎樱、关纪新等以来的系列研究中，有关中国多民族文学的整体结构已逐步成型。在20世纪90年代，关纪新（满族）和朝戈金（蒙古族）合著的《多重选择的世界》尝试从理论建构的角度集中论述当代少数民族作家文学，被视为"当代民族文学理论研究的学术标高"。① 郎樱和扎拉嘎（蒙古族）主编的《中国各民族文学关系研究》出版后被认为是在中国各民族文学关系研究方面，涵括民族最多、涉及作家和作品最多、理论探索最为广泛的研究专著。该著通过多侧面、多角度的总体性考察，初步勾勒出中国各民族文学"你中有我，我中有你"的格局。② 张炯先生主编的团队成果《中华文学通史》于1997年出版，在吸取新时期以来研究成果及考古新发现的基础上，"深化了对各民族文学相互影响的论述"。③ 此后，张炯又于2011年年末在四川大学的演讲中进一步强调应以多元并存的眼光对中国文学和文化进行再认识。④

还值得强调的是，新时期以来民族学、人类学和比较文学界对于中国多民族关系和历史传统的研究也涌现了大量可资借鉴的成果。其中以费孝通先生等提出的中华民族"多元一体"以及汤一介、乐黛云等强调的中国文化"和而不同""跨文化对话"等为突出代表。⑤ 对于如何看待在历史长河和朝代更替中汉民族与其他民族分别成为过凝聚核心的问题，马戎（回族）以《正确认识"中华民族"的凝聚核心与共同历史》为题，依照费孝通的观点而提出了"凝聚核心"在各群体之间

---

① 参见张直心《当代民族文学研究片论》，《社会科学战线》2006年第3期。
② 参见朗樱等《国家社科基金重大项目成果〈中国各民族文学关系研究〉正式出版》，中国民族文学网2006年10月12日。http://cel.cssn.cn/ztpd/gmzwxgx/gmzwxgxsl/200610/t20061012_2762797.shtml，2022年12月18日浏览。
③ 参见张炯、邓绍基、樊骏主编《中华文学通史》，华艺出版社1997年版；另可参见张炯为《中华文学通史》新版写的"总序"。
④ 张炯在川大做的讲座整理后以《中国文化与文学再认识》为题发表，见《贵州社会科学》2012年第11期。
⑤ 参见费孝通等《中华民族多元一体格局》，中央民族学院出版社1989年版；Yue Daiyun, Dialogue among Civilizations: Comparative Literature in the 21st Century, in *Journal of Cambridge Studies*, Association of Cambridge Studies, No.2, 2009（乐黛云《文明对话：21世纪的比较文学》）。汤一介《"和而不同"原则的价值资源》，《学术月刊》1997年第10期。

"动态变化"的看法。① 这些讨论也值得重视。

到了 21 世纪第二个十年展开之际,新观点、新话题更是层出不穷。其中值得关注的便有长期在中央民族大学任教的壮族学者梁庭望提出的"中华文化板块"说。此说从地理、生态及经济、民族角度把作为整体的中华文化分为不同区域,继而探讨其中各族文学的相互地位和关系,体现出宏大贯穿的气派、宽广包容的心胸和多学科融合的视野。②

可见,有关中国多民族文学的研究、论争是一个跨学科和多面交错的动态过程。不过在肯定上述成就的同时,我们不得不直面存在的问题。在笔者看来,最突出的问题就是"中原中心"与"精英文学"的局限。由于阐释的对象大多局限于汉语和书面的文学,未能对中国多民族文学与从民族、地域到语言和文类等层面均呈现出的"多元一体"格局予以足够关注。在这样的局限下,即便已从地理和生态等角度提出了宏大完整的"文化板块"说,在其中仍免除不了以中原汉文化为"主体"和"中心"的传统观点。在文学的界定和分类上,论者们对作家书面文学与民间口传文学的关联和打通依然不够,对各少数民族的"母语写作"及"汉语写作"的关系也缺乏深入的研究和阐释,因而影响到分析的全面和完整。

在现有的论述观点中,还潜藏着两个对立的倾向,一种偏向于单方面肯定和凸显汉民族文学的主导地位(包括坚持和强调"主体民族"的提法),把非汉民族的文学视为中心以外的边缘和陪衬,从而刺激某些民族作家和学者的情绪化反弹;另一种观点偏向于族群自身的"孤立主义",也就是导致彼此隔离的民族本位主义,忽略存在于多民族共同体格局内各民族文学的彼此交往与互补共生,于是既背离既存的客观事实也无利于未来的和谐建造。总之,在看待和论述中国多民族文学问题上,无须回避的是,极端的"大汉族主义"(及其派生的"民族取消主义")和偏激的族群"孤立主义"都是需要直面和反思的现象。

---

① 参见马戎《正确认识"中华民族"的凝聚核心与共同历史》,《中国民族报》2009 年 2 月 6 日。
② 参见梁庭望《中华文化板块结构与中国文学关系研究》,民族出版社 2011 年版。

为此，本书的目标之一是希望能够针对这些热点话题和对立倾向，进行深入剖析，提出新的学术主张，推进中国多民族文学的共同发展。

2. 国外学界的相关前沿

对于多民族文学的研究，国外的情况同样丰富而复杂。无论在以苏联为首的社会主义阵营还是以欧美为代表的自由主义世界乃至20世纪后期兴起的原住民文化理论，对于由传统演变到现代民族国家体系中的多民族文学实践和理论都有着极为多样的阐述，需要专文梳理和论说。本书仅就几个重要方面简要述之。[①]

1）比较文学领域里的"多元文化主义"转向：以美国比较文学研究为例。1993年，美国比较文学学会的十年报告《多元文化时代的比较文学》（*Comparative Literature in the Age of Multiculturalism*）结合美国多元文化、多种族的现实，提出比较文学研究应力图从西方中心走出来，要求在多元文化的背景中，学习研究其他国家民族的文学，特别是少数民族的文学。[②] 评论者认为报告的观点"既符合当前世界局势——'民主化'、'环球化'、'非殖民化'，又打破了精英文化主义的宰制"；这样的讨论代表了美国学术界"宝贵的自省和自我期待"，值得他国学者借鉴。[③]

2）文化研究中的"后殖民批评"潮流：20世纪70年代兴起的后殖民主义批评话语，否定建立在欧洲中心主义基础上的主导叙述，致力于分析关于欧洲"他者"的知识是如何在殖民主义和帝国主义密切结合的权力结构下产生并发挥作用的。如萨义德（Edward. Said）的《东方学》、汤林森（John Tomlinson）的《文化帝国主义》对在西方帝国主义支配下生产的关于东方的知识展开了批判。其后，霍米·巴巴（HomiK. Bhabha）对殖民者与被殖民者的关系展开了进一步的研究，认为两者的关系处于混杂状态，从而使被殖民者具有能动性，而不只是被动地受权力支配。弗朗兹·法农（Frantz Fanon）的《黑皮肤，白面具》

---

① 此段论述得到梁昭博士的协助，特致谢意。
② ［美］查尔斯·伯恩海默编：《多元文化时代的比较文学》，王柏华、查明建译，北京大学出版社2015年版。
③ 参见奚密《比较文学何去何从》，《读书》1996年第6期。

进一步开创了"政治精神医学"的批判性理论,将黑人的个体痛苦与压迫式的社会秩序联系起来,对殖民主义与精神病理的关联性作了最深刻的描述。①

3)文学教育中的"重写文学史"和"去精英化"趋势:欧美比较文学的跨民族、跨地域的研究和后殖民主义对文化霸权的批判,促进了大学"通识课程"的修订和文学教育的课程体系革新。以哈佛大学为例,迫于时代变革的压力,校方不得不尾随在其他"常青藤"院校之后设立"族群研究"(Ethnic Studies)项目和机构,② 而且在2006年开设的"世界文学"课程中,不仅将欧美传统以外世界各民族的文学作品纳入课程,并强调从各大陆的族群嬗变和互动的角度去讲述由此产生的各种文学现象。课程采用的教材——《朗文世界文学选集》收录了不少欧洲以外的文学作品,还特别包括"伊比利亚半岛文学"这种汇集了阿拉伯文化、基督教文化、犹太教文化的文学案例。③

4)将文字书写与口头传统整体打通的"民族诗学":1983年,卢森堡夫妇(Jerome Rothenberg and Diane Rothenberg)主编的《全景文学:通向民族志诗学的话语范围》,收录了"第四世界"的各族群的文学作品,如非洲部落民族的仪式叙事、超现实的故事讲述和"奇幻意象"世界、祖鲁人的"祈祷诗歌"、依法人(Ifa)的"占卜诗歌"、阿伊努人的"第一人称史诗",等等,实现了对以往被忽略的世界少数族群和口头传统文本的重视,具有很强的学术伦理意义。此外,美国人类学家伊万·布莱迪(Ivan Brady)1990年主编的《人类学诗学》,对《吉尔伽美什》、南太平洋的故事以及印第安人的故事进行分析,从民族志式的角度提出了以多民族叙述模式为对象的"人类学诗学"。④

---

① 参见[美]爱德华·W. 萨义德《东方学》(王宇根译,生活·读书·新知三联书店1999年版);[英]汤林森《文化帝国主义》(冯建三译,上海人民出版社199年版);[法]弗朗兹·法农《黑皮肤,白面具》(万冰译,译林出版社2005年版)。

② 参见徐新建《族群问题与校园政治:族群研究在哈佛》,《思想战线》2006年第4期。

③ 参见 David Damrosch and David L. Pike, eds, The Longman Anthology of World Literature (2nd Edition), New York: Longman, 2008。

④ 参见[美]伊万·布莱迪(Ivan Brady)主编《人类学诗学》,徐鲁亚等译,中国人民大学出版社2010年版。

5）后冷战时期"文明冲突"与"文明对话"的并置：1992年，哈佛大学教授亨廷顿发表《文明是冲突的吗?》的专文，强调20世纪90年代以后，随着苏联及其东欧阵营的解体，人类自二次世界大战后形成的"冷战"格局已不复存在，取而代之的是以三大文明为界的新关联和新危机。反驳者指出，这种把"西方文明"与其他文明截然对立的做法，才会导致"人类社会存在尖锐而又不可逾越的分裂"的认识；进入"后冷战"时期，人类需要的是直面转型，承认差异，积极沟通，开展文明对话。①

6）世界遗产保护浪潮中的"原住民话语"崛起：自20世纪70年代以来，在联合国教科文组织等的参与推动下，国际社会兴起了对遍布各国的人类遗产的认证和保护浪潮。随着这一浪潮在全球蔓延，以往处于边缘性的少数族裔文化尤其是无文字的"口头传统"日益受到重视。这样的势头进一步带动了世人对"原住民知识"（Indigenous knowledge）的关注，并使之逐步纳入"文明对话"的全球结构之中。于是，世界性的原住民传统，便以区别于西方文明及其派生的现代性体系方式，成为共同面对世界危机、积极参与人类事务的新话语。②

7）中国少数民族文学的专题研究：随着国外学界对中国历史文化多元特征的日益重视，有关"少数民族文学"的话题逐渐进入文学、民族学和人类学学者的论述之中。比如金介甫（Jeffrey C. Kinkley）和安妮·居里安（Annie Curien）对苗族作家沈从文，侗族作家潘年英、张泽中等的研究。③而在2001年美国出版的《哥伦比亚中国文学史》

---

① 参见［美］塞缪尔·亨廷顿《文明的冲突与世界秩序的重建》，周琪等译，新华出版社1998年版；［印］阿马蒂亚·森《身份与暴力——命运的幻象》，李凤华等译，中国人民大学出版社2009年版，第9页；［美］杜维明《儒家传统与文明对话》，彭国祥编译，河北人民出版社2006年版。

② 参见 Barnes, R. H., A. Gray, and B. Kingsbury, eds, *Indigenous Peoples of Asia*, Ann Arbor: Association for Asian Studies, 1995. 有关讨论可参见徐新建《文明对话中的"原住民转向"——兼论人类学视角中的多元比较》，《中外文化与文论》2008年第1期。

③ 参见［美］金介甫《沈从文乡土文学在现代中国文学中的运用》（徐新建译，《中国比较文学》1999年第2期）；安妮·居里安《中国文化边界旁的一种文学》（《风雨桥》1998年第3期）以及 *Dong Culture & Literature*, Editions Bleu de Chine, 2000（《侗族的文化与文学》，法国"中国之蓝"出版社2000年版）。另可参见［美］马克·本德尔《略论中国少数民族口头文学的翻译》（马克·本德尔著，吴姗译，巴莫曲布嫫审校，《民族文学研究》2005年第5期）等。

里，则列出了专门篇章来评述"少数民族文学"，并在其中联系近代中国的多民族国情，向西方读者特别提示了从曹雪芹、沈从文到老舍、扎西达娃和李陀等人的族裔身份，强调这些内涵丰富的文学值得从历时和共时的角度加以研究。作者通过对壮、彝、满、蒙古、藏以及傣、纳西、朝鲜族等少数民族文学概况的描绘，呈现了中国文学的族群多元场景。[①]

有了对上述中外相关成果的梳理为背景，我们设定的中国多民族文学研究便有了跨界起点与对话前提。

三 多民族文学研究的目标

在作为整体的"中国文学"研究中，"多民族文学"的提法意义重要、影响深远，具有历史转型意义。对于这一范畴的价值和界定，学者们发表了各式各样的看法，目前尚无共识，还处于探索和争鸣阶段。在本书的阐述里，"多民族文学"指的是在特定文化单位中通过民族交会而演进成为既独立存在又彼此相关的文学整体。它的含义不仅有别于"少数民族文学"与"主体民族文学"的二元对立和等级划分，也与"各族文学"的孤立书写乃至互相抵牾形成区别。作为一种认知对象的核心范畴、方法乃至主张，"多民族文学"倾向于以政治平等、民族共生和文化互补的共同体为基础，强调在审视不同文学各自特征和贡献的同时关注彼此间的交互影响及整体联系。由此论之，其中的内容包括"多民族""多文学"和"多地区""多历史"等方面，也就是在多元互补的整体观下，考察不同的民族、不同的文学、不同的区域和不同的历史文化。用笔者改造过的借喻说，就是观照在广义文学的表述意义上古今以来夷夏民族之间的"不同而和"。[②]

于是，有鉴于前述对现有相关成果之局限与不足的理解，作为国家

[①] 参见 Victor H. Mair, Edit., *Columbia History of Chinese Literature*, Columbia University Press, New York, 2001, 第51章由马克·本德尔（Mark Bender）撰写的《少数民族文学》（Chapter 51: Ethnic Minority Literature）。

[②] 对于"多民族文学"这一范畴所蕴含的"多民族""多文学"等内容及其与以往概念相比的历史转型意义可参见徐新建《"多民族文学史观"简论》，《民族文学研究》2007年第2期。

社科基金重大项目"中国多民族文学的共同发展"结项成果,本书力图突破的路径是立足于人类学的整体文学观,通过文学、民族学与史学、社会学等跨学科的整合,既把中国多民族文学与多民族国家的社会文化视为统一整体,也把当下的各族文学多样性与长时段的多源和多元历史并置考察,同时还要将书面的文学写作与口头的民间传统同步关注,也就是尽可能地把中国多民族文学纳入与之相关和匹配的"多元一体"格局内去研究。继而在此基础上,从"共同发展"的角度对中国多民族文学展开进一步研讨。

为此,笔者将紧扣"中国"、"多民族文学"和"共同发展"这三组关键词,把研究视野和对象分为彼此呼应的三个部分,即:现状考察、历史回顾、未来展望,以及随之展开的系列研究。它们间的关系如下:

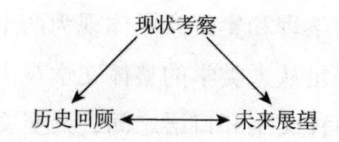

```
            现状考察
           ↙      ↘
     历史回顾 ←——→ 未来展望
```

在这样的总体框架里,本书集中阐述(1)"多民族文学"的含义、由来及其与"少数民族文学"、"兄弟民族文学"和"各民族文学"等提法的区分;(2)"多民族文学"与现代中国"多元一体"的社会及文化关联;(3)提出中国多民族文学"共同发展"之意义及其必要性和紧迫性。

在总体框架基础上,本书聚焦的主题是"共同发展"。其中要展开的内容将突出这样一个基本观点,即:中国的多民族文学是现代中国作为多民族国家之统一共同体的客观现象,也是由古至今的历史事实。对此,要从文学、史学及民族学、人类学和社会学等多学科整合的视野加以描述和阐释。对于"共同发展"的提法,本书以"中国多民族文学"为核心,阐明三个主要问题:(1)什么是共同发展,(2)为何要共同发展,(3)如何实现共同发展。

本书关注的主要线索是,在古今关联的历史进程里中国的多民族文学如何经由三个阶段而逐步演变、成型,即:

(1)各族文学独立、分散发展阶段(远古);

(2) 汉族文学与少数民族文学不均衡发展阶段（古代、近代）；

(3) 多民族文学共同发展阶段（现代、将来）。

其中的第一阶段与远古时期的"满天星斗"（或曰"小国寡民"）时代相关联，第二和第三阶段分别与古代的"帝国王朝"和近现代的"多民族国家"相对应。如今，经过1949年中华人民共和国成立后强调"民族团结"之国策的划时代转折，尽管此后也发生过"文化大革命"动乱那样的波折，历史的潮流仍在总体上以符合大多数国民意愿的趋势朝向"多元一体""不同而和"的目标迈进。因此，本书提出"中国多民族文学的共同发展"，就不仅只是学者们在学理层面一厢情愿的自我呼唤，而是在更宏观和深入的现实意义上，与社会各界的广泛诉求相关联。

有鉴于此，本书的学理和实践意涵体现为两个方面。

在学理上，本书立足从人类学的整体文学观出发，把中国的多民族文学视为各族之间、各种文字和口语之间，乃至文学表述与历史、文化和教育之间紧密关联的整体，然后运用比较文学的理论，把中国多民族文学的历史进程对应为由"族别文学"向"国内比较文学"再向"多民族总体文学"的扩展和交融，最终迈向经由"国别比较文学"通往"世界文学"（the world literature）也就是"人类总体文学"（the general literature of human being）的共同之路。此外还将从强调"民族团结"的现代国策下，关注中国多民族文学的社会意义和现实作用，由此考察与之相关的文学实践、文学理论和文学教育。其中的内容包括以下层面：

①对既有的多民族文学现状及相关的文学史观进行分析总结；

②从文学史角度进行多层次比较，比如：从汉族文学看少数民族文学、从少数民族文学看汉族文学以及从多民族文化看中国总体文学；

③在历史事实的基础上，进一步梳理和确立符合中国多民族实际的文学史观；

④在此基础上阐述中国多民族文学共同发展的理论依据及其对构建和谐社会的现实意义；

⑤从学理上阐释和总结中国多民族文学共同发展的历史必然。

在实践上，本书关注与国民的现实生活密切相关的文学生产和文学教育，也就是除了继续关注通常意义上的书面文学外，还会处理在多民族表述上产生重要作用的文化文本和社会文本，比如史诗《格萨尔王》在藏族民间的流传及其对当代各族作家的创作影响、"炎黄"传说与"蚩尤"故事与现代族群的认同关联、歌曲《龙的传人》与小说《狼图腾》从创作到流传的文化背景及社会影响以及"香格里拉"意向如何由英文作品衍生出来演变为现实中国的行政单位。此外，还将关注旅游展演系列"印象刘三姐"、各地主题公园里的"民族村"和运用民族文化素材制作并传播在新生代少年儿童中的电子游戏《蚩尤剑》和其他类似的动漫产品。① 更重要的是，考虑到教育在多民族国家文学认知与传承中的重要作用，本书设专门的部分对文学教育问题做相关考察，一方面关注现代社会中学校式的文学教育，关注其中的文学理念、课程设置及其对受教育者身份认同与族群记忆的影响；另一方面对比存留在乡土民间传统式的文学传承，从文学生活的角度考察族群内外的文学表述和文化交流。希望通过这种双向并置的整体研究，阐释教育对多民族文学构成及演变的重要功能，发现问题，探寻彼此互补之路。

四 多民族文学研究的方法和重点

本书力图以实地调研、理论阐释与资料梳理三者相结合的方式，以形成立体的研究模式，努力做到综合基础理论研究、社会现状分析与个案分类描述及应用性的对策建议为一体。具体来说将从宏观、中观和微观三个层面进行展开。

宏观研究：从整体的系统论出发，立足于人类学的整体文学观，从

---

① 在这方面已有一些前期成果，如徐新建《当代中国的民族身份表述——"龙传人"与"狼图腾"的两种认同类型》(《民族文学研究》2006年第4期)、《蚩尤和黄帝：族源故事再检讨》(《广西民族大学学报》2008年第5期)、《"香格里拉"再生产——一个"希望世界"现世化》(《民族艺术》2015年第1期)；叶舒宪《熊图腾：中国祖先神话探源》(上海文艺出版社2007年版)以及梁昭《"老传统"与"新叙事"：以蓝靛"刘三姐"叙事为例论"传说"与"历史"的分野》(《西南民族大学学报》2008年第3期)等。

宏观的视野考察多民族文学的共同发展问题，研讨多民族文学发展的现状、历史与未来，研究多民族文学史观、世界性多民族文学比较以及多民族的文论体系整合等问题。在跨学科的视野实现多民族文学研究的四个打通：多民族文学研究的古今打通、中国民族文学研究与文学人类学打通、多民族文学研究的理论与实践打通、民族文学研究的多民族性和多文学性的打通。

中观研究：把多民族文学研究置于多民族国家整体的社会结构中进行考察，把多民族文学共同发展与社会现实问题及对策研究相结合，充分关注现实文化生活层面的"多民族文学实践"、"多民族文学理论"和"多民族文学教育"的专项问题，促进文学研究与社会现实关怀的有效结合。

微观研究：强调在实证基础上进行理论分析和阐释。为此，"多民族文学共同发展"的研究充分利用了团队成员在田野考察方面的资源优势，以民族、区域、语系和文学类型等为单位进行整体把握，以实地田野考察为前提，按地域和语系来划分，在西北、东北、西南、东南各民族地区选取多民族文学个案进行专题性的田野考察，对多民族文学的历史与现状进行实证调研，开展以中国多元族群文学与文化为核心的民族文学个案研究。

综合而论，本书强调跨学科整合，力图将文学、史学、民族学、社会学、比较文学以及新兴交叉学科——文学人类学等不同的理论结合起来，采用文本分析、文献综述与实地调查和专题座谈等多种手段，并根据研究实际各有侧重，由此对民族文学的理论与实践的普遍问题和特殊问题开展较全面的研究。

本书力图突破的难题主要是如何在现有成果的基础上，突破以往单一民族史观的局限，把中国多民族文学视为共生整体，进一步分析中国多民族文学的传统结构、现存问题和未来走向，提出令人信服的多民族文学共同发展观，并由此对重新认识"多元一体"的文学现象予以积极影响，从而有助于形成"美美与共"的多民族文学交融境界。具体阐述如下。

1）对"多民族"的时空架构的把握和建构　"多民族"强调的中

国各民族以多元平等的关系构成的整体，它可以纠正过去的旧文学观念中，以某一个单族群为中心及其对其他弱势民族文学实践的忽略、遮蔽和扭曲。如何建构这种新型的族群整体构架，用以撰写多民族和多元文化的文学理论和文学史，是本书拟达成的目标之一。

2）对"多语种文学"进行比较和整合　"多民族文学"按语言分，包括阿尔泰语系、汉藏语系、南亚语系、南岛语系、印欧语系五大语系的多种文学；按地域分，包括中原板块、内部走廊及边缘海岛等几大类型；在文学实践的方式上，则同时有作家的文字书写和民众的非文字表达。因此在新的大文学框架下，如何统合多语种文学，如何跨越语言、地域及表达方式诸方面的界限，把中国多民族文学视为共生整体，并展开历时性的比较，是本书期待达成的目标之二。

3）打破就文学谈文学的学科界限　尝试以文学为核心，联合史学、人类学的理论和研究，将社会性的文学文本进行综合性的研究。但能否根据全书总纲的设计，进行各学科打通，从文学实践、文学理论和文学教育等方面关注中国多民族文学的共同发展还有待于今后的实践检验。

4）对多民族文学议题进行跨族群对话　本书得到国内若干同行友人的参与支持，协助调研和研讨的学者分布于中国的东西南北、跨越各民族地区，包含了满族、壮族、苗族、蒙古族、彝族、维吾尔族等十数个族群，为开拓视野、集思广益进行跨族群对话奠定了有利的前提。

小　结

2015 年，针对中国多民族文学在现实的研究与教学中的不均衡状况，刘跃进撰文指出：综合性大学中文系教学系统存在一个很大的缺憾，即：绝大多数讲授只是局限于汉语文学经典，没有把少数民族文学经典纳入教学与研究视野。为此，他呼吁从文学教育的基础环节做起，"大学中文系开设民族文学经典课程，传播各民族文学经典，让全中国乃至全世界的人们都了解这些经典"。[①]

[①] 刘跃进：《中华多民族文学经典理应进入中文系课堂》，《文学遗产》2015 年第 4 期。

在有识之士的共同努力下，上述呼吁日渐生效，在学科建设乃至全民教育中注重多民族文学普及推广的看法已逐渐成为学界共识。顺此延伸，本书的重点亦集中在与之相关的如下方面。

(1) 以多民族文学研究促进"整体文学观"的建立　20世纪后半期以来，国内外的文学研究出现了文化研究和人类学转向的热潮。然而，在将文化文本纳入文学研究或将文学文本置于社会文化的场域中进行研究时，主流学界往往忽略非汉语文学和多样性社会文本的存在。本书通过对现实中大量存在的多民族文学共存共生的现象进行系统性研究，弥补学界忽略非汉语民族文学和文化现象的缺失，将多民族文学现象视为整体的统一存在，以此建立涵盖各民族文学实践在内的新的"整体文学观"，从而促进"中国文学"学科观念的更新和文学教育知识结构的调整。

(2) 催生中国多民族文学的"共同发展观"　也就是把多民族文学置于多民族国家的整体社会结构之中予以审视和考察。作为一种社会事实的多民族文学，是多民族国家结构中的一部分，是多民族国家构成的一种反映。本书把多民族文学的生成和现实状况与国家的整体社会结构结合起来，考察多民族构成的社会现实的权力分配与多民族文学实践的关系。

(3) 倡导多民族国家的文学与文化上的"不同而和"　具体内容是强调各民族文学在保持差异性和民族特性的基础上共同发展。当今世界，多元文化的存在既是事实也是人类应当坚持的方向。因此，应当承认中国拥有长时段的多民族文学相互交流的历史事实，并在此基础上坚持多民族文学的平等互动和共同前进。

(4) 创建中国多民族文学的话语体系　当代中国的多民族文学研究进入了新的阶段，通过各族学者的共同努力，在取得显著成绩的同时暴露出诸多问题。为使整体的研讨进一步推进，需要从理论和方法上自我反思，并提出有效的解决路径。笔者认为最重要的任务就是以学界前辈成果为基础，从根本上创建多民族文学的理论话语。

回想2013年新年之际，笔者作为首席专家的国家社科项目组成员与部分多民族作家、诗人和评论家会聚一堂，畅谈文学、民族与生活的关联意义。在各民族文学家以汉语和其他民族母语所呈现的激情朗诵和交流中，大家再次感受到"不同而和"的文化魅力，更意识到"文学在场"的历史使命。

或许这将成为研究"中国多民族文学的共同发展"的理想前景。

第一章　文学词变：现代中国的新文学创建

晚清民初以来，在"西学东渐"及本土变革推动下，文学被逐渐视为唤起人心、改造国民乃至塑建国家的利器，形形色色的改良派、革命家、"新文化运动"发起人等均投身其中，呼唤文学，从事文学，重建文学。一时间，"文学"成了汉语社会频繁使用的重要概念和术语，与之相关的各种实践也四方呼应。

一　内外交织的文学变义

汉语的"文学"指什么？《现代汉语词典》给出了一个条目式定义：

【文学】wénxué 以语言文字为工具形象化地反映客观现实的艺术，包括戏剧、诗歌、小说、散文等。[①]

需要追问的是：这样的定义从何而来，何时开始，又由谁决定的呢？事实上，即便在现代生活的广泛使用中，汉语"文学"的词义远非此条解释那么简单同一，而是所指驳杂，涵盖古今中西。若要对其中关涉的问题加以解答，需要做一番语词演变的纵横梳理。

作为流传久远的表意符号——也就是汉语世界世代沿袭的古老能指，"文学"一词在西元以前的孔子时代便已出现。在《论语·先进》篇中，使用者将文学与言语、德行及政事并置，举出了相应的体现传人，"文

[①] 中国社会科学院语言研究所词典编辑室编：《现代汉语词典》（第7版），商务印书馆2016年版，第1373页。

学"的代表是子游、子夏。① 不过，与先秦汉语使用的许多情况类似，《论语》中的"文学"由各有所指的两个汉字组成，既可合称亦可分析，含义宽泛，诠释不一。对此，后世有的理解为君子应有的才学、品行或能力，有的注释为孔门"四科"之一，② 大多指"文章博学"或"文治教化之学"等，③ 都与《现代汉语词典》的释义相去甚远。魏晋时期，朝廷设立侍奉太子教育的官职，"文学"的所指又有叠加，还成了一种官衔称谓。④ 到南朝时，在帝王政治干预下，"文学"又与"儒学""玄学""史学"并立，成为官方首肯的四学、四科⑤。然而就在这些变化相继发生的并行过程中，由于学统、道统及其影响下的私塾、书院及科举等需求推动，《论语》开创的经典用法照样存在，彼此各行其是，交错并存，就像沿袭由古相承的传世器物一样，"文学"一词在世代交替的语用中，既在词符上形存如故又在词用上不断载新，呈现为以一释多、以旧载新的语义重叠，形成能指与所指不再简单对应的一词多义。

这就是说，即便在古代汉语中，"文学"一词的使用，虽缘起久远，流传广泛，就词与物的实际关联而言，却已是同符共用，各指所需，并且即便圣人已在特定语境中创其所指，后人亦照样能以此言他，而未必会千篇一律地恪守古训。于是，面对如此驳杂的语用演变，需要思考辨析的是，其中的一次次历时性新增，如因叠加到不同时代的共时

---

① 《论语·先进》记载说："子曰，从我于陈、蔡者，皆不及门也。德行：颜渊、闵子骞、冉伯牛、仲弓；言语：宰我、子贡；政事：冉有、季路；文学：子游、子夏。"
② 南朝梁皇侃的解释是"文学，谓善先王典文也。"（皇侃《论语义疏》卷十一）朱熹注释说："弟子因孔子之言，记此十人，而并目其所长，分为四科。孔子教人各因其材，于此可见。"
③ 参见王齐洲《论孔子的文学观念：兼释孔门四科与孔门四教》，《孔子研究》1998年第1期。
④ 《通典》卷30《职官十二》载："汉时郡及王国并有文学，而东宫无闻。魏武置太子文学，自后并无。"作为服务皇族的宫廷官职，魏晋时期的"文学"职官被认为是"曹魏侍从官僚群中最具特色"的类型。参见刘雅君《曹魏东宫官制研究：汉晋间东宫官制演进中的承前与启后》，《许昌学院学报》2013年第6期。
⑤ 《宋书·雷次宗传》："元嘉十五年，征次宗至京师，开馆于鸡笼山，聚徒教授，置生百余人。会稽朱膺之、颍川庾蔚之并以儒学，监总诸生。时国子学未立，上留心艺术，使丹阳尹何尚之立玄学，太子率更令何承天立史学，司徒参军谢元立文学，凡四学并建。"《通典》："明帝泰始六年，以国学废，初置总明观祭酒一人，有玄、儒、文、史四科，科置学士各十人。"

结构后，对该词的解读产生干扰遮蔽，使得其语义的每一次呈现都不得不视文本规定的特定语境及阅读者的修养乃至需求而定，以致引发不可避免的诠释之争。例如，与《论语》"文学"用法伴随而生的"孔门四科"说流传甚久，到了道光年间之后，仍又出现俞樾式的质疑和反驳，认为四科之分不但有违孔子之意，而且有损于学术传承，曰：

> 夫人各有能不能，孔氏之徒，各有所长，固无足怪。然分为四科，而以德行冠之，使后世空疏不学之徒得而托焉。则于学术之盛衰，人才之升降，所系甚大。是不可以不辩！故曰：四科非孔子之意也！①

可见把握汉语"文学"的语义，稳妥的办法不是以结论的方式对其简单定义，亦不是在历代累成的诸义项中随取其一，而应以词论词，区分同异，必要时还应结合历史语境，从学理上深入辨析。

在现代语言学理论看来，"语言的问题主要是符号学问题"。② 为此，语言学家们对语言符号的人为特征加以论证，提出对词与物能否对应的质疑。索绪尔把任意性视为语言符号的第一真理，列出了符号、语言与语义等关系的公式，即：

$$\text{"可固定的任意价值"} = \text{"可固定的任意符号"}③$$

此公式的含义可概括为"可固定的不确定性"，强调了词物之间既联系又分离的特征。以汉语的"文学"来说，可固定的是它的词符、能指，不确定的则是所指与词义。前一特征促成了"文学"可作为外形固定的汉字符号不断呈现并千古流传，后一特征则为众多的使用者自行填充和添加词义提供可能。这一过程延续到晚清，便引发了汉语

---

① 俞樾：《孔门四科说》，《皇朝经世文续编·卷二》"学术二·原学"。
② [瑞士]费尔迪南·德·索绪尔：《普通语言学教程》，高名凯等译，商务印书馆1980年版，第39页。
③ F. D. Saussure, *Ecrits de linguistique générale*, Paris: éditions Gallimard, 2002。转自屠友祥《索绪尔"符号学"设想的缘起和意图》，《浙江大学学报》2005年第5期。

"文学"的再度词变。

简略而论,由古而今的汉语词变可分为"古代汉语"与"现代汉语"两大时期和类型。其中,"文学"的词义在"古代汉语"里即已驳杂如上,步入"现代汉语"后更为迷离。为此,需要进一步寻求解答的是:汉语"文学"的现代从何算起? 前引《现代汉语词典》的文学义项缘何而生? 这样一来,我们还得再次进入历史,回到晚清。

光绪二十三年(1897年),梁启超主编"以翻译为本"的《时务报》刊发了一篇有关妇女教育的译文。该文是由日文转译的一则英报访谈,以对话形式比较了英法女子的新式择业。文中经由英国女性名流之口,不仅把文学与绘画、雕刻和音乐等总称为"美术",而且以文内加注的方式把"创作小说"解释为"文学之粹美",称:

> 予常告爱好文学之女子,宜学习绘画。……夫创造绘画之事,未尝与创作小说(西人以小说为文学之粹美)之事相异也。况美术(西人以绘画雕刻音乐诗歌为美术)之与文学,又本有至密至切之关系乎。①

该文译者古城贞吉是《时务报》聘用的"东文报译"日文主译。《时务报》被视为戊戌时期影响最大的中文报刊,据称那时传播新名词最为有力者莫过于古城贞吉主持的"东文报译"栏,90%以上源自日语的"和制"新词都出现在这样的报刊栏目里。②

有学者根据同时期汉语报刊相关义项的统计对比,将该文对话的表述视为汉语"文学"新义项在近代中国实际使用的首例。③ 联系上述相

---

① 古城贞吉译:《得泪女史与苦拉佛得女士问答》,《时务报》第39号,1897年8月;参阅陈一容《古城贞吉与〈时务报〉"东文报译"论略》,《历史研究》2010年第1期。
② 黄兴涛:《日本人与"和制"汉字新词在晚清中国的传播》,《寻根》2006年第4期。另有人指出,"大量具有现代意义的新概念、新词汇的使用,使'东文报译'成为戊戌时期最大的'和制'词汇引进平台。"陈一容:《古城贞吉与〈时务报〉"东文报译"论略》,《历史研究》2010年第1期。
③ 蒋英豪:《十九、二十世纪之交"文学"一词的变化》,《中国学术》总第26辑,商务印书馆2010年版,第130—149页。

关背景来看，这样的年代回溯——也就是把"文学"新义项的出现置于晚清是有道理的。光绪年以来不但出现了以皇权缩减为代价的新政，而且出现了以语词替换为标志的思想转型。这场转型持续久远，波及广泛，并且因复古思潮及域外介入等影响而呈现为新旧交错，中外难分。也因如此，有关"文学"词语在晚清的转型个案不可统而论之，而须深入辨析，即还不能把其作为新词的出现定在某年某日之某文呈现就了事。

《时务报》第 39 号影印版，1897 年 8 月：
《得泪女史与苦拉佛得女士问答》

事情没那么简单。

就在光绪二十三年十月，据传为严复与夏曾佑合著的《本馆附印"说部"缘起》在天津的《国闻报》刊出。作者通过中外对比，把小说地位提到能开化国民的高度，认为"其入人之深、行世之远，几几出于经史之上",以至于天下人心风俗,都受小说的影响和制约。① 但该文虽也提到与欧、美、日的比较,却将小说与本土分类的传统"说部"等同,且仅就小说谈小说,未涉及对"文学"的整体界定。

次年,梁启超在《清议报》发表《译印政治小说序》,借用国外说法,把小说称为"国民之魂",同时引述康有为的话,也将小说与文学并提,称在中国传统里"深于文学之人少而粗识之无之人多",从而导致文野之分,上下相隔,故"六经虽美,不通其义,不识其字,则如明珠夜投,按剑而怒矣"。对此,梁启超转述康有为看法,称应以小说传教化,乃至代六经、正史、理学和法律,曰:

> 六经不能教,当以小说教之;正史不能入,当以小说入之;语录不能谕,当以小说谕之;律例不能治,当以小说治之。②

不久,梁启超又撰写文章,秉承对"文学"的上述界定,再次把小说视为"文学之最上乘者",并由此发出影响深远的"小说界革命"号召,呼吁有识之士都投身创作"改良群治"的新小说中。③

但是到了光绪三十二年(1906),章太炎却以《文学论略》为题撰述说:"文学者,以有文字著于竹帛,故谓之文;论其法式,谓之文学",坚持沿用"文学"一词的汉语古义,意指近乎文章之学。④

到了宣统年间,在苏州教会学校东吴大学任教的黄摩西(黄人)等编写《中国文学史》教程,虽采用了"文学"一词的新义加以阐述,却一方面将其列为关涉美的一种"学",与突出"真"的科学、哲学及突出"善"的伦理学、宗教学等并举,一方面又把古汉语文类从"命""令""制""诏""策"到四书五经、六艺、诸子等凡以文

---

① 参见《本馆附印"说部"缘起》,《国闻报》,光绪二十三年(1897)十月十六日至十一月十八日。梁启超曾在《小说丛话》里提到,此文"实成于几道、别士二人只手。"后人据此将此文归为严复与夏曾佑合著。
② 梁启超:《译印政治小说序》,《清议报》第1册,光绪二十四年十一月十一日刊。
③ 梁启超:《论小说与群治之关系》,载《饮冰室合集》,中华书局1989年版。
④ 章太炎:《文学论略》,《国粹学报》1906年第10—12号。

传承的典籍统统列入其中。从而使其"文学"的用法又与章太炎几乎一致了。① 而在此之前，由传教士引进、在晚清各界影响广泛的《文学兴国策》译著里，"文学"一词关涉的仍是实用的文教而非审美的艺术，原书名称《日本的教育》，英文写为 Education in Japan。②

值得注意的是，之所以把 Education 译为"文学"，依照主译者林乐知（Young John Allen）的译见，当是迫于汉语"新名词之困"而采用的变通。林乐知是介于英汉两种语言文化之间的来华传教士，任过《万国公报》主编和东吴大学董事长，常与中国士人合作推动对西学的引进。1904年，他与范炜联署发表《新名词之困惑》一文，认为汉语新名词的使用关系着整体中国的"释放"——"释放而有改革，改革而后长进……新天新地，新人新物，莫不由释放而来。岂惟关系于新名词哉？"③ 对处于变革时期的近代中国来说，新名词的来源主要在欧洲，而引进的方式有三：直译、意译和选用日译。《文学兴国策》的选择趋向于意译，于是便出现了以"文学"翻译 Education——意指"文教"的新词选项。该译著强调"文学为教化必需之端"，阐述说：

> 国非人不立，人非学不成，欲得人而以治国者，必先讲求造就人才之方也。造就人才之方无他，振兴文学而已矣。夫文学固尽人所当自修者也。④

因此，不但收入《文学兴国策》译著的作者多为美国著名的大学校长和教育人士，当时的汉译本接受者们也大多是把其中的"文学"一词理解为学问、学术和教学的。为该书作序的进士龚心铭在序言里一

---

① 黄人：《中国文学史》，1907年印。另可参阅杨旭辉点校本，苏州大学出版社2015年版。
② 林乐知、任廷旭合译：《文学兴国策》，上海广学会1896年印行，上海书店出版社2002年重印本。
③ 林乐知、范炜：《新名词之辨惑》，载李天纲编校《万国公报文选》，香港三联书店1998年版，第679页。
④ 林乐知、任廷旭合译：《文学兴国策》，上海广学会1896年印行，上海书店出版社2002年重印本。

方面赞叹美日等国因"广兴文学",而使"百余年间,日新月盛";另一方面又把"文学"两字做了拆分,称"泰西大书院、普学院,文全学备,科第可出其中";而相比之下,中国的状况却是"文品日卑,学之所由废也。"① 可见其中的"文学"一词,与前引梁启超等的论述虽写读一样,用意却相差甚大。值得再次提及的倒是本文开头提过的《时务报》译者古城贞吉。古城于1897年出版的《支那文学史》一书,被誉为以世界视野进行观照的"日本第一部中国文学通史",其中的论述无论对作品的选择还是具体的阐释,都已具有明确的"文学性"特征。②

此外,在"以汉译外"的词语革新历程中,还有一条起源更早且与"东洋"并行的"西洋"路径,即西方传教士的英汉翻译。早在明朝年间(天启三年,1623年),意大利传教士艾儒略(Jules Aleni,1582—1649)就已在《西学凡》和《职方外纪》等著述中将西语的Literature引入汉语,并采用音译方式写为"勒铎理加",但含义主要指与理科、医科等并立的"文科"。文中写道:"科目考取虽国各有法,小异大同,要之尽于六科,一为文科,谓之'勒铎理加';一为理科,谓之'斐录所费亚'……"不过或许由于水土不服,非但连艾约瑟(Joseph Edkins,1823—1905)等更接近于后世新义项的"文学"新词未能在明朝扎根,"勒铎理加"式的音译汉词更遭世人遗忘。③ 尽管如此,艾儒略以音译方式开创的新词类型,其意义仍不可低估,至少为西语汉译提供了另一种可能。并且不该忘记的是,从大历史视野看,汉语世界对成体系的"西学"接纳,被认为"应以明末因基督教传入而夹带的学术为其端倪。"④

---

① 林乐知、任廷旭合译:《文学兴国策》,上海广学会1896年印行,上海书店出版社2002年重印本。
② 段江丽:《明治年间日本学人所撰〈中国文学史〉述论》,《中国文化研究》2014年第2期。
③ 蒋英豪评论说,艾约瑟等传教士播下的种子落在不太适合的明朝土地里,致使其创举未能引发模仿学习,以促进新义项的"文学"一词在中国生根。参见蒋氏《十九、二十世纪之交"文学"一词的变化》,载《中国学术》总第26辑,商务印书馆2010年版,第130—149页。
④ 侯外庐:《中国思想通史》第4卷下册,人民出版社1980年版,第1189页。

这样，若将汉、日、英不同语言关于"文学"与 literature 的互译排列起来，即可得出如下图示：

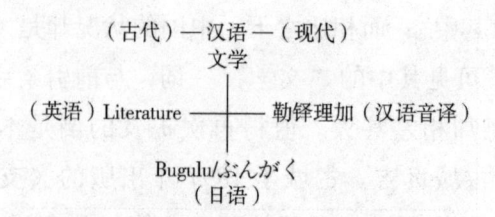

```
        （古代）—汉语—（现代）
                文学
（英语）Literature ——┼—— 勒铎理加（汉语音译）
              Bugulu/ぶんがく
                （日语）
```

到了中西交汇、新旧混杂的晚清年间，汉语世界的改良者们对于外来新词的采纳和混用日益盛行。在"文学"一词的运用上，就连被认为率先确立了该词新义的梁启超本人，也接受过"文教""文科"等多种歧义用法，在1896年还将《文学兴国策》列入影响广泛的《西学书目表》向国人推荐，称其为"日本兴学取法之书"，[1] 而在次年就把该词转指以小说为代表的艺术创作，自相否定，置新旧混用的词语冲突于不顾，或者说不定就是要在词语冲突的试验中弃旧迎新。

到了宣统三年，也即武昌起义发生的1911年，王国维发表《国学丛刊序》，提出世界学问不外三种，即科学、史学和文学，又把文学归入学术范畴，强调"中国之学，西国类皆有之；西国之学，我国亦类皆有之"，力图淡化中西古今间的思想文化分别，甚至认为谁要是强调这种分别，谁就是不学之徒。[2]

总之，晚清时期，汉语的"文学"在实际语用中含义混杂，交错并举，再度体现为一词多用的样态。根据相关梳理，仅梁启超主持三种主要报刊使用的"文学"一词，其中包含的不同义项就接近10种之多，分别指：文章博学、儒家学说、学校、文才、才学、文教、学术及语文、文科、人文学科等，有时还用指文艺复兴，称"文学再兴"。[3]

---

[1] 梁启超：《读西学书·法》，收入夏晓虹辑《〈饮冰室合集〉集外文》，北京大学出版社2005年版，第1315页。

[2] 王国维：《国学丛刊序》，1911年，收入干春松、孟彦弘编《王国维学术经典集》（上），江西人民出版社1997年版。

[3] 蒋英豪：《十九、二十世纪之交"文学"一词的变化》，《中国学术》总第26辑，商务印书馆2010年版，第130—149页。

将这样的演变转化成共时的结构，即可见出一幅分叉的树状图，其间的义项枝条皆由"文学"派生，只不过形同实异，所指相隔：

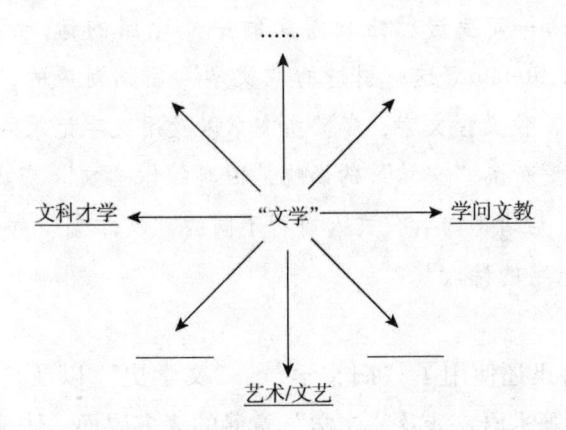

```
            ......
              ↑
文科才学 ←— "文学" —→ 学问文教
              ↓
           艺术/文艺
```

可见，汉语"文学"在晚清以后一方面使用频繁，成为影响广泛的重要词语；另一方面却仍然是各执一端，语义纷纭。

二 "英文学"对应下的"汉文学"革新

在这样的局面中，指向于艺术之一种的"文学"新义是怎样渐行滋生的呢？对此，卷入晚清民初思想转型的鲁迅做过较为透彻的自述和辨析。他在《门外谈文》一文里先是对汉语使用的"文"做了简述，继而从口传、结绳、书契、文字一直谈到"文学"。鲁迅指出：

> 现在新派一点的叫"文学"，这不是从"文学子游子夏"上割下来的，是从日本输入，他们的对于英文（Literature）的译名。会写写这样的"文"的，现在是写白话也可以了，就叫作"文学家"，或者叫"作家"。

联系此处引述的上下文，鲁迅的话谈了至少六件事——

1) "文学"是一个名称，一种叫法，古时就有，可随时代演变。
2) 新旧"文学"用词一样，含义不同。
3) 新派的"文学"非本土发明，而是由日本输入。

4）由日本输入的"文学"亦非日语原创，而是对英语 literature 改写，也即是对西方术语的引进。

5）若一定要进行语词意义的中外比照的话，汉语传统用法中，能与 literature 这一引进的"文学"新词对应的，是"文"而非"学"，狭义指文字，广义指文章以及用文字记录的口语。

6）受新派"文学"的影响，旧时的作"文"变成了现代的写"白话"，后者即与古代文人有所不同的"文学家"和"作家"，包括"不识字的诗人"。

文中，鲁迅还使用了"旧文学"、"文学史"以及"民间文学"、"外国文学"等术语，涉及"文学"意涵的诸多层面，体现出对该词新义的自觉掌握，但对具体所指为何也未给予细说。

有关由日本转入的"文学"新意涵问题在后来高名凯等编的《汉语外来词词典》里得到进一步的梳理。该词典把现代意义的"文学"作为源自日本的"外来词"收录，注有日语读音：bugulu（ぶんがく），含义指"以语言、文字为工具来形象化地反映客观现实的作品，包括诗歌、小说、散文、戏剧等"，注明是对英语的 literature 意译。[1] 通过对比研究，编著者指出，与印欧语来源的汉语外来词不同，日语来源的绝大部分是"汉字词"，也即只借用其汉字书写形式，或者直接"用古代汉语的词去意译印欧语系各种语言的词"，于是出现新旧词义不尽相同乃至完全不同现象，如"革命"即为后一类型；此外还有利用汉字自造新词以表示新事物的，如"电报""汽船"等。[2] 相比之下，"文学"的性质当居中间，其既不是像"革命"那样与汉词古义完全无关，同时又接近于"电报"一类的新事物。

与英文 literature 对应的"文学"新词如何经日本传入，具体例证

---

[1] 刘正埮、高名凯等编：《现代汉语外来词词典》，上海辞书出版社1984年版，"序言"第2页。

[2] 刘正埮、高名凯等编：《现代汉语外来词词典》，上海辞书出版社1984年版，"序言"第2页。

难以确切考证，光绪二十九年（1903年）刊于上海《大陆报》第3期的一篇佚名文章透露的历史讯息却弥足珍贵。该文以《论文学与科学不可偏废》为题，将文学与科学并举，把前者称为"形上之学"，后者为"形下之学"，最为重要的是，都指明了两个词语的外来属性，并做了英汉比照。作者指出，"文学"译自英文的 literature，音译的话可叫作"律德来久"；"科学"译自 science，音译为"沙恩斯"。为了表明作为外来新词与所选汉字的分别，论述者在强调"科学"一词"吾国向所未有"的同时，以形上、形下的关系演变对"文学"新义做了间接阐述，曰：

> 至十六世纪，"沙恩斯"一字，乃与"阿尔德"art 一字相对峙。盖"沙恩斯"为学，而"阿尔德"则术也。至十七世纪，"沙恩斯"一字，又与"律德来久"literature 一字相对峙。盖"沙恩斯"为科学，而"律德来久"，则文学也。①（文内双引号为引者所加）

《大陆报》由晚清维新人士戢元丞、秦力山与杨廷栋等在上海创办。依据该刊采用轮流主笔且主要文稿均不署名的惯例，《论科学与文学不可偏废》的作者有可能为其中某一位。② 由于主笔们都是留日学生，该文有关"文学"新词与 literature 比照的论述或许便证实了鲁迅所说的"由日本传入"，不过文中并无直接点明，故还不能作为确切例证。值得关注的是，其中对"律德来久"音译名的发明和对照，为最终选用"文学"旧词作为意译替代的同时，极力挣脱该词旧义的束缚提供了别样的可能，意义不可低估，同时也表明"文学"新词的发生和引进，即便在与 Literature 相对接的词变意义上，无疑同时或先后存在过并行交叉的多条路径，而非一蹴而就，单文定音。由"沙恩斯"、"阿尔德"及"律德来久"等音译方式构成的汉语新词符，虽未在晚清

---

① 佚名：《论文学与科学不可偏废》，《大陆报》1903年第3期。
② 邹振环：《戢元丞及其创办的作新社与〈大陆报〉》，《安徽大学学报》2012年第6期。

以后的外来词引进里生根沿用，但由于明确标志了与来源语的直接对应，即已可作为与古代汉语相同词符分道扬镳或各分秋色的重要确证。这就是说，与"律德来久"等同的"文学"已成为晚清词变的新事物，将沿着以西释中乃至由今化古的道路迈进。

再说居于汉英之间的东洋日本。根据铃木贞美等学者研究，由于受汉语古义及英文多义的双重制约，明治前后的日本学界在近代"脱亚入欧"过程中选用"文学"一词翻译西语的 literature，也经历了从广义之"学"到狭义"艺术"的演变，直到明治二十年代后才逐渐定型为作为美术（art）之一种的"美文学"或"纯文学"。而在明治元年（1868），出现在日本新式教育章程说明中的"文学"一词，其含义仍与"武学"相对，用指对经史学、医学、科技和经济学的总称，接近于该词在古代汉语的传统用法。① 就连森有礼所编的 *Education in Japan* 一书转译成日文时，也未如汉译本那样以"文学"称之，而是径直译成了《日本教育策》或《日本の教育》。②

最早与 literature 对应意义使用"文学"一词的事例，被认为是明治八年（1875）发表的《感叹日本文学的衰落》一文。后世学者指出，作者福地樱痴在文中讨论的"文学"，体现的即是"作为艺术体裁的 literature 译语"。这一用法可视为"19世纪欧洲形成的 literature 概念找到了最适合日本的形式并且固定下来"的标志。③ 不仅如此，福地樱痴还为此意义的"文学"列出小说、诗歌和戏剧三大类型，并且分别以"小说传奇"、"演戏院本"和"诗"来同英语的 novel、drama 及 poem

---

① 参见［日］铃木贞美《文学的概念》，王成译，中央编译出版社2011年版，第107—108页。原著名为《日本の"文学"概念》，日本作品社1998年版。

② 参见赵建民《森有礼的〈Education in Japan〉在中国的翻译及其影响》，《贵州大学学报》2001年第2期。该书的日文译本大致有：《日本教育策》（摘译本），收入吉野作造编《明治文化全集》第10卷"教育篇"，日本评论社1928年3月出版；《日本の教育》，收入尾形裕康编《学制实施经纬の研究》，校仓书房，1963年11月；《日本の教育》，收入永井道雄编《日本の教育思想》，德间书店"近代日本の名著"（丛书），1967年5月。承蒙星野丽子女士协助提供相关资料，特此致谢。

③ 矶田光一：《鹿鸣馆の系谱：近代日本文艺史志》，文艺春秋，1983年，收录于《矶田光一著作集》，小泽书店1991年版，第95页；转自［日］铃木贞美《文学的概念》，王成译，中央编译出版社2011年版，第114页。

源词语对应，从而不仅把这三个应同样视为外来词的译介属性凸显出来，而且通过"对小说、戏曲和诗歌赋予相当的重要性，为日本'文学'指明了前进的方向"。①

实藤惠秀的《中国人留学日本史》一书指出："日本人借汉字制作新语时，有时用中国成语的字汇；然而新语却不含这个成语原来的意义，只当作包含一种新鲜意义的词语使用。"在此背景下，"文学"一词的出现，便是"借用中国成语'文章博学'的字汇而成的；维新以后，这个词汇在日本被用来代表西洋所谓 literature 的意义"。②

基于文字使用上的传播影响，日本常被划入"汉字文化圈"来看待，同时仍被视为拥有独立语言和文化的国度。③ 这样，在近代经日本转回中国的"文学"新词，应归为日语还是汉语，又是个有待辨析的问题。其中的内容，涉及史学、语言文字学以至文化的分界。不过对于以汉字符号接纳西学新词的近代转变而言，中日之间在能指选用与所指创新上的双向往来，无疑发挥了重要作用。

新词"文学"在近代日本由汉（字）及英（语）的义项添增中，有一位代表性人物值得关注，那就是留学西洋的作家夏目漱石。夏目漱石年轻时就在日本学习英国文学，1900 年奉派伦敦，继续英语深造，主攻"文学"科目。为了解答对文学的理解，他选择了三种互补方式，即：以英语为媒介研读文学作品和文学史等与文学相关的书籍、选修英国文学史课程和向私塾老师请教。学成回国后，他不仅因创作《我是猫》等小说一举成名，被奉为日本近代文学的开山人物，而且撰写了

---

① 参见［日］铃木贞美《文学的概念》，王成译，中央编译出版社 2011 年版，第 114—119 页。在被转引的福地樱痴论述中，还出现有"小说文学"及"诗学文学"等用法，体现出"文学"由若干次级分类组成，具有担当更高一级所指之总名的意味了。

② ［日］实藤惠秀：《中国人留学日本史》，谭汝谦、林启彦译，生活·读书·新知三联书店 1983 年版，第 283 页。

③ 对于东亚地区以汉字为基础的跨国关联，也有日本学者提出过大汉字或大汉学帝国的说法，如小森阳一写道："以共同的汉字表记和汉文文法为基础，不妨总称为'汉学'的这一国际性的语言和思想体系便在亚洲一带形成，即使在'汉'这一国家消灭之后，'大汉学（字）帝国'仍然绵延不断，持续了很久。"参见小森阳一《帝国的文学/文学的帝国：夏目漱石的〈文学论〉》，"比较现代主义：帝国、美学与历史"国际学术研讨会，2005 年 8 月 3—6 日，北京。

专门的理论著作《文学论》，就文学的意涵阐发自己的见解。在书中，夏目漱石也将英汉语言中的"文学"加以对比，分为"汉学的"和"英语的"两种类型，强调彼此性质不同，"最终是不能划归为同一定义之下的不同种类的东西"。为此，夏目漱石坦陈自己曾长期受到"汉文学"与"英文学"的差异之困，因而"下决心从根本上解决何谓文学的问题"，具体来说，就是以英语的经验为对照，不仅在名称上辨析文学是什么，而且力图做到：1）"从心理方面，搞清文学如何需要，缘何得以生存、发达和衰落"；2）"从社会学的方面探明文学如何是必要的，研究文学的存在、兴盛和衰灭"。① 此努力的目标是要经由并超越"文学"能指的符号表层，抵达其所指的更广面相。

夏目漱石认为就文学说文学的办法，无异于"以血洗血"，结果将无济于事。② 于是他采用与众不同的方式，一反前人以词释词惯例，通过汉字、片假名与罗马字母及数学符号的组合，得出了一个独特公式："F+f"。夏目漱石写道："凡そ文学の内容の形式は（F+f）なることを要す。"③ 直译成汉语，意思是："大凡文学的内容，其形式须符合（F+f）。"依照夏目解释，F指"焦点印象或观念"，f指附属于F的"情绪"；也就是说，文学关涉印象与观念两个方面，是"认识要素（F）和情绪要素（f）的结合"。④

夏目漱石公式的独特在于既不沿用古汉语的"文学"义项，也没有直译英语的literature，而是借助同样外来词性质的"内容""形式"等新词，把解说聚于该能指的内在构成，阐释这一夹在汉英之间的新词所承载的含义究竟为何。于是，"文学"便从汉学的"典籍""学问"等旧语义中分离出来，始与"印象"、"观念"及"情绪"等其他新词

---

① ［日］夏目漱石：《文学论》，王向远译，上海译文出版社2016年版，"序言"。
② ［日］夏目漱石：《文学论》，周作人序，张我军译，神州国光社1931年版。
③ 《夏目漱石全集》十四卷，岩波书店，1995，27页。
④ 这段日文有多种汉译版本。1931年由周作人作序的张我军译本为"大凡文学内容之形式，需要F+f。"2011年王向远的新译本则为"文学内容，若要用一个公式来表示，就是（F+f）。"后面的译文大同小异，都译出了焦点、印象、观念和情绪。王向远译本对"文学的内容"做了解释，认为意指"使文学成为文学的基本材料"，有时称作"文学的材料"。

关联，使其不仅汇入英语的场域和所指，同时也暗示了夏目一再重申的"作为日本臣民的荣耀和权利"，呈现出力图从汉英词语之束缚中超越出来的努力迹象。柄谷行人认为，夏目漱石的 F + f 公式"意味着把西方文学和日本文学、文学和科学等的'质'的区别，转换为'量'的差异——即作为'比率'来探讨"。①

夏目漱石于 1903 年返回日本，受聘于东京大学任教，讲授英语文学。他编撰的《文学论》先在大学宣讲，呈现给"接受高等教育、并会左右未来文学走向的青年学子"。该书虽未定稿，但不久仍以专著形式推至社会，传播至大众之中。② 如果说仅《文学论》一书的论述尚不能说明留学西洋对夏目漱石从事文学的直接影响，也难以指出英语 literature 在日语"文学"新词中注入的明晰词义，但通过夏目漱石"作者自序"等陈述，仍能发现彼此间的多重联系。一方面，他坦诚出国的愿望是找出汉英之间对于"文学"界说的差异，借助英语经验探寻新的"文学活动力"；另一方面又表示未能做到全然以英国（绅士）为榜样，万事顺应对方，故而在伦敦即被视为过"神经衰弱的狂人"。③ 然而即便这样，却没影响他回日本后成为作家，依据文学即"认识 + 情绪"的理解，创作并发表《我是猫》这类以情绪聚焦的"癫狂"作品，甚至"祈求这神经衰弱与癫狂永远伴随"。④ 在《我是猫》里，夏目漱石将整个社会刻画为"疯人的群体"。其中——

> 疯人们聚在一起，互相残杀，互相争吵，互相叫骂，互相角逐……像细胞之于生物一样沉沉浮浮、浮浮沉沉地过活下去。

> 大疯子滥用金钱与势力，役使众多的小疯子，逞其淫威，还要被夸

---

① 参见柄谷行人《漱石和文学：夏目漱石试论（二）》，转自"人文与社会"，http://wen.org.cn/modules/article/view.article.php/c2/1641，提交日期：2011 年 1 月 30 日；下载日期：2017 年 2 月 1 日。
② ［日］夏目漱石：《文学论》，王向远译，上海译文出版社 2016 年版，"序言"。
③ ［日］夏目漱石：《文学论》，王向远译，上海译文出版社 2016 年版，"序言"。
④ ［日］夏目漱石：《文学论》，王向远译，上海译文出版社 2016 年版，"作者自序"。

为"杰出的人"。①

可见,夏目漱石的意义,在于置身于"汉文学"与"英文学"之间,同时从语词、语义和语用三个方面实现了"文学"新词在现代的过渡和转型。他因杰出的创作实践及文论开拓而赢得"国民大作家"之称,被誉为"不仅代表明治文学,而且代表整个日本现代文学的巨人"。② 对于夏目漱石的《文学论》,有学者评价说,该著的面世堪称近世日本的一个"极富象征意义的举动";③ 有的认为该著是"整个明治和大正时代唯一的、最高的、独创的"代表,在思想的深刻性上,日本作家和文学家中"无人能比"。④ 不过,对于现实的日本而言,夏目漱石起到的新文学意义,应还不仅限于其撰写的理论专著《文学论》,而更在于《我是猫》那样的小说创作。即便已具有开拓性文论家特征,但由于采用(F+f)那样的公式阐释、对 art for art(汉译"为艺术而艺术")等短语索性照录,加之文字晦涩,使前类著作在授课时就效果不佳,出版后也影响有限;相比之下,反倒是《我是猫》等作品一经刊出便引起轰动,取得新"文学"在传播及接受上的巨大成功。如果说对"文学"语词的英汉辨析,仅仅将夏目漱石汇入符号转型开拓者行列的话,对"文学"新语词的实践性语用——亦即成功的作品创作——才使他获得了真正的文学家身份。也正因为如此,日本大藏省才会在1984年及1990年连续把夏目漱石头像作为文学代表印上日元纸钞。⑤

几乎就在夏目漱石《文学论》面世前后,鲁迅前往日本留学。在那期间,鲁迅买读了夏目漱石的许多作品,在观念和创作上受其影响及启发颇多,甚至与周作人、许寿棠等合租了夏目漱石住过的房屋,再后来,连胡须扮相也与之十分接近,得到过"中国的夏目漱石"之称。⑥

---

① [日]夏目漱石:《我是猫》,于雷译,吉林大学出版社2000年版。
② 何少贤:《日本现代文学巨匠夏目漱石》,中国文学出版社1998年版,第206页。
③ [日]小森阳一:《帝国的文学/文学的帝国夏目漱石的〈文学论〉》,"比较现代主义:帝国、美学与历史"国际学术研讨会,2005年8月3—6日,北京。
④ [日]吉田精一:《近代文艺评论史·明治篇》,东京:至文堂1975年版,第836页。
⑤ 参见陈希我《夏目漱石:永远的反动派》,《名作欣赏》2009年第19期。
⑥ 毛执剑:《试析夏目漱石对鲁迅的影响》,《赤峰学院学报》2012年第11期。

夏目漱石（1867—1916）　　　　鲁迅（1881—1936）

在《我怎么做起小说来》的回忆文章里，鲁迅列举当时"最爱看的作者"只有四位，其中便有夏目漱石，另外是俄国的果戈理、波兰的显克微支和日本的森鸥外。鲁迅总结说，时至晚清年间，当他留心文学的时候，情形和现在是很不同的："在中国，小说不算文学，做小说的也绝不能称为文学家，所以并没有人想在这一条道路上出世。"也就是说，即便已出现严复、梁启超等新派人士的改良疾呼，汉语"文学"的新义项，也就是新观念的文学，其实尚未普遍扎根，故面向域外的"拿来"事业还不得不继续推进。为此，鲁迅便与胞弟周作人联手，以日本为中介，引进了与本土传统鲜明对照的域外"新文学"。鲁迅回忆说：

> 我们在日本留学时候，有一种茫漠的希望：以为文艺是可以转移性情，改造社会的。因为这意见，便自然而然的想到介绍外国新文学这一件事。①

可见，在对小说不算"文学"故而很难以此为道的旧中国失望之

---

① 止庵主编：《周氏兄弟合译文集·域外小说集·序》，《鲁迅全集》第十卷，人民文学出版社2005年版，第168—170页。

后，另一种与之相反的希望却在日本点燃，那就是注入了时代新意、能够仍以"文学"相称的新事物——包括名词、作者和作品的实践能指——不但可以转移性情，而且还能改造社会。严格说来，鲁迅提到的这种新文学并非赴日之后才知晓，而是在出国前就通过国内报章的宣传早有所闻，不过或许因不满于到了日本还见章太炎在讲授中固守以"文学"为学说的旧义，才促使鲁迅再度强调对域外新词新事物的借鉴拿来，① 即如他在《摩罗诗力说》里所说的那样"且置古事不道，别求新声于异邦"。②

1909年，鲁迅与兄弟周作人在东京合作出版《域外小说集》，在广告上宣称目的就是要将域外领先、中国独缺的"文学新宗"引进来，让"新纪文潮，灌注中夏"。③《域外小说集》问世不久，一份东京出版的日本杂志便在"文艺杂事"栏目刊登了有关评述，介绍者写道：

> 在日本，欧洲小说的销量很好，在日本的中国人自然也受到影响。居住在东京的周氏兄弟虽说只有二十五六岁，但在青年人里算是喜爱读书的。他们阅读英、德译本的西方作品，并计划将只值30文钱的《域外小说集》收集编译后寄回中国。目前他们已用汉语译完第一集。清朝留学生通常喜欢阅读俄国革命的乌托邦作品，另外还有德国、波兰等国家的作品，而不是特别喜好专门阅读法国作品。④

日本的藤井省三认为，"鲁迅是通过翻译形成自己思想的作家"。⑤

---

① 据许寿裳回忆，鲁迅在日本听章太炎授课时不赞同将文学与学说混同，提出"文学与学说不同，学说所以启人思，文学所以增人感。"见许寿裳《亡友鲁迅印象记》，人民文学出版社1953年版。

② 鲁迅：《摩罗诗力说》，《河南》杂志1908年第2—3期。

③ 周氏兄弟合译：《域外小说集·序》，《鲁迅全集》第十卷，人民文学出版社2005年版；刘运峰编著：《鲁迅全集补遗》，天津人民出版社2006年版，第2、457—460页；另可参见杨益斌《别求新声于异邦的"呐喊"：〈域外小说集〉初版营销的广告实践》，《艺术教育》2009年第10期。

④ 此则简介于明治四十二年（1909）5月1日由日本东京出版的《日本及日本人》杂志第508期登出，该杂志署"政教社"出版。参见赵龙江《〈域外小说集〉和它的早期日文广告》，《鲁迅研究月刊》2005年第2期。

⑤ ［日］藤井省三：《鲁迅心目中的夏目漱石》，马蹄疾等译，《鲁迅研究月刊》1991年第2期。

第一章 文学词变:现代中国的新文学创建

这话有点过头,但在理解跨文化交往中从本土到译介再到创造的关联上却不无道理。1918年周作人在《新青年》发表《日本近三十年小说之发达》一文,抨击中国的新小说自梁启超等在晚清发起后二十年来"毫无成绩",而病因在于因袭守旧,"不肯自己去学人,只愿别人来像我"。为此,周作人提出的药方是"创造的模拟":

> 想救这弊病,须得摆脱历史的因袭思想,真心的先去模仿别人。随后自能从模仿中,蜕化出独创的文学来,日本就是个榜样。①

1922年,鲁迅再度与周作人合作,翻译出版了《现代日本小说集》,其中包括夏目漱石的作品及对作者的介绍,称:

> 夏目的著作以想象丰富、文辞精美见称……《我是猫》(Wagahaiwa Nekode Aru)诸篇,轻快洒脱,富于机智,是明治文坛上的新江湖艺术的主流,当世无与匹者。②

可见鲁迅已将"小说""文坛"等概念汇入艺术,体现了对"文学"一词的全新阐释及运用。而在此之前的1918年,他即首次使用鲁迅笔名,发表了著名小说《狂人日记》。与夏目漱石创作的"猫"相似,作品也以聚焦情绪的象征方式彰显癫狂,通过"疯人"之眼审视四周,发现——

> 翻开历史一查,这历史没有年代,歪歪斜斜的每叶上都写着"仁义道德"几个字。我横竖睡不着,仔细看了半夜,才从字缝里看出字来,满本都写着两个字是"吃人"!

作为被尊为现代中国思想界旗手和伟大文学家的代表性人物,鲁迅

---

① 周作人:《日本近三十年小说之发达》,《新青年》1918年第5卷第1号。
② 周树人、周作人译:《现代日本小说集》,上海商务印书馆1922年版。

的实践对"文学"新义项的再度汉语化——亦即在汉语世界的本土化具有典型意义。与夏目漱石于日本的作用相同，此意义对现代中国的影响同样涵盖了语词、语义和语用诸层面。如果将《狂人日记》《阿Q正传》等小说创作视为鲁迅对"文学"新词的语用实践，其在语义方面的理论表达则可以《中国小说史略》、《汉文学史纲要》及《门外文谈》等为代表。《门外文谈》点明了汉语新词"文学"经由日本而对 literature 的引进；《汉文学史纲要》则将与夏目漱石等用法相当、与"英文学"对照的"汉文学"一词推延至古代，以对"文学"新词作类型与演进的历史再造，从而为"向异邦求新声"的拿来行为重塑本土根基。

对于与 literature 对照的汉语新词，鲁迅也经历了先后不同的选用调整，在1909年在上海报上为《域外小说集》刊登广告时即已用过的"文学"，①但该书"序言"里却用的是"文术"，在北京大学讲授《中国小说史略》时改用"文艺"，直到后来撰写《汉文学史纲要》又再度以"文学"新词统一起来，强调汉语的旧名本就处在不断变异中，时至今日更发生了时代的词变。鲁迅写道：

　　《易》有曰，"物相杂，故曰文。"《说文解字》曰，"文，错画也。"可知凡所谓文，必相错综，错而不乱，亦近丽尔之象。至刘熙云"文者，会集众彩以成锦绣，会集众字以成辞义，如文绣然也（《释名》）。"则确然以文章之事，当具辞义，且有华饰，如文绣矣。《说文》又有彣字，云："䩅也"；"䩅，彣彰也。"盖即此义。然后来不用，但书文章，今通称文学。②

此处的"通称文学"一说十分紧要，反过来看，即已揭示了"文学"新词的语用功能——以文学为通称，统摄文体，更新命名乃至重

---

① 郭长海：《新发现的鲁迅佚文〈域外小说集〉（第一册）广告》，《鲁迅研究月刊》1992年第1期。
② 鲁迅：《汉文学纲要》，收入《鲁迅全集》第九卷，人民文学出版社2005年版，第355—356页。

塑历史。其中的意义既包含了对诗文、小说等不同类型的横向整合,标志着由今及古对汉语历史的纵向贯通,更意味着力图以"汉文学"为载体的东亚关联。

鲁迅于1926年应聘到厦门大学任教。按照鲁迅原有的看法,做文学家和教授不可兼得,如若二者选一的话,他宁选前者,因为"作文要热情,教书要冷静。兼做两样的,倘不认真,便两面都油滑浅薄,倘都认真,则一时使热血沸腾,一时使心平气和,精神便不胜困惫,结果也还是两面不讨好"。① 实际上,与夏目漱石在日本近代文坛的开辟相似,鲁迅的文学生涯始终兼具了作家、学者两种身份,从而使得他对"文学"新词在晚清后的中国实践也坚持在创作和学问两条路上并行展开。《汉文学史纲要》的诞生便是1926年起在厦门大学教授《中国文学史》课程的讲义的延伸物。该作随后多次印制和更名,除了《汉文学史纲要》外,先后起过《中国文学史纲要》《古代汉文学史纲要》等名称,最后以"汉文学"为核心词而选定。关于此命名的含义,学界有过不少论述,但对其指涉的猜测均不到位,② 原因就在于忽略了鲁迅时代中日之间由"汉文学"之名维系的词物对应。在这点上,日本学者小森阳一做过较为深刻的论述,他以夏目漱石的《文学论》为例,认为其中列举的"汉文学"和"英文学"分别代表世界史上的两个阵营,即汉语统治的"大汉学帝国"和英语统治的"大英语帝国"。小森写道:夏目漱石要探寻的是,"由两种语言——在某一个历史时期随着'世界帝国'的诞生而成为了具有国际流通性的语言——所构成的两个文化圈之中的、'文学观'的差异和霸权关系"。于是:

> 从"世界"性的角度来看,两种在不同时间和空间,并且在

---

① 鲁迅致许广平的信,1926年11月1日,《鲁迅致许广平简》,河北人民出版社1980年版。
② 对于鲁迅《汉文学史纲要》的书名含义学界存在不同看法。有人认为其中的"汉"指汉代,有人说指汉语。郑振铎则提出指的是汉族,并由此证明鲁迅当时便已具有对中国非汉民族文学的关怀。参见郑振铎《中国文学史的分期问题》,收入《郑振铎古典文学论文集》,上海古籍出版社1984年版;另可参阅胡旭《〈汉文学史纲要〉之成因及其文学史意义》,《福州大学学报》2010年第2期;郭明军《鲁迅〈汉文学史纲要〉命名问题再探讨》,《百色学院学报》2013年第5期。

内容上有着决定性的差异的相互封闭的"文学观",在一个来自日本——一个曾经属于"大汉学帝国",现在又要和"大英帝国"结为同盟的国家——的留学生的脑海里相互交叉,促使他开始探究,具有普遍性的"文学"到底是怎样的一种言语表现。①

比较而论,夏目漱石和鲁迅使用的"汉文学"之称是既相关又区别的。夏目的意图趋向于借"英文学"与"汉文学"的词语评判,创立更适合日本地方或适合于普遍的"文学"所指;② 鲁迅则显示以经日本改造后的新词为基础,让"文学"回灌源头,使汉学的传统重获新生。也就是说,鲁迅所用的"汉文学"之"汉",远非仅指"汉代"、"汉人"或"汉语",而与传到日本直至夏目漱石等现代作家、学者使用的一样,指由"左国史汉"那样的汉籍所承载的"汉学的文学"。

表面看,这种在学术上让语词由今而古的回灌做法似乎与鲁迅创作上的"文学"新举产生矛盾,实际上,从更深的意义看,恰好体现出自"拿来主义"倡导时即已隐含的对西学之叛逆。无论语词、语义还是语用,"文学"的拿来都不是照搬、硬套,而是转译、挪用和改写。由此而论,当初迫于本土衰落而不得不开展对域外 literature 的引进,在多种选择中留下"文学"而不是"勒铎理加"或"律德来久",不仅标志对难以落地之物的冷静淘汰,而且暗藏着期待汉学复活的集体预谋。可见晚清词变的发生,表面是西学东渐的外力在起作用,背后却有更为隐蔽的汉学惯性做了支撑。此惯性的表现,在变法维新的晚清即"中

---

① [日]小森阳一:《帝国的文学/文学的帝国:夏目漱石的〈文学论〉》,"比较现代主义:帝国、美学与历史"国际学术研讨会论文,2005年8月。转自"人文与社会"。http://wen.org.cn/modules/article/view.article.php/c2/1641,下载日期:2017年2月1日。会议情况可参见何吉贤《"比较现代主义:帝国、美学与历史"国际学术研讨会概述》,《文艺研究》2005年第12期。

② 柄谷行人认为夏目漱石笔下的"汉文学"不是指"中国文学",甚至与传统中以和歌为核心的"日本文学"无关。他指出,"夏目漱石所谓的'汉文学',指的是存在于那种具有排他性体系之外的、一种具备可替换性的世界"。参见柄谷行人《漱石和文学:夏目漱石试论(二)》,转自"人文与社会",http://wen.org.cn/modules/article/view.article.php/c2/1641,提交日期:2011年1月30日;下载日期:2017年2月1日。

体西用"；在明治维新的日本，则是"洋才和魂"。

1927年，鲁迅受邀赴西安演讲，以小说为例阐述近代中国的历史变迁，一定程度上解释了西学东渐引出的新旧交错之复杂局面。鲁迅说：

> 许多历史家说，人类的历史是进化的，那么，中国当然不会在例外。但看中国进化的情形，却有两种很特别的现象：一种是新的来了好久之后而旧的又回复过来，即是反复；一种是新的来了好久之后而旧的并不废去，即是掺杂。然而就并不进化么？那也不然，只是比较的慢，使我们性急的人，有一日三秋之感罢了。文艺，文艺之一的小说，自然也如此。①

其中，新与旧、来和去之结果用"反复"与"掺杂"做了精辟概括。以此推论，晚清词变中的"文学"更迭何尝不是这样，在东洋西洋的交错影响下，夹杂在古代和现代之间的汉语"文学"——包括能指和所指，不也是"新的来了好久之后而旧的又回复过来"，同时也"新的来了好久之后而旧的并不废去"么？

这样，从翻译介绍、理论阐述到创作践行，鲁迅个案体现了晚清词变的多重缩影。其中的引进，既包括语词新解，又意味概念创新，更涵盖一个时代的实践变革，也就是包括着从词汇、概念到创造的践行整体。借用福柯的方式表述，亦可谓通过中外"文学"词语的交错拓展，开辟了一套新型的社会话语。此后的中国便在这套新话语推动下，迈入了今非昔比的新"文学时代"。

三 创建小说主导的"文学中国"

如果说晚清以后这一全新的"文学时代"的开启皆源于对域外literature的引进，那域外的literature又意味着什么，其本义又何指呢？换句话说，对于晚清词变中经由"文学"而引起的巨大变革，我们需要

---

① 鲁迅：《中国小说的历史变迁》，《鲁迅全集》第9卷，人民文学出版社2005年版。

了解 literature 究竟给汉语世界带来了什么。

让我们再回顾夏目漱石对西方的转引。明治三十六年（1903），从伦敦学成回日的夏目漱石受聘在大学里讲授英国文学，在用于授课的讲义里，他就已开始对"文学"的词义做了限定，特地用英文 literature 在一旁加注，表明用法已不同于该词的汉学旧义，继而陈述了该词由拉丁语缘起后的长期演变，由此证明西洋的"文学"词义也是一种历史性产物，也存在概念的模糊不清。夏目举例说，英语世界对于文学（literature）的界说中，充斥着各式各样的认识，有的把文学界定为"模仿的艺术"，有人说"文学是一切以记述美为目的的著作"，有的则将数学、哲学、思想情操等所有著作全部囊括进文学，等等，不一而足。对于夏目漱石这种从词义开始的辨析对比，有学者做了高度评价，认为具有重要的战略意义，理由是通过这样的对照和辨析，夏目漱石巧妙地破除了作为"文学"来源词的 literature 神秘光环，对英语词义的唯一性和普遍性提出了质疑。①

明治三十六年是晚清的光绪二十九年，就在这一年，上海《大陆报》月刊登载的那篇《论文学与科学不可偏废》专论，同样将汉语"文学"与英文的 literature 并置，并且通过"律德来久"及"沙恩斯"的音译区分，揭示"文学"作为 literature 译介词所隐含的英汉差异，随即以西方词义为标准，称中国实质上"既无科学也无文学"，离希腊式将科学与文学完美结合的楷模更是相去甚远。于是，在陈述了"文学"与"科学"在西学中互补并立的含义"传至今日，传至东方，传至我国"的进程之后，作者预告——或呼吁，世界史意义上的"西学东渐"转型必将引出中国本土的"文学大革命"和"科学大革命"。文章写道：

> 向日之学，由东而西。今日之学，由西而东。支那文学、科学之大革命，意在斯乎？意在斯乎？②

---

① 王志松：《从"帝国文学"到"地方文学"：论夏目漱石文学观的形成》，《国外文学》2003 年第 4 期。

② 佚名：《论文学与科学不可偏废》，《大陆报》1903 年第 3 期。

第一章 文学词变:现代中国的新文学创建

然作者心目中可引为中国"文学革命"之楷模的希腊文学里,不仅包括了诗和传奇,而且包含了苏格拉底、柏拉图、亚里士多德等的哲学以及希罗多德的史学。不过这样的解释看似有悖于"文学"新词的引进含义,其实恰好反映了 literature 在西方的原本面相。依照威廉姆斯(Raymond Williams)《关键词》一书的梳理,英语的 literature 也有多重含义,在西方也经历了由古而今、从宽到窄的词义演变。其最早的词根与"字母"(letter)关联,后来指代过"书本"、"著作"及"学问"、"文字技巧"等,直到18世纪该词仍保留着"博雅知识"这样的义项。在这个意义上,16世纪进入中国的传教士把 literature 译为"文学"并非错误,而且反过来在学习汉语及向西方介绍汉文化时,他们用 literature 翻译"文学",也大体符合彼此当时的含义,无论其中的哪一方都称得上意涵相当的对译词。相比之下,倒是"勒铎理加"或"律德来久"那样的音译只能被视为符号的符号,既不能做到词语间的对等,亦无法与实践中的事物对应。

在威廉姆斯的分析中,标志英语 literature 进入现代新词的转变有两个事项,一是由德国开始的 National literature 概念的出现;另一是在 literature 的所指中出现了以"想象力"和"虚构性"而作的限定。National literature 指向"民族文学"、"国民文学"或"国家文学",把文学同特定的人群、地域及文化关联起来,强调"一个国家拥有一种文学"。威廉姆斯认为这种新意涵的出现,"标示出一个重要的社会、文化发展",或许还体现出西方体系中重要的政治转变。与此同时,由"想象力"和"虚构性"而作的词义限定,则使 literature 逐渐从原有"各类书籍""博雅知识"等泛指义项里抽离出来,并把"哲学""历史"等类型分离出去,使之更接近并取代早先的 poetry(诗歌)一词。后者的含义自15世纪起就是指"创造的艺术"。[①] 在这个意义上,英语的"文学"含义就指向了歌德曾经概括的广义的诗,即由抒情诗、叙

---

① [英]雷蒙·威廉斯:《关键词——文化与社会的词汇》汉译本,刘建基译,生活·读书·新知三联书店2016年版,第314—320页。

事诗和戏剧诗组成的一种审美类型。①

20世纪40年代，韦勒克（René Wellek）等对西方世界"文学"的词义进行辨析时，也把"想象"和"虚构"视为主要特征，同时指出英语literature一词的缺陷，因为该词容易暗示其所指仅限于手写或印行的文献，从而排除"口头文学"，故不及德文Wordkuns及俄文Slovesnost更佳，德文指"词的艺术"，俄文则涵盖"用文字表现的创作"。②

在西方，与威廉姆斯及韦勒克等通过梳理关键词来辨析literaure词义形成区别的方式还有很多，其中较重要的一种是经由文学批评和文学史书写来予以展示，特点在于不寻求抽象地界定"文学是什么"，而力图具体地呈现实践中"文学怎么样"。结合晚清以后的中外影响来看，值得提及的当数泰纳和勃兰兑斯。

法国批评家泰纳（H. A. Taine，也译作丹纳）对诠释"文学"产生影响的主要是其名著《艺术哲学》及《巴尔扎克论》与《英国文学史》。③ 在他的论述中，一方面把文学列为艺术的一个部类，视为种族、环境与时代相结合的产物；另一方面提出作为艺术作品的文学可视为记录人类心理的文献。泰纳的观点在光绪三十四年（1908）即由周作人在日本做了译介，并以泰纳理论为前提，主张通过文学考察"国民心声"。④ 后来的茅盾等人进一步借用泰纳的文学（艺术）"三要素"理论，考察"民族文学特质"的形成及"被损害民族的文学背景"。⑤

丹麦批评家勃兰兑斯（G. Brandes）是泰纳理论的追随者，前面威廉姆斯提到的"民族文学"（National literature）和"想象力"在literature词变中的两种转向都在他的论述中得到了充分体现。在1871年发

---

① 歌德在《文学的自然形式》里指出："文学只有三种真正的自然形式，即清楚叙述的形式、情绪激昂的形式和人物行动的形式，也就是叙事体、抒情诗和戏剧体。"参见［德］歌德《论文学和艺术》，范大灿译，上海人民出版社2005年版，第232页。
② ［美］韦勒克、沃伦：《文学理论》，刘象愚等译，生活·读书·新知三联书店1984年版，第9—10页。
③ 参见［法］丹纳《艺术哲学》，傅雷译，人民文学出版社1963年版。
④ 周作人：《哀弦篇》，《河南》1908年第9期，著名"独应"。
⑤ 茅盾：《被损害民族的文学背景的缩图》，《小说月报》1921年"被损害民族的文学"专号；参见付建舟《泰纳文艺理论在现代中国的传播与接受》，《天津市社会科学》2010年第5期。

第一章 文学词变：现代中国的新文学创建

表的《十九世纪文学主流》里，勃兰兑斯通过对欧洲历史的演变分析，把 literature 与 nation 及国民心理、人的灵魂等紧密联系起来，揭示了文学对国家特征及民族性格的凝聚和展现，把作家的文学创作与时代的"自由意志""浪漫主义"等结合，继而把"文学史"的意义上升至"心灵史"的高度。勃兰兑斯剖析"德国浪漫派"以文学的诗意对抗生活平庸的缘由，同时批评他们强调个人放纵远离社会变革。[①] 在勃兰兑斯看来，文学是影响历史变革的社会运动，与时代的革命和反动密切相关。由此，在称赞了法国浪漫派代表拉马蒂、雨果、乔治·桑等之后，勃兰兑斯写道：

> 这运动由法国传到德国，在这个国家自由思想也取得胜利。……他们受到希腊解放战争和七月革命思想的鼓舞，象法国作家们一样，把拜伦的伟大形象看作是自由运动的领导力量。青年德意志的作家海涅、波尔内……费尔巴哈等和同代的法国作家一道，为一八四八年的大动荡做好了准备。[②]

作为影响广泛的文论家和批评家，泰纳与勃兰兑斯等通过文学史书写对 literature 在西方文化中的实际梳理还有另一层重要意义，那就是让戏剧与诗和小说并举，在"文学的"范畴里互补展现，交映生辉。因为若不这样，就无法将莎士比亚、易卜生、莫里哀等伟大剧作家写入欧洲及各国的文学史，而在文艺复兴思潮产生重大影响后，任何一部缺少莎士比亚的"文学"史已几乎不可想象。这样，在泰纳的文学史叙述

[①] 被勃兰兑斯批评的德国浪漫派人物之一施勒格尔（Friedrich Schlegel）认为"诗的任务不在于维护自由的永恒权力，去反抗外部环境的暴虐，而在于使自己成为诗，去反抗生活的散文。"以后世眼光看，勃兰兑斯似乎低估了这种浪漫反抗的意义。Georg Brandes, *Main Currents in the Literature of the Nineteenth Century*, Published September 14th 2005, by Adamant Media Corporation (first published 1871). 参见［丹麦］勃兰兑斯《十九世纪文学主流》第二分册《德国的浪漫派》，刘半九译，人民文学出版社1981年版，第16—37页。以及刘小枫《诗化哲学》绪论"德国浪漫哲学的气质、禀赋和源起"，华东师范大学出版社2007年版。

[②] ［丹麦］勃兰兑斯：《十九世纪文学主流》第一分册《流亡文学》，张道真译，人民文学出版社1980年版，"引言"第1—3页。

中，诗与戏剧等门类一同构成了相互映照的"文学"整体。在论述国的文学史时，泰纳描绘说，"莎士比亚依靠自己'洋溢的想象'的力量，就像歌德一样避免了洋溢的想象所带来的危险。……岩溶并没有在他的行动中爆发出来，因为在他的诗文里面找到了迸流的出口，剧场挽救了他的生活"；同时又将文学与艺术的其他门类对照，使之与融会贯通的时代连为一体。泰纳写道：莎士比亚像拉伯雷、米开朗琪罗一样，体现着时代所需的灵与肉的协调，"那个时代经过了最严厉考验而构造得最坚固的人类肌体，可以经受情欲的风暴和灵感的烈焰，可以始终保持着灵魂和肉体的平衡"。①

更为重要的是，在黑格尔（G. W. Friedrich Hegel）、谢林（F. W. Joseph Schelling）等德国美学家论证下，西方学界还形成过以诗为代表的"文学中心论"。这种理论将艺术分为象征、古典和浪漫等不同类型和发展阶段，分别对应绘画、音乐和文学（诗）。在此结构中，literature 即代表了艺术的最高及最后阶段。②

通过以上简述，我们见到了 literature 在西方的多义及其演变和循环：其由最早的"字母""书籍"开始，经过对"心理性"、"想象力"和"虚构性"等的强调回到了诗并凸显了戏。Literature 的地位由此改变，上升成类型总名，并继续以书写为核心，所指扩大至把小说、戏剧也涵盖其中的"创造的艺术"。与此同时，作为即便在西方也称得上新词的 literature，自19世纪起即开启了与民族—国家（nation-state）格局日益关联的政治进程。这样的几个方面合作一起，正好是晚清民初从梁启超到鲁迅等人之所以借日本为榜样极力将 literature 引入本国，重造汉语"文学"的最主要原因和动力。

晚清时期的维新人士以唤醒国民为目标，在"和制汉词"的激发下，对英语的 literature 采用了选择性引进，在抽取其中"想象力"与"创造性"等近代义项的同时，人为地凸显该词与"民族—国家"的政治文化关联，然后与晚清民初的时代处境相结合，逐渐把"文学"转

---

① 转自泰纳《莎士比亚论》，张可译，《戏剧艺术》1978年第1期。
② ［德］黑格尔：《美学》第三卷（下），朱光潜译，商务印书馆1981年版。

化为重建中国的变革工具及至后来开展内外斗争的思想武器。只不过这样的过程充满争议,跌宕起伏,在晚清词变之初即受到过官方正统的压制和摈斥。就在光绪二十九年前后(1903—1904),由张之洞主持制订、以朝廷名义颁布的《奏定学堂章程·学务纲要》就明确提出"戒袭用外国无谓名词,以存国文,端士风"。此篇《学务纲要》以"文以载道"的古训为前提,承认今日时势所增添的"文以载政"之用,但对由日本传入的诸多名词提出批评,指出"其古雅确当者固多,然其与中国文辞不相宜者,亦复不少";继而列举"团体"、"国魂"、"社会"、"运动"及"报告"、"观念"等数十组已在晚清流行的新字词,认为不是"欠雅驯"就是"并非必需",若舍熟求生,推及使用,势必"徒令阅者解说参差,于办事亦多窒碍"。最后明令:

> 此后官私文牍,一切著述,均宜留心检点,切勿任意效颦,有乖文体,且徒贻外人姗笑。如课本、日记、考试文卷内,有此等字样,定从摈斥。①

面对如此艰难的"词变"处境,就不难理解为何到了民国初年《新青年》再度发起"文学"改良和革命时,刘半农仍要费力地重申各位所论的"文学"应与英语的 literature 为准,强调"欲定文学之界说,当取法于西文"了,并重申文学为美术之一种,已为世界公认。其中"美术"即指"艺术",皆为英语 art 的对译词。②

再看鲁迅个案。鲁迅的新文学实践从对域外作品的译介开始,随后便启动了自己的小说创作。他先是于光绪二十九年(1903)在日本发表介于转译与改写之间的《斯巴达之魂》,希望能借敢与入侵之敌殊死战斗、"凛凛有生气"的希腊故事,以古喻今,"贻我青年";③几年后

---

① 《东方杂志》1903 年第 3 期。
② 刘半农:《我之文学改良观》,《新青年》第三卷第三号,1917 年 5 月。为了确立文学一词"取法西文",刘半农引述了整句的英语为证,指出在西文中,literature 的词义被明确规定为:The class of writings distinguished for beauty of style, as poetry, essays, history, fictions, or belles-lettres。
③ 鲁迅:《斯巴达之魂》,《浙江潮》1903 年第 5、9 期,署名"自树"。

又创作同样用文言写的短篇《怀旧》，表达对本土现实的弃旧迎新。《怀旧》稿子由周作人投寄，发表在1913年4月出版的《小说月报》上，时间正好连接了晚清与民初，在古今中外的交替上体现出投身维新变革者的写作愿望——期盼以新的"文学"能指去开创不一样的所指，亦即去承载时代所需的新思想和新事物。①

周作人回忆说，鲁迅的这篇《怀旧》以东邻富翁为模特儿，写革命前夜的事，讲述"性质不明的革命军要进城，富翁与清客闲汉商议迎降"，特点是"颇富于讽刺的色彩"。②根据鲁迅对夏目漱石的评介，此处的讽刺，想必即与有意的模拟有关。一篇发表于20世纪30年代的评论认为，讽刺是鲁迅毕生使用的武器，而自写作《怀旧》的辛亥冬天起，鲁迅便开始担负了这个任务。③而在光绪三十三年（1907）发表的《摩罗诗力说》里，鲁迅便接受过北欧批评家勃兰兑斯的文学理念，以波兰作家显克微支、克拉旬斯奇等为例，赞颂"罗曼派"写作，称他们的成就在于寄托讴歌"国人之声"及"追怀绝泽，念祖国之忧患"。④依照周作人的介绍，鲁迅之所以翻译别国作品，目的是"改变国人的思想，走向自由与解放的道路。"⑤

不过，早在鲁迅译介域外文学并借"斯巴达之魂"及模拟式讽刺开启其小说写作之前，梁启超即以身作则，秉持"小说为文学上乘"的信念，践行过"政治小说"式的新文学写作。梁于光绪二十八年（1902）创作了长篇小说《新中国未来记》。该作尽管未曾写完，影响有限，但开风气之先的时代功效，却在鲁迅等之前。⑥梁启超的新小说并非偶然

---

① 鲁迅：《集外集拾遗》，人民文学出版社1959年版。
② 周作人：《关于鲁迅》，宇宙风社1937年版《瓜豆集》。
③ 立波：《鲁迅的第一篇小说〈怀旧〉》，《生活学校》1937年5月10日第1卷第3期；参见彭耀春《〈怀旧〉研究综述》，《鲁迅研究动态》1988年第11期。
④ 鲁迅：《摩罗诗力说》，《河南》杂志，1908年第2—3期。
⑤ 周作人：《鲁迅的国学与西学》，《新港》1956年第4期。
⑥ 梁启超：《新中国未来记》，作者在小说序言中承认，其创作初衷其实不在艺术而在于表达政见，目的是"以正乎爱国达识之君子。"（《新小说》第一号，1902年）当时的评论则把该作的"论题"归结为革命论与非革命论，称赞其"所征引者皆政治上、生计上、历史上最新最确之学理。"见平等阁主人《〈新中国未来记〉第三回总批》，《新小说》第二号，1902年。

冲动的类型转变，而有着较完整的思想根基，即可称为"新民主义"或"新中国主义"的学说主张。该主张以"开民智""兴民权"为核心，把"新文学"与"新中国"连为一体，为正被逐渐赋予外来词新义的"文学"提供了更为宏大的政治化与国家化场域，将其提升为参与革命的现实工具，乃至成为革命的组成部分和化身。

梁启超与《新中国未来记》

近代史学家张朋园在专著《梁启超与清季革命》里把《新中国未来记》称为最能代表梁氏该时期"高昂革命热情之作"，评价说梁启超"一心想以新民来救中国"，故有《新民丛报》之创办，而后更因看中小说"有不可思议之力支配人道"，所以又同时发行堪称"中国近代新体小说最早者"的《新小说》期刊，"目标皆以新民为主。"①

这样，如果以严复、梁启超于1897年刊发《本馆附印"说部"缘起》及《得泪女史与苦拉佛得女士问答》的宣言与译作，至1902年《新中国未来记》面世的言行倡导等为标志，再加上古城贞吉、夏目漱石及泰纳、勃兰兑斯与显克微支等域外影响来总结的话，可以说从晚清开始，汉语的"文学"就步入了历史转型的新时代。它的性质与意义

---

① 张朋园：《梁启超与清季革命》，台北，中研院近代史研究所（1964年初版），1999年2版1刷，第221—225页；另可参见王德威《小说作为"革命"：重读梁启超〈新中国未来记〉》，王吉等译，《苏州教育学院学报》2014年第4期。

不仅涉及词义、观念的替换更新，更演变为中外交通、声势浩大且功能全新的社会事业。

严复、夏曾佑的译介宣言认为"欧、美、东瀛，其开化之时，往往得小说之助"，故强调向域外引进的宗旨"在乎使民开化"。创作有小说《新舞台鸿雪记》的晚清作家陶曾佑承继梁启超转引的观点，也视小说为"文学之最上乘"，并不惜将小说性质与功用无限夸大，借西哲之口称其为"学术进步之导火线"、"社会文明之发光线"、"个人卫生之新空气"及"国家发达之大基础"。[①]发表于光绪三十二年（1906）的《新世界小说社报》发刊词，则把小说与民智、民德的开通相关联，突出了其不可取代的社会意义：

> 文化日进，思潮日高，群知小说之效果，捷于演说报章，不视为遣情之具，而视为开通民智之津梁，涵养民德之要素；故政治也、科学也、实业也、写情也、侦探也，分门别派，实为新小说之创例，此其所以绝有价值也。

这还不算，论者甚至将世界的发生和毁灭同文学连为一体，提出小说乃"传播文明之利器"，通过"有新世界乃有新小说，有新小说乃有新世界"的论述，发出以小说造未来的呼唤：

> 种种世界，无不可由小说造，种种世界，无不可以小说毁。过去之世界，以小说挽留之；现在之世界，以小说发表之；未来之世界，以小说唤起之。[②]

观念推动实践，时势造就新人。在新词语和新主张的促进下，晚清小说突飞猛进，被誉为有史以来"最繁荣的时代"。至宣统三年（1911）

[①] 陶曾佑：《论小说之势力及其影响》，《游戏世界》第10期。
[②] 无名氏：《新世界小说社报·发刊词》，《新世界小说社报》1906年5月25日，收入舒芜、周绍良等选编《中国近代文论选》（下），人民文学出版社1981年版，第138—142页。

时：文学类就有"翻译小说近四百种，创作约一百种"，成册的小说"至少在一千种上"。①

那个时候，后来被誉为"新文学运动"领袖的陈独秀、胡适等新生代学人还在日本或美国留学，再后来发表"延安讲话"的毛润之则正走向从湖南湘潭前往长沙师范的就读路上。然而也正是在这种前后关联的脉络里，催生了五四时期的"文学革命"以及延安以后的"革命文学"。文学的革命把"文学"列入推翻中国旧传统的伟大事业，革命的文学则把"文学"指向党的组织及其事业的"齿轮和螺丝钉"。②到了20世纪中期，在共产国际与苏俄主导的社会主义观念影响下，中华人民共和国催生了一整套对文学界具有指导意义的文学概论。其中，先是有五六十年代被誉为"新中国文学理论教科书范本"的毕达可夫的《文艺学引论》，其对文学的界定是：文学是艺术的种类之一，是最流行和人民群众最喜爱的艺术形式；同时文学是"一种社会意识形态"，文学在艺术形象的形式中反映社会生活，并对社会发展有巨大影响，能起到"很大的认识、教育和社会改造作用"。③接下来以群等中国文论家陆续推出了与之一脉相承的"概论""原理"，也对文学的本质、特征及功用做了大致相同的阐释。而早在此前的抗战时期，以群就强调过文学艺术与政治的关联及其对社会的改造。他说：

> 文艺作品底真正目的不在于发抒作家个人底感情，而在于表现社会现实底真实，预示现实底发展前途，由此，协助政治，促成社会底改造。④

---

① 阿英：《晚清小说史》，江苏文艺出版社2009年版，第1页。
② 列宁：《党的组织和党的文学》，博古译，《解放日报》1942年5月14日；吴伯箫：《齿轮和螺丝钉》，《人民文学》1955年第12期。
③ [苏] 依·萨·毕达可夫：《文艺学引论》，北京大学中文系文艺理论教研室译，教育出版社1958年版，第39、193页；参见尹传兰《1957年文论教材中"文学定义"模式及其定义路径》，《学习与探索》2016年第9期。
④ 以群：《论文艺工作中的迎合倾向》，该文写于1944年，收入以群文论集《在文艺思想战线上》，新文艺出版社1957年版；另可参见以群主编《文学的基本原理》，上海文艺出版社1964年版。

对此，有学者评论认为在主张"意识形态"说与"反映论"文学观意义上，毕达可夫等苏联专家的传授堪称新中国文学理论的铺路石。①

在与此并行的另一条轨迹上，王国维等通过席勒"游戏说"而倾向的"为艺术而艺术"（art for art）一派可谓生不逢时，未受到近代中国的足够重视。② 在这点上，即便在晚清译介"摩罗诗力说"时强调"纯文学"的美术本质在于"使观听之人为之兴感怡悦"，故而"与个人暨邦国之存，无所系属"的鲁迅，也免不了日益朝向"文学兴国"的致用选择。③ 内中原因，被今天的学者归结为"因世事艰难，作家、读者皆无心思"以及受"传统心态的束缚，而为时代作家、读者所耻于承认。"④

四 新词筐承载的新"中国文学"

总而言之，文学是一个名词，具有名词共有的属性。汉语"文学"在先秦文献里就已出现，经历代人们的使用之后，变成了今日社会中高频率的词汇类型。据汉语词典及学术研究的收录统计，"文学"包含的义项已达十种以上，而由于生活中的语词使用不受词典及学术限制，未被列入的实际用法还不知有多少。

明清以后，受西学东渐影响，文学发生了较大的语词变异。在西方传教士、日本汉学家及晚清留日学人的交互作用下，"文学"始与英语的"律德来久"（literature）关联对应，渐变为后者的译介符号，也就是变为《汉语大词典》收录的第八义项后面的新添之物。

此后，"文学"借外来词之力使原本的汉语古义逐渐隐退，同时用

---

① 夏中义：《反映论与毕达可夫〈文艺学引论〉中国文论学科的方法论源流考辨》，《学术月刊》2015年第1期。
② 王国维：《文学小言》，《教育世界》1906年第139期。在文章中，王国维将文学与哲学视为一类，共同点在于具有自主价值，与政治及社会兴味无涉，故而反对"哺啜的文学"。王国维在晚清即已表现出对席勒"游戏说"的推崇，于光绪三十二年（1906）以《教育家之希尔列尔传》为题予以专门介绍，但受时代语境和世人需求所限，未能在译介基础上推演出体系化的"审美乌托邦"。
③ 鲁迅：《摩罗诗力说》，《河南》杂志，1908年第2—3期。
④ 陈平原、夏晓虹编：《二十世纪中国小说理论资料（1897—1916）·第一卷》，北京大学出版社1989年版，"前言"第5页。

"以语言塑造形象来反映现实的艺术"、①"艺术地表现思想和感情的文字"② 乃至"游戏的事业"③、"苦闷的象征"④ 及一种"更远离物质经济基础的意识形态"⑤ 或"于人生很切要的一种工作"⑥ 等现代新义填充其中,通过对既有词符的占据,让具有外来新义项的"文学"一词在 literature 隐含能指促进下——播向社会,继而派生出标志新思想、新事物的多种能指,在实践中促成了一项影响广泛的宏大事业。

"文学"在近代的含义转型涉及复杂,进程漫长,转折的关键点在于"晚清词变"。该词变并非一朝形成,也不仅限于"文学",而是与诸如"科学"、"民主"及"国家"和"革命"等新词一道,在汉语世界此起彼伏、相互交替,汇集为波涛汹涌的语言大潮,一方面改写、重装或替换旧有词符,甚至以"新瓶装旧酒"的方式反推往事,重写历史;另一方面又朝向当下,将新义项转为新所指,不断催生对现代中国的整体改变。也正是在这样的时代背景下,晚清词变后的文学一词便在频率增强的使用中,⑦显示出越来越多的群体政治特征——不是朝向社会就是关涉国家,与此同时则与本有的个体面向日趋远离,也就是即便意指作为"语言的艺术"时,文学更多的意味着与政治群体——党派、民族、国家关联的宏大事业,而较少被视为单一的个人行为。

在语用学意义上,如果可借物象来比喻的话,每一个词都是语言编织物,彼此的词义皆不自明,要依赖语词间的相互印证才能产生。"文

---

① 汉语大辞典编辑委员会:《汉语大词典》(第六卷),汉语大词典出版社 1990 年版,第 1542—1543 页。
② 陈穆如:《文学概论》,上海启智书局 1935 年版。
③ 王国维:《文学小言》,《教育世界》1906 年第 139 期。
④ 厨川白村:《苦闷的象征》,鲁迅译。鲁迅在"译后序"里解释说,厨川白村的该著"本来没有书名,由编者定名为《苦闷的象征》,其实是文学论"。
⑤ 马克思:《费尔巴哈与德国古典哲学的终结》,顾凤成:《新兴文学概论》,上海光华书局 1930 年版,第 125 页。
⑥ 周作人等:《文学研究会宣言》,《新青年》第八卷第五号,1921 年 1 月 1 日。
⑦ 依照相关统计,在本文讨论的晚清词变过程中,"文学"一词的出现频率分别在 1897 年和 1903 年达到两次高峰,资料出自金观涛、刘青峰主持、香港中文大学中国文化研究所开发的"中国近现代思想史专业数据库:1830—1930"。另可参见金观涛、刘青峰主编《观念史研究:中国现代重要政治术语的形成》,法律出版社 2009 年版。

学是语言的艺术"这样的义项,等于说"A 是 B 的 C"。于是,为了理解"文学",你就需要掌握"语言"和"艺术"的含义,也就得进入彼此互证的语词循环,即用语词解说语词。在这样的循环中,每个单词都是语言编织的容器,能够对事物及意义加以装载或覆盖,而不只是像"能指—所指"理论所说的那样,仅仅表达单一直接的对应。

语词编织物的正向功能可称为"词筐",作用是为需要表达或有待新生的事物及意义提供承载空间,通过语词符号获得命名,也就是成为人际交往中合法及有效的现实存在。另外,若把编织好的"词筐"反过来使用,用以覆盖既往的存在物象,体现的功能则可称为"词盖"。作为编织物的"词盖"作用也不小,它可通过伸缩自如同时又边界明晰的词语盖子,将以往貌似杂乱无章、自在无序的散漫之物罩为一体,汇成被重新命名的总类。

在晚清词变的过程中,这种"词筐"与"词盖"的功能在"文学"一词的转换里几乎同步地体现出来。当作"词筐"时,使用者便依照"文学"的新词义而把小说、诗歌、戏剧及散文等类别装入筐中,同时将不被视为"文学"的类型剔除出去。而当作"词盖"时,"文学"之筐便被翻转过来,将腾出的空间盖向被认为需要涵盖的即存事物,比如从诗经、楚辞到唐诗宋词直至明清唱本小说等在内的古代文典,以此汇集出前后贯通的(中国古代和近代)"文学史"。在前一功能里,由于词筐乃新造之器,里面的承载之物最初会显得空空如也,于是产生加紧创造以确保载满的需求动力,而这,也就为新诞生的"能指的文学"呼唤等待出场的"文学的所指"开拓了空间,也就是为标志着新艺术、新思想的社会实践提供了登台的前提。

不仅如此,由语词编成的"词筐"成形之后,一旦置于社会生活的交际空间,还会转化成能为思想创新提供用武之地的"词场"。对新词"文学"而言,这样的"词场"已不仅只是去遮盖杂乱的既往旧物,或单单把有限的新物装入筐中,而是具有无限可能的观念舞台和思想场域,让形形色色的社会在其中发挥创造,构建以"文学"为名的新理想、新主张,以此营造改变历史、影响国民的"文学世界"和"文学时代"。

于是，经晚清词变后的汉语"文学"就这样一步步与西方的literature关联在一起，汇入多语言、多能指的全球表述，亦即并列到以民族—国家为根基的"世界文学"之中。与此同时，由于新开辟的"文学"词场仍保留着固有的汉语特点，还能在自身语言传统中伸缩变形，故而就像其他非英语的系统一样，隐含着对literature译用后再作补充和挑战之可能，从而为创造普适于人类全体的"文学"共名——如果需要并可能的话——提供汉语的贡献。

检讨一下晚清词变中用"文学"对接英语literature的做法，应当说有利有弊。如果以该词在英语中的狭义所指——belles-letters（美文、纯文学）为准，更接近的汉词似乎应选"艺文"而不是"文学"。"艺""文"二字，既恰好与belles-letters对应，与古汉语"艺文志"等既往用法又不至于离得太远，而且以"文"为词根，以"艺"作限定的指向不仅使"文"的意涵得到突出，同时也避免了与"学"相连的误解。遗憾的是，这样的努力在晚清后虽有周氏兄弟及郁达夫等做过尝试，可惜效果不显。① 其中缘由，或许是因为在强调文以载道的汉语传统中，就像民间的"诗"要被编纂为"经"一样，从艺的"文"敌不过治世的"学"。对此，亦有学者做了相关论述，认为将已经失去"学"之含义的"文学"一词在现代汉语中与literature对接定型，"真正的原因也许是'学'通向中国文化的文的体系"。② 的确，在晚清词变的大格局下，由于受到"数学"、"化学"及"群学"、"哲学"等的整体映照，选择用"文学"指代"语言的艺术"，显然已造成了解读上的干扰和误会，难怪时至今日仍有人坚持认为这样的用法是一个"语言错误"。③

---

① 1922年郁达夫发表《艺文私见》（《创造季刊》创刊号，泰东书局，1922年5月），文中虽也出现了"文艺"的用法，但主要讨论以小说为代表的文学创作，总体上趋向于把文学视为艺术的一种，相当于"艺的文"（美文）。

② 张法：《"文学"一词在现代汉语中的定型》，《文艺研究》2013年第9期。

③ 正是在上引《"文学"一词在现代汉语中的定型》中，张法否定了现代汉语用"文学"译介literature的做法，认为那是一种"语言错误"。

无论如何,用"文学"与 literature 对应,同时体现了汉语词变中的妥协和进取。在此意义上,与"维他命"、"巧克力"及"番茄"、"蒸汽机"乃至"律德来久"等都不同,与其把晚清词变中的"文学"简单列为"外来词"(物)或"翻译词",不如视为"对译词"或"组合词"(物)更恰当。它在实质上已成为汇集了英汉古今多层词义的复合体和对应物。一方面,作为具有新意涵的总名,"文学"将诗歌、小说和戏剧等囊括为一体,并入"艺术"之中,开启了"小说救国"及"以美育代宗教"等现代面向,同时又通过把屈原、李白、关汉卿……与歌德、易卜生、莎士比亚那样的域外作家一并装入"文学之筐"而使本土创作获得融入"世界文学"体系的对等身份;另一方面,由于汉语新词对"学"字的暧昧保留,又使已被视为艺术门类的文学继续沿袭"理"和"道"的面向,从而拥有高于其他艺术门类的掌控特权,以至于在后来的汉语中容许"文艺"——"文学艺术"之简称这样的矛盾词组出现。

总体来说,汉语"文学"在晚清发生的词变,还反映出特定的时代之需。一方面,受西方艺术观念及 literature 自身的词变影响,"小说"由汉语传统的"说部"边缘陡然转到中心,开始取代"诗"的宗主地位;另一方面则是在语言(白话)、诗文、小说等门类都纷纷转型之后,需要一个更高层级的语词范畴将它们总和起来,以获取更为集中的总体力量。于是,"文学"新义项应运而生,赢得了出场之机,进而在"诗界革命""文界革命""小说界革命"之后作为总括性范畴,引领出更上一层的"文学革命"。然而也正因如此,作为囊括诗歌、小说、戏剧等门类之总名的文学,其实只具有抽象的词义,好比名词的名词,与实际事物不能产生具体对应。在实际生活中,你可以听一首歌、写一篇诗、看一出戏或买一本小说,却无法听、写、看或买一个文学。作为抽象名词,文学在社会生活中找不到切实的对应物,是不存在的存在。因此,相比诗歌、小说或戏剧而言,文学的词义更不宜界定,也留下了更大的解说空间和实践余地。

此外,作为组合了英汉古今多重意涵的组合名词,"文学"还具有中间性，既代表小说、戏剧和诗等次级门类的组合总名，又只是上级范畴——"艺术"的种属之一，因此一方面它的种类意义需要由"艺术"决定，一方面文学内部的小说、诗和戏剧等门类又各有所指。这样一来，作为"中间词"的文学便被悬在半空，其意涵不由自己，无法自明，只能靠位于两头的"艺术"和"小说"、"诗"等的出场方可相对显现。于是，文学的词义往上看可被视为"语言的艺术"，朝下说则相当于"小说、诗歌、戏剧……的总和"，因而不但要随世人对"艺术"的界说而定，而且依赖于"小说""戏剧"等门类的各自阐发。在这意义上，福柯揭示的"文学是一个悖论"即得到印证。所谓悖论，是指文学存在于"文学是什么"的问题中，而且尽管没有年龄，又还可因"文学"一词的出现而回溯性地存在几千年了。[①]

由此可见，晚清词变的整体运行中，文学其实充当的是"结构词"功能，为西风东渐交汇下汉语表述体系的结构转型发挥新的分类作用。对于本土既有的诗、小说、戏剧（戏曲）等类别而言，文学之新，并不新在内涵意义上，而在于为进入全球体系的汉语中国展开（西学主导的）跨文化对话提供一套不同于从"言语—德行—文学—政事"到"四书五经"、"经史子集"的分类方式。在这样的方式中，文学以小说为核心，把诗歌、戏剧等创新组装为一体，整合为艺术的重要部类，以便在被新知识、新话语再度视为整体的社会系统中发挥必要作用。晚清以降，与"文学"相似和对应的"结构词"还有许多，其中更重要的还有"社会"、"国家"、"意识形态"及"经济基础与上层建筑"等。然而与同期涌现的另外一类可称为"思想词"的关键词如"人文"（humanity、liberal arts）、"自由"（freedom）等相比，作为结构词的"文学"更多负载的是工具功能，尚不具有突出的意义取向，因而起不到与思想词相当的价值作用，甚至缺乏西学话语中有关艺术能使人抵达"自由的自我实现"，也就是从康德"为自身立法"[②] 到席勒"自立游

[①] ［法］米歇尔·福柯等著，白轻编：《文字即垃圾：危机之后的文学》，赵子龙等译，重庆大学出版社2016年版，第82页。

[②] ［德］康德：《法的形而上学原理：权利的科学》，沈叔平译，商务印书馆1991年版。

戏规则"① 那样的意涵及境界,② 亦即哈贝马斯总结的"审美乌托邦"。③ 正因如此,便可理解为何汉语世界不但对于"文学是什么"的论争容易困在结构表层,而且就"西学东渐"意义而言,近代之后仅靠结构词为基础而缺少相应价值配套的"文学革命"会格外艰难。这就是说,文学是需要思想并表现思想的,但文学本身不具备思想,需要与其他的思想搭配和填充方可完成,否则就只是空洞的词筐。

通过对晚清词变从语词、语义和语用相互关联的过程辨析即可见出,包括"文学"在内的语词含义非但不是圣人独创或由词典定夺,并且也不是自古如此,四海一律。无论汉语还是英语,与其他众多表达观念和指涉事物的语词一样,作为表达观念、指代事物的能指词符,"文学"的含义由每一个使用者支配并在众力交互的实践中达成,人人皆有界定和解说"文学"的可能和权力,也就是都可以用自己的语言编织文学之筐并承载所需之物。作为词符,你可选用汉语的"文学"、日语的 bugulu（ぶんがく）、英语的 literature 及德语 wordkuns、俄文 slovesnost 或其他;对其词义,你可指代"学问""典籍"亦可专指"语言之艺术"或另造其他;至于将其推至实践中的词用,更可任你大显身手,各显神通,既可把它作为独善其身的路径亦可变为兼济天下或沟通神灵的大业。

之所以能够这样,在于语词是人所发明的符号,从来就不存在标准恒常的定义,其能指与所指的关系也实现不了单一对应。恰恰相反,表面一致的文学"词筐""词盖"其实关涉数目繁多的所装与所盖,彼此交叉,重叠并置;不同的义项平等并存,没有高低优劣,也无所谓对错是非。判断的标准——如果一定需要的话,顶多只是不同语境中使用者

---

① [德] 弗里德里希·席勒:《审美教育书简》,冯至译,上海人民出版社 2003 年版。
② 有关西方学界对艺术与自由的关联论述可参见朱正琳《读书札记:自由的概念》,《文化遗产研究》总第 8 辑,四川大学出版社 2017 年版,第 47—62 页。
③ [德] 哈贝马斯:《论席勒的〈审美教育书简〉》,收入 [德] 于根·哈贝马斯《现代性的哲学话语》,曹卫东译,译林出版社 2011 年版。哈贝马斯在文中指出:"对黑格尔和马克思来说,甚至对直到卢卡奇和马尔库塞的整个黑格尔派马克思主义传统来说,审美乌托邦一直都是探讨的关键。"而凭着这个审美乌托邦,"席勒把艺术理解为交往理性的真正体现。"

们以各自目标达成的实际效用。

由此来看，人们在现实交际中发生的大部分文学论争，首先即由对文学名词的歧义引出，与其说争辩的是力求一律的"文学"词载，不如说是各显其能的"文学"词筐。实际上，正是借助词筐内外的交互功能，人们不但可以把文学的词筐载物加以扩展，组合出"古代文学"、"当代文学"、"汉族文学"、"少数民族文学"、"世界文学"乃至"民间文学"、"口头文学"、"魔幻现实主义文学"及"诺贝尔奖文学"等；再进一步，还可把文学形容词和动词化，构建出"文学理论"、"文学批评"及"文学章程"与"文学学科"，组建"文学社团"、"文学学院"，掀起"文学思潮"、"文学运动"乃至发动"文学革命"，通过成长壮大的文学"词场"，改变现实存在的社会人生。

可见，文学没有定义，不可定义，不需要定义，有的只是多元互补且演化变动的义项选择。因此，有关"文学"的言说与践行，无论针对词筐还是词载，非但没有终结，且将一如既往地持续演变下去。此后，如果有人再问"文学是什么"，若想有效对答的话，你就得先问一下：你问的"文学"义项是哪条？是被叫作"文学"的"词筐"，还是被装入其中的"词载"？

从晚清到今日，在一百多年的演变历程中，"文学"词变引出了层出不穷的实践结果。人们一边把小说、诗歌、戏剧等不同的载物投放到文学词筐之中，同时也在对词筐进行各取所需的伸缩调整，其中最为显著的调整有二。首先是破除文字中心，把口语实践放回筐内，恢复"口头"与"书面"二元互补的文学格局，通过民国时期的"歌谣运动"[①]"白话运动"，引出与"小说理论"等并立的"口语诗学"以及被重新视为"精英文学"源头与根基的"俗文学""白话文学"。其次是把"文学"新词的时代转型视为汉语之变，从而开放出能使其他语种及其相关论述加入参与的空间及可能。

这样一来，近代中国发生的文学转型就不仅只是汉语"文学"同

---

① 徐新建：《民歌与国学：民国早期"歌谣运动"的回顾与思考》，巴蜀书社2008年版。

英语 literature 的语词对应，而将进入更为广阔的交互空间。在其中，不仅会有蒙古语的 ypahoxиoл、藏语 ཚིག་ཕྲེང་、朝鲜语 문학，还会有维吾尔语的 ندەبىياتى 及哈萨克、乌孜别克等其他突语族的 Edbiyat 等。它们不仅堪与汉语的"文学"并置，而且指向与"汉文学"不同的特定实践，既是书写文本，亦是口传和仪式，直至融入人神互补的信仰之中。

以此观照，晚清词变后的"中国文学"走向便一方面呈现为汉语新词如何从语言到思想直至社会的全面落实，一方面则意味着如何与其他未曾受汉语新词影响的非汉民族及其文化传统相对接，并在对接中形成新的多元整体，即伴随现代国家一同诞生的"中国多民族文学"。在多语言和多文化的整体结构中，以汉语叙事为例，"中国多民族文学"意味着如何以汉语的"文学"词筐去承载作为整体的中国各民族文学，或把蒙、回、藏、苗、维吾尔等不同表述体系的语言艺术装入"中国文学"的词筐之中。这样的承载与对接不但将引出多元并置的母语文学，而且会涉及相互有别的"文学"母语，亦即各母语中与汉语"文学"及英语 literature 等对等并置的语词交流和对话。这样的交流对话虽然在《现代汉语词典》的文学条目里受到遮蔽，却已在新版的《中国百科全书》词条里得到了确认。该书由刘再复、周扬合写的"中国文学"条目首先界定"中国文学，即中华民族的文学"，继而在承认中华民族是汉民族和蒙、回、藏、壮、维吾尔等少数民族的"集合体"的基础上，强调"中国文学"，是"各民族文学的共同体"，由此做出了更为丰富完整的如下判断：

> 中国作为一个统一的多民族国家，各民族文学有各自发生、繁衍、发展的历史，也有各自的价值和成就，它们之间相互渗透和交融。①

这样的判断体现着中国"改革开放"之后学界及政界的开拓胸怀，而在实际的历史进程中，如此多元包容看法的正式登场则还有待于晚清

---

① 刘再复、周扬：《中国文学》，中国大百科全书出版社2014年版。

词变之后,"文学"从语词到语继续经受民国至新中国的"文学革命""革命文学""解放文学"等的系列洗礼才有可能。

在迈入21世纪头一年之际,出版于北京的《文学评论》刊发了美国文论家希利斯·米勒(J. Hillis Miller)论述全球化时代文学演变的专文。文章也对文学在西方历史语境中的词变进行总结,强调即便在西方,literature的现代义项也只是最近出现的事情,确切说"开始于17世纪末、18世纪初的西欧"。而结合那个时代的西欧境况来看,

> 文学这个概念不可避免地要与笛卡尔的自我观念、印刷技术、西方式的民主和民族独立国家概念,以及在这些民主框架下言论自由的权力联系在一起。①

与此对照,晚清之后"文学"在中国的词变又归纳了哪些相关内容呢?若以今天眼光予以重审,除了无疑含有米勒总结的印刷技术、民族独立国家等外,或许还可加入"中体西用"、"救亡图存、"新民立国"及"社会革命"、"弱小民族解放"等,至于"西方式的民主"及"言论自由的权力"乃至后来的"多元文化主义"等能否涵盖其中,则是见仁见智的理论与实践议题了。

语词是社会约定的任意产物。因此,当选择这种或那种语词之时,就意味着"任意地改变我们的世界意象"。② 自孔门四科在先秦时代使用"文学"一词以来,汉语的世界意象即已随该词而发生改变;晚清之后则进一步发挥这样的改变功能,通过中外语词的交汇表述,再度改造中国,重塑世界;与此同时,也当然推动了中国文学的现代创建与多元整合。

---

① [美] J. 希利斯·米勒:《全球化时代文学研究还会继续存在吗?》,国荣译,《文学评论》2001年第1期。

② 参见 [波兰] 沙夫《语义学引论》,罗兰、周易合译,商务印书馆1979年版,第80页。

第二章　华夏崛起：解体王朝的复兴先声

结合中国近代变革的历程来看，可以说多民族文学的历史转型是以汉民族文学自晚清以来的最先发动而开启的。作为历史研究习已使用的近代分期，所谓"晚清"，大致指光绪二十一年到宣统三年（1895—1911）这一时段。

一　1900：世纪之变

1900年是农历庚子年，也就是清朝的光绪二十六年。

这一年发生了很多与中国多民族格局相关的事变，故而不妨选作探讨多民族文学转型的时代标志。不过说到底，选择历史上的某一年作为节点，依然是人为之举。为了顾及事态的完整，不少论述还不得不前后延伸，对相关事变的总结与反思也不能够仅限于当年，同时也不好单以西历纪元为准。

回到农历庚子年。这一年的九月初六，西历10月28日深夜，广州巡抚衙门内一阵剧烈爆炸，把满人德寿的官邸掀了个底朝天。德寿是满洲镶黄旗人，做过朝廷高官，历任贵州、湖南、江西、江苏和广东巡抚，彼时的职务是代理两广总督。爆炸的目标冲着刺杀朝廷总督而来，但由于技术手段不够成熟而未能成功。惊魂未定的德寿下令全城追捕，最后将20岁的"元凶"史坚如施重刑后斩首于珠江码头。[①] 史坚如是广东番禺人，追随粤港地区的革命组织参加反清起义，被誉为"因暗杀而成仁"的革命党第一人。

---

① 冯自由：《史坚如传略》，收入《革命逸史》（下），金城出版社2014年版，第727—731页。

第二章 华夏崛起:解体王朝的复兴先声

庚子年稍后的一天,农历十一月二十日,另一个叫杨飞鸿的反清志士被清廷派刺客杀害于香港住所,罪因是"纠约党类""潜图叛逆"。杨飞鸿也叫杨衢云,福建漳州人,1890年创建香港辅仁文社,鼓吹排满革命,后与孙文的革命组织合并,当选为香港兴中会首任会长(孙文为秘书)。后来的史学家认为香港兴中会除掉名字外,"一切皆是'辅仁文社'的延续。会员们也大致都是杨衢云的班底"。①

从我们所要讨论的民族文学议题来看,史坚如引发的爆炸和杨衢云等反清志士的牺牲,标志了中国多民族格局的现代巨变。此变局的核心在政治反抗,社会原因和影响则广泛关涉民族关系、民众处境乃至多元交错的文化和文学。

杨衢云等人在香港创立的辅仁文社比孙文在檀香山组建的兴中会时间还早,故而被视为中国近代第一个具有反清革命因素的政治团体。在福广一带洪门会党的影响下,杨等人的思想基础之一是"反清复明"。②但杨被清廷杀害的主要原因还不是思想和言论犯罪,而在于直接参与策划组织了1900年震惊中外的粤省起义。起义军号称"某等并非团党,乃大政治家、大会党耳,即所谓义兴会、天地会、三合会也";并明确宣布起义目的在于聚集"我等在家、在外之华人"。做什么呢?答案是"驱逐满洲政府,独立民权政体"。③

光绪二十五年,"兴汉会"在香港合并成立,基础除了粤省既有的兴中会外,还扩大至湘鄂一带的三合会、哥老会等具有反清传统的秘密组织,目标仍是"推翻满虏",但"兴汉"名称的选取则进一步凸显了汉人复兴的民族意向。孙中山被推为兴汉会统领并于次年(1900年)取代杨衢云职位,成为香港兴中会继任会长。④庚子年,孙中山在新加坡对欧美人士发表谈话,宣称自己的志向在于"驱逐满洲人",并进一

---

① 冯自由:《兴中会首任会长杨衢云补述》,收入《革命逸史》(下),金城出版社2014年版,第718—722页。
② 冯自由:《兴中会首任会长杨衢云补述》,收入《革命逸史》(下),金城出版社2014年版,第718—722页。
③ 《广东惠州乱事记》,《中国旬报》第27册,1900年10月27日。
④ 桑兵:《兴汉会的前因后果》,《中山大学学报论丛》1992年第5期。

步披露说,庚子年间革命党领导起义的初衷是要以武力推翻满清,力图分割帝国的一部分,"在华南建立一个独立政府","新建一个共和国"。① 当时有外电报道说,孙等领导的起义,意图在于"以江苏、广东、广西等华南六省为根据地,建立独立的共和政体,逐渐向华北扩大势力,以推翻爱新觉罗氏,联合中国十八省创立一个东洋大共和国"。② 而 1895 年发动的首次粤省起义,即已制作了唤醒汉族大众、族别界限鲜明的《讨满檄文》。③

不过与此同时,清政府官员在看待史、杨、孙等人的事件上,似乎要刻意淡化革命党人的排满和独立主张,故而在向上报告的奏折里仅将他们描绘为犯上作乱的"会匪",尽管也不得不承认"逆党主谋,意图大举""实非寻常土匪可比"。④ 值得注意的是,朝廷方面不但认可将反清排满的革命党定为地方"匪盗"的说法,并且竭力以官方正统的治乱之说,遮盖兴中会等领导的广东起义所告示的满汉冲突。如今公布的清宫档案揭示出,光绪曾就杨衢云等人的起事做过多次御批,将广东一带的反清起义定性为"聚众滋事"、"潜谋不轨"的"盗风",把领导人孙文、杨衢云等定为"匪首",下令严密查访,"迅速捕拿,以期消患未萌"。⑤

清廷抓捕南方反满领袖的连连"上谕"未能生效,反倒在庚子之年再度引发更大的武装反叛。陈少白等人还在广东创办了鼓动革命的新式传媒——《中国日报》,意在彰显"中国人之中国"的志向,"与那满清政府公开的宣战"。⑥

---

① 参见孙中山 1900 年间发表的《离横滨前的谈话》和《与斯韦顿汉等的谈话》等文,收入《孙中山全集》第一卷,中华书局 1981 年版,第 188—196 页。
② 参见莫世祥《两广独立与三洲田起义研究》,中国史学会编《辛亥革命与 20 世纪的中国》,中央文献出版社 2002 年版。
③ 冯自由:《兴中会之讨满檄文》,《革命逸史》(上),金城出版社 2014 年版,第 21 页。
④ 《粤总督德寿奏报惠州革命党起事折》,转自冯自由《革命逸史》(下),金城出版社 2014 年版,第 725—727 页。
⑤ 冯明珠:《涓滴成洪流〈清宫国民革命史料汇编〉编辑经纬与档案介绍》,载朱诚如主编《明清论丛》第 11 辑,故宫出版社 2011 年版,第 194—206 页。
⑥ 陈少白:《兴中会革命史要》,中国史学会主编:《近代史资料丛刊·辛亥革命》(第 1 册),上海人民出版社 1957 年版;冯自由:《陈少白时代之〈中国日报〉》,《革命逸史》(上),金城出版社 2014 年版,第 54 页。

同年，以"义和团"为主掀起的反洋教浪潮波及各地。5月，札饬内蒙古伊克昭盟、乌兰察布盟等蒙旗军队捕杀当地教民，"无论蒙汉，一律肃清"。① 七月二十日（西历8月14日），八国联军攻克北京，慈禧太后携皇室逃离京城，后与联军签署议定条约，接受数额巨大的"庚子赔款"，应诺分数十年付清。至此，建立在多民族共存基础上的帝国政体，已沦入内外交困的严重危机。

可见，尽管带有人为痕迹，以庚子年为界的历史分期，仍体现出显著的时代标记，对于从文化和文学角度阐释多民族中国的现代转型无疑是有所助益的。不过，历史转型非一蹴而就。若要深入探讨近代中国从社会基础到文化形态的总体演变的话，唯有超越以狭窄年份为界的生硬划分，方可完整理解其内在贯通的"世纪之变"。于是，更恰当的时间单位就应当拓展至包括1900年——庚子前后的"光绪"到"宣统"，也就是后人常说的"晚清民初"。

时间到了民国十六年，距庚子起义27年后，兴中会故友尤列为杨衢云作赞，慨叹"民国墓础，乃公之骨；民国牺牲，乃公之血"。继而以杨衢云的牺牲为联想，做了亡者与后辈的比照，曰"公杀身成仁以去，犹起世人之悲切。"② 再后来，史学家唐德刚更进一步，总结说"一部'中国近代革命史'，是应该从杨衢云开始写的"。③

二 清末年间的反清浪潮

1644年，李自成军队攻占北京，崇祯皇帝被迫自尽，明朝灭亡。两个月后，多尔衮率领的满洲军队由山海关进入，战胜李自成部将，将十多年前（1636年）即已定名的"大清"迁都北京，随后在"入主中原"的二百多年里辟疆拓土，文武并用，形成了疆域浩大、多族共存

---

① 内蒙古自治区档案馆《准格尔旗扎萨克衙门档案》卷82，第168—307页；参见莎茹拉、苏德《1900年内蒙古西部的蒙旗教案》，《历史档案》2002年第4期；汤开建《1900年内蒙古中西部地区的反洋教运动》，《西北民族研究》2005年第2期。
② 冯自由：《兴中会首任会长杨衢云补述》，《革命逸史》（下），金城出版社2014年版，第718—722页。
③ 唐德刚：《晚清七十年》第五卷，台北：远流出版事业股份有限公司1998年版，第180页。

的世袭帝国。与明朝相比，大清帝国具有更为突出的多元性，不但在地域上涵盖了在后来被称为"中国本部"的十八省、北方蒙古地区、青藏高原的辽阔藏地和新近开辟的"回疆"，在民族格局上也包含满汉、满蒙、满藏及满回等多重关联。① 为了治理如此庞大的共同体，作为共主的帝国统治者，一方面通过同时拥有的"皇帝""可汗""圣王"等数种身份号令天下；另一方面以"首崇满洲"等举措确保本族群体的权力至尊，同时采用"满蒙联姻""满汉一家"等手段掌控他族，以期能使清朝的统治"万岁"甚或"万万岁"。在清廷权术、暴力与帝国策略的多重作用下，大一统的多民族结构至少在表层上发挥了特定功效且持续时久，直至晚清才因潜在矛盾无法调和、各方冲突相继爆发而走向瓦解。②

光绪二十一年（1895），香港兴中会成立，同年发动的首次广州起义失败，陆皓东等数十位反清人士被杀，杨衢云、孙中山等遭清廷通缉后流亡海外。

三年后，促成兴中会与三合会、哥老会合并的主要人物毕永年在流亡日本期间以诗言志，向在场的日本友人表达了强烈的排满复汉激情。诗作后来以《留别同志诸君子》为题传世，称得上近代以民族反抗为基础的汉族文学发轫之作的代表之一。该诗声称晚清帝国已日暮西山，濒临灭亡，呈现的景象是"日月久冥晦，川岳将崩摧"，然后揭示导致危机的最严重根源，是满族入侵及其残暴统治引发的民族矛盾。诗作写道：

中原蝎虏沁华族
汉家文物委尘埃
又况惨折忠臣燕市死

---

① 参见谭其骧主编《简明中国历史地图集》"清时期全图"，中国地图出版社1991年版，第65—68页。

② 关于清朝的满族特征与多元结构，学界近来发表了不少新的论述，可参阅刘凤云、刘文鹏主编的《清朝的国家认同："新清史"研究与争鸣》，中国人民大学出版社2010年版；以及刘凤云、董建中等主编的《清代政治与国家认同》，社会科学文献出版社2013年版。其中收入了不少相关文章。

第二章 华夏崛起:解体王朝的复兴先声

武后淫暴如虎豹……①

毕永年是湖南长沙人,与同乡谭嗣同关系密切。谭在菜市口被斩遇难后,毕断辫追悼,发誓从此不再隶属满清。② 1900 年在致友人信函里则称"痛恨胡虏"之心已达无可忍受的地步,若不使其速亡,则不能自已。③ 结合他的经历遭遇来看,《留别同志诸君子》诗中以"蝎虏""汉家"之称表示的民族鸿沟显而易见,而"委尘埃"与"沦华族"所映托的民族侵略和压迫以及"忠臣惨死"与"武后淫暴"的血腥对照,更强烈地昭显了革命者反满复汉的时代背景和政治缘由。

此前的一年(1897),在与日本友人宫崎寅藏等进行的对话中,孙中山以笔谈语录方式表达过义愤填膺的汉族抗争立场。他指出:

清虏执政于兹三百年矣,以愚弄汉人为治世第一义,吸汉人之膏血,锢汉人之手足,为满奴升迁调补之符。认贼作父之既久,举世皆忘其本来,经满政府多方面之摧残笼络,致民间无一毫之反动力,以酿成今日之衰败。④

孙的这段文字尖锐激烈,用语沉重,从感同身受的肢体出发,形象地刻画出被愚弄而后被"吸膏血""锢手足"的汉族惨状,同时表达了对摧残者——"清虏""满奴"的鄙视和愤恨。

毕永年的诗文在与革命志士饯别的宴席上吟诵而出,孙的思想以对话方式呈现,都带有口语交往的互动特征和超越文字的场景感。不过在这一类型中,最具代表性当推彼时兴汉会等秘密组织的宣誓盟词、讨满檄文和面向大众的革命演讲。

---

① 杨天石:《犬养毅纪念馆所见孙中山、康有为等人手迹》,《历史档案》1986 年第 1 期。
② 杨天石:《毕永年生平事迹钩沉》,《民国档案》1991 年第 3 期。
③ 《对华回顾录》下册,商务印书馆 1964 年版(内部读物),第 383 页,转引自杨天石《毕永年生平事迹钩沉》,《民国档案》1991 年第 3 期。
④ 孙中山:《与宫崎寅藏平山周的谈话》[1897],《孙中山全集》(第一卷),中华书局 1981 年版,第 172—174 页。

"盟词"是民间组织吸收成员时要求当众宣读的誓词,用以表达对会党宗旨的认同和效忠。由当事人冯自由记载的同盟会盟誓场景称得上突出案例。光绪三十一年(1905),同盟会在东京举行成立仪式。出席成员六十余人,"汉地十八省"的代表仅缺甘肃(因彼时甘肃未派留日学生)。仪式开始后由孙中山发表演讲,提出同盟会的十六字宗旨:"驱除鞑虏,恢复中华;创立民国,平均地权。"然后众人推举孙中山为同盟会总理并签署由孙拟写、黄兴和陈天华审定的《盟书》:

> 联盟人　省　县人○○○,当天发誓:驱除鞑虏,恢复中华,创立民国,平均地权。矢信矢忠,有始有卒。如或渝此,任众处罚。
> 天运乙巳年七月　日。
>
> 中国同盟会会员○○○①

文字签署之后进入口语和身体的礼仪。"总理遂领导各人同举右手向天宣誓如礼……旋总理至隔室分别授会员以同志相见之握手暗号,及三种秘密口号。"秘密口号分别为"汉人"、"中国事物"和"天下事"。亲临现场的冯自由描叙说,联系暗号交代完毕,总理便与各成员逐一行"新握手礼",向大家欣然道说"自今日起,君等已非清朝人矣!"接下来的景象热烈壮观,可谓因仪式鼓舞而至高潮:

> 室之后部木板卒然坍倒,声如裂帛。总理曰,此乃颠覆满清之预兆。众鼓掌欢呼……②

口语誓词真切可感,鼓动人心,"当天发誓"的现场礼仪提升了盟誓内容的神秘感和神圣性,对现场参与的宣誓者起到了激励及制约

---

① 孙中山:《中国同盟会盟书及联系暗号》(1905),《孙中山全集》(第一卷),中华书局1981年版,第276—277页。
② 冯自由:《中国同盟会史略》,载《革命逸史》(上),金城出版社2014年版,第246—254页。

之功效。

盟词和宣誓礼仪延自会党传统，称得上秘密结社的民间惯例。同样的场景在孙中山此前（1904年）刊于上海《警钟日报》的信函中做过细致描绘。他写道：

> 行誓之仪，发誓者举右手，向天当众宣读誓词；施誓之人，面发誓者立，亦举右手为仪。若发誓者不识字，则施誓者宣读誓词，而发誓者随之读……其余有志者，愿协力相助，即请以此形式收为吾党。①

孙中山的描绘进一步彰显出会党盟词以口语宣誓和仪式表达的名义——可起到为不识字者达成盟誓的同样功效；更成为革命党扩展队伍、凝聚成员的重要手段。从民俗学和人类学角度来说，晚清汉族反满组织汇聚结盟的仪式，还具有更为深刻的组织诉求，那就是力图通过诵读盟词乃至歃血饮酒等仪式，创造出虚拟的血缘共同体，由此视彼此为同胞兄弟，结成盟员间的象征性血亲关系，以党为"家"，最终融入以民族立国的同胞大家庭。②

因此，以文学的核心在于表述与被表述的观点而论，③排满兴汉的"十六字盟词"意义不可低估。如果说它在革命党领袖盟誓仪式上的现场呈现可视为该文本的原型、火种的话，接下来通过各种方式在众多媒介的流布，则产生出原型提升，火种燎原的神奇成效，使之成为向全社会展示革命形象、动员民众反清的突出标志。在这个意义上，"驱除鞑虏，恢复中华；创立民国，平均地权"的同盟会誓词称得上晚清时期最为凝练、最具代表性的民族主义文学典范。这个典范由汉族开创，体现着追求自由解放、实现民族独立的时代变革。而盟文的词语凝练，节

---

① 孙中山：《复某友人函》（1904年），《孙中山全集》（第一卷），中华书局1981年版，第227—229页。

② 参见刘平《歃血盟誓与秘密会党》，《民俗研究》2001年第3期；另可参阅徐新建《民间仪式与作家书写的双重并轨——从"普洱誓盟"看现代中国的"民族表述"》，《民族文学研究》2012年第4期。

③ 徐新建：《表述与被表述：多民族文学的视野与目标》，《民族文学研究》2011年第2期。

奏分明，朗朗上口，便于宣传诵记，则体现出汉族知识精英立足实际，利用传统，知晓社会，体察民情，故而懂得如何以最佳方式动员底层民众的组织能力。

檄文是汉语文学史上的传统文类，早期主要作为军事文告，用来向敌方宣战。晚清民初的革命党发扬此文类传统，以"讨伐满洲"为主题，创作了一系列彰显民族主义情怀的作品。已知较早的"讨满檄文"问世于光绪二十一年（1895）广州起义前，由"长于文学"的兴中会骨干朱旭起草，但因起义败露而被毁弃。① 相比之下那个时期流布最广、影响最大的代表作是章太炎的《讨满洲檄》和高旭的《逐满歌》。

章太炎的《讨满洲檄》发布于光绪三十三年（1907）。这一年四月同盟会在黄冈发动起义，以"大明都督府"名义告示天下。六月，秋瑾在绍兴被捕，罪名是"亲笔讲义，斥本朝为异族"，次日便被地方当局依照"严拿首要……以销隐患而靖地方"的上谕处斩。②

以这样的背景观之，章太炎执笔的《讨满洲檄》就如同向清廷的宣战书，体现了反满志士为争取独立自由而决一死战的意志和决心。檄文开场便以"天运纪元"做出了与"满清年号"的了断，以轩辕黄帝生辰计算，上下贯通至彼时的"四千六百零五年"（1907），由此凸显华夏文化"万世一系"的正当和久远。至于光绪某年这样的"满清年号"，则早在此前就被革命党人视为亡国标志了。1902年，包括章太炎在内的留日学生在日本东京筹划集会，自称"支那遗民"，发表文告，声讨满清亡我"炎黄姬汉之邦族"，宣称"支那之亡，既二百四十二年矣"，同时以仇痛之语气，"哀我汉民，宜台宜隶"。因日本当局顾忌纪念会将有损于"帝国与清国之邦交"，故出面干涉致使会议未果。③ 五

---

① 冯自由：《兴中会之讨满檄文》，《革命逸史》（上），金城出版社2014年版，第22页。
② 参见中国第一历史档案馆《光绪三十三年浙江办理秋瑾案档案》，《历史档案》2011年第4期。
③ 参见孔祥吉、村田雄二郎《一九零二年东京"支那亡国纪念会"史实订正》，《历史研究》2007年第3期。关于选用天运纪年的问题，孙中山有过专门阐述。他说："'天运'二字实为洪门三合会的年号。我们特袭用这个年号，即汉兴满亡的表示，意义极为深远。"参见冯自由《革命逸史》。

第二章 华夏崛起：解体王朝的复兴先声

年之后，章太炎发表《讨满洲檄》，不但承接了此前的民族愤慨，在语气及用词上亦更为激烈强硬。檄文历数满清"鞑虏"入主中原篡夺政权后在民族间划分主奴、屠杀汉民、焚毁典籍、大兴"文字之狱"等十四宗罪，揭露其"背逆人道，苛暴齐民"的凶残本性。作者以追本溯源的方式，铺陈华夏兴衰，从黄帝剪蚩尤、始皇阻匈奴一直说到宋明沦亡、鞑虏入侵，将轩辕以来的四千年历程，描绘为一部汉民族与四周蛮夷英勇斗争的壮烈史。檄文号召全体汉人"契骨为誓"，并以振聋发聩的语调向四万万同胞发出呼吁：

> 呜呼！我中华民国，伯叔兄弟，诸姑姊妹，谁无父母？谁非同气？以东胡群兽，盗我息壤。我先帝先王亦既丧其血食，在帝左右，旁皇无依，我伯叔兄弟诸姑姊妹，亦既降为台隶，与牛驹同受箠楚之毒，有不寝苦枕块，挟弓而斗者，当何以为黄帝之子孙？惟革命之不可以已，而不可以有二也！①

高旭（1877—1925）是晚清文学团体"南社"的重要发起人，同时也是同盟会江苏分会会长。他于1900年之后创作的《逐满歌》、《光复歌》，同样洋溢出激昂的排满激情。高旭的社友，南社三大创始人之一陈去病的《题明孝陵图》一诗直接发出"还我河山"的呼唤。陈诗写道：

> 一朝大地削蹄迹，光复旧物还淳和。
> 扫荡胡尘归朔漠，独完民族奠风波。②

不过从彰显民族主义倾向之文学实践看，更为重要的是，南社同道们强调了文武并举乃至在特定条件下文胜于武的战斗主张。例如高旭就

---

① 相关讨论可参阅张昭军《辛亥革命前后革命党人的民众动员策略与种族心态：以三份〈讨满洲檄〉的文本为讨论中心》，《社会科学辑刊》2011年第2期。
② 陈去病：《陈去病诗文集》卷一，"浩歌堂诗钞"，社会科学文献出版社2009年版。

特别颂赞过枪炮轰不死的"诗界魂"。他写道：

飒飒三色旗，忽竖骚坛里。
鼓铸种族想，冀扫建房祀。
眼底牺牲儿，流血恐未已；
惟有诗界魂，枪炮轰不死。
奋志吹法螺，鞭策睡狮起！①

正如诗作表达的那样，在文学功能及其与时代及民众的关联上，高旭主张为现实变革服务，强调"诗之为道"，不在于自吟风雅，而在"鼓吹人权，排斥专制，唤起人民独立思想，增进人民种族观念"。② 高旭强调国家存亡与国魂兴衰紧密相关，提出"欲存中魂，必由存国学始；而中国国学中尤可贵者，断推文学"的时代论断。而一国之"魂"包含文武二分，故而文人诗界的全力奋起便具有不可或缺的意义。

同为南社发起人之一的柳亚子总结说：那时候的革命工作，"一部分是武的，暗杀、暴动是家常便饭；另一部分是文的，便是所谓的宣传工作了。文学是宣传的利器，诗文并重，效力很大。这样，我的诗不是文学的革命，而是革命的文学了"。③ 柳亚子坦言南社的宗旨是反抗满清。一方面"它的名字叫南社，就是反对北庭的标帜"；另一方面，南社的发起，目的就是"想和中国同盟会做犄角的"。④

鲁迅指出："清末的南社，便是鼓吹革命的文学团体。他们叹汉族的被压制，愤满人的凶横，渴望着光复旧物。"⑤ 作为"中国文化、文学史上第一个全国性的文化人结社"，南社"以苏州、上海为活动中心，而辐射华东、华中、华南、华北、西北、西南、东北各地"。

---

① 郭长海等编：《高旭集》，社会科学文献出版社2003年版，第38页。
② 高旭：《愿无尽庐诗话》，载郭长海等编《高旭集》，社会科学文献出版社2003年版，第545—546页。
③ 柳亚子：《磨剑室文录》，上海人民出版社1993年版，第1467页。
④ 柳亚子：《新南社成立布告》，载《南社纪略》，上海人民出版社1983年版，第100页。
⑤ 鲁迅：《现今的新文学的概观》，《三闲集》人民文学出版社1980年版。

它的社员数以千计,"几乎包括了辛亥革命前后主要革命报刊的主持笔政者"。① 因其现象突出,影响深远,得到了很高赞誉,如今甚至有文章评价说"以文学之体赋革命之旨,依文学之肩扛革命大旗,南社在中国近现代文化史上首屈一指"。②

仅以南社的兴起及实践为例便不难见出,自晚清之时便出现了鼓动革命、倡导反抗的汉族文学运动。此运动有组织,有纲领,有发起者的观念倡导,更有众志士的身体力行;运动发自南方,响应波及各地,而且尽管内中存在见解与风格上的差异,但整体的主旨则是一致的,那就是:排满兴汉。用陈去病的话说,亦即"表面虽借诗文相提倡,而实以民族主义为本旨"。③

此外,在与兴汉会、同盟会等组织的秘密结社及武装起义相同步的意义上,具有民族主义倾向的晚清汉族文学堪称革命的文学、光复的文学和独立的文学,以作品呈现的特征及担负的使命而论,则可称为激进、鼓动的文学,政治和宣传的文学。结合晚清时期的变革局势,可以说在很大程度上,正是这种排满兴汉的民族文学的面世,从精神信仰层面和人心向背的最深处,撕裂了"满汉一家"的舆论主流,打破了"五族并存"的帝国幻象。

史学家章开沅对晚清时期的排满运动及其抗争篇章给予充分肯定,认为这些"一道又一道以'排满'相号召的讨伐清王朝的檄文"在海内外产生了空前影响。"它们那些炽热的言辞强有力地扣动着灾难深重的中国人民的心弦。"④ 章开沅也以1900年分界,把晚清时期的"排满"视为具有近代意识的民族运动,标志着中国人民的"民族觉醒"达到了一个新的水平。他指出,20世纪初的民族运动,表面上是革命党"利用人们对满洲贵族的民族压迫和专制暴政的深仇大恨,重新捡起古老的'反满'旗帜",实质上由于已具有新时代属性,而转变为

---

① 王飚:《再论南社》,《档案与建设》2013年第8期。
② 金红:《南社现象与南社精神原论》,《北方论丛》2015年第3期。
③ 陈少白:《南社长沙雅集纪事》,《太平洋报》1912年10月10日。
④ 章开沅:《"排满"与民族运动》,《近代史研究》1981年第3期。

"反帝、反封、反君主专制主义三位一体的战斗口号",从而同往昔的"反清复明"有了本质的区别。对于革命党人在言论与实践上的激进刚烈,章开沅从压迫与反抗的必然关联出发,揭示了它们的正当性。他写道:

> 一切补救手段都试过了,一切改良方案都破产了,一切善良愿望都遭到冷酷的践踏,于是才不得不提出"排满"!只有与这个"顽固庸妄"的封建王朝彻底决绝,才能复苏古老祖国濒于遏绝的生机。①

至于"排满文学"对近代中国的民族革命所产生的巨大推动,当时的参与者描述说:"革命党人所以能勇于赴义,一往无前百折而不挠者,持此革命文学以自涵育。所以能一变三百年来奄奄不振之士气,使即于发扬踔厉者,亦持此革命文学以相感动也。"②

三 汉族复兴的标志象征

作为一场声势浩大、影响深远的民族文学运动,晚清涌现的"排满兴汉"文学,不仅在于从外部的社会场域进行了声势浩大的号召凝聚,更在于从文化和精神的层面创制和彰显了一组强调独立解放的民族标志及认同象征。其中最突出的有"大汉""中华""黄帝""醒狮"等。

(一) 光复"大汉"

面对晚清时期声势浩大的排满运动,有一个重要问题值得追问和思考,那就是1900年前后由两广、福建及两湖、江苏、四川等多个省区的若干组织先后发动的反满大潮是依靠什么联合起来的?换句话说,当

---

① 章开沅:《"排满"与民族运动》,《近代史研究》1981年第3期。
② 汪精卫:《南社丛选序》,引自栾梅健《民间的文人雅集——南社研究》,东方出版中心2006年版,第9—10页。王飚认为当汪还是一个革命者之时做出的这段评价是应当肯定的,其"概括了革命派包括南社主要成员创作的基本面貌和作用。"参见王飚《再论南社》,《档案与建设》2013年第8期。

第二章 华夏崛起:解体王朝的复兴先声

时的一个个数量庞大同时又表现为分散自立之社团成员、男女老幼是凭借什么因素和力量认同为一体的呢?答案之一是:"大汉"。正是对"大汉"的认同及光复大汉的使命成为晚清内地十八省排满运动的基础资源和凝聚核心。

接下来还得追问:"大汉"的含义是什么?其作为特定的族类标志缘何而起?如果说此标志已具有了"民族主义"意味的话,它又代表着什么样的类型?

若要深究上述重大问题,眼光还不能仅限于晚清时期的排满文本,而必须联系有清一代实际存在的民族构成和民族关系。只有对后一种实存的历史境遇深入考察,才能真正了解"大汉"认同的产生原因及其体现的观念特性。

考虑到本书议题和框架主要聚焦于多民族文学,故而对彼时的民族分类、民族政策和民族关系等各方面的历史全貌不作全面展开。本节仅就由"大汉"认同引出的民族话题作出相关概述。本书的概述力图做到三位一体:既依照被不同文本表述的"史记",又根据由多方材料还原的"史实",同时还可回应由此派生的各类"史论"。通过这样的努力,此处得出的一个结论是,晚清排满运动中出现的"大汉"标志并不像如今一些学者认为的那样仅是人为建构或主观想象的结果,[1] 而是清代民族冲突的社会事实、华夷之辨的文化记忆加上西学东渐后国际影响合力促成的历史产物。

首先,"汉""满"之分,在有清一代的日常经验上还并非出自汉人的主动选择,而是来自清廷长达二百多年以满汉分治为基础的抑汉政策和举措。这样的举措不但施行于现实的统治行为里,同时也呈现在官方文档的各类表述中。

作为合多民族、多疆域为一体的庞大帝国,清王朝的统治版图在其鼎盛时期包括了满、汉、蒙、回、藏等众多族类,彼此之间各有渊源,互不相同。这一点,在清廷的官方认知及表述里是十分确定的。早在由

---

[1] 20世纪80年代以来此类论述不少,如孙隆基就明确提出晚清时期的"汉族"概念是被革命党人发明出来的。参见《清季民族主义与黄帝崇拜之发明》,《历史研究》2000年第3期。

"后金"改"大清"前的1635年，爱新觉罗·皇太极就下令统一了以"满洲"自称的名号。他下达的谕旨说："我国建号满洲，统绪绵远，相传奕世。自今以后，一切人等，止称我国满洲原名，不得仍前妄称。"① 一百多年后，乾隆主持编修《满洲源流考》，开篇即称"天造皇清，发祥大东……号建满洲，开基肇宗"；并解释说满洲即为"本部族名"。②在帝国统治的两百多年间，清廷采取的基本国策是分别满汉，首崇满洲。王朝大权基本掌握在以皇族为核心的满洲旗人手上。对此，帝王的解释是"朕临御多年，每以汉人为难治，以其不能一心之故。"作为比照，"汉人心不齐"，而"满洲、蒙古数十万人皆一心。"③ 于是乎"国初重要位置，多为满人所占，虽有时不尽然，乃为特别钳制汉人之势力而设。"④

翁独健主编的《中国民族关系史纲要》总结说："在满汉关系上，清朝的基本国策是'满洲根本'，辅之以'旗民有别'和'满汉一家'。"⑤ 刘小萌主编的《清代满汉关系研究》对清代满汉关系有更为全面的阐述。刘小萌概括说："清朝统治中国，施行旗人与民人分治的二元体制，即以八旗制度管理旗人，以省、州、县制度统治民人。旗人的主体是满洲人，民人的主体是汉人。"由此得出一个重要论断："旗民分治的实质是满汉畛域。"⑥ 以京城为例，为了确保满汉畛域，清廷强行将内城民人驱赶至外城，使之与满洲旗人在居住空间上便形成隔断，从而派生出北京城内彼此对立的两个社会。此种景象就连远在西南的成都也同样如此。由于旗人营造并在城内的"满城"驻防，致使向有天府古都之称的成都出现了"城内有城"的重叠现象。⑦ 到了民国时期，作家李劼人亦通过小说把幼时亲见的成都满城比作与汉人街区截然有别

---

① 《清太宗实录》卷25，第29页。
② （清）阿桂等撰：《钦定满洲源流考》（孙文良、陆玉华点校），辽宁民族出版社1988年版，第1—3页。
③ 《清圣祖实录》（卷270），康熙五十五年十月壬子，中华书局1985年版。
④ ［日］稻叶君山：《清朝全史》，但焘译，中国社会科学出版社2008年版，第403页。
⑤ 翁独健主编：《中国民族关系史纲要》，中国社会科学出版社2001年版，第704页。
⑥ 刘小萌：《清代北京的旗民关系》，载刘小萌编《清代满汉关系研究》，社会科学文献出版社2011年版，第168—198页。
⑦ 参见陈一石等《清代成都的"满城"与旗汉分治》，《四川大学学报》1981年第3期。

的"另一个世界"。

除了满汉分治的政治措施外,在语言、姓名、服饰等文化习俗方面,清廷施行的也是严守满汉区分、维护"满洲根本"的政策。朝廷治理的文化取向,就是"既仿效明制,任用汉官,安抚汉民,又下令剃发易服,厉行'国语骑射'。优待满洲,区别旗民,反对八旗人员汉化"。① 例如清廷下达的"谕旨"一再强调:

"八旗满洲乃我朝之根本。"② "满洲甲兵系国家之根本。"③

"姓氏者,乃满洲之根本。""从来都是取满语与汉语对音来书写汉字,不准依附汉姓,有意牵混。"④

凡满洲、蒙古官员上折,均须以清字(满文)具奏。"凡满洲大臣清字折内,缮入汉字谕旨者,罚俸九月。"⑤

"八旗满洲,须以清语骑射为务,不在学文。如有与汉人互相唱和,较论同年,行文往来者,一经发觉,决不宽贷。"⑥

"国中满洲、汉人、蒙古,自领旗大人以下,带子章京、护军及牛录下,闲散富人等以上,冬夏在屯街俱服披领,不许服袍。"⑦

之所以如此规定的缘由是"唯恐子孙仍效汉俗",故而要求满洲子弟"以无忘祖宗为训。衣服语言悉遵旧制,时时练习骑射,以备武功。"⑧

更为重要的是,这样的族类区分举措并非仅限于满人自身,而是被清廷强制性地扩大到满人之外的其他族类。其中,对于被征服的汉族而

---

① 翁独健主编:《中国民族关系史纲要》,中国社会科学出版社2001年版,第704页。
② 《上谕八旗》雍正元年十月二十五日。
③ 《清世祖实录》卷32、44。
④ 李洵等:《钦定八旗通志》卷首一二,吉林文史出版社2004年版,第251页;参见刘小萌《清代满人的姓与名》,《吉林师范大学学报》2011年第1期。
⑤ 《光绪朝钦定大清会典事例》卷608,咸丰四年议准,转自张莉《从满文档案看满汉关系》,收入刘小萌编《清代满汉关系研究》,社会科学文献出版社2011年版,第583页。
⑥ 许国英:《清鉴易知录》,北京古籍出版社1987年版。
⑦ 《满文老档》,太宗皇帝第60册,天聪六年十一至十二月,中华书局1990年版,第1357页。
⑧ 世宗宪皇帝上谕八旗:"雍正六年十月初六日"条,《文渊阁四库全书》第413册,第568页。

言,最直观和最羞辱的莫过于清廷以发辫和服饰定族别、判生死,强制推行的"剃发易服"行径。

满清在入关之初就以衣帽发饰必须遵从满洲为令昭示四方,曰:"若有效他国衣帽及令妇人束发裹足者,是身在本朝,而心在他国。自今以后,犯者俱加重罪。"随后更是一再坚持"剃头之令,不遵者斩"。对于拥有特定标志的汉人来说,这种强令"剃头易服"的规定,等于从装扮外形上被识别和区分为"异族",继而被要求根除本貌,归顺大清,在体态上"化为满人"。清廷此种举世罕见的族类相分与强制同化,不能不激起汉人的激烈抗争。在清初,抗争表现为拒绝剃头蓄辫,到清末则转变为剪辫,也就是原有汉习的光复。1900年,章太炎在日本"剪辫明志",发表著名的《解辫发》,以满人"鬄其四周,交发于项下"之俗为大辱。章太炎对清廷造成的满汉对峙和族别压迫持激烈批判立场,其《正仇满论》一文指出"今以满洲五百万人临制汉族四万万人而有余者,独以腐败之成法愚弄之、锢塞之耳"[1];所以不但自己挺身反抗屈辱汉人二百余年的"满辫",而且号召全体四百兆同胞都站出来,"振刷是耻","以复近古"。[2]

鲁迅把章太炎视为对革命史影响比对学术史更大的人物,评价说"先生一生中最大、最久的业绩",不是别的,正是其"战斗的文章"。[3]同时,鲁迅还将让汉人获得"剪辫自由"上升到中华民国之所以值得爱护的高度。他在纪念章太炎的杂文里回忆说,自己从小便知道"满人入关,下令拖辫,剃头人沿路拉人剃发,谁敢抗拒,便砍下头来挂在旗竿上,再去拉别的人。"故而被太炎先生《狱中赠邹容》诗作里"快剪刀除辫……天地亦悲秋"的词句感动,久久不能忘怀。[4]

---

[1] 章太炎:《正仇满论》,参见上海人民出版社编《章太炎全集(十)》,上海人民出版社2018年版,第223页。
[2] 章太炎:《解辫发》,参见章太炎《訄书》,中国文史出版社2003年版,第307—308页。
[3] 鲁迅:《太炎先生二三事》,参见上海人民出版社编《章太炎全集(二十)》,上海人民出版社2018年版,第150页。
[4] 鲁迅:《因太炎先生而想起的二三事》。鲁迅在文中称赞章太炎"七被追捕,三入牢狱,而革命之志,终不屈挠者,并世亦无第二人。"参见上海人民出版社编《章太炎全集(二十)》,上海人民出版社2018年版,第152页。

第二章 华夏崛起：解体王朝的复兴先声

光绪二十九年（1903），年仅 18 岁的川籍汉人邹容在上海发表了晚清时期传布最广、影响最大的排满作品《革命军》。作品以痛心疾首的笔调对以"拖辫发，着胡服"为标志的汉人"满化"作了排比式描绘：

> 受播吾所衣之衣，所顶之发，吾恻痛于心；吾见迎春时之春官衣饰，吾恻痛于心；吾见出殡时之孝子衣饰，吾恻痛于心；吾见官吏出行时，荷刀之红绿衣、喝道之皂隶，吾恻痛于心。

《革命军》大声疾呼发问："辫发乎，胡服乎，开气袍乎，花翎乎，红顶乎，朝珠乎？为我中国文物之冠裳乎？抑打牲游牧贼满人之恶衣服乎？"最后归结说："嗟夫！汉官威仪，扫地殆尽，唐制衣冠，荡然无存！"由此，《革命军》对清朝强制"剃头易服"的行径做出总结，曰：

> 此固我皇汉人种为牛为马，为奴为隶，抛汉唐之衣冠，去父母之发肤，以服从满洲人之一大纪念碑也。[①]

由此即可见出，晚清排满文学所体现的汉满对抗绝不是一大批书写者的凭空想象，亦非后世史学家的人工虚拟，而是根基于有清一代严酷现实的记录写照。简言之，是清廷"首崇满洲""满汉分治"的国策导致了汉人对立反抗。换句话说，是深陷苦难的汉族声张起呼唤解放与自由的汉族主义，而不是作为思想创造物的汉族主义创造了汉族。

这一因果明晰的史实，在清朝解体前夕朝廷上下往来的若干"化除满汉畛域"奏折与上谕里也得到了有力印证。先是满族大臣端方、志锐等禀报皇上，承认"排满革命"的起因在于"满汉权利甚为不均"，导致"积愤之深，不止一日"，而满人可仗势欺人的贵贱之分

[①] 邹容：《革命军》，参见任继愈主编，郑振铎编《中华传世文选 晚清文选》，吉林人民出版社 1998 年版，第 778 页。

"尤动汉族不平之气";①继而迫使慈禧太后只得以光绪名义发布《化除满汉畛域懿旨》，责令找出切实办法将满汉对立"全行化除"②。

可见，晚清时期的排满文学堪称"汉族主义"文学，其由"光复大汉"意向展现出来的身份特征，即为一种对立式认同及其衍生的反抗式运动。作为与排满革命合为一体的孪生物，该文学的指向在于力图通过"汉族主义"的表述与传播，对抗并推翻被满清朝廷强加的满汉畛域，光复汉族既有的文化表征。此中的"汉族主义"与抽象的"民族主义"不相等同，或者说彼时的一些排满文献里使用的"民族主义"，指的就是"汉族主义"。这里的"汉族"有特定所指，即汉人、汉种、皇汉人种、黄帝子孙；而"主义"的附加在于使排满的激情上升为思想力量，凝聚为有效动员的意识形态，最终收回祖辈河山，重归汉族根本。因此，所谓"汉族主义"的特征也就在于：以汉族为主义，为汉族而主义。秉着这样的信念，晚清排满作品对"大汉"之"大"作了尽情发挥。

创刊于光绪三十三年（1907）的《汉风》杂志在封面上刊印了特意集成的"振大汉之天声"等古句。该句随后逐渐演变为反满兴汉的标志性话语。鲁迅回忆说：

> 《汉风杂志》我没有拜读过；但我记得一点旧事。前清光绪末年，我在日本东京留学，亲自看见的。那时的留学生中，很有一部分抱着革命的思想，而所谓革命者，其实是种族革命，要将土地从异族的手里取得，归还旧主人。除实行的之外，有些人是办报，有些人是钞旧书。所钞的大抵是中国所没有的禁书，所讲的大概是明末清

---

① 《两江总督端方奏均满汉以策治安拟办法四条折》，载故宫博物院明清档案部编《清末筹备立宪档案史料》下册，中华书局1979年版，第926页；《宁夏副都统志锐奏化除满汉畛域在使旗民自食其力并裁减满员补以汉员折》，载故宫博物院明清档案部编《清末筹备立宪档案史料》下册，第955页。

② 中国第一历史档案馆编：《光绪宣统两朝上谕档》第33册，广西师范大学出版社1996年版，第133页；参见李细珠《预备立宪时期的平满汉畛域思想与满汉政策的新变化》，载刘小萌编《清代满汉关系研究》，社会科学文献出版社2011年版，第467—491页。

初的情形，可以使青年猛省的。久之印成了一本书，因为是《湖北学生界》的特刊，所以名曰《汉声》，那封面上就题着四句古语：

"摅怀旧之蓄念，发思古之幽情；光祖宗之玄灵，振大汉之天声。"①

鲁迅的话点出了"振大汉天声"的由来及其与排满复汉"种族革命"之联系。在邹容的《革命军》里则有着更为详尽的展现。在他的笔下，大汉之大，不仅意味着宏大、伟大，而且标志众多、久远乃至无与伦比，即——

"汉族者，东洋史上最特色之人种，即吾同胞是也。据中国本部，栖息黄河沿岸，而次第番殖于四方。"

"人口充溢四万万，为地球绝大番多、无有伦比之民族。"

"呜呼！我汉种，是岂飞扬祖国之汉种，是岂独立亚细亚大路上之汉种，是岂为伟大国民之汉种……"②

晚清与《革命军》齐名的《猛回头》也做了类似的渲染铺叙。作品生动活泼，有讲有唱，情理交错，叙说合一。湖北籍的汉人作者陈天华直接出场，以说书方式坦陈自己为救同种于满人压迫之苦海，起了辞官的念头，把心中激愤编成唱本，向列位一一道出。他先向听众看官呼吁"拿鼓板，坐长街，高声大唱；尊一声，众同胞，细听端详"，继而开始了有关汉种辉煌的长篇唱叙——

　　五千年，俺汉人，开基始祖；名黄帝，自西北，一统中央。
　　夏商周，和秦汉，一姓传下；并没有，异种人，来做帝皇。
　　这是我，祖宗们，传留家法；俺子孙，自应该，永远不忘。

---

① 鲁迅：《而已集·略谈香港》，《语丝》周刊第144期，1927年8月13日。
② 邹容：《革命军》第四章"革命必剖清人种"，参见高占祥主编，董雁南编《陈天华、邹容、方志敏爱国文选》，北京时代华文书局2016年版，第98页。

不忘什么呢?

> 我中华,原是个,有名大国;不比那,弹丸地,僻处偏方。
> 论方里,四千万,五洲无比;论人口,四万万,世界谁当?
> 论物产,本是个,取之不尽;论才智,也不让,东西两洋。
> 看起来,哪一件,比人不上?照常理,就应该,独称霸王。①

"光复大汉"的排满宣传持续影响到辛亥之际,以至于武汉首义之后,各地建立的新政权纷纷以"大汉"命名,如四川、贵州的"大汉军政府"等。"大汉四川独立军政府"发布的文告宣称其创建的目标是要"巩固我大汉联邦之共和国"。②

总体来看,如果说晚清时期排满文学以光复为旨归的"大汉"意象,体现了有压迫必有反抗的历史正当性的话,若将本族自夸推到极致,甚至以污化异族为前提,则会走向反面,滑入自我中心之泥潭,一如胡绳形容的那样,发散出"大汉族主义的臭味"。③ 后一倾向在当时不少作品使用的诸如"贼虏""贱种"等词语里也不是没有展露过。

(二) 远溯轩辕

既然大汉光复的指向是回到过去,它的手段和路径无疑就要借助历史,重塑传统。这一点已在上引《革命军》《猛回头》的片段里见到端倪。

"吾种之所由昌,姑溯其派,始于轩辕乎。"轩辕就是黄帝。1903年署名"黄帝子孙",由上海东大陆图书印刷局初版发行的《黄帝魂》将当时追溯轩辕、推崇黄帝的大量作品汇集成册。该书1912年再版,除了在序言里写下上述句子外,还以编者口吻强调说:"今日民族主义,日益发明,吾黄帝子孙也,自当远溯黄帝。"④ 如前所述,此处的

---

① 陈天华:《猛回头》,参见陈天华《猛回头·警世钟》,万卷出版公司2015年版,第12页。
② 参见戴执礼编《四川保路运动史料》,科学出版社1959年版,第489—490页;刘恒《暗潮汹涌的"大汉贵州军政府"》,《贵州文史丛刊》2011年第3期。
③ 胡绳:《从鸦片战争到五四运动》(下),上海人民出版社1982年版,第876页。
④ 参见《黄帝魂》,新中华书社1914年版;另可参见阁士钊《疏〈黄帝魂〉》,《辛亥革命回忆录》(第1集),文史资料出版社1961年版,第218页。

民族主义实际就是以光复大汉为己任的汉族主义。在这样的思潮主导下,晚清汉族作者们启动了对本族源流的创始追溯和历史重建。其中最突出的方式就是对黄帝故事予以隆重书写。

1901年梁启超发表《中国史叙论》,称我辈现时遍布于国中的"汉种",皆为"黄帝之子孙是也"。

> 黄帝起于昆仑之墟,即自帕米尔高原,东行而入于中国,栖于黄河沿岸,次第番殖于四方。数千年来,赫赫有声于世界。所谓亚细亚之文明者,皆我种人自播之而自获之者也。①

这样的叙事,不但把黄帝奉为汉族始祖,而且由种族相分的角度使之从久远的时间及广袤的空间上,与今日四万万"子孙"连成了一脉相承的血缘共同体。作为"诗界革命"及"新史学"的倡导者,梁启超的讲述还具有了世界体系及文明比较的眼光。于是,汉族自黄帝开创、以数千年记的漫长历史,非但屹立于寰球且赫赫有声,可与世界体系中的"阿利安"(或"欧罗巴")、"巴比伦"等并举,号称"亚细亚"文明。

梁启超主张历史的实质在于叙述,叙述"人种之发达与其竞争"。故强调"叙述数千年来各种族盛衰兴亡之迹者,是历史之性质也;叙述数千年来各种族所以盛衰兴亡之故者,是历史之精神也"。② 由此而论,那时由梁等人推动的"新史学",在族源重建的意义上与同一时期汉族主义的文学书写可谓交相呼应,实为一体。前者创作的众多"新史记"作品甚至可视为后者的一个分支和类型。其中,刘师培的系列写作称得上突出案例。1903年,刘师培发表影响深远的重要作品《黄帝纪年说》。文章从汉种、国民及民族"三位一体"的角度,对"远溯轩辕"的理由和意义做了全面阐述,指出:"民族者,国民特立之性质也。凡一民族,不得溯其起源。为吾四百兆汉种之鼻祖者,谁乎?是为

---

① 梁启超:《饮冰室合集》第一册,《中国史叙论》,中华书局1989年版。
② 梁启超:《新史学》,参见梁启超《中国历史研究法》,吉林出版集团有限责任公司2016年版,第156页。

黄帝轩辕氏。"

有鉴于此，刘师培不但主张尊轩辕为汉族始祖，而且呼吁仿照世界其他民族如泰西诸国的耶稣纪年等方式，改以黄帝纪元，取代满清年号，宣称："故欲继黄帝之业，当自用黄帝降生为纪年始。"《黄帝纪年说》写道：

> 欲保汉民族之生存，必以尊黄帝为急。黄帝者，汉民族之黄帝也，以之纪年，可以发扬汉民族之感觉。[1]

若以彼时的排满文学为背景不难发现，作者远溯黄帝的动力同样来自汉族主义的立场。在题为《甲辰年自述》的诗作里，刘师培吟诵道：

> 静对残编百感生，攘夷光复辩纵横，
> 陆沉隐抱神州痛，不到新亭亦涕零。
> 前人修史四夷附，别生分类渺无据，
> 非其种者锄而去，后有作者知所取。

此中，神州陆沉的隐痛激发了"攘夷光复"之志向，并唤起对民族史重修的抱负，于是便催生出了欲使后来者"知所取"的洋洋大作——《中国民族志》。在这部开风气之先、被誉为中国首部现代民族史的著述里，远溯轩辕的叙述得到了更为系统完整的展现，而且呈现出不少视野及格局上的重要突破。

首先，揭示满汉之外另有苗民。《中国民族志》的讲述里，在族源构成及相互并峙的关联上，与汉族作对照的不再是清代满洲，而转变为远古苗民。刘师培接受当时的"汉族西来说"看法，[2]认为汉族未入中国之

---

[1] 刘师培：《黄帝纪年说》，原载1903年出版的《黄帝魂》及《国民日日报汇编》第一集，署名"无畏"。题目又作《黄帝纪年论》。收入钱钟书主编，朱维铮执行主编"中国近代学术名著丛书"《刘师培辛亥革命前文选》，生活·读书·新知三联书店1998年版，第3—7页。

[2] 参见孙江《拉克伯里"中国文明西来说"在东亚的传布与文本之比较》，《历史研究》2010年第1期。

前，住在中国本土的主要是两支——北面是"猃狁"（土耳其人），南部即为苗民。"二族之中，又尤以苗民为最盛。""苗民宅居中国虽代远难稽，然大抵上古之朝黄河以南皆为苗境。"苗民有自己的文化传统，"宗教刑律诸端，先于汉族。"但自从汉族由西而至开创神州后，苗民的地位便被取代，随之沦为"贱族"。① 于是在刘师培笔下，中国的历史显现为多民族交错开创的历史，汉族是在黄帝带领下后来居上，才逐渐壮大为威震四方之统治民族的。对于一向固持汉族中心的"黄帝传人"来说，即便一致赞同排满，认可这样的观点也是需要过人胆识的，因为此观点具有双重的颠覆意义——在承认"汉族原本外来"的同时，宣布了"苗族才是本土"。不过，晚清接受汉族外来说的大人物不独刘师培一人，而是包括了章太炎、蒋智由等在内的一大批国学精英。前者发表《种姓编》《序种姓》等一系列文章，对西来说加以鼓吹；后者的《中国人种考》一书专辟"中国人种西来之说"一章，对之予以详细论证。

其次，坦陈黄帝之前还有"三皇"。也就是说，黄帝不过是在继承了先辈神农（炎帝）之后才成为氏族首领的。《中国民族志》写道："黄帝继神农之位，挟战胜余威，经营宇内，时与苗族相战争。"由此可见，黄帝的"始祖"地位并非排序使然，而是由于贡献巨大才被后人特地挑选的。在刘师培看来，黄帝的最大贡献在于战胜中原土著，为迁徙而至的汉族开疆辟土，赢得天下。正如《中国民族志》所说的那样："黄帝迁徙往来，以师兵为营卫，涿鹿一战，蚩尤授首。苗族以战败之民族，弃固有之河山，故汉族之版图直达江汉……"正因如此，对于远溯轩辕、首崇黄帝的理由，刘师培在《黄帝纪年说》文章里便已做了清楚的说明——之所以把黄帝奉为汉族"始祖"，表面看有血统意义，其实注重的是文化象征，目的是凸显其疆域开拓与文明创制之贡献，概言之："黄帝者，乃制造文明之第一人，而开四千年之化者也。"②

---

① 刘师培：《中国民族志》，民国二十三年（1934年）宁武南氏校印版；参见刘师培《刘师培全集 第1册》，中共中央党校出版社1997年版，第597页。
② 刘师培：《黄帝纪年说》，收入钱钟书主编，朱维铮执行主编"中国近代学术名著丛书"《刘师培辛亥革命前文选》，生活·读书·新知三联书店1998年版，第3—7页。

最后，进行"远溯轩辕"的域外关联。在晚清前后的西学东渐影响下，刘师培的黄帝叙事除了将轩辕形象置于三皇五帝的纵向序列中进行"始祖挑选"外，还把其放到更为宏大的世界体系中作了横向对比。比较的人物包括基督教的耶稣、伊斯兰教的穆罕默德以及东洋的天皇等。通过这样的比较，黄帝不再是天下共主，汉族也亦非世间至尊。于是至少在民族与国家相互并置的意义上，刘师培通过以黄帝为核心的历史叙事，把汉族的自我反思拉回世界多民族"平的"关系，亦即彼此对等的多元格局中。并且也正是由此出发，作者大胆接受了"中西文明同源论"的惊世论断，并发挥说"世界人种之开化，皆始于帕米尔高原，故汉族初兴，亦大抵由西方迁入"。① 这样的发挥一方面体现出晚清汉族精英与西学对接，力图让历史学、考古学一类的新知识为我所用，救国保种；另一方面也可说体现了一种与清廷决绝的态度，那就是宁可让汉族先祖走出去——宁肯向西方靠拢，也不与被视为"北廷"的满洲继续并提。

作为《刘师培辛亥革命前文选》执行主编的朱维铮说过，"谁曾留心清末民初的政治史学术史，谁就不会不注意刘师培"。他指出，刘师培首倡的黄帝纪年"既否定君主年号，又否定孔子纪年"，因而"很快被'排满革命'论者普遍接受。"其"唤醒国民的'黄帝魂'，也从此为革命者所乐道"。但其晚清时期的不少论断却存在颇多可疑，有关黄帝西来的论述"很像欧洲白人移民新大陆后对付印第安人的'故事新编'。"② 余英时认为刘师培那一代晚清学者的意义重大，乃至对钱穆这样的传人"实有支配性的影响"，同时也把汉族西来说视为"天方夜谭""荒唐理论"，认为此说出现的原因一是出于"排满"；另一是为了

---

① 刘师培：《中国民族志》，民国二十三年（1934年）宁武南氏校印版；参见《刘申叔先生遗书》1936年宁武南氏排印，江苏古籍出版社1997年重印，第603页。注释出处来自王铭铭主编《中国人类学评论第6辑》，世界图书出版公司北京公司2008年版，第35页。

② 朱维铮：《刘师培辛亥革命前文选·导言》，载钱钟书主编，朱维铮执行主编"中国近代学术名著丛书"《刘师培辛亥革命前文选》，生活·读书·新知三联书店1998年版，第1—32页。朱维铮写道："虽然首先相信（黄帝西来）的并非刘师培，作文宣传的也不仅是刘师培，但从《中国民族志》、《攘书》，直到《国粹学报》所刊载的《国土原始论》、《华夏篇》等，引经据典，考证日烦，力证汉族古文明与西方文明同源，则是刘师培的突出之处。"

应对汉民族的精神危机,故若能相信"中国的人种与文化源出西方",那么"中国人仍然处于现代世界的中心,而不在边陲"。结果怎样呢——"这也给当时不少人提供了'中国不亡'的心理保证。"① 这种文化认同的"心理保证"在汉族精英里持续传承,到20世纪40年代后还催生出钱穆以《黄帝》为名的专著,宣称轩辕帝"是中国历史上第一个伟人,是奠定中国文明的第一座基石";并认为"我们自称为'炎、黄子孙',是很有道理的"。②

1903年,鲁迅剪掉象征满族统治的辫子,并为"断发照"写下著名诗句:"我以我血荐轩辕"。③ 鲁迅的此举可视为"远溯轩辕"在晚清排满文学中文字表述与身体力行组合最佳的显著事例。以上述事例为背景,便不难理解与鲁迅剪辫的同年,陈天华作《猛回头》,开篇即为"黄帝肖像后题",高声疾呼:

  哭一声我的始祖公公!叫一声我的始祖公公!想当初大刀阔斧,奠定中原,好不威风。
  到如今,飘残了,好似那雨打梨花,风吹萍叶,莫定西东。受过了多少压制,做过了数朝奴隶,转瞬间又要为牛为马,断送躯躯。
  怕的是刀声霍霍,炮声隆隆,万马奔腾,齐到此中。磨牙吮

---

① 余英时:《一生为故国招魂:敬悼钱宾四师》,收入余英时《现代危机和思想人物》,生活·读书·新知三联书店2005年版,第504—513页。作者认为,清末学人解决历史矛盾的办法大致有两条路,第一条路是认定西方现代的基本价值观念如民主、民权、自由、平等、社会契约等,在中国早已有之,这才是中国的"魂",不过湮没已久,必须重新发掘。"另一条路是主张汉民族西来说。当时出于排满的动机,几乎人人都尊黄帝为中国人的始祖。中国的'国魂'也就是'黄帝魂'。"另有学者评价说,西方民族观点和中国古代传统的双重因素促成了刘师培等人对"汉族西来说"的接受。"作为深具中国古典学术素养的'国学大师',中国固有的'华夷之辨'的民族意识,也深深浸染着他,从而使他的民族观念呈现中西交汇的特色。"(李帆:《西方近代民族观念和"华夷之辨"的交汇:再论刘师培对拉克伯里"中国人种、文明西来说"的接受与阐发》,《北京师范大学学报》2008年第2期)
② 钱穆:《黄帝》,生活·读书·新知三联书店2004年版。
③ 鲁迅:《自题小像》,参见鲁迅《鲁迅散文诗歌精选集》,云南人民出版社2013年版,第146页。

血,横吞大嚼,你的子孙,就此告终。

哭一声我的始祖公公!叫一声我的始祖公公!在天有灵,能不忧恫?望皇祖告诉苍穹,为汉种速降下英雄。①

总体而论,由"远溯轩辕"体现的汉族主义,亦可称为凸显文化传承的历史民族主义或建造血缘谱系的记忆民族主义。当时一大批作者如此书写和行动的目的,是要让"华夷之辨"的古训传统在"汉族主义"推动下跨越时空,通过黄帝的始祖形象使古今"同胞"血凝一体,在中国和世界的多元版图上复兴并延续汉族的长久优势。

(三) 中华复兴

自光绪年间从兴中会到同盟会广泛宣扬"驱除鞑虏,恢复中华"纲领以来,"中华"认同及其权利争取日益成为革命党人普遍认可的主要目标,同时也自然成为排满文学的核心主题。联系当时欲与清廷抗争的特定格局来看,"恢复中华"的原初诉求主要在于汉族独立,也就是打碎清朝的帝国结构,从满洲统治下挣脱出来,独立建国,恢复汉族以往既有权利。汉族既往,最近和最直接的榜样就是明朝,因此革命党人的宣传多以明朝为恢复之起点,一面秉承"反清复明"的口号,一面借鉴现代西方的民族国家理论,力图再度创建由汉族掌权的独立国家。

光绪二十九年(1903)邹容发表的《革命军》对"革命独立之大义"做了充分阐发。他以新大陆的美利坚由不列颠帝国争取独立作比照,揭示汉族独立的根源在于反抗压迫:"内为满洲人之奴隶,受满洲人之暴虐,外受列国人之刺击,为数重之奴隶,将有亡种殄种之难者,此吾黄帝神明之汉种,今日倡革命独立之原因也。"同时更以人类理性认知的发展为依据,表达出汉族独立在争取民族权利的同时欲与世界反专制潮流同步的双重愿望:"自格致学日明,而天予神授为皇帝之邪说可灭;自世界文明日开,而专制政体一人奄有天下之制可倒。"于是,

---

① 参见陈天华《猛回头·警世钟》,万卷出版公司2015年版,第4页。

作者以汹涌澎湃的语调向世人宣讲了汉族独立之大义：

> 今日，今日，我皇汉人民，永脱满洲之羁绊，尽复所失之权利，而介于地球强国之间，盖欲全我天赋平等自由之位置，不得不革命而保我独立之权。①

冯自由当年就说过，邹容"所著《革命军》风行海内外，销售逾百十万册，占清季革命群书销场第一位"。②章太炎称"君（邹容）既卒，所著《革命军》因大行。凡摹印二十有余反，远道不能致者，或以白金十两购之。"③光绪三十二年（1906），署名"思汉子"之士把《革命军》与章太炎的《排满歌》及陈天华的《警世钟》等汇为专辑，题以《铁券》之名在日本东京出版，随即在内地广为传播。因通俗易懂，浅易流传，故而影响甚为显著："发哀号悲痛之声，唤起汉遗，一时长江南北，大河左右，闻风跃起。"④从黄冈到武昌，排满组织在各地发起暴动起义时，几乎都把《革命军》当作精神武器向士兵分发，用以唤醒军心，鼓舞斗志。⑤鲁迅回忆说："倘说影响，则别的千言万语，大概都抵不过浅近直截'革命军马前卒'邹容所做的《革命军》。"⑥

《革命军》展现的汉族独立主张与孙中山的建国纲领异曲同工，故

---

① 邹容：《革命军》，参见高占祥主编，董雁南编《陈天华、邹容、方志敏爱国文选》，北京时代华文书局2016年版，第105页。

② 冯自由：《革命逸史》（上），金城出版社2014年版，第227页。

③ 章太炎：《赠大将军邹君墓表》，《章太炎全集》（第5卷），上海人民出版社1985年版，第229页。

④ 中国史学会主编：《近代史资料丛刊·辛亥革命》（第2册），上海人民出版社1957年版，第252页；参见王兆辉《晚清时期邹容〈革命军〉版本叙考录》，《湖南广播电视大学学报》2013年第3期。

⑤ 据冯自由、张竞生等记载，黄冈起义前夕便有林义顺携《革命军》五百本回潮秘密散发、黄乃裳"携五千本回国担任实行工作"，结果造成岭东一带"端赖是书传播……覆满之心，遂稍普（遍）。"参见冯自由《新福州建设人黄乃裳》，《革命逸史》（上），第260—261页；张竞生《丁未潮州黄冈革命》，收入中国史学会主编《中国近代史资料丛刊·辛亥革命》（二），上海人民出版社2000年版，第550页。

⑥ 鲁迅：《坟·杂忆》，参见林贤治评注《鲁迅选集 杂感卷2》，广西师范大学出版社2018年版，第289页。

得到孙的高度评价。孙中山说,"《革命军》一书,为排满最激烈之言论,华侨极为欢迎,其开导华侨风气,为力甚大,此则革命风潮初盛时代也。"① 1906 年,孙中山发表《中国同盟会革命方略》,以"军政府宣言"方式宣布革命的目标即为,颠覆满洲,"还我主权":"驱除鞑虏之后,光复我民族之国家。"理由是:"中国者,中国人之中国;中国之政治,中国人任之。"② 中华民国建立之后,孙中山更进一步联系世界历史的发展趋势,把中华独立的解放运动归入 20 世纪人类社会的"民族自决"大潮。他说:"自欧战告终,世界局面一变,潮流所趋,各种族的人们都注重到民族自决。"③ 也正是在当时中外局势的双重助推下,孙中山完成了以民族主义为基点的"三民主义"学说,其中的民族主义显然是以汉族独立革命为核心的。

至此便不难发现"中华独立"展现了晚清汉族主义的另一特点:分立式民族主义。此处的分立有两层含义:其一是要从受满洲统治的交错处境中分离出来,亦即由从京城到各地的"满营"掌控格局里分离出来,或将被视为"异族"的满洲全部驱赶出去;其二则是要通过创建汉族统领的现代国家,获得世界体系里的独立地位,以"中华"名号被承认、再传承。

四 汉语世界的小说革命

作为顽强坚守民族身份的群体,清朝汉人在文化传承方面的最大幸运当是母语存留。也就是说,尽管蒙受了"剃发易服"这类的文化摧残,但在满洲统治的两百多年里,作为文化身份最核心标志的汉语不仅没被当作"异类"而遭灭绝,在很大程度上反因满洲统治者的接纳而获得地位提升,成为朝廷通用的"官话"及帝国内部的族际共同语。这样的幸运便确保了汉语文化——包括文、史、哲、艺等各分支类型的跨朝代乃至跨族别延续。

---

① 孙中山:《孙中山全集》第六卷,中华书局 1985 年版,第 236 页。
② 孙中山:《中国同盟会革命方略》,《孙中山全集》第一卷,中华书局 1981 年版,第 296—317 页。
③ 孙中山:《在中国国民党本部特设驻粤办事处的演说》,《孙中山全集》第五卷,中华书局 1981 年版,第 473 页。

也正因为这样的延续,才会在清朝这一多民族帝国的书写场域内诞生文化交融的《红楼梦》巨作,直至促成晚清汉语文学的自我革新。

要理解这种看似矛盾的交错现象,就有必要简略梳理有清一代不断演变的多民族关联。

作为以"异族"身份"入主中原"并要以少治多的征服帝国,清统治者采取的政策是力图在"首崇满洲"与"满蒙联姻"、"满汉一体"及"满藏同教"等之间寻求平衡。其中,为了维系与汉这一最大族类,也就是前明王朝承载者的长期共处,清廷不得不面对汉族传统的厚重遗产,同时也不得不绞尽脑汁应对该遗产中的"华夷之辨"挑战。在这一漫长的历史演变中,有一个值得关注的重要转折,那就是由雍正皇帝出面处理的湖南曾静案以及案后由朝廷颁布推广的《大义觉迷录》。曾静一案即由"华夷之辨"引发。事件直接挑战了满清政权的合法与正统。对此,雍正做了明确的妥协回应。他一方面果断驳斥曾静等引用《春秋》经典对满洲进行的"非我族类"攻击及其生出的"此疆彼界之私",宣扬清代仁主较之晚明暴政是如何有道;另一方面他不去凸显满汉对立或以满贬汉,而是以"天降圣人不分中外"为根据,证明华夷轮替、"满汉一家"。对于满洲政权的合法性,雍正强调是"上天厌弃内地无有德者,方眷命我外夷为内地主。"而入主结果则是使"中国"的含义和疆域均胜过历朝。"自我朝入主中土,君临天下,并蒙古及边诸部落俱归版图,是中国之疆土开拓广远,乃中国臣民之大幸。"据此,雍正自信地反问道:"何得尚有华夷、中外之分论哉?"[①]

与雍正"上谕"相对应,曾静认罪后撰写的《归仁说》从另一角度体现了同一转折。且不论是屈打成招还是被圣上感化,曾静承认伟大的事物不必尽出中土,如果中国生产圣人的契机已"气竭力倦",就没有理由质疑圣人可以"循环以出于远地"。顺着这样的理路,曾静肯定了满洲入主的正统,恭维大清当明末之乱,由东土而来,扫除寇乱,继

---

① 《大义觉迷录》卷一"上谕",收入本社编《〈大义觉迷〉谈》,上海书店出版社1999年版,第134—135页。

而"抚临诸夏,一统无外"。①

雍正、曾静的这些论说被同时编入《大义觉迷录》,由清廷下发到满汉臣民中传布。从多民族关联互动的角度看,"觉迷录"体现的重大转折,在于满洲身份的认同改变,即满洲统治者不仅要尽量化解华夷界限,甚至想努力跻身到从尧舜到周公直至孔孟的中原谱系中,从而与先秦以来的华夏正统相提并论。在这样的意图支配下,清廷一方面通过"清语骑射"等举措确保"满洲根本"的延续,防止族性异化;另一方面又对汉语文化实行开放吸纳,不但清帝带头学汉语书汉字,还延用汉家经典作为经略天下的理论依据及收拾民心的精神资源。后一倾向的长期影响,不但造成满族群体上自皇室下至旗兵普遍的双语、双文化现象,同时——也许并非出自清廷初始意愿的——维系了对汉族母语的保存,使中原汉文化未遭受世界其他被殖民族群常常遭遇的母语废弃的灭顶之灾。这一现象说明,清朝统治的两百多年王朝史既非"满洲根本"的一成不变,也不是满族人的全盘"汉化",而是权益支配下的并置兼容。

总之,只有对清代多民族交错共处的结构加以梳理分析,才能理解晚清以后汉语文化的变革。正因为有清朝对多民族共存关系的平衡维系为基础,才使得晚清汉语文学的近代革新成为可能。尤其需要指出的是,也正由于清朝实施的文化多元政策,使汉语逐渐成为多民族通用语,因此时至晚清的汉语文学也已不能与"汉族文学"画等号,而已在一定程度上演变为跨族界文学了。

从历史后果的角度反观,晚清时期的汉语文学革新可谓一场影响深远的文化运动。它的突出代表是光绪年间严复、夏曾佑、梁启超等发动的"小说革命"。这场革命不但对汉族的"救亡图存"起到精神奠基与心灵发动的重大作用,而且对汉族之外其他各族的文学实践也产生了带动和冲击。

光绪二十三年(1897),严复主编的《国闻报》刊载被梁启超誉为"万言雄文"的社论文章——《本馆附印说部缘起》。文章一反以往正统的汉语文论视小说"不入流"乃至"左道旁门"的观念,从世界比

---

① 曾静:《归仁说》,收入本社编《〈大义觉迷〉谈》,上海书店出版社1999年版,第271—285页。

较的视野出发，以人类"公性情"的共有为立论起点，把小说的地位提升到经史之上。作者认为小说具有独到的社会功效，能移风易俗、使民开化，其"入人之深，行世之远，几几出于经史上，而天下之人心风俗，遂不免为说部之所持"；继而呼吁"本馆同志"向欧美先进国家学习，以小说为改造人心的社会利器和"正史之根"，聚焦古今延绵的"英雄""男女"主题，混合"人身所作之史"与"人心所构之史"，由此投身使民开化的历史大潮之中。①

几年以后，梁启超将《国闻报》的论点加以发挥，阐述了更为明确的理论主张，指出：

> 欲新一国之民，不可不先新一国之小说。故欲新道德，必新小说；欲新宗教，必新小说；欲新政治，必新小说；欲新风俗，必新小说；欲新学艺，必新小说；至欲新人心、欲新人格，必新小说。何以故？小说有不可思议之力支配人道故。

文章结尾向文学和思想界发出影响深远的著名呼吁："今日欲改良群治，必自小说界革命始！欲新民，必自新小说始！"② 在文体与文类的选取上，革命倡导者们所指的"小说"本身即具有对传统观念的挑战意味。其作为古典诗文之外所有杂文小品的统称，泛指以往正统排列中居于边缘，但在民间广为流行的各种叙事文学。其中既有本土相沿的古代故事，也有受翻译影响的新式小说，甚至还包括说唱、弹词乃至戏剧等等。一如李欧梵指出的那样，在清末文学中被归为"小说"的五花八门形式里，连载小说的影响重大。李欧梵认为此局面的形成，首先归功于梁启超等精英们的开拓性努力，是他们把崭新的知识生命和政治

---

① 几道、别士：《本馆附印说部缘起》，原载《国闻报》光绪二十三年（1897）十月十六至十一月十八日，收入陈平原、夏晓虹主编《二十世纪中国小说理论史料（第一卷）1897—1916》，北京大学出版社1989年版，第1—12页。

② 梁启超：《论小说与群治之关系》，《新小说》第一号，光绪二十八年（1902）；收入陈平原、夏晓虹主编《二十世纪中国小说理论史料（第一卷）1897—1916》，北京大学出版社1989年版，第33—37页。

意义灌输到了这种历来"遭贬"的文学形式之中。①

舆论领袖的呼吁加上时代提供的印刷出版便利，促成了晚清文学的突飞猛进。仅以狭义的叙事性小说为标志，这一时期甚至被誉为中国有史以来"最繁荣的时代"。据统计，到宣统三年（1911）为止："文学类一共收翻译小说近四百种，创作约一百种。"研究晚清文学的阿英认为当时成册的小说"至少在一千种上"。他分析造成这种空前繁荣的原因，除了印刷业发达及受西学影响提升了对小说社会意义的认识外，主要在于晚清的政治局势。阿英指出："清室屡挫于外敌，政治又极窳败，大家知道不足与有为，遂写小说，以事抨击，并提倡维新与革命。"② 鲁迅则将晚清抨击时政的作品归为"谴责小说"，认为庚子之变后此类型达到高峰。由于清廷在时代变局中的所作所为，"群乃知政府不足与图治，顿有掊击之意矣。其在小说，则揭发伏藏，显其弊恶，而于时政，严加纠弹，或更扩充，并及风俗"。③

晚清时期汉语文学革新的成就重大，影响深远。仅所谓"谴责小说"类型就涌现出一大批名著，如李伯元的《官场现形记》与《文明小史》、吴趼人《二十年目睹之怪现状》、刘铁云《老残游记》和曾孟朴《孽海花》等。文学革命的倡导者们参与实践，连梁启超本人也在1902年发表了乌托邦式的小说《新中国未来记》，把时空从晚清跨越至西历2062年的"新中国"，幻想"大中华民主国"隆重庆祝政治改革五十周年……在写作手法上，《新中国未来记》通过倒叙，"颠覆了线性时间"。④

有鉴于该时期汉语文学的转型意义，陈平原对大放光明的"小说界革命"予以高度评价，认为其"终于在中国小说史上揭开新的一页，成为二十世纪中国小说的真正起点"。⑤ 王德威等学者甚至将晚清与五

---

① 参见李欧梵《文学潮流：追求现代性》，[美]费正清等主编《剑桥中华民国史》第九章，章建刚等译，上海人民出版社1991年版，第485页。
② 阿英：《晚清小说史》，江苏文艺出版社2009年版，第1页。
③ 鲁迅：《中国小说史略》，江苏文艺出版社2007年版。
④ 王德威：《小说作为"革命"：重读梁启超〈新中国未来记〉》，王吉等译，《苏州教育学院学报》2014年第4期。
⑤ 陈平原、夏晓虹主编：《二十世纪中国小说理论资料（第一卷）1897—1916》，北京大学出版社1989年版，第1—14页。

四并提，提出"没有晚清何来五四"这样的问句。[①]

然而就总体冲击和影响而论，阿英认为在晚清汉语文学催生的小说革命中，真正最发展的一环，还是反映排满兴汉的"种族革命小说"。阿英还特别强调说："研究晚清小说，最被忽略又最不应该忽略的，就是这最发展的一环。"这类型里，除人所熟知的陈天华的《狮子吼》（八回）外，仅光绪二十九年（1903）一年内就出版了《自由结婚》（二十回）、《洗耻记》（六回）等。作品分别以"犹太遗民万古恨""汉国厌世者"等署名。此后还有借外讽清的《卢梭魂》（十二回）以及歌颂反满女杰秋瑾的《六月霜》（十二回）等。这些作品立足于揭示汉人奴于异族统治之苦，虽然故事有别、风格各异，但在倡导种族革命上则是一致的，用阿英总结的话说，就是要"号召天下英雄，黄帝子孙，预备大举，驱逐曼殊，成一个自由独立的汉族国家"。这些作品投向晚清年间的思想界和青年读者中，无异于无数枚冲击威猛的"爆裂弹"。[②]

小　结

晚清时期汉族文学倡导小说界革命，注重为时政服务，涌现出一大批以排满兴汉为主题的作品。

然而，面对多民族何以共存的变局，无论同盟会誓词、反满檄文还是革命党人的动员演讲、唱和诗歌抑或彰显大汉的炎黄历史、抗清小说，晚清时期以汉族主义为动员的排满表述始终困扰于一个无法绕开的难题，那就是如何妥当处理光复汉族与继承多民族遗产的整体关系。在满清专制的帝国语境下，不揭露、反抗满洲压迫就不能实现汉族独立，而若只顾大汉建国无视其他非汉民族的同等利益就无法延续既有的多民族整体。

从国家标志与国民身份的形塑来看，这一困扰较为集中地体现在对

[①] ［美］王德威：《没有晚清，何来"五四"？》，收入《被压抑的现代性：晚清小说新论》，宋伟杰译，北京大学出版社2005年版，"导论"第1—19页。

[②] 阿英：《晚清小说史》第八章"种族革命运动"，江苏文艺出版社2009年版，第90—105页。

中华名号的挑选与阐发上。

考察晚清时期排满表述的演变，"大汉"与"中华"最初常常并提，再后来前者才将后者取代。这现象表面看只涉及符号象征的外在替换，其实更意味着汉族认同的重大转型。在早期邹容和孙中山等人的表述里，汉、黄汉、大汉、汉种、汉族之类的提法与中华的语义差不多是等同的。汉是中华，中华就是汉。彼此相当，可以互换。故而"驱除鞑虏，恢复中华"与"反清复明"、"振大汉天声"等，说的也便是一个意思。二者指向的共同疆域即明朝拥有的"十八省"，也就是《革命军》所言"昔之禹贡九州，今之十八省，是非我皇汉民族，嫡亲同胞，生于斯，长于斯，聚国族于斯之地"。因此中华独立的目标便是要从清王朝统治下分立出来，建立以十八省为疆界的汉族国家——中华共和国，或辛亥起义期间各地革命军所称的大汉联邦。

为何要以"中华"作为汉族和中国之名号呢？章太炎做了十分详细的阐述。在以《中华民国解》为题的专文里，章辨析说"华"原本用作国称，指代种族时，应为"夏"或"汉"。"中国以先汉郡县为界，而其民谓之华民。"由此总结说：

> 是故华云、夏云、汉云，随举一名，互摄三义。建汉名以为族，而邦国之义斯在；建华名以为国，而种族之义亦在。此中华民国之所以谥。[①]

可见，在晚清汉族主义为动力的排满表述里，"汉"、"华"、"夏"、"中国"乃至"汉郡县"、"十八省"等都与"中华"同义，指的就是由汉族构成的血缘单位和历史共同体。因此中华独立便是汉族独立，由此建立的中华民国也即相当于汉族国家。这种主张及实践展示在符号象征上的最突出标志，便是辛亥起义期间各地军政府悬挂出的"十八星旗"及以十八省为号召发布的种种文告。1911年四川军政府悬挂的十

[①] 章太炎：《中华民国解》，参见上海人民出版社编，徐复点校《章太炎全集·太炎文录初编》，上海人民出版社2014年版，第258页。

八星旗正当中还特地标了大大的"汉"字;① 而在武昌首义后江西义勇队张贴的援鄂文告则称:"驱逐满奴一帚净,中华汉族大太平"。② 今有学者把此现象评价为狭隘"民族建国主义",认为即便与当时即已存在的"五族共和"思想相比都过于局限和偏激。③

结合光绪以来的动荡时局来看,民族共同体的名号选择与表述关系重大,由此引出的问题是:"中华"独立指向哪一个民族?作为将要创建的现代国家,"中华民国"的人群及领土疆界何在?汉族乎?十八省乎?抑或包括汉、满、蒙、回、藏五族乎?五疆乎?如果不能包括,其他非汉民族是否也有权独立,另行选择各自认同及表述呢?

这些难题都留给了即将创建的新式民国。

---

① 对于四川革命军挂出的十八星旗,英国驻成都总领事描述说,"那面旗帜(我想目前中国其他地方也是如此)是白色的,上面有红字(汉),周围有十八颗星绕成的一个黑圈,形状象是太阳,但颜色是黑的"。"旗帜上'星'的数目是十八颗,而不是二十一颗或二十三颗,这个情况表明把东三省、蒙古和新疆(喀什噶尔)排斥在联邦之外。"参见胡滨译《英国蓝皮书有关辛亥革命资料选译》,中华书局1984年版,第247—249页。

② 凌建秋:《参加江西援鄂义勇队见闻》,中国人民政治协商会议全国委员会文史资料研究委员会编:《辛亥革命回忆录》(七),文史资料出版社2012年版,第77页。

③ 参见张永《从"十八星旗"到"五色旗":辛亥革命时期从汉族国家到五族共和国家的建国模式转变》,《北京大学学报》2002年第3期。

第三章 解放政治：迈向现代的历史巨变

从疆域内部的政治转型看，辛亥前后的中国多民族演变，呈现为迈向民族解放的变革进程。与此同时，联系国际交往的时代趋势，特别是代表民主自由的国际共产主义运动与民族解放浪潮的冲击影响观之，此演变无疑也标志着现代中国多民族格局的崭新诞生。

如上章提及的那样，晚清时期继壮、苗、回等各族民众反清起义之后汉人团体发起的"反满运动"，不仅掀起了近代中国的民族斗争新高潮，而且标志着亚洲第一波被压迫民族以建立现代国家为目标的政治反抗与族权争夺，推动了封建帝制的多民族王朝内各少数民族的解放事业。

结合20世纪世界范围的民族运动来看，"少数民族"的意涵在本质属于政治分类，揭示的属性特征是反抗和纠正被压迫、被剥夺和被排斥、被凌辱。与之相对的分类，并非人口统计学意义上的"多数民族"，而是政治权力上的"统治民族"、"主体民族"以及在封建王朝时代的"专制民族"、"压迫民族"。在这个意义上，以追求解放为目标的中国各民族运动，实际是从人口众多的被压迫汉族向人口较少但占据统治地位的满清皇族发起最为剧烈的挑战开始的。挑战的结果是辛亥之后清朝解体：以满人为主体的帝国统治瓦解、强调汉族光复的革命党着手创建华夏为主体的中华民国、外蒙古独立为新的民族国家以及大清帝国境内各民族的族别意识纷纷觉醒、新的中国如何重新寻求和设计以权力平等、文化共存以及包括被推翻的满族在内的多民族共和为前提的现代共同体。在这样的背景下，现代中国的各民族反抗运动，实质上就是解放与共和并存交错的道路选择过程。在这过程中发生的深刻变化，则是西方"解放理论"的引进及其催生的深远后果。

若以线性的时间节点划分，近代中国民族解放进程的历史标志，便是宣统三年（1911）满清帝国解体，中华民国建立。

一 辛亥起义：从独立到建国

早在辛亥以前，具有世界眼光的孙中山就把1644年后的满清征服比作蛮族人对罗马的入侵，并把自那之后的历史表述为汉人不甘心被奴役的顽强反抗史。1904年（光绪三十年），孙中山用英文发表致美国人民的呼吁书，希望美国放弃野蛮腐朽并已摇摇欲坠的满清王室，转而支持同盟会等领导的"中华民国"计划。孙中山写道："中国现今正处在一次伟大的民族运动的前夕，只要星星之火就能在政治上造成燎原之势，将满洲鞑子从我们的国土上驱逐出去。"在孙中山的心目中，中国的民族革命要以通过反抗获得独立的美利坚为榜样，以自由和民主为目标，仿照美利坚合众国模式，缔造未来中国的新政府。①

1912年，孙中山对"辛亥革命"的起因及目标进行概括，修正了以往对汉族复兴的过度凸显，承认满清帝国的政治共同体由满、汉、蒙、回、藏五大民族组成，同时指出正是由于共同体内部的权力关系极不平等才引发了其他各族的反抗。孙中山强调在清朝统治的帝国内，满洲为主人，独占优胜之地位，"握无上之权力，以压制其他四族"；而"他四族皆奴隶"，故而满清时期"种族不平等，达于极点"。正因如此，所以必然引发革命。"革命之功用，在使不平等归于平等。"②

如前所述，晚清以来的汉族革命远不止于若干志士的言论鼓吹，更

---

① 孙中山：《支那问题真解》及《中国问题的真解决：向美国人民的呼吁》，原发表的英文标题为：The True Solution of Chinese Question: An Appeal to the People of the United States，1904年9月—10月由美国人威廉斯在纽约出版单行本。收入《孙中山全集》（第一卷），中华书局1981年版，第243—254页。

② 孙中山：《在北京五族共和合进会与西北协进会的演说》，1912年9月3日；参见《孙中山全集》（第二卷），中华书局1982年版，第438—439页。

体现于由各地团体发动掀起的一波接一波从独立到建国的壮烈实践。自1895年兴中会秘密组织的广州起义之后，清廷统治下汉族人口占多数的内陆十八省几乎全都爆发了类似的壮举。1911年9月四川爆发规模浩大的"保路运动"，矛头直指清廷反动统治，并由吴玉章等领导的反清志士率先在容县等地宣布独立。到了同年10月，湖北武昌起义，革命军占领武汉三镇，击溃朝廷驻军。接着，光复会和同盟会联合在上海武装攻克制造局，组建沪军都督府，宣告上海光复①。四川、武昌和上海的革命举措激起各省响应，10月10日后的两月左右，便有17省宣布脱离清室，各自独立。就连地处偏远的贵州也通过起义成立了以"大汉"为名的新独立政权。这场旨在"恢复中华"的革命以武装暴力贯穿，清廷的反扑也极其残酷。在双方日趋激烈的对抗过程中，清王朝的专制机器高速开动，不仅在各地血腥镇压起义军民，就连有反清嫌疑的新闻报道也不放过。1903年7月，因在报上披露朝廷密约而激怒当局的记者沈荩便被慈禧下令廷杖处决，其惨烈程度震惊中外。②

然而革命烽火一旦燃起就势不可当。随着彼此力量的逆转，再貌似固若金汤的大厦也难逃倒塌的命运。到了1912年2月，大清帝国终于宣布皇帝逊位，权力移交中华民国。同年在南京就任中华民国临时大总统的孙中山发布《临时大总统改历改元通电》规定："中华民国改用阳历，以黄帝纪元四千六百九年即辛亥十一月十三日，为中华民国元年元旦"。③ 这一改朝换代式的重大举措，标志汉人为主的中华民国正式登上历史舞台。就国号而论，就如章太炎阐释过的那样，"中

---

① 相关论述可参见汤志钧《光复会和上海光复》，《学术月刊》2005年第7期。
② 沈荩是"自立会"成员，曾宣布"满洲政府不能治理中国，我等不肯再认为国家"，呼吁应"变旧中国为新中国，变苦境为乐境"，后以"中国国会自立军右军统领"名义筹备新堤起义未果。1903年，沈荩以记者身份在天津的英文报纸《新闻报》上披露有关《中俄密约》的消息，慈禧太后下令"立毙杖下"。据当时的《大公报》报道，沈荩于初八日被刑，本已被奏请斩立决，但"因本月系万寿月，向不杀人。奉皇太后懿旨，改为立毙杖下。"随后遭遇的情形是："惟刑部因不行杖，此次特造一大木板。而行杖之法，又素不谙习。故打至二百余下，血肉飞裂，犹未至死。后不得已，始用绳紧系其颈，勒之而死。"参见《大公报》1903年8月4日及9月16日报道。
③ 孙中山：《临时大总统改历改元通电》，1912年1月2日；参见《孙中山全集》（第二卷），中华书局1982年版，第5页。

华民国"的核心在于以"汉"名族和以"华"立国,恢复了中原汉族的统治地位。

辛亥革命的意义得到高度评价,被视为近代中国的巨大胜利,因为"由此不但结束了清皇朝二百六十多年的统治,而且结束了二千多年来的皇帝专制制度"。① 在这场伟大的社会变革中,汉人团体发起的民族独立运动之意义不可低估。一如章开沅等史学界人士指出的那样,"'排满'不仅仅是对于清朝政府的民族压迫和民族歧视政策的愤怒抗议,而且是近代中国民族运动发展到一个新阶段的重要标志"。② 并且,如从亚洲视角及世界格局来看,辛亥革命不仅"是当时席卷亚洲的民族革命风暴中的重要一环"和"亚洲的觉醒"的主要标志,并且对亚洲各国的民族解放运动产生了深远影响和启迪。③ 继以汉族独立为标志的武昌起义之后,越南革命者也组建了本国的"光复会",把政治纲领为"驱逐法贼,恢复越南,建立越南共和民国"。因此,已有论者认为辛亥革命具有世界性意义,标志在于它"顺应了 20 世纪初世界民主革命和民族解放运动这两股世界与时代的历史潮流"④。

这样的观察正好回应了列宁当年的评价,即由孙中山领导汉族革命"使四亿落后的亚洲人争得了自由,觉醒了起来,参加了政治生活"⑤。放眼彼时的世界大局,一方面可将汉民族发起的起义和光复类比于此前美国的独立战争;另一方面亦应看到大清王朝在东亚的瓦解与第一次世界大战后欧亚大陆内俄罗斯帝国、德意志帝国、奥匈帝国和奥斯曼土耳其帝国之分崩离析形成的对应。

如此看来,即便辛亥之后孙中山等创建的仅只是单一的汉族国家,而联系当时整个的国际背景予以评价,这样的创建也已显示了全新的世界意义。

---

① 胡绳:《从鸦片战争到五四运动》(下),上海人民出版社 1982 年版,第 1112—1113 页。
② 章开沅:《"排满"与民族运动》,《近代史研究》1981 年第 3 期;《人民日报》1981 年 10 月 3 日。
③ 马敏:《辛亥革命与亚洲视角》,《光明日报》2011 年 11 月 14 日。
④ 王晓秋:《辛亥革命的世界意义》,《社会科学报》2011 年 10 月 17 日。
⑤ 列宁:《新生的中国》,《列宁全集》第 18 卷,第 395 页。

二　王朝终结：从分治到共和

清末掀起的汉族起义使多民族王朝面临多重挑战和选择。从民族关系看，要点有三：帝国改制、各族分立与多元共和。

首先，由兴中会和同盟会等汉人团体四处掀起的"排满运动"使帝国统治者日益意识到民族问题的严重和民族冲突的危害，于是不得不反思变革。其中最为紧要的两点：一是以立宪措施扭转专制面貌，二是以族权让步化解满汉对立。而由于时事所迫，后者的重要性还一度被放置于首位。光绪三十三年（1907）六月，也就是邹容和章太炎发表《革命军》及《驳康有为论革命书》的四年后，《申报》刊发呼吁清廷改变民族政策、消除满汉不平等对待的社论，明确主张"实现立宪之第一着，当自破除界限、改革政体始"，并提出消除满汉不平等要有具体举措，"其要点在撤驻防，裁旗饷，不分部缺诸大端"。《申报》的这篇社论或许未被朝廷及时关注，当年7月便爆发了以徐锡麟在安宁刺杀满洲要员——庆亲王爱新觉罗·奕劻女婿于库里·恩铭为标志并有秋瑾等发动参与的浙皖起义。

其实细查史料，就在安宁事件的四天前，清廷已经发布了慈禧太后敦促内外各衙门就如何"化除满汉畛域"提出方案的懿旨，此前则有满族官员两江总督端方等接连上奏缓解民族关系的对策，建议消除满汉之间权利义务不甚均平者。端方总督从清王朝由多民族构成的"国情"出发，结合欧美诸国实例，强调"合两民族以上而成一国者，非先靖内讧，其国万不足以图强"。据此，他提出的建议是"改定官制，除满汉缺分名目；撤各省驻防，筹八旗生计"，从而使大清帝国内部"诸族相忘，混成一体"。同年，乌泽声等几位清宗室的留日学生在东京创办倡导立宪的《大同报》也发表了弥合满汉畛域主张和对策建议。乌泽声认为"满汉不融合即以政治不良为之原因，欲求满汉之融合亦当以政治改良为之结果"，故提出立宪为先的呼吁，曰："要求开国会时为融合满汉之先声，实行开国会时为融合满汉之后盾。"该报甚至以"五族构成"的角度出发，强调"今日之中国非汉人之中国，亦非满人之中国，乃满汉蒙回藏之中国"。①

光绪三十四年（1908）八月初一日，清廷颁布预备立宪清单，令军机处和变通旗制处筹办"融化满汉"与"变通旗制"事宜。然而由于王朝帝制所限，清廷在晚清试图化解民族冲突的变革和让步并不彻底也未能尽然实现，尤其是宣统三年推出的"皇族内阁"再次暴露满人专权之特征，更直接引发了辛亥年间各地连锁式的民族起义直至清帝国的最终解体。

然而清廷解体之后，中华民国如何处理帝国多民族遗产的政治取向立刻转为至为关键的新问题。从同盟会最初提出的"驱除鞑虏、恢复中华"纲领看，汉族激进团体发动的独立战争，将满人视为外来入侵者，目标即在推翻异族统治并把他们赶回其故地，让汉人重新继承1644年前拥有的政权版图。革命党汉人的这种"反清复明"举措，无异于宣告对清帝国合满汉蒙回藏等诸人群和诸地区为整体的"多元一统"结构的全然否定，于是引发这些地区及人群纷纷仿效和响应，起而寻求对清廷的脱离。继1911年11月8日外蒙古哲布尊巴呼图克图通告宣布外蒙古独立之后，西藏噶厦政府也于1912年2月发布文告，承认汉人对清朝的推翻及新国的建立，但申明暂不遵从汉人新国的公文政令，要求原先所在的汉人从西藏全境撤离。

蒙古方面发表的通告一方面叙说了被纳入大清版图的由来及晚清政府在处理民族问题上的劣迹；另一方面表达了与各省同样的脱离满洲之决心。通告说：

> 我蒙古自康熙年间隶入版图，所受历代恩遇，不为不厚。乃近年以来，满洲官员对我蒙古欺凌虐待，言之痛心，今内地各省既相继独立，脱离满洲，我蒙古为保护土地、宗教起见，亦应宣布独立，以期万全……库伦地方，已无需用中国官吏之处，自应全数驱

---

① 乌泽声：《论开国会之利（续）》，载《大同报》1907年11月10日第4号；恒钧：《中国之前途（续第二号）》，载《大同报》1907年12月10日第5号。有关晚清时期满族智识界对于朝廷及变革的态度问题，可参见定宜庄《晚清时期满族"国家认同"刍议》，收入《纪念王钟翰先生百年诞辰学术文集》，中央民族大学出版社2013年版。

逐，以杜后患。

不过，与同盟会等汉人团体倡导的"驱除鞑虏"口号及行动有所不同的是，"我蒙古"提出要驱逐的"中国官吏"，还包括了为满清服务或被清廷驱使的汉人。

可见如若按照同盟会纲领"驱除鞑虏、恢复中华"所主张的趋势扩展演变，清廷瓦解之后的局面将是一统解体、各族分治，原帝国的版图上出现一系列彼此独立的民族国家，其中除了中原十八省的大汉国外，还会有周边的蒙古族国、藏人国、回民国乃至地处腹地的彝族国、苗夷国等，就像17世纪"神圣罗马帝国"解体后欧洲出现过的格局那样。

历史没有选择这样的改变。

在武昌起义后各省纷纷独立的大势所迫下，清皇朝于辛亥年九月初九（1911年10月30日）以颁布清帝《罪己诏》的方式宣布"维新更始，实行宪政"，解除党禁，特赦各族被以反清之名关押或通缉的政治犯人，解散"皇族内阁"，把总理大权移交给汉臣袁世凯；九月十三日（阳历11月3日）发布《宪法重大信条十九条》，在保持"大清帝国"国号及"皇统万世不变"基础上成立国会、公选总理，规定"皇族不得任总理大臣及其他国务大臣并各省长官"。[①] 最后，作为对满族皇室在鼎革之后确保特权的换取，清皇朝与汉族革命军等各方势力在辛亥末年达成彼此让步的重要协议，终于以发布《逊位诏书》的方式通告全体臣民，同意以五族并存为前提把权力移交"大中华民国"。诏书于宣统三年十二月二十五日（1912年2月12日）颁布，曰：

> 奉旨朕钦奉隆裕皇太后懿旨：前因民军起事，各省相应，九夏沸腾，生灵涂炭……南北暌隔，彼此相持，商辍于途，士露于野，徒以国体一日不决，故民生一日不安。今全国人民心理，多倾向共和，南中各省既倡议于前，北方各将亦主张于后。人心所向，天命

[①] 《辛亥革命资料》第八册，第340—341页，转自胡绳《从鸦片战争到五四运动》（下），上海人民出版社1982年版，第1015—1016页。

第三章 解放政治:迈向现代的历史巨变

可知,予亦何忍以一姓之尊荣,拂兆民之好恶?是用外观大势,内审舆情,特率皇帝,将统治权公诸全国,定为共和立宪国体,近慰海内厌乱望治之心,远协古圣天下为公之义。①

在这样的认识前提下,诏书进而宣告由内阁总理大臣袁世凯负责组织临时政府"与民军协商统一办法",并希望新统一的国家能够做到:

仍合满、汉、蒙、回、藏五族完全领土,为一大中华民国,予与皇帝得以退处宽闲,优游岁月,长受国民之优礼,亲见郅治之告成,岂不懿欤?②

诏书的颁布不妨视为晚清王朝的"最后新政",其要点在于:1)宣布清王朝的私权由此转变为国家公权,政府实行宪政;2)把满族独大的清帝国改造为"五族共和"的中华民国,并以共和为基础继续保有完全领土;3)国家创新统一的办法由各方协商解决;4)清帝(及皇室成员)退位为国民,享有相应待遇。

如今,辛亥末年清廷与民军各方的协商举措被视为意义深远的"大妥协"。③清廷"临终遗言"般的退位诏书,其颁布意义也被解释成民国政权获得合法性的前提之一。不仅如此,它的另一作用还在于因从朝廷角度号召全体臣民归顺民国,从而有助于缓解更大范围的族际冲突和流血乃至各族的分离,由此推进了中华民国以共和方式开始的"旧邦新造"。④

---

① 沈云龙主编:《近代中国史料丛刊》第3编第18辑,文海出版社1967年版,第1251页。
② 沈云龙主编:《近代中国史料丛刊》第3编第18辑,文海出版社1967年版,第1251页。
③ 孙中山在1924年就说过"己为情势所迫,不得已而与反革命的专制阶级谋妥协",并坦诚"此种妥协,实间接与帝国主义相调和,遂为革命第一次失败之根源。"参见《中国国民党第一次全国代表大会宣言》。另,胡绳在1982年的著述里也提出,"操纵着整个局势的袁世凯,在革命方面作出重大妥协让步的条件下,迫使清皇朝自动宣布退位。"胡绳:《从鸦片战争到五四运动》(下),上海人民出版社1982年版,第1113页。
④ 章永乐:《旧邦新造:1911—1917》,北京大学出版社2011年版;另可参见杨昂《清帝〈逊位诏书〉在中华民族统一上的法律意义》,《环球法律评论》2011年第5期;张学继《论有贺长雄与民初宪政的演变》,《近代史研究》2006年第3期。

· 113 ·

不过从革命军方面看,有关"五族共和"的国家蓝图,在清帝逊位诏书颁布之前的1912年1月1日孙中山就任中华民国临时大总统时的宣言里就已提到。孙中山说:

> 国家之本,在于人民。合汉、满、蒙、回、藏诸地方为一国,即合汉、满、蒙、回、藏诸族为一人。是曰民族之统一。

就解决满汉冲突与族权交替而言,这一宣言可视为汉族革命党人自组建"兴中会"以来最为根本的纲领与策略转变,同时也意味着汉民族方面体现的另一种族际妥协。作为妥协产物的新"五族共和"策略对于中华民国创建后的多民族格局产生了重大影响。一方面,其在排序上以汉为先,通过改写清朝"满汉蒙回藏"的"异族"统治图式,兼容了汉族之外的其他民族;另一方面却也在"恢复大汉"的初衷下带出了使其他非汉民族边缘化的阴影。

不过即便如此,新"五族共和"的主张仍在当时发挥了明显的积极意义。以孙中山的妥协为基础并结合特定局势处境,地处新疆伊犁的同盟会成员在发动反清起义后,即不再号召"驱除鞑虏,恢复中华",而是联合包括满蒙下层军民在内的各族力量,以"五族共进会"的名义,实行"五族共和"新制,推举镶蓝旗籍的广福将军就任革命新政权"中华民国军政府新伊大都督府"的首领。与此同时,代表清王朝政权的新疆巡抚也在袁世凯要求遵从朝廷诏书的电令下,停战和谈,接受了共和改制。①

东亚大陆生态不一,族类众多,在各方因素的作用下,出现过类型与功能都彼此有别的政治共同体。以汉民族"华夷之辨"的传统视角看,族际关系的演变被概括为臣属与否的"分"与"合"。其中的"合"又有"华夏一统"与"异族入主"之分。这样,在经过了南宋时期多国并列与元朝开启的"异族新一统"之后,迫于形势,华夏精英

---

① 刘国俊:《新疆辛亥革命述论》,《新疆社会科学》2011年第4期。

逐渐倾向于选择退居汉族本位——本土、本族、本文化的明朝模式。这样，当1644年清军入关再次建立"异族新一统"后，"兴中会"等汉族团体号召"驱除鞑虏，恢复中华"的本义之一即在重建明朝，以夷夏相分的方式推翻一统。此时的分，即可看作族权的分离、分治，亦可理解为族类的自在、自立，也就是民族区隔，各自为政，互不干涉，命运独当。辛亥之后的民国前途本来即可能照此推演，但一个外来因素使之受阻，那就是西方列强的进入激起中国各族对共和体制的时代需求，乃至产生建构范围更广、凝聚更强之"国族"认同的政治主张。于是，在现代中国推衍出了内外交错的双重民族主义：对内期待多族共和，对外抵制殖民入侵。在这样的全球背景下，革命党由"反清复明"转为"弃明承清"，也就是在国体上放弃明朝模式，主动继承清朝遗产——多元一统的政治版图。只不过在民国的继承中出现了一个重大转变，即以恢复中华为核心，坚持汉族主体，从而在允许并容纳其他民族存在的同时，把多民族共同体改造成了一种新的二元结构——"汉"与"非汉"；从而使原本平行呈现的"五族共和"转化为"一加其他"的新模式：汉族为主，单列一元；其他为辅，另组一元，包括蒙、藏、回、满、苗等。随着相互地位演变和局势发展，后者又被合并在一起，获得了民国以后的新统称——"少数民族"（或"弱小民族""被压迫民族"）。

由此就引出了新的问题：恢复新一统之后的民国怎样体现平等，如何实现共和，谁来代表国家？

三 解放少数：从束缚走向平等

总结中国自秦以来统治多元民族的一统（或统一）王朝，无论掌权的主体是汉还是非汉，本质都是皇权专制，亦即晚清革命党提出必须彻底推翻的"一姓私权"和"家天下"。在这种"家天下"为特征的专制皇权下，历代王朝对民族关系的处理，不是"羁縻""封贡"就是"征剿""镇压"或"消灭""同化"，从未有过平等、正义和自由。其间即便爆发过多次因民族冲突而掀起的大规模起义、战争，最终的结果也没有消除歧视与压迫及其引发的仇恨和反抗,而不过是皇族改姓,权力转移,专制照旧,对立延续,甚至在改朝换代后实施的族际迫害更加惨烈——如明朝在苗疆的多次屠杀及清兵对西北回族和大小金川藏胞的征剿,等等。

只有进行全新的政治革命,才能改变这一悲剧般的传统循环。在20世纪,随着国门打开,在领域交错的中外交流中,现代中国迎来了就民族问题进行政治革命的思想资源。这资源的核心就是解放:解放的学说、解放的理论、解放的政治、解放的实践。

1776年北美殖民地宣告从大不列颠帝国的统治下解放,创建自由独立之国家。独立战争的领导者们首先揭露"当今大不列颠国王的历史,是一再损人利己和强取豪夺的历史,所有这些暴行的直接目的,就是想在这些邦建立一种绝对的暴政",继而宣布免除"对不列颠王室之拥戴"、解除"与大不列颠国之一切政治联系"。当年7月发布的《独立宣言》更进一步以天赋权利为核心陈述了争取解放的理论依据:

> 我们认为下面这些真理是不言而喻的:造物者创造了平等的个人,并赋予他们若干不可剥夺的权利,其中包括生命权、自由权和追求幸福的权利。
>
> 为了保障这些权利,人们才在他们之间建立政府,而政府之正当权力,则来自被统治者的同意。任何形式的政府,只要破坏上述目的,人民就有权利改变或废除它,并建立新政府。

约一百年后,林肯于1863年1月1日以美利坚联邦政府的总统名义发布《解放黑奴宣言》,命令并宣告恢复"被作为奴隶的人们"以永远自由,使被压迫民族的解放路程在美洲得到进一步推进。[①]

在世界局势的冲击影响下,中国的情景也发生了深刻变化。1915

[①] 林肯签署的《解放黑奴宣言》于1862年9月22日和1863年1月1日分两次颁布。宣言的英文名为 Text of the Emancipation Proclamation。在其中,起草者并没有把要解放的对象称为"黑奴"或"奴隶",而称"为人占有而做奴隶的人们"(all persons held as slaves),由此不仅揭露了黑人成为奴隶的被动性,而且强调了其作为主体的平等人权,从而凸显了恢复其人身自由的必然和正义。

年9月,陈独秀在《青年杂志》"创刊号"上发表《敬告青年》一文,直陈废除奴隶制度和道德、追求自由解放的重大意义。陈独秀先将近世欧洲历史称为"解放历史",然后总结说:

> 破坏君权,求政治之解放也;否认教权,求宗教之解放也;均产说兴,求经济之解放也;女子参政运动,求男权之解放也。

陈独秀提出的主张是人人平等:"各有自主之权,绝无奴隶他人之权利,亦绝无以奴自处之义务。"他揭示说,所谓"奴隶",指的是"古之昏弱对于强暴之横夺,而失其自由权利者之称也",与此相反,"解放云者,脱离夫奴隶之羁绊,以完其自主自由之人格之谓也"。[①]《敬告青年》直面国情,关联中外,将自主人权和人格列为青年奋斗的"六义"之首,号召争取从政治、宗教到经济及性别诸方面的解放,堪称现代中国最早的"解放宣言"。

在民族解放的国际运作中,1920年,俄国革命领袖列宁在共产国际第二次代表大会作关于殖民地问题的报告,将全世界的民族分为两类:"压迫民族"和"被压迫民族"。依照列宁的阐释,共产党领导的世界革命就是要支持殖民地、半殖民地国家的民族解放运动,"援助被剥削和被压迫民族举行起义,反对压迫民族"。[②] 由列宁撰写、同样作为该次大会文件的《民族和殖民地问题提纲初稿》一文已特别提到了世界性的"少数民族"问题,与之并举的分类概念还有"附属民族"和"没有平等权利的民族"等。[③] 也就是在1920年,汉文全译本的《共产党宣言》在上海出版。这份最早于1848年在伦敦面世的《宣言》

---

① 陈独秀:《敬告青年》。陈独秀在文中倡导的"六义"分别是:1)自主的而非奴隶的,2)进步的而非保守的,3)进取的而非退隐的,4)世界的而非锁国的,5)实利的而非虚文的,6)科学的而非想象的。参见《青年杂志》1905年9月15日第一卷第一号。

② 列宁:《民族和殖民地问题委员会的报告》,全文刊于1921年彼得格勒共产国际出版局出版的《共产国际第二次代表大会·速记记录》。汉译本见《列宁选集》第4卷,中共中央马克思恩格斯列宁斯大林著作编译局编译,人民出版社1995年版。

③ 列宁:《民族和殖民地问题提纲初稿》,该文汉译本刊于1924年12月20日的《新青年》季刊第4号,后收入《列宁全集》中文版第31卷。有关"少数民族"概念在近代中国的演(转下页)

首先揭示说，至今一切社会的历史都是压迫者和被压迫者进行不断斗争的历史；继而宣布共产党人要"支持一切反对现存的社会制度和政治制度的革命运动"。①在此，革命所要反对的政治和社会制度，用马克思在1844年发表的《〈黑格尔法哲学批判〉导言》里的话说，就是"那些使人成为被侮辱、被奴役、被遗弃和被蔑视的一切关系"；也就是通过解放，使人复归于人。为此，马克思以德国为例，指出"德国国王把人民称为自己的人民，正像他把马叫作自己的马一样。国王宣布人民是他的私有财产，只不过表明私有者就是国王"，然后阐释说"德国唯一实际可能的解放是以宣布人是人的最高本质这个理论为立足点的解放"。②

1923年，中国共产党人李守常（李大钊）在北平撰文阐述"解放"的性质和意义，指出"现代政治或社会里边所起的运动，都是解放的运动"。什么样的解放运动呢？他说：

> 人民对于国家要求解放，地方对于中央要求解放，殖民地对于本国要求解放，弱小民族对于强大民族要求解放，农夫对于地主要求解放，工人对于资本家要求解放，妇女对于男子要求解放，子弟对于亲长要求解放。③

"解放"一词的汉语本义，指从被束缚状态中解散挣脱开来，实现事物本应具有的自由和发展。北魏贾思勰在《齐民要术·安石榴》篇章里说，"十月中，以蒲藁裹而缠之；二月初乃解放。"将此生物园艺学之义运用于社会人生，则指对基本人权的恢复和卫护，其正当性、合

（接上页）变过程，可参阅杨思机《"少数民族"概念的产生与早期演变——从1905年到1937年》，《民族研究》2011年第3期。杨文纠正了许多作者认为"少数民族"概念最早出自1924年的国民党《一大宣言》的失误，却没注意到1924年即已译介到汉语世界的列宁的《民族和殖民地问题提纲初稿》这篇文章。

① 马克思、恩格斯：《共产党宣言》，中央编译出版社2021年版。
② 马克思：《〈黑格尔法哲学批判〉导言》，1944年《马克思恩格斯选集》第一卷，人民出版社1955年版。
③ 李大钊：《平民主义》，华夏出版社2002年版。

法性在于要求重获的自由发展属于被解放者本应具有，既不允许被剥夺，也不等于被恩赐。《共产党宣言》把旧制度下全世界劳苦阶层的命运比喻为被锁链束缚，然后充满信心地声称无产者在这个革命中失去的"只是锁链"，而斗争胜利后获得的"将是整个世界"。继而把个人与局部的解放同全人类及每一个人的解放联系在一起，揭示说共产党人要建立的新社会将是这样一个联合体："在那里，每个人的自由发展是一切人自由发展的条件。"①

由此看来，李守常在上引文中提到"弱小民族"对于"强大民族"要求的解放，语义丰富，意味深长。首先即意味着对族际不平等关系的揭露和否定——强大民族束缚、压迫着弱小民族；继而肯定弱小民族为恢复和保护自己权利的时代诉求与反抗；最后指出实现的路径在于解放，亦即从束缚和压迫的民族关系中解除出来，复苏自由平等的天赋族权和人之本貌。

1924年11月，瞿秋白援引俄国革命为例，呼吁各地"弱小民族"奋起直追，颠覆一切压迫者，实现世界范围的自由联合。②

结合晚清以来有关民族关系的论述对比看，解放理论的提出堪称20世纪中国思想界出现的一大转变。它由前所未有的立场和话语出发，全然扭转了汉语世界对民族问题的评判和认知。从此以后，对不同民族的区别分类得以超越旧式的"华夷之辨"或各自立足于"我族中心"的相互诋毁，而进入以天赋人权为基础，站在平等、自由、发展的立场上，揭示强大民族与弱小民族之间扭曲的权力关系及不对等的政治、经济和文化处境，从而提出了后者理应获得的全面解放。

可见，李大钊等使用的"弱小民族"是政治分类，属于权力等级范畴，由此派生出的"少数民族"或"被统治民族"等也是如此。它们的对应面不是人口统计学意义上的"多数民族"，而是通过掌控权力实施束缚和压迫的"强大民族"。其中的"强大"之意，不在人口，而在权势和压迫，故亦可称为"统治民族""压迫民族"。联系东亚地区

---

① 马克思、恩格斯：《共产党宣言》，中央编译出版社2021年版。
② 瞿秋白：《十月革命特刊：十月革命与弱小民族》，《向导》1924年第90期。

的"一统"类型而言,可以列为"强大民族"者,并不只有1644年后以"大清"自居的满洲(满族)以及此前称霸亚欧的"蒙元"(蒙古族),同样包括了秦汉至民国的"大汉"(华夏)。正因如此,当解放理念在中国勃兴后,社会各界日益把"大汉族主义"也列举出来、作为揭露和抨击的对象就不足为怪。需要指出的是,正因为有了对"大汉族主义"的列举和揭露,中国的各民族解放事业才走上了更为深广的转型之路。

反观晚清时期的排满运动,不少著名人士的言行即已显露出各种各样的"大汉族主义"锋芒。20世纪初陈天华在日本发表《敬告湖南人》和《警世钟》等文,一方面以澳、美土著和中国苗瑶为例,呼吁汉族同胞警惕在外来的"民族帝国主义"威胁下落入今日"为牛马"、将来"为奴隶"的命运①;另一方面却突出汉族与众不同的"大",声称"汉种是一个大姓,黄帝是一个大始祖";主张"凡不同汉种、不是黄帝的子孙的,统统都是外姓";进而提出断不可帮助外姓。陈天华的结论是,帮助异族外姓就等于不要祖宗,"不要祖宗的人,就是畜生"。②

邹容的《革命军》把汉人称为"皇汉人种"、"我黄帝神明之子孙"以及"东洋史上最特色之人种"、"人口充溢四万万,为地球绝大番多、无有伦比之民族"等,与此同时把满族叫作"五百万有奇被毛戴角"的"异种贱族"和"野蛮人"。基于此种具有"大汉族主义"的偏见,邹容提出的主张便是"先推倒满洲人所立之北京野蛮政府",而后"驱逐住居中国中之满洲人,或杀以报仇"。与此关联,辛亥年间在四川以"共和立宪"为旗帜的新政权声称所要巩固的是"我大汉联邦之帝国",体现出其革命目标的自相矛盾。③ 其他多处地方的汉军在起义胜利后发生对满人的仇杀,也无不表现出由民族隔阂转

---

① 陈天华:《敬告湖南人》,参见刘晴波、彭国兴编校《陈天华集》,湖南人民出版社1958年版,第11页。
② 陈天华:《警世钟》,参见高占祥主编,董雁南编《陈天华、邹容、方志敏爱国文选》,北京时代华文书局2016年版,第55页。
③ 胡绳:《从鸦片战争到五四运动》(下),上海人民出版社1982年版,第1051页。

为民族敌视的暴力一面。①

或许因为看到此种"大汉族主义"思潮有激化民族仇恨、引发血腥冲突及至分裂和瓦解多民族共同体的可能，孙中山在领导反清起义的过程中逐步摒弃"驱除鞑虏"口号，代之以"五族共进"的主张，还强调指出把民族革命理解为"恨满洲人"和"尽灭满洲民族"是大错。②但孙中山的共和平等思想并不彻底，同样具有以大汉族为中心的意味。在1921年12月的公开演讲中，孙中山对即将北伐的革命军人们重新宣讲了他对五族共和的真实看法。孙中山首先重申了辛亥革命的种族意义，指出"前者满人以他民族入主中国，僭称帝号，故吾人群起革命。今则满族虽去，而中华民国国家，尚不免成为半独立国。"接着宣布：

> 所谓五族共和者，直欺人之语！盖蒙、藏、回、满，都皆无自卫能力。发扬光大民族主义，而使藏蒙回满，同化于我汉族，建设一最大之民族国家者，是在汉人之自觉。③

对此，民国时期以革命党身份登上舞台的中共就做过针对性的分析和批判，明确总结说：

> 孙中山的民族主义，在旧民主主义时代的两重性质，就是：他反对当时中国的统治者满族朝廷，有进步的性质；但是，他提倡大汉族主义，就是反动的性质。④

---

① 据史料记载，1911年10月的武昌起义过程中，伴随着"杀尽胡儿""兴汉灭满"的口号出现了滥杀满人的现象。起义"三天来杀旗人不下四五百人，横尸遍地，不及时处理，恐发生瘟疫。"杨霆垣：《记鄂军政府的初期外交活动》（全国政协文史资料研究委员会编《辛亥革命回忆录》第七集，文史资料出版社1982年版），转引自王希恩《辛亥革命中的满汉矛盾及其影响》，《西南民族大学学报》2011年第10期，可参阅该文的其他相关评论。

② 孙中山：《在东京〈民报〉创刊周年庆祝大会的演说》，《孙中山全集》（第1卷），中华书局1981年版，第325页。

③ 孙中山：《在东京〈民报〉创刊周年庆祝大会的演说》，《孙中山全集》（第1卷），中华书局1981年版，第325页。

④ 刘少奇：《论国际主义与民族主义》，1948年11月1日；金炳镐主编：《民族纲领政策文献选编》（第一编），中央民族大学出版社2006年版，第390页。

作为民国开拓"国父"的言行尚且如此,其后继者对于民族共进的政策措施即可想而知。20世纪中期,蒋介石发表《中国之命运》,废除了"五族共和"的提法,改称"一国一族"论,使之与"一个主义一个党"相符合①,而就连顾颉刚这样的学者也以"中华民族是一个"为由,反对继续在多民族中国进行民族分类,认为"中国之内绝没有五大民族和许多小民族,中国人也没有分为若干种族的必要"。这样的言论无异于剥夺了汉族之外各弱小民族平等存在的合法权利。在这种观点支配下,自1920年代起,国民政府在贵州和广西等地强令苗瑶民众改装易俗,实行强制同化,引发一系列汉夷间的紧张冲突,同时暴露了中华民国所潜藏的"大汉族主义"弊端。②

沿着这样的历史脉络分析,便可见出晚清到民国时期中国多民族格局的一大转变,不仅占统治地位的民族发生更替,共同体范围内的民族矛盾也由原先的"满汉冲突"转变为汉与非汉民族之间的亲疏离合。正是在这样的转变中,衍生出了民国以来的"少数民族问题"。

20世纪流行的革命格言"哪里有压迫哪里就有反抗",阐明了反抗和压迫的先后关系及必然逻辑。这对理解现代中国的各民族解放事业同样有效。正因为长期受到被歧视、被欺凌和被压迫,中国各地的弱小民族——包括不同时期的汉民族在内,才前仆后继、不畏艰难地掀起一次次顽强抗争,目的即在追求政治身份的确认以及族际间应有的平等、尊重和自由,也就是从政治到文化的全面解放。

---

① 参见蒋中正《中国之命运》,正中书局1943年3月。蒋著出版后得到国民政府大小官员积极响应。时任贵州省主席的杨森撰文主张用"国族一元论"矫正"五族共和"说,称"民国初元五族共和之说,挂一漏万,亦不适用,自应依据国父总裁国族一元论,予以矫正。"(杨森:《〈边铎月刊〉发刊词》,载《边铎月刊》创刊号,1946年3月1日)与此同时中共在延安办的《解放日报》则刊文批判,认为蒋的观点代表"中国大地主大资产阶级",其之所以要捏造这种"单一民族论","目的就在于提倡大汉族主义,欺压国内弱小民族"。参见陈伯达《评蒋介石〈中国之命运〉》,《解放日报》1943年7月21日;另见中共中央统战部编《民族问题文献汇编》,中共中央党校出版社1991年版,第945页。

② 根据梁聚五的揭露,杨森等"捧着蒋氏意旨,执掌贵州政权,对于苗夷民族,特别施以镇压";"各县县长,都照着杨森的指示,禁止苗夷民族说自己的话,写自己的字,穿自己的服装,行自己的风俗习惯。"参见梁聚五《苗夷民族发展史(草稿)》,贵州省民族研究所编《民族研究参考资料》第11集,1982年版,第133页。

第三章 解放政治:迈向现代的历史巨变

民国建立之后,尽管政府及各界的言行仍透露着"大汉族主义"色彩,帝制废除后的社会环境还是为中国弱小民族的合法抗争腾出了些许空间。以西南地区为例,在云南、贵州和湖南的非汉民族聚居地,一批批少数上层人士和新一代知识分子便行动起来,一方面呼吁必须在满汉蒙回藏的"五族"结构之外,增加苗夷各族之地位;另一方面要求在"国大代表"等权力设置中补充苗夷议席。例如1937年,云南彝族高玉柱和俞杰才以滇黔地区土司代表的身份到南京和上海请愿,递呈《西南沿边土司夷苗民众代表请愿意见书》,要求中央政府修正西南政策,保障土著人口自己选举代表参加国民大会的权利,并且应准许各土司夷苗民众组织夷务整理委员会,负责办理夷苗民族之事务①。作为云南永胜土司高长钦的女儿,时年三十的高玉柱还向首都和上海各界广泛陈述了西南少数民族的存在意义和现实处境。她说:"西南夷苗民族分布于滇、黔、川、康、粤、桂各地……过去因文化生产低落,每被外族所歧视,极端压迫";然而这些民族所处的区域"地面绵亘数千里,人口不下二千万,而物产丰富,蕴藏甚多","人民生活单纯,民族性强悍……虽隶属于各省区域,实际上完全在土司保护之下求生存"。②

在这段时间段里,西南少数民族聚居地区的同类事件可谓层出不穷。1932年,西康籍藏族精英格桑泽仁依托家乡的地方力量与军阀刘文辉对抗,在"康人治康"的口号下,主张民族平等,废除乌拉制度,实行地方自治,发动了著名的"巴安事件"。③ 在湘西则爆发了因"革屯"而起

---

① 参见贺伯烈《彝苗概况及彝苗代表来京请愿运动》,《边事研究》第5卷(1937),第2、3、5期;高世祥《风华女杰高玉柱》,《社会主义论坛》2013年第7期;相关评论见张兆和《在逃遁与攀附之间:中国西南苗族身份认同与他者政治》,收入纳日碧力戈等编《西南地区多民族和谐共生关系研究论文集》,贵州大学出版社2011年版。

② 娄品贵:《不远万里,为谋团结:1937年西南少数民族请愿代表在上海的活动追述》,《中国民族报》2009年11月20日。

③ 参见江安西等《1932年"巴塘事变"简况》,《四川省甘孜藏族自治州文史资料选集》(第一辑),1984年第1期;格桑哲仁《西康改省之计划》,1931年,收入张文范主编《中国省制》,中国大百科全书出版社1995年版,第234—236页;相关评论可参阅彭文斌《边疆化、建省政治与民国时期康区精英分子的主体性建构》,《青海民族研究》2013年第4期。彭文认为与20世纪在汉区曾经出现过的"自治"运动不一样,1930年代康巴事件所推动的建省运动,其最大特点在于"注入了族群的理念",也就是体现了民族的自治诉求。

的苗民起义①,当地苗族知识分子石启贵等向国民政府上书请愿,要求改革不平等的民族政策,提出应将政治代表权推广到苗族。②而黔东南苗族人士梁聚五则对"五族共和"口号和象征的局限提出直接批评,他说"五色国旗的象征,只代表汉满蒙回藏五族,不能代表中国全部各民族,苗夷民族是绝对不承认的"。③ 1939年,梁聚五就任"黔南各族青年训练班"副主任时撰写对联:"汉满蒙回藏亲如兄弟,苗瑶壮侗水本是一家",坦陈了对中国多民族分类的不同看法④。到了1940年代,他担任贵州省参议员后又连续发表《论贵州政治应以苗夷问题为中心》和《贵州苗夷选举问题》等文,反对政府当局在西南苗夷区域推行"国族一元化"的同化政策,坚持为苗夷同胞争取应有的各项权利。⑤民国期间西南少数民族人士所要力争的核心,在本质上即是多民族国家内各民族平等共处的政治主权,也就是争取作为以民族身份为基础之政治主体的合法保障。

1924年,改组后的中国国民党举行全国大会,宣布实行"联俄、联共、扶助农工"的革命新政策,开展国共合作。该党通过的《中国国民党第一次全国代表大会宣言》,将辛亥革命的胜利标志总结为"由一民族之专横宰制过渡于诸民族之平等结合",同时公开提出了"少数民族"的概念和描述,把少数民族在民国创立后仍然遭受的苦难归之于"专制余孽"和"割据军阀",表示国民党将通过对"民族主义"的贯彻,取得"国内诸民族谅解,时时晓示其在中国国民革命运动中之共同利益",并郑重宣言,"承认中国以内各民族之自决权",承诺在革命获得胜利以后,"当组织自由统一的(各民族自由联合的)中华民国"。⑥

---

① 伍新福:《湘西"革屯"运动述评》,《贵州民族研究》1983年第4期。
② 参见张兆和、李菲《从"他者描写"到"自我表述":民国时期石启贵关于湘西苗族身份的探索与实践》,《广西民族大学学报》2008年第5期。张兆和等认为石启贵的请愿,"是对苗人族群身份的创造性再评价"。
③ 梁聚五:《苗族发展史》,贵州大学出版社2009年版,第132页。
④ 许仕仁:《梁聚五:忧国忧民的苗族知识分子》,《中国民族报》2010年2月8日;人民网、中国共产党新闻网,http://minzu.people.com.cn/GB/166719/10952380.html。
⑤ 梁聚五:《论贵州政治应以苗夷问题为中心》,《黔灵月刊》1946年第37期。
⑥ 《中国国民党第一次全国代表大会宣言》,1924年;参见《孙中山全集》(第九卷),中华书局1986年版,第114—119页。

与此相应，中国共产党在20世纪上半叶的革命时期，更是从解放理论出发，反复强调要保障少数民族的政治权益。1928年中国共产党六大通过《关于民族问题的决议案》，明确宣布中国境内少数民族的问题"对于革命有重大的意义"。20世纪30年代在江西瑞金创建的革命政权"中华苏维埃共和国"颁布宪法，宣布共和国内的各个民族在法律面前一律平等，皆为公民。其中的民族类别已包括了汉、满、蒙古、回、藏之外的苗、黎等。不仅如此，中华苏维埃政权还以宪法形式承认中国境内少数民族的民族自决权。该《宪法》（第十四条）明确规定：

> 蒙古、回、藏、苗、黎、高丽人等，凡是居住在中国的地域的，他们有完全自决权：加入或脱离中国苏维埃联邦，或建立自己的自治区域。中国苏维埃政权在现在要努力帮助这些弱小民族脱离帝国主义、国民党军阀、王公、喇嘛、土司的压迫统治，而得到完全自主。
>
> 苏维埃政权更要在这些民族中发展他们自己的民族文化和民族言语。[1]

中华苏维埃的政权模式系仿照苏维埃社会主义共和国联盟（简称苏联）的样板而成。苏联的创建是十月革命的成果，亦是原沙俄帝国专制暴政下各民族获得解放后重新联合的产物。针对十月革命对中国各民族解放事业的影响，中共元老董必武做过专门总结。在把苏俄视为"革命的先进国"的前提下，他将十月革命比作"春雷"，称赞它不但"居然把个庞大的俄罗斯帝国颠覆了"，还"把全世界被压迫的民族从麻痹昏睡中唤醒"。董必武写道：

> 俄国十月革命，是世界被压迫民众自由解放的先声，也是世界民众势力表现发展的起点。中国从事革命工作的人，经了这番的教

---

[1] 《中华苏维埃共和国宪法大纲》，1931年；参见徐辰编著《宪制道路与中国命运：中国近代宪法文献选编：1840—1949》下卷，中央编译出版社2017年版，第199页。

训，才认识民众的势力了，才晓得要得自由解放、和平统一，必须唤起全国被压迫的民众共同努力奋斗了。所以十月革命，在方向上，在方法上，都予中国革命以深厚的影响。①

有了十月革命的影响和现代政党的领导，中国各民族的解放事业便在20世纪有了更为明确的方向。其中最为突出的标志，是在经过由"大清帝国"向"中华民国"的重大转型之后，从政治权力的不平等实质出发，以阶级理论为指导，将国内弱小民族的革命对象转为占据统治地位的剥削阶级、"专制余孽"和意识形态上的"大汉族主义"。在此基础上，倡导公平正义的各界人士特别凸显并重新诠释"少数民族"这一新型分类，力图以平等共存的多民族格局取代仅以"五族"划分的帝国模式。在新划分的多元格局中，不仅连以往的蒙、回、藏包括满族都划入了"少数民族"范畴，并还与之对等地增加了苗、瑶、彝、壮等数量众多的不同族类。可见，以因被压迫而求解放姿态登上中国舞台的"少数民族"，其所代表的新分类之出现，不仅标志着对中国现代多民族共同体在民族关系和权力认知上的简化，而且显示出各民族解放目标的本质揭示与道路推进。

20世纪共产国际发出的号召是"只有解放全人类，才能解放无产阶级自己"。这就意味着在中国，也只有完全消除包括"大汉族主义"在内的各种民族歧视、民族压迫和民族隔阂，各民族的解放事业才能取得最终胜利，全共同体的每一成员才能获得真正和彻底的平等、自由。

为了实现这一目标，同样以革命党姿态登上历史舞台的中国共产党在创建"新中国"的进程中作出了不懈的努力奋斗，不仅在当年湘西苗民"革屯"运动爆发后，及时成立"苗民部"予以支持和声援，在西行长征的途中与彝族首领结拜、帮助康川藏胞建立数个独立自主的"番巴共和国"，而且自李大钊等领导的北方委员会起就一直鼓动和支持蒙古民族的解放运动，直至1947年5月1日由乌兰夫任主席的内蒙

---

① 董必武：《十月革命与中国革命》，1926年11月；参见中共中央政策研究室党建研究局编《老一辈革命家论党的建设》，党建读物出版社2001年版，第185页。

古自治政府在乌兰浩特宣告成立。内蒙古自治政府的诞生不仅是 20 世纪中国少数民族革命成果的重要标志，而且意味着各民族的解放事业连成了新的整体。早在 1925 年，中共通过的《蒙古问题决议案》就高度评价过已经具有"民族觉悟"的蒙古族人民"起来争自己民族的权利"的正义事业，宣布党的任务是要"使蒙古人的民族解放运动与全中国的解放运动〈结合〉起来"。[①] 内蒙古自治政府成立之时，中共以毛朱联名方式致以贺电，称"曾经饱受困难的内蒙同胞，在你们领导之下，正在开始创造自由光明的新历史"。[②] 而乌兰夫主席则在代表执委会作的致辞里说，我们的誓言很简单，就是"为蒙古民族解放事业奋斗到底"。[③] 彼时，国共之间还在鏖战，内蒙古自治政府先于中央人民政府而成立，内蒙古人民的解放成就促成了新中国的诞生。

1945 年，毛泽东发表《论联合政府》，以专节论述"少数民族"问题，把"否认中国有多民族存在"的国民党称为"反人民集团"，指责他们"对于各少数民族，完全继承清朝政府和北洋军阀政府的反动政策，压迫剥削，无所不至"，揭露国民政府实际推行的是"大汉族主义的错误的民族思想和错误的民族政策"；并以此为对照，承诺共产党人一定会且必须会积极地帮助各少数民族，"争取他们在政治上、经济上、文化上的解放和发展"。[④]

到了中华人民共和国诞生前夕，全国各族、各界和各党派人士会聚北平，在中国共产党召集下以新政治协商会议方式，[⑤] 通过了保障少数民族政治权利的《共同纲领》，强调在将要建立的新政权里"各民族一律平等，实行团结互助""反对大民族主义和狭隘民族主义，禁止民

---

① 中共中央扩大执行委员会文件：《蒙古问题决议案》（一九二五年十月），中央档案馆编：《中共中央文件选集（1921—1925）》第一册，中共中央党校出版社 1982 年版。
② 《给内蒙古人民代表大会的贺电》，1947 年 5 月 19 日；参见中共中央文献研究室、国家民族事务委员会合编《毛泽东民族工作文选》，中央文献出版社 2014 年版，第 14 页。
③ 《内蒙古自治运动联合会成立大会胜利闭幕》，参见中国社会科学院民族研究所民族问题理论研究室编《我国民族区域自治文献资料汇编 第 3 辑 第 1 分册》，第 46 页。
④ 毛泽东：《论联合政府》，1945 年。
⑤ 1946 年曾在重庆召开过包括国共和其他民主党派在内的"政治协商会议"，商讨抗战胜利后的建国纲要。后来的论述为将二者区别，把后面的一次称为"新政协"或"人民政协"。

间的歧视、压迫和分裂各民族团结的行为"。由此确定新政权内的多民族类别，承诺要使原先被排斥于族群政治之外的一大批弱小民族获得平等的政治权利和文化权利。

1843年，也就是清朝的道光二十三年，洪秀全在广东花县创建"拜上帝会"，自称上帝次子、耶稣兄弟，后与该会骨干冯云山、杨秀清等一道发动了声势浩大的反清起义，号召信众揭竿而起，击灭满族皇帝"阎罗妖"①。获得起义胜利后的领导人登基称王，争权夺利，使曾承诺给民众带来变革和福音的"太平天国"终败于内部溃烂和外力剿灭。

对于发生在清朝的这场起义，引起远在欧洲的马克思的关注。经过分析比较，他指出了起义的局限。马克思说，除了"改朝换代"以外太平天国展现给人类历史进程的新事物几乎一无所有：没有提出任何任务、没有任何口号；相反，"他们给予民众的惊惶比给予旧统治者们的惊惶还要厉害"。马克思总结道，洪秀全领导起义的全部使命，"好像仅仅是用丑恶万状的破坏来与停滞腐朽对立"。② 与此对照，就在"拜上帝会"成立的1843年当年，马克思在德国撰写《论犹太人问题》，提出了"人的解放"这一著名命题。马克思昌明的观点是："任何解放都是使人的世界即各种关系回归于人自身。"由此出发，马克思对犹太人问题加以分析，指出"德国的犹太人渴望解放"，渴望"公民的解放"和"政治解放。"如何解放呢？马克思做出了深刻阐释。他说："犹太人的社会解放就是社会从犹太精神中解放出来"，也就是要打破造成犹太人问题的社会关系，使之从赖以存在的现实制度和意识形态中得以挣脱。马克思写道，"政治解放同时也是同人民相异化的国家制度即统治者的权力所依据的旧社会的解体"。③ 为实现这个

---

① "阎罗妖"是"拜上帝会"对反动势力的泛称。洪秀全《打服阎罗妖诗》写道："天父天兄手段高，阎妖低头钻地龟。"金田起义后由"太平军"发布的《奉天讨胡檄布四方谕》便将满清统治者称为"妖"，曰："满洲肆毒，混乱中国……妖胡虐焰燔苍穹，淫毒秽宸极，腥风播于四海，妖气惨于五胡。"参见罗尔纲《太平天国史稿》卷八，中华书局1955年版。

② 马克思：《中国记事》，维也纳《新闻报》1862年7月7日；汉译本收入《马克思恩格斯论中国》，中共中央马克思恩格斯列宁斯大林著作编译局编译，人民出版社1997年版，第114—117页；相关讨论可参阅盖志平《马克思〈中国记事〉一文争鸣综述》，《前沿》2009年第5期。

③ 马克思的《论犹太人问题》写于1843—1844年，德文本于1844年2月在《德法年鉴》上发表。中译本收入人民出版社1956年出版的《马克思恩格斯全集》第1卷。

目标，革命的任务就不仅是改变既存的权力关系，或通过"改朝换代"方式使革命者成为新的统治者，以新口号、新面孔复制旧社会，重新压迫被推翻的旧阶级；相反，革命的目的在于彻底推翻一切使人不能成为人的制度体系，解放一切人，让每一个人恢复其人的最高本质。在此意义上，可以说所有的压迫者和被压迫者一样，都不是正常的人，而是人的扭曲和异化。前引陈独秀《敬告青年》一文也阐述过"我有手足，自谋温饱；我有口舌，自陈好恶；我有心思，自崇所信"，因此"绝不认他人之越俎，亦不应主我而奴他人"。① 在这个意义上，那句流传于世界各国的著名口号"只有解放全人类才能最后解放无产阶级自己"，其内在的确切含义，其实是"只有解放全人类才能最后解放解放者自己"。

在写于1843年的《论犹太人问题》这篇文章里，马克思这样写道：

> 只有当现实的个人把抽象的公民复归于自身，并且作为个人，在自己的经验生活、自己的个体劳动、自己的个体关系中间，成为类存在物的时候，只有当人认识到自身"固有的力量"是社会力量，并把这种力量组织起来因而不再把社会力量以政治力量的形式同自身分离的时候，只有到了那个时候，人的解放才能完成。②

在同样是1843这年写作的《黑格尔法哲学批判导言》里，马克思又针对德国解放的实际可能性究竟何在的问题阐释说：

> 最后，在于形成一个若不从其他一切社会领域解放出来从而解放其他一切社会领域就不能解放自己的领域，总之，形成这样一个领域，它表明人的完全丧失，并因而只有通过人的完全恢复才能恢复自己本身。③

---

① 陈独秀：《敬告青年》，《青年杂志》1905年9月15日第一卷第一号。
② 马克思：《论犹太人问题》，中译本，《马克思恩格斯全集》第1卷，人民出版社1956年版。
③ 马克思：《〈黑格尔法哲学批判〉导言》，1944年《马克思格恩斯选集》第一卷，人民出版社1995年版。

马克思学说催生了 19 世纪以来全球性的反殖民思潮，带动了以实现人的自由为目标的解放政治，同时也催生了唤起民族革命的解放文学。

四　苗夷觉醒：解放政治与解放文学

在社会变革的意义上，解放的含义就是破除压迫，独立自主；从哲学上讲，则是复归个体和全人类从自我意识到交互关系的全面自由。在近代中西思想彼此交集的影响下，类似的追求在邹容的《革命军》里曾被表述为革命者应以奋不顾身的社会实践，"为国民购自由、平等、独立、自主之一切权利。"[①]

在晚清至民国的多元结构里，展现民族觉醒、追求民族解放的呼唤和实践并非仅限于汉族一家，而是日益广泛地涌现在其他众多的民族群体里。尽管就思想类型而言，这些主张与实践或许还停留于本土的传统表述模式，但在迈向人之解放的目标上则是一样的。尤其是对于被视为"弱小民族"或"少数民族"的群体来说，他们在社会抗争与争夺表述权方面的努力奋斗，同样展现了解放的政治和解放的文学。

结合民国以后的中国实际，以"少数民族"身份登上舞台并产生重大影响的主要代表是前面提到的民国"新五族"：苗、蒙古、藏、回、满。其中，苗族以中国"原住民"身份重现历史，意外崛起；满人由统治民族融为国民，退居边缘；其他诸族则需探索与汉民族的相互关系，寻求共存于新的多民族共同体之中。于是民国时期中国各"非汉民族"的特点在于都将以新获得的"少数民族"称号，反思历史处境，重塑民族身份，追寻多元结构中从政治到文化的共同解放。

苗族的崛起在晚清民初的近代转型中具有划时代的标志意义。它不但改写了古今相沿的"华夷之辨"、重塑了清朝以来的"五族共和"，而且揭开了"大汉十八省"的多元真相。更重要的是，这一事关紧要的历史改写，并非由苗人率先所为，而是由华夏（汉族）带动，随后波

[①] 邹容：《革命军》，民智书局1928年版，第29页。

及其他诸多民族相继参与。正如前面所作简述那样,苗族在近代中国表述舞台的高调重现,起因于盛行一时的"中国文化西来说"。章太炎、刘师培等出于颠覆满清政权合法性之需,不惜赞同欧洲人提出的华夏人种外来说,支持中原苗族本源论。自此以后,苗族便冲破既有的话语束缚脱颖而出,一改以往几乎被湮没的边缘形象,变为可与满、汉并提的"中土"主人,从而也就成了近代表述话语中的历史新主角——多元共同体中的"第六族",或起源意义上的"第一族"。历史学家王桐龄在题为"中国民族史"的专著里,把苗族誉为中国共同体的"长兄"。他写道:

> 现在中国动言五族平等,所谓五族,即汉满蒙回藏族。譬如一家人,汉族是长兄,满蒙回藏族便是幼弟,是为现在人的观察。若照历史上观察,中国之民族,除了满蒙回藏以外,还有一位长兄,即是苗族。①

在民族学、人类学及新史学和新文学等现代知识范式带动下,一批批有关苗族人种、历史、文化和民生的表述文本相继涌现,其中不仅有记载基督教与苗族传统在川滇黔交界"石门槛"地区相遇交汇的《苗族史》《在中国西南的部落中》,② 有描述苗族不同支系的《苗族调查报告》,③《湘西土著民族考察报告书》,④ 同时也诞生了梁聚五、杨汉先等考察苗夷演变的民族简史与阐述歌谣传统的文化论说。最后,当然更是诞生了由沈从文等创作的、具有现代意义的"苗疆小说"。发表这些作品的人物既有汉族学者、英美传教士、日本和德国等国的人类学家,同时更有以民族文化代言人姿态登上舞台的苗族人士。他们从各自视

---

① 王桐龄:《中国民族史》,吉林人民出版社2013年版;相关评论可参阅石朝江《苗族"土著"论》,《贵州民族研究》2006年第6期;以及马戎《从王桐龄〈中国民族史〉谈起》,《北京大学学报》2002年第3期。

② 参见[法]萨维纳《苗族史》,立人等译,贵州大学出版社2009年版;[英]柏格里等《在未知的中国》,东人达等译,云南民族出版社2002年版。

③ 参见[日]鸟居龙藏《苗族调查报告》,张晓柳、曾广证等译,国立编译馆译本,上海商务印书馆1936年版。

④ 石启贵《湘西土著民族考察报告书》撰写于1940年,后改名为《湘西苗族实地考察报告》,湖南人民出版社2002年版(增订本)。

角出发书写苗族、展示苗族，通过笔记、报告、民族志、资料集以及新文学意义上的散文、诗歌、小说等多种样式，汇集出了蔚为可观的现代苗学。

在晚清至民国的文本表述里，"苗"包含广、狭二义。狭义的苗与今日苗族大致相等，广义的苗则以"苗夷"统称，泛指居住在湘、黔、川、滇、桂诸省腹地和边疆直至东南亚地区的广大"蛮夷"人群。梁启超说苗族与汉族交涉最古，春秋以来的旧史通称曰"蛮"，"泰半皆苗族之裔也"。① 王桐龄说川、黔、湘、滇境内的僚、僰、傜、僮、罗罗等，"皆苗族之后裔"。② 更有人甚至认为苗族的分布远至东南亚半岛，"所建的国家，有安南、暹罗、缅甸三国"。③ 苗族学者梁聚五强调苗夷民族是古文化的民族，早在四千多年就在黄河流域建立了"九黎的国家"，然后总结说：

> 苗夷之建国，虽由北而南，因年代久远，环境变迁，而民族的称呼，也渐渐有些不同了。大体说来，总不外苗、夷、蛮、荆、僚、傜、黎、僮、罗罗、摆夷、水家、洞家、僰人、越人、蛋人、畲人……尽管他们的称呼有些不同，其所属于苗夷民族的血统，是丝毫不可假借的。④

由此可见，对于多元共存的中国版图而言，苗夷民族的觉醒意味着"五族共和"的重塑，或者说标志着"五族共和"的多民族格局迈入第三阶段。第一阶段"首崇满洲"，兼容诸族，排列为满、汉、蒙古、

---

① 梁启超：《历史上中国民族之观察》，参见《饮冰室合集·专集之四十一》，第2—4页。
② 王桐龄：《中国民族史》，文化学社1934年版。
③ 宋文炳：《中国民族史》，中华书局1935年版。宋著中的苗族也称为"交趾支那族"。作者指出，"苗族文化，在现代似无可称述。惟于上古时期，极为发达，影响于汉族文化亦很大。"相关评论可参阅施芳、段红云《不该被冷落的民族史著作——宋文炳的〈中国民族史〉及其对中国民族史学发展的贡献》，《保山学院学报》2011年第2期。
④ 梁聚五：《苗夷民族发展史》。梁的书稿写于1940年代晚期，后将书名改为《苗族发展史（修改稿）》于1950刊印。参见李廷贵、张兆和编《梁聚五文集》上册，香港科技大学华南研究中心2010年版。

回、藏。第二阶段"恢复中华",重组非汉,排列为汉、满、蒙古、回、藏。此后,汉族从旧五族中分立出来,自列一端,原本的五族模式进入第三阶段,被改造成"1+5"的新类型;苗族被发现并再表述后加入以"少数民族"命名的新五族之中,成为"少数民族"阵容里的主要成员,组合出苗、蒙古、藏、回、满的新排序。在这样的新组合与排序中,苗族的身份得以提高,地位上升到可与炎黄并举的始祖之列。

从多民族中国的整体表述意义看,苗族的崛起堪称民族解放的突出象征。首先,它从清帝国以"首崇满洲"或"满汉一家"为前提的旧五族图式里撕开缺口,为彰显其他的第六族、第七族……开拓出新的展现空间;其次,它由"中华文明"源头处崭露头角,以始祖蚩尤的形象与轩辕并列,扩展了"炎黄子孙"的单一叙事;再次,由于苗族世居中原且至今生活在被视为大汉"十八省"的范围之内,"苗疆"——夷夏关联的"内部边疆"的展露令国人不得不刷新对"中国"及"中华民族"的认知与界定;最后,从杨汉先、梁聚五到石启贵、沈从文等一批苗族知识分子的涌现,以及他们为争取民族话语权而进行的书写和实践,更显示出长期被漠视和被遮蔽的"少数民族"已从被动转向主动,从自在迈入自觉。这就是说,苗族的崛起同时意味着身份的解放、政治的解放、历史的解放和文学的解放。

从广义的表述角度看,苗族凸显自我身份的解放文学大致呈现出三条并行路线。一是在乡间以母语传唱的古歌,二是以学术样式进入汉语学界的苗史,三是展现苗疆风情的现代小说。

乡间口头传唱的苗族古歌可以《张秀眉歌》为代表。"古歌"指的就是口述历史,在乡间以苗语传唱,经收集整理后以苗汉对照方式呈现出来,体现了苗族在帝国统治压迫下从控诉到反抗的心路历程。张秀眉是清咸丰同治年间苗族起义领袖,苗名叫 ZANGB XONGT MIL。为了反抗清廷在苗疆实施的军事开辟及"改土归流"等暴力统治,张秀眉等以"议榔"形式聚众抗清,发动了历时十八年的武装起义,喊出"打倒官府,夺回土地"口号,矛头直指朝廷及其在苗疆的汉官代理。起义军先后攻克镇远卫城和镇远府城,"胜利的旗帜插遍贵州东南,军威直指贵阳,震撼清朝在贵州的统治"。① 虽然张秀眉在清廷残酷征剿下被俘遇害,他的事迹却通过古歌诵唱的形式在苗疆长久流传。被后人汇集整理为《张秀眉歌》的苗族古歌包括"苦歌"与"反歌"两个部分。"苦歌"哭诉苗疆青年因生活所迫背井离乡,在外帮工受尽欺凌,最后走投无路,发出绝望的追问:

BUB GANGL GID DEIS JIT/苗山苗岭哪里爬?
BUB MONGL GID DEIS VUT/走哪条路才好呀?
GID DEIS JUL SANGS XONGT/哪条道路才老我一生?
GID DEIS JUL SANGS HXAT/哪条才了一生穷苦根?!②

在申诉无门的境遇下,"反歌"发出了愤怒的回应:

VANGX GANGB ZANG XONGT MIL/养岗秀眉大头领
NENX DAIL VAS BONGT BIL/他真聪明胜过人
NENX NIONGX HVEB LIEK NIEL/一声吼起象鼓鸣
BET LEIT FANGB WAIX LOL/声声震撼九霄云
HOB HNANGD HOB GENX HAIL/雷公听了都哭号
QANGT LEIT EB AENX DLANGL/山摇地动海呼啸
VONGX SEIX GUF HFUD DLINL/龙王吓得乱奔窜
GHAB VANGX KIB LAD WUL/山山岭岭打颤颤③

在唱诵了苗族起义的壮烈史实后,歌师站到听众面前,以历史口述

---

① 参见罗尔纲《苗族英雄张秀眉传》,《广西民族学院学报》1983 年第 1 期;陈元煦《张秀眉领导的贵州苗族农民起义(1855—1872 年)》,《历史教学》1965 年第 2 期。
② 参见郁冬、郁香等唱(燕宝、苗丁等收集整理及翻译)《张秀眉歌》,贵州民族出版社 1987 年版,第 38—39 页。
③ 参见郁冬、郁香等唱(燕宝、苗丁等收集整理及翻译)《张秀眉歌》,贵州民族出版社 1987 年版,第 60—61 页。

者的姿态阐发了古歌的由来和意义：

> WIL DIOT JUL MUX HXIB/唱完卯年血战红
> JUL HXAK BAL GUX FANGB/我唱反歌祭鬼雄……
> DLENS DAIL XONGT VANGX GANGB/想念英雄秀养岗
> WANGS NIONGL HNIUT AX HNIONGB/苗家万代都不忘①

后世学者把《张秀眉歌》评价为一部以英雄名字命名的苗族史诗，认为它打动人心的原因，除了传唱起义本身的伟大外，还在于能将叙事与抒情"水乳交融"等的艺术成就，从而成为苗疆"家喻户晓老幼皆知的不朽诗篇"。②

苗族歌谣的存在和展露对中国多民族文学的现代转型具有重要意义。它不仅突破汉语媒介的单一局限，把世人对"中国文学"的认知及理解扩展到更为纷繁的多语世界，而且与20世纪上半叶的"歌谣运动"相呼应，通过文学领域的"目光向下"革命，使口语相传的"民间文学"重获新生，从而将众多无文字民族的丰厚遗产从以往"文本中心"的歧视中拯救出来，使各民族鲜活的口头传统及习俗仪式在新的阐述体系里获得解放。③

民国年间，在学界掀起关注非汉民族口传文化的热潮中，涌现出不少有关苗夷民族歌谣民俗的论著。人类学家凌纯声、芮逸夫合著的民族志专著《湘西苗族考察报告》还设专章加以评介，指出歌谣在苗人生活——特别是各种仪式中占有十分重要的位置。著者分析说，苗族歌谣多为即兴口占、唱过即完的不易收集的类型。这种可称为"即兴歌"的

---

① 参见郁冬、郁香等唱（燕宝、苗丁等收集整理及翻译）《张秀眉歌》，贵州民族出版社1987年版，第126—127页。
② 今旦：《张秀眉歌·后话》，载郁冬、郁香等唱（燕宝、苗丁等收集整理及翻译）《张秀眉歌》，贵州民族出版社1987年版，第137—149页。
③ 相关论述可参见朱自清《中国歌谣》，作家出版社1957年版；徐新建《民歌与国学：民国时期"歌谣运动"的回顾与思考》，巴蜀书社2006年版；赵世瑜《目光向下的革命：中国现代民俗学思想史论》，北京师范大学出版社1999年版。

歌谣由表现内心现象的抒情歌及表现外在现象的叙事歌组成,很值得关注,因为可以帮助外界"对于他们的情绪生活,有一种直觉的觉察。"①

杨汉先、梁聚五等苗族学者着重强调歌谣在本族文化中的地位和意义。杨汉先指出,苗人歌谣种类繁多,"史歌""古诗歌"为韵文,"皆美丽之词语",由专门的歌师在集会时诵唱,先唱后述,"及至唱至疲劳方罢";更为普通和易于乐见的是"情歌"。苗人青年传情达意恒以长歌为媒介,"其歌辞之优美,表情之深刻,皆为无比,盖出于天籁者也"。②梁聚五则将包括歌谣在内的苗族历史叙事与世界被压迫民族的解放联系起来,强调说:

> 苗夷民族与中国相依为命四千多年。他们的文化,在今天也许比不上别的民族,但在他们离开了黄河流域以后,下达长江流区,转移澧水、沅水、乌江、柳江、澜沧江、金沙江,并南下伊洛瓦底江、萨尔温江、湄公河……劈草莱,开阡陌,与瘴疠战,与毒蛇猛兽战,以提供人类的需求。难道这样的民族,还不让他们在中国历史上占着光辉的一页吗?③

以上述背景观之,近代以后从沈从文到伍略等作家创作的"苗疆小说"便不能仅被当作"边城"意向勉强纳入中国文学与文化的整体之中,而应彰显出更为深广的多民族意义了。

小 结

大清王朝的解体结束了帝国专制的漫长统治,开启了各民族迈向解

---

① 凌纯声、芮逸夫:《湘西苗族调查报告》第十一:"歌谣",国立中央研究院历史语言研究所单刊甲种之十八,商务印书馆发行,民国三十六年(1947),民族出版社 2003 年版。

② 杨汉先:《威宁花苗歌乐杂谈》,《社会研究》第 9 期,民国二十九年(1930);《大花苗歌谣种类》,《贵阳时事导报·社会研究》第 57 期,民国三十一年(1942)八月二十五日;参见吴泽霖、陈国钧编《贵州苗夷社会研究》,贵阳文通书局 1942 年版。

③ 梁聚五:《苗夷民族发展史》,参见李廷贵、张兆和编《梁聚五文集》上册,香港科技大学华南研究中心 2010 年版,第 42—43 页。

放的现代路程。概括而论，辛亥前后的中国各民族解放路程，一方面称得上天翻地覆，格局巨变；另一方面亦可谓探路初始，步履维艰。尽管从同盟会、立宪派到《大同报》、"革命军"、《新青年》再到"中华苏维埃"直至"政治协商会议"，无论胜利还是失败，在历代改良者与革命前驱们的浴血奋斗下，各民族的解放事业取得了有目共睹的诸多成绩。不仅如此，信仰马克思主义的中国共产党人还把1949年之前的管属区域称作"解放区"，把执政后的时段命名为"解放后"，决心与在多民族平等共存上充满矛盾的民国划清界限，体现出以"解放"为根本的意志和决心。

然而由于旧有"华夷之辨"与"帝制王朝"残留的历史惯性，在接下来的岁月里，无论民主共和还是多元一体、无论政治解放抑或是思想解放乃至文学的解放，中国的状况与马克思阐释的"解放人自己"目标仍有距离，前面的路依然艰辛漫长。以"苗夷民族"为统称的南方民族崛起，不但突破了以往"五族共和"的划分模式，为1949年以后"新中国"实施的民族识别奠定基础，更同时向五十六个民族构成的"多元共和"格局提出了新的创建使命。

第四章　团结起来：民族联合的多元创建

中华人民共和国颁布的宪法明确指出中国是统一的多民族国家，"各族人民共同创造了光辉灿烂的文化"。[①] 在民族关系上，以同样的国家大法方式强调了"平等"、"团结"和"互助"三大基点。这样的立法既源于中国多民族长期关联的历史根脉，又体现出现代国家对待民族事务的全新转变。

一　共同纲领：政治协商下的民族联合

1945年4月，中共在延安召开第七次代表大会。会上通过的报告指出彼时的国际局势，是世界的大部分地方仍将充满"民族解放和民族压迫"之争，但"世界将走向进步，决不是走向反动"。[②] 报告对执政的国民党政府的民族政策予以谴责，揭露其最根本的错误在于"否认中国有多民族存在"，"完全继承清朝政府和北洋军阀政府的反动政策"，对于各少数民族"压迫剥削，无所不至。"[③] 有鉴于此，报告宣告中国共产党的任务之一就是要同这种"大汉族主义的错误的民族思想和错误的民族政策"作斗争，帮助各少数民族，"争取他们在政治上、经济上、文化上的解放和发展"，使他们的言语、文字、风俗、习惯和宗教信仰都得到尊重。报告呼吁全中国人民团结起来，创建保障各民族

[①] 《中华人民共和国宪法》，中国法制出版社2014年版。
[②] 毛泽东：《论联合政府》，《解放日报》1945年5月2日。
[③] 毛泽东：《论联合政府》，《解放日报》1945年5月2日。

共同进步的"民主的联合政府"。①

在明确宣告要与既有民族思想与民族政策的"大汉族主义"错误决裂后,中共在1948年达成了与中国其他政治团体通过协商创建新政权的协议,决定召开"新政治协商会议",起草《共同纲领》,拟定共和国的中央政府方案。与之相关的文件把参与政治协商的代表分为四类:政党、地方、军队和团体。在政党类别里,中共的名额与民革和民盟一样,都是16名,民建、致公党、九三学社及三民主义同志联合会等其他党派则有数名或十数名不等,体现了联合政府的多元与广泛。最为重要的是,"少数民族"被单列出来,呈现在第四类之中,成为参与创建新中国的正式成员。代表蒙古族的乌兰夫(云泽)还进入总数仅21人的新政协筹备委员会常委之中,与毛泽东、周恩来、朱德及郭沫若、沈雁冰等并列,参与商议国家创建的重大决策。② 这样的分类和参与具有划时代意义,标志着"少数民族"作为多民族国家的重要构成和政治力量登上了历史舞台。

1949年9月,筹备就绪的新政协会议在北京正式举行,其不但宣告中华人民共和国成立、选举产生中央人民政府委员会,而且发表了具有新中国预备宪法意义的《中国人民政治协商会议共同纲领》(以下简称《共同纲领》)。《共同纲领》的"总纲"赋予新中国人民四项基本权利,即依法选举权、思想自由权、男女自主权和各民族平等权,并设专门一章确立各民族的地位与权利,强调"中华人民共和国境内各民族一律平等,实行团结互助"。③

会议发表的《中国人民政治协商会议第一届全体会议宣言(草案)》将政治协商的成功举办与四万万七千五百万中国人"站立起来"联系在一起,称新中国的创建改变了中国,"表现了全国人民的空前的大团结",使

---

① 毛泽东:《论联合政府》,《解放日报》1945年5月2日。
② 《关于参加新政治协商会议的单位及代表名额的规定(草案)》、《新政协筹备会常务委员及其主任副主任名单》,参见《关于新政治协商会议筹备会的一组文献》,《中共党史资料》2008年第2期。
③ 《中国人民政治协商会议共同纲领》,1949年9月29日全国政协全体会议通过,收入政协全国委员会办公厅编《开国盛典:中华人民共和国诞生重要文献资料汇编》(上),中国文史出版社2009年版,第506—514页。

"中国的历史,从此开辟了一个新的时代"。①

与之相关联的国际背景是,世界各国的反法西斯战争取得全面胜利后,联合国大会于1948年在巴黎向全球颁布《世界人权宣言》,明确提出:"对人类家庭所有成员的固有尊严及其平等的和不移的权利的承认,乃是世界自由、正义与和平的基础。"② 接着,著名反殖民作家、黑人血统的法籍共产党人塞泽尔(Aimé Césaire)在1950年发表影响深远的反殖民论著,揭露容忍暴虐和滋生殖民统治的欧洲"就像一条死胡同,在这条死胡同的尽头就是希特勒"。为此,塞泽尔坚信殖民主义必定终结,呼吁创建一种新的社会,一种人与人之间具有兄弟情谊的"温暖的社会"。③

不过尽管在反对侵略压迫、追求民族解放的目标及反帝、反殖的意识形态上基本一致,共产党领导的新中国情景却与世界其他殖民地不尽相同。作为拥有主权并将加入现代国际体系的国家,其需要解决的是如何在"帝国遗产"基础上,消除民族间的歧视与仇恨,确认"少数民族"的应有地位,倡导各民族的平等团结,避免任何形式的大民族主义或分裂割据倾向,实现多民族中国的民主共和。在这一意义上,汉族之外的各族人民就成为中华人民共和国的组成部分,其不同于汉语、汉文化的民族传统被视为中国人民的共同财富乃至共和国的创立标志和发展根基。有鉴于此,在1945年5月发表的《论联合政府》初版及1945年6月通过的《中国共产党党章》里,明确在少数民族聚居地实行"民族自治"。④

---

① 《中国人民政治协商会议宣言》,《人民日报》1949年10月1日。

② 《世界人权宣言》(汉语版),1948年12月通过,参见联合国中文网站 https://www.un.org/zh/about-us/universal-declaration-of-human-rights,更新至2022年1月24日。

③ 参见塞泽尔《论殖民主义的话语》,Césaire, *A. Discourse on Colonialism*, New York: Monthly Review Press, 1972。

④ 毛泽东署名发表的《论联合政府》经过多次修改,最初的报告曾写道:"中国境内各民族,应根据自愿与民主的原则,组织中华民主共和国联邦,并在这个联邦基础上组织联邦的中央政府"和"允许各少数民族有民族自决权及在自愿原则下和汉族联合建立联邦国家的权利",后来的版本删除前句,把后一句改成了"要求改善国内各少数民族的待遇,允许各少数民族有民族自治的权利"。参见方敏《毛泽东对〈论联合政府〉的修改》,《史学月刊》2012年第2期。1945年6月版的《中国共产党党章》"序言"提出的今后任务是:"为建立独立、自由、民主、统一与富强的各革命阶级联盟与各民族自由联合的新民主主义联邦共和国而奋斗。"参见中共中央统战部编《民族问题文献汇编》,中共中央党校出版社1991年版,第748页。

到了1949年，中国人民政治协商会议通过的《共同纲领》进一步设专章阐述民族政策，在强调新的国家由多民族共同创建的前提下，用自治的方式对少数民族的区域权利予以确定。第六章第五十一条表述说：

> 各少数民族聚居的地区，应实行民族的区域自治，按照民族聚居的人口多少和区域大小，分别建立各种民族自治机关。
> 凡各民族杂居的地方及民族自治区内，各民族在当地政权机关中均应有相当名额的代表。

在包容语言文化的多元并存方面，"第五十三条"规定：

> 各少数民族均有发展其语言文字、保持或改革其风俗习惯及宗教信仰的自由。人民政府应帮助各少数民族的人民大众发展其政治、经济、文化、教育的建设事业。[①]

这样的规定和安排，既体现了对中国近代民族解放事业的承继，同时也指明了未来民族事务的基本方向。

二 共同缔造："非汉民族"的建国参与

现代中国的历史起点是晚清至民初的民族革命。革命成果表现为解体的大清帝国被多民族的现代国家取代。在清帝国二百多年统治中受到压迫的中原汉民族在这场革命中起到了率先发动的作用，但周边和内地众多非汉民族的先后参与同样不可低估。如果把现代多民族中国比作一栋大厦的话，这栋由多根栋梁支撑的宏伟建筑即是由各族人民共同缔造的，众多民族由古而今的努力奋斗就是新中国的坚实栋梁。

在这场划时代的历史变革中，蒙古民族由解放到自治再到融入新中

[①] 《中国人民政治协商会议共同纲领》，1949年9月29日全国政协全体会议通过，收入政协全国委员会办公厅编《开国盛典：中华人民共和国诞生重要文献资料汇编》（上），中国文史出版社2009年版，第506—514页。

国"多元一体"格局的进程称得上最突出的事例之一。

1368年,以"驱逐胡虏,恢复中华"为号召的朱元璋在南京登基,建立大明政权。战败的蒙古军队退至大漠南北,维系着由可汗统治的民族传承,继续与明对峙。① 1644年满人入关建立大清帝国后,重新确认的"满蒙关系"赋予蒙古贵族诸多特权,甚至连清帝国的君王努尔哈赤等也以"可汗"相称,表示出对成吉思汗以来的王统倚重和北方草原民族的文化联姻。② 此种境遇使蒙古贵族至少在名分上享有与满族精英几乎相等的地位权力,传承着以"盟旗"制度为基础的"王公体系"。

崇德元年(1636),爱新觉罗·皇太极被漠南蒙古十六部首领奉为"博格达彻辰汗",改国号为大清,同年称帝,分叙外藩蒙古诸贝勒军功,封科尔沁国巴达礼、吴克善等为"和硕亲王",科尔沁部的布达齐、满珠习礼等为"郡王",耿格尔等为"贝勒",③ 将满洲爵号首次授予蒙古贵族,取代后者原有的尊称,并以此为基础,在漠南蒙古创建持续久远的盟旗制度。④ 不仅如此,清统治者还对多民族关联史上久已有之的"和亲模式"加以改进,在满蒙之间实行联姻,建立民族间的政治联盟,"以联姻促进联盟,用'姻好'巩固'盟好'"。⑤ 这样的举措既形成了与处理内地满汉关系不同的北方类型,对巩固多民族帝国的整体关联也起到了重大作用。史料记载,自明万历四十年(1612)清太祖努尔哈赤首聘科尔沁明安之女为妃以降,⑥ 由满族主导的满蒙联姻长达300年之久,共595次,"其中出嫁给蒙古的公主、格格达432人次,娶蒙古王公之女163人"。⑦ 为了确保满蒙联姻的稳固实施,清廷将其编为有据可依的制度,在《理藩部则例》一类的朝廷法典中,设立

---

① 清代史料记曰:"元之亡,其子孙之在漠南北者百余部,率更迭为盛衰。"见(清)祁韵士撰,张穆改定,包文汉整理《清朝藩部要略稿本》卷一,黑龙江教育出版社1997年版,第1页。
② N. 哈斯巴根:《清初汗号与满蒙关系》,《民族研究》2012年第2期。
③ 参见《清太宗实录》"天聪十年四月丁酉条"。
④ 参见达力扎布《清初内扎萨克旗的建立问题》,《历史研究》1998年第1期。
⑤ 参见华立《清代的满蒙联姻》,《民族研究》1983年第2期。
⑥ 参见汤代佳《努尔哈赤时期科尔沁部与满洲的关系》,《西北史地》1996年第4期。
⑦ 参见那·哈斯巴根、斯琴图编著《清代蒙古史》(蒙文),内蒙古人民出版社2009年版,第163页。

"婚礼门"专章加以限定,曰:

> 凡指额附行文科尔沁左翼扎萨克固山贝子旗……等13旗,查取各该王、贝勒、贝子、公之嫡亲子弟,公子、格格子孙内15岁以上,20岁以下,有聪明俊秀、勘指额附之台吉、塔布囊,将衔名年命注明,每年于十月内送部。……,其已开送职名人等,令其父兄于年节请安时各带来京,备指额附。①

可见清朝建立的满蒙关系突出彼此一家,血脉相连,宣扬"满洲蒙古,语言虽异,而衣食起居,无不相同",堪称"兄弟之国也"。② 实际上,为了维护庞大帝国的跨族统治,对蒙古实行的是拉拢与防范并举的权术,亦即《筹蒙刍议》所总结的"我朝之御蒙古,众建以分其力,崇释以制其生",也就是在治理上广泛分封,严格旗界,限制游牧范围;宗教上鼓励喇嘛教传播,与蒙古民族建立佛教圈内的信仰同盟,以期"一绝匈奴、回纥之祸"。③ 然而不平等的用心换不来被统治者的认同和政权的长治久安,蒙古人的不满潜伏在帝国看似牢固的铁壳下,先是时不时地以"反抗放垦"等形式表露出来,终于在晚清年间彻底爆发,酿成了与武昌首义相呼应、对满清统治的根本否定。

宣统三年,也就是被近代叙事提及最多的"辛亥革命"时期,蒙古王公发动独立运动,在孙中山等革命党领导的武昌起义之后的两个月就宣布脱离清廷,恢复由蒙古人领导的"博克多汗国"等自主政权。再过两个月之后,清帝逊位,清廷宣布将统治权力移交中华民国,"总期人民安堵,海宇乂安,仍合满、汉、蒙、回、藏五族完全领土为一……"④ 力图让过渡后的政权继续维系以"五族共和"为基

---

① 张荣铮等编:《钦定理藩部则例》,天津古籍出版社1998年版。
② 《满洲秘档·喀尔喀遣使问介赛罪状》,参见金梁辑《满洲秘档》,1933年,第25页。
③ 姚锡光:《筹蒙刍议》卷下,光绪三十四年(1908年)刊于京师寓斋,第127页。
④ 参见沈云龙主编《近代中国史料丛刊》第3编第18辑,文海出版社1967年版,第1251页;相关评论可参见凌斌《从〈清帝逊位诏书〉解读看国家建立的规范基础》,《法学家》2013年第4期。

础的整体格局。

中华民国在承继大清帝国疆域与多民族共存的基础上创建,但受其源自同盟会时期以"驱除鞑虏,恢复中华"为号召的大汉族主义影响,始终未能实现国内的民族平等。20 世纪 40 年代的中共文献披露说:"国民党继承了满清政府与北洋军阀时代的对蒙政策,对蒙古民族继续实行大汉族主义的压迫。"[1] 由此造成的状况是:

> 大汉族主义者在蒙古地区实行殖民、屯垦、建省设治,其结果,就是使广大蒙古人从那些原来已经保存不多而较肥沃优良的地方,被排挤到更荒凉的沙漠地带,更加陷入极端落后与黑暗痛苦的生活。[2]

在内蒙古地区,军阀势力移民开垦,强占牧区草地等恶行,引发了著名的"嘎达梅林起义"。尽管起义遭到残酷镇压,反抗者的英勇事迹却在民歌中流传下来,以口头诵唱的方式对斗争的实质做了深刻揭示:

南方飞来的小鸿雁啊
不落西拉木伦河而起飞
要说造反的嘎达梅林的事情
是为了蒙古人民的土地……
——《嘎达梅林之歌》[3]

抗战胜利后,"内蒙古人民共和国临时政府"及呼伦贝尔地方自

---

[1] 《中共中央西北工作委员会关于抗战中蒙古民族问题提纲》,1940 年 7 月中央西北工作委员会拟定。金炳镐主编:《民族纲领政策文献选编》(第一编),中央民族大学出版社 2006 年版,第 270—281 页。

[2] 《中共中央西北工作委员会关于抗战中蒙古民族问题提纲》,1940 年 7 月中央西北工作委员会拟定。金炳镐主编:《民族纲领政策文献选编》(第一编),中央民族大学出版社 2006 年版,第 270—281 页。

[3] 参见都来记录本《嘎达梅林之歌》,另可见芒·牧林整理本《嘎达梅林》,民族出版社 1990 年版。

第四章　团结起来：民族联合的多元创建

治政府等的先后组建，进一步推进了蒙古地区的民族解放运动，直至共产党领导的内蒙古自治区诞生，标志着新中国"多元一体"雏形的正式开创。

在国际势力的影响下，近代的蒙古一分为二。其中最重要的力量来自北面的苏维埃和共产国际。在中国方面，这种影响的结果也印证了那时"门户开放"后先后形成的三大划分，即："美—国"（美国—国民党）；"苏—共"（苏联—共产党）和"日—汪"（日本—汪精卫）。三条路线，三个阵营，三种后果。

对于蒙古，此后果的主要表现，一是"外蒙古"从旧帝国版图的分离；另一是"内蒙古"先于新中国的诞生。1947年，由内蒙古自治运动联合会领导并受共产国际和中国共产党的支持帮助，以原东蒙古人民自治政府等为基础的内蒙古自治政府宣告成立，首任主席乌兰夫（云泽）即为当时加入共产党并与苏共关系密切的蒙古族人。① 1945年，乌兰夫在"内蒙古自治运动联合会"成立大会上致辞时指出：

> 内蒙古自治运动联合会的成立。在内蒙古历史上是一件具有伟大历史意义的政治事件。它标志着今天的内蒙古，在中国共产党的热忱援助之下，已经开始获得了解放，并且正在大踏步地向着全内蒙地方自治的方向迈进。②

两年后内蒙古自治政府在乌兰浩特（王爷庙）宣告成立，乌兰夫任主席，哈丰阿为副主席，博彦满都任临时参议会议长。会议通过的《内蒙古人民代表会议宣言》指出：自治政府将团结内蒙古各民族和中国境内各民族，争取内蒙古的彻底解放及中国各民族的共同解放。自治政府将保障人民群众的人身、思想、宗教信仰、言论、出版、集会、结

---

① 参见郝维民《乌兰夫在内蒙古实行民族区域自治的伟大实践》，载齐木德道尔吉主编《蒙古史研究》总第10辑，内蒙古大学出版社2010年版，第274—296页。
② 参见《云泽主席开会词》，内蒙古自治运动联合会宣传部编《内蒙古自治运动联合会成立大会特刊》1945年12月15日。

社、居住、迁移等自由权益。① 毛泽东、朱德发出贺电，强调：

> 我们相信：蒙古民族将与汉族和国内其他民族亲密团结，为着扫除民族压迫和封建压迫，建设新蒙古与新中国而奋斗。②

在新中国多民族格局的创建意义上，内蒙古自治政府的意义极为重大。其作为建国标志的第一个地方政权即以民族自治为特征，体现的是共产国际在马克思主义信仰下争取民族独立、解放以及最终谋求废除统治、消灭国家的远大理想。这样的理想体现在中国共产党的革命实践中，即出现了红军时代在西南边地成立"波巴共和国"和"格勒得沙共和国"等由藏人自主的红色政权，而后在内蒙古成立承诺让蒙古人民当家作主的自治政府。联系20世纪的世界潮流，中共的实践绝非独创，而是与作为世界革命中心的苏联紧密关联。后者以列宁主义为主导，自1918年后已率先建立了世界上首个超越现代"民族—国家"类型和体系的政治联合体："苏维埃社会主义共和国联盟"。它的特征是，在共产主义理想的号召和凝聚下，由众多不同民族组成的共和国独立加盟到这个超国家的苏维埃共同体当中，成为平等自愿的加盟国。1947年内蒙古自治政府的建立，意味着"新中国"的建国构架在民族团结的理念上以苏联为蓝本，同时做出了以中国国情为依托的独特创立。这种创立非但包含了新式的共产主义理想，亦超越了从清朝到民国知而不行的"五族共和"。③

有学者分析说：内蒙古自治区之所以组建成功，"是抗日战争结束后不断高涨的内蒙古民族独立运动，在苏联、外蒙古，尤其是中国共产党的引导下产生的结果"。进而对内蒙古自治区的示范意义做了评价：从中国共产党民族政策的角度看，内蒙古自治区的创建可以说"为解

---

① 《内蒙古人民代表会议宣言》，1947年，参见国家民委研究室、内蒙古自治区民委编《团结胜利的篇章：中国共产党领导的内蒙古自治运动史实简辑》，中共党史出版社2011年版；李玉伟《内蒙古人民代表会议与内蒙古自治政府的成立》，《中央民族大学学报》2008年第3期。
② 中共中央统战部：《民族问题文献汇编》，中共中央党校出版社1991年版，第112页。
③ 此处论述参见徐新建《内蒙行记》，《贵阳文史》2011年第6期。

决新中国的民族问题提供了一种模式和榜样"。①

《中华人民共和国宪法》指出:"中华人民共和国是全国各族人民共同缔造的统一的多民族国家。"其后由中华人民共和国国务院发表的白皮书进一步概述出与多民族关联的"三个共同",即:

> 广袤的疆域是各民族共同开拓的,悠久灿烂的中华文化是各民族共同发展的,统一的多民族国家是各民族共同缔造的。②

1947年面世的《内蒙古自治政府施政纲领》写道:该自治政府不但以内蒙古境内的各盟、旗为自治区域,同时将作为现代中国的组成部分为争取中国各民族的共同解放而奋斗。③ 这就意味着在20世纪中叶,内蒙古人民便携带着一百多万平方公里的疆域和悠久深厚的历史文化及其指向鲜明的国家认同加入新中国的整体之中,用自身的伟大实践为《中华人民共和国宪法》里的"共同缔造"一语做了深刻诠释。

这就是说,与中原汉民族的浴血奋战异曲同工,蒙古人民的英勇奋进,同样对现代中国的诞生作出了卓越贡献。这样的贡献在文学叙事上亦有对应的体现,展示出蒙古民族蔚为壮观的形象表述。

三 自主表述:文学世界的多族景象

与华夷世界的其他民族一样,蒙古民族的文学传统丰富多样、源远流长,并在由帝制王朝向现代国家的转型过程中,被当作唤醒民族意识的重要资源,引入了多民族国家的整体框架之中,转化为中国多民族文学的基本部分。不过与以往长期的被表述、被边缘和被扭曲不同,日益融进多元统一的中国文学里的蒙古表述,已日益凸显出民族身份上的自主特征。在这些身份显著的自主表述里,用蒙文原创后译成汉语广为流

---

① 王珂:《民族与国家》,中国社会科学出版社2001年版,第261—262页。
② 中华人民共和国国务院新闻办公室:《中国的民族政策与各民族共同繁荣发展》,人民出版社2009年版,第7页。
③ 《内蒙古自治政府施政纲领》,1947年,参见国家民委研究室、内蒙古自治区民委编《团结胜利的篇章:中国共产党领导的内蒙古自治运动史实简辑》,中共党史出版社2011年版。

传的《蒙古秘史》、《青史演义》、《黄金史》和《蒙古风俗鉴》堪称代表性的"四大名著"。

十五卷的纪传体巨著《蒙古秘史》被誉为蒙古文学的开创之作，是一部不但"堪与汉族的《史记》、《左传》、《战国策》相媲美的文学作品"，① 而且"完全可以与世界名著《伊利亚特》和《奥德赛》、《马其顿·亚历山大的传说》、《罗兰之歌》、《伊戈尔远征记》等史诗相媲美"；② 不仅是一部13世纪蒙古文学的名著，"也是世界伟大文学巨著之一"。③

据考证《蒙古秘史》完成于元太宗十二年（1240），历经几个朝代的兴衰消隐及辗转传抄后，重新在民族复兴的现代语境下登场，标显出蒙古民族的历史记忆和文化传承。

作为蒙古王朝的重臣，该著作者从本民族的主体立场出发，④ 一改汉语文献对"四夷"的蛮荒化叙述模式，先是依照本土传说从开天辟地的"创世纪"说起，把草原始祖描述为苍狼与白鹿交融所生，继而以世代相继的编年体布局，讲述出草原英雄铁木真——成吉思汗如何历经千难万苦被拥戴为王，而后又如何凭借勇猛威力带领蒙古人崛起壮大征服四方的宏伟故事。对于铁木真的称汗细节，《蒙古秘史》借众人的臣服之口做了仰慕与敬畏的渲染：大家共同商议，要立帖木真为罕，便对帖木真说：

> 我们商定要立你为罕，为你冲锋陷阵不惜生命！掳来美女夺其官帐，献给可罕帖木真你；袭击征服外族百姓，献给可罕帖木真你。在猎杀狡兽的时候，将其追来供你射杀；在捕杀野熊的时候，

---

① 巴雅尔：《关于〈蒙古秘史〉的作者和译者》，《内蒙古师范学院学报》1978年第1期。
② [蒙古国] Ⅲ. 比拉：《〈蒙古秘史〉简论》，敖教娜摘译，《蒙古学资料与情报》1990年第3期。
③ 参见 [蒙古国] Ⅲ. 比拉《〈蒙古秘史〉简论》，敖教娜摘译，《蒙古学资料与情报》1990年第3期。
④ 依据巴雅尔考证，《蒙古秘史》的作者是镇海、怯烈哥和薛彻兀儿。镇海是右丞相，怯烈哥与薛彻兀儿分别为必阇赤长和千户官，都是蒙帝国的开国元勋。参引 [蒙古国] Ⅲ. 比拉《〈蒙古秘史〉简论》，敖教娜摘译，《蒙古学资料与情报》1990年第3期。

第四章 团结起来:民族联合的多元创建

将其赶来供你射杀。沙场鏖战时如违号令,请你灭我的家门九族,使我的头颅滚落荒野;安稳平和时如违你的派遣,请你掳我的属民与妻女,使我流亡他乡无家归!

于是"在大家的誓言声中,铁木真被立为可罕,号称成吉思汗。"铁木真的回应超凡脱俗,有如天神般的口气:

在我影子以外无同伴的时候,来做我的影子和同伴;在我尾巴以外无甩鞭的时候,来做我的尾巴和鞭子。
抚慰我心灵的、振奋我精神的贴心好友呀,你们应做众人之长。①

《蒙古秘史》以其宏伟气势和独特魅力引起世人关注,在20世纪上半叶被新文化运动开创人物郑振铎列入《插图本中国文学史》,认为其突出特点在于能以浑朴天真的白话文,"漂亮而真实地传达出游牧的蒙古人本色"。② 21世纪之初,又被杨义誉为一部读不透、说不尽"具有持久生命力的书",是"蒙古族创世纪式的回忆、想象和纪录":

那种大刀阔斧的叙事结构,血气蒸腾的人物品格,韵散错综的综合文体形式,本色酣畅、多用比喻、粗犷而不事雕章琢句的语言风格,都反映了一个草原狩猎游牧民族在迅速崛起时能够给文学创造增加了何等磅礴大气的力量之美。③

如果说这样的评价体现出外族视角的旁观赞许,《蒙古秘史》在表述上的主体性更值得在多元一体格局中倍加肯定。从多民族文学共同发展

---

① 谢再善译《蒙古秘史》(第3章第125节),中华书局1956年版,第1版。
② 郑振铎:《插图本中国文学史》,北平朴社1932年版,收入郑振铎《郑振铎全集》,花山文艺出版社1998年版,第279—280页。
③ 杨义:《〈蒙古秘史〉七百六十年祭》,《中华读书报》2000年12月13日第3版。

的意义上说,这部蒙古文学的经典作品堪称多元共生、互补交融的典型,体现出文化上的自主和兼容。① 在王朝交替上,它成书于元代,存留于明朝,转写于清朝,而后又崛起于民国,扬名于当代;在语言载体方面,最初借于西域的"畏吾文",再转用汉字记音,后来又还原为蒙文,再译成汉语(俄语、日语、英语……);文体类型上涵盖神话传说、英雄故事、民间谚语、纪年体史等,在语言、文化、族群上突破壁垒、跨越时空,连接了众多彼此相关的群体。

这种身份自主和文化兼容相结合的表述特征,在被视为《蒙古秘史》承继篇的《黄金史》及创作于近代的长篇章回小说《青史演义》里得到了延续和发挥。针对其扎根于本民族沃土和引进印藏文化方面的卓越成就,乌兰夫长子、时任内蒙古自治区主席的布赫将17世纪史学家、文学家罗桑丹津所作的《黄金史》称为纵向承传与横向汲取的典范,"改变蒙古族文学的先驱"。②

与《蒙古秘史》的结构相似,《黄金史》仍以成吉思汗的"黄金家族"为圆心,讲述蒙古民族的拓展故事,交织展示了"印度王统"、"西藏王统"与"蒙古汗统"彼此关联,体现为与汉文典籍里突出华夏中心的不一样表述。

接着,在世界局势迅猛变异、多民族交往进一步加深的近代语境中问世的《青史演义》承上启下,以章回体类型开创了蒙古族的近代文学篇章。作品"序言"陈述写作缘起,开篇便以第一人称口吻突出"我们蒙古国"的主体身份,阐明目的在于唤醒同胞,总结元帝国"贪图安逸、溺于玄学"而濒于灭亡的教训,接着请非蒙古族的看官读者谅解,希望遵从蒙古人的叙事习惯,将历史源头不从汉人的"三皇五帝"或秦皇汉武开始,而从印度的佛祖说起。作者解释说:

> 我们大家既然都信仰佛祖,那么先知晓佛祖的道理岂不应该吗?

---

① 参见格日勒图《在不同文明撞击中发展的蒙古文学》,《文史哲》2002年第2期。
② 布赫:《文艺的民族化与现代化:为罗桑丹津〈黄金史〉汉译本代序》,引自(清)罗桑丹津《蒙古黄金史》,色道尔吉译,蒙古学出版社1993年版,"代序"第1—6页。

佛祖原本是印度人的佛祖，到了今天他又成了我们蒙古人的佛祖，因此，理应以佛祖做个开头。①

此外再将蒙古"圣皇太祖"成吉思汗诞辰日与作者所处的同治年打通，复原出蒙古历史延续至当年（辛未年）的七百一十年进程，继而对曲解史实、硬说北方蒙古人"命中注定"没有百年运气的明代史家，斥责他们阿谀奉承，为了对帝王朱洪武百般奉迎而牺牲真相，把宋亡之前的蒙古年代统统抹掉，竭力缩短异族统治的实际年限。作者对这种不公正现象予以毫不客气的批评，揭露少数被御用的汉族文人"出于民族偏见，极尽刻意贬低、嘲笑、污蔑和诋毁蒙古人之能事"。②

《青史演义》全称《大元盛世青史演义》，作者尹湛纳希（1837—1892）生于内蒙古卓索图盟土默特右旗的蒙古贵族世家，通晓蒙、汉、满、藏等多种语言。"尹湛纳希"是蒙语音译，意为祥灵之光。由于毕生创作出丰富卓越的文学作品，尹湛纳希被誉为蒙汉文化交流的杰出代表和蒙古文学史上的伟大作家。③

秉着民族表述的自主视角，以《白史》等蒙古文献为基础，尹湛纳希对古往今来的亚洲版图及夷夏交往做了关联对照，勾勒出以"青色蒙古"为主的四色世界：蒙古之外，分别是东方包含高丽等的"白国"、南方中原地区的"红国"和西边藏、回与维族组成的"黑国"。在此外围，则有包括印度、俄罗斯等在内的"五方之邦"——蒙语称为"黑力格德特希克"，意思是"奇异国家"。两层世界合在一起，形如内外有别的"蒙古包"。

蒙古文献《白史》（《十善福白史》）对"五色四藩"有过记述，其中写道：

---

① 尹湛纳希：《青史演义》，黑勒等译，内蒙古人民出版社1985年版，"初序"第1—2页。
② 尹湛纳希：《青史演义》，黑勒等译，内蒙古人民出版社1985年版，"要目之一"第5页。
③ 扎拉嘎：《尹湛纳希的生平和创作：在尹湛纳希诞生150周年纪念会上的发言》，《明清小说研究》1988年第4期。

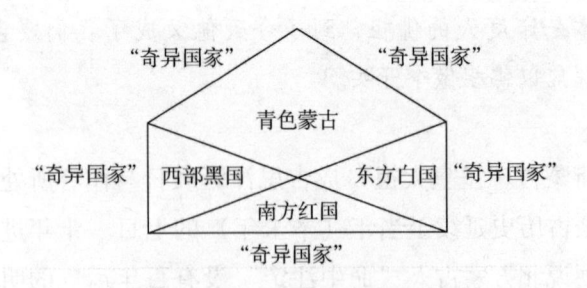

"四色之国"示意图（笔者绘制）

东北肃良哈斯和索尔布思，南黄萨尔塔古勒和乌尔图古惕，西红汉和南家惕，北黑吐蕃和唐古特，东北北狄古惕……中央四十万青蒙古、卫拉特。①

有关"五色世界"的认知源于藏传佛教，被蒙古民族接纳后加以发挥，②形成以蒙古视角为基点的时空图示。在其中，草原民族不再是华夏眼中的"边荒""蛮夷"，而是四色五邦之首。《青史演义》对此加以发挥，而后将众多邦国的演变历程与成吉思汗的勇猛征战加以对照，得出自豪无比的结论：

> 就是古代的三皇五帝也没有像元朝这样占领过如此广阔的地盘，就是夏商周秦这样等赫赫有名的大国，也没有像元朝这样征服过那么多的别国他邦！③

尹湛纳希称得上近代唤起蒙古民族身份自立的杰出代表，其专列于《青史演义》前面"要目八章"一如振聋发聩的蒙古文化宣言，体现出鲜明凸显的民族意识。正是以这样的民族意识为动力，尹湛纳希向既往带

---

① 留金锁整理：《十善福白史册》，内蒙古人民出版社1981年版，第99页；参见贺希格、陶克陶《"五色四夷"考》，《中央民族学院学报》1986年第4期。
② 何启龙：《从五色四夷与十六大国看〈白史〉的历史层次》，《元史及民族与边疆研究集刊》2013年第2期。
③ 尹湛纳希：《青史演义》，黑勒等译，内蒙古人民出版社1985年版。

第四章　团结起来：民族联合的多元创建

有民族偏见的"正史"提出挑战,用以其之道还治其自身的方法质疑明和清的正统性。在他笔下,成吉思汗后裔既不是印度臣民亦非炎黄子孙或龙的传人,却奉释迦牟尼为佛祖、接纳汉族文化,(在忽必烈时期)封孔子为"大成至圣"。

尹湛纳希出生在昭斯图盟,自诩为"身居中原地区",不仅刻苦学习汉文,结交四面八方的各族文人。他的作品主要用母语蒙文书写,叙述语气却朝向了多民族的读者群,体现出博学开阔的跨文化胸怀。尽管他的书写也流露出某种程度的草原与游牧中心主义,但对于近代多民族关联及对话的贡献毋庸置疑。尤其值得注意的是,在尹湛纳希的撰写中,还展露出与现代多元主义相媲美的文化相对主义思想。譬如他从宇宙万物各不相同的本原出发,强调世界上最使人欣慰的东西是花朵,然而花朵也"各有自己的美姿艳态";世界上最香甜的东西是水果,然而水果"也各有差异";进而阐述各民族语言文化的特色与价值：

> 讲汉语提倡韵脚,讲蒙语讲究对字头,讲藏语注重语调明快,讲满语注意词句的搭配……

最后总结说,"这乃是宇宙的通理,连庄稼人也都明白"。[①]

正是以差异为基础的互补联合,推动了多民族共同体由古而今的历史构建。对此,生活在西南苗疆的当代精英也达成了同样共识,如官至省委书记和全国人大民族委员会副主任的吴向必就曾这样概述说：

> 蒙古族建立的元朝第一次把西藏和台湾建为行省,使中国疆域达于极盛;满族建立的清朝则固定了我国广大的版图,奠定了我国今天统一的多民族国家的基础。翻开史书我们可以看到,从周秦汉唐到宋元明清,我国各民族共同进行的创造统一国家的伟业是一脉相承的。

[①] 尹湛纳希：《青史演义》,黑勒等译,内蒙古人民出版社1985年版,"要目之六"第25—27页。

最后的结论是:"这是历史的必然。"①

四 民族团结:联合奋进的时代选择

"1949 年中华人民共和国的建立,开辟了中国各民族平等、团结、互助的新时代。"这是中华人民共和国国务院民族事务《白皮书》对中华人民共和国民族格局的总结。书中强调:

> 在中华人民共和国统一的民族大家庭内,各民族在一切权利完全平等的基础上,自愿地联合和团结起来,相互促进,共同发展,致力于建设富强、民主、文明的新中国。②

19—20 世纪的人类进程并立着两大思潮,一是以解放为动力的民族独立,二是以团结为旗号的跨族联合。在世界文学的表述意义上,若以马克思主义的审美视角观察,二者的结合可以说在《国际歌》里得到了完美体现。

《国际歌》是工人阶级寻求解放的斗争产物,也是"巴黎公社文学"的突出代表。它以传播最广并最能激动人心的歌唱形式,不但实践了《共产党宣言》关于"全世界无产者联合起来"的号召,而且弘扬了歌德有关迈向"世界文学"的宏伟构想。

巴黎公社文学凸显着"起来"和"团结"两个意象,并以"解放"为核心将二者凝聚为一体。诗人希思在起义前创作的《唤起民众》篇章就发出了明确号召:

> 人民啊……
> 你们只有团结起来

---

① 吴向必:《光荣属于缔造中华人民共和国的各族人民》,《中国民族》1984 年第 10 期。作者 1926 年生于贵州松桃县,苗族。松桃县位于湘黔交界处,毗邻沈从文家乡湘西凤凰,为苗族聚居地,1956 年经国务院批准成为贵州省最早的少数民族自治县和全国五个苗族自治县之一。

② 中国国务院新闻办公室:《中国的少数民族政策及其实践》,人民出版社 2009 年版,第 98 页。

第四章 团结起来：民族联合的多元创建

才能争取解放！①

担任公社领导的欧仁·鲍狄埃（Eugène Edine Pottier），更是通过自己的作品将这样的理想情怀发挥到极致。被汉译为《国际歌》的诗作"L'Internationale"写于起义失败后，作品以一连串的"起来"开头，以唤起全世界被压迫人民，最后以对人类大同的展望作结：

起来，饥寒交迫的奴隶
起来，全世界受苦的人
……
这是最后的斗争
团结起来到明天
英特纳雄耐尔就一定要实现！②
《国际歌》法文稿片段③

"起来"的法语写为Debout，英文译作Arise或Stand up。对于有志于向旧制度发起挑战的人们，这个意象具有从身体到心灵的双重意义，标志着向屈辱的匍匐下跪告别，朝有尊严的站立迈进。一如克莱芒在《踏上征途》里总结的那样："让'起来'的呼唤/深入劳动者的心坎！"④

为了人类的解放，被压迫者不得不站立起来；而起来的目标则是最后的"团结"。《国际歌》的英文版这样唱道：

This is the final struggle
Let us group together and tomorrow
The Internationale

---

① 王占吉：《巴黎公社文学的年限划分与分期新探》，《外国文学研究》1996年第1期。
② 秦弓：《〈国际歌〉的中文翻译》，《湖南社会科学》2005年第2期。
③ 资料引自Gallica数字图书馆：https://gallica.bnf.fr/ark:/12148/bpt6k1352591.r=internationale?rk=21459;2。
④ 王占吉：《巴黎公社文学的年限划分与分期新探》，《外国文学研究》1996年第1期。

Will be the human race

或：

So comrades, come rally

And the last fight let us face

The Internationale

Unites the human race

其中的 group together 与 Unites 都是汉语"团结""联合"之意。前者中的 group 与 ethnic 连接，构成人类学意义上的"族群"ethnic group，与意指"民族"的 nation 呼应；后者则标志人类社会的趋向，关联了现代世界的一连串联合体，如 United Kingdom（联合王国）、United States of America（美利坚合众国）、Union of Soviet Socialist Republics（苏维埃社会主义共和国联盟），乃至20世纪后半叶诞生的 United Nations（联合国）。对于这样的趋势，中国共产党早期创始人之一李守常在20世纪20

年代就概括说，人类的未来走向将是个性解放与世界大同的结合，断言"现在的世界是联邦化的世界"，将来的世界组织，"亦必将是联邦的组织"。因实行了联邦主义，故而保障个性自由不受他方侵犯。①

再深入来看，《国际歌》对于"团结"的呼唤，其实全都压缩在歌名《英特纳雄耐尔》这一特指的词语里。经由中共早期创始人瞿秋白之手，汉译本对这一用语采取音译，再经诗人萧山等润色后，便在副歌结尾直接唱成了："英特纳雄耐尔就一定要实现！"② 原文 international 里的 nation 同时有"民族"和"国家"两层含义，inter 表示"之间""连接"，因此歌名本身就表示着对单个国家或民族的超越，体现了国际主义、族际主义为基础的联合。于是，歌曲的结尾亦可唱为"全世界的跨民族团结"就一定要实现。

这种跨民族联合的理想从欧洲传到美国，催生了一首同样以唤醒工人阶级为使命的著名歌曲《永远团结》，随后又波及日益卷入世界潮流的现代中国，令投身革命的诗人和音乐家谱写出流传至今的——《义勇军进行曲》和《团结就是力量》。

完成于1915年的美国歌曲《永远团结》（Solidarity forever）为美国诗人和劳工组织领袖查普林（Ralph Chaplin）所作，歌曲这样唱到：

> 当联盟的灵感在劳工血液里激荡
> 太阳下的任何权力都不再比它刚强
> 孤立的个体是地球上的弱者
> 联盟使我们坚固如钢
> （副歌:）
> 永远团结，永远团结
> 永远团结，联盟使我们坚固如钢③

---

① 李守常（李大钊）:《平民主义》，1923年1月；参见金炳镐主编《民族纲领政策文献选编》（第一编），中央民族大学出版社2006年版，第270—281页。
② 秦弓:《〈国际歌〉的中文翻译》，《湖南社会科学》2005年第2期。
③ 参见［美］戴安娜·拉维奇选编《美国读本》（下册），陈凯等译，国际文化出版公司2005年版，第377—378页。

《义勇军进行曲》和《团结就是力量》两首汉语歌曲都创作于第二次世界大战的关键时期。前者对"起来"的连续呼唤，明显脱胎于《国际歌》，只是把呼吁团结的对象表述为跨越夷夏边界、重塑国家认同的"中华民族"。为此，歌曲呼吁超越旧日的内部畛域，以凝聚了各民族血肉的象征身躯，筑成"万众一心"的新共同体——"新的长城"，最后战胜敌人的炮火，前进、前进进！

　　《团结就是力量》初演于1943年，原本是一部同名歌剧的幕终曲。据创作者回忆，该作虽也表现抗战，但"由于提出了不靠救世主""团结就是力量"的呼喊，故而获得了很大成功。① 更重要的是，作品不但唱出对"团结"本质的颂赞，很大程度上还传递出未来新中国的建立宗旨及其建设方向。歌词首先强调："团结就是力量/团结就是力量/这力量是铁/这力量是钢/比铁还硬/比钢还强！"而后：

　　　　向着法西斯蒂开火，让一切不民主的制度死亡！
　　　　向着太阳，向着自由，
　　　　向着新中国，发出万丈光芒！②

　　这就是说，万众一心、团结奋进的新中国之所以充满魅力，全在于她的目标是"向着太阳，向着自由……"

　　1949年9月，由马贤伦任组长、叶剑英和沈雁冰（茅盾）任副组长的新政治协商会议筹备会第六小组推荐方案获得通过，《义勇军进行曲》被定为中华人民共和国国歌。③《团结就是力量》流传至今，歌词传递的内容像悠扬的号角一样，长久激荡人心。

　　以这样的背景为基础，便不难理解中华人民共和国成立后，毛泽东以中央人民政府主席名义题写的"中华人民共和国各族人民团结起来！"的号召，为何富有鲜明的时代象征以及为何在多民族国家创建过

---

① 卢肃：《关于歌曲〈团结就是力量〉》，《新文化史料》1995年第5期。
② 卢肃：《关于歌曲〈团结就是力量〉》，《新文化史料》1995年第5期。
③ 参见《关于新政治协商会议筹备会的一组文献》，《中共党史资料》2008年第2期。

程中深入人心了。

根据降边嘉措的整理，毛泽东在当年题词时还说过这样话：

> 我们既然有勇气从反动派手中接过整个国家这个烂摊子，当然也要有勇气接受欠债了。要向少数民族说一声："对不起"，要把过去汉族压迫少数民族的历史宣告结束。①

正是在"解放"和"团结"的时代潮流推动下，新成立的中央人民政府在少数民族聚居的地方全面推行民族区域自治，除了先于新中国建立的内蒙古自治区外，先后建立了省一级的新疆维吾尔自治区（1955）、广西壮族自治区（1958）、宁夏回族自治区（1958）和西藏自治区（1965）。国家发布的文件宣布，"截至2003年底，中国共建立了155个民族自治地方，其中包括5个自治区、30个自治州、120个自治县（旗）。"并且根据2000年第五次全国人口普查：

> 在55个少数民族中，有44个建立了自治地方，实行区域自治的少数民族人口占少数民族总人口的71%，民族自治地方的面积占全国国土总面积的64%左右。②

这是中央政府层面的国家表述。换作各民族角度来看，同一历史过程亦可理解为中国境内的55个非汉民族以155个自治地方及64%的自治面积加入新中国大家庭之中，实现了对多民族国家的共同缔造。与"吞并同化"或"各自分立"的两种极端相比，民族区域自治是政治协商的理性成果，体现着现代中国的精心设计。自治确立了民族联合与国家完整，同时为保障多元、尊重差异提供了可能。

所以，联系数千年夷夏关联的漫长历程来看，新中国的"团结"

---

① 降边嘉措：《民族大团结从此开始：记毛主席书写"中华人民共和国各民族团结起来"题词的经过》，《民族团结》2000年第6期。
② 中国国务院新闻办公室：《中国的民族区域自治》，人民出版社2009年版，第65页。

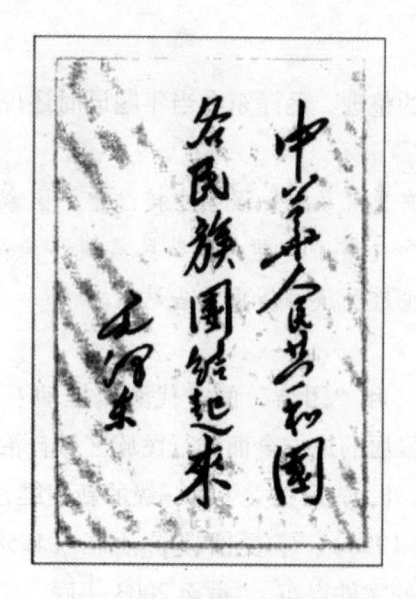

毛泽东主席题词

和"自治"还有深层次的标志性意义，以其为转折点，既往历史形成了新旧之分。在"旧中国"的改朝换代中，虽然也不断有过表面整合的"大一统"，但由于帝制王朝的专制性质，归根结底仍只是皇权集于一姓的"家天下"，王朝疆域的扩展和统治，靠的是暴力征服。与此不同，现代多民族国家倡导的团结与联合，以平等和多元为基础，目标是全体国民和全人类的自由解放。

仅此一点，新旧中国的民族关联就不可同日而语。

小 结

在蒙古族民间流传着一则"五箭训子"的故事，以母教子承的方式对"团结"主题做了生动描叙。该故事在《蒙古秘史》和《蒙古黄金史》都有记载。后者的讲述是这样的：

> 春季里有一天，阿兰·豁阿煮了腊干的绵羊肉，把五个儿子召集在一起，让他们并排坐着，给了每人一支箭杆说："儿子们，折断它！"儿子们把每人的一支箭杆都毫不费力地折断了。又把五支

第四章　团结起来：民族联合的多元创建

箭杆捆成一束交给他们，都没有能折断。①

在描叙完生活实践里的具体现象后，讲述者又通过黄金家族的伟大祖母阿兰·豁阿之口对团结协力的重要意义做了阐发，总结说：

"我的五个儿子啊，你们都是一个母胎所生。你们五个人若不和睦友爱，就像刚才的一支支箭杆似的很容易就被他人折断。如果你们互相友爱，就好比捆紧的五支箭杆，一体同心，任何人都无法埋没你们。"②

民间故事中蒙古民族的同胞情义如此，在现实的生活世界及其文学关联里，多民族共存与发展又何尝不是一样？

---

① （清）罗桑丹津：《蒙古黄金史》，色道尔吉译，蒙古学出版社 1993 年版，"代序"第 10—12 页；另可参见宝力高《关于〈阿兰豁阿五箭训子〉的故事》，《内蒙古师大学报》1984 年第 2 期。
② （清）罗桑丹津：《蒙古黄金史》，色道尔吉译，蒙古学出版社 1993 年版，"代序"第 10—12 页；另可参见宝力高《关于〈阿兰豁阿五箭训子〉的故事》，《内蒙古师大学报》1984 年第 2 期。

第五章 立誓结盟：华夷关联的时代象征

"民族团结"是中华人民共和国的基本国策。它的历史起点是对旧中国"民族对立"模式的批判和扬弃。1947年，内蒙古自治区先于中央人民政府而建立，开启了以这一国策为基础的现代多民族国家的历史性创建，随后更带动了从东北到西南、从腹地到边疆的全面推进。此过程值得书写的事例很多，20世纪出现在西南地区的夷汉结盟便是其中突出类型。

千百年来"誓盟"传统一直流传到由帝制王朝向现代国家转变的当今。凉山和普洱的"歃血盟誓"生动地说明，在多民族的互动历史中，在"天下—王土"式的"大一统"体制之外，其他"对等—制衡"模式对于文化多元与族群并存格局的重要意义。

20世纪50年代初期，蒙古族作家玛拉沁夫在北京的《人民文学》刊物上发表小说《科尔沁草原》，表达了北方的蒙古族作家通过书面文学形式对中华人民共和国民族团结的赞美及对本族文化的自豪。与此同时的政治呼应是，1951年元旦在云南边疆举行了有二十六个"兄弟民族"代表参加的"普洱誓盟"。如果把二者并置起来，可以见出现代中国的多民族文学与"民族团结"实践的紧密关联。在此基础上，多民族国家的"民族表述"逐步呈现出"作家书写"与"民间口传"的制度化并轨。

相对而言，云南普洱的"歃血结盟"，标志着民族团结为前提的新中国模式向西南少数民族地区的深入推进，同时也展示出现代多民族国

第五章 立誓结盟：华夷关联的时代象征

家民族政策与多元传统的巧妙融合。如果说"结盟"彰显的是在各民族之间缔造平等团结的兄弟关系，"歃血"则突出了这种关系不但受世俗的新制度约束而且还祈求了超族群和超政治的上天佑护。结合新中国的整体创建进程看，普洱边陲的"歃血结盟"并非孤立事件，而是与"全世界受苦者联合起来"的理念传播及其在中华人民共和国这个亚洲现代多民族国家的本土进程紧密相关。

自20世纪初期以来，有关东亚大陆族群与区域间不同政治实体以"册封"和"朝贡"等方式建立的相互关系不断成为学界关注的焦点，各种观点的论述日渐增多。[①] 不过正如有学者指出的那样，作为古代多群体尤其是华夷之间的关联制度或体系，朝贡（Tributary System）和册封（Investiture System）各自有别，不可混用："朝贡"者未必接受"册封"（而成为对方的藩属国），被册封者未必朝贡。[②] 二者相比，"册封"的提法偏重于中国在该体系中的主导地位，"朝贡"的提法偏重于对中国的政治从属关系或外交弱势地位，"天朝上国自我想象的色彩极为浓厚"，且"与当时的历史情形有相当出入"。[③] 这样来看，以"封贡"合称似乎更符合实际。

然而即便如此，对于认识东亚世界族群交往的互动而言，仅讨论"封贡"依然是不够的，必须还原一个更大的完整结构方可对实际存在

[①] 本文使用的"东亚"，指的是一个特有的地理空间。其范围大致包括由先秦至清帝国时期东亚大陆的多元世界。与今日泛指的中、日、韩等国家和地区不同，同时也并非仅指华夏、夷夏、中国或汉、唐、元等政治单位，故有时亦与"东亚大陆""东亚世界"的含义相通，目的在于淡化以其中某一实体单位为中心的偏见和影响。关于这方面的术语讨论，尽管事关重大，却仍未得到学界共识，还有待深究。相关论述目前涌现不少，在处理特定地理空间的命名上，有的主张重新审视"亚洲"与"东洋"这样的现代概念，有的学者则采用和讨论了"内亚""亚洲腹地"等用法。可参见汪晖《去政治化的政治：短20世纪的终结与90年代》，生活·读书·新知三联书店2008年版；欧立德（Mark C. Elliott）《关于"新清史"的几个问题》，载刘凤云等主编《清代政治与国家认同》，社会科学文献出版社2012年版，第3—15页；葛兆光《重建关于"中国"的历史论述》，载刘凤云、刘文鹏编《清朝的国家认同："新清史"研究与争鸣》，中国人民大学出版社2010年版，第245—266页；刘文鹏《从内亚到江南》，载刘凤云、刘文鹏编《清朝的国家认同："新清史"研究与争鸣》，中国人民大学出版社2010年版，第355—376页，等等。

[②] 参见陈文寿《近世初期日本与华夷秩序研究》，香港：香港社会科学出版社有限公司2002年版。

[③] 参见陈志刚《关于封贡体系研究的几个理论问题》，《清华大学学报》（哲学社会科学版）2010年第6期。

的多元类型予以再现。在古代传统中，汉语文献的作者们习惯于用虚拟的"天下"表述实存的东亚各方，同时以"大一统"的"王土"体系凸显华夏自身的独尊中心。不过对于"天下"体系如何在历史过程中传承演变，在不同的阐释者之间却又呈现出不同的看法。有的坚信"普天之下，莫非王土"①的格局万世沿袭，一成不变；有的则总结说天下大势"分久必合，合久必分"。②对于后者，根据当代学者的统计，自先秦以来的华夷关系，在"统"与"裂"的年代比例上，差不多就是分合对半。③

这样看来，有效认识东亚世界多元关系的整体结构理应包括分、合两极：在"分"的一极里，含有"分治"、"并列"以及"冲突"、"对抗"乃至"战争"等；合的一极则除了"封贡"以外，至少还有"和亲"、"兼并"以及本书所阐述的"誓盟"。所谓誓盟，指的是两个及以上的政治实体借助宗教仪式般的誓言约束，结成对等互助的交往联盟。其与"册封"及"朝贡"的最大区别，在于突破了一厢情愿的"普天王土"观及君臣、父子式的纵向臣属关系，建立起"兄弟""盟友"间的横向关联。这一点恰恰是值得如今对"朝贡体系"津津乐道者们留意和警觉的。

在此背景下，与传统的"封贡"体系并置，关注与之不同的"誓盟"就具有十分重要的认识意义和史观层面的重构价值。

2011年4月，由云南省各级政府参与组织，在地处边疆的云南宁洱哈尼族彝族自治县（以下简称宁洱县）举办了"民族团结誓词碑"建碑60周年的隆重庆典，目的是纪念1951年由当时普洱专区26个民族共同参与、旨在确保各族人民平等团结的立碑誓盟。该地报纸说，由

---

① 《诗经·小雅·谷风之什·邶山》："溥天之下，莫非王土；率土之滨，莫非王臣。"
② 对此观点，众所熟悉的例子是成书于元末明初的《三国志通俗演义》。作为流传广泛的大众读物，该书第一回"桃园三结义"即这样描述道："周末七国分争，并入于秦。及秦灭之后，楚、汉分争，又并入于汉。汉朝自高祖斩白蛇而起义，一统天下，后来光武中兴，传至献帝，遂分为三国。"由此总结出上面引用的那段著名结论："话说天下大势，分久必合，合久必分。"
③ 葛剑雄：《统一与分裂：中国历史的启示（增订版）》，中华书局2008年版。依照葛剑雄的计算，从"秦灭六国"（公元前221年）算起，至清亡的1911年，包括夷夏在内的"统一王朝"仅占总时间的45%；而若以"西周共和"（公元前841年）开头的话，则为35%。

于普洱"誓词碑"有着"新中国民族团结第一碑"之称,而且已被公布为国家级重点文物保护单位,目前石碑所在的宁洱县民族团结园因而被国家民委确定为"全国民族团结进步教育基地"。① 出席纪念活动的云南省民委主任总结说:"普洱民族团结誓词碑建碑60年来,为促进各民族团结、边疆稳定发挥了巨大的感召作用。"②

在夷夏关联的东亚世界,歃血为盟并刻石传承的现象由来已久,云南的案例值得结合多民族交往的类型及演变深入考察和评说,对誓盟这一"对等—制衡"模式的研究,可以使人们看到在中国历史上的民族交往中,除封贡之外的另一种民族交往方式之于文化多元与族群并存格局的意义。

一 封贡与誓盟的古今演变

自考古呈现和文献记载的"有史"以来,东亚大陆的人群长期生存于文化多元的格局之中。在这格局里,既有"鸡犬之声相闻,老死不相往来"的各自远离型,也有以或浅或深、或短或长的方式彼此交往的关联型。在后一种中,除了对抗性的冲突乃至战争以外,也有相互依存或制衡型,其最突出体现便是"封贡"、"和亲"和"誓盟",它们既分别指涉诸种不同的族群关系,更关涉不一样的社会格局。本小节重点讨论封贡和誓盟。

近代以来,中外学界出现了不少关于华夷关联及其历史类型的论述,但大多采用的说法是"朝贡",如"朝贡制度""朝贡体系"等。海外学者中影响较大的有费正清等的《论清代朝贡制度》和滨下武志的《近代中国的国际契机:朝贡贸易体系与近代亚洲经济圈》等。费正清等人著作里使用的英文关键词是 Tributary,意思是指前现代的弱小国向强大邻国的进献,表面上接近于汉语的朝和贡。③ 滨下武志把东亚

---

① 《我市隆重纪念普洱民族团结誓词碑建碑六十周年》,普洱日报新闻网,参见 http://www.puershi.gov.cn/news/ShowArticle.asp?ArticleID=70569, 2011年4月7日。
② 普洱市民宗局:《普洱民族团结誓词碑建碑60周年纪念大会在宁洱县举行》,云南少数民族网,http://www.yn21st.com/show.php?contentid=4289, 2011年4月12日。
③ 参见[美]费正清、邓嗣禹《论清代的朝贡制度》(*On the Ch'ing Tributary System*),载于美国《哈佛亚洲研究期刊》(*Harvard Journal of Asiatic Studies*) 1941年第6期。

世界的"朝贡"视为以中华为中心的区域体系，认为其实质是中华帝国把以地方分权为特征的国内统治关系延续并用于处理周边和对外的关系。这种朝贡体系的目的和结果是：

> 将中央—各省—藩部（土司、土官）—朝贡诸国—互市诸国作为连续的中心—周边关系来看待，并将其整体作为一个有机的体制来把握。①

但如前面的引言所述，笔者认为表述华夷关联的历史类型，仅注重"朝贡"是不完整的。"朝"和"贡"突出的只是单一向度，强调在外、在下或在野的一方，向在内、在上或在朝之一方的被动进献，掩盖了受贡者一方凭借强力而更为主动和强制的"分"与"封"。所以笔者以为用"封贡"更合适。"封贡"的意思，不仅同时包含了自上而下、由内及外的"封"和自下而上、由外及内的"贡"，而且体现了权力关系上的主从和族群交往上的先后，突出着观念上的"普天王土"和实践上的"强权政治"及"帝国利益"。诚如陈志刚指出的那样，促使这种封贡体系得以维系两千余年而不辍的动力，不是历朝历代变动不居的"政策表象"，而是世代传承的"华夷观"和王朝永恒的"现实利益"。②

结合古代汉文史料及考古发现来看，作为处理不同族群（宗族、部族、属国等）关系的基本制度之一，"封贡"的出现，至少可上溯到商周时期的"封疆纳贡"类型。

古汉语的"封"本义为封疆植树，以表识疆界，在甲骨卜辞中常

---

① ［日］滨下武志：《近代中国的国际契机：朝贡贸易体系与近代亚洲经济圈》（汉译本），朱荫贵等译，中国社会科学出版社1999年版，第30—31页。汪晖在题为《亚洲想象的政治》的文章里对滨下武志及其学派的成果给予了明确肯定，认为该派的突出贡献是"以朝贡网络为纽带，构筑了一种有关世界和区域历史的另类叙事。"参见汪晖《去政治化的政治：短20世纪的终结与90年代》，生活·读书·新知三联书店2008年版。

② 陈志刚：《关于封贡体系研究的几个理论问题》，《清华大学学报》（哲学社会科学版）2010年第6期。

与"邦"互用,引申为划定的土地。有人据此认为殷人对"封"和"邦"的观念没有严格的区别,可以看出"邦土的起源最先来自封疆"。①后来,"封"用作动词,指帝王通过至高无上的权力对皇亲、臣下或外藩的施舍,包括名号的敕封、领地的分配及财物的赐赏等。在其背后隐藏着的则是"天下王权论"和"内外五服制"。② 这就是说,只是在先有了基于王权之上的"敕封"存在,才导致了作为被动一方的"朝""贡"发生。这种先封后贡的关系,通过今日学者对商代卜辞呈现的"封疆与纳贡"之分析,得到了对其早期原型的较好揭示:正是在商王等级分明的册封体制及其内府严密的管理实施下,纳贡者才"由远而近,有条不紊地按时交纳贡物";而职贡更深层的含义,当理解为商王以"日祭、月祀、时享、岁贡"等义务,增强效忠王室的凝聚力和向心力。并且,在卜辞体现的封贡体系里,已有了"中土"与"四封方"的区别,从而也就出现了在由内及外的交往关系上,以王权统摄定亲疏的内外服体系。③

延伸来看,在古代东亚多以武力和强权夺取"共主"地位的王朝体系里,"贡"的意思,主要指边陲、外藩对朝廷、宗主国的进献和纳贡。因此,与王权直接统治内各"甸服""侯服"者们的臣属义务不同,外藩之"贡",通常也即指华夏之外的"四夷"向所谓"共主"的朝见和进献,反映着边缘弱者对外权欺压及强加尊卑的被迫认可和无奈接受。

对于长久存在于夷夏之间的这种不对等"封贡关系",汉语古籍中所谓"王者不治夷狄"、"来者不拒,去者不追"及"厚往薄来"原则,不过是王者统治权术中,与武功征剿对应的文治修辞或迫不得已的临时策略而已。在《礼记·中庸》篇里,如果说其所谓"送往迎来,嘉善

---

① 沈建华:《卜辞所见商代的封疆与纳贡》,《中国史研究》2004年第10期。
② 关于"五服制"和"王土观"的讨论,笔者曾有过初步论述,可参见徐新建《西南研究论》,云南教育出版社1992年版;《帝国轮替中的认同演变》,载高岚《从民族记忆到国家叙事》,四川文艺出版社2010年版,"序";《"苗疆再造"与"改土归流"——从张中奎的博士论文说起》,载《中南民族大学学报》(人文社会科学版)2011年第3期。
③ 沈建华:《卜辞所见商代的封疆与纳贡》,《中国史研究》2004年第10期。

而矜不能，所以柔远人也"表示着"以柔治远"之意愿的话，"继绝世，举废国……厚往以薄来，所以怀诸侯也"，[1] 则传达出以怀安臣的谋略，这都是王权统治的体现。由此才会有贾谊《新书·无蓄》声称的"怀柔附远，何招而不至"及《三国志·吴志·吴主传》道出的"宣导休风，怀柔百越"[2] 等主观信心和客观事例。

对此，宋代的苏辙有过比较完整的阐述。在《王者不治夷狄论》一文里，苏辙先对所谓"王者不治夷狄"说提出了质疑，然后依照王朝正统进行分析，反问说"王者岂有不治夷狄者乎？"。苏辙指出：

> 古之所以治夷狄之道，世之君子尝论之矣。有用武而征伐之者，高宗、文王之事是也；有修文而和亲之者，汉之文、景之事是也；有闭拒而不纳之者，光武之谢西域、绝匈奴之事是也。此三者皆所以与夷狄为治之大要也。[3]

接下来，针对当时的夷夏处境，苏辙又说："今日来者必不可拒，则是光武之谢西域，以息中国之民者非乎？去者必不可追，则是高宗、文王凡所以征其不服而讨其不庭者皆非也。"[4] 可见在苏辙看来，既为王者，必治夷狄。治的方式不外三种，即征伐、和亲及闭拒，所谓"来者不拒，去者不追"只是权宜之计而已。不过有意思的是，引出苏辙这番论述的缘由并非出自中央集权式的"封"和"贡"，而是与之有别的对等结盟，也就是体现夷夏交往的制衡与互惠类型。在上述同一篇文章里，苏辙面对的是另外一个更大的问题，即作为儒家重要经典的《春秋》为何要记载一个与"王者治夷狄"看似相悖的史实，即："公

---

[1] 叶绍钧选注：《礼记》，商务印书馆1930年版，第186页。
[2] 《新书·无蓄》，参见徐莹注说《新书》，河南大学出版社2016年版，第215页；《三国志·吴志·孙权》，参见王钟麒选注《三国志》，商务印书馆1947年版，第28页。
[3] 《栾城应诏集卷十一·试论八首·王者不治夷狄论》，见苏辙《苏辙集》（第三册），陈宏天、高秀芳点校，中华书局1990年版，第1338页。
[4] 《栾城应诏集卷十一·试论八首·王者不治夷狄论》，见苏辙《苏辙集》（第三册），陈宏天、高秀芳点校，中华书局1990年版，第1338页。

及戎盟于潜"？苏辙的看法是："夫公之及戎盟于潜也，时有是事也。时有是事，而孔子不书可乎？"继而又解释说，"故《春秋》之书，其体有二：有书以见褒贬者，有书以记当时之事，备史记之体，而其中非必有所褒贬予夺者。"① 这就是说，仅就中原与四夷的多种关系而论，结盟的存在，是一个客观的史实；圣人采取不回避的态度，且不一定非要加上主观的评价不可。但既为史实且又与"大一统"的封贡模式不同，对于结盟，不客观记载不行，不评价和不讨论亦几乎是不可能的。

《春秋》鲁隐公元年至二年里，多次提到结盟，分别是：

三月，公及邾仪父盟于蔑。（鲁隐公元年）
九月，及宋人盟于宿。（鲁隐公元年）
秋，七月，庚午，宋公、齐侯、卫侯盟于瓦屋。诸侯之参盟于是始。（鲁隐公八年）
春，公会戎于潜。秋八月庚辰，公及戎盟于唐。（鲁隐公二年）②

这些事例，虽然被分别解释为"私盟之始"和"参盟之始"，它们的重要性是不言而喻的，但相互交往的性质多属内部结盟。对比之下，只有从"公及戎"的"春会秋盟"起，才称得上经典所载的夷夏结盟开端。这里的（鲁）"公"可理解为泛指的华夏，"戎"则为四夷。"盟"的意思是依靠上天而不是王权的力量使双方关联、交往和制约。在这方面，先秦以来的文献多有记载，如《周礼·司盟》对"掌盟"之官的解释是："掌盟载之法。凡邦国有疑会同，则掌其盟约之载，及其礼仪，北面诏明神。"③《说文》对"盟"的解释是："割牛耳盛朱盘，取其血歃于玉敦。"④

---

① 苏辙：《栾城应诏集卷十一·试论八首·王者不治夷狄论》，见《苏辙集》（第三册），陈宏天、高秀芳点校，中华书局1990年版，第1338页。
② 《春秋左传·隐公》，见《春秋左传注》（第一册），杨伯峻编注，中华书局1990年5月第2版，1995年10月第5次印刷，第5—24页。
③ 《周礼·司盟》，参见（汉）郑玄注《周礼郑氏注》，商务印书馆1937年版，第247页。
④ （汉）许慎撰，（宋）徐铉校定：《说文解字》，中华书局1963年版，第142页。

可见，在结盟式的族群关联中，面对更高的超越性神灵，体现出华夏和诸夷之间在彼此交往上与封贡模式明显不同的对等、互尊和制衡。虽长期遭受"王者必治夷狄"一类观念的打压并被正统史书排挤、漠视，千百年来"誓盟"传统仍在夷夏交往的关联中世代沿袭，一直流传到由帝制王朝向现代国家转变的当今。其中值得关注的事例很多，1935年苏区红军将领刘伯承与彝族头人小叶丹的"彝海结盟"及1951年在云南边疆由26个民族领袖发起的"普洱盟誓"便是较为突出的代表。

"彝海结盟"发生在1935年5月，红军长征经过凉山彝族区域的途中。当时，在井冈山建立了苏维埃政权的中央红军迫于形势转至西部，并依照中国共产党的民族理论和政策先后在藏彝地区创立了以各地少数民族为主体的苏维埃自治政权，如"波巴人民政府"和"格勒得沙"等。1935年，红军到达彝区后在冕宁成立了被誉为"长征路上的第一个红色政权"的"冕宁县革命委员会"。那时，红军还针对当时的民族问题及夷汉关系发布公告，指出："中国工农红军，解放弱小民族；一切夷汉平民，都是兄弟骨肉。"接着一方面以"可恨四川军阀，压迫夷人太毒；苛捐杂税重重，又复妄加杀戮"的事实来唤醒民众；另一方面以红军来到川西"尊重夷人风俗，不动一丝一粟"等行动予以动员，号召说：

  中国工农红军　解放弱小民族
  一切夷汉平民　都是骨肉兄弟
  ……
  凡我夷人群众　切莫怀疑畏缩
  赶快团结起来　共把军阀驱逐
  设立夷人政府　夷族管理夷族
  真正平等自由　再不受人欺辱
  ……
  ——红军总司令朱德[①]

[①]《中国工农红军布告》，1935年5月。原件存于"中央革命博物馆"，参见《文物参考资料》1958年第8期。

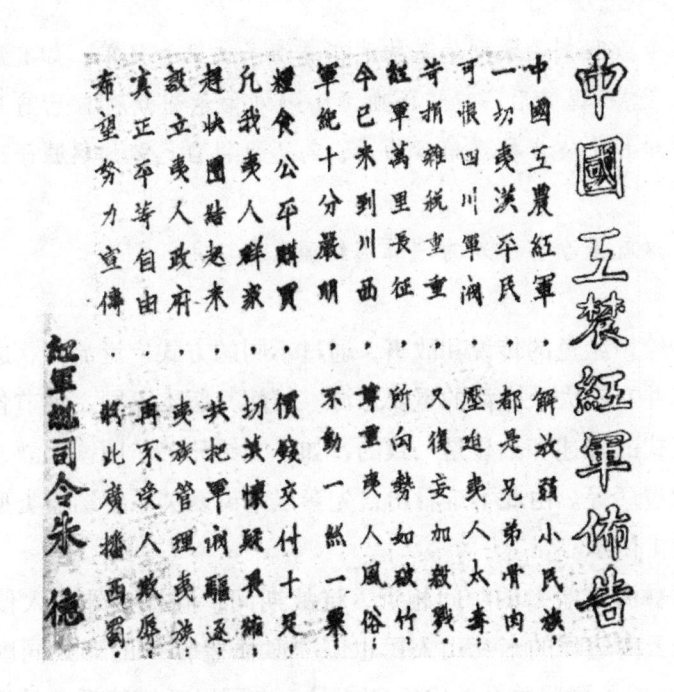

第五章 立誓结盟:华夷关联的时代象征

1935年 红军针对民族问题的布告

正是在这种凸显夷汉"兄弟关系"、建立少数民族自治政权、实现各民族真正平等自由格局的激励下,才催生了刘伯承与小叶丹在冕宁的"彝海结盟"。对此,史料的记载有详有略,侧重不一。曾任国家民委副主任的彝族领导伍精华撰文指出:"光照千秋的彝海结盟,就是《布告》所阐述党的民族政策结出的硕果。"作者还以饱含情感的渲染和发挥,再现了当年的结盟场景:

1935年5月22日,刘伯承和小叶丹(果基约达)按约定在山清水秀的彝海边见面,刘伯承和果基约达谈得很投机,约达随即叫人找来一只鸡,刘伯承叫警卫员从皮带上解下两个瓷盅斟上酒。将鸡血滴入两个瓷盅后,约达要刘伯承先喝,先喝者为大哥,兄弟就应该服从大哥。

刘伯承高兴地端起瓷盅,大声地发出誓言:"上有天,下有

· 171 ·

地，今天我刘伯承同果基约达在彝海子边结为兄弟，如有反复，天诛地灭。"说完后一口喝下血酒……刘伯承当众将自己随身带的左轮手枪和十支步枪送给了约达，约达也将自己骑的黑骡子送给了刘伯承。

这就是享誉中外的"彝海结盟"。①

这些绘声绘色的传说和故事，通过不同的方式广泛流传，成为形塑社会记忆并左右大众生活的重要来源。虽然其版本不同、细节各异，但对盟誓仪式的陈述和凸显是一致的，如：盟约兄弟、同饮血酒、对天发誓、违约遭惩等。由此不难看出自先秦以来夷夏关系中结盟类型的普遍存在及历史传承。

与"彝海结盟"的时间相近，抗战期间，同样在外敌入侵的威逼下，地处云南边陲的卡瓦山人民也以"歃血盟誓"的形式同国民政府（代表）结成了联盟关系。1943年4月，在国民政府特派官员杨钟岳和地方精英张万美等的召集下，卡瓦山17头目在班洪"歃血盟誓"，成立联防协会，立志在国民政府领导下联合起来，"协同一致，抗敌御侮"。《立盟书》用汉文和傣文撰写，起款是"大中华民国云南省接缅边区卡瓦山十七头目联防协会"。其中的内容以"我们卡瓦"自称，强调中央此举所秉持的精神是"夷汉一家亲兄弟"，因此在英、日外敌的入侵面前有必要团结一致共同联防。依照《盟书》的规定，头目们要"援助国军抗战、供应国军粮秣"；政府和军队则"不许扰民、不许掠夺人民之财产"以及"不侵犯各头目原有之主权"、"建设实业改善人民生活"等。在"歃血盟誓"的仪式中，参加者们"各本良心对天发誓"：如有违反，愿遭天惩。②

到了中华人民共和国成立后的1951年，云南的边疆地区被纳入强调

---

① 参见伍精华《永远的丰碑——纪念〈工农红军布告〉发布70周年》，《中国民族报》2005年7月2日。

② 参见鲁国华等编《碑魂：民族团结誓词碑史料专辑》，云南人民出版社2017年版；张海珍《从三次剽牛盟誓看普洱多民族关系的发展》，《思茅师范高等专科学校学报》2010年第5期。

"多民族共同创建""各民族一律平等"之新型国家理念和宪法条文的治理版图。① 在此前提下，出现了在 2011 年被以"六十年大庆"而隆重纪念的"普洱盟誓"。

二 歃血盟誓的历史延续

本章所论的"誓盟"，意指"立誓结盟"，也就是不同政治实体通过以神权制王权的方式建立相互对等和制约的同盟关系。总体来说，在多民族和多政治实体并存的东亚历史里，与强调天下王土和"大一统"集权的"封贡"模式有别，作为处理族群关系的另一种类型，"誓盟"不但作用重大而且流传久远。据统计，仅在《春秋》中结盟的就有百起左右；在《左传》里则多达 160 余起。"整个春秋 242 年，平均每两年就缔结一项盟约，可谓高频率"。② 有学者甚至认为就算说春秋的历史是"通过'盟誓'而展开的"都不为过。③

《礼记·曲礼下》曰："约信曰盟，莅牲曰誓。"《周礼·秋官·司盟》称："司盟掌盟载之法。凡邦国有疑会同，则掌其盟约之载及其礼仪。"④ 据此，许慎《说文解字》概括为"国有疑则盟"。这就是说，"盟"的本意在于调解和改善出了问题的邦国关系。不少后来的论者认为，相对于诚信素朴的上古时代而言，"誓盟"的出现不但是晚出现象，而且是族群失信的结果。如刘勰认为"在昔三王，诅盟不及，时有要誓，结言而退"。⑤ 徐师曾更进一步强调说："三代盛时，初无诅盟，虽有要誓，结言而退而已。周衰，人鲜忠信，于是刑牲血，要质鬼

---

① 1982 年 12 月 4 日第五届全国人民代表大会第五次会议通过的《宪法》明文指出："中国各族人民共同创造了光辉灿烂的文化"，并规定："中华人民共和国各民族一律平等。国家保障各少数民族的合法的权利和利益，维护和发展各民族的平等、团结、互助关系。"参见《中华人民共和国宪法》，法律出版社 2009 年版。
② 王立：《盟誓在春秋外交活动中的作用》，《语文学刊》2008 年第 7 期。
③ 吕静：《春秋时期的盟誓研究：神灵崇拜下的社会秩序再构建》，上海古籍出版社 2007 年版，第 12—13 页。
④ 《礼记·曲礼下》，参见孙希旦撰《礼记集解 2》，商务印书馆 1930 年版，第 33 页；《周礼·秋官·司盟》，参见（汉）郑玄注《周礼郑氏注》，商务印书馆 1937 年版，第 247 页。
⑤ 刘勰：《文心雕龙·祝盟第十》，范文澜注，人民文学出版社 1962 年版，第 177 页。

神,而盟繁兴,然俄而渝败者多矣。"① 所谓"结言而退"就是和平共处,互不侵犯;若需交通,也不过是结言为信,各守本疆。

照这样的推断,"结言而退"的形态本可以由上古绵绵延续,无奈却遭到了诸侯"问鼎中原"直至"一统天下"野心的暴力破坏,于是不得已才选择"誓盟"模式来修复濒于危机的族群关联。但人群间的诚信既已遭损,何以重修?唯求神灵。于是,"誓盟"的含义便深刻而紧密地与超世俗的力量连在了一起。此力量可为"上苍",可为"天地",亦可为"鬼神"。《释名》说:"盟,明也。告其事于神明也。"②《礼记·正义》解"莅牲曰盟"道:"盟者,杀牲歃血,誓于神也。"③

这样,面对神灵,既确认了族群的平等,更坦诚了世人的局限,因而通过"献牺牲""饮血酒""喝咒水""发毒誓"的仪式,祈求神圣不但在结盟各方有诚意时给予监护,而且在相互违背时加以严惩,也就是《春秋·正义》所谓"凡盟礼,杀牲歃血,告誓神明,若有背违,欲令神加殃咎,使如此牲也"。④ 在"毒誓"式的诅咒方面,被后人认为"最严厉誓词"的《亳之盟》展示得十分突出,其曰:"或间兹命,司慎司盟,名山名川,群神群祀,先王先公,七姓十二国之祖,明神殛之,俾失其民,队命亡氏,蹋其国家!"⑤

根据古代汉文记载及现代民族学考察,"誓盟"现象较为广泛地存在于东亚地区。其所要处理的族群关系,既包括诸夏内部,也涉及夷夏之间。对于后者,最值得关注的是《左传·定公十年》所载的"夹谷之盟",也就是连孔子也参与其中的齐鲁誓盟。该事例之所以重要,在于它不但描述了战国时期鲁和齐两个强国的立誓结盟,而且陈述了由孔

---

① 徐师曾:《文体明辨序说·盟》,见《文章变体序说 文体明辨序说》,罗根泽校点本,人民文学出版社1998年版,第124页。
② 《释名·释言语》,参见(清)毕沅疏证《释名疏证》,商务印书馆1936年版,第115页。
③ 《礼记正义·曲礼下》,参见《十三经注疏》,上海古籍出版社1990年版,第91页。
④ (清)阮元校刻:《十三经注疏·春秋左传正义》,中华书局1980年版,第1714页。
⑤ 《左传·襄公十一年》,参见(战国)左丘明撰,(西晋)杜预集解《左传》,上海古籍出版社2015年版,第531页。

子提出并被后世反复沿用,甚至多有曲解的"夷夏之辨"。

记载此则大事的《左传·定公十年》是这样写的:

> 十年春,及齐平。
>
> 夏,公会齐侯于祝其,实夹谷。孔丘相。犁弥言于齐侯曰:"孔丘知礼而无勇,若使莱人以兵劫鲁侯,必得志焉。"齐侯从之。孔丘以公退,曰:"士,兵之!两君和好,而裔夷之俘以兵乱之,非齐君所以命诸侯也。裔不谋夏,夷不乱华,俘不干盟,兵不逼好。于神为不祥,于德为愆义,于人为失礼,君必不然。"齐侯闻之,遽辟之。①

这段故事表明,不愿因"誓盟"之约而仅取得盟友地位的齐国挑唆非华夏的夷人袭击鲁侯,以求实现"称霸"的野心。作为鲁国代表的孔子挺身而出,从神、德、人及礼的角度阐明"盟"之意义,对齐国的劣行严加谴责和阻止。孔子昌明的彼此关系是作为诸夏内部的齐鲁须做到"两君和好",夷夏之间则不相谋乱。其中,孔子所谓"裔不谋夏,夷不乱华"中的"不",当既指"不可""不应",也指"不愿""不会";也就是说,华夷区分是彼此共存的客观事实,无论谁都不应随意打破,更不应以武力和阴谋来胁迫摧毁。正是在这样的前提下,孔子成功地化解了一次诸夏内部及夷夏之间的多重危机,不但使齐鲁之盟得以达成,还免除了一场夷夏之间眼看就要爆发的族群冲突。在这里,孔子既不赞成夷人扰乱华夏,也没有怂恿华夏去报复或侵略夷族。基于孔子对"齐鲁之盟"的坚定维护,可以理解他对所谓"夷夏之辨"的立场也是以"誓盟"为前提的,因为在《论语》等经典的记载里,孔子既说过:"己所不欲,勿施于人",又说过"克己复礼,天下归仁"。这里的"礼"指周礼;而如前所述,在周礼之中,"立誓为盟"便是解决诸侯纷争和族群对抗的重要礼制。

---

① 《左传·定公十年》,见《春秋左传注》(第四册),杨伯峻编注,中华书局 1990 年 5 月第 2 版,1995 年 10 月第 5 次印刷,第 1577 页。

依照这样的传统，长期以来，夷夏之间的誓盟事例可谓多种多样，此起彼伏，并非如许多中原中心主义者强调的那样只限于周边四夷单向式向华夏帝制王权的封和贡。

唐穆宗长庆和吐蕃彝泰年间，唐朝与吐蕃分几次在长安和逻些（拉萨）立誓结盟，并树碑勒石，以汉藏两种文字定下盟约，曰：

>圣神赞普墀祖德赞与大唐文武孝德皇帝和叶社稷如一统，立大和盟约……旧恨消泯，更续新好。[①]

研究藏文化的学者认为，藏人的本土信仰以崇尚神灵为基础，信天惩、"好咒誓"，故在解决人群关系的问题上多立誓为盟。据《新唐书·吐蕃传》所载，"赞普与其臣岁一小盟，用羊、犬、猴为牲；三岁一大盟，夜肴诸坛，用人、马、牛、驴为牲。"[②] 在松赞干布时期，仅《敦煌本吐蕃历史文书》记载的冬、夏季会盟就达140多次。这些誓盟里，有松赞干布与各部族的誓盟，也有各部族间的相互之盟及藏人与其他民族的誓盟。[③] 如今立在拉萨大昭寺前的《唐蕃会盟碑》体现的不过是当时的众多誓盟之一。另据统计，唐与吐蕃间的结盟不下10次。[④] 除了"唐蕃会盟碑"所载的1次外，在《旧唐书·吐蕃传》里还记有唐德宗建中四年（783）的"清水之盟"："四年正月，诏张镒与尚结赞盟于清水。……彼犹以两国之要，求之永久，古有结盟，今请用之。国家务息边人，外其故地，弃利蹈义，坚盟从约。"[⑤]

到了两宋时期，又分别有宋与辽、金之间的"澶渊之盟"与"绍兴和议"。两个事例中都有称臣纳贡的"不对等"约定，只不过主次

[①] 引文出自"唐蕃会盟碑"。该碑又称"长庆会盟碑""甥舅和盟碑"等。在古代藏文献中，称为"逻娑碑"。相关论述参见王尧《唐蕃会盟碑疏释》，《历史研究》1980年第4期。

[②] 《新唐书·吐蕃传上》，见（宋）欧阳修、宋祁撰《新唐书》（第19册），中华书局1975年版，第6073页。

[③] 陈践、杨本加：《吐蕃时期藏文文献中的盟誓》，《中国藏学》2009年第3期。

[④] 陆军：《古代羌藏盟誓习俗初探》，《阿坝师范高等专科学校学报》2007年第4期。

[⑤] 《旧唐书·列传第一百四十六·吐蕃》，见（后晋）刘昫等撰《旧唐书》（第16册），中华书局1975年版，第5219、5247页。

第五章 立誓结盟：华夷关联的时代象征

关系颠倒了过来，是华夏的大宋向蛮夷的辽金纳贡。① 两宋所处的格局，是退缩到南方的"华夏"与北面及西面"诸夷"伸缩交错的并立。这不但使华夏中心式的"一点四方"版图根本转型，也导致以"天下王土"为核心的华夏独尊心态发生很大变化。于是，连大宋皇帝所要嗣守的鸿图大业，也不再是"以夏化夷"和"拓土开疆"，而改成了"思与华夷，共臻富寿"。② 等到夷夏之间的力量对比再度变化，继续征战对夷夏双方均是弊大于利时，识时务的领导人便都选择了休战议和，达成的结果便是相互制衡的"誓盟"。《契丹国志》载曰：

> 维景德元年，岁次甲辰，十二月庚辰朔，七日丙戌，大宋皇帝谨致誓书于大契丹皇帝阙下：共遵诚信，虔奉欢盟，以风土之宜，助军旅之费，每岁以绢二十万匹，银一十万两，更不差使臣专往北朝，只令三司差人搬送至雄州交割……
>
> 自此保安黎献，谨守封陲，质于天地神祇，告于宗庙社稷，子孙共守，传之无穷，有渝此盟，不克享国。③

在《绍兴和议》里，更为弱小的南宋给金朝"上奏"誓表曰：

> 签书枢密院何铸、知閤门事曹勋进誓表于金。臣构言，今来画疆，合以淮水中流为界，西有唐、邓州割属上国。自邓州西四十里并南四十里为界，属邓州。其四十里外并西南尽属光化军，为弊邑沿边州城。既蒙恩造，许备藩方，世世子孙，谨守臣节。
>
> 每年皇帝生辰并正旦，遣使称贺不绝。岁贡银、绢二十五万两、匹，自壬戌年为首，每春季差人般送至泗州交纳。有渝此盟，

---

① 参见曹家齐《从宋、金国力对比看绍兴和议的签订》，《徐州师范大学学报》1997 年第 3 期。
② 《宋史·列传·何承矩传》（卷二百七十三，列传第三十二），见（元）脱脱等撰《宋史》（第 27 册），中华书局 1977 年版，第 9327—9332 页。
③ 《契丹国志卷二十·契丹回宋誓书》，见叶隆礼《契丹国志》，李西宁点校本，齐鲁书社 2000 年版，第 193 页。

明神是殛,坠命亡氏,踣其国家。①

后世的评论一般认为虽有政治和经济方面的不平等,"澶渊之盟"与"绍兴和议"为两宋时期大宋与契丹及金,也就是华和夷不同民族之间的和平共处奠定了必要基础和有效途径。有的论述说这些誓盟的作用重大,促进了夷夏关系从对立冲突转变为"兄弟之邦"。② 有的将此视为古代中国的历史转折——此后一段时期,以往的夷夏关系出现了改变:宋绍兴十二年(1142年)三月,金册封赵构为宋帝。"金人掌握了国家政权,而宋则应是地方政权。"③

以此作为参照,20世纪的"普洱誓盟",其事象和意义并不是孤立存在,而是一方面承载着本土文化中的神灵观念与非集权传统,体现了夷夏民族在步入现代国家格局之初的新型关联。如今,在当地人的视野里,"誓盟"也已成为同时指向本地区和跨族际的关注议题。

三 多民族国家的内部整合

1949年10月中华人民共和国在北京宣告成立。而此前由全国政治协商会议通过的《共同纲领》即已确立了中华人民共和国的多民族统一的特征,并在政协代表的多民族性方面体现出来。不过当时的民族解放运动在时空上的不均衡,正式出席的民族代表只有蒙古族的乌兰夫等少数几位,远没有体现中国多民族的完整性。对此,中共领导人强调:这次中国人民政治协商会议具有全国人民代表大会的性质。因此为了扩大它的代表性,首先就要在参加者的成分和名额上能够代表各族人民。然后指出,遗憾的是,这一次民族方面的代表的确是比较少,原因是

---

① 《续资治通鉴卷125·高宗》,(清)毕沅编著,"标点续资治通鉴小组"校点:《续资治通鉴》,中华书局1957年8月第1版,1979年6月第4次印刷,第3307页。

② 参见金石《重评"澶渊之盟"》,《民族研究》1981年第2期;王晓波《对澶渊之盟的重新认识和评价》,《四川大学学报》2003年第4期;袁志鹏《澶渊之盟的研究述论》,《衡水学院学报》2010年第6期;曹家齐《从宋、金国力对比看绍兴和议的签订》,《徐州师范大学学报》1997年第3期。

③ 田兆元:《盟誓史》,广西民族出版社、上海文艺出版社2000年版,第140—141页。

"有好些少数民族的地方还没有得到解放,不容易找到代表来"。与此同时,"内蒙古是解放了的,它便有了双重的代表,双方面的代表和区域代表。"①

这样,如何在缔造现代多民族国家的进程中逐步实现国内各民族的平等凝聚,就成为新政权的首要任务之一。这样的目标在《中国人民政治协商会议共同纲领》中以突出"民族团结"的表述方式得到了回应和体现。② 比较而论,新中国的"民族团结"是针对旧中国的民族歧视和压迫提出的。这一点在国家领导人的题词里得到较明确的强调。除了前一章论述过的毛泽东题词外,其他重要人物也作了相似的陈述,如张澜的题词剖析了民族阻隔的历史原因,说:"我们彼此共同生长在中华人民共和国的领土上,因为山川阻隔、语言不通、风俗不同,从前你们常遭封建君主的歧视与压迫,彼此太生疏了",今天"所有少数民族都是平等的,如像兄弟一样"。③ 刘少奇和周恩来题写的内容则在对照旧中国民族压迫境况的前提下,突出了新中国的解决方案。刘少奇写道:

> 过去汉族的统治阶级是压迫国内各少数民族的,但是中华人民共和国必须帮助各少数民族的人民大众发展其政治、经济、文化、教育的建设事业。④

周恩来指出:

> 中华人民共和国境内各民族一律平等,团结互助,反对帝国主

---

① 周恩来:《关于人民政协的几个问题》,1947年9月7日;金炳镐主编:《民族纲领政策文献选编》(第一编),中央民族大学出版社2006年版,第407—408页。

② 对于《共同纲领》,现在的主流媒体认为是"新中国第一部宪法性文件",也有人认为属于"过渡时期的根本大法"。参见《新中国第一部宪法性文件——〈中国人民政治协商会议共同纲领〉》,中国网,http://big5.china.com.cn/chinese/zhuanti/zgxf50n/559548.htm;以及殷啸虎《过渡时期理论与1954年宪法》,《政法论坛》2004年第6期。

③ 张澜(1872—1955),四川南充人,汉族,1941年参与发起创建"中国民主政团同盟"(后改称为"中国民主同盟"),继黄炎培后任盟中央主席,1949年当选为第一届全国政协副主席。

④ 参见"编辑部"《当代中国的民族工作》,当代中国出版社1993年版,第67—68页。

义和人民公敌，实行少数民族的区域自治和人民自卫，尊重民族宗教信仰和风俗习惯，发展民族经济文化，促使中华人民共和国成为各民族友爱合作的大家庭。①

正是在这样的历史背景下，政府推行了一系列促进民族团结的举措，其中包括派出中央访问团到少数民族地区慰问以及邀集各地非汉民族的首领和代表进京参观，以求通过彼此会面、沟通的方式，确认建立在新中国"民族团结"基础上的"兄弟般"的民族大家庭关系。

在当时被中央邀集的非汉民族中，便有地处西南的众多非汉族裔。西南族裔的被邀集，不但体现了新政权民族观念与民族政策在"民族团结"格局创立之初的整体观和一致性，亦反映出对旧中国"民族对立"模式的突破和超越。旧中国的民族对立模式，以近代为例，就是大清帝国声称的"五族共和"及中华民国宣扬的"中华同源"。前者以满、汉、蒙、回、藏划分排列，在政治权力上凸显和固化民族等级；后者以中华同源同宗说为基础，否认非汉民族的存在，在文化认同上推行民族消亡。这样的历史将在共产党军队于抗战胜利后夺取东北（满洲），继而在国共战争中占领中原、挺进新疆、攻克西南直至解放全国的势不可当态势中宣告终结。

而联系共产主义运动发展演变的国际背景来看，新中国在民族问题上与旧中国的决裂又与"十月革命"催生的一个成果紧密关联，那就是在俄国共产党主导下创建并由十数个多民族加盟共和国组成的"苏维埃社会主义共和国联盟"——Союз Советских Социалистических Республик，简称 СССР。在民族团结的意义上，СССР 的历史影响体现在新联盟体徽章上印着的由《共产党宣言》提出的那句口号：全世界无产者，联合起来！②

---

① 参见"编辑部"《当代中国的民族工作》，当代中国出版社1993年版，第67—68页。
② 苏维埃社会主义共和国联盟于1922年12月30日正式创立，最初加盟的有"苏维埃社会主义俄国"及乌克兰、白俄罗斯和南高加索等。苏联创建时颁布的宪法，规定其性质是一个联邦制国家，由15个平等权利的苏维埃社会主义共和国（加盟共和国）按照自愿联合的原则组成。

第五章 立誓结盟:华夷关联的时代象征

也就是说,对于经由"十月革命一声炮响"引进共产主义理论和实践的中国共产党人来说,由于直接承继了源于欧洲的新型社会理念,在为"新中国"描绘的蓝图中,Union——也就是汉语的"联合"和"团结"便成为奠定未来大厦的核心基石。建立在团结基础上的民族关系和民族文学则是这所新大厦里的经纬和表征。

1949年10月,当中华人民共和国中央人民政府在北京宣告成立的时候,西南地区的不少城镇还处在解放军炮火的攻打之下。11月,解放军攻入广西和贵州。12月,掌控云南军政大权的卢汉率部起义,发表通电称"人民解放,大义昭然",向全国各界庄严宣布:"自本日起,脱离国民党反动政府,宣布云南全境解放。"① 卢汉是出身彝族的云南地方官,在旧政权的体系里资历深、人脉广。他的起义,不仅为云南解放而且为接下来的民族团结铺垫了良好的基础。

1950年2月,由宋任穷、陈赓率领的解放军第四兵团与滇桂黔边区纵队在贵州安龙会合后,和平进驻昆明,接着派兵平定蒋介石残部汤尧的抵抗,获得了"滇南战役"的胜利。在来自北京的任命下,新组成的云南党政军班子以宋任穷和陈赓等为首,起义将领卢汉的职务是云南军政委员会主任。②

云南解放后,中央政府的指示是"团结第一,工作第二",要求新班子重点抓好政权接管和社会改造。③ 据此,鉴于云南民族杂多且地处边疆,云南的领导班子制定了这一时期民族工作的主要目标,即"疏通民族关系,进行社会改革",并且提出了与之相应的四项基本任务:1)建立人民政权,稳定社会秩序,成立民族工作机构,开展民族工作;2)疏通民族关系,促进民族团结;3)采取特殊政策措施,区别内地和边疆,顺利完成民族地区的民主改革;4)通过开展互助合作运动,

---

① 《卢汉起义通电》(1949年12月9日),参见云南省地方志编纂委员会总纂,云南省人民政府办公厅编撰《云南省志(卷47)·政府志》,云南人民出版社2001年版,第650页。

② 《云南解放》,中国共产党新闻网,http://cpc.people.com.cn/GB/64162/82819/93659/97721/6061698.html。

③ 李继红:《解放初期党在云南的统一战线工作和经验》,中国共产党历史网,http://www.zgdsw.org.cn/BIG5/218994/219014/220570/222739/14739106.html。

引导各族农民走社会主义道路。新政权还于 1950 年 7 月和 1952 年 9 月，先后成立了主管民族工作的专门机构：云南省民族事务委员会和中共云南省委边疆工作委员会。①

在 20 世纪 50 年代的云南，"疏通民族关系，促进民族团结"的提法及实施是一种历史性转变。它不仅标志着中华人民共和国民族政策在边疆的延伸，而且彰显了西南族群在现代多民族国家内的新型地位。在此之前，无论是大清帝国宣扬的"五族共和"观还是中华民国提出的"民族合一"论，对西南少数民族的态度都是排斥的。也就是说在满、汉、蒙、回、藏构成的"五族共和"中或在"中华同源"的国族格局里，西南的苗、瑶、壮、侗及羌、彝、傣等众多族裔均被排除在国家政治的平等主体之外。被誉为中华民国"国父"的孙中山在同盟会时期，主张的是以"驱除鞑虏，恢复中华"为核心的种族革命，到了 1912 年元旦发表的《中华民国临时大总统宣言书》时才称："国家之本，在于人民。合汉、满、蒙、回、藏诸地方为一国，即合汉、满、蒙、回、藏诸人为一人。是曰民族之统一"，②但其也只是将五大民族视为中华民国的构成主体。后来，在蒋介石于 1943 年发表《中国之命运》里，则更是体现出执政的国民党力图以中华民族同源说为框架，将全体国民视为一体，淡化乃至抹杀中国——这个华夷关联的政治共同体，从传统到现代的多民族性。值得深思的是，在晚清至民国的学术圈里，这种中国民族同源论、一体论、等同论或华夏优越论的宣扬曾得到不少知名人士的赞同，如章太炎主张"中国云者，以中外别地域之远近也；中华云者，以华夷别文化之高下也"③；芮逸夫提出中华国族、中华民族与中华国家"三位一体"说④；顾颉刚则强调中华民族"是一个"，在此之

---

① 《云南民族工作50年的简要回顾》，云南在线，http://www.ynol.com/history/view.asp?newsid=56&classid=2。
② 《临时大总统宣言书》（1912年1月1日），参见《孙中山全集 第二卷》，中华书局1982年版，第2页。
③ 章太炎：《中华民国解》，载《章太炎文录初编·别录卷一》，上海人民出版社2014年版。
④ 芮逸夫：《中华国族解》，载《中国民族及其文化论稿》上册，台北：艺文印书馆1972年版，第4页。

第五章 立誓结盟:华夷关联的时代象征

内"绝不该再析出什么民族"。①

正由于民国时期政府主导的这种"大中华"纲领影响，西南本土众多的非汉族裔受到了各种各样的排斥和侵扰。20世纪40年代在贵州主政的杨森大张旗鼓地实行蛮横的同化政策，对汉族之外的各少数族裔只准称"边胞"不准提民族，完全否认非汉民族的合法存在，甚至派出保警队和乡保丁到少数民族的世居村寨强行汉化，逼迫改装，声称"如不改装，以奸匪论处"。据后人回忆，当时的情景真是惨不忍睹。如在黔东南的苗疆腹地台江：

> 1947年8月下旬一天下午，那天正值赶场，县城大街小巷，人们熙熙攘攘。突然间急促的"当、当、当"钟声，在县城最高处的大炮台敲响，只见张洪雨带着保警兵和警察倾巢出动，手持剪刀，霎时山城阴霾四起，苗族妇女号啕痛哭，东奔西逃，城中秩序大乱。有的钻进熟识的汉族人家躲避，有的被从屋里拖出来，还有的被拉到肉案上，用砍刀把头发硬砍下来。
>
> 通发同志的母亲摆个临时小摊卖饭，也被匪兵揪住发髻要剪，她不顾一切，用双手护卫发髻，极力挣脱，匪兵们把她推倒在地，强剪了她心爱的发髻和身上的苗衣。她口里不停地臭骂，站起来向匪兵扑去，夺回心爱的发髻。苗家的青壮年们，目睹惨状，咬牙切齿，忍气吞声。②

与此对照，云南解放后，中央访问团抵达边疆，以平等热忱的姿态深入各少数民族地区慰问。有人在回忆文章里总结说，当时除了盐和针线、花边等生活礼品外，北京送来的最好礼物就是新中国的民族政策。

---

① 顾颉刚：《中华民族是一个》，(昆明)《益世报》1939年2月13日。
② 张明达：《历届反动政府在台江推行剪发改装的经过》，黔东南新闻网·文化频道·历史，http://www.qdnnews.cn/wh/ls/200603/wh_4096.html；另可参见张慧贞《教育与民族认同，贵州石门坎花苗族群认同的建构》，《广西民族学院学报》2002年第7期。

在各族各界欢迎访问团的群众大会上，访问团副团长王连芳同志把绣着毛主席题字"中华人民共和国各族人民团结起来"的锦旗赠送给西双版纳各族人民。"平等、团结、友爱、互助"八个字启发了人们的思想，"各族人民当家作主"震动了人们的心弦。①

  与此同时，应邀进京观礼的西南各民族上层头领也得到了隆重接待。据《思普人民报》报道说，西南各民族代表团在北京受到高规格的迎接，前往欢迎的领导有：中央人民政府秘书长、民族事务委员会主任李维汉，副主任乌兰夫，北京市市长吴晗及各院会首长等，此外还有"北京各人民团体代表百余人"。②

一位当时进京观礼并随团到上海等地参观的云南代表在日记里写道：

  1950年11月6日　星期一
  ……到上海火车站，各机关首长都来迎接，还有献花……陈毅将军也在站上开了个欢迎会后上车，直开往上海市人民政府交际处（过去的百老汇）。我们全部住在七八九楼上，上下都是电梯……这是上海最高最好的房子，一共二十三层，房内一切设备都有。就是过去被歧视的底层分子也来了，这也就是国民党与共产党领导有所不同。③

正由于有新旧中国的显著对比，在1950年代"民族团结"政策指导下出现的欢乐情景被称为"解放"并被不断强调为与以往的"天壤

---

① 余松：《建立西双版纳傣族自治州的回忆》，载中国人民政治协商会议普洱哈尼族彝族自治县委员会编《民族团结誓词碑史料》，云南人民出版社2005年版，第330—331页。
② 《参加国庆节的西南各族代表团到京》，《思普人民报》第121期，转自鲁国华等编《碑魂：民族团结碑史料专辑》，2000年，思内图（2000）第2号，第7—9页。
③ 《傣郁清笔记选登》，载中国人民政治协商会议普洱哈尼族彝族自治县委员会编《民族团结誓词碑史料》，云南人民出版社2005年版，第71—75页。

四　普洱盟誓的时代象征

20世纪50年代初期云南边境的"普洱誓盟"就是在上述背景下出现的。它的出现，意味着旧中国"民族对立"模式的破除和新中国"民族团结"格局的诞生。

2007年更名后的普洱是云南省南部的地级市，面积4万多平方公里，与越南、老挝和缅甸等国接壤和交界的国境线有六百多公里，下辖9个少数民族自治县，是一个典型的边疆多民族地区。[1] 回溯到1950年代，在中央和地方政府的眼中，解放初期的普洱（当时称宁洱）地区特殊而复杂。非但那里的少数民族跨境而居，彼此往来密切，而且由于历史上遗留下来的民族隔阂尚待消除，汉族与少数民族的矛盾、少数民族与少数民族之间的矛盾也很突出，形成了"敌我矛盾、民族矛盾、阶级矛盾交织在一起的复杂局面"。[2] 在这种局面下，"各族土司头人既是民族的统治者，又是民族和部落斗争中的领袖人物"。并且在云南的边沿地区，"土司制度仍然在起作用"，即使是建立了新政权的地区，"头人在民族中的影响也还很大"。[3] 那时不仅部分非汉族群中间存在"畏汉、仇汉、排汉"的思想，本地各族的内部纷争也很激烈，"边沿地区的澜沧、沧源县连年都有民族战端。解决民族问题成为推动一切工作的中心环节"。[4]

在这样的情况下，新政权在西南边疆实施了以"民族团结"为基调的一系列举措。1950年元旦在当时普洱区所在地——宁洱举行的民族盟誓不过是其中具有展示性的仪式活动之一。

---

[1] 如今普洱的9个少数民族自治县是：宁洱哈尼族彝族自治县、墨江哈尼族自治县、景东彝族自治县、景谷傣族彝族自治县、镇沅彝族哈尼族拉祜族自治县、江城哈尼族彝族自治县、孟连傣族拉祜族佤族自治县和澜沧拉祜族自治县、西盟佤族自治县。

[2] 彭鼎甲：《云南省人民政府民族工作队第二队事略》，载中国人民政治协商会议普洱哈尼族彝族自治县委员会编《民族团结誓词碑史料》，云南人民出版社2005年版，第272—274页。

[3] 参见黄桂枢《论云南"民族团结誓词碑"》，《民族研究》1994年第6期。

[4] 赵春洲：《民族工作的见证：普洱民族团结誓词碑》，宁洱信息网，http://www.ynne.net/Dispaly_ News. asp? N_ FileID = 201144222317。

解放初期，政府在普洱地区实施的民族团结举措中最重要的有：

1）在执政党领导下，各民族以誓为盟，结为平等互爱的兄弟关系；

2）在《共同纲领》基础上，成立民族民主联合政府，承诺民族自治，让共和国内的各民族成员当家作主；

3）在"民族团结"前提下，各民族相互尊重，保留各自世代相沿的多元文化，传承不同的文字、信仰和习俗，形成新中国多元一体的新局面。[①]

随着这些措施的推行，滇南地区先后成立了"普洱联合政府"及"西双版纳自治区（州）"；歃血结盟的仪式也不但在普洱，而且同样在西盟等地多次举行。在具体的操作层面，推动"民族团结"的各项措施并非自发产生，而是在上级派遣的工作队协助下逐步启动和开展。工作队所到之处都以宣讲《共同纲领》为中心工作。其中的关键是"内、下、总、聚"四字方针，即：1）在中华人民共和国的领土之内；2）在中国共产党的领导之下；3）按总路线的要求建设新中国；4）在各少数民族聚居区实行民族区域自治。[②]

通过分析可以看出，与革命初期在中原苏区实行"打土豪、分土地"相对应，共产党在西南少数民族地区倡导的是"搞团结、分权力"。如果说"分土地"是为穷苦农民解决经济温饱从而为新民主主义的革命事业作最广泛之社会动员的话，"分权力"的目的则在于促进各兄弟民族上层精英的国家认同以确保多民族国家的政治凝聚。正是新中国这种在各阶层、各党派和各民族里实行政治分权的社会举措，既划清了与历朝历代的政治分野，又赢得了空前广泛的上下民心。在西南各族

[①] 赵春洲：《民族工作的见证：普洱民族团结誓词碑》，宁洱信息网，http://www.ynne.net/Dispaly_ News.asp? N_ FileID=201144222317。

[②] 彭鼎甲：《云南省人民政府民族工作队第二队事略》，载中国人民政治协商会议普洱哈尼族彝族自治县委员会编《民族团结誓词碑史料》，云南人民出版社2005年版，第272—291页。

的群体记忆里,一部秦始皇以来的华夷关系史,充满了在"天下王土"理念下帝国王朝的征剿暴力与本土族群的反抗牺牲;到了明清时期的"改土归流"及民国政府的"编甲设保",少数民族的自治传统与政治权力被剥夺得几乎丧失殆尽。于是,新中国承诺的民族区域自治对这种政治剥夺予以阻止和否定,无异于在华夷关系史引发出一次划时代的"拨乱反正"。

1950年底,普洱召开了第一届兄弟民族代表会议。两年之后,同样的会议再度召开,并在会上通过协商选举,成立了普洱区各族人民联合政府委员会。这就是说,著名的"普洱盟誓"仪式举行于1951年元旦,在时间上存在着重要的政治连接,亦即出现于当地两届"兄弟民族代表会议"之间。由此可以看出,"联合政府—民族自治"与"兄弟关系—歃血结盟"互为表里,因果关联。若再将其与前后相关的一系列活动如少数民族首领进京观礼和中央访问团深入西南等连起来看,即不难勾勒出"普洱誓盟"的历史结构及整体布局。

普洱专区第一次民族代表会议佩章。

体现民族特征的出席证　　　　**表示政治分权的任命书①**

根据资料及后人回忆,"普洱盟誓"的经过大致如下:

1950年底,普洱召开各兄弟民族代表会议。为了维护各民族之间的新型团结关系,会议提出在当地立一座"民族团结碑"。为此,有代表提议采用佤族、拉祜族习俗,搞一次剽牛盟誓,具体方

---

① 鲁国华等编:《碑魂:民族团结碑史料专辑》,2000年,思内图(2000)第2号。

式包括"剽牛"、"喝咒水"、"吃鸡血酒"和"宣誓"、"立碑"等。当时的仪式细节,各说不一。其中一个本地版本写道:"经过认真的充分酝酿,主席团一致同意了李保代表的意见,以佤族剽牛的方式来决定这次盟誓的成功与否。"①

从后来的回忆记录来看,当时选择的剽牛盟誓是有风险的,而换另一角度理解的话,则体现主持者——中央、汉族——的信心和气度,以及与参与者——地方、少数民族——对结盟的执着和虔诚。

普洱誓盟的主持者分为内外两方,即代表新中央政权的汉族军政代表与本地少数民族的世袭首领和头人。盟誓的场面神圣庄严,激动人心。据当年的参与者描述:

> 当佤族代表拉勐第三次把剽枪刺入水牛的心脏后,牛喘着粗气口喷鲜血向南倒下。随着拉勐的一声欢呼,全场响起热烈的掌声、欢呼声和锣鼓声,群情激动……
>
> 接着,傈僳族代表李保杀鸡,把鸡血滴进大碗里的酒和木桶里的水中。主席台的首长和各族代表依序每人喝了一口酒和"咒水"后,大会工作人员把装着"咒水"的木桶提了下来,让围着剽牛场的群众也参加喝水……②

这位回忆者也喝了一口,并解释说喝下后意味着自己也发了誓,要"永远永远"维护各族人民的亲密团结,要"永远永远"为本地各族人民和中国"全民族的大团结"努力奋斗!作者最后说:"我是这样想的,在近半个世纪的生涯中,也是这样努力去做的。"③

当年在主席台就座的第一首长是中共宁洱地委书记、解放军三十九

---

① 参见鲁国华等编《碑魂:民族团结碑史料专辑》,2000年,思内图(2000)第2号。
② 李会秀:《喝下这口水 永结团结心》,载鲁国华等编《碑魂:民族团结碑史料专辑》,2000年,思内图(2000)第2号,第88—89页。
③ 李会秀:《喝下这口水 永结团结心》,载鲁国华等编《碑魂:民族团结碑史料专辑》,2000年,思内图(2000)第2号,第88—89页。

第五章　立誓结盟：华夷关联的时代象征

师政委张均。接下来，正是他与中央访问团云南分团王连芳团长一道主持了普洱区民族民主联合政府的成立。在誓盟仪式上持枪剽牛的拉勐，本名岩所，是西盟中课部落班菁大寨知名的佤族首领。解放军到来前，他被孟连土司封的官职就叫"拉勐"。后来，在1952年举行的普洱第二届兄弟民族代表会议上，拉勐被选为区人民政府委员会委员。仪式上操刀杀鸡的李保也是佤族，原本叫扎莫，是西盟傈角码的土司代办，也就是西盟猛梭土目拉祜族首领李通明手下"四大角码"的头人之一。和拉勐一样，李保也在1951年被邀请到北京观礼，受到毛泽东主席等中央领导的接见，不过他为新中国"民族团结"举措的实施付出了生

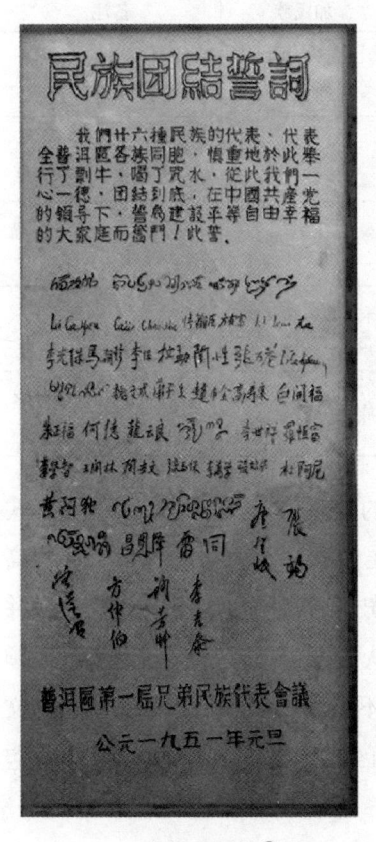

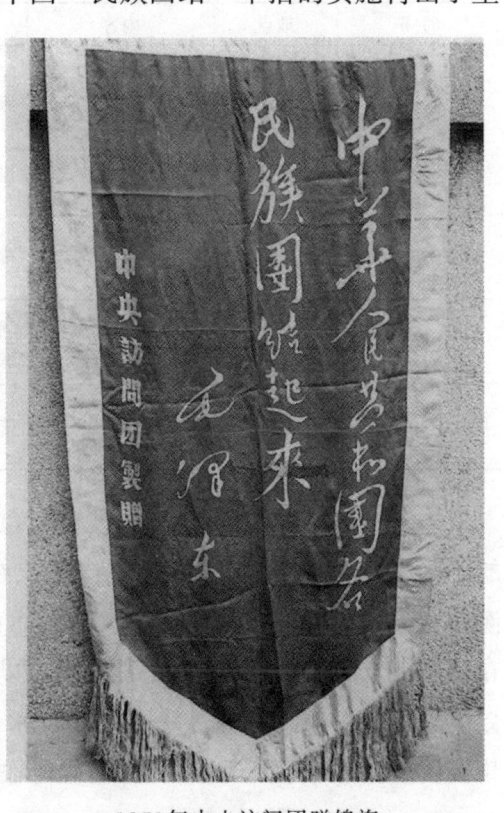

普洱盟誓碑①

1951年中央访问团赠锦旗。

毛泽东题词②

---

① 此处图片及碑文来源于笔者2010年在普洱"民族团结园"考察时所拍摄和抄录。
② 鲁国华等编：《碑魂：民族团结碑史料专辑》，2000年，思内图（2000）第2号。

命代价,在参加誓盟仪式不久即被国民党"云南反共救国军"诱捕后杀害于勐茅。① 参加誓盟仪式并作为傣族代表在誓词上签名的召存信,原来是车里宣慰司的议事庭长,后在1953年成立的西双版纳傣族自治区当选为自治区政府主席(1956年后改为州长)和协商委员会主席,并自此直至第7届全国人大,一直任人民代表和全国人大民族委员会委员。

据资料记载,1951年春季,在宁洱红场举办"歃血结盟"的前后,周边地区也举办一系列类似的仪式,仅西盟和车里等地就有:

表5-1　　　　　　　1950—1951年宁洱地区举行的誓盟仪式

时间	地点	内容	参加民族	备注
1950年夏季	澜沧县东主	喝咒水、盟誓	汉、拉祜、佤、傣等民族	解放军与当地头人互赠礼物
1951年春季(农历正月十五)	西盟	剽牛、喝咒水、立咒石	佤、汉等	开街节时举行解放军赠送盐巴和布匹
1951年春季	勐竜	在大缅寺举行烧咒文	傣、汉等	寺庙姑巴(大佛爷)祝告
1951年春季	务本	刻木刻、鸡血酒、吃咒水	阿卡、汉、倮黑人、摆衣	
1951年春季	橄榄	杀鸡滴血、烧咒文	佤族	咒文通过后,代表签名画押

与宁洱广场的性质相似,周边地区的这些场景均可视为誓盟仪式的不同呈现,实质就是"歃血结盟"。在西盟"团结开街大会"的高潮中,参与大会的各族群众不仅"在木鼓声中剽了牛,喝了咒水,并在山头上立了块咒石",意思是表示"从今佤族、汉族在共产党的领导下,团结一家人,像这块石头一样永不变心"。② 联系西南各族的文化传统来看,20世纪50年代初期普洱地区成系列出现的誓盟仪式所包

---

① "角码"是当地少数民族部落的别称。李通明是清廷任命的土官,他在任上把其统领的辖地分为四大角码。参见杨国铸整理《李保事略》,载鲁国华等编《碑魂:民族团结碑史料专辑》,2000年,思内图(2000)第2号,第199—202页。

② 表格根据《团结开街剽牛大会》和《碧血丹心铸魂碑》等文绘制。参见鲁国华等编《碑魂:民族团结碑史料专辑》,2000年,思内图(2000)第2号,第28—34页。

含的神圣性，还与该地民众世代传承的超自然信仰紧密关联，需要另作讨论。

如今，与用多种方式在全国各地广泛传播的毛泽东题词不同，普洱结盟的誓词已以刻石为碑的形式立在当地政府特意开辟的"民族团结园"里，碑文下面有48位代表用汉、傣和拉祜族文字留下的签名。落款为"普洱区第一届兄弟民族代表会议"，时间是"1951年元旦"。[①] 张均、拉勐和李保等都在签署者之中，既分别代表新政权中联合互补的政治角色，同时也展现了以兄弟相称的民族身份。誓词内容如下：

> 我们二十六种民族的代表，代表全普洱区各族同胞，慎重地于此举行了剽牛，喝了咒水，从此我们一心一德，团结到底，在中国共产党的领导下，誓为建设平等自由幸福的大家庭而奋斗！
> 此誓。[②]

这样，以执政党领导为基础、以歃血结盟为依据，西南边陲的这些世居族裔便与汉族以及后来被逐步识别认定的全体多民族成员一道，步入了新中国多元一体的"大家庭"。"大家庭"的称呼既与共产国际"无产者无国界"的口号相呼应，又同本土视"国"为"家"的观念相关联。在20世纪50年代初期的语境下，其意味着互尊互爱，核心是民族团结。从政治功效的角度看，中华人民共和国成立之初之所以能在错综复杂的局面里达成各族团结，倡导兄弟关系的民族平等政策起到了至关重要的作用。这作用用后人评述的话来说，便是"取信于民，以心换心"。[③]

也正是在这样的社会背景下，新中国建立后在西南边疆涌现出来的非汉民族作家们才会书写出讴歌祖国和体现民族团结的一部部作品，包括大量以汉语发表的诗歌、小说、散文，乃至舞台剧和影视之作，如云

---

① 有关普洱"民族团结誓词碑"及相关纪念的研讨，笔者做了专文阐述，可参见徐新建《民间仪式与作家书写的双重并轨——从"普洱誓盟"看现代中国的"民族表述"》，《民族文学研究》2012年第4期。
② 碑文来源于笔者2010年在普洱"民族团结园"考察时拍摄、抄录。
③ 参见黄桂枢《论云南"民族团结誓词碑"》，《民族研究》1994年第6期。

南的《阿诗玛》、广西的《刘三姐》和贵州的《蔓萝花》。《蔓萝花》即根据苗族作家伍略小说改编。伍略的小说源于苗族的民间传唱久远的古歌《曼朵多曼笃》……①

新中国的民族团结政策使少数民族的传统文化通过作家创作而将口传、书面和舞台连为一体，使"团结"的意义从现实的社会层面向表征的精神层面转化，把多民族国家的各族大众引入强调"多元一体"的国家叙事构架之中。

小　结

由上可见，把历史与各地的"誓盟"事例连为整体来加以考察，并与古代的"封贡体系"作比照，对于从全局认识夷夏之间的对等关系十分重要。

在古代东亚地区各政治实体间的多元互动史中，除了冲突和战争式的"分"类型外，"封贡制"与"联盟制"代表了"合"的不同类型。相比之下，"封贡"体现着"天下王土"式的集权观，"誓盟"则展现对等互助和相互制约的多元共处。

誓盟的产生、演变及其相关论述由来已久。在后世的评价和总结中，有人强调其是周礼的组成部分并体现了儒家的信义思想；② 有人认为作为其中突出形式的"歃血结盟"源于古代巫术（如"衅"），并且体现了对血亲关系的模拟。③ 还有人指出，因立约者是相对独立的单位或个体，古代誓盟"反映了其时代的自由度"以及"社会契约意识的普及度"和"民众卫权意识的自觉度与和平协商解决争端的价值趋向"。④ 吕静和田兆元等学者结合由氏族联盟到中央集权的古代演变进

---

① 伍略（1936—2006）本名龙明伍，是新中国培养起来的黔东南苗族作家，曾调任《民族文学》编辑，作品除了被改编为舞台剧的《蔓萝花》外，还有小说《绿色的箭囊》、《麻栗沟》和电影剧本《仰阿莎》等。
② 田兆元、罗珍：《论盟誓制度的伦理与孔子信义学说的形成》，《湖北民族学院学报》（哲学社会科学版）2006年第6期。
③ 李东春：《论春秋时期盟誓仪式的缔约程序性》，《南方论刊》2010年第4期。
④ 王公山、马玉红：《先秦盟誓的契约属性及其文化意蕴》，《学术界》2008年第31期。

行分析，指出由盟誓而构建的社会秩序，成为春秋时期从天然而生的血缘纽带，向以人为创制的行政手段控制社会的过渡，结果是专制主义集权帝国的产生；① 在肯定盟誓蕴含的"血缘制"和"民主制"特征的前提下，指出取而代之的新国家政权造成的后果，是"粉碎了民主制"，继而把广泛的血缘联盟改为"一姓天下"。② 诸说不一，各有见地。

以本书的观点来看，"誓盟"的特点和作用是：立神权以限王权，祛专制以保自立，倡多元以抵抗一统，在共同信奉超世俗力量的基础上为维系东亚大陆众族群的相互共治和长期并存奠定了有别于集权制封贡体系的有效基石。这就是说，与册封和朝贡制度王权专制式的侵略扩张相比，"誓盟"更具民主意义，或者说更具有转化为民主制度的可能。

此外，在东亚世界的多元结构里，与"封贡"体系曾分别对应王朝之间的"外交"和帝国内部的"藩属"一样，"誓盟"类型的存在，其功能也具有双重意义，即一方面指向和制约彼此对等的政治实体（如南宋和金），一方面亦关联和协调着王朝（帝国）版图内不同族群间的相互往来，如"周天子"时期诸侯间的誓盟、赞普和松赞王朝的内部小盟等。若再联系当代格局来看，"誓盟"类型的后一层性质和意义，可以说又继续在清末民初的"五族共和"及"邦联制"构想直到新中国实行的"民族区域自治"中得到了延伸。

时至今日，普洱"民族团结园"的导游词向各地游客们解释说：此碑是新中国的"民族政策和统一战线在边疆取得伟大胜利的见证物"，是"中国共产党解决民族问题的光辉范例"。并且强调"它的精神和作用远远超越了区界、省界"，"在全国亦有普遍的意义"。③ 有学者指出：盟誓"作为人与人之间交往的一种信用凭证"及"在神灵崇拜文化下建立的自我约束机制"，在普洱历史上的各民族之中十分通

---

① 吕静：《春秋时期盟誓研究：神灵崇拜下的社会秩序再构建》，上海古籍出版社2007年版，第331页。
② 田兆元：《盟誓史》，广西民族出版社、上海文艺出版社2000年版，第113页。
③ 资料来源：普洱市导游论坛，参见 http://www.haoyousuixing.com/simple/? t1761.html。

行。论者由此将1950年的"普洱誓盟"与元、清两代出现的"佤傣誓盟"和"佤拉誓盟"作对比,认为探究历史上三次剽牛盟誓对发展普洱多民族关系所产生的深刻影响,对坚持各民族之间团结平等有着重要现实意义。①

2011年,有关"普洱盟誓"60周年纪念活动的报道则说:"一句歃血为盟的誓言,一座民族团结的丰碑,在共和国的历史上,成为永恒。"②

西南地区的"歃血盟誓"体现了新中国由北向南的创建历程,同时也延伸出了其后对各民族身份的再度确认——亦即影响深远的"民族识别"工程。

---

① "佤傣誓盟"指元代时佤族与傣族之间为免除纠纷而建立的盟友关系,与之相关的誓词称:"牛角不会枯,象牙不会烂,永世长存,傣族和佤族永远是亲戚"。"佤拉誓盟"指清代时佤族与拉祜族三佛祖的盟约,双方通过剽牛仪式,立下"拉祜与阿佤永远是兄弟"的誓言。参见张海珍《从三次剽牛盟誓看普洱多民族关系的发展》,《思茅师范高等专科学校学报》2010年第5期。
② 《我市隆重纪念普洱民族团结誓词碑建碑六十周年》,普洱政府网,http://www.puershi.gov.cn/news/ShowArticle.asp? ArticleID = 70569, 2011年4月7日。

第六章　身份归属：多元民族的政治确认

本章从"摩梭民歌"的族别归属谈起，联系现代中国的历史演变，讨论汉语"民族"的多重意涵及其时代变迁。作为对现实事物有着修饰功效的新术语，"民族"既可用以表达对既往事实的重新命名，更能用来创建新型的政治类别。在20世纪以来的社会演变中，"民族"一词的命名功能表现为使过去的不同人群"民族化"，创建功能表现为使以往模糊甚至消隐的族别获得国家确认，也就是从历史和未来的双向维度，赋予中国境内在语言、文化及区域、风俗等彼此不同的人群既各自有别又平等团结的民族身份。

一　民歌关联的文学族别

Yiya——AhabalatrisuzuGuewumaowu，trilani——
咿呀——阿哈巴拉垂苏足哩乌茅乌，垂拉尼——
Yiya——NimiłimidazigwuDichamaoga，hlimaodju
咿呀——尼觅习觅达兹固狄查茅嘎，希茅都——

2015年夏季，笔者与项目组成员到川滇交界地考察，在泸沽湖边上的"瓦拉别"村寨采集到村民生活中至今尚存的多首民歌。上引词句便是记录整理的片段之一。歌词用当地母语演唱，汉语的对应意义如下：

> 咿呀，阿哈巴拉——
> 天上的日月也有交合时刻
> 地上的情侣哪能不成双对①

民歌的演唱以"阿哈巴拉"开头，可归为当地流传甚广的《阿哈巴拉》种类之一。经过 20 世纪以来各学科工作者的采集研究，有关《阿哈巴拉》的论述已累积不少，②其中一首以"纳西族民歌"的类属收入国家教育部统编教材的小学课本，③另一首则被介绍为"摩梭人山歌"赢得了文化部主办的中国艺术节"群星奖"。④更令普通国民费解的是，在泸沽湖川省境内的村寨也有同样的"阿哈巴拉"流传，可传承这些民歌的支系竟又有"蒙古族"之称。⑤由此便引出了与"阿哈巴拉"传诵者族属相关的一系列问题，诸如：她/他们究竟是"纳西族"呢，还是"摩梭人"抑或"蒙古族"？明明是同一群体，为何会有多种族称？"摩梭"、"纳西"与蒙古族有何关系？生活在泸沽湖周边的川滇村民，其民族身份是被如何确认的？又为何出现如此差异？最后，如果连族别归属都确认不了，又该怎样讨论与之相关的"民族文化""民族文学"呢？

---

① 相关细节可参阅考察报告《"阿哈巴拉"日和月：瓦拉别考察》，课题打印稿，2015 年 8 月。
② 殷海涛：《采自"女儿国"里的歌：云南摩梭人的民歌》，《音乐探索》1987 年第 2 期；张金云：《摩梭民歌简介》，《中国音乐》1991 年第 2 期。
③ 《阿哈巴拉》的类型之一被当作纳西族民歌收入教育部统编教材小学三年级音乐课本，名为《妈妈的歌》。在为教师编写的音乐教案里，包含有这样的提示："纳西族是我国西南地区的少数民族，主要聚居于云南省丽江纳西族自治县，其他分布在该省的宁蒗、中甸和四川省的盐源、木里等地。纳西族的民间音乐有民歌、歌舞音乐和民族器乐等。"参见人教版三年级上册音乐教案《妈妈之歌》。
④ 余红红：《精品节目尽展民族风情：云南省群星奖获奖作品 12 场巡演惠基层》，《中国文化报》2014 年 10 月 22 日。文章报道说"巡演节目以第十届中国艺术节群星奖获奖作品为主"，其中，"备受好评的小合唱《阿哈巴拉》以云南泸沽湖畔摩梭人的山歌《阿哈巴拉》为基调，以无伴奏女声合唱形式，展现了泸沽湖秀美的湖光山色和独特的人文风情。"
⑤ 李绍明：《川滇边境纳日人的族别问题》，《社会科学研究》1983 年第 3 期。

这些问题错综复杂，环环相扣。若要求解，就不得不追溯整个 20 世纪中国各民族的身份演变，尤其考察 20 世纪 50 年代前后围绕"民族确认"上下互动的民族觉醒与国家认定。由此出发，方能再对与之紧密关联的"民族文学"意涵重新辨析。

二 承前启后的族类认知

作为以民主共和为立国依据的现代多民族国家，中华人民共和国的成立促成了族别成员由模糊到明晰的国家工程。由于新中国的主导力量是中国共产党，在自上而下的决策意义上，中共有关民族问题的认知及方针制定就起到了关键作用。

时至今日，中华人民共和国已拥有五十六个被正式认定的民族类别。这一数字的确立，时常会被认为是基于 1950 年后政府主导进行的大规模"民族识别"。实际上，作为承前启后的国家工程，新中国的"民族识别"只是各民族漫长的身份确立进程的一个环节。就执政党对各族别身份权利的最终承认意义来说，"民族识别"的环节也早于 20 世纪中叶便已开始了。

由于以马克思主义的解放理论为宗旨，共产党的目标是以马克思主义的解放理论为宗旨，以全世界受压迫者联合起来、推翻一切倚强凌弱的旧制度为起点，最终促成所有人的解放和自由幸福为鹄的。在这样的观念基础上，对民族问题的关注可以说贯穿中共的实践始终。早在 20 世纪 20 年代创建初期，从首个纲领宣布"联合第三国际"开始，到第二次代表大会决议案对联合蒙古、西藏、回疆建立"中华联邦共和国"的设计，[①]再到抗战期间在四川扶助"波巴共和国"、在陕甘宁边区创建"蒙回民族自治区"，中共对于世界和国内的民族问题一向置于核心地位，正式而坚决地把为"少数民族"谋取权利提上建党和建国的议

---

① 《中国共产党第二次全国代表大会宣言》（1922 年 7 月通过）写道："推翻一切军阀，由人民统一中国本部，建立一个真正民主共和国；同时依经济不同的原则，一方面免除军阀势力的膨胀，一方面又因尊重边疆人民的自主，促成蒙古、西藏、回疆三自治邦，再联合成为中华联邦共和国，才是真正民主主义的统一。"

程。在此意义上,中国共产党堪称以民族解放为宗旨的革命政党。

1922年通过的中共二大决议宣布加入共产国际,"中国共产党为国际共产党之中国之部",在同时附有的加入条款里承诺支持殖民地的解放运动,对"被压迫民族发生真实友爱的感情"。①

1924年9月,中共总书记陈独秀发表《我们的回答》,以驳斥国民党攻击的方式阐述中共对民族问题上的基本主张,强调无产阶级的民族主义是"平等的民族主义","主张一切民族皆有自决权,主张自由解放,不受他族压制",与此同时,还主张"解放隶属自己的弱小民族"。②到了20世纪30年代末期,中共新领导人毛泽东在延安发表《中国革命和中国共产党》一文,对中国的民族问题又作了进一步论述,不但对幅员辽阔的国家疆域作了界说,同时也对国内多民族的构成给予说明,坦诚了汉族与其他非汉民族在人口分布及文化发展上的不均衡。文章写道:

> 我们中国是世界上最大国家之一,它的领土和整个欧洲的面积差不多相等。在这个广大的领土之上,有广大的肥田沃地,给我们以衣食之源,有纵横全国的大小山脉,给我们生长了广大的森林,贮藏了丰富的矿产;有很多的江河湖畔,给我们以舟楫和灌溉之利;有很长的海岸线,给我们以交通海外各民族的方便。从很早的古代起,我们中华民族的祖先就劳动、生息、繁殖在这块广大的土地之上。③

讲了领土和缘起之后,便讲到了中国多民族的人口构成和比例:"我们中国现在拥有四亿五千万人口,差不多占了全世界人口的四分之一。在这四亿五千万人口中,十分之九以上为汉人。"值得注意的是在

---

① 《中国共产党加入第三国际决议案》,1922年7月;参见金炳镐主编《民族纲领政策文献选编》(第一编),中央民族大学出版社2006年版,第9—10页。
② 陈独秀:《我们的回答》,1924年9月;参见金炳镐主编《民族纲领政策文献选编》(第一编),中央民族大学出版社2006年版,第32—34页。
③ 毛泽东:《中国革命与中国共产党》,新华书店1949年版,第1页。

接下来用"此外"连接的这段话。毛泽东写道：

> 此外，还有蒙人、回人、藏人、维吾尔人、苗人、彝人、僮人、仲家人、朝鲜人等，共有数十种少数民族，虽然文化发展的程度不同，但是都已有长久的历史。①

最后结论是："中国是一个由多数民族结合而成的拥有广大人口的国家。"② 毛泽东的表述展示了中国共产党对民族问题的重要判断，值得深入分析。第一，是把作为多民族共同体的中国放置到特定的地域环境与历史结构中加以审视，而后再以国际眼光做跨界对比；第二，在人口构成上坦陈了汉族与非汉民族的比例差异，同时以共同国家——"我们中国"为前提，强调了各民族在组成上的一致和平等；第三，由人口数量的不成比例出发，凸显出"少数民族"在中国的存在事实与分类意义；第四，文章以"蒙人、回人、藏人、维吾尔人、苗人、彝人、僮人、仲家人、朝鲜人"等名称提及的划分，表明中共领导层对中国"少数民族"的识别至少在20世纪30年代便已达到相当的水准，其中以确认"九族"为基础的"数十种"判断为新中国成立后对其他民族成员的再识别与再认定铺垫基础，留了余地。至于各民族的种类与名称，在中共二大以来的文件里，先后出现过的还有"满"、"夷"、"瑶"、"番"、"萨拉"、"高丽"乃至"台湾（人）"和"安南（人）"等，反映出"少数民族"还存在不少有待弄清的成员。这些文献表述，有力驳斥了后来的一种误解，即以为中国的"少数民族"是新中国成立后被政府组织识别乃至人为建构出来的。这样的误解不但违背众多非汉民族客观存在的经验事实，也大大低估了中共早已积累的民族认知及处理民族事务的意愿和能力。

那么，对于汉族与少数民族的相互关系又该如何看待呢？中共领袖们的态度首先表明要与实行民族压迫的旧制度决裂，彻底批判"大汉

---

① 毛泽东：《中国革命与中国共产党》，新华书店1949年版，第1页。
② 毛泽东：《中国革命与中国共产党》，新华书店1949年版，第1页。

族主义",对全体受欺压的少数民族予以扶持;同时也明确反对狭隘的"地方民族主义",主张国家完整统一和民族互助团结。在这方面,毛泽东的阐释可谓开诚布公,直点要害。他提出由于历史的原因,汉族应向少数民族道歉,并以"地大物博"的国情为据,强调汉族离不开少数民族。毛泽东指出,"我们说中国地大物博,人口众多,实际上是汉族人口众多,少数民族地大物博"。而后又从政治上对少数民族的实际贡献做了评价,强调少数民族加入中华民族的大家庭之中,"就是在政治上帮助了汉族"。毛泽东对看不到少数民族帮助汉族的人士提出批评,向他们反问道:"我国百分之五十到六十的地方是什么人住的?是汉族住的,还是什么人住的?"然后揭示说:

> 百分之五十到六十的地方是少数民族居住的。那里物产丰富,有很多宝贝,现在,我们帮助少数民族很少,有些地方还没有帮助,而少数民族倒是帮助了汉族。①

由此强调要重视少数民族工作,搞好汉族同少数民族的关系。下面的话同样实事求是,直截了当,阐明了对领土之内民族与物产的利益关联。毛泽东写道:

> 天上的空气,地上的森林,地下的宝藏,都是建设社会主义所需要的重要因素,而一切物质因素只有通过人的因素,才能加以开发利用。我们必须搞好汉族和少数民族的关系,巩固各民族的团结,来共同努力于建设伟大的社会主义祖国。②

不容忽略的是,现代政治家们对于中国多民族构成的认知还与历史

---

① 毛泽东:《在中国共产党全国代表会议上的讲话》,1955年3月21日;参见《毛泽东选集》第5卷,人民出版社1977年版,第154页。
② 毛泽东:《论十大关系》,1956年4月25日;参见《毛泽东选集》第5卷,人民出版社1977年版,第278页。

积淀的"华夷之辨"有关,更受益于近代西方民族学、人类学传入后学界在中国展开的大量调查和传播。

在古汉语的文献表述里,自司马迁《史记·黄帝本纪》和《礼记·王制》等开始,中国共同体的多民族性质就得到了明确细致的阐发。前者陈述华夏始祖黄帝以战胜异族对手蚩尤为前提,创立王统,后者以中国为中心定位四夷,谓之夷、蛮、戎、狄。时至清代,王朝统治者不但用盟旗、科举、黄教等举措区分满、蒙、汉、回、藏人群与区域,对于西南地区纷繁多样的非汉人群还一面修建"内长城"加以隔离防备,一面又用"百苗图"方式细致勾画过其内部的差异特征。

与乾隆版的《贵州通志》比对,"百苗图"与之相同的族称有62个,而前者的文字记载还多出20个,如:黑仲家、清江仲家、白仲家、土仡佬、葫芦苗、西溪苗、车寨苗、黑脚苗、鸦雀苗等。[①] 其中提到的"仲家"就被毛泽东的《中国革命和中国共产党》沿用。足见中国的多民族构成由来已久,相关认知也世代传承,绝非现代的虚拟想象或凭空创造。需要判别辨析的,只是彼此之间因时因地的关联变异。

近代以后,在西学东渐的冲击下,中国精英和民众对民族分类的认识发生了深刻转变。晚清时期,受到域外研究启发,刘师培撰写的《中国民族志》一书,以"汉族为主,他族为客",将亚东民族分为七大部类,除汉族外,还包括了藏族、交趾支那族和蒙古族、通古斯族、土耳其族等。[②] 比之稍早的《革命军》亦有相似的人种和民族比照,只不过因受"排满兴汉"思想的限制而把许多非汉民族列到了中国之外。[③]

到了1923年,留学哈佛的李济用英文完成博士学位论文《中国民

[①] 杨庭硕等:《百苗图草本汇编》,贵州人民出版社2004年版;相关研究可参见胡进《〈百苗图〉源流考略:以〈黔苗图说〉为范本》,《民族研究》2005年第4期;及马国君等《近二十年来〈百苗图〉研究文献综述》,《中央民族大学学报》2011年第4期。

[②] 刘师培:《中国民族志》,民国二十三年(1934年)宁武南氏校印版。

[③] 邹容:《革命军》。其中的"中国华夏,蛮戎夷狄,是非我皇汉民族嫡亲同胞区分人种之大经乎?"等话语即表现了明显的以汉族为中心排斥异族的倾向。参见高占祥主编,董雁南编《陈天华、邹容、方志敏爱国文选》,北京时代华文书局2016年版,第99页。

族的形成》，以人类学理论与方法为依据概括说：有五个大的民族单位参与构成了现代中国人。它们是："黄帝的后裔"、"通古斯群"、"孟—高棉语群"、"掸语群"和"藏缅语群"，其中，"黄帝的后裔即最早的中国人，在孔子时代仅见于黄河两岸"。[①] 与晚清文人的论述相比，李济的解释又增加了更为实证的科学论据。他把对中国多民族构成的研讨建立在人种、体质、考古以及语言、历史、文化等多学科的交叉融汇基础上，从"灵长类"说到"现代中国人"，描绘出更具说服力的全新图景：

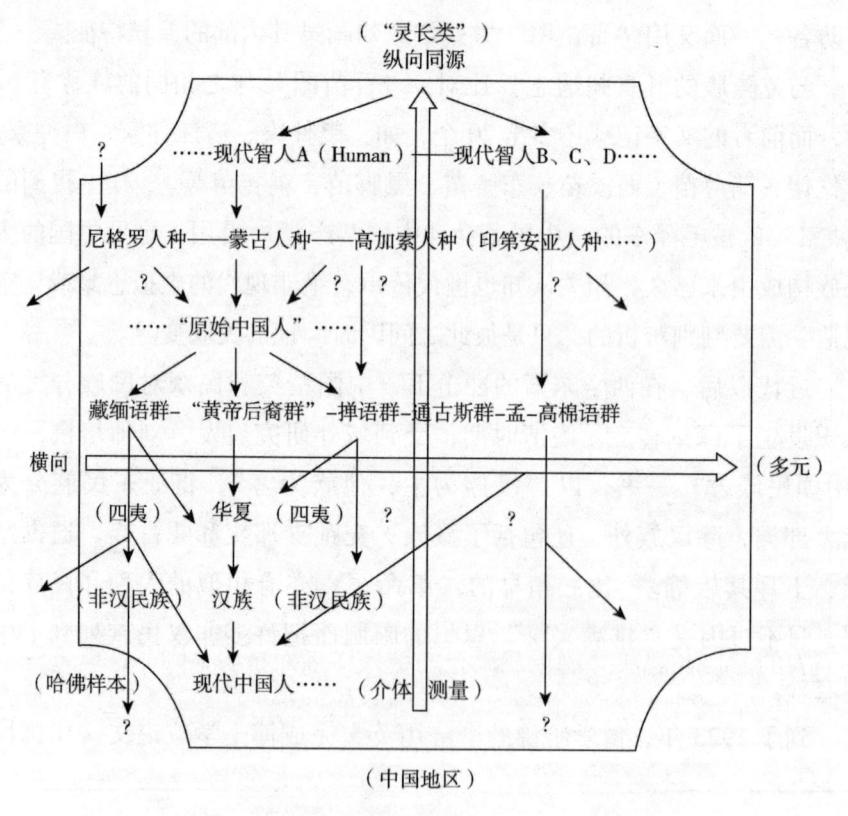

```
                    ("灵长类")
                    纵向同源
                       ↑
         ?    ……现代智人A（Human）——现代智人B、C、D……
              ↓       ↓         ?       ↓
         尼格罗人种——蒙古人种——高加索人种（印第安亚人种……）
              ↓   ?   ↓   ?   ↓     ?      ↓
              ……"原始中国人"……
                       ↓
         藏缅语群-"黄帝后裔群"-掸语群-通古斯群-孟-高棉语群
  横向 ←──────────────────────────────────→ （多元）
              ↓        ↓       ?      ?
            （四夷） 华夏 （四夷）
              ↓        ↓         ↓
           （非汉民族）汉族（非汉民族）
              ↓        ↓          ↓
         （哈佛样本）现代中国人……（介体 测量）
              ?                      ?
                    （中国地区）
```

依照李济学说描绘的中国多民族构成（笔者绘制）[②]

---

① 李济：《中国民族的形成》，江苏教育出版社2005年版，第325页。
② 相关讨论可参阅徐新建《科学与国史：李济先生民族考古的开创意义》一文，载《思想战线》2015年第1期。

如果说李济的人类学成果用英文在国外发表而在当时不一定为国人所知的话,① 由外国传教士、探险家和学者加上本土的新式学堂及科研机构在中国境内组织的大量调查无疑对彼时的各界产生过重大影响。在这当中,既有史禄国、鸟居龙藏及华西协和大学博物馆等发表的体质人类学及考古与非汉民族报告,亦有蔡元培领导的中央研究院民族组专家对东北、西北、西南乃至台湾地区各族状况进行的实证描述。后一类中较为重要的有广西科学考察团 1928 年的《广西凌云瑶人调查报告》、林慧祥 1929 年《台湾番族之原始文化》以及凌纯声 1934 年的《松花江下游的赫哲族》等,都为当时社会各界了解中国的多民族构成提供了丰富多样的材料。②

凌纯声的《松花江下游的赫哲族》于 20 世纪 30 年代出版,作为当时最科学的民族调查成果,被誉为中国本土民族学研究的破天荒著作。③作品的突出成就,一是继承在德、赛先生——科学、民主在中国立足以来,打破"中国民族出于一元"的成见,关注从古至今的多民族整体关联;此外便是以科学精神为指导,对少数民族做分门别类的实地调查。作者陈述说:

> 我们研究赫哲族的文化,是从他们各方面的生活去考察。本报告把他们的生活分物质的、精神的、家庭的、社会的四方面去叙述。④

凌纯声强调:"作游记式的民族调查工作是很容易的,然而彻底明了土人的习俗和思想并能记载调查的结果详细而精明,则非注意方法不可。"什么方法呢?就是科学的民族学实地调查。⑤ 凌纯声等民族学家

---

① 反过来看,恰恰因为用英文发表,李济的文章在西方受到了关注,其中的论述还被罗素在其《中国问题》里加以引用。例如,在有关汉语特征上,罗素坦诚地说:"至于以符号构成的汉字与中国特殊的文化究竟有什么关系,我没有深入研究,不敢臆断。但我相信,正如李济先生所述,有极大的关系。"参见 [英] 罗素《中国问题》,秦悦译,学林出版社 2008 年版。
② 胡鸿保主编:《中国人类学史》,中国人民大学出版社 2006 年版,第 35—53 页。
③ 徐益棠:《十年中国边疆民族研究之回顾与前瞻》,《边政公论》1942 年第 5—6 期。
④ 凌纯声:《松花江下游的赫哲族》,民族出版社 2012 年版,"序言"第 1 页。
⑤ 凌纯声:《民族学实地调查方法》,《民族学研究辑刊》第一辑,1936 年。

· 203 ·

在1930年代对松花江下游赫哲族进行实地调查的目的，一是要摸清东北各民族的基本概况，另一是力图为中国文化"东来说"亦即"起于东夷说"提供实证，反驳当时流行的"西来"、"南下"和"北上"诸说。据此作出的论断是：居于东北的民族可分为三大族：古亚洲族、东胡族和通古斯族。"赫哲族为通古斯族的一种。"①

在科学研究的意义上，凌纯声等人的调研实践可以说开创了现代中国首批最规范的"民族识别"，特点是结合本土沿革、文献辨析和田野实证，同时参考吸收了国外学界的各类成果，以中国民族起源的"东夷说"为假定，大大拓宽了认识多民族中国的疆域视野及其内部族别的多样纷繁。例如在讲到东北三大族类之一的"古亚洲族"时，《松花江下游的赫哲族》进一步分析说：

> 古亚洲族受周民族、通古斯及蒙古诸民族的压迫，一部分为入侵者所同化，一部分则退居于今日亚洲的极东北隅，如现存的楚科奇（Chukchee）人、科利亚克（Koryak）人、厄斯基摩（Eskimo）人、勘察达尔（Kamchadal）人、于卡吉尔（Yukaghir）人、虾夷（Ainu）人、吉利雅克（Gilyak）人等，皆为该族的后裔。②

其中提到的东北亚现存族类，不但数量繁多，而且十分鲜见，一旦为人所知无疑将开阔国人对何为"中国"的新见识。1936年，民族学家马长寿发表《中国西南民族分类》专文，将西南民族列出苗瑶、掸台和藏缅三大族系、包括红苗、白苗、瑶、畲、瓦、喇、噗喇、仲、水、倮猡、栗粟等三十余种。③ 1943年龚家骅编撰《云南边民录》的一书，记录了云南民族八十八类，包括蒲人、木邦、普马、阿度、山车等。④

这些民族学调研成果面世后，通过学校教育、图书发行及报刊传

---

① 凌纯声：《松花江下游的赫哲族》，民族出版社2012年版，"序言"第1页。
② 凌纯声：《松花江下游的赫哲族》，民族出版社2012年版，第39—41页。
③ 马长寿：《中国西南民族分类》，《民族学研究辑刊》第一辑，1936年。
④ 龚家骅：《云南边民录》，台北：正中书局1943年版。

播，无疑对当时的社会各界产生了深远影响。这种影响对把民族问题置于重要位置的中共显然不会例外。

据参与中共民族问题决策的李维汉回忆，20世纪30年代在延安创建的陕北公学及中共中央研究院成立有专门的民族研究部门。为了提高对民族问题的认识水平，他们派人到西安采购，把有关民族类的书籍尽可能全买下来。[①] 倘若其中便有前述著作的话，想必也会增强参与者们对"少数民族"类别、族源等方面的进一步了解。而即便不做彼此关联的硬性求证，抗战时期中共民族研究部门发表的几部阐述民族问题的重要作品，如李维汉、牙含章等执笔的《回回民族问题》和刘春执笔的《蒙古民族问题》等，[②] 也已明显地体现出不相上下的时代水平，并展示了具有共产国际背景的大党自上而下的统一眼光和超前的治国气派。

不过对于多民族共同体的历史进程来说，从学理上弄清不同民族的特征和类别是一回事，在政治上赋予各民族的族籍权利是另一回事。尽管由古到今、从文献史料到实地调研，中国多民族的身份确认已走过了漫长的历程，但唯有"少数民族"作为特定政治成员的地位得到国家认可后，才迈入了平等共和的现代阶段。这一点在20世纪上半叶表现为苗夷民族通过抗争获得"国大"代表席位[③]以及回族、蒙古族在陕甘宁边区组建自己的自治政府。接下来，才是1950年后中央人民政府领导下的新一轮的"民族确认"。

三 作为中华人民共和国成立根基的民族确认

依照不同来源的资料汇总，截至中华人民共和国成立时中国境内已知的民族种类已达到数百个之多。然而1950年后逐步启动的"民族确认"表面看似乎只是为了厘清各地自报族称的混乱，其实远非如此。从现代国家的创建意义看，新中国的"民族确认"实质上是一场为确

[①] 李维汉：《中央西北工作委员会和少数民族工作》，收入其著《回忆与研究》，中共党史资料出版社1984年版，第453页。

[②] 参见王伏平《西工委与〈回回民族问题〉》，《回族研究》2001年第4期。

[③] 参见黄雪垠《南京国民政府时期全国性议政机构中少数民族代表考察》，《民族学刊》2016年第3期。

立新中国各民族身份权利——族籍权而非开展不可的政治运动，换句话也可称为一项事关如何在不同民族中实现权力分配的国家工程。

1949年，全国政治协商会议通过的《共同纲领》"第十三条"明确指出：

> 中国人民政治协商会议为人民民主统一战线的组织形式。其组织成分，应包含有工人阶级、农民阶级、革命军人、知识分子、小资产阶级、民族资产阶级、少数民族、国外华侨及其他爱国民主分子的代表。
>
> 在普选的全国人民代表大会召开以前，由中国人民政治协商会议的全体会议执行全国人民代表大会的职权，制定中华人民共和国中央人民政府组织法，选举中华人民共和国中央人民政府委员会，并付之以行使国家权力的职权。①

这就以相当于国家制宪的形式将少数民族作为一种权力主体和参政类别，列入了"行使国家权力者"行列。1952年2月22日的政务院会议又通过建立地方民族民主联合政府的决定，阐明目的"是为了保障少数民族在地方政权中的平等权利。"②

对于少数民族代表的分配和产生，《共同纲领》规定："凡各民族杂居的地方及民族自治区内，各民族在当地政权机关中均应有相当名额的代表。"③

在这样的建国举措指引下，面对客观上长期存在并受新中国民族政策鼓励而骤然增多的各民族"自报家门"现象，一方面引起各级政府的高度重视；另一方面推动了国家主导、自上而下"民族确认"工程

---

① 《中国人民政治协商会议共同纲领》，1949年9月29日全国政协全体会议通过，收入政协全国委员会办公厅编《开国盛典：中华人民共和国诞生重要文献资料汇编》（上），中国文史出版社2009年版，第506—514页。

② 《中央人民政府政务院关于地方民族民主联合政府实施办法的决定》，1952年2月22日政务院第125次政务会议通过。

③ 《中国人民政治协商会议共同纲领》，1949年9月29日全国政协全体会议通过，收入政协全国委员会办公厅编《开国盛典：中华人民共和国诞生重要文献资料汇编》（上），中国文史出版社2009年版，第506—514页。

的全面启动。工程的主要任务，是要在前述《中国革命和中国共产党》等文件已明确认定的"蒙、回、藏、维吾尔人、苗、彝、僮、仲家、朝鲜"等非汉民族基础上，进一步区分和认定新中国其他"少数民族"成员，以便赋予其平等的身份权利。

1950年夏季，中央派出的民族访问团在重庆受到刘伯承、邓小平等领导会见。时任中共西南局第一书记的邓小平在欢迎大会上发表讲话，对西南地区少数民族混杂不清的状况坦陈如下：

> 西南的少数民族究竟有多少，现在还不清楚。据云南近来的报告，全省上报的民族名称有七十多种。贵州的苗族，据说有一百多种，实际上有些不是苗族。例如侗族，过去一般都认为是苗族，实际上语言、历史都不同，他们自己也反对这么说。
>
> 从这一情况就可看出，我们对少数民族问题不仅没有入门，连皮毛还没有摸着。当然经过三两年工作之后，对各个民族有可能摸清楚。历史上弄不清楚的问题，我们可能弄清楚。①

当时的西南情况如此，其他地区也类似。鉴于《中华人民共和国中央人民政府组织法》所阐明的"中华人民共和国政府是基于民主集中原则的人民代表大会制的政府"之重要性，②为了摸清各民族构成的实际情况，为新中国的人民代表普选做好坚实准备，1953年4月3日，中央人民政府政务院发表由周恩来签署的公告，宣布在全国范围组织开展新中国的第一次人口普查。同时颁布的《全国人口调查登记办法》指出，普查的目的，是"为准备全国人民代表大会及地方各级人民代表大会选举，做好选民登记工作，并为国家的经济、文化建设，提供确实的人口数字"。③

---

① 邓小平：《关于西南少数民族问题》，1950年月21日，《邓小平文选》，人民出版社1989年版。
② 《中华人民共和国中央人民政府组织法》，1949年9月27日中国人民政治协商会议第一届全体会议通过。参见《人民日报》1949年9月27日。
③ 参见周恩来《中央人民政府政务院为准备普选进行全国人口调查登记的指示》，《全国人口调查登记办法》，政务院，1953年4月3日。

首次普查依照同时颁布的《全国人口调查登记办法》展开，以户为单位，涉及全体中华人民共和国国民，具体登记方式"按乡、镇、市辖区及不设区的市所划的选举区域设立调查登记站，采取户主到站登记的办法，必要时亦可采取调查员逐户访查的办法"。要求登记的项目除户主及与户主关系外，主要包含四项：姓名、性别、年龄、民族。如《江西政报》1953 年第 6 期刊载的人口调查登记表样式如下：①

（甲式）　　　　　人 口 调 查 登 记 表　　　政务院批准
城市户住址：　　　　　　　　　　　乡村户住址：　　国家统计局制订
＿＿省（市）＿＿县（市）＿＿区（镇）
＿＿（街）＿＿（巷）门牌第＿＿号　　　　县＿＿＿＿乡＿＿＿＿（村）

在　外　人　口	常　住　人　口	人口类别
在外人口共计	常住人口共计	户主 / 与户主关系
		姓名
人—男	人—男	性别
		年龄
人—女	人—女	民族
人。	人。	参考

填 表 人：＿＿＿＿＿＿＿＿＿　填表日期：一九五三年＿＿月＿＿日

---

① 《人口调查登记表填写说明》，转自《江西政报》1953 年第 6 期。

第六章 身份归属：多元民族的政治确认

与《全国人口调查登记办法》同时所附的《人口调查登记表填写说明》第12条，特地对"民族"一项作了说明，曰：

> 民族——填写本人所属的民族，如汉、蒙、回、藏、维、苗、彝、僮……等。父母不是同一民族、不满十八周岁者，其民族由父母决定，满十八周岁者，由本人决定。①

如前所述，本次人口普查的目的是要为人大普选打好基础，因此人口登记实际是与选民登记同步进行的。如此一来，在人口登记中将"民族"列入，也就意味着把民族身份提升成了选民的基本属性和重要资格。就持续了数千年民族隔阂与民族歧视的旧制度而言，这样的举措真足以称得上破天荒之变局了。

1953年通过的《选举法（草案）》规定"全国各少数民族代表名额为一百五十人"，并规定"除了这个固定数目之外，如仍有少数民族选民当选为全国人民代表大会代表者，不计入一百五十人名额之内。"② 这样的名额是怎么计算出来的呢？答案是依照1953年进行的全国人口普查。据国家统计局后来公布的普查结果：

> 一、一九五三年六月三十日二十四时的全国人口总数为六亿零一百九十三万八千零三十五人。
>
> ……
>
> 三、全国人口（没有进行直接调查登记的台湾省、国外华侨和留学生等人口未列入）中按民族构成划分：
>
> 汉人五亿四千七百二十八万三千零五十七人，占百分之九十三点九四；各少数民族共三千五百三十二万零三百六十人，占百分

---

① 《人口调查登记表填写说明》，转自《江西政报》1953年第6期。
② 《中华人民共和国全国人民代表大会及地方各级人民代表大会选举法》，1953年2月21日中央人民政府委员会第22次会议通过。参见金炳镐主编《民族纲领政策文献选编》（第一编），中央民族大学出版社2006年版，第485—487页。

六点零六。

人口在百万以上的少数民族有：

蒙人一百四十六万二千九百五十六人；

回人三百五十五万九千三百五十人；

藏人二百七十七万五千六百二十二人；

维吾尔人三百六十四万零一百二十五人；

苗人二百五十一万一千三百三十九人；

彝人三百二十五万四千二百六十九人；

僮人六百六十一万一千四百五十五人；

布依人一百二十四万七千八百八十三人；

朝鲜人一百一十二万零四百零五人；

满人二百四十一万八千九百三十一人。

其他各族共六百七十一万八千零二十五人。①

按照《选举法（草案）》规定，首届全国人大的代表名额约为1200人。依照普查统计的结果，全国少数民族人口数约占全国总人口数的1/14。所以，全国人大的少数民族代表人数预计接近代表总数的1/7。对此，国家领导人解释说，这个名额的规定是合理的，因为——

> 全国民族单位众多，分布地区很广，需要作这样必需的照顾，才能使国内少数民族有相当数量的代表得以出席全国人民代表大会。②

这里提到少数民族代表在全国人大的总体配置，已体现着民族作为合法的参政类别正式登上新中国政治舞台，彼此不同而又平等的民族身份不但在选举权和被选举权意义上得到承认，而且还将获得国家最高权

---

① 参见《中华人民共和国国家统计局关于全国人口调查登记结果的公报》，《中华人民共和国国务院公报》1954年第二号。

② 邓小平：《关于"中华人民共和国全国人民代表大会及地方各级人民代表大会选举法"草案的说明》，《人民日报》1953年3月3日。

力机关成员的资格,通过提案、投票和表决,行使包括立法权、决定权、任免权和豁免权等在内的最高权力。

不过,按1953年《选举法》规定的全国人大少数民族代表名额,主要是按占全国总人口比例来配置的,还不能做到以每个民族为单位分配,原因就在于除了已经公认的蒙古、回、藏、苗、彝等族别外,还有大量已知或已上报的族类难以确定。这样一来,如何厘清中国境内各民族的类别存在就不但与人大选举密切联系,而且关涉甚广、迫在眉睫,非尽快完成不可了。

事实上,这项事关重大的"民族确认"工程早在人口普查和人大选举前便已开始,普查和选举只是其中具有转接意义的节点而已。1949年10月,为庆祝中华人民共和国成立、落实《共同纲领》制定的新中国民族政策,中央人民政府组织了邀请各地民族人士进京观礼及派遣中央慰问团赴各民族地区慰问考察的双向活动。1950年被中央委派到西南的慰问团,除了进行慰问和宣传外,就进行了与民族识别相关的实地考察。据时任慰问团副团长的费孝通回忆说,当时在贵州接触到的"自报的民族单位"就有三十多个。其中理应包括邓小平讲话提到在以往被误划为"苗人"的侗族等。此外,在黔西北有人口二十多万的"穿青人",因受到当地汉人歧视,不愿和汉族合为一族,也"要求以少数民族待遇"。为此,费孝通等参与了持续数年的针对性甄别调研,通过语言、历史等多方面考证后向政府主管部门提交报告,做出"穿青人"是汉族支系、不应填报为少数民族的判断。[①]

在"民族确认"的漫长过程中,有四种主要方式影响到各民族"族体身份"的呈现,即:地方上报、人口登记、工作组甄别以及国家层面的正式发布。1950年,仅云南一省上报的民族类别就有一百多种,贵州七十以上。1953年全国人口普查时经国民(选民)自己填报,汇总登记下来的民族种类"据称有四百多个"。[②] 但或许出于稳妥起见,国家统计局正式公布的数据里,得到确认的少数民族类别只有十个,

---

[①] 费孝通:《关于我国民族的识别问题》,《中国社会科学》1980年第1期。
[②] 费孝通:《关于我国民族的识别问题》,《中国社会科学》1980年第1期。

即：蒙、回、藏、维吾尔、苗、彝、僮、布依、朝鲜、满；剩余的族别被笼统称为"其他各族"。① 与《中国革命和中国共产党》的"九族"相比，人口普查的"民族名单"增添了满族，成了"十族"。

满族在新中国的重新出场，说起来另有一番意味。资料记载，1952年10月10日，中共山东分局统战部致电中央统战部，请示满族是否为少数民族。电文如下：

> 我省德州、益都、青岛等地均有聚居满族，中央人民政府民族事务委员会编印的中国少数民族人口统计资料中列有满族一项，但我们未曾看到中央有关满族的指示，该族是否应列入少数民族，我们对该族应采取何种态度，敬希速示。②

事情报到中央，几经周折，得到中央统战部《关于满族是否是少数民族的意见》批复，确认"满族是我国境内的一个少数民族"。不仅如此，批复还对满族族别存在疑问的原因加以分析，指出："虽然满族与汉族长期杂居，其民族语言与民族习惯的特点逐渐消失，特别是辛亥革命后，他们更有意识地隐藏自己的民族特点、改变民族成分"，继而强调"但是他们的民族情感仍然相当强烈地存在着"。因此，"满族需要得到政府的承认以及政府对满族地位的认可"。③

如前所述，现代中国的多民族共同体创建，其历史起点始于以同盟会排满为主导的"辛亥革命"。在这历史惯性的推动下，民国政府或明或暗地坚持了对满人的排斥和否定，④ 于是才导致满人及其后裔对族别

---

① 参见《中华人民共和国国家统计局关于全国人口调查登记结果的公报》，《中华人民共和国国务院公报》1954年11月1日。
② 《中央统战部关于满族是否是少数民族的意见》，中央统战部编《统战政策文件汇编》，1958年印，第3版，第1390页。
③ 《中央统战部关于满族是否是少数民族的意见》，中央统战部编《统战政策文件汇编》，1958年印，第3版，第1390页。
④ 民国政府对于满族的基本观点是："辛亥革命以后，满族与汉族，实已融为一体，更没有歧异的痕迹。"见蒋介石《中国之命运》第一章"中华民族的成长和发展"，参见蒋中正《中国之命运》，台北：正中书局1943年版。

第六章　身份归属：多元民族的政治确认

身份的隐藏，但这不意味着对自己民族归属和权利的放弃。即便在辛亥前后，不但涌现过加入革命的满人何秀斋等政治精英；① 还有通过小说展示旗人境遇的作家穆儒丐等文化人士。② 于是，经过包括李维汉这样的汉族人士的共同努力，满人的民族身份终于得到新中国政府的再度承认，不仅在首次人口普查的公布结果中人口位居百万以上之列，确切数为"二百四十一万八千九百三十一"，而且获得了18位之多的全国人大代表席位。

不但满族的命运如此，甚至回族的情况也充满波折，只是后者族籍恢复的时间稍前而已。民国时期，由于受"大汉族主义"与"一国一族"等观念影响，国民政府主张"回汉同源"，不认可"回回"的民族类别，只将其归为汉化的回教团体，称为"内地生活习惯特殊之公民"③ 和"汉族的一部分"。④ 此外，受彼时国内外不同势力的影响，西北回民地区还存在"回回国"的分立趋势。⑤ 针对于此，中共组织专人考察，以维护国家统一为前提，积极为回民的民族权利呼吁伸张，于1940年发表《关于回回民族问题提纲》、《长期被压迫与长期奋斗的回回民族》和《回回问题研究》等纲领性文献，对国民党的回民政策予以批判。文献强调："民国以来，有些人根本否认回回是来自波斯等地，否认回回是汉族以外的另一民族"；"这种论断，是没有任何历史

---

① 赵展：《辛亥革命时期满族革命志士血染山河》，《中央民族学院学报》1981年第3期。
② 穆儒丐，1884年生于北京旗人家庭，曾留学日本，辛亥革命后从事写作，长篇小说《北京》影响较大。作品描写京城旗人生活，体现了较为显著的民族意识。有评论认为"普通旗人在清朝亡国后的苦难生活，在社会小说《北京》最早得到了纪实的反映"。参见张菊玲《清末民初旗人的京话小说》，《中国文化研究》1999年第1期。
③ 1939年7月，蒋介石在中国回民救国协会第一届全国会员代表大会上发表讲话时说："中国有许多佛教、基督教、回教，可以说都是汉族信仰宗教，佛教不能称佛民，耶教不能称耶民，那么回教也不能成为回民。"
④ 1941年9月6日，国民政府中央社发布《回人应称回教徒，不得再称回族》的行政通令，提出："我国向称汉、满、蒙、回、藏五族共和，其中回族实为回教，如蒙、藏人均有一定之地域，一定之政教，故可称为蒙族、藏族，若回人则遍布全国，虽甘、宁、青等省较多，然除其宗教上之仪式外，一切均与汉人无异，实与信奉耶稣教、天主教之教徒相同，故可只称为回教徒，不能称为回族。"参见丁明俊《民国时期"回族""回教"之争与回族群体的自我认知》，《北方民族大学学报》2014年第2期。
⑤ 《抗战期中回民团结的问题》，《月华》1938年第11、12、13期合刊；参见丁明俊《民国时期"回族""回教"之争与回族群体的自我认知》，《北方民族大学学报》2014年第2期。

和现在的事实根据的。虽然汉人有信奉回教的人,虽然回族中也有汉人的成分,但并不能说回回来源于汉族,回族就是汉人中的回教徒"。中共的结论与国民党政府截然不同,体现出鲜明的解放立场和整体的革命视野。《关于回回民族问题提纲》特别指出:"由于大汉族主义压迫和日本帝国主义挑拨的影响,使得回族问题在抗日战争中成了非常严重的问题。"①

为了组织西北地区的回民斗争,中共西北工作委员会提出的主要任务就是:"揭露国民党政府认为回族已经汉化,回回就是回教徒,否认回族是一个民族的大汉族主义谬论和政策。"②

《关于回回民族问题提纲》的修改本后来以《回回民族问题》为题在延安出版,书中写道:

> 回族革命是中国革命的一部分,没有回族的解放,中华民族即不会有真正的自由;反之,回族如不积极参加全中华民族解放的斗争,争取中国新民主主义革命的胜利,也就不可能获得自己民族的真正解放。③

以承认回族地位为基础,1941年5月1日公布的《陕甘宁边区施政纲领》进一步做出了成立回族自治区的决定。④ 1953年全国人口普查后政府公布的回族人口超过百万,为三百五十五万九千三百五十人,在少数民族人口数中排列第三。担任过中央民委副主任和全国人大常委会

---

① 中央西北工作委员会拟定,中央书记处批准:《关于回回民族问题提纲》,1940年4月,收入中央统战部编《民族问题文献汇编》,中共中央党校出版社1991年版,第653—655页;参见张小军《关于〈回回民族问题的提纲〉及其指导下的延安回族政策实践》,《回族研究》2012年第1期。

② 参见李维汉《中央西北工作委员会和少数民族工作》,收入其著《回忆与研究》,中共党史资料出版社1984年版,第455页。

③ 民族问题研究会:《回回民族问题》,延安解放出版社1941年版,民族出版社1982年再版。

④ 韩延龙、常兆儒:《中国新民主主义革命时期根据地法制文献选编》(第一卷),中国社会科学出版社1984年版,第36页;李维汉:《中央西北工作委员会和少数民族工作》,收入其著《回忆与研究》,中共党史资料出版社1984年版,第468页。

民族委员会主任的刘格平界定说:"回回民族基本上是由阿拉伯、中亚细亚等地的外来人在中国经过长期发展而形成为我国的一个民族。"①1958年10月,宁夏回族自治区成立,回族出身的刘格平当选为首任自治区主席。

由此看来,如果不是新中国成立前后中共民族政策的实施,而依循民国政府的国策,如今的中华人民共和国内就不再有满族、回族存在。联系自1912年清帝退位后由民国继承的多民族疆域及"五族共和"的帝国遗产来看,一个清除了满、回族籍的整体中国将是另一种格局。即便从利益考虑,让同样古老悠久的民族因其他民族的强大崛起而被迫消失,也有悖于现代社会的基本理念和建国根基。

1950年3月3日,针对人民代表大会制度在新中国的启动推广,《人民日报》社论《必须开好各界人民代表会议》指出:"毫无疑问,这是一个重大的政治变革,标志着中国人民在民主政治的发展道路上向前飞跃的发展。"社论强调:

> 中国人民在建立了自己的国家——中华人民共和国,规定了自己建国的大宪章——人民政协共同纲领之后,他们已经把国家命运同自己切身利益紧紧地连在一起,而召开各界人民代表会议,正是人民行使权力管理国家政权的具体步骤。②

其中提到的各界,就包括了中国境内的各民族,尤其是在以往受歧视、被排斥的少数民族。少数民族作为政治类别登上新中国舞台,正体现了"人民行使权力管理国家政权"的步骤之一。接下来必须进一步完善的重要任务,便是要在确保政治权力得以行使的意义上弄清中国各民族的准确构成。对此,费孝通概述说,"要答复我国有哪些民族和有多少民族的问题,就得对这个民族名单进行一番甄别。我们称这项工作

---

① 刘格平:《庆祝筹建中的宁夏回族自治区》,《中国民族》1957年第2期。
② 《必须开好各界人民代表会议》,《人民日报》1950年3月3日。

为民族识别,这是一项科学研究工作"。①

结合当时的历史背景,"民族识别"的工作任务,就是为政府建议具有参政意义的"民族名单"。在当时,中国的"民族名单"其实已存在三种不同类型。

(1) 民间自称:此名单以自在方式存在于现实社会,通常有各自的母语自称,如 Монгол(蒙)、བོད་པ་(藏)、Hmong(苗)、Uyghur(维吾尔)以及"用日贝"(赫哲)、"穿青"等,并可经由"人口普查"一类的外来活动部分呈报出来。因受限于多方面制约,这一类型的数目难以穷尽。在 20 世纪 50 年代初期时,呈现在这类名单里的族称达到 400 以上。

(2) 外界他称:此名单散见于各类记载,主要由社会各界的认知累积形成,包括历代文献和现代考察的不同划分。后者当中又分为域外来华探险家、传教士和学者的记录汇总以及国内机构组织的考察分类。同样以 20 世纪 50 年代初期为限,此类"民族名单"里的族称种类也达到了数百之多。

(3) 国家定名:对于新中国多民族共同体的政治构成而言,国家确认的"民族名单"才是族别分类的合法版本。这个版本的形成,经历了既由少到多又由繁到简以及协商待定的过程,确认方式则包括:承继(如蒙藏)、恢复(如满族)、改称(如西番)、归并(如西南诸省区的"布壮""布沙""布依")、区分(如侗族、仲家由"苗人"中划出)、新定(如土家)和待识别(如穿青、摩梭、白马、高山……)等。

以上三份有关民族划分的名单,第一可称为自在名单,第二可概括为学术名单,第三则是政治名单。严格来说,"民族识别"考察组提出的民族名单属于第二类型,既不能代替被识别民族的自我认同,也不等于最后的国家认定。对此,费孝通、林耀华概述说:

> 我们进行的族别问题的研究并不是代替各族人民来决定应不应当承认为少数民族或应不应当成为单独民族。民族名称是不能

---

① 费孝通:《关于我国民族的识别问题》,《中国社会科学》1980 年第 1 期。

强加于人或别人来改变的。我们的工作只是在从共同体的形成上来加以研究，提供材料和分析，以便帮助已经提出民族名称的单位，通过协商，自己来考虑是否要认为是少数民族或是否要单独成为一个民族。①

同样参与当年民族识别工作的杜玉亭指出，国家确认并非学术研究行为，而是一种政府决策。他强调说：

  这一点对民族识别来说最为关键，因为任何一个民族识别报告的是否被认可，或何时被认可，皆由国家定夺。从严格的科学意义上来讲，国家确认与民族识别应是两个既有联系但又有严格区别的学术概念。②

后来有学者区分了影响不同"民族名单"产生的不同环节，并辨析了彼此的交错关系，提出先有少数民族的普遍自觉，后才有调查组参与的民族识别。文章写道：

  民族识别是对民族自觉的政策回应，而不是在族体确认上强加于人。不论民族识别是否进行，民族自觉或民族认同实际上都在发生。它们的区别仅在于，识别会使认同沿着识别的结果而发生；不识别则会朝着多种可能的结果而发生，因为它的对象是不明确的。③

可见，上述三份"民族名单"既对应三种来源不同的类型，又体现了三个功能各异的产生环节。在国家决策意义上，正是经由三个环节的合力作用，经过最早蒙古族、回族自治地方在20世纪上半期的成立、

---

① 费孝通、林耀华：《当前民族工作提给民族学的几个任务》，《科学通报》1956年第8期。
② 参见杜玉亭《基诺族识别四十年回识：中国民族识别的宏观思考》，《云南省社会科学》1997年第6期。
③ 参见王希恩《中国民族识别的依据》，《民族研究》2010年第5期。

20世纪50年代后的调查划分，直至1979年"基诺族"被最后确认，终于形成了中华人民共和国以"五十六个民族"为正式数目、具有国家法定意义的政治名单，其中呈现的大致结构如下（笔者绘制）：

中国的民族 { 自称类"自在名单"：作为自我存在的生活群体（数目待考）
他称类"学术名单"：作为他者呈现的区分类别（数目上百）
国定类"政治名单"：具有法定权利的政治单位（五十六+X）

需要辨析的是，三份"民族名单"含义不一，功能各异，虽然在正式的政治生活中通常以国定名单为准，但不等于另外两份就全无意义。实际上，不论作为民间自称还是外界他称的民族名单仍都以不同方式并行存在，继续发挥着人群认同、支系传承及历史记忆等多重作用。

从1949年新政协通过的《共同纲领》到1954年新中国颁布的第一部宪法，都强调由各族人民共同创建的现代中国是"统一的多民族国家"、各民族"均有平等的权利和义务"。但其中"多民族"有多少，"各民族"含哪些，却有待明确，确定的方式就是由政府公布国家认定的民族名单。由于类似于一国之内的行政地方及党派团体，凡进入国定名单的族体将作为政治单位参与国家事务，因此入选的族别显然经过严格筛选，其中程序至少包括：沿袭公认—民间申报—专家识别，最后提交政府确认。在迄今公布的国定名单中，各民族获得确认的路径也不尽相同：汉族、苗族堪称"辛亥革命"后的复兴，蒙、藏乃世所公认，满族是恢复，回、黎、彝、朝鲜等通过政协《共同纲领》等文件列入，其他如土家、畲、达斡尔、赫哲、仫佬……直至基诺族等属于中华人民共和国成立后经人口普查、民族识别等国家工程而获得的确认。

相比之下，只有获得国家明确认定，中国各民族的族籍身份才被视为有效，也才能享有与之对应的正式地位和权利。以此为基础，也就从国家层面决定了与之关联的民族区域、民族历史和民族文学，规范了相应的区域自治、族史编撰和文学族界。

为此，在政府发布的一系列公文里，一方面承诺：为保障少数民族享有民族平等权利，尊重一切少数民族正确表达本人的民族成分的自由，凡属少数民族，都有权正确表达本人的民族成分，申请恢复或改正其民族成分；[①]另一方面又对"民族族称"和"民族成分"的选择做了限定，强调："确定公民的民族成分必须以国家正式认定的民族族称为准，任何人不得以国家未确认的族称为自己的民族成分。"[②]

结合观念认知与历史实践来看，这种针对"民族成分""民族族称"的国家承诺与规定，关涉对汉语"民族"一词的多重界定，需要联系现代中国的社会变迁再做梳理。

四 汉语"民族"的多重论争

就多民族处境及关系的演变而言，晚清以来的中国实际经历了三次大的变革。第一次以同盟会等发动的"排满兴汉"为代表，结果是汉族在中华民国重新获得统治地位，后逐渐转向"大汉族主义"的国策。第二次以民国时期各少数民族奋力抗争，谋求"民族解放"为标志，与此同时，中国共产党先后将民族自决和区域自治写入纲领，提上议程，发起了对"大汉族主义"的批判。第三次出现在中华人民共和国成立之后，以各民族作为政治类别获得政府认定并加入国家权力结构为特征，强调统一国家内的"民族团结"。

在这一过程中，围绕对"民族"概念的不同解说，引发了一次又一次的论争、变异。首先，从孙中山到蒋介石，沿袭了"同盟会""兴中会"传统的民国政府，以最初带有种族主义色彩的主张取得排满胜利后，一度为继承帝国遗产的整体格局而主动妥协，沿用"五族共和"说维系了汉、满、蒙、回、藏的族称和疆域，但在抗日战争爆发之后，一方面出于对外敌肢解中国的担忧；另一方面受"大汉族主义"的影响，在民族问题上转向了对少数民族的否定，提出以"宗族"代"民

---

① 国务院人口普查领导小组、公安部、国家民族事务委员会联合颁布：《关于恢复或改正民族成分的处理原则的通知》，1981年11月28日。
② 国家民委（政）字〔1990〕217号文件：《关于中国公民确定民族成分的规定》，国家民族事务委员会、国务院第四次人口普查领导小组、公安部1990年5月10日联合下发。

族"的主张,将蒙、藏、回、满说成汉族宗支,把西南少数民族改叫"边胞",用"一族论"取代"多族论",最后统统融进实为汉族主导的"国族"里面。

被称为民国"国父"的孙中山为国民党政权的民族政策奠定了充满矛盾的根基。在此根基指导下,在辛亥以前将满清视为予以驱除的"异种",民国建立后又在《中华民国临时约法》等表述中,把"排满兴汉"改为各族"共和",宣称"今我共和成立,凡属蒙、藏、青海、回疆同胞,在昔之受压制于一部者,今皆得为国家主体,皆得为共和国之主人翁,即皆能取得国家参政权"。或指出"共和民国,系结合汉、满、蒙、回、藏五大种族,同谋幸福"①;"今者五族一家,立于平等地位"。然而到了20世纪20年代,孙中山本人便在"三民主义"系列演讲里,对"五族共和"进行抨击,将其称为"欺人之语",② 理由是"盖藏、蒙、回、满,皆无自卫能力",继而强调应发扬"积极的民族主义",亦即"汉族的民族主义","使藏、蒙、回、满同化于汉族,建设一最大的民族国家者,实在汉人之自决"。由此,孙中山把"民族主义"修改为"国族主义",提出未来中国的目标是在全球竞争的格局里,以将"英、荷、法、德种人同化"而成的美利坚合众国为榜样,"将汉族尽管扩为中华民族,组成一个完全的单一民族国家,与美国同为东西半球二大民族主义的国家"。③

至此,孙中山的民族思想体现为单一论、同化论与国族论的结合。到了蒋介石执政的国民政府那里,则进一步演绎为"一国一族"论,也就是被共产党批判为"大汉族主义"的民族融合论。以这样的民族观念为主导,多民族中国的历史即被表述为各少数民族向汉族的"内附和同化"过程,非但自"周代的猃狁,秦汉的匈奴,已开内附与同化之端""突厥之在初唐,契丹之在晚唐与两宋,蒙古之在明清,皆迭

---

① 参见《孙中山全集》第2卷,中华书局1982年版,第60页。
② 参见孙中山《民权与国族:孙中山文选》,曹锦清选编,上海远东出版社1994年版,第272页。
③ 孙中山:《在中国国民党本部特设驻粤办事处的演说》,1921年3月6日;参见《孙中山全集》第5卷,中华书局1982年版,第474页。

有内附与同化的历史",及至清代,"则农工商业的经营,更全赖汉族的努力,即满族亦同化于中华民族之中"。①

因此,在题为《中国之命运》的著述里,蒋介石总结说,"中国五千年的历史,即为各宗族共同的命运的记录。此共同之记录,构成了各宗族融合为中华民族"。②

整体而言,上述言论皆以汉语的"民族"为核心,其中的阐发却充满歧义,也就是存在对"民族"一词的多重解说界定。若结合"同盟会"以来的民国传统来看,从孙中山到蒋介石的一系列"民族"解说皆可视为民族主义之产物,主义在先,界定伴随:先有经过选择的"主义",后有由此而生的"民族"。孙中山提出的"三民主义"以"民族"领头,其"主义"以国家为核心,强调救国,因此便说"三民主义"就是"救国主义","民族主义"就是"国族主义"。什么是主义呢?"主义就是一种思想,一种信仰和一种力量。"国民党改组后所用救国方法是注重宣传,而"要对国人作普遍的宣传,最重要的是演明主义"。

当孙中山把民族主义转述为国族主义后,又把它与"家族主义"和"宗族主义"做了对比,将后二者描画为国家建设进程中有待提升的类型。孙中山认为,民国创建以前的中国"只有家族主义和宗族主义,没有国族主义",③ 因而缺乏团结力,是"一片散沙"。

> 中国人对于家族和宗族的团结力,非常强大,往往因为保护宗族起见,宁肯牺牲身家性命,像广东两姓械斗,两族的人,无论牺牲多少生命财产,总是不肯罢休。这都是因为宗族观念太深的缘故。因为这种主义深入人心,所以便能替他牺牲。至于说到对于国家,从没有一次具极大精神去牺牲的;所以中国人的团结力,只能

---

① 孙中山:《在中国国民党本部特设驻粤办事处的演说》,1921年3月6日;参见《孙中山全集》第5卷,中华书局1982年版,第474页。
② 蒋中正:《中国之命运》,台北:正中书局1943年版。
③ 孙中山:《三民主义》,黄彦编:《孙文选集》(上册),广东人民出版社2006年版。

及于宗族而止，还没有扩张到国族范围。①

此处所谓"中国人"显然是指汉族，"国族"的含义相当于具有汉族身份的"国民"。在这样的意义上阐释"国族"，便有将汉族与中国等同之嫌。为了做出区分，孙中山试图辨析民族与国家差异，指出："民族是由于天然力造成的，国家是用武力造成的。"二者都是团体，但造成的力不同：民族由王道——自然力造成，国家因霸道——强制力产生。通过比较，孙中山认为武力造成的国家——如号称"日不落"的英国——虽然会一时强大，却终不长久；由自然力结成的民族却能在国家消亡后仍存留于世——如犹太民族、英国殖民统治下的印度等。为什么呢？原因便在于促成民族形成的五种内力：

> 能结合成种种相同民族的道理，自然不能不归功于血统、生活、语言、宗教、和风俗习惯这五种力。这五种力是天然进化而成的，不是用武力征服得来的。②

在20世纪上半叶各种民族学说交错林立的话语里，孙中山阐述的"民族主义"既有借鉴也有独创，紧扣特定党派的政治诉求发挥，称得上目标明晰、独树一帜。然而由此引出的矛盾也随之而来。就在阐述完上述段落之后，孙中山紧接着讲道："就中国的民族说，总数是四万万人，当中掺杂的不过是几百万蒙古人，百多万满洲人，几百万西藏人，百几十万回教之突厥人，外来的总数不过一千余万人。"结论是：

> 所以就大多数说，四万万中国人，可以说完全是汉人，同一血统生活，同一语言文字，同一宗教信仰，同一风俗习惯，完全是一个民族。③

---

① 孙中山：《三民主义》，黄彦编：《孙文选集》（上册），广东人民出版社2006年版。
② 孙中山：《三民主义》，黄彦编：《孙文选集》（上册），广东人民出版社2006年版。
③ 孙中山：《三民主义》，黄彦编：《孙文选集》（上册），广东人民出版社2006年版。

联系上文所言的民族"五力"为标准,此处的结论无论于自身道理抑或中国史实均相去甚远。你能以什么样的方式证明,那被不完全统计的"几百万蒙古人"、"百多万满洲人"、"几百万西藏人"、"百几十万回教之突厥人"乃至总数不过一千余万"外来的人",在血统、生活、语言、宗教和风俗习惯方面都是同一的呢?如果不能,你何以能说他们完全是一个民族,甚至都是汉族了呢?

可见,孙中山的民族主义通过把"民族"朝"国族"与"宗族"不同方向的引申,在提升汉族主体地位的同时抹杀了一国之内其他非汉人群的族权存在。同样的"主义"到了蒋介石主政的国民政府那里可谓一脉相承,而且更为充分。1927年,政府编撰的《绥蒙辑要》便提出:

> 中华民族,都是黄帝子孙。因为受封的地点不同,分散各地,年代悠久,又为气候悬殊,交通阻隔,而有风俗习惯之不同,语言口音之歧异,虽有汉、满、蒙、回、藏等之名称,如同张、王、李、赵之区别,其实中华民族是整个的,大家好像一家人一样。因为我们中华,原来是一个民族造成的国家。①

在20世纪40年代抗战期间,蒋介石以宗族融合为基础提出了"中华同一论"。1942年8月27日,蒋发表《中华民族整个共同的责任》一文,宣告:

> 中华民族乃是联合我们汉、满、蒙、回、藏五个宗族组成的一个整体的总名词。我们说我们是五个宗族而不说五个民族,就是说我们都是构成中华民族的分子,像兄弟合成家族一样。②

一年后出版的《中国之命运》,也在开篇便阐明道:

---

① 陈玉甲编:《绥蒙辑要》,民国铅印本。
② 蒋中正:《中华民族整个共同的责任》,《福建训练月刊》1943年第6期。

我们中华民族是多数宗族融和而成的。融和于中华民族的宗族，历代都有增加，但融和的动力是文化而不是武力，融和的方法是同化而不是征服。①

依照这样的理论，古今中国的众多民族都被说成了一个民族的内部宗族，亦即同一血统的不同支系，不是诗经记载的"文王孙子，本支百世"，就是北方草原的"游牧宗族"，抑或远至南边交趾的若干宗族。然而同一部书里不断出现民族与宗族的混用，比如上一段刚说过"在中国领域之内，各宗族的习俗，各区域的生活，互有不同"。紧接着却又说"然而合各民族的习俗，以构成中国的民族文化，合各区域的生活，以构成中国的民族生存，为中国历史上显明的事实"。

语词表面的不统一出自语词使用者的自我矛盾。也就是说，对汉语"民族"的界定不一，体现出界定者的主观随意性，即词语服从政治，解说跟随权益。值得注意的是，此种"一国一族"和"中华同体"的民族解说并非只出自民国政界，在学界也涌现过此起彼伏的多次论争。以顾颉刚等为代表的一方提出"中华民族是一个"的立论，否认非汉民族的存在，甚至提出禁止在"中华"以外使用"民族"一词。一方面，在对中国内部人群的多样性上此派学者并不否定，但只愿意沿用古代汉语的"人"、"民"、"族"乃至"胞"等相称，如"汉人"、"回民"、"苗族"或"边胞"等，不承认有多个不同的"民族"。另一方面，若要使用近代的西来术语的话，他们又宁愿将汉族之外的人群称为"种族"或"部族"，不允许叫作"民族"，也就是不准称为"蒙古民族""藏民族""苗民族"等。

反对的一方主要有吴文藻、费孝通、翦伯赞和苗族人士鲁格夫尔等。他们不赞同"中华民族是一个"的提法，认为这样的观点在学理上站不住脚，在政治上无异于变相的"大汉族主义"。

正如翦伯赞批评的那样，顾颉刚等误把"民族"等同于"国家"，

---

① 蒋中正：《中国之命运》，台北：正中书局 1943 年版。

第六章　身份归属:多元民族的政治确认

以为但凡承认不同民族的存在就一定导致民族对立、民族自觉,直至冲突和分裂。所以,看上去是出于为避免国家分裂的考虑,顾颉刚先是呼吁:"凡是中国人都是中华民族——在中华民族之内我们绝不该再析出什么民族——在今以后大家应当留神使用这'民族'二字。"继而对学界有可能不听呼吁者提出正告:

> 我敢率直奉劝研究人类学和人种学的人,你们应当从实际去考定中国境内究竟有多少种族,不应当听了别人说中国境内有五大民族,就随声附和,以为中国境内确是五个民族,使得一班人跟着你们,更增高他们对于帝国主义者的宣传的信任心,陷国家于支离破碎的境地。如果我们常常用了"苗民族"、"瑶民族"、"罗罗民族"、"僰夷民族"等名词来说话作文,岂不使帝国主义者拍掌大笑,以为帮助了他们的分化功劳?[①]

这样的言说和口吻不仅在清廷《退位诏书》即已使用、后又在孙中山就任中华民国临时大总统时出现的"五族"提法拱手送给异域他者,将"苗民族""瑶民族"等名称的使用等同于帝国主义宣传,而且通过"奉劝"这样的嘲讽语词嘲讽和贬低人类学者的既有成果,甚至不惜添上涉嫌"陷国家于支离破碎的境地"的罪名。傅斯年的态度更激烈,他首先肯定顾颉刚提出"中华民族是一个"的立论,认为其"实是今日政治上对民族一问题惟一之立场",强调对待国内非汉民族的态度只能是同化。接着对提出异议的费孝通等学者严加斥责,说"此地正在同化中,来了此辈'学者',不特以此等议论对同化加以打击,而且专刺激国族分化之意识,增加部落意识"。在给朱家骅等的信函里则写道:

> 今中原避难之"学者",来此后大在报屁股上做文,说这些地

[①] 顾颉刚:《中华民族是一个》,《益世报》1939年2月13日,《边疆周刊》第9期。

方是猓猓，这些地方是獽夷……，更论中华民族不是一个，这些都是"民族"，有自决权，汉族不能抹视此等少数民族。更有高调，为学问做学问，不管政治……弟以为最可痛恨者此也。①

非但如此，傅甚至提出应对不赞同"中华民族是一个"的学界人士予以行政处置。他说，"夫学问不应多受政治之支配，固然矣。然若以一种无聊之学问，其恶影响及于政治，自当在取缔之例"。

费孝通在肯定顾颉刚论说的爱国初衷之后，毫不含糊地指出了其立论错误，坦陈即便对"民族"之称存在歧义，也不必否认"中国境内有不同的文化、语言、和体质的团体"存在。针对顾颉刚等对国家统一的忧虑，费孝通的观点是：

谋政治上的统一，不一定要消除"各种各族"以及各经济集团间的界限，而是在消除因这些界限所引起的政治上的不平等。②

翦伯赞是生于内地的维吾尔族学者，③ 留美生，中共党员。他在重庆杂志上撰文参与论战，认为"中华民族是一个"的命题"包含着否定国内少数民族之存在的意义"。他指出团结不是否定少数民族的借口，更意味着要将他们消灭。他以自称为德意志代表的希特勒为例，指出"只有法西斯的'种族学说'，才鼓吹一种妄自尊大的民族偏狭性，把自己的民族，当作'天生的'优等民族，而把其他民族当作天生的'奴种'，因此他们有权奴役其他的民族，在'团结'的美名之下，用经济的、政治的、文化的，乃至暴力的方法，去遂其消灭其他民族的无

---

① 参见《傅斯年致朱家骅、杭立武》，1939年7月7日，摘录自《傅斯年遗札》，第1014—1017页，档号：Ⅲ：1197。《傅斯年全集》第7卷，湖南教育出版社2003年版，第206页。
② 费孝通：《关于民族问题的讨论》，《益世报》1939年5月1日，《边疆周刊》第19期。
③ 翦伯赞曾于1945年发表题为《我的氏姓，我的故乡》自传文字，其中写道：我是维吾尔族人，祖先哈勒八士是西域高昌畏吾儿哈勒将军后裔，14世纪中叶，元亡明兴时，明太祖朱元璋为巩固其统治地位，仍启用部分元朝官员，因哈勒八士擅长武功，屡立战功，遂将义女吐叶公主赐给八士为妻，并赐姓"翦"。参见翦天聪《回忆我的父亲翦伯赞》，《中国民族》2001年第9期。

人道的企图"。在题为《论中华民族与民族主义：读顾颉刚〈续论中华民族是一个〉以后》的论辩文章里，翦伯赞总结说：

> 我们民族学者的任务，也不在于回忆过去大汉族主义的光荣，不在于制造一些欺蒙的理论，而在于以最大的真诚，以兄弟的友爱，以现实的利害，用革命与战斗在中山先生的民族主义旗帜之下的把国内各民族真真的团结起来。①

民国年间的这场论争意义重大，表面看似乎是在化解汉夷冲突、维护现代中国的完整统一，在一定程度上也可理解为以往"华夷之辨"的现代翻版。然而论争的实质，却关涉对"民族"概念的阐释分歧，更为关键的是直接关涉对创建什么样的现代中国的根本分野。这个分野就在于，大清帝国解体之后的现代中国究竟该是真正的多民族共和国呢，还是仅仅为汉族为主、同化他族的单民族国家。

傅斯年、顾颉刚等以维护国家统一为由，反对赋予非汉人群以"民族"身份和地位，既体现对"民族"含义的偏狭理解，亦表明作为"同盟会"传承人的这一派缺乏处理族际共和的经验、能力，从而没有诚意和信心去创建现代统一的多民族国家。也正因如此，他们刻意对"民族"的含义作了另一种选择性解说。在顾颉刚前后多次的论述里，"民族"是由主观情绪造成的团体，不仅意味着与国家相等的单位，而且代表最高等级的划分。他的原话是："民族是由政治现象（国家的组织，外邻的压迫）所造成的心理现象（团结的情绪）。"照此推理，作为堪与国家等同的"民族"当然不能随便赋予一国之内的不同人群，甚至汉人也不行，汉人也只是一个种族而不是民族。顾颉刚论证说：除非研究表明汉人并不是一个纯粹的血统，而"已含满蒙回藏苗……的血液"，那么"它就是一个民族而不是种族"。

---

① 翦伯赞：《论中华民族与民族主义：读顾颉刚〈续论中华民族是一个〉以后》，重庆《中苏文化》1940年4月5日第6卷第1期。

它是什么民族？是中华民族，是中华民族之先进者，而现存的满蒙回藏苗……便是中华民族之后进者。他们既是中华民族之后进者，那么在他们和外边隔绝的时候，只能称之为种族而不能称之为民族，因为他们尚没有达到一个 nationhood，就不能成为一个 nation。他们如要取得 nation 的资格，惟有参加在中华民族之内。既参加在中华民族之内，则中华民族还只有一个。①

在顾颉刚这样的分类里，一国之内的不同人群被划为高低关联的层次。最高一级才是"民族"，"民族"之下是"种族"或"部族"。后面的次一级划分，到了蒋介石的《中国之命运》里则又降为了"宗族"。可见，与人类学界等的通常划分都不一样，顾颉刚等将民族等于国家；赞同"民族主义"就是孙中山主张的"国族主义"，也就是实质的国家主义。在这样的划分结构里，许多在历史上存在、具有人类学诸特征的民族自然就被消解了，而他们以"中华"冠名的族体，不过是作为民国成员的存在，其中各人群的身份属性仅相当于国民而已，不再具有任何参政类别之权利。

（国民）"民族" {种族 / 部族 / 家族} 国家（"国族"）

照此理解的后果，不是引向"一个民族一个国家"的独立诉求，便是引出"一个国家一个民族"的强行实施。为了避免前一种"裂变"发生，从孙中山到顾颉刚都选择了后者，从而构成了他们的"民族"主义和"民族"解说。这些主义与解说虽出自官学两界，却具有许多共同特征，比如都站在国家本位立场，将汉语"民族"做了三化处理，即国家化、宗族化和地方化。

一旦见出此种推论的逻辑，就不再奇怪为何他们会那么执着地坚持"中华民族是一个"，同时地十分专断地不允许称蒙古、藏、苗、瑶等

---

① 顾颉刚：《中华民族是一个》，《益世报》1939年2月13日，《边疆周刊》第9期。

第六章 身份归属：多元民族的政治确认

为"民族"了——关键就在于秉持了不一样的民族论和国家观。1940年1—9月，迁至重庆的国民政府连续以行政院训令方式，发文取消少数民族的传统称谓，规定今后一律改以"边胞"或"某地"之人相称——如云南人、贵州人或安顺、镇远、威宁……人等。训令说：

> 按查关于边疆同胞，应以地域分称为某地人，禁止沿用苗、夷、蛮、猺、猓、獞等称谓；其西南边地有少数民族，若专为历史及科学研究便利，应将原有名词一律予以改订，以期泯除界限，团结整个中华民族。①

其中宣布的取消和改废理由，是要泯除界限，团结"整个"中华民族。实际与对"民族"一词的"宗族化"处理异曲同工，是力图通过把"民族"划为"地方"之策略，将其纳入国家统治之中以便于实施中央掌控的集权管理。

然而一个民族必然一个国家——或者反过来，一个国家只能包容一个民族吗？显然不是。无论从20世纪以前还是以后的国际格局看，多民族国家不但是人类社会的客观事实，而且占了世界各地的多数。与此相对，片面主张绝对式单民族国家，或否认一国之内多民族存在的思潮，不是滑向与世隔绝的"孤立主义"便是导致鼓吹国家至上的"国家主义"甚至是企图摧毁一切个人与团体自由的"法西斯主义"。后者的代表人物主张："对于法西斯主义来说，国家是绝对的。个人和集团只有置身于国家之中才是可以想象的。"②"在中国现阶段的紧急形势下，法西斯主义是最适合的一种奇妙药方，而且是能够救中国的唯一思想。"③

在这个问题上，吴文藻自20世纪20年代起陆续发表的系列文章可以说对民国时期的"国族论争"做了以人类学为基点的学理开掘，在

---

① 参见《国民政府行政院渝文字第855号训令》，民国二十九年（1940年）9月18日。
② 墨索里尼：《法西斯主义的政治和社会学说》，寿关荣译，《世界史研究动态》1980年第9、10期。
③ 蒋介石于1935年在蓝衣社集会上的演讲，转自［美］易劳逸《流产的革命：1927—1937年国民党统治下的中国》，陈红民等译，中国青年出版社1992年版，第54页。

学术研究的意义上进行了概述和总结。在题为《民族和国家》的论述里，作者先从整体上对民族论争的思想史意义加以阐释，认为近代中国的政治思想史，就是"一部民族思想之发达史"，继而阐释了民族与国家的关联和类别。他说：

> 民族与国家结合，曰民族国家。民族国家，在单民族国家与多民族国家之分。世倡民族自决之说，即主张一民族造成一国家者。此就弱小民族而言。与此相反者，则认民族自决，行至极端，有违国家统一之原理，及民族合作之精神，故反对任其趋于极端，而主张保存多民族国家。①

到了1942年又通过《边政学发凡》一文，进一步表明了对一国之内不同民族的存在及其所关联的"多民族国家"的见解和立场。吴文藻指出：

> 一国家可以包括无数民族，例如美国含有条顿、斯拉夫、拉丁、犹太等民族；英国含有犹太、印度、中华等民族；中国含有汉、蒙、藏等民族。一民族可以造成无数国家，如盎格鲁撒克逊民族造成英、美等国。
>
> 今人虽有主张一民族一国家之说，而附和之者甚少，大多数人相信以数个民族自由联合而结成一大民族国家，其团体生活更为丰富，其文化精神更为优越。建立一个现代化的民族国家，这亦是中国人的理想。②

可见对"民族"意涵的不同解说及少数民族名称的存废，表面似乎只是族称之争及学理之辨，实际涉及如何面对多元共和的政治选择。

---

① 吴文藻：《民族与国家》，原载《留美学生季报》1926年第11卷第3号，转自吴文藻《论社会学中国化》，商务印书馆2010年版，第399—419页。
② 吴文藻：《边政学发凡》，原载《边政公论》1942年第1卷第5—6期合刊，转自吴文藻《论社会学中国化》，商务印书馆2010年版，第569—590页。

对于由古至今的多元中国而言，就是在帝国解体之后是选择单民族国家还是创建多民族国家。

展开来看，对于愿否以及能否创建多民族国家的根本分野，不仅表现在彼时的学术领域，更本质地呈现于同一时期分别以重庆和延安为中心的"国统区"与"解放区"之间。后者理解的民族观，包括了一国之内的多个民族，故而不但坚持要解放中国境内的"少数民族"，并且提出要组建统一的多民族国家。也正是基于这样的立场，在近代中国第二波浪潮掀起后，中共站在支持各"非汉民族"争取族权的一边，同民国政府的"单民族国家"取向分道扬镳，明确反对国民党彰显的"大汉族主义"及其派生的少数民族取消论，并在取得新中国政权之后，领导了以为少数民族获得国家确认为标志的多民族国家的创建，开创了20世纪以来中国民族运动的第三次变革高潮。变革的突出标志是以多民族国家替换单民族国家，以"多民族主义"取代"大汉族主义"。作为一种以马克思主义解放理论为指导的意识形态，中国共产党坚持的"多民族主义"彰显了20世纪人类社会普遍追求的三大价值：团结统一、平等公正、民主自由。这种时代性的正义追求，在创作于1943年的《团结就是力量》歌曲里得到充分展现。一如歌中所唱的那样："团结就是力量……向着法西斯蒂开火，让一切不民主的制度死亡！向着太阳，向着自由，向着新中国，发出万丈光芒！"

正是在这样的背景下，才出现了新中国以《共同纲领》为基础、由国家确认并具有宪法保障、迄今总数已超过半百的"民族名单"。

新中国"民族名单"的国家确认经历了漫长过程。这过程象征着各民族的政治解放，同时也伴随着全社会对一个个"被确认民族"身份的接纳、适应以及在各自日常与相互交往中的认知、传承。

小　结

2009年，中国作协主办的《民族文学》蒙古、藏和维吾尔文版创刊，同时推出建国60周年纪念专号，向全国各民族作者发起《祖国颂》的征文启事。其中所指族别包括汉族在内，共五十六个。启事写道:"2009年10月是中华人民共和国成立60周年!祖国母亲在岁月砥砺中,带着她的56个民族的儿女,以坚韧的脚步、博爱的襟怀,成就一番中华气派,留下一路浩然壮歌。"①

这份文学的"民族名单"不包含"摩梭人"和"摩梭文学"。其中原因即与本章论述内容相关。通过前面分析,我们已经知道,从民国到新中国的历史演变中,汉语的"民族"同时具有历史、政治和文化等多重含义,同时又与西学东渐后的术语引进相关,因此存在多种不同的阐发解说。在族籍权利意义上,各民族从政治到文化的确立取决于是否获得政治层面的国家认定。

民国年间,由于官学两界主导的"国族主义"制约,中国境内各民族的称谓在很多情况下被"宗族""边胞"等取代。这不仅标志着众多非汉民族作为"民族"类别的资格与权利被取消;同时意味着中国文学的整体中也将不再拥有"民族文学"类别存在。

新中国以统一的多民族国家为基础,推进了为确保各民族平等地位与权利的族别认定,分批公布了国家保障的"民族名单"。虽然还未成为最终定稿,该名单已用作中华人民共和国阐述民族类别、实现民族权益以及维护民族团结等各项民族事务的法定依据,同时也奠定了"民族区域"、"民族简史"及"民族文学"等分类得以界说的起点。

换句话说,现代中国的"民族文学"与同时期的现实政治紧密关联。新中国成立后,国家层面的"民族文学"无论族别划分还是总体界定,都在"统一的多民族国家"这一前提下依从于政府对"民族名单"的正式认定,在一定程度上甚至可视为国定名单的文学彰显,或言之是以文学的方式对各民族身份的再确认。

这样,由于"摩梭人"未被单列为国家确认的民族类别,而只是在云南、四川被分别划为纳西族与蒙古族,在泸沽湖世代传唱的摩梭民歌《阿哈巴拉》难以"摩梭文学"类别进入"民族文学"正式行列抑或是《民族文学》国庆专刊也就不难理解了。

---

① 《庆祝中华人民共和国成立60周年"祖国颂"征文启事》,《民族文学》2009年第2—5期。

第六章　身份归属:多元民族的政治确认

不过,由于泸沽湖地区以"纳""纳日"自称的人群坚持不认同"纳西族"称号,他们的不懈努力终于使事情发生改变:

  在一些纳人干部的一再要求下,云南省人大常委会在 1990 年 4 月 27 日召开的七届十一次会议上通过了《宁蒗彝族自治县自治条例》,将纳人确定为"摩梭人",允许宁蒗县境内摩梭人的身份证上用"摩梭人"作为本人的民族身份。①

  1993 年出版的《宁蒗彝族自治县志》经统计后宣告泸沽湖地区"至 20 世纪 80 年代末,称为摩梭的人口,大约有 4 万人"。② 可见,依据人民代表大会与民族区域自治法等机构、条规赋予的权力并乘借新时期"改革开放"东风,宁蒗县的"纳人"再次改写了自己的归属,尽管还未成为国家认定的"民族",却已能将"摩梭人"作为特殊族属扩展公民身份证的类别。由此一来,随着如今已被称为"摩梭民歌"的《阿哈巴拉》等事象不断被关注,离用"摩梭文学"乃至与之同类的"白马文学""穿青文学"等提法为既有"民族文学"数量与蓝图增砖添瓦的局面也不远了。

  事实上这样的举动已在承载文学艺术的社会现实中出现了。对于类似本章所引的《阿哈巴拉》歌例,有评论以《摩梭人音乐概述》为题在《民族艺术》期刊撰文说:"在摩梭人的民歌中,由一个弱起的长腔引子作开头,之后加上由一个乐句变化而重复构成的上下两个乐句的曲式十分普遍。"③

  可见新中国"多民族文学"的历史呈现不仅与各民族身份的国家确认紧密相关,并且也不是一成不变的僵化板块,而是多方参与的活态过程,有着理论与实践的弹性空间及上下互动的施展余地。

---

① 杨福泉:《多元因素影响下的纳族群称谓与认同》,《民族研究》2003 年第 5 期。
② 宁蒗彝族自治县志编纂委员会编纂:《宁蒗彝族自治县志》,云南民族出版社 1993 年版,第 178 页。
③ 殷海涛:《摩梭人音乐概述》,《民族艺术》1990 年第 4 期。

第七章　民族文学：多民族文化的国家展现

作为近代兴起的专门概念，"民族文学"对多民族国家的相互凝聚与身份塑造都起到了不容低估的重要作用。但这一概念如何在近代以来的历史过程中发挥从语词到理论再到实践的作用，仍值得深入探讨。探讨的视野将指向民族与国家、文化与文学及口头与书面等不同表述的多维场域。

一　形塑认同：民族文化的现代交会

受晚清民初内外变局影响，"中国文学"在含义、观念及功能上均发生根本变化，参与到"救亡图存"的历史大潮之中，迈向了文学救国和文学建国的时代历程。从晚清废除科举并在新式学堂设置"文学门"到梁启超等倡导的小说界革命、创建"少年中国"、同盟会等团体发起的"黄帝崇拜"到鲁迅以文学方式发出的"救救孩子""改造国民性"等呐喊，及至抗战将士在前线和后方激昂传诵的"黄河大合唱"莫不展现出这样的努力奋斗。

1898年，清廷颁布启动本土教育近代化的标志性文本《京师大学堂章程》。其中设置的课程排序里，政治居首，广义的文学排二，体现出朝廷对二者的器重。不过政治科目只包括两门——政治学和法律学，取舍明确，划分也与彼时业已引进的学科观念大致相当；而"文学"的门类却宏大庞杂，囊括了经学、史学、理学、诸子学及词章学、外国语言文字学七大分支，彰显着既兼顾西学影响又坚守本土传承而对"文学"之门做出的另样阐发。联系京师大学堂"激发忠爱，开通智慧"从而"造就通才"的开办宗旨来看,此种大文学门类的设置便不难理解。但也正由于这种对文学分类的模糊宽泛,派生了晚清以后"中国文学"演进历程的多种走向。

1900年前后,有三部本土人士撰写的"文学史"集中体现了这种走向的异同。最早是窦警凡的《历朝文学史》以"文字原始"开头,分列经史子集的做法,大致对应了《京师大学堂章程》的本土式划分,阐发的观念是文、学不分,以经为据,通过明理、述事,以达"立纲纪,厚风俗,使薄海内外之人相协而不相离"之功效。[①] 稍晚,林传甲以朝廷1904年下达的《奏定学堂章程》为准则,编撰《中国文学史》,拒绝由东西洋传入的新式"文学"观,对将小说戏剧等列入"文学"的做法着力贬斥。林氏写道:

> 日本笹川氏撰《中国文学史》,以中国曾经禁毁之淫书,悉数录之。不知杂剧、院本、传奇之作,不足比于古文之《虞初》。若载于风俗史犹可。笹川载于《中国文学史》,彼亦自乱其例耳。况其胪列小说、戏曲,滥及明之汤若士、近世之金圣叹,可见其识见污下,与中国下等社会无异。[②]

接下来,黄人为有教会背景的东吴大学拟定作为文学门教程的《中国文学史》,首先对学堂的性质和意义加以阐发,突出"主权自在"立场,强调"人才者中国之人才,学堂者中国之学堂",揭示学堂目的在于实现"种族之丰殖"、"社会自改良"及至"国家之再造"。以此为目标,黄人引进域外的新式文学观,认为"文学"的本质在美,与真和善并列,构成人生三大目的。狭义的"文学"可与音乐、美术并举,广义则实为"文明之要具、达审美之目的,并

---

① 窦警凡:《历朝文学史》,光绪三十二年铅印本;参见周兴陆《窦警凡〈历朝文学史〉——国人自著的第一部中国文学史》,《古典文学知识》2003年第6期。
② 林传甲:《中国文学史》,武林谋新室,宣统二年校正再版;参见陈平原辑《早期北大文学史讲义三种》,北京大学出版社2005年版。

以达求诚、明善之目的"。由此主张文学的力量大于其他,"可以代表一切学"。① 也正因秉持了此种新式文学观,黄人的文学史书写便与窦警凡、林传甲等形成显著对照,没有像后者那样对小说加以贬斥,而是从以审美开民智的角度出发,将包括小说在内的"俗文学"放置于文学的至高地位,也就是呼应了梁启超等对"小说界革命"的倡导。

正如前面章节提到的那样,晚清时期兴起的小说界革命,目的在于开启民智,唤醒国民,以文学的方式展示并创建与现实历史对应的现代中国,即文本和表述的中国、心理及精神国家。由于与多民族成员的集体命运密切相关,这种以精神认同及文化传承为特征的"文学中国",便受到上自官府下至民间的高度重视,激起社会各界的积极参与。其不但影响从天朝到国家的时代转型,且关涉全体国人的精神世界与族际凝聚。进一步说,若与现实的多民族共同体对照,在大量由文字、口传及图像、仪式等彰显出来的"文学中国"中,有的能做到大体一致,甚至充满理想,高于真实;有的则可能不相对应,甚至相去甚远,全然扭曲,而彼此的差异就取决于创造者们各自不同的国家主张和文化立场。

光绪年间的学堂兴办和"文学"创立,标志着由朝廷牵头自上而下的教育革新与思想变法。其中,通过《奏定学堂章程》等被称为"癸卯学制"的一系列钦定官文对"中国文学门"的诠释,进一步传递出朝廷对"文学"的国家体认。第一,"癸卯"官文体现的文学观与家国天下密切相连,突出了道德中心、国家为本之初衷,以至于期待文学能成为"所恃以立国者",使"全国之民心之心力如潮如海如雷霆而不可遏"。第二,"中国文学门"又与"英国文学门"、"德国文学门"及"日本文学门"等并列设置,表现出自身的"国别文学"属性,而不再以"天朝"唯一自居。更重要的是第三,彼时由清政府界定的"中国文学"中体西用为前提,强调宗经崇圣,以汉文传载的经史子集为"国粹",实质上是以"汉学"代"国学",依旧推广实质为"汉语言文学"的学科及文化之门。对于一个被视为"征服王朝"之

---

① 黄人:《中国文学史》,江庆柏、曹培根整理《黄人集》,上海文化出版社2001年版,第325—331页。

满族掌权者而言，此种文学国策的制定，对于多民族共同体的交融贯通意味深长。

> 古今中外，学术不同，其所以致用之途则一，值智力并争之世，为富强致治之规，朝廷以更新之故而求之人才，以求才之故而本之学校，则不能不节取欧美日本诸邦之成法，以佐我中国二千余年旧制，固时势使然；第考其现行制度，颇与我中国古昔盛事良法，大概相同。①

上引之语出自张百熙光绪二十八年（1902）上奏的《进呈学堂章程折》。张百熙系湖南长沙汉人，同治进士，先后出任过编修、学政、礼部侍郎等职，晚清新政期间被朝廷任命为京师大学堂官学大臣。其在上奏折子里以"我中国古昔""我中国旧制"等词语呈报朝廷，体现出经过二百多年交汇兼容的大清王朝已演化为政权统一的多族共同体，其历史也是世代承继的历史。当然与此同时，至少在京城等地的皇族和旗人圈内，满族母语的文化流传仍在竭力坚守，朝廷内部的机密要文也仍以满汉双语呈现保存。另外，朝廷之外，儒教之野，众多其他民族的文化传统——包括民歌、传说、神话及至母语书写等各种类型，同样依循自身面貌和需求延续下去，从而才有凌纯声、芮逸夫及鸟居龙藏等中外人类学者、民俗学者在近代四处探寻出中国境内众多非汉民族口头、仪式等大量的另一类"中国文学"样本之可能；同时也才会催生出五四时期学界先驱们轰轰烈烈开展"俗文学""歌谣学"等发现古今中国之多民族特性的阵阵浪潮。

由此可见，仅从晚清向民国的过渡作用而论，清王朝在多民族共同体意义上留下的帝国遗产仍值得发掘和追记。如果说清帝国从政治到教化的体系里也蕴含着特定的"文学中国"的话，其特点便在于在治权，亦即皇权层面固守满洲根本；在教化层面借用汉儒，将国家叙事的重大

---

① 张百熙：《进呈学堂章程折》，1902 年；参见陈学恂编《中国近代教育文选》，人民教育出版社 1983 年版。

职责也开放给汉族精英参与,同时勉励满族子弟学习汉典,精通词章,主动以汉语作跨族别表述;而对更为庞大、县乡以下的各民族底层传统,则一半采用以科举定规范、导前途,一半放任自流,干涉不甚,在相当程度上维系了乡土层面的多民族"文学自治"。

如果说堪称多民族"文学自治"的成果在近代曾先后体现为经民族学家、人类学家们搜集整理出版的赫哲族、苗族歌谣故事的话,作为帝国时期多元中国之文学呈现的另一种标志,便是大批满族作者用汉语发表的诗文、小说,从康熙时期叶赫那拉·容若(纳兰性德)的《纳兰词》直至晚清民初在旗人报刊上涌现的一批批"旗族小说家"及其作品。这批旗族报人为爱国保种,"陆续用北京话撰写通俗小说,进而形成一支报人兼小说家的创作队伍,影响甚为深远"。[1]

毋庸置疑的是,在清代至民国的"旗人文学"里,最具象征意义的当推被后世视为中国文学杰出代表的长篇小说《红楼梦》。根据关纪新等学者推论,曹雪芹不是一般意义的"中国作家",而是具有旗人身份——"包衣人"的伟大作者。"包衣人"是满洲共同体的特殊成员,曹氏家族至少在后金时期便已融入其中。这样,《红楼梦》便首先是满族文学的杰出代表,其次才是"中国文学"之经典名著。对此,关纪新以《一梦红楼何处醒:假如启动满学视角读〈红楼梦〉又会怎样》为题撰文指出:满族作家曹雪芹撰写《红楼梦》并非偶发现象,而是满族书面文学创作在该民族既定艺术道路上的一次"长驱推演"。"尽管此书亦充分接受了汉族传统文化的诸多影响,但是,它的一系列在艺术创造上特有的新突破、新绽放,却多与满族文学的潜在基因环环相扣、紧密相关。"[2] 关纪新本人是满族学者,持有民族情感与国家认同相结合的文化立场。他结合文学的语言特征进行分析,指出:

---

[1] 张菊玲:《清末民初旗人的京话小说》,《中国文化研究》1999 年第 1 期。

[2] 关纪新:《一梦红楼何处醒:假如启动满学视角读〈红楼梦〉又会怎样?》,《中央民族大学学报》2011 年第 2 期。

第七章　民族文学:多民族文化的国家展现

大略而言,中国人之写小说,仅从艺术的精彩、漂亮上面着眼,18 世纪的代表作是曹雪芹的《红楼梦》,19 世纪的代表作是文康的《儿女英雄传》,20 世纪的代表作则是老舍的《骆驼祥子》《正红旗下》等——三位作者均系满人。这当然不是巧合。①

那是为什么呢?关纪新的解答是:

由根本上讲,满人擅长口语表达,"满人最会说话"。他们的语言天分和语言积累,造就了曹雪芹、文康与老舍,以及他们艺术语言的醉人魅力。②

而在此之前,关纪新的师长、中央民族学院教授张菊玲便已揭示过《红楼梦》与满族文化的观念,强调说曹雪芹之所以能写出《红楼梦》,出自于其满洲"民族审美的积淀与选择",甚至下结论说:一部《红楼梦》就是一部满洲"民族历史"的悲剧再现。③

有关曹雪芹身份和生世的论争至今尚无定夺,不过这其实并不重要——仅凭曹雪芹《红楼梦》所呈现的多民族文化在清王朝的交融并置,也足以表明一个丰富庞大的多元共同体在民族共生意义上发生的内在关联。

二　国家运动:少数民族文学的正式登场

晚清至民国的现代转型开启之后,伴随着 20 世纪中期由国家主权对多民族共同体成员的逐一确认,中央政府主导的各类媒体再度启动了对中国多民族构成的广泛传播。1949 年末,北京电影制片厂等

---

① 关纪新:《清代满族文学与"京腔京韵"》,《黑龙江民族丛刊》2007 年第 6 期。
② 关纪新:《清代满族文学与"京腔京韵"》,《黑龙江民族丛刊》2007 年第 6 期。
③ 张菊玲:《清代满族作家概论》,中央民族学院出版社 1990 年版,第 84—100 页;另可参见赵志忠《十年耕耘一朝收获:读〈清代满族作家文学概论〉》,《民族文学研究》1990 年第 3 期。

机构受命拍摄新政协和人大召开的图像资料，其中呈现的少数民族代表出席场景标志着作为国家成员的各族形象在新中国大众媒体正式登场。

1949 年新政协会议：维吾尔族代表赛福鼎发言①

  此处摘引的画面出自 1949 年底北京电影制片厂拍摄的纪录片《新中国的诞生》，由研究者整理成文。② 除此之外，镜头里还出现回族、维吾尔族代表和国家领导人相互握手，并以第一人称的主人公语气陈述"我们"的热爱和感激，向领导人敬献吉祥的民族物象征。接下来的外景镜头转至内蒙古草原，伴随着牧民骑马、读报等场景出现的解说词是："在内蒙古人民庆贺欢呼。少数民族不会再受欺压了，因为在新中国里少数民族翻了身，同样是平等的新中国的主人……"③

  如果说这样的镜头还仅代表少数民族身份外在式的象征呈现的话，同一时期由政府引导的"少数民族文艺运动"，则标志着新中国

---

  ① 资料来源：《开国盛典：中华人民共和国诞生重要文献资料汇编》，中国文史出版社 2009 年版，第 292 页。

  ② 王华：《从战事"拾零"到民族大团结想象：建国初期少数民族题材纪录片（1949—1952）》，《新闻大学》2010 年第 1 期。

  ③ 王华：《从战事"拾零"到民族大团结想象：建国初期少数民族题材纪录片（1949—1952）》，《新闻大学》2010 年第 1 期。

第七章 民族文学：多民族文化的国家展现

多民族文学作为时代事业的内在开启。这就是说，新中国的"多民族文学"包含两层含义，一是关于多民族的文学，二是由多民族创造的文学。前者是文学的中国，即以文学方式揭示"多元共和"的国家形象；后者是中国的文学，代表包括汉族在内各民族交融互补的表述整体。

1949 年 7 月，以毛泽东和鲁迅头像为徽章的中华全国文学艺术工作者代表大会先于新政协会议举行。中国共产党和新中国最高领导毛泽东、周恩来、朱德和董必武等均出席并作讲话。毛泽东的讲话从革命的需要出发，对"人民的"文学家、艺术家表示欢迎。周恩来的政治报告把大会召开视为"五四"以来革命文艺传统的保持及解放区与国统区文化工作者在"人民解放战争"胜利后的大会师，标志着统一战线中"文艺军队"的代表集结。大会徽章的双头像设计就象征了这种时代与地域的汇集。

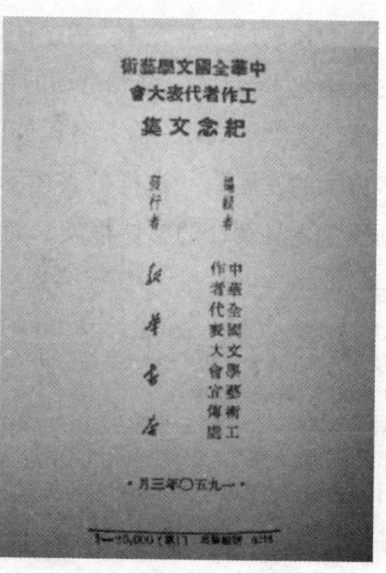

1949：中华全国文学艺术工作者代表大会徽章与纪念文集[①]

[①] 图片来源：中华全国文学艺术工作者代表大会宣传处编：《中华全国文学艺术工作者代表大会纪念文集》，新华书店 1950 年版。

根据周恩来报告统计,解放区与国统区会师的文艺大军人数——包括解放军部队的"宣传队"、"歌咏队"和国统区的"新文艺工作者",分别为六万和一万,因此出席第一届全国文代会的"七百五十三位代表",即"代表着七万上下的新文艺部队,平均每一个人代表着一百个人"。① 就任首届全国文联主席的郭沫若在报告中阐发了对中国新文艺性质和文艺界统一战线的认识,呼吁全体文艺工作者团结起来,努力以文学艺术为武器,为"建设新民主主义的人民民主共和国而奋斗"。②

值得注意的是,首届文代会涵盖的"文学艺术工作"包括了诗歌、小说、散文、传奇、戏剧及电影、音乐、舞蹈、绘画、雕刻、曲艺等类别。其中把"文学"与"艺术"并置而且将小说、诗歌、散文乃至传奇单列出来的做法,体现出革命的文艺观对文学的诠释与器重。③ 此外,会议通过的首届全国文联章程就在基本任务(第四项第四条)中把"少数民族的文学艺术"单列出来,明确提出"开展国内各少数民族的文学艺术运动",强调运动的目标是"使新民主主义的内容与各少数民族的文学形式相结合,各民族间互相交换经验,以促进新中国文学的多方面的发展"。④ 这样的表述不仅把"少数民族文学艺术"正式列入新民主主义革命的整体框架,而且提升到促进"新中国文学"多方

---

① 周恩来:《在中华全国文学艺术工作者代表大会上的政治报告》,1949年7月6日,中华全国文学艺术工作者代表大会宣传处编:《中华全国文学艺术工作者代表大会纪念文集》,新华书店1950年版,第13—20页。

② 郭沫若:《为建设新中国的人民文艺而奋斗——在中华全国文学艺术工作者代表大会上的总报告》,1949年7月3日,中华全国文学艺术工作者代表大会宣传处编:《中华全国文学艺术工作者代表大会纪念文集》,新华书店1950年版,第35—44页。

③ 董必武在文代会7月2日会上的讲话指出,"我们的文艺工作者在这一个时代,不管他从散文、诗歌、小说、传奇、戏剧、电影、雕刻、音乐、绘画、舞蹈那方面来说,总是要表现他的思想情感的"。此外,首届文代会后成立的八个专门协会有:全国文协(即"中华全国文学工作者协会"简称,以下均用简称)、剧协、影协(电影艺术工作者协会)、音协、美协、舞协、戏协(全国戏曲改进会筹备委员会)、曲协(全国曲艺改进会筹备委员会),文学仍然位居第一。参见中华全国文学艺术工作者代表大会宣传处编《中华全国文学艺术工作者代表大会纪念文集》,新华书店1950年版,第7—10、581—591页。

④ 中华全国文学艺术工作者代表大会宣传处编:《中华全国文学艺术工作者代表大会纪念文集》,新华书店1950年版,第572—573页。

面发展的时代高度。

与首届全国政协不同的是,首届全国文代会没有在名额分配中为"少数民族"代表留出专门席位,而只按行政区划上的华北、华东、东北、西北、南方及军队来作划分,但在大会的区域报告里提到了内蒙古、朝鲜族的文艺运动,① 并在以苏联为榜样反对"世界主义"统治的发言里,阐发了对民族自尊和自信的强调。题为《苏联文艺界反对"世界主义"的斗争》的报告指出:"'世界主义'是美帝国主义企图实行世界统治的工具,它的目的是为了抹杀各民族的独立和特点,削弱各民族的自信心和自尊心。"②

接下来,内蒙古自治区文代会于1949年11月在乌兰浩特举行,并在此前后由自治区选派宝音巴图、乌云和玛拉沁夫等一批蒙古族文学青年到北京等地进修学习,由此开创了内蒙古文学的新时代。③ 之后,1950年在西安召开的"西北文代会"明确把开展"各兄弟民族文学"的运动列入本地区的主要任务。大会主席柯仲平题为"开展各民族人民文艺运动而奋斗"的总报告和孜亚对于"新疆各族的文艺"报告等的发表,标志着"解放区文艺"向"多民族文艺"的转型。④ 大会通过的《西北文学艺术界联合会章程》强调要"使新的文学艺术"在各兄弟民族中更普遍、更深入地开展,培养新的文艺力量,同时还发布了与开展"少数民族文学艺术运动"相关、调查"各地各民族文艺工作活动"及"收集展览材料"等系列文件。此外,会议纪念册封面还在沿用毛泽东、鲁迅双头像象征徽章的同时,以多种不同的民族文字印制了并列标题(见下图)。

---

① 刘芝明:《东北三年来文艺工作初步总结》,1949年6月18日。中华全国文学艺术工作者代表大会宣传处编:《中华全国文学艺术工作者代表大会纪念文集》,新华书店1950年版,第323—376页。
② 柏生:《文代大会第九日钱俊瑞报告苏联文艺界反对"世界主义"的斗争》,《人民日报》1949年7月13日。
③ 刘春:《风雨兼程六十载 继往开来铸辉煌——60年来内蒙古文艺工作和文联工作综述》,《草原》2015年第10期。
④ 参见《西北文艺》创刊号《迎接西北文艺运动的新时期——代发刊词》,1950年10月。

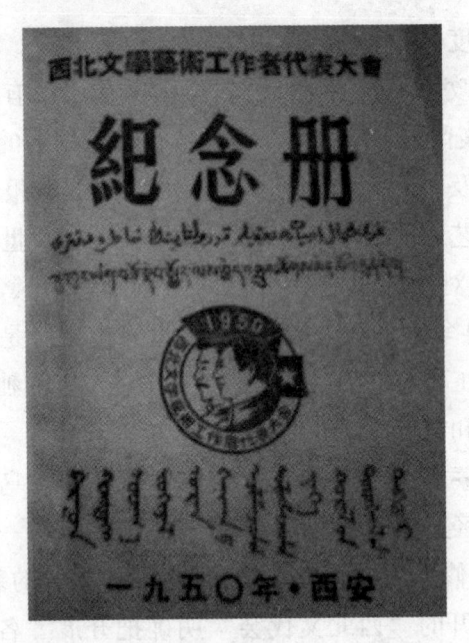

西北文学艺术工作者代表大会纪念册①

　　1950年创刊的《西北文艺》更以多民族互补共进的崭新面貌，刊载了维吾尔、哈萨克、塔塔尔等不同民族的文学作品，包括维吾尔民歌《歌颂我们的祖国》、塔塔尔民歌《贾米拉》以及少数民族作家孜亚等以母语创作的小说、剧本的汉语译作。②

　　次年8月，维、汉文版的《新疆文艺》在乌鲁木齐创刊，其中刊发的民族文学作品比例占60%以上，创刊号上还刊载了专业工作者对维吾尔族传统文艺"麦卡木"（木卡姆）的收集整理，并把这样的工作视为对促进少数民族文艺"极有意义的贡献"。③ 1953年9月，新疆第一届文学艺术工作者代表大会开幕，中共中央新疆分局第一书记王恩

---

① 参见《西北文艺》创刊号《迎接西北文艺运动的新时期——代发刊词》，1950年10月。
② 参见黄发有《从"边区文艺"到"西北文艺"：〈西北文艺〉（1950—1953）研究》，《小说评论》2013年第1期。孜亚的汉译名在不同的文章里写为孜牙或孜亚·莎麻德、孜亚·赛买提。本文采用孜亚之称。除了在1950年赴西安出席第一届西北文代会并当选西北文联副主席外，孜亚还在首届新疆文代会上当选为新疆文联主席。
③ 铁衣甫江：《简讯：维吾尔的"麦卡木"正记谱中》，《新疆文艺》1951年"创刊号"，第23页；参见欧阳可惺《早期〈新疆文艺〉与新疆当代文学》，《新疆大学学报》2013年第1期。

茂和省人民政府主席包尔汉等出席，大会选举维吾尔族作家孜亚·赛买提与亚生·胡达拜尔地、王元方、布哈拉为首届新疆维吾尔自治区文联主席和副主席，标志着党和政府层面对少数民族文学既有成就及代表人物的确认，同时体现出对维汉民族间文学关联的充分肯定。报上登载的消息这样写道：

> 1953年，建设伟大祖国的五年计划开始了，与人民血肉相连的新疆各族文艺工作者，在今年九月二十九日至十月十三日，召开了具有历史意义的全疆第一届各族文学艺术工作者代表大会。大会的二百九十四位代表们，包括维、哈、汉、回、乌兹别克、柯尔克孜、锡伯、蒙古、俄罗斯、塔塔尔、塔吉克、索伦、满等十三个民族。①

在此之前，新疆当地联合组建的民间文学调查组即已深入库车、阿克苏、喀什等地农牧区开展调查，对维吾尔族民间文学进行系统收集。据统计，

> 调查历时5个月，共搜集了1000多首民歌，150多篇民间故事，以及多种谚语、寓言等。一部分成果结集出版了《维吾尔民间故事》（维吾尔文）和《一棵石榴树的国王》（汉文）。②

与此同步，1949年10月在北京创办的《人民文学》在"发刊词"里全文转述了全国文联关于"开展少数民族文学运动"的任务条文，并在1950年1月出版的第1卷第3期上刊发蒙古族叙事长诗《嘎达梅林》，以赞颂词语和饱满激情讴歌反抗暴政的草原英雄——

---

① 《新疆各民族文艺工作者的大会师》，《文艺报》1953年第53号。
② 参见蒋林《春华秋实六十载　继往开来铸辉煌——贺自治区文联60华诞》，网页资料：http://blog.sina.com.cn/s/blog_6527e0c50102vbvp.html，刊登时间：2015-01-29 18：07：30；下载时间：2017年3月7日。

> 天上的鸿雁从南往北飞,是为了追求太阳的温暖,
> 反抗王爷的嘎达梅林,是为了蒙古人民的利益!
> 天上的鸿雁从北往南飞,是为了躲避北海的寒冷,
> 造反起义的嘎达梅林,是为了蒙古人民的利益!①

两年后的《人民文学》又以小说头条的位置发表蒙古族作者玛拉沁夫的《科尔沁草原上的人们》,同时从编者角度做了专门阐述,对作者"丰富敏锐的艺术感觉和值得重视的艺术表现的才能"予以了高度评价。② 在同一时期的内蒙古草原,当地文学艺术界开展了有关"民族形式"的热烈讨论,蒙古族作者以"诗与歌是内蒙民族在生活中不可缺少的"为前提,强调以母语传唱的蒙古族歌咏对蒙古人民不同一般的作用:

> 它记录着蒙古人民自己底历史,歌颂着蒙古人民自己底英雄,抒发着蒙古人民自己底思想,总之是最得力地反映着蒙古人民自己底生活。③

至此,新中国"少数民族文学"便以国家运动的方式由中心和边缘、专业与民间以及上级与基层等多维度朝向纵深推进,并经由不同的语言媒介、体裁类型及多样的期刊平台促进着多民族文学的跨文化汇集。并且,与第一次文代会之后国家发动的一系列文学运动相呼应,少数民族文学运动也有特定的组织目标,那就是建立与多民族共同体相适应的"一整套文学机构和制度"。④

三 民族文学:多重交映的社会工程

从多民族共同体的关联意义上说,现代汉语的"民族文学"是对

---

① 《人民文学》1949 年 10 月创刊号、1950 年 1 月第 1 卷第 3 期。
② 《人民文学》1952 年第 1 期。
③ 参见奥古斯汀《从内蒙文工团歌舞演出谈起》,《内蒙文艺》1951 年"新年号"第 1 卷第 4 期。
④ 参见陈晓明《开创与驱逐:新中国初期的文学运动》,《学术月刊》2009 年第 5 期。

文学族别化与国家化的特指，其意涵包括了以族属划分的作家、作品以及理论和事件。作为现代中国催生的新事物，其堪称一项庞大的社会工程，涉及从文学、民族学到政治学、历史学的多学科互动。

但"民族文学"的含义究竟是什么呢？存在统一确定的解释么？本文的看法是，即便出现过特定时期的相对共识，经过一个多世纪的实践演变，"民族文学"的意涵也已发生了多重的延伸改变，值得深入总结、不断界定。

根据实际出现的语用材料判断，汉语语境中"民族文学"的基本含义差不多等同于"族别文学"，指的是以族别为单位、彼此相区别的文学。这就是说，对民族文学的界定首先依赖于对族别的划分，而由于民族划分的人为性、相对性和变异性，建立在民族分类基础上的民族文学也就隐含着界限分歧及判别差异。

与"晚清词变"中逐步转型的汉语"文学"一样，作为一个专门术语，"民族文学"具有语用意义上的工具性，能对现实事物发挥不同指向的改造功能，既可用以表达对既往文学事实的重新命名，更能用来创建新型的文学类别。在20世纪以来的社会演变中，"民族文学"的命名功能表现为使过去的中国文学"族别化"和"国家化"，创建功能表现为引导未来的族别文学诞生，也就是从历史和未来的双向维度，赋予"中国文学"不同层面和不同归属的民族身份。"民族文学"的这种双向维度，使其像另一个近代引进的汉语新词——"民族—国家"（nation-state）一样，因本身并列着相互修饰的两个重点，故引申出指向不同的双重意涵，即：

A：具有民族属性的文学
B：依托文学创建的民族

在第一重含义里，文学被民族修饰（或限定），相当于英语中由介词of构成的词组literature of nation。第二重含义的重点刚好反过来，文学修饰民族，相当于英语的nation with literature。在一百多年来的汉语实践中，此两种重点的"民族文学"都有体现，称得上彼此各取所需，相伴而行。

晚清时期，由于帝国统治下"满人至上"的不平等屈辱，南方汉族率先发动民族抗争，掀起以"恢复中华"为口号的"汉族主义"及其文学浪潮，代表象征有陈天华的《猛回头》、邹容的《革命军》直至鲁迅的"我以我血荐轩辕"等。这些皆可视为与梁启超呼吁将小说界革命与群治革新相关联的同步行为。①

汉民族的崛起动摇了满人独尊的统治格局，政府层面的主张开始转向"五族共和"，也即是有选择分高低排列的"满、汉、蒙、回、藏"五大分类。在此期间，加上西方思潮的冲击，连在政治上具有主导地位的满人内部也出现了"弥合满汉畛域"的主张和对策建议。② 与之相应的"民族觉醒"更出现在蒙古族、维吾尔族和朝鲜族、苗族等身处压迫的各族之中。

中华民国建立后，国民政府继承满清遗产，沿袭五族并置的帝国格局，同时又或隐或显地推行大汉族主义，形成了汉族为中心、其他"非汉民族"为边缘的二元结构。以国民党为核心的权力机构逐步推行民族身份的政治转型，一方面淡化自身的族别属性，逐渐以"中国"而不是"汉族"自居；另一方面力图以"中华"族称为基础化解族别，创建"国族""国民"共同体。

与这个时期的民族（国族）意识相匹配，在文学领域先后出现过胡适的《国语文学史》《白话文学史》，鲁迅的《汉文学史纲要》以及杨汉先的《苗族述略》《大花苗歌谣种类》，等等。胡适的文学史直截了当地把汉族文学排在核心，并用为"中国文学"之同义语；③ 鲁迅的

---

① 参见本书第二章和第三章。梁启超：《论小说与群治之关系》，载《饮冰室合集》，中华书局1989年版。文章提出"欲新一国之民，不可不先新一国之小说"，"故今日欲改良群治，必自小说界革命始；欲新民，必自新小说始"。

② 晚清时期，乌泽声等几位清宗室的满族留日学生在东京创办倡导立宪的《大同报》，呼吁"满汉融合"，强调"今日之中国非汉人之中国，亦非满人之中国，乃满汉蒙回藏之中国。"参见乌泽声《论开国会之利（续）》，载《大同报》（第4号），1907年11月10日。

③ 参见胡适《白话文学史》。在胡适的论证中，所谓"国语"虽有国家之含义，进而似乎可看作"中国语言"的简称，但实际上却仅意指汉语当中"流行最广""产生文学最多"的一种方言。另可参见胡适《国语文法概论》，1921年7月1日至8月1日《新青年》第9卷第3、4号。可见，胡适眼中的中国是不存在多民族属性的，故而其所言的中国文学即为汉族文学，汉族文学也即是中国文学。

命名虽未在正文里做出解释和展开，但至少在字面上对族别做了稍许限定；①杨汉先的重点则体现出对"非汉民族"文学生活的族别彰显以及对"五族结构"的突破。②

总之，立场及身份的差异导致观点与阐释的不同，于是便派生了民国时期对"民族文学"语义的多元理解和不同使用。后来，随着掌权者中某些派别对"三民主义"纲领的利用，又还出现过以大汉族主义和国家主义为基础，抹杀国内各民族分别的"国家文学""国民文学"③，不过表面的口号却也叫作"民族文学"乃至由其推衍出来的"民族主义文艺运动"。④ 在20世纪30年代的激烈论争中，后者曾遭到左翼联盟的反击，被揭示为"企图圆化异同的国族主义"，而实质只是"绅商阶级的国家主义"、"马鹿爱国主义"和"法西斯主义"。⑤

晚清民初掀起的民族意识并不只限于以"恢复中华"为主张的汉族主义和国族主义，而是在与之相并列的若干人群里均有蓬勃展现。不过，由于数量与地位方面的差异，这些人群被赋予了另外一个集合名词，被统称为"弱小民族"或"少数民族"。

---

① 有关鲁迅《汉文学史纲要》的书名问题至今仍有争论。不过从鲁迅曾写过"我以我血荐轩辕"等字句来看，其对自己汉民族身份的认同与强调应该是没有问题的。此外鲁迅兄弟周作人在讨论"国民文学"时也十分明确地凸显过自己的汉人身份，他写道："我们既生为中国人，便不自主地分有汉族的短长及其运命。我们第一要自承是亚洲人（'Asiatics'！）中之汉人，拼命地攻上前去，取得在人类中汉族所应享的幸。"参见周作人《与友人论国民文学书》，1935年6月1日，《周作人书信》，北京十月文艺出版社2011年版。

② 杨汉先：《苗族述略》，收入张永国等编《民国年间苗族论文集》，贵州省民族研究所1983年印，第140页。

③ 参见李冰若《我国国民文学的回顾与展望》，原载《国民文学》首刊号，1934年10月15日。此处所谓"国民文学"的汉族本位与国家主义特征，可参见前引周作人《与友人论国民文学书》。周作人一方面提出要警惕"国家主义"的恶化；另一方面坦诚自己认可"国民文学"的理由，在于希望能由此唤起个人的与国民的自觉，从而"可望自动地发生出新汉族的文明来"。

④ 1930年6月1日，傅彦长、朱应鹏等以"中国民族主义文艺运动者"之名发表宣言，宣告"民族主义的文艺，不仅在表现那已经形成的民族意识；同时并创造那民族底新生命"。傅彦长提出"艺术文化是为民族的，常常是这一个民族对于别一个民族的争斗"（傅彦长：《艺术文化的创造》，《艺术界周刊》1927年第13期）。

⑤ 瞿秋白：《青年的九月》，1931年9月。作者以激昂的笔调写道：民族主义的文学家一边高唱吃人肉、喝人血的诗词："壮志饥餐胡虏肉，笑谈渴饮匈奴血"，一边念着民族主义"符咒"："三民主义，吾党所宗。咨尔多士，为民前锋"；目的在于歌颂"残杀劳动民众的战争"和"企图侵略劳动国家的战争！"

"少数民族"及其文学是19至20世纪民族解放运动以及人类学全球化的产物。在解放运动推动下,少数民族的身份特征被表述为被掩藏、被压迫与被奴役,因而其总体的族别诉求便是彰显、抗争和正名。作家周作人译介东欧国家"弱小民族的文学",认为"弱小民族"实质就是"抵抗压迫、求自由解放的民族"。① 茅盾关注"被压迫的民族的文学",强调这样的文学"总是多表现残酷怨怒"。② 他参与主编的《小说月报》特辟"被损害民族的文学"专号,明确提出"凡被损害的民族的求正义求公道的呼声是真的正义、真的公道"。茅盾甚至说:

> 在榨床里榨过留下来的人性方是真正可宝贵的人性、不带强者色彩的人性。他们中被损害而向下的灵魂感动我们,因为我们自己亦悲伤我们同是不合理的传统思想与制度的牺牲者;他们中被损害而仍旧向上的灵魂更感动我们,因为由此我们更确信人性的砂砾里有精金,更确信前途的黑暗背后就是光明!③

在中国,自"五四"新文化浪潮兴起及新学科体系引进后,从"歌谣运动"期间朱自清、钟敬文等对非汉民族民间歌谣的采集收录到凌纯声、芮逸夫先后对东北赫哲族和湘西苗族的调查,直到杨成志、闻一多等西南联大师生开展的南方民族调查,都包含了对"少数民族文学"的关注。

朱自清在其著《中国歌谣》中设立"西南民族的歌谣"专节,介绍并分析的对象包括体现当时族别分类的"苗""僮""猺""佷"等非汉人群。其中的类型不但有用汉语唱的《苗歌》,有"辞兼猺汉"的《狸歌》,还有全用汉语记音的《佷僮歌》。对于"纯苗语""纯猺语"的类型,也作了"均不可知"坦诚。④

---

① 周作人:《知堂回想录》,北京十月文艺出版社2013年版。
② 茅盾:《社会背景与创作》,《小说月报》1921年7月10日第12卷第7号。
③ 茅盾:《〈小说月报〉"被损害民族的文学号"引言》,《小说月报》1921年10月10日第12卷第10号。
④ 朱自清:《中国歌谣》,复旦大学出版社2004年版,第96—101页。

第七章 民族文学:多民族文化的国家展现

凌纯声对"少数民族文学"的关注是以民族学研究为前提的。他的《松花江下游的赫哲族》一书,分别从仪式、语言和歌唱、故事等角度涉及了与"赫哲族文学"相关的议题。尽管没有明确使用"赫哲族文学"这样的专名,凌纯声关注的内容其实包含了被今日学界——尤其是文学人类学——纳入文学范畴的多种事象,其中包含的话题不但有赫哲族故事对其民族文物、制度及思想、信仰的体现,而且有这些故事与中原汉族和周边其他邻族的相互关联。①

杨成志被视为"民国年间川滇民族学调查第一人"②,他认为中国的经、史、子、集所载的材料,"无一不是汉族的私有表现",故而提出超越汉族局限,用书籍的形式,还原其他受不平等待遇之非汉民族——在西南地区主要是"苗夷"人民的原有地位,并且与汉民族展开比较研究,以"增加我国学术上的光辉"。③

上述诸位对少数民族文学的介绍阐述可称为外部关注,与之并行且不可忽略的,还有少数民族一翼的自我确认,如前面提过由杨汉先等象征的"苗夷叙事"。"苗夷叙事"的特点首先表现为通过《苗族述略》《黔西苗族调查报告》等著述,为苗人作为现代中国之合法族别做出有力证明,而后才是在堪与汉民族并举的族源、历史、信仰及文艺等方面加以列举,于是便有了具体的《威宁花苗歌乐杂谈》《大花苗歌谣种类》等篇章。④ 而与来自外部的"他者"关注不同,杨汉先强调的苗夷叙事从自我观照的视角出发,凸显了苗族历史歌的"凄凉与悲哀"。他说,这些苗歌"好比深秋里浸透了的野白鹤一样阴郁,好比深冬的天空布满了乌云般的凄凉""带着一些血的与情的成分在里边",体现出"封建社会里的被统治者的呼声"。⑤

---

① 凌纯声:《松花江下游的赫哲族》(下册),民族出版社2012年版,第544—566页。
② 参见蔡家麒《滇川民族学调查第一人——记杨成志先生滇川调查之行》,《云南民族大学学报》2003年第4期。
③ 杨成志:《关于开掘云南文化上的一封要函》,参见蔡家麒《滇川民族学调查第一人——记杨成志先生滇川调查之行》,《云南民族大学学报》2003年第4期。
④ 参见吴泽霖、陈国钧等《贵州苗夷社会研究》,民族出版社2004年版,第175—180页。
⑤ 杨汉先:《苗族述略》,收入张永国等编《民国年间苗族论文集》,贵州省民族研究所1983年印,第140页。

此外，现代中国"少数民族文学"自我确认的事例并不限于西南地区。在西北和东北，同样也有各民族诗人、作家和批评家的崛起，展示了各弱小民族的身份觉醒及其对所遭受歧视和压迫的反抗，如新疆维吾尔族诗人库特鲁克阿吉·舍吾克用自己母语发表诗篇《致同胞》，呼唤——

> 起来，同胞们
> 整个人类已经觉醒
> 社会有识之士已经觉醒
> 我们遭受了屈辱，苦闷和忧伤
> 为了摆脱奴役
> 无畏的民众已经觉醒
> 我们也不是人吗
> 我们还要昏睡到何时……①

另一位诗人阿布都哈力克直接用"维吾尔"（Uyghur）一词作为自己笔名，通过《我的维吾尔族》等诗篇向本族民众"发出号角般的声音"，被誉为现代维吾尔诗歌创作上具有开拓性的人物。② 而在称得上维吾尔文学"古典时期"的数百年里，不但出现过《福乐智慧》《突厥语大辞典》这样的名著，更有跨越族别界限的文学翻译交往。其中不仅有用维吾尔民族语言对汉藏文版佛教故事的引进，也有对波斯、阿拉伯文学经典《一千零一夜》等的翻译。这些译作被认为"体现了维吾尔文学的民族特性"，流传深广，以至于有相当一部分化入维吾尔族民间之中。③

20世纪上半叶，影响中国"少数民族"在文学及文化方面深入觉醒的突出资源是以共产党人为代表发出的解放宣言及革命纲领。1905

---

① 丁帆主编：《中国西部现代文学史》，人民文学出版社2004年版，第54页。
② 参见马学良等编著《中国少数民族文学史》（下册），中央民族大学出版社2001年版，第1049页；另可参见依不拉音·穆提义《关于阿布都哈力克·维吾尔》，《维吾尔族研究点滴》，新疆人民出版社2011年版。在马著里提及的还有诗人比拉力宾·毛拉玉素甫等。
③ 参见姑丽娜尔·吾力甫《9—19世纪维吾尔族的翻译文学》，《中国比较文学》2008年第1期。

第七章　民族文学：多民族文化的国家展现

年，陈独秀在《敬告青年》里表明："解放云者，脱离夫奴隶之羁绊，以完其自主自由之人格之谓也。"① 到了1924年，李大钊进一步指出"现代政治或社会里边所起的运动，都是解放的运动"，在其中：

> 人民对于国家要求解放，地方对于中央要求解放，殖民地对于本国要求解放，弱小民族对于强大民族要求解放，农夫对于地主要求解放，工人对于资本家要求解放，妇女对于男子要求解放，子弟对于亲长要求解放。②

这样的宣言和主张延续到中华人民共和国成立，才衍生出新政权主导下的"民族类别"新划分以及与之关联的"民族文学"再确认。前者以自上而下方式将众多的"少数民族"列为国家承认的族别单位，后者则突出少数民族为主体，改变了"民族文学"的时代意涵。

中华人民共和国成立后，"少数民族"意义上的"民族文学"，可视为中国社会进行大规模"民族分类"工程所催生的产物。作为多向度的社会互动，"民族分类"既包括自上而下的"民族识别"和民族认定，也涵盖自下而上的民族申报与民族觉醒。半个多世纪以来，经由上下和内外结合的合力互动，以统一的多民族国家为基础的中国文学日益呈现出以族别为单位的新格局。不但汉族文学开始从笼统的"中国"整体里区分出来，变为五十六种民族文学之一，国家承认的其他民族也纷纷涌现出体现各自特征的族别文学称号及其对应的内涵表述。

1938年9月，满族作家老舍即以中华全国文艺界抗敌协会代表身份访问延安，受到毛泽东等中共领导的热情接待。1949年末，经曹禺等转达周恩来总理的邀请，老舍结束了在美国的三年访问回到北京，随后担任国家政务院文教委员和北京市文联主席。③ 到了1954年2月及

---

① 陈独秀：《敬告青年》，参见《青年杂志》1905年9月15日第一卷第一号。
② 李守常：《平民主义》，商务印书馆1923年版。
③ 参见庞旸（采写）《严文井谈老舍（访谈）》，《中国现代文学研究丛刊》2007年第6期；胡絜青《人生知己周恩来——记老舍与周总理的友情》，《瞭望周刊》1992年第28期。

1960年8月，老舍便以中国作协分管领导身份在北京做连续的专题报告，题目分别为《关于兄弟民族文学工作的报告》和《关于少数民族文学工作的报告》。这两份报告被视为正确体现国家民族政策、将"中国少数民族文学"作为整体提上国家正式议程的纲领性文件①，堪称在"民族文学"意义上对1949年通过的《共同纲领》及《中华全国文学艺术界联合会章程》的提升及完善。②

在前一篇报告里，老舍所言的"民族文学"之前加有"兄弟"二字，体现出以民族团结"大家庭"看待各族成员的时代特征，同时也是汉族"老大哥"之外其他民族的自谦比喻。③后一篇报告改用"少数民族文学"之称，并且将其明确称为中国文学"不可分割的一部分"，强调它们在过去没有地位，只是随着新中国民族平等的实现，才"受到应有的重视"并"飞跃发展"。④值得关注的是，老舍报告的分类里，除了开始将"少数民族文学"当作中国文学的一个相对整体来表述外，还同时使用了"汉族文学"、"各民族文学"和"多民族文学"的划分。报告说：

> 汉族文学是我们多民族文学的主体，它的光辉传统与现代的创作成就，它的革命内容与思想力量，都使我们理应向它学习的。⑤

---

① 老舍之子舒乙总结说：老舍做的两个报告"是正确的民族政策在文学战线上的具体体现"，"在中国的少数民族文学史上具有里程碑式的划时代意义"。参见舒乙《老舍和少数民族文学》，《广播电视大学学报》2007年第1期。

② 1949年中国人民政治协商会议通过保障少数民族政治权力的《共同纲领》，强调"中华人民共和国境内各民族一律平等，实行团结互助""反对大民族主义和狭隘民族主义"。同年举行的中华全国文学艺术工作者代表会议提出"开展国内各少数民族的文学艺术运动"，希望借助"各民族间互相交换经验，以促进新中国文学艺术的多方面的发展"。会议通过的《中华全国文学艺术界联合会章程》与"少数民族文学运动"相关的内容，后以"发刊词"之名刊发于1949年10月面世的《人民文学》上。

③ 老舍：《关于兄弟民族文学工作的报告：在中国作家协会第二次理事会会议（扩大）上的报告》，载《人民日报》1961年3月25日。关于以"兄弟民族"指代各少数民族的提法常见于当时的文章之中。如1959年发表的文章《建国十年来的兄弟民族文学》就写道："中国是一个统一的多民族国家，汉族以外，还有五十六种兄弟民族。"《开封师范学院学报》1959年第2期。（其中的"五十六种"疑为统计错误——笔者注）

④ 老舍：《关于少数民族文学工作的报告》，《文艺报》1960年第15—16期。

⑤ 老舍：《关于少数民族文学工作的报告》，《文艺报》1960年第15—16期。

第七章　民族文学：多民族文化的国家展现

这段话表述的意思十分重要，对于理解新中国阶段的"民族文学"意涵具有关键作用。其中的含义包括：1）中国的文学是多民族文学；2）多民族文学包括"各民族文学"，汉民族文学也在其中，但汉族文学是多民族文学的主体；3）与汉族文学相对应的是少数民族文学；4）少数民族文学当中还可分出"各个的民族文学"或"各少数民族文学"。以此来看，报告人老舍所说的"我们"就有两层所指，一是全中国的多民族文学成员；另一是应向"汉族文学"学习的"各少数民族文学"群体。

以此种分类为基础，新中国"民族文学"便衍生出多条并行交叉的阐述路径：

一，"汉族文学"与"少数民族文学"的二元区分；

二，把汉族文学排除在外的少数民族文学总述；

三，对少数民族文学忽略不计、仅以汉族文学为代表的中国文学表述；

四，对少数民族文学加以细分的"各民族文学"确立与比较；

五，最后才是以上述各项的整合为基础，最终实现的"多民族文学"整体呈现。

老舍的报告代表了新中国多民族文学的政策导向，也赢得了各民族文学工作者的衷心欢迎。多年后，在当年会上听过报告的白族作家以饱含深情的文笔予以充分肯定，把《关于少数民族文学的报告》评价为中华历史上第一次"权威论述"中国少数民族文学的文献，总结了报告的一系列重大意义，即：

> 它是中国文学中少数民族文学正式升旗的宣言，它是中国少数民族作家正式列队检阅的名册，它是中国少数民族文学继续前行发展的号令，它是中华历史上破天荒的第一次。[①]

[①]（白族）那家伦：《中国的证明》，《民族文学》2006年第1期。

后来，在为大学课程编写的教材里，马学良、梁庭望也进行了把中国"少数民族文学"视为整体的尝试，并力图在总结少数民族文学共性的基础上，与"汉族文学"做相互的对比。他们分析说，作为整体的"少数民族文学"特征包括"口头性"、"边缘性"乃至（通过一些族别文学体现的）"神话性"与"史诗性"，其中的后两者成就之大令"汉族文学所望尘莫及"。①

自 20 世纪 50 年代初期起，新中国政府主导了全国范围内民族类别的重新划分，也就是对中国境内既有族别身份归属的再确认，及至 20 世纪 80 年代为止，一共确认了汉族之外的 50 多个民族群体。在这期间，由国家领导，上下配合，逐渐派生出与之相对应的 50 多种族别文学，主要标志便是陆续组织编写出一整套以单个民族为单位的族别文学概况或族别文学史。1961 年，中国科学院文学研究所牵头的编写出版计划规定，判断文学之族别归属的依据，取决于创作者的民族成分。该计划还同时注重了作品"在本民族中流传"的价值和"具有本民族文学特色"的意义。②

在 20 世纪 60 年代开始的少数民族文学史编撰计划中，最早推出的两个民族是云南的纳西族和白族。根据各级部门的领导指示，编写者们理解到本民族文学史的编撰"不仅具有文学上的意义，更重要的是政治上的意义"，因此首先考虑到"这是一个提高少数民族自尊心，增强民族团结的重要工作"。③

这些上下结合的主张举措加在一起，使凸显"少数民族"身份地位的族别文学概论及文学史书写成为一场轰轰烈烈的民族文学运动。其特征在于使新中国的"民族文学"与同时期划分的民族类别密切地关

---

① 梁庭望、张公瑾主编：《中国少数民族文学概论》，中央民族大学出版社 1998 年版，"序言"第 3 页。

② 中国科学院文学研究所：《中国各民族文学史和概况编写出版计划（草案）》，1961 年，收入中国社会科学院少数民族文学研究所编印《中国少数民族文学史编写参考资料》，1984 年，第 7—14 页。

③ 编写组：《编写少数民族文学史的几点体会》（云南），1961 年，收入中国社会科学院少数民族文学研究所编印《中国少数民族文学史编写参考资料》，1984 年，第 220—237 页。

联在一起。在一定程度上,新撰写的族别文学成果甚至成了民族分类的辅佐性说明,即族别分类的精神象征和文化依据。换句话说,新分类的民族单位促成了新命名的族别文学;反之,新命名的族别文学确证了新族类的划分。二者互为依据,相辅相成,一个催生"民族的文学";另一个凸显"文学的民族",都为创建"民族团结大家庭"的国家进程奠定了社会根基。

以中华人民共和国成立后政府确认的各兄弟民族("非汉民族")为单位推动各族别文学以"概况"或"文学史"面貌登上历史舞台,一方面改变了它们在以往长期被忽视、受埋没的地位;另一方面也因过度强调其"少数民族"属性,而使作为整体的"民族文学"语义被窄化,以至于在很长时间内几乎等于"少数民族文学"的同义语。这种窄化的普遍表现,不难从中国作协创办的《民族文学》期刊和中国社科院"民族文学研究所"名称对"民族文学"的限定性使用上得以窥见。

"民族文学"概念窄化的影响是双向的。一方面,它造成了民族文学的"少数化",限定了此概念本有的整体意义;另一方面又导致汉族文学的"去民族化",令其从"民族文学"的语境和领域中悄然退场,从而使中国的多民族文学变成了少数民族文学与汉族文学的简化并置。

四 语文并置:口语和书面的交叉兼容

如果说作为整体的"民族文学"好比一棵上下贯通的茂盛大树的话,在20世纪以来的汉语实践中,这株大树经受了两次分割,被逐渐肢解为由上下左右构成的两组二元单位及其所属的四个子集。其中的第一个"二元"位于大树整体的左右两边,指汉与非汉的对举并置;第二个"二元"指"民间—口头文学"与"作家—书面文学"的彼此区分,处于整株大树的上下两截,一截扎根大地,一截指向天空。

在以 A 和 B 显示的左右两端里,汉与非汉民族的文学处在二元并置中。而由于辛亥鼎革后重新获得的主体地位及"华夏中心"的惯性使然,"汉族文学"逐渐被有意无意地从"民族文学"的表述中剥离出

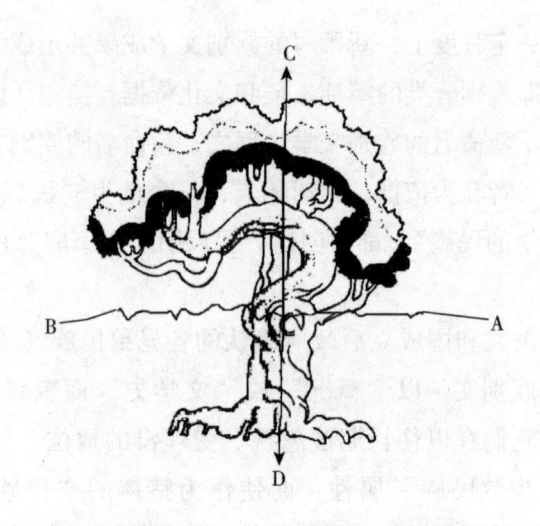

汉语"民族文学"语义树示意（笔者制图）

其中：A＝汉族文学，B＝少数民族文学/C＝作家—书面文学，

D＝民间—口传文学

来，并力图通过该族别自我的身份淡化，影响和推动中国文学的"去民族化"，继而使之再度充当多民族文学的整体替身。结果是利弊兼有。表面看汉族文学似乎通过"去民族化"摆脱了族别归属的身份限制与焦虑，不断巩固着自己在中国文学格局里的主导地位，但事实用其替各民族文学代言的单向行为亦屡受责难。在20世纪60年代，何其芳就批评说："所有的中国文学史都实际不过是中国汉语文学史，不过是汉族文学再加上一部分少数民族作家用汉语写出的文学的历史。"[①] 到了"改革开放"的新时期，仍继续引发出马学良等的不满，认为"大学文科的文学课程设置，不乏古今中外的文学课，唯独没有少数民族文学这类课程"，以至于虽然都"生存在多民族的国家中"，却有很多人都不知道"在同一个国家中有些什么民族"。[②] 由此来看，在"民族文学"意义上强化汉与非汉的二元对置以及使汉族文学"去民族化"的

[①] 何其芳：《少数民族文学史编写中的问题：1961年4月17日在中国科学院文学研究所召开的少数民族文学史讨论会上的发言》，收入中国社会科学院少数民族文学研究所编印《中国少数民族文学史编写参考资料》，1984年，第57页。

[②] 马学良：《中国少数民族文学史》，中央民族大学出版社1992年版，"序"。

做法，都具有正反两面的效果，需要认真总结反思。

以上是借"民族文学语义树"的形容从左右两边分析出的看法。接下来再由这株大树的上下两端，即"民间与作家"等另一组二元单位继续审视。历史地看，从承认和确立少数民族地位的意义上对"民族文学"做出"民间与作家"及"传统和现代"的划分，始于20世纪上半叶由歌谣学、民俗学、人类学等学者与机构发起的相关考察，但使之系统化、常规化的标志，却是中华人民共和国成立初期由文联开展的少数民族文艺运动。该运动的突出内容是20世纪50年代至60年代由政府组织的少数民族文学调查、少数民族文学概况与文学史书写等系列工作。

在前面提过的老舍关于兄弟民族文学与少数民族文学的两个工作报告里，就出现了代表传统的"文学遗产"和表现时代的"新文学"之分。对于前者，报告列举出藏族和蒙古族史诗《格斯尔的故事》《江格尔》等"口传巨著"；后者里面，则陈述了"纳·赛音朝克图与巴·布仁贝赫的诗歌，朋斯克、敖德斯尔、玛拉沁夫、超克图纳仁等的小说与剧本"那样一些受读者欢迎的现代作家类型。[①] 到了21世纪后，在以《中国少数民族文学》为名的教材里，索性出现了直接按"民间文学"与"作家文学"两个部分来作区分的类型。[②]

正如前面论述提过的那样，"民族文学"作为新出现的语用工具，可以同时用以对既有事实的重新命名和对新型文学的催生。把民间和口传类型列入特定族别的文学框架之内，便是在前一种意义上使以往文学民族化的体现，尤其对于20世纪50年代后新确认的族类而言更是如此，比如纳西族的《创世纪》被列入《纳西族民歌选》、彝族的《梅万》和《我的幺表妹》被归于"彝族文学"等。以此为方针，新中国55个少数民族各自的文学根基便被逐步构建出来，下一步的工作便是

---

① 老舍：《关于兄弟民族文学工作的报告：在中国作家协会第二次理事会会议（扩大）上的报告》，载《人民日报》1956年3月25日。
② 参见钟进文主编《中国少数民族文学基础教程》，中央民族大学出版社2011年版。教程阐释说，"中国少数民族文学包括民间文学和作家文学两大类"，第189页。

对"上层的"作家文学的培养和提升。

对民族作家——或各民族的作家文学的培养,是新中国少数民族文学工作的重要构成部分,也是最不易整合的关键环节。其中的最大难点在于如何使组织培养者要求的新文学性质——现实主义、新民主主义、社会主义等,与世代相沿的族别归属——民族母语、世代风俗、传统信仰等等相对应。从半个多世纪的实践效果来看,二者间的对应很难说已经实现。在大多数情况下,不是新文学压过旧传统,就是旧传统覆盖了新文学。更重要的是,作为民族文化的组成部分,新创立的作家文学能够在多大程度上像以往传承的民族歌谣那样,为共同体内部的成员所认可、接受和传播,始终是悬在眼前的挑战和难题。

这种民族个性与时代要求的错位,导致了"作家—书面文学"同"民间—口传文学"上下相隔的僵局。一边的情况是:民间的口传文学继续在民族乡土的根基里发挥作用;另一边的场景为:各级组织大力催发下的作家—书面类型枝条向上,不断生长,在日益获得时代的新文学共性之际,也似乎与自身的民族传承渐行渐远。

20世纪80年代兴起的第二次"思想解放"浪潮,带动了民族意识在少数民族创作中的新一轮焕发。从东北鄂伦春族乌热尔图的《七岔犄角的公鹿》、西藏扎西达娃的《西藏,系在皮绳上的魂》到吉狄马加的《自画像》和张承志的《黑骏马》和《心灵史》,直到阿库乌雾等倡导的"母语写作",等等,处在"改革开放"时期的少数民族作家似乎不约而同地呈现出对民族归属的再确认和民族特征的再表述。

其中,乌热尔图希望读他小说的朋友"记住鄂温克这个曾跨越几千年时空的民族";[1] 吉狄马加用诗句向世界大声呼喊:"我—是—彝—人!"。[2] 白朗坦陈纳西族作家面临的最大挑战,是"如何站在自己民族的传统已经支离破碎的时代,来重新塑造和构建民族传统"。[3] 以荣获

---

[1] 乌热尔图:《我属于森林》,《文学自由谈》1986年第4期。
[2] 吉狄马加:《身份》,江苏文艺出版社2013年版。
[3] 白朗:《对20世纪纳西族作家文学的几点思考》,收入玛拉沁夫等主编《中国少数民族文学经典文库:1949—1999》(理论评论篇),云南人民出版社1999年版,第105页。

茅盾文学奖闻名的阿来则重提民间文学对民族写作的重要性，指出"跟文学的民族性相关的，是文学的民间性"，呼吁大家尽力关注"文学民族性的民间资源"。①

再后来，在力图对"民族文学"意涵重新辨析上最引人注目的事件，是2004年起由《民族文学研究》杂志与四川大学、西南民族大学等机构发起对"中国多民族文学论坛"的兴办。论坛一年一度连续举行，不但地点几乎覆盖了全国主要的民族地区，影响和冲击也逐渐波及若干重要的综合性大学。学者们在论坛里讨论最热烈、争论最多的议题是"多民族文学命运"和"多民族文学史观"。② 由此展示的重大突破，在于力图超越"民族文学"语词的双二元肢解，重新把汉族文学拉回到多民族文学的整体之中，并且把民间—口传文学与作家—书面文学视为同构，在活态互补的文学生活意义上，将中国的多民族文学再度组合起来。③

到了2014年，有关"民族文学"的界定又一次成为众所关注的议题。《人民日报》刊发群体笔谈，专议"文学的民族性"。众人的讨论将民族性视为文学活动的最基本属性和身份标识，强调"民族文学的根基在我们自己的民间生活和民族传统中。只有在民间生活的细微处，才能找到纯粹和鲜活的民族性"。笔谈的结尾，是有人提出的口号式总结："必须努力重建中国文学的民族性。"④

笔谈议论的热烈及语调的豪迈一如晚清民初学界涌现的情景，令人仿佛感受到一个世纪的思潮轮回。不过在激动人心之后，新旧问题也接踵而来：论说者们要重建的是何种意义上的"中国文学"？其中的"民族"指代着何样的群体？汉族？少数民族？抑或多民族整体？

---

① 张江、朝戈金、阿来等：《重建文学的民族性》，《人民日报》2014年4月29日第14版。
② 关于中国多民族文学论坛的总况介绍可参阅《文艺报》2013年11月13日署名明江的《中国多民族文学论坛》一文；有关"多民族文学史观"的讨论可参阅《民族文学研究》2007年第2期刊登的论文，如关纪新《创建并确立中华多民族文学史观》、徐新建《"多民族文学史观"简论》等。
③ 徐新建：《表述和被表述：多民族文学的视野和目标》，《民族文学研究》2011年第3期。
④ 张江、朝戈金、阿来等：《重建文学的民族性》，《人民日报》2014年4月29日第14版。

绕了一圈，相关的争论看来又回到当年的起点。

小 结

20 世纪 60 年代，在新中国多民族文学制度的保障下，继已获成功的《四世同堂》《茶馆》等名篇之后，满族作家老舍开始创作一部"以写满人为主"的新长篇小说，并为之起了极富民族文化意味的书名——《正红旗下》。小说采用第一人称叙事，开篇讲述"我的出生"，以晚清"戊戌变法"为背景，交代了主人公的族别家系，强调"我的父亲是堂堂正正的旗兵，负着保卫皇城的重任……"[①]

老舍和《正红旗下》

书稿在"文革"中被迫深藏，历经磨难后才在"改革开放"的新时期面世。[②] 老舍夫人强调，其虽是一部"自传式"小说，但老舍的目的不是要写自传，而是要"写社会，写社会的变迁和历史的发展趋

[①] 老舍：《正红旗下》，《人民文学》1979 年第 3 期。
[②] 《人民文学》1979 年第 3 期"编者按"对《正红旗下》的面世经过做了简介，写道："林彪、'四人帮'的残酷迫害，夺去了老舍先生的生命，致使这部有特殊价值的作品也夭折，令人愤恨。本刊从本期起连载这部未完成的佳作，分二期载完。"第 94 页。

势",具体而言——

> 在《正红旗下》里,老舍通过各色各样的人物形象要告诉读者:清朝是怎样由"心儿里"烂掉的,满人是怎样向两极分化的,人民是怎样向反动派造反的,中国是一个何等可爱的由多民族组成的统一的大有希望的国家……①

老舍夫人的评价聚合了与现代中国民族文学关联最密切的词语:清朝、满族、人民、多民族国家及其文学愿景。

由此观之,以"少数民族"多元身份及时代参与为前提,现代汉语的"民族文学"一词具有多么丰富的含义,称得上一种命名、一种创造和一种运动,体现着不同民族的身份诉求、政治协商以及文化互动。也就是说,"民族文学"不仅在被识别和被赋予,更能够自确认和自创建。进一步说,作为一种复杂交错的历史过程,"民族文学"是在多元群体的相互激励和社会实践中形成、演变的,至今仍处在理论与现实的多重互动中。

---

① 胡絜青:《写在〈正红旗下〉前面》,《新文学史料》1980年第1期。

第八章 母语表述：多民族文学的语文根基

文学是多民族文化的重要核心和载体，文学自身的核心和载体则是语言。古往今来，在民族文化世代沿袭的历史过程中，使本土文学得以呈现、交流和传递的基本载体是特定人群有效使用的自身母语——本地语、族内语，或如现代语言学所称的"第一语言"（first language）。在这个意义上，用民族文化持有人自身母语呈现、交流和传递的文学即是母语文学。

不过，对于中国这样一个以多民族、多语言和多区域组成的政治文化共同体来说，由于无论在族类、语类、彼此关系乃至识别、认定和命名、划分等方面都复杂纷呈，母语文学的议题还值得从不同视角和层面展开讨论。

一 现代中国语、汉藏诸语系

（一）现代中国语

民国年间（1915—1926 年），瑞典汉学家高本汉（Bernhard·Karlgren）分几次出版了以汉语为对象的博士学位论文 *études sur la phonologie chinoise*。之后，赵元任、罗常培和李方桂联手翻译，将该著以《中国音韵学研究》之名于 1940 年在中国面世。时任中央研究院史语所所长的傅斯年为之作序，称其"实具承前启后之大力量，而开汉学进展之一大关键也"，又说"学问之道不限国界，诚欲后来居上，理无固步自封"。[①] 以

[①] ［瑞典］高本汉：《中国音韵学研究》"傅斯年序"，赵元任、罗常培、李方桂译，商务印书馆 2003 年版，第 1—2 页。

今天的眼光来看，这里所谓的"启后"和"居上"，主要指看待汉语的跨区域视野和比较的方法。依照这样的视野、方法，高本汉不但做出了对汉语"通盘彻底的分硬软两套音类跟音符"等重要贡献，而且还通过对汉语各方言字词的列举和聚拢，体现了现代中国语的"最好代表"，因为（依照译者的意见）只有方言的全体，才是"现代中国语言全景的真相"。赵元任等三位译者与高本汉既是同行也是朋友，高氏著作的翻译引进，可视为以语言研究为平台的跨国合作和中外互动。作为译者，他们之所以作出上述评价，其实已融入了对本土语言状况和问题的体察与见解，于是借"译者提纲"之便加以发挥，指出汉语通用语的局限，提醒说现行国语并不是汉语的全部真相，而"只是一种实用上最通行最方便的方言而已"，在"一国之语"的意义上，所谓"国语"也是相对的，只能代表中国语言全景的一方面。①

高本汉在他的著作专列了论述"汉语方言"的一章，指出：

> 中国的人民算起来四万万以上，境内各样的气候都有——从北温带一直到热带——各样的地势都有——平原、山岭、海滨。人民的品性跟风俗都很不同。国内既然分成许多情势不同的区域，当然就会有无量数的方言。②

这还不算，在这种认识的基础上，通过对33种汉语方言的详细研究，高氏引申出了一个更为引人关注的论断，认为汉语内部的差异有的已超越了方言，而可升格为不同的语言了。他说，（在汉语方言中）"有些地方不同的程度几乎可以算是不同的语言，正好像斯堪的纳维亚语跟斯拉夫语那样不同似的"。③ 这就意味着，诸如粤语、吴语、闽南

---

① ［瑞典］高本汉：《中国音韵学研究》，赵元任、罗常培、李方桂译，商务印书馆2003年版，"译者提纲"第13—20页。
② ［瑞典］高本汉：《中国音韵学研究》，赵元任、罗常培、李方桂译，商务印书馆2003年版，"译者提纲"第139页。
③ ［瑞典］高本汉：《中国音韵学研究》，赵元任、罗常培、李方桂译，商务印书馆2003年版，"译者提纲"第139页。

语等是汉语方言还是可与汉语并列的单独语言都成了值得讨论的问题。高氏的论断连同彼时其他海外语言学家的相同论述一起,在现代中国反响深远并且激发了旷日持久的诸多论战。比如,语言学界至今争论的焦点之一是:从语言分类的系属来看,汉语究竟是单一语言还是包含多种语言的语言联盟?如果依照后一种观点,所谓中国语言的全景就该是另一番状况了。而即便按前一种界定,在上承本土自扬雄《方言》等经典所开启的"小学"传统、下接近代西方传入的语言学理论那样的时代背景下,中国学术界也开始了对汉语自身多样性的比较描写和重新阐释。由此一来,非但对近代以来在国民心目中模糊而刻板的"国语"认知产生了冲击,对"中文"及与之相关的"中国语言"、"中国文学"乃至"中国文化"等重要概念也引申出了界定上的不同探寻。

这种中西互动的结果至少产生和拓展了对后世影响深远的两大浪潮,一是由文学和民俗学界发起,倡导"眼光向下"的"歌谣运动";另一是语言学界推动、在中国境内以实地调查为基础重新描述并绘制汉语"方言地图"的学术实践。

1923年,"歌谣运动"的发起人之一沈兼士指出,"歌谣是一种方言的文学",所以"研究方言可以说是研究歌谣的第一步",并主张对汉语方言的研究要从纵横两方面着手,而由于语言是不能全然拿政治区域来规范的,故而横方面的汉语研究就应注意与"异族语"的关联,也就是要不但关注在语言上广东、福建等省与"中国本部"的差异,还应辨析和比较汉语与内蒙古、新疆等地"阿尔泰语系"及云贵广西等地之"苗蛮语"乃至缅甸暹罗之"泰语"等的不同。[①] 这样的眼光和阐述大大开阔了对语言、言语、方言等观念的理解及对汉语、蛮语、异族语等种类的认知。也正因为歌谣研究跟方言学关系极为密切,后世学者总结说,"中国现代方言学研究是五四运动以后,由歌谣的采集和研究揭开序幕的"。[②]

[①] 沈兼士:《今后研究方言之新趋势》,原载北京大学研究所编《歌谣研究增刊》,1923年12月,收入《沈兼士学术论文集》,中华书局1986年版,第42—49页。
[②] 游汝杰、周振鹤:《方言与中国文化》,《复旦学报》1985年第3期。

照此看来，如果说"歌谣运动"通过恢复和提升民间文学、底层文学及口述文学的价值与地位的方式，颠覆了以往书面文学和精英文学的垄断，以全新构架重塑了中国文学的多样构成的话，汉语"方言地图"的描述和绘制，意义则在于借助现代科学的表述方式使汉语自身的丰富和完整得以全面呈现。在五四新文化运动的社会背景下，正是"歌谣运动"与"方言研究"的并驾齐驱，以语言和文学相结合的角度，推动并扩展了对"国语"、"国文"及"国学"的考察诠释，并与彼时涉及更为深广的"白话运动"及"民族调查"等宏大浪潮一道，构成了本土学术史上前所未有的时代新景象。

从语言和文学彼此关联的角度看，当年从歌谣和方言结合展现汉语多样性的成果集中体现于对"吴歌"（吴语）与"粤语"（粤文）等"强势方言"的关注、论述上。1926 年，赵元任发表的《吴语研究》对吴语语音做了科学描写，并将其与"国语"作比对，凸显了吴语在声韵上的独有特征。为了使研究成果保存对象的方言特征，赵元任在使用国际音标进行标注的同时，也辅以"汉字直音"等方法，但强调要"以本地音记本地字"，因为那样的方法才能与国际音标一样可靠，而"假如拿别处的（汉字）字音来注这处的音，那就全无价值"，而且"一定弄得乱不可言了"。①

在后来游汝杰等学者的研究中，吴方言的语音特征得到进一步描写和阐释，与之相关的"声调别义"现象被揭示出来（见表 8－1）。②

表 8－1　　　　　　　浙南吴语"下"的两音两义

	丽水	景宁	庆元	云和	江山	常山	汤溪	义乌
下（下面）	yo^4	$fi\,ia^4$	ia^4	io^4	fio^4	fio^4	$fiua^4$	$fiɔ^4$
下（下种）	hu^3	ho^3	ho^3	hu^3	ho^3	$hɔ^3$	hua^3	$hɔ^3$

这些方言语音上的显著特征说明，作为地域性汉语的重要支系，吴语与通用的"官话"或"国语"是很不一样的，需要当成具有特定交

---

① 赵元任：《现代吴语的研究》，科学出版社 1956 年版，第 12 页。括弧里的字为引者所加。
② 游汝杰：《吴语"声调别义"的类别和特点》，《辞书研究》2019 年第 2 期。

际边界的语言单位来看待。根据研究者们的归纳，吴语又被称作吴越语、江南话或江浙话，流行区域包括苏、松、常、太、杭、嘉、湖等地，无论在语言实践还是在学术传承方面都有着悠久的地方传统。20世纪20年代，顾颉刚编撰出版《吴歌·吴歌小传》，胡适、俞平伯、沈兼士和刘复等为之作序。胡适在序中不但称赞了吴歌研究的重要价值，还提出了国语文学与方言文学的区分、关联和竞争。特别值得注意的是，作为新文化运动中对"国语"倡导最力者，胡适在此陈述了对方言地位的大胆意见，认为"国语不过是最优胜的一种方言；今日的国语文学在多少年前都不过是方言的文学"。进而又强调："国语的文学从方言的文学里出来，仍须要向方言的文学里去寻他的新材料、新血液、新生命。"为了证明这一点，胡适特地举了堪称"吴语文学"代表之一的近代小说《海上花列传》片段作例：

> 双玉近前，与淑人并坐床沿，双玉略略欠身，两手都搭着淑人左右肩膀，教淑人把右手勾着双玉颈项，把左手按着双玉心窝，脸对脸问道："俚七月里来里一笠园，也像故歇实概样式一淘坐来浪说个闲话，耐阿记得？"（六十三回）[1]

胡适分析到：假如我们把双玉的话都改成官话："我们七月里在一笠园，也像现在这样子坐在一块说的话，你记得吗？"——意思固然一毫不错，神气却减少多了。不但如此，对于号称中国现代文学白话巨匠的鲁迅、叶圣陶等，胡适竟也从国语局限和方言特长的角度表示了遗憾，提出"假如鲁迅先生的《阿Q正传》是用绍兴土话做的，那篇小说要增添多少生气呵！"叶圣陶呢？虽然身为苏州的文人，可惜不敢向（方言文学）这条大路上走，"只肯学欧化的白话而不肯用他本乡的方言"。[2]

---

[1] 参阅（清）韩邦庆《海上花列传》，人民文学出版社1982年版。
[2] 顾颉刚等辑：《吴歌·吴歌小史》"胡适序"，王煦华整理，江苏古籍出版社1999年版，第9—13页。

与在现代汉语方言研究中"吴语"之备受关注相比,号称在海外流传最广的粤语,其之被重新界定、阐释和多次提升更可谓独领风骚、异军突起,甚而几近成为以北方官话为基准之国语——汉语"普通话"的强力挑战者。其中值得提及的方面,除了方言地位上的"南北之争"等,还可举出的有"粤歌""粤剧"以及旨在解决语言实践中"文言分离"矛盾的粤语"口语书面化"运动,等等。关注粤语研究的学者强调说,"在汉语方言的研究中,乃至在整个汉学的研究中,粤语都处于相当引人注目的地位"。由此提醒每一位从事粤语研究和粤语教学、粤语应用的人对"粤语在汉语方言中这一特殊的地位和作用"都应该有足够的认识。什么样的地位和作用呢?那就是:

> 在现代汉语中,除了汉民族共同语普通话之外,能够在某个华人地区作为公众通用语及公共事务法定用语而为广大民众所接受的,大概只有粤方言了。[1]

在与汉语各方言的比较中,粤语以声调复杂著称。在袁家骅主编的《汉语方言概要》统计里,作为粤语代表之一的广州话就有九个调类,外加高平和高升两个变调。[2] 若与普通话对比,二者的单音节声调曲线即呈现出明显差异。(见表8–2、8–3)[3]

表8–2　　　　　　　　标准普通话单音节声调曲线

声调	阴平1	阳平2	上声3	去声4
传统值	55	35	214	51
测量值	55	35	213	51

---

[1] 詹伯慧:《粤语研究的回顾与展望》,《暨南学报》1999年第6期。
[2] 参见袁家骅《汉语方言概要》(第二版),语文出版社2001年版,第181页。
[3] 资料来源:金健等:《广州普通话和普通话声调对比研究》,第八届中国语音学学术会议暨庆贺吴宗济先生百岁华诞语音科学前沿问题国际研讨会《中国语言学会语音学分会会议论文集》2008年,第460—465页。

表8—3　　　　　　　　粤语单音节声调曲线

声调	1	1	2	2	3	3	4	5	6	6	9
传统值	55	$\underline{5}$	$\frac{3}{5}$	$\frac{3}{5}$	33	$\frac{3}{3}$	21	13	22	$\underline{2}$	53
测量值	44	$\underline{5}$	$\frac{2}{5}$	$\frac{2}{4}$	33	$\underline{3}$	21	13	22	$\underline{2}$	52

也正是粤语的声调、词汇等特点的存在和延续，支撑培育了粤语歌曲、粤剧、粤语影片乃至粤语文字等堪称南国风情的区域文化。早在1925年，胡适就指出中国各地的方言之中，有三个地方产生了三种方言文学。其中之一便是以广州话为代表的粤语文学（另外两种是京话和吴语）。结合区域分布、传播特点及与"国语"——普通话的比较，胡适分析说：

　　　　粤语的文学以"粤讴"为中心，粤讴起于民间。而百年以来，自从招子庸以后，仿作的已不少，在韵文的方面已可算是很有成绩的了，但于今海内和海外能说广东话的人虽然不少，粤语的文学究竟离普通话太远，他的影响究竟还很少。[①]

　　进入21世纪之后，粤语作为强势的南方方言欲与北方官话继续并立的势头进一步在2006年创立"粤文维基百科"等新媒体平台方面表现出来。到2012年11月14日时，粤语版的维基百科已有超过65170位注册用户及超过21615篇文章上传，规模和发展速度在汉语维基百科中处于第二位，仅次于中文维基百科，超过了吴语和古汉语版的维基百科。该版本的网页使用繁体汉字，其中包含了不少具有自身特点的粤语词汇，如：

　　　　粵文維基百科係維基百科協作計劃嘅粵文版，由非牟利組織——

[①] 参见顾颉刚等辑《吴歌·吴歌小史》"胡适序"，王煦华整理，江苏古籍出版社1999年版，第9—13页。

第八章 母语表述:多民族文学的语文根基

維基媒體基金會負責於 **2006** 年 **3** 月 **25** 號成立。①

这样,由近代开启的各种新趋势和新成果使汉语日益呈现出来的就并非单一的语言而变成了丰富的世界。包含多种方言、土话的汉语区域构成及其空间图像也在世人心目中发生了深刻变化。**1924** 年,北京大学国学门发表《方言调查会宣言书》,提出调查会的首要工作就是"绘成方言地图"。次年,歌谣和方言研究领域的两栖学者刘复(刘半农)发表演讲,宣称要按照西方语言地图的办法,编成一部《方言地图》。到了 **20** 世纪 **30** 年代,这项工作终于在丁文江、翁文灏等人的努力下得以完成。自 **1932** 年起,他们与《申报》合作编制的中国《语言区域图》陆续出版和修订,在其中,汉语被描述为包含十数个不同种类的的庞大语群,包括了北方官话、西南官话、下江官话、吴话、湘语、赣语、客家话、粤语、闽南语、闽北语、徽州方言等。②尽管在界定标准和分类数目上尚存争论,但汉语并非单一语言而是纵横交错、构成多样之体系的认识已非学界少数人士的自说自话,而已渐成为对国人知识产生日益影响的社会话语。

表 **8–4** 是后来的学者根据《申报》多版"语言区域图"所归纳的汉语方言分区表。③

表 8–4　　　　　　　　汉语方言分区

版次	汉语方言分区	备注
S1(A1)	华北官话区　华南官话区　吴方言　闽方言　客家方言　粤方言	另有海南方言,图案同粤方言

① 参见粤文维基百科网页的相关介绍。http://zh-yue.wikipedia.org/wiki/%E7%B2%B5%E6%96%87%E7%B6%AD%E5%9F%BA%E7%99%BE%E7%A7%91。
② 马学良评介说,"对现代中国语言进行分类并划分地区、绘成地图的,始于 1932 年上海《申报》中的《语言区域图》"。这论断对方言地图的起始问题有点夸大,却可见出作者对《申报》出版之《方言区域图》的看重。参见马学良主编《汉藏语概论》,北京大学出版社 1991 年版,第 44 页。
③ 图表引自项梦冰《申报地图之〈语言区域图〉》,载项梦冰主编《方言论丛》,中国戏剧出版社 2009 年版,第 200 页。

续表

版次	汉语方言分区	备注
S2（B1）	同 S1	
S3（A2）	北方官话区　上江官话区　下江官话区　吴方言　皖方言　闽方言　潮汕方言　客家方言　粤方言	杭州旁标"吴音官话"
S4（A3）	同 S3	
S5（A4）	同 S3	
S6（A5）	北方官话　西南官话　下江官话　吴语　湘语　赣语　客家话　粤语　闽南语　闽北语　徽州方言	

《申报》出版的《语言区域图》所呈现的中国语言全景则更为恢宏，需要注意的是，该图中除了标举出汉语方言的类别和分布以外，还呈现了与之相关的其他重要内容和概念，如"语系""语族"等①。图中举出的"中国语系"、"藏缅语系"、"蒙古语系"、"汉台语系"及"汉藏语族"、"南岛语族"等分类术语及组合方式或许会令今人感到陌生和不习惯，然而却传达出了彼时学界对于汉语及其相关知识的重大突破。

相对而言，如果说20世纪初学术界对于汉语内部不同方言的调查、分类和绘图好比在较为刻板封闭的"国语"观念中开了几扇窗、扩了几道门的话，在汉语之外扩展出来对诸语系、语族及语支等的划分、对比和研究就如同在更大范围里拆墙铺路，搭建平台，从而使人们对"中国语言"的看法大大拓宽，推动认知和表述汉语及中国境内外其他相关语言的方法与能力进入一个全新境界。

（二）汉藏诸语系

自清代晚期到民国创立，从语言、社会及政治、历史等角度关注多元丰富之"中国语言"的时代风貌可谓上下交通、各界互动，并且是中外交汇、多家争鸣。其中，仅就"汉藏语系"的命名、分支等问题就派生出众多不同的学派。那时，各种假说层出不穷，兼容并立，彼此之间既相互论争又切磋互补，形成了多元起伏的兴盛局面。那样的风貌

---

① 地图引自项梦冰《申报地图之〈语言区域图〉》，载项梦冰主编《方言论丛》，中国戏剧出版社2009年版，第205页。

可由孙宏开在后来整理的列表窥见一斑（见表8-5）。

表8-5　　　　　　"汉藏语系"各家假说对照[①]

语系名称	包括内容	提出时间	代表人物	备　注
汉藏语系	汉语、藏缅语、侗台语、苗瑶语	1937年[①]	李方桂、罗常培、傅懋勣、马学良等	
汉藏语系	汉语、藏缅语	1973年[②]	白保罗、马提索夫等	他们将侗台语、苗瑶语、南岛语合为另一个语系称南岛语系华澳语系
汉澳语系	汉语、藏缅语、侗台语、苗瑶语、南亚语、南岛语	1995年	沙加尔、邢公畹、潘悟云、郑张尚芳等	包括了另两种观点中的汉藏语系和南岛语系
华夏语系	汉语、藏缅语、苗瑶语、南亚语、侗台语	2001年[③]	王敬骝	包括汉、越、夷、羌、苗

不过总体来看，民国以后对于"中国语言"的整体关注和阐释，可以说存在着两种彼此不同又影响深远的主要倾向。一种强调"国语一统"，一种主张"多语并立"。第一种即从清代便已开始的"官话""国语"统一运动。它借助朝廷和官方的力量自上而下地推动着。其中的举措包括雍正时期便在闽粤地区设立正音书馆，规定举人、生员、贡、监、童生，"不谙官话者，不准送试"。[②] 到了光绪年间，吴汝纶等士人则提出"以京音统一天下音律，以实现语音统一"，[③] 目的是希冀做到"文话皆相通，中国虽大，犹如一家"。[④] 用吴汝纶的话说，便是"一国之民，不可使语言层差不齐，此为国民国体最要之义"。[⑤]

然而与此同时，与"国语统一"相对立的另一种"多语并立"景象和趋势也悄然兴起，随后又催生为蓬蓬勃勃的学界运动和社会浪潮，

[①] 孙宏开：《汉藏语系假设：中国语言学界的"哥德巴赫猜想"》，《学术探索》2009年第3期。
[②] （清）俞正燮：《癸巳存稿》，《俞正燮全集》，黄山书社2014年版。
[③] 吴汝纶：《与张尚书》（1902），收入《吴汝纶全集》（三），黄山书社2002年版，第436页。
[④] 值得一提的是，此段引文的提出者一方面强调"当以一腔为主脑"，另一方面又提出作为"主脑"之标准不在北京而在南京。他认为"官话之最通行者，莫如南腔。因此"若以南京话为通行之正字，为各省之正音，则19省语言文字既从一律"。卢戆章：《中国第一快切音新字原序》（1892年），《清末文字改革文集》，文字改革出版社1958年版，第3页。
[⑤] 吴汝纶：《与张尚书》（1902），收入《吴汝纶全集》（三），黄山书社2002年版，第436页。

其中的标志之一就是方言调查和语系构拟。在《申报》筹划出版的民国新地图"语言区域图"问世之前，中外学者已先后发表了有关中国语言归属不同语系、语族、语支的大量假说和论述，其中还包含不少观点对立的激烈争论。但总体来说，对于中国全境的语言构成，学界达成的基本共识是：以在广博多元的历史和现实版图内，所谓的"中国语言"其实包含了多种不同的语系和语族，汉语乃至"汉藏语系"皆只是其中的一个部分而已。按照李方桂的划分，"中国语言"就包含了三大语系和若干个语族。它们的结构如下：[1]

    1）印—支语系（Indo-Chinese Family），也称"藏—汉语系"、"汉—藏语系"或"广义的中国语"，其中包括汉语、侗台语、苗瑶语和藏缅语四个主要语族；

    2）南—亚语系（Austro-Asiatic FAmily），包括门达语、孟—高棉语等语族；

    3）阿尔泰语系（Altaic Family），包括突厥语、蒙古语和通古斯语三个语族。

由于划分的方法和标准不一致，其他学者对于中国语言的语系归属及命名有不同意见。如白保罗（Paul K. Benedict）、谢飞（Robert Shafer）和马提索夫等提出应在"中国语言"里增加另外一个新的语系——"澳泰语系"（Austro-Thai Fanily），因为苗瑶语和侗台语不是"汉藏语系"的从属语族，而属于与之并立的"澳泰语系"；在"汉藏语系"内部包括的语族只有汉语、克伦语和藏—缅语。在语系及语族的认定与区分方法上，在其撰写的《汉藏语言概论》里，白保罗等强调藏—克伦语和汉语"所共有的一系列单音节词根"，并主张词汇为主，形态和句法为次。

根据其特定的方法和主张，白氏编制了汉藏语系的关系图，其中汉

---

[1] 李方桂：《中国的语言和方言》，载李方桂《汉藏语论文集》（一），清华大学出版社2012年版，第231—242页。

第八章 母语表述:多民族文学的语文根基

语之外的语族及分支构成如下图。①

到了20世纪50年代,罗常培等采用与李方桂相同的分类标准,将中国境内整个非汉民族的语言归属从语系到语族和语支做了扩充完善,提出了"三系、七族、十九支"说。② 此后,经过一批批语言学家在各地组织调查后编制出版了《中国少数民族语言地图》。③

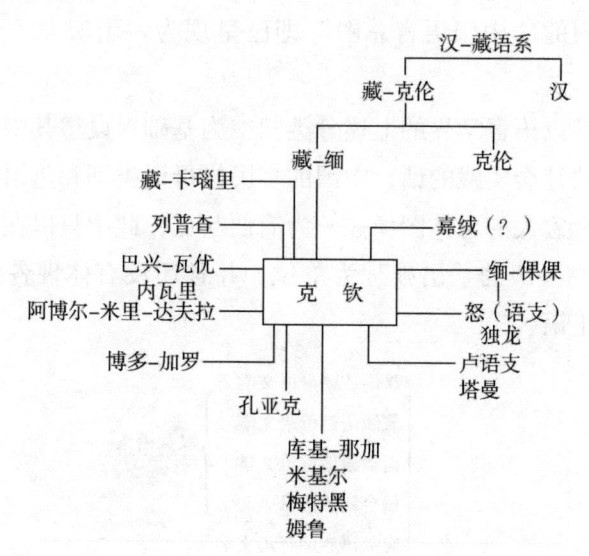

```
                          汉-藏语系
                    藏-克伦           汉
                藏-缅              克伦
        藏-卡瑙里
        列普查                嘉绒(？)
        巴兴-瓦优     ┌──────┐   缅-傈僳
        内瓦里        │ 克 钦 │   怒(语支)
        阿博尔-米里-达夫拉 └──────┘ 独龙
        博多-加罗                卢语支
                                塔曼
              孔亚克
              库基-那加
              米基尔
              梅特黑
              姆鲁
```

截至2008年底,被孙宏开等语言学家进一步统计出来的中国境内语言总数共包括了5系13族26支,133种语言。其中的语系、语族构成如下:④

1. 汉藏语系:分汉、藏缅、苗瑶、侗台4个语族;
2. 阿尔泰语系:分突厥、蒙古、满—通古斯3个语族;
3. 南岛语系:分台湾、马波2个语族(指中国境内);

---

① P. K. 本尼迪克特:《汉藏语言概论》,乐赛月、罗美珍译,中国社会科学院民族学与人类学研究所民族语言研究室编印1984年版,第1—2页。
② 罗常培:《国内少数民族的语言系属和文字情况》,《人民日报》1951年3月31日第3版。
③ 资料来源:中国社会科学院语言研究所、澳洲人文科学院合编:《中国语言地图集》,香港朗文(远东)出版公司1987、1990年版。
④ 参见孙宏开《罗常培先生对少数民族语言文字研究的贡献》,《中国语文》2009年第4期;孙宏开、胡增益、黄行主编《中国的语言》,商务印书馆2007年版。

· 275 ·

4. 南亚语系：分孟高棉、越芒 2 个语族；
5. 印欧语系：分斯拉夫和伊朗 2 个语族。

而在 1987 年和 1990 年由中国社会科学院语言研究所与澳洲人文科学院合作编制的大型《中国语言地图集》里，包含了汉语及其他少数民族语言在内的"中国语言总图"即已呈现为一副宏大完整且多元丰富的景象了。

这样，若以语言学界的上述分类归纳为基础，设想其中每种语言都有各自对应的社会实践的话，中国的多民族母语类别和母语文学就将呈现为一幅多元宏大的总体图像——为简便起见，此中只以在分类次第上比"语言"高一级的"语族"为单位，并且还没有体现各语言内部的不同方言、土语：

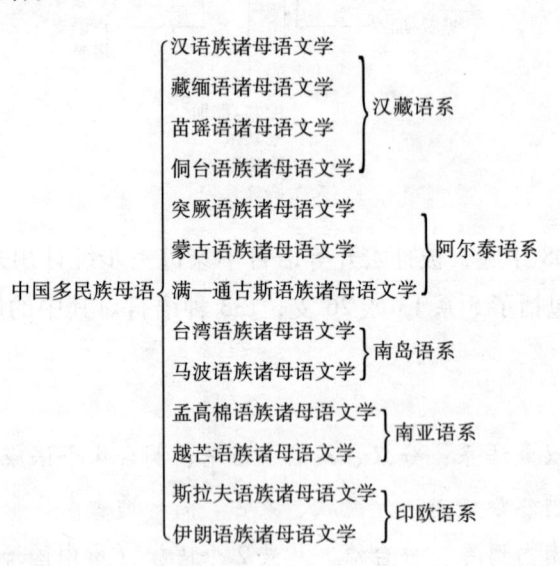

$$
\text{中国多民族母语}\begin{cases}
\left.\begin{array}{l}\text{汉语族诸母语文学}\\\text{藏缅语族诸母语文学}\\\text{苗瑶语族诸母语文学}\\\text{侗台语族诸母语文学}\end{array}\right\}\text{汉藏语系}\\
\left.\begin{array}{l}\text{突厥语族诸母语文学}\\\text{蒙古语族诸母语文学}\\\text{满—通古斯语族诸母语文学}\end{array}\right\}\text{阿尔泰语系}\\
\left.\begin{array}{l}\text{台湾语族诸母语文学}\\\text{马波语族诸母语文学}\end{array}\right\}\text{南岛语系}\\
\left.\begin{array}{l}\text{孟高棉语族诸母语文学}\\\text{越芒语族诸母语文学}\end{array}\right\}\text{南亚语系}\\
\left.\begin{array}{l}\text{斯拉夫语族诸母语文学}\\\text{伊朗语族诸母语文学}\end{array}\right\}\text{印欧语系}
\end{cases}
$$

由此，即便暂不把更为众多的方言计算进去，而只以其中的一百多种语言——尤其是那些与目前国家认定的 56 个族别分类不相对应的语种作为构成单位再逐一列举出来的话，则将呈现为：

A，与既定族称对应的类别：汉语文学、蒙语文学、藏语文学、维吾尔语文学、朝鲜语文学、彝语文学、苗语文学……（后略）

B，与既定族称不对应的类别：白马语文学、末昂语文学（四川）、普标语文学（云南）、巴那语文学（广西、贵州）、临高语文学（海南）、标话文学（广东）……（后略）

由此见出，在中国文化的整体格局中，多民族、多语言和多文学是既相联系又相区别的分类范畴和系统，需要在互为关照的前提下分别对待。在语言、民族和文学的对应划分上，不能简单地仅以 56 个民族为单位和分野，把整体的中国文学视为 56 种民族文学之总和，就像不能把同样包含多种方言的"汉语文学"简单等同于"普通话文学"一样。事实上，如今以汉语普通话（国语、官话）呈现出来，被很多人误以为堪称"中国文学"之代表的种类，其实只是汉藏语系中一个语种内的一种方言文学而已，它的确切称呼应该是"汉语北方方言文学"。而面对中国范围内如此宏大多元的语言构成，讨论丰富多样、彼此有别的"母语文学"，就应当跳出以其中任何一个语种或方言为中心的人为局限，建立开放、平等、互补的语言观（母语观）和文学观。唯有那样，方可认知、理解以及尊重并保护以母语为载体的中国文学多样性。

二 族别和语别、口语和笔语

（一）语言和族别

关于国家共同体范围内语别与族别的对应与错位，学界已有不少阐述，其中语言学界——尤其是民族语言学界的学者根据田野考察和一手材料作了深入的分析。如傅懋勣即把"对一个民族说几种语言的情况有了进一步的了解"列为新中国三十五年来民族语言科研工作的三项成绩之首。他举的事例是：

裕固族说两种少数民族语言，居住在肃南裕固族自治县西部的裕固族说的语言可称西部裕固语，属突厥语族。住在这个自治县东部的裕固族说的语言称东部裕固语，属蒙古语族，两部分人互相交际的语言是汉语。

又如，瑶族说三种少数民族语言，一种是勉瑶语，属苗瑶语族瑶语支；另一种是布努语，属苗瑶语族苗语支；第三种是拉咖语，属壮侗语族侗水语支。瑶族这三部分人互相交际，也是使用汉语。①

另据后来学者们的补充调查，仅在藏族这一由国家认定的民族单位里，就存在着类别达 12 种之多的不同语言，分别是：藏语、却隅语、嘉戎语、白马语、扎坝语、那木依语、尔苏语、贵琼语、史兴语、木雅语、尔龚语、拉乌戎语。②

这样一来，以母语为基础从语别而非族别来作分类的"藏族文学"就将呈现更加多样的形态：

藏族母语文学：藏语文学、却隅语文学、嘉戎语文学、白马语文学、扎坝语文学、那木依语文学、尔苏语文学、贵琼语文学、史兴语文学、木雅语文学、尔龚语文学、拉乌戎语文学。

不仅如此，民族语言学家们还对少数民族语言内部的方言支系也做了调查和分类。在傅懋勣的同篇论述里，作者继续列举说：

壮语分北部和南部两个方言；蒙古语分中部、西部和东北部三个方言；维吾尔语分中心、和田和罗布三个方言；藏语分拉萨、康巴和安多三个方言；苗语分湘西、黔东和川黔滇三个方言；佤语分巴饶克、佤和阿佤三个方言；白语分南部、中部和北部三个方言；黎语分㑩、杞、本地、美孚和加茂五个方言；彝语分北部、东部、南部、西部、中部和东南部六个方言。③

---

① 傅懋勣：《建国三十五年来民族语言科研工作的发展》，《民族语文》1984 年第 5 期。
② 孙宏开：《族群关系与语言识别》，戴昭铭主编《人类语言学在中国》，黑龙江人民出版社 2007 年版，第 30 页。
③ 傅懋勣：《建国三十五年来民族语言科研工作的发展》，《民族语文》1984 年第 5 期。

第八章　母语表述:多民族文学的语文根基

其实联系20世纪中国社会由学界和政府既分别又联手的语言及民族识别背景来考察,造成后来两种类别彼此错位的原因是多方面的。以西南地区为例,在长期自给自足的生活状态及相对隔绝的文化环境中,这里的世居人群不但在建筑与服饰等外在的物质方面各不相同,在语言、习俗及信仰和族称等内在特征上也表现得多种多样。这些差异的不少内容很早就在汉文典籍中有所记载。文人和官方的文献每每以较易分辨的外在装束打扮或居住场所对西南土著加以归类,如"红仡佬"、"花仡佬"、"长角苗"、"大裤瑶"或"峒人"、"高坡苗"、"楼居苗"等。由清嘉庆初年陈浩编撰的《八十二种苗图并说》沿展而来的多版"百苗图",以图绘为主的形式对当时的"苗疆"族类做了形象划分,仅湘黔地带的族群类别就有数十种之多。[①] 清末民初以后,外来的人类学、民族学和语言学家们通过现代的视角与方法,又对西南人群作了新的划分。到了中华人民共和国成立初期,在国家实施民族平等政策的鼓舞下,全国各地申报出来希望获得政府承认的人群自称单位多达400多个,仅云南一省就有260种之多。后来政府出于民族平等、区域自治及国家统一等多方面的考虑、设计(其中也包括了语言学家从语言出发的划分建议),[②] 最终对云南境内正式确定下的族别单位只有20多个,也就不过是当时自我申报数的1/10。[③] 再后来,在语言学界相对独立的理论体系和相对自主的调查补充下,又有学者对西南人群实际使用的语言种类得出了多于既定族别单位的数字。可见,这一多方交织、错综复杂的历史过程绝非单一角度所能概括,需要同时结合民族、语言及政治和历史等多角度方可还原。如今梳理出来的线索是:先有西南诸人群的

---

① 参见杨庭硕等编撰《百苗图抄本汇编》,贵州人民出版社2004年版;胡进《"百苗图"源流考略:以〈黔苗图说〉为范本》,《民族研究》2005年第4期。

② 1954年,傅懋勣撰文指出:云南140种左右的民族名称中,有许多异名同实的现象。"如专就有独立语言这一条件来看,这些民族名称可归并为25个左右。"参见傅懋勣《云南少数民族语文的一般情况》,《新建设》1954年3月号。

③ 相关论述可参见秦和平《"56个民族的来历"并非源于民族识别——关于族别调查的认识与思考》,《民族学刊》2013年第5期。该文对1950年代政府在云南进行的"民族识别"做了分析。作者强调指出在当时,所谓被"识别"出来的民族,其实"在历史均有存在,延续至今"。有关部门开展族别调查的主要作用,"只是辨析族体、合并类别,确认族称"。

世代悠久存在和记录以及他们在新中国"自我申报"的数百单位在前，然后是"民族识别"中的合并归类及政府认定在后，接下来才是另外的语言学家对西南范围内多于族别单位之语言种类的再次划分和保留。在这一意义上，对于深切认识中国多民族文化的真实多样性来说，20世纪以来持续至今的"语言识别"可谓关系重大。它和与之并行的"民族识别"的关联不仅是补充与印证提示，更是促进、扩展和深化、调整。

进入20世纪80年代以后，根据在中国各地的陆续调查，语言学家们进一步发现还存在其他类型的族别与语别不对称现象。如在云南的通海县，当地蒙古族使用的语言属于汉藏语系藏缅语族彝语支的一种。使用者根据自称将其命名为"卡卓语"，而在语言属性上其"与属于阿尔泰语系蒙古语族的蒙古语毫不相干"。学者指出，这种"根据族称使用民族文字而与实际使用的语言不一致的情况，决不是个别的"。① 不过考虑到现代中国的复杂国情，对于族别与语别彼此错位的状况，民族语言学者们提倡采用较为稳妥的办法加以对待。如孙宏开就将中国的民族识别与语言识别联系在一起讨论，他提出的意见是：

> 我国的民族识别工作曾将语言识别作为重要条件之一，一般不使用独立语言的居民集团，将不再认定为新的民族共同体。但是，经过语言识别确定为独立语言的，并不一定具备了非改变原族属不可的条件。这就是我国目前语言识别和民族识别关系的现实。②

总之，关于中国少数民族语言的这些分类和判别，在民族语言学界或许已是业内共识（尽管其中还存在一定的论争），然而一旦跨越业界的圈子，这些专门的术语和认知却未必为其他众多学科知晓和接受，更谈不上已经转化为社会公众普遍掌握和使用的公共知识。现在的情况

---

① 孙宏开：《族群关系与语言识别》，戴昭铭主编《人类语言学在中国》，黑龙江人民出版社2007年版，第34页。
② 孙宏开：《族群关系与语言识别》，戴昭铭主编《人类语言学在中国》，黑龙江人民出版社2007年版，第34页。

是，一方面仍有为数众多的国人（包括公众和学者）误将"汉语北方方言文学"等同于"中国文学"，极大地阻碍了对中国文学在民族和语言多样性特点的认知；另一方面，即便在从事文学和语言的研究及教学领域里，仍存在着彼此隔离的壁垒现象，从而影响到对有关中国范围内即存母语丰富多元知识的传播及运用。

对于后面一点，尽管有学者指出"孤立地研究一种语言或方言是难以认识其庐山真面目的"，从而呼吁"研究我国任何一种语言或方言，都要重视语言关系的研究"，① 但直到20世纪80年代彼此隔阂的现象不仅存在而且仍体制性地持续着。1987年8月，在为《汉藏语概论》所写的序言里，朱德熙便描述和分析了当时中国大陆各相关学科、专业以及高校和研究机构间存在的"隔离状态"及其根源，他写道：

  汉语专业设在普通高校的中文系里，而汉语以外的各汉藏语言专业则设在中央和地区的民族学院里。再拿研究机构来说，社会科学院语言研究所只研究汉语，而民族研究所则只研究汉语以外的少数民族语言。高等学校和研究机构在学科设置上这种不合理现象导致了双方面研究工作的脱节和研究工作者之间的隔阂。②

朱德熙总结说，"这种隔离状态的根源在于高等学校和研究机构的学科设置上"，因此，为了加强汉藏语研究，"首先要清除汉语研究和汉语以外的汉藏语言研究之间长期存在的隔离状态"。③

结合母语文学的议题来看，学科和研究者间的隔阂远非只限于语言层面，在文学研究的领域里，问题同样突出。

（二）口语和笔语

20世纪以来，学界通行的文学理论每每把文学作二元区分，即作

---

① 戴庆厦：《汉语言研究与少数民族语言结合的一些理论方法问题》，《满语研究》2003年第1期。
② 朱德熙：《汉藏语概论》，北京大学出版社1991年版，"序"第1—2页。
③ 朱德熙：《汉藏语概论》，北京大学出版社1991年版，"序"第1—2页。

· 281 ·

家文学与民间文学,或书面文学与口头文学。在这样的划分里,由于存在依据社会进化模式而对职业作家及其书面形式的推崇,便引申出了对民间文学及其口头形式的贬低和轻视。其实在看待普遍存在于人类各地区、各人群的口述与书写问题上,古往今来一直是争议不断的。在汉语世界,自先秦时期从主要在各地民间口头传诵的"十五国风"经孔子之手转型为供识字阶层阅读、引用的《诗经》之后,经过汉代"乐府"制度直至明朝年间冯梦龙等对吴语《山歌》的收集整理,发源于底层百姓并受到文人关注的口头传统可谓延绵不绝,到了五四新文化运动时期,更是借助轰轰烈烈的"歌谣运动"得到了推波助澜式的发掘与弘扬。[①] 然而由于深受现代文学理论中上述狭隘分类观的影响,对于依托多元母语背景的口头文学,学界的不少观点仍表现得较为粗浅和偏颇。其中值得深入辨析的问题还很多。

需要强调的是,为了更加全面地理解口头与书面的关系乃至与之关联的母语文学,就应当将语言、民族和文学诸领域打通。由此得出的第一要点便是:在多民族国家的范围内,任何一种母语文学都首先是不同语种的口语文学(或称口头文学),而口语文学绝非某种书面文学的倒影或某类作家文学的陪衬。这些林林总总的口头文学无不具有各自独特的母语性及语言学意义上的语音、语法、词汇和交际特征,是特定人群世代传承之思维意识的物质载体和语料宝库。在文学创作的意义上,更是该群体精神表达、世界想象和象征体系之不可替代的思维方式与表述谱系。民俗学家钟敬文把口头文学称为"一宗重大的民族文化财产",[②] 强调说口头文学是人民大众的语言艺术,是民众精神文化的重要部分。在他牵头撰写的民俗学教程里,对(民间的)口头文学做了大致分类,其中已包括了多种不同的类型:

　　1)散文的口头叙事文学:神话、传说、故事等;

[①] 相关论述可参阅徐新建《民歌与国学:民国早期"歌谣运动"的回顾与思考》,巴蜀书社 2006 年版。

[②] 钟敬文:《钟敬文民间文学论集》(上),上海文艺出版社 1982 年版,第 2—20 页。

第八章　母语表述:多民族文学的语文根基

2）韵文的民间口头诗歌：歌谣、抒情诗、叙事诗及谚语、谜语等；

3）叙事、抒情与歌舞结合的综合类：民间说唱及民间戏曲等。①

不过，上述分类过于强调了口头文学的"民间"属性，在突出其某种程度的阶层特征的同时反倒限制了的口语文学的范围，因为即便按照"民间与文人"或"大众与精英"的划分，也不能掩盖口语实践的基础性、全民性和持久性。也就是说，就算对使用书写手段进行文学创作的作家文人来说，口语依然是他们始终保持的日常能力、交际手段乃至某些情境下的创作方式。这意味着到了读写时代之后，文人们依然还会吟诵，还要唱歌，还会讲述，何况在任何特定的母语群体里，具有悠久历史的口头传统每每会在所谓民间与文人等不同阶层之间长期循环流动并相互吸收。

通过观察研究，当代学者指出人类社会的口头传统无疑还将在文字、印刷乃至电子时代持续存在下去。对于进入读写时代后依然延续的口语类型，沃尔特·翁称作"次生的口头文化"（secondary orality），以区别于"原生的口头文化"（primary orality）。他指出，原生的口语文化是"文字和印刷术的前身"，次生的口语文化则是"文字和印刷术的产物，且依靠文字和印刷术"。尽管如此，世界上许多文化"都不同程度地保留着原生口头文化的心态，即是在高科技的环境中也存在着口语文化心态。"在沃尔特·翁看来，所谓原生口头文化的特征主要表现为"贴近人生的"、"情景式的"以及"参与式的"，等等。②

就此，我们可以进一步强调的是，母语首先是一种言说，是对话，是面对面的交流和来往，除前面指出的特点外，具有突出的身体性、抒发性及原创性与交互性。当言说者情感表达与意义传递的欲求和烈度升华到特定境界之时，口语的文学即会转化为歌唱，就会与音乐、舞蹈连

---

① 钟敬文主编：《民俗学概论》，上海文艺出版社1998年版，第240—241页。
② 参见［美］沃尔特·翁（Walter J. Ong）《口语文化与书面文化：语词的技术化》，何道宽译，北京大学出版社2008年版。

为一体。也就是汉语经典《诗大序》所概括的:"情动于中而形于言;言之不足,故嗟叹之;嗟叹之不足,故永歌之;永歌之不足,不知手之舞之,足之蹈之也。"在这个意义上,唯有口语文学才是完整的文学。

民国时期由中国上层文人发起推动的"歌谣运动"之后,朱自清撰写了《中国歌谣》一书,并以此在清华大学开设专门的歌谣课程。朱自清指出:"歌谣起于文字之先,全靠口耳相传,心心相印,一代一代地保存着。它并无定形,可以自由地改变,适应。它是有生命的。"他还引述欧洲学者的研究成果,强调在歌谣为主的时代,社会是同质的,"大家一切情趣都相同,没有智愚的分野","全社会举行公众庆祝时,酣歌狂舞,更是大家所乐为"。① 此外,在被学者们考察了解的一些地方,当人们以口头形式宣唱"叙事歌"时,场景即与《诗大序》的概述差不离:

  听众听得手舞足蹈,时时发出嘈杂的强烈的呼喊;这种舞蹈与呼喊渐渐地,和现在群众的喝彩与摇身(Swaying)一样,成为有节奏的。那些说话的也在摇晃着,这一部分是因为群众动作的影响,一部分是因为他们自己强烈的感情自然而然地变成有节奏的声调。他们一件件地叙述,把故事结束住了为止。在他们停下来喘口气或想一想的当儿,群众低声合唱着和歌或叠句。②

朱自清总结说,"故事一天有民众唱着,便一天没有完成;它老是在制造之中,制造的人就是民众"。③

民国以来,学者们从民族、民俗和语言、文学及音乐等多学科结合的视野开展对中国各地民间口头传统的调查,汇集了一批批多姿多彩的口语文学。

1929年,人类学家凌纯声深入东北松花江流域考察,撰写了被誉

---

① 朱自清:《中国歌谣》,复旦大学出版社2004年版,第8—10页。
② 朱自清:《中国歌谣》,复旦大学出版社2004年版,第8—10页。
③ 朱自清:《中国歌谣》,复旦大学出版社2004年版,第8—10页。

第八章 母语表述:多民族文学的语文根基

为中国学者撰写的"第一本科学民族志作品"① 及"中国第一篇赫哲族语言志"② ——《松花江下游的赫哲族》。其中明确阐述了语言、民族和文学的关系,而且在由"民族—文化—语言—故事"四大部分构成的整体结构中,给予赫哲人用母语呈现的口头传统以显要地位。凌纯声首先肯定了语言对民族的分类的基本作用,指出:"要研究一民族的文化,不得不略知他们的语言;同时语言本身亦可代表文化的一部分,并且可以由语言中找出邻族输入的文化。"③ 在此基础上,他把赫哲人的语言归为类型独特的"混合语"——"以本来的赫哲语为主,加入满洲语、蒙古语、古亚洲语及一小部分的汉语而成";继而不但详细描述和分析了赫哲族人的语言概况(语音、语法和语汇),而且用音标对照和口译笔录的方式记录了分量厚重的当地民众的口传作品。其中一些部分还通过五线谱记载旋律音调、外加场景说明的形式还原了赫哲族口传文化中的音乐特色及仪式功能。

赫哲族民歌谱例④

---

① 参见李亦园《凌纯声先生对中国民族学之贡献》,《中央研究院民族学研究所集刊》1970年第29期。
② 引自祁庆福为凌纯声《松花江下游的赫哲族》一书所写的"导读"部分,民族出版社2011年版,第12页。
③ 凌纯声:《松花江下游的赫哲族》(下册),《中央研究院历史语言研究所》,单刊甲种之十四,1934年,第231—232页。
④ 凌纯声:《松花江下游的赫哲族》(上册),《中央研究院历史语言研究所》,单刊甲种之十四,1934年,第124—125页。

上面的谱例是赫哲族的一首《归来神歌》，通常在萨满为主人家举行驱邪仪式的末尾演唱："在归途中萨满疾行，如跛者疾走"。作者解释说，演唱此歌时是伴随有动作的，而且是在集体的参与中依照环境的布置，游走完成。大家"且行且唱，亦由萨满独自一人先唱，众和之"。根据细心比较，凌纯声还总结出这种《归来神歌》的类型不止一个，而是"有三种唱法，轮流换唱"。[①]

对于收集口传作品的目的，凌纯声从民俗学和人类学角度做出了进一步阐发。他虽然对口传作品的史实性有所保留，但明确肯定了收集研究的重要意义。他说：任何民族总有口传的故事，在故事中能够发现民族的历史。所以，

读一个民族的故事，虽不能信以为史实，然总可以得到些关于他们的文物、制度、思想、信仰等各方面的知识，对于他们的文化就能有更进一层的了解。[②]

20多年以后，另外一首委婉动听的赫哲族民歌《乌苏里船歌》在中国各地流传。歌曲由现代文艺工作者根据赫哲族民歌改编，不但曲调优美，而且呈现出赫哲语和汉语的双语交映，在一定程度上再现了对凌纯声当年所做口传文化调查之功绩的历史关联和回应。歌曲唱到：

啊朗赫赫呢哪——
啊朗赫呢哪赫呢赫呢哪
啊朗赫赫呢哪赫雷给根
——
乌苏里江来长又长

[①] 凌纯声：《松花江下游的赫哲族》（上册），《中央研究院历史语言研究所》，单刊甲种之十四，1934年，第124—125页。

[②] 凌纯声：《松花江下游的赫哲族》（下册），《中央研究院历史语言研究所》，单刊甲种之十四，1934年，第281—282页。

第八章　母语表述：多民族文学的语文根基

蓝蓝的江水起波浪
赫哲人撒开千张网
船儿满江鱼满舱
啊朗赫拉赫呢哪雷呀
赫啦哪呢赫呢哪①

在南方，到了20世纪40年代中期，创作过《黄河大合唱》的音乐家光未然以及语言学家袁家骅先后到云南边地的多民族地区调查阿细民歌和语言，并分别整理出版了偏重音乐研究的《阿细的先鸡（基）》（1945）和将语言与文学结合描述的《阿细民歌及其语言》（1946—1955）。

光未然：《阿细的先鸡》②　　　朱家骅：《阿细民歌及其语言》③

---

①　根据赫哲族民歌编创的《乌苏里船歌》问世于1964年，收入天津群众艺术馆编的《红色的歌》（6）之中，百花文艺出版社1964年版，第75—77页。其中的"赫呢哪"是赫哲族传统说唱艺术里的一个小调。据相关报道介绍说，"因为没有文字，以往包括这种小调在内的所有赫哲说唱艺术只能依靠口耳相传，赫哲语言濒临失传。如今在政府和社会的全力保护下，赫哲族居民聚居地——同江市街津口乡又可以听到原汁原味的赫哲话了"。参见黑龙江电视台2011年11月18日视频节目《赫哲教师拯救即将消逝的民族语言"赫尼哪"》，http：//www.hljtv.com/2011/1118/73971.shtml。
②　光未然：《阿细的先鸡》，昆明北方出版社1945年版。
③　资料来源：毕荣亮演唱，朱家骅整理：《阿细民歌及其语言》，中国科学院"语言学专刊第五种"，1953—1955年。

朱家骅的著作先是以亲临其境的口吻描述阿细民歌的生活背景，而后又用音标与汉译对照的方式，对阿细人的口语文学做了记录描述。作者写道：

> （当地的）年轻人精力永远饱满有余，吃完晚饭又开始他们热烈的社交活动：抱着大大小小的三弦（sa˧ ɛeт），聚到年轻姑娘的住处内外，弹唱说笑；有时男女对舞或对唱。……这个社交的中心地点，充满着生命的热情，设备简陋并不使他们介意。①

根据归纳总结，朱家骅指出，阿细民歌的特点是恋歌占了优势，其中有的段落易于边歌边舞，可称为舞歌（ballad），而且与不同的恋爱阶段相配。通过音标与汉字直译和意译的对照，作者对以阿细母语口传的当地民歌做了记录整理，将它们呈现为如下的样式：②

zo˧ p'o˧ tɕ'a˧ ɕi˧:	男唱：
男　　唱　　的	
1 a˧ mɤ˧ lie˧ zo˧ we˧,	1 年青的小姑娘啊，
姑娘　年青（子、儿）啊	
zo˧ pie˧ wa˧ go˧ lɤ˧	跟我来玩儿罗，
男　跟　玩　来　罗	
zo˧ pie˧ bie˧ go˧ lɤ˧	跟我来唱歌罗。
男　跟　说，唱　来　罗	
ma˧ tɕɤ˧ mo˧ zo˧ o˧	女孩儿啊，
女　子　（子、儿）啊	
na˧ na˧ bie˧ go˧ lɤ˧	快来唱罗，
快点　唱　来　罗	
6 na˧ na˧ wa˧ go˧ lɤ˧	快来玩罗。
快快　玩　来　罗	

有意思的是，对于阿细民歌为何会以情歌为主，朱家骅做了从"生活诗学"出发的解释。他说在阿细人民相对艰难的生活里，只有青

---

① 毕荣亮演唱，朱家骅整理：《阿细民歌及其语言》，中国科学院"语言学专刊第五种"，1953—1955 年，第 2 页。

② 资料来源：毕荣亮演唱，朱家骅整理：《阿细民歌及其语言》，中国科学院"语言学专刊第五种"，1953—1955 年，第 2 页。

第八章 母语表述：多民族文学的语文根基

年男女的恋爱是最富于诗意的部分："他们带点比赛性质似的运用他们的才智，吸取悠久的民族记忆，唱个不休，达到互相求爱的目的。"也正是在这样的情境下，作者提出：

> 他们所唱的题材虽是天地宇宙的创始和人类社会的形成，可是这些情节仿佛出现在他们的现实生活里；远古的记忆在他们依然感到新鲜。

顺着这样的思路，作者提出了值得重视的诗学观点，一是"往事的追叙加强了目前的浪漫"；另一是"怀古使现实更富于诗意"。①

到了现代多民族国家建设完善中的今天，中国各民族母语文学与音乐、教育的互动结合就显得十分紧要起来。仍以被归为藏缅语族彝语支系的母语文学为例，一首名为《阿西里西》民歌的收集、改编、传唱及至被列为国家统编教材进入小学教学环节而在全国传唱的演变过程可视为意义凸显的个案。

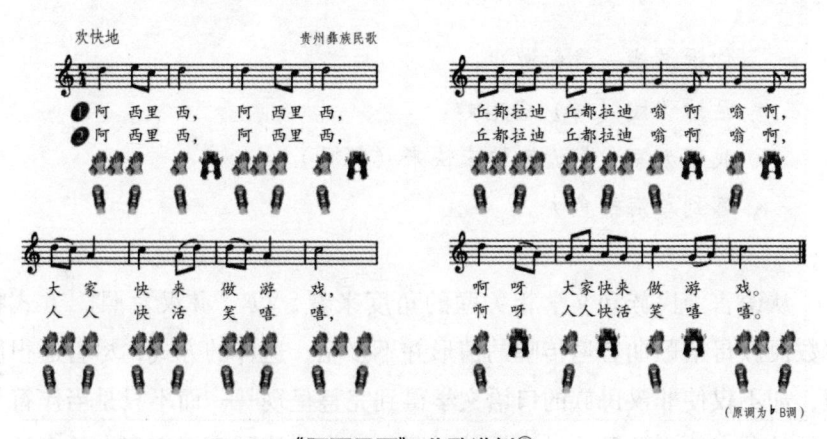

《阿西里西》儿歌谱例②

---

① 毕荣亮演唱，朱家骅整理：《阿细民歌及其语言》，中国科学院"语言学专刊第五种"，1953—1955年，第5页。

② 参见人民教育出版社官方网站《阿西里西》五线谱，2022年1月26日下载，https://www.pep.com.cn/yinyue/rjbyy/rjyytp/201504/t20150407_1577759.html。

"阿西里西"出自彝语东部方言的水西土语,汉语的意思是"我们是朋友"。在贵州毕节地区有以"阿西里西"为名的彝族儿歌在民间流传,后来经专业作家改编成彝汉对照的歌曲《阿西里西》在专业和业余的音乐圈里传唱,受到普遍欢迎,继而又被选入国家统编的小学教材(小学音乐二年级[下]第四单元第一节),进入了多民族国家体制化的义务教育之中。

在彝汉对照的《阿西里西》改编歌曲里,第一段歌词全部是彝语"水西土话"的母语:

阿西里西,阿西里西,
丘都者那的丘都者,
丘都拉迪丘都拉迪翁啊翁啊(啊呀)
丘都者马翁啊是翁。①

第二段加入了汉语意译:

你爱游戏,我爱游戏,
活活泼泼(呀)多有趣,
我们大家我们大家快来快来(啊呀)
都到草海捕鱼去。②

从语言、民族和文学相关联的角度来看,以"彝汉对照"方式将少数民族母语歌曲普遍传唱的情形并不多见,这样的方式,尽管还很简短,却不仅使非汉民族的口语文学得到完整呈现——而不只是当作符号化的枝节点缀,并且通过汉译的对照,让多民族国家真实存在的多语言和多文学在歌唱中平等地并立登场。

到了全国通用的小学教材里,《阿西里西》虽然做了简化压缩,但

---

① 参见《小学二年级音乐教材》下册,第四单元,人民教育出版社2012年版。
② 参见《小学二年级音乐教材》下册,第四单元,人民教育出版社2012年版。

第八章 母语表述:多民族文学的语文根基

仍保留了双语对照的样式和彝族儿歌风格。其中,通过课堂里的师生互动,彝族母语的存在及其风采进一步得到各族儿童的尊重及更为广泛的流传,尤其意味深长的是,经由普及教育与大众传媒的有效途径,这句传递着"我们是朋友"的彝语"阿西里西",至今已几乎成了多民族中国的新流行语,而且中国作为现代多民族国家的基本认知也在这种双语演唱的普及教学中得到由小到大的确认。在多篇教授《阿西里西》歌曲的教案里,大多数任课老师都把重点置于中国多民族的文化多样性方面,鼓励小朋友珍惜各民族的团结互助和友好往来。如有教案这样设计到:

师:刚才这段音乐是我们贵州彝族的一首民歌,它的名字叫《阿西里西》。"阿西里西"是彝族语"我们是好朋友"的意思。请同学们跟老师读一遍。

师:《阿西里西》这首歌曲是彝族小朋友在做游戏时演唱的。贵州有许多的少数民族,其中彝族人民热情好客、能歌善舞。他们主要居住在乌蒙山区,那里有美丽的草海、可爱的黑颈鹤,每逢节日人们就会穿上漂亮的衣服去参加唱歌跳舞……①

2008年5月,《阿西里西》入选"WHI世界民间音乐遗产保护范例",成为"中国少数民族十大民歌"之一,由此不但被赞誉为民族地区的标志性音乐与文化,并进入了国家和世界级的人类遗产之列。②20世纪上半叶,瑞典学者高本汉发表过一本名为《汉语的本质和历史》的书,他转引一句西方名言说,"每学会一种语言,就多掌握了一种思路",然后发挥到,这样的效果是使你"打开了该语言的文学、

---

① 参见教育部全国中小学教师继续教育网专栏《"国培计划(2013)":〈黑龙江省农村中小学教师远程培训〉》中的《〈阿西里西〉教学设计》,引自:http://hlj2013.a.px.teacher.com.cn/log/view/96010。

② 参见亚太环境保护协会网《毕节〈阿西里西〉等十大民歌入选"WHI世界民间音乐遗产保护范例"》,WHI是在香港注册的民间机构"世界遗产研究院"——WORLD HERTAGE INSTITUTE的英文缩写。资料来源:http://www.apepa-hk.com/newsinfor.asp?id=103。

思想和美学的新领域",并使你的思想"被迫离开了母语为你造就的熟悉轨道,从而把你自己提高到了一个更高的水准",原因在于——

  你会认识到,基本相同的思想可以用差异很大的方式来表现,可以用与你所习惯的母语完全不同类型的语言来表达。①

可见,母语文学不仅关联语言、民族、文学、音乐乃至思想和美学,在多民族共同发展的现代中国,其还深深渗入了上下互动的国民教育及社会生活之中,需要以更为开阔的视野方可获得接近完整的理解。

三 民族文字和母语文学

多民族国家的母语文学包含了"口头母语"与"书面母语"两大类别。关于口语和文字的关系,章太炎曾说,"古者文字之未兴,口耳之传渐则忘失,缀以韵文,斯便吟咏而易记忆",并以希腊文学为例,将其从口语到笔语及不同体裁的演变比喻为一年四季气候植物的顺次变化,一如"梅华先发,次及樱华;桃实先成,次及柿实",变现在语言文学上,便是"韵文完备而后有笔语,史诗功善而后有舞诗"。② 可见,口语、笔语(文字)直至身体之语(其他表征符号)之间是既有先后承继亦有横向区别的。对于沿袭至今的母语文学来说,在中国多民族纵横交错的范围内,在有的语言类别中同时存在相互对应的口语及其文字系统,可称为"双母语"类型;另有一些仅有口语而无文字,可叫作"单母语"类型。双母语类型中,除了语—文对应的外,也有语—文不对应的,有的一对一,有的一对多或多对一,即一个语言多种文字(如藏语—藏文、傣语—傣文)或多个语言(方言)一种文字(如汉语和汉字)。

在上引事例中,我们所看到的"阿西里西"和"丘都拉迪"等不

---

① [瑞典]高本汉(Bernhard·Karlgren):《汉语的本质和历史》,聂鸿飞译,商务印书馆2011年版,"引言"第13—17页。
② 章太炎:《正名杂议》。

第八章 母语表述:多民族文学的语文根基

过是某一地区非汉民族口传母语的汉字音译。通过这种记音方式虽能把当地（贵州毕节）民间传唱的歌词大致标注下来并传播开去，但由于声韵对应上的失真，音译出来的汉字不但其他彝语方言区的彝族看（听）不懂，与本地口语使用者的实际发音也十分背离。扩大来看，这种母语与文字不相对应的问题在多民族的中国普遍存在，需要结合各语种的文字演变及其现代创制进程来做审理。在由多民族共同组成的现代中国范围内，同作为整体的中国语言并非仅由汉语构成一样，严格意义上的"中文"——中国文字，也不止于汉字一家。与目前已知的130多种语言相对应，在被语言学家所构拟归纳的五大语系诸语族和语支的庞大系统中，存在着汉字之外的多种不同文字。其中既有世代相传的古文，也有近代以后特别是中华人民共和国成立以来由学者或政府组织创制的新兴文字。这些形形种种可称为非汉语体系的各族文字与汉字一道，共同构成了中国文字的大家庭。这是在考察、阐释多民族国家母语文学时不可忽略的另一重要方面。

这里仍以彝语为例来做分析。如今该语言被归入"汉藏语系—彝语支"。至2000年，被国家正式归属为彝族的人口已达700多万，其中不但并存着"彝语"、"末昂语"（mmaŋ）[①] 和"堂郎语"（堂琅、堂狼）[②] 等多个语种，在彝语内部也存在几种不同类型的书写文字，而且在彝语六大方言、26种土语之间的语言差异显著，操各自母语的人群很多不能通话，呈现出语和文双重意义上的多样性。[③] 苗族的情况也与之类似。因苗语方言较多，土语复杂，难以产生全民族通用的拼音文字，故而在20世纪50年代以后政府组织力量通过结合新旧文字的改造，形成了数量众多的"苗文"，以适于实际使用的不同方言或土语。

[①] 操末昂语的人群主要居住在云南文山壮族苗族自治州富宁县的板仑乡，有关描述可参阅武自立《云南富宁末昂话初探》，《民族语文》1993年第2期。

[②] 操堂郎语的人群主要居住在云南丽江纳西族自治县太安乡与剑川县的接壤地带，相关描述可参阅孙宏开、胡增益、黄行主编的《中国的语言》"堂郎语"条，商务印书馆2007年版，第365页。

[③] 参见陈士林等撰写"彝语"条，载孙宏开、胡增益、黄行主编《中国的语言》，商务印书馆2007年版，第252—254页。

其中的类型先后包括了黔东苗文、湘西苗文、川黔滇苗文、滇东北苗文和早期柏格理等创制的老苗文等。①

不过尽管如此，在拥有书写文字的前提下，彝语人群的母语文化——尤其是以民歌唱诵形式展示的口语文学，毕竟也有自己的书面记载和呈现。如下面这首《阿都嘎他》，当它的歌词以双语对照形式与汉字（意译）并列时，就呈现出平等比较、各领风骚的意味了：②

阿都嘎他①

万物都谈情

谈情又说爱
说爱又谈情
昼有日谈情
金灿灿地谈
夜有月谈情
明晃晃地谈
星星谈恋爱
亮晶晶地谈
白云谈恋爱
白花花地谈

（下略……）

需要注意的是，由于今天的彝族使用着彝语、末昂语和堂郎语等不止一种语言，所谓的"彝文"就不能简单地等同于"彝族文字"，而应解释为"彝语"的一种书面语类型，而且作为同样复杂多样的书写体系，彝文自身也存在由古至今历时变异以及如今经国家认定的"凉山规范彝文"（表音为主）和"云南规范彝文"（表意为主）之间的异同。在称呼上，则还有过夷字、爨文、韪书、蝌蚪文、倮语、倮倮文、毕摩文等多样名称。

---

① 参见王辅世主编《苗语简志》，民族出版社1985年版。
② 资料来源：中国凉山彝族新闻网，http://www.lszxc.cn/news/2014120184110_1958.html。

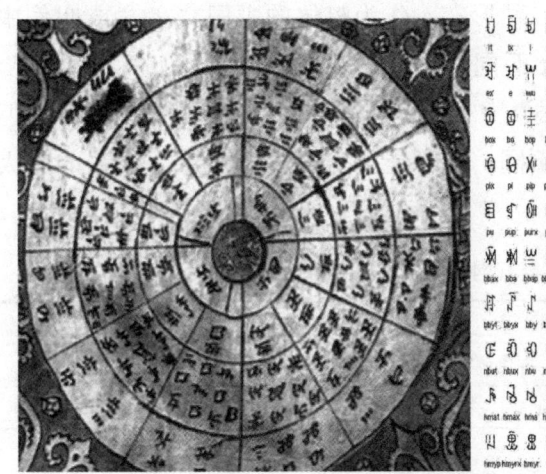

第八章　母语表述：多民族文学的语文根基

古彝文类型和今彝文的不同形式

尽管看起来已十分丰富多样了，但彝语和彝文的状况只是作为整体的中国语言文字全貌中的一个局部而已。2009年，中华人民共和国国务院颁布的《中国的民族政策与各民族共同繁荣发展》白皮书指出，中国55个少数民族当中"有22个民族共使用28种文字"；截至当时的统计，已出版的少数民族文字种类已达26种，出版少数民族文字图书5561种、6444万册。[1] 在政策层面，新中国先后颁布的《中华人民共和国宪法》、《中华人民共和国民族区域自治法》以及《中华人民共和国国家通用语言文字法》，都有着对少数民族的语文政策的明确规定，强调"各民族语言的平等政策是国家民族政策的重要组成部分，是平等、和谐的民族关系的具体体现"。国家相关部门的负责人明确指出："民族语言文字是少数民族思维和交际的工具，是少数民族文化的基础和民族认同的重要体现"；民族语言文字工作的开展和推进，"有助于民族地区经济文化事业的发展及和谐社会的构建"。[2]

---

[1] 中华人民共和国国务院新闻办公室：《中国的民族政策与各民族共同繁荣发展》，人民出版社2009年版。

[2] 参见袁贵仁《在民族语言文字规范标准建设及信息化工作会上的书面讲话》，教育部官方网页，http://www.moe.edu.cn/publicfiles/business/htmlfiles/moe/s6152/201202/129827.html。

根据现今已知语言的多种形态，作为整体的中国文字（或叫作中国范围内的文字）也有着不同的分类归纳，有的分为"象形类"、"汉字及其变体"、"音节类"和"拼音类"四种，有的分得更多，但虽然划分标准和归属类别不同，仍都能见出"中国文字"体系的庞大丰富：

表8-6　　　　　　　　国家民委官网中国各民族文字类型

象形文字	纳西族东巴文
汉字及其变体	汉文、方块壮字、方块侗字、水书、白文
音节文字	纳西族哥巴文、彝文
拼音文字	（一）印度字母体系——藏文、傣文。 （二）阿拉伯字母体系——老维吾尔文、老哈萨克文以及乌孜别克文、柯尔克孜文、塔塔尔文。 （三）回鹘文字母体系——蒙古文、"托忒蒙古文"、锡伯文。 （四）朝鲜文字母体系——朝鲜文。 （五）拉丁字母体系——壮文、景颇文、拉祜文、佤文、傈僳文、新维吾尔文、新哈萨克文以及布依、苗、黎、纳西、侗、哈尼各族的文字方案。 （六）斯拉夫字母体系——俄罗斯族的俄文

资料来源：《中国各民族文字类型》，中华人民共和国国家民委网，http://www.seac.gov.cn/gjmw/zlk/2004-07-16/1170476081408190.htm。

表8-7　　　　　　　　文化部官网中国各民族文字类型

（文字类型）　　（具体文字）
一、象形文字：　纳西族东巴文
二、汉字及变体：汉文、方块壮字、方块侗字、水书、白文
三、表意文字：　古彝文
四、音节文字：　纳西族哥巴文、规范彝文
五、拼音文字：
1）印度字母体系：　藏文、傣文
2）回鹘文字母体系：蒙古文、托忒蒙古文、锡伯文
3）阿拉伯字母体系：老维吾尔文、老哈萨克文、乌孜别克文、柯尔克孜文、塔塔尔文
4）朝鲜文字母体系：朝鲜文
5）拉丁字母体系：壮文、景颇文、拉祜文、佤文、傈僳文、新维吾尔文、新哈萨克文、布依、苗、黎、纳西、侗、哈尼等民族的新创文字
6）斯拉夫字母体系：俄罗斯族使用的俄文

资料来源：《民族文字》，中华人民共和国文化部主管网站"中华文化信息网"，http://www.ccnt.com.cn/nation/index2.htm?dir=surver｜letter&id=20010412001。

表 8-8　　　　　以族别为单位划分的多民族文字

民族	使用文字	民族	使用文字
汉	汉文	傣	傣仂文 傣哪文 傣绷文 金平傣文
回	汉文		
满*	汉文		
蒙古	蒙古文 托忒蒙古文	壮	新创壮文 方块壮文
维吾尔	维吾尔文	拉祜	拉祜文
哈萨克	哈萨克文	锡伯	锡伯文
柯尔克孜	柯尔克孜文	俄罗斯	俄文
朝鲜	朝鲜文	瑶	新创瑶文 方块瑶文
苗	新创黔东苗文 新创湘西苗文 新创川黔滇苗文 新创滇东北苗文 新创方块拼音苗文	彝	音节文字
		傈僳	新创傈僳文 大写拉丁字母 傈僳文 竹书
景颇	新创景颇文 新创载瓦文	白	新创白文 方块白文
布依	新创布依文	佤	新创佤文 旧佤文
哈尼	新创哈尼文		
侗	新创侗文	黎	新创黎文
土	新创土文	纳西	新创纳西文

*黑龙江爱辉、富裕两县的个别农村已经转用汉语的满族老人中，还有人会说满语并懂满文。
资料来源：《中国民族文字一览表》。参见傅懋勣《中国诸民族文字》，《中国大百科全书（民族卷）》，中国大百科全书出版社 1986 年版。

改革开放后的新时期以来，除了汉字，中国范围内其他多种不同的书写文字也在实践功能上不仅止于史籍的存留或日常的交际，而且还通过一批批掌握本族母语文字的文学艺术家的不断创作，涌现出藏文、彝文、蒙文、傣文、朝鲜文及维吾尔和哈萨克文等呈现的丰富作品。其中除了在北京由中国作家协会主办发行的汉、蒙、维、藏及哈萨克、朝鲜文等多语种《民族文学》刊物等读本外，还有不少多民族母语的出色作品经由世界各国多个语种的译介而源源不断地传播到了全球各地。比如阿库乌雾的母语诗集《虎迹》（ꀎꒉ）就被译介到美国，以"彝英对

照"的形式出版发行,产生了跨文化的深远影响。阿库乌雾的英译者马克·本德尔(Mark Bender)称:

> 少数族裔的文学艺术是世界文学艺术殿堂的重要组成部分,并且是最具个性的因子,是人类文化的重要遗产和世界文明的成果之一,不仅仅要延续和传承,更要参与世界文明进程,要世界共享。①

阿库乌雾表达说:

> 在中国,用汉语创作的少数民族作家比用母语创作的作家拥有更多的受众和读者群。但是,作为一个文化人,母语给了我们生命的觉悟,母语启迪我们最初的文明,母语同时树立我们做人的尊严,我们没有权利在自己这一代丧失或抛弃还具有系统而健全的命

---

① 马克·本德尔:《阿库乌雾:带着彝族母语诗歌走世界》,《中国民族报》2009年12月4日。

第八章 母语表述：多民族文学的语文根基

名功能和深刻而幽邃的人性觉悟的本民族的母语，谁也没有给我们这个权利。①

如果回到历史，还可见到更多语种的母语文字之作在世代传承的长河里留存，如仓央嘉措以藏文撰写的诗作《情歌》（藏汉对照片段）：②

（汉译：王沂暖）

从那东方山顶／升起皎洁月亮／未嫁少女的面容／时时浮现我心上

去年种的青苗／今年已成秸束／少年忽然衰老／身比南弓'还弯

我那心爱的人儿／如作我终身伴侣／就象从大海底下／捞上来珍宝一样

作为人类思维成果的重要载体，文字的功能，除了能像音谱记录歌唱之旋律、曲调那样记录下口语的发音和声韵外，还能将特定人群与众不同的词汇、认知和智慧，也就是由母语承载的知识谱系呈现并留存下来。在

---

① 马克·本德尔：《阿库乌雾：带着彝族母语诗歌走世界》，《中国民族报》2009年12月4日。
② 《仓洋嘉错情歌》（藏汉文对照本），青海民族出版社1980年版。

这点上，一种文字就是一座思想库、激发场，是该使用人群的历史宝典和精神河床。因为口语的特点之一在于即时和一次性，故而有着易于变异及流失的局限，所以，如果说世界上不知有多少人群的母语因为缺少相应的记录符号而致使不知多少独特的思想未能积淀的话，拥有文字的母语就如开拓了河床的河流乃至如长出双翅的大鸟，终于能使各自的智慧成果在世代间超越屏障地流布开来并自在逍遥地腾空飞去。在汉字文化的形成中，或许正因感受到文字创生对于社会突变的巨大作用，以至于涌现出仓颉造字"惊天地动鬼神"（"天雨粟，鬼夜哭"）那样的传说。①

进一步看，在各民族语言的历史演进中，尤其是对于创制出表意符号的人群来说，文字并非仅是记录口语的符号，而已成为进行书面写作的新型媒介和载体。文字的出现，进一步引出了人类文学的类型变异，也就是分化出口语文学和书写文学两大类别。二者各具特征，各显功能；虽有联系，实相区别。一方面，正如上文提过的一样，口语文学不是书写文学的倒影和陪衬；另一方面——同样的道理，书面文学也不能简单地视为口头创作的记录和传递。两相比照，言说和书写，已成为人类思想和精神世界的不同表述形式。一部文学之作，"写出来"和"讲出来"是很不同的。它们的差别，远不只限于"口头语"和"书面语"的语气及文体方面，而已扩展到了不同的思维方式、表述场景和构想流程。以主要拥有声调系统和表意文字的汉语为例，在古汉语时代，根据文献记载早在以口语唱诵出来的民歌"关关雎鸠，在河之洲"与用甲骨文刻写的卜辞"贞：今日勿步于奠"（甲骨文写为 ）② 及易经八卦的"乾、兑、离、震、巽、坎、艮、坤"等不同的表述类型之间，就已体现出在功能上的明显分野，引向的是人类精神表现的两种

---

① 《淮南子·本经》载曰："昔者仓颉作书，而天雨粟，鬼夜哭。"另据（唐）张彦远《历代名画记·叙画之源流》解释说："颉有四目，仰观天象。因俪乌龟之迹，遂定书字之形。造化不能藏其秘，故天雨粟；灵怪不能遁其形，故鬼夜哭。"

② 相关论述参见裘锡圭《说殷墟卜辞的"奠"——浅论商人处置服属者的一种方法》，《中央研究院历史语言研究所集刊》第六十四本第三分，1993 年。作者在文中主要讨论卜辞中的"奠"字，认为用为动词的"奠"字，其意义已由对祭品或其他东西的放置引申为对人的安置，表示（商王）将被战败的国族或其他臣服国族的一部或全部，奠置在他所控制的地区内。

道路。

不过正如人类学家杰克·古迪（Jack Goody）指出过的那样，"书写的出现不仅仅将社会分成了文字社会和无文字社会，它还在文字社会内部将其成员分成拥有读写能力的人和不拥有读写能力的人"。并且在这样的社会中，"缺乏文字能力的人总是被剥夺了某些权力，成为二等公民。"[①] 由此还得强调的是，文字改变了人类相互交流和文化传承的技术与能力，同时也造成了各地区和人群的社会分层。这就是说，考察某一特定民族和人群的母语文学如何，还不能仅仅依据其是否拥有文字系统，亦即书面的母语，还得考察这些文字在该民族和人群中的普及率。进一步说，在很大程度上，随历史进程而演变的社会"识字率""阅读率"才最终决定了一个民族或人群书面母语的传播及其书面文学的兴盛。反之，如果一种文字系统还只限于少数文人精英或宗教祭司的圈内的话，它的书面母语和文学无论传统如何久远、类别如何丰富，都还称不上全民的文学，而只是圈子的文学、阶层的文学。在这一点上，又还不如先于文字而存在、流通范围更广的口头母语。

文字的局限不用回避，文字的优势已不应贬低。在上面引述的论述里，杰克·古迪还转借塞内加尔的作家阿马都（Ahmadou Amhate B）的话来论证文字的必要和魅力。这位作家说：

> 在一个纯粹的、不存在书写的口传文化里，一旦一位前辈死掉，一座图书馆也就崩塌了；储存在他记忆里的一切也随他一同消失了，除非他在生前曾将这些记忆面对面地口授给其他人。[②]

杰克·古迪接着发挥道：但是作为"可视的语言"的书写能够弥

[①] [英]杰克·古迪：《口传、书写和文化社会》，梁昭译，《重庆文理学院学报》2011年第2期。

[②] [英]杰克·古迪：《口传、书写和文化社会》，梁昭译，《重庆文理学院学报》2011年第2期。

补这一遗憾,因为书面的语言"能够作为外在于个体心灵的物理性客体被储存,而不是存于个人的记忆里"。①

由此我们便能很直观地看到文字书写对于母语文学的重要意义。对于由古至今的多元中国来说,若按口头母语和书面母语两种类型互为补充、并行不悖的思路延伸,当今中国多民族母语文学的整体构成中,包括汉字系统在内以不同文字呈现的多种书面文学,它们的价值和意义不容低估,需要深入辨析。例如,在中国文字整体格局中独具一个重要类别——"象形文字"的纳西"东巴文",其存在的特征和地位显然就不能只以人口规模、行政隶属及出版状况等表面数据来做判定。

20世纪以来,中外学界对东巴文的研究取得了大量成果,乃至形成了引人注目的"东巴学"。不过基于定名角度不同,学术界和社会上对该文字的称呼除了"东巴文"之外,还先后有"纳西象形文字"(么些象形文字)、"东巴象形文"、"纳西族图画文字"、"东巴图画文字"、"纳西文字"(么些文)及"东巴字"(多巴字)等别称。②对于"东巴文"的造字法,方国瑜总结为"十书说",即:依类象形、显著特征、变易本形、标识事态、附益他文、比类合益、一字数义、一义数字、形声相益和依声托事。③傅懋勣强调说,纳西人的东巴经书"是我国非常宝贵的文化遗产",其被称为"象形文字"(纳西语称$^2to^3\ mba^2\ the^2\ \gamma w$)主要包括了"图画"和"象形"两类。周有光从比较文字学的角度发表意见,认为纳西文字是多成分、多层次的文字,"跟其他同类型的文字相比,'东巴文'是水平很高的'形意文字'"。并提出"生物进化论的研究重视找寻'猿'和'人'之间的环节,人类文字史的研究重视找寻'形意文字'和'意音文字'之间的环节,纳西文字正好就是这种中间环节。"④

---

① [英]杰克·古迪:《口传、书写和文化社会》,梁昭译,《重庆文理学院学报》2011年第2期。

② 和继全:《东巴文百年研究与反思》,《思想战线》2011年第5期。

③ 方国瑜:《纳西象形文字的构造》,载《纳西象形文字谱》,云南人民出版社1981年版,第56—70页。

④ 周有光:《纳西文字中的"六书"——纪念语言学家傅懋勣先生》,《民族语文》1994年第6期。

第八章　母语表述：多民族文学的语文根基

傅懋勣根据东巴文经书《百蝙蝠取经记》等文献资料的汇编做了不同对照。①（见下图）

意　义	读　音①	图画文字	象形文字
太古的时候	²a¹laᴧ²ʂuɯ ²be²thɯ³dzɯ	(52)	(53)(54)(55)(56)(57)(58)(59)
东　方	²ɳi²me²thu	(60)(61)	(62)(65)
西　方	²ɳi²me³gu	(63)(64)	
南　方	²i²tʂhɯ³mɯ	(66)	(68)(69)(70)
北　方	²cx²gu¹ɭ	(67)	(71)(72)(73)
措哉勒额	³tsʰɜ²ze ¹lɯ¹ɣɯ	(74)	(75)(76)(77)(78)
事主这一家	²i³nda ²tʂhɯ ³dɯ ³dʑi	(79)	(80)(81)(82)(83)(84)

东巴文经书《百蝙蝠取经记》不同书写类型及音和义的对照片段

无论"象形"也好还是"图画"也罢，东巴文以书写呈现的，并非只是口头语言的刻板记录，而是以同样包含故事、哲理乃至历史叙事的完整篇章了。如被学者解读和翻译出来的东巴文典《白蝙蝠取经记》和《人类的来历》就呈现为如下样式：

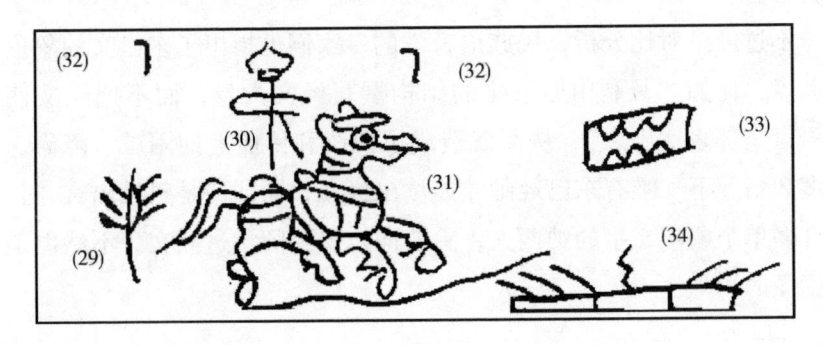

汉字转写（意译）：

---

① 傅懋勣：《纳西族图画文字和象形文字的区别》，《民族语文》1982 年第 1 期。

· 303 ·

早看见的做人,迟看见的做马。一个做人一个做马地从人众物丰的大地上出发了。①

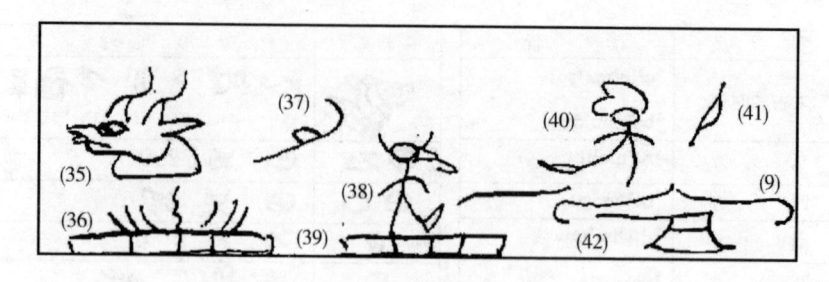

汉字转写（意译）：

在人众物丰的大地上，好心的成年男子没有妻子，他就到天上去找妻子。②

周有光总结说，纳西文字的内容丰富，包含历史传说、诗歌格言、宗教祭祀、医药占卜、风俗习惯等许多方面。这些活着的文字化石是人类文字史中的无价之宝。他感叹道："生活在高山深谷中只有不到30万人口的纳西族，能够自力更生地创造出如此多姿多彩的曙光文化，真是历史奇迹！"③

不过经过对比分析，民族语言学的专家们也指出了东巴文的象形表意弱点，比如"只利用形象化的结构撰写经文大意，而不把经文使用的语言全部表达出来"，从而就造成了识读和传播上的困难、障碍。在大多数情况下，唯有东巴经师才能读出经文，而即使是熟悉语言并且懂得许多单个象形文字的纳西人，除非向东巴经师学过经文，不然也是不能读懂的。④

---

① 傅懋勣：《纳西族图画文字和象形文字的区别》，《民族语文》1982年第1期。
② 资料出处：《白蝙蝠取经记》第3节和《人类的来历》第101节，转引自傅懋勣《纳西族图画文字和象形文字的区别》，《民族语文》1982年第1期。
③ 周有光：《纳西文字中的"六书"——纪念语言学家傅懋勣先生》，《民族语文》1994年第6期。
④ 参见傅懋勣《纳西族图画文字和象形文字的区别》，《民族语文》1982年第1期。

第八章 母语表述:多民族文学的语文根基

然而即便这样,不但一如专家们所说的那样,以东巴文书写承载的经书是"迄今为止能够看到的古代图画文字的一种最有价值的范本"①,在今天的纳西人社会生活中,其也并没有成为僵化的符号或限于博物馆的陈列摆设,而仍在现实的社会交际里有效地使用和传承着。2013 年,有一支自愿者团队"文化行者"赴云南丽江进行考察和支教,在当地学者和老师指导下,编写出供纳西族儿童使用的《东巴文学习读本》(注音版),其中不但收录了东巴文的基本字汇,标注了注音与汉译,还附有以"时令""亲属"等互补单元划分的实例和练习,如——②

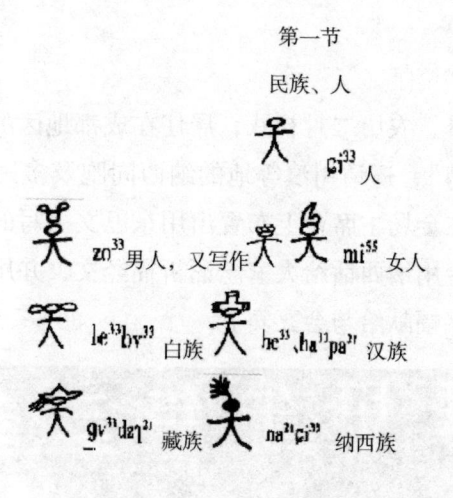

第一节

民族、人

[东巴文字符] ci^{33} 人

[东巴文字符] zo^{33} 男人,又写作 [东巴文字符] mi^{55} 女人

[东巴文字符] $le^{33}by^{33}$ 白族 [东巴文字符] he^{33}、$ha^{33}pa^{21}$ 汉族

[东巴文字符] $gv^{33}dzŋ^{21}$ 藏族 [东巴文字符] $na^{21}ci^{33}$ 纳西族

书写练习

[练习图]

参与该项目同学族别有汉族也有其他少数民族。在"编者按"里他们共同肯定了东巴文的性质和地位,指出其"是纳西族人长期的智

---

① 参见傅懋勣《纳西族图画文字和象形文字的区别》,《民族语文》1982 年第 1 期。
② 四川大学"文化行者·纳西族自愿服务队"编:《纳西族东巴文学习手册简编》,2013 年 9 月(打印本)。

· 305 ·

慧结晶，同样也代表了纳西族最辉煌的成就"。接着强调了在今天继续学习东巴文的重要意义，那就是：

> 我们学习东巴文不仅仅是在学习一种可以提供沟通交流的方式，更为重要的是我们能够通过这种学习，体会到那来自远古的呼唤。这样的呼唤延续到现在。正是因为一个了不起的民族认同了自己的文化，把握了自己的文化，并且发展了自己的文化。我们在独特的文化中寻找先人那勤劳勇敢、坚韧不拔、积极向上、探索与创新的可贵品质。①

2014年3月8日，农历二月初八，居住在成都地区的纳西族人举办一年一度的"三多节"，邀请川滇等地的纳西同胞及多民族文艺家和学者参加。其间不仅在会场主席台上布置出用东巴文书写的对联、还安排纳西族文字学家上台用纳西话给大家念诵祈福经文，并用东巴文和甲骨文对照的形式书写字幅献给与会嘉宾。

2014成都纳西族"三多节"聚会上的东巴文呈现，笔者拍摄

通过纳西"东巴文"的例子可以见出，母语文学包含了口语文学

---

① 四川大学"文化行者·纳西族自愿服务队"编：《纳西族东巴文学习手册简编》，2013年9月，第3—4页。

和书写文学两种样式。在其中，口语和文字的关系既能对应，也有分离。这一点在汉语文学的演变中也有同样的情形。从总体来看，用汉字呈现的文学可谓汉语的书写文学，亦即汉语母语（包括"第二母语"）的书面类型。但在与实际使用之语言对应的联系上，汉字与汉语又是脱节的。方块汉字主要特点是表意而非表音，故而影响到对各地丰富多样之方言土语的记录和表达。也因如此，到了20世纪初期，受西方语言观念传入的影响，汉语世界出现了汉语拉丁化思潮，激进人士呼吁进行文字改革，甚至提出"废除汉字"，主张以拼音方式为基础，实现汉语文字的表音化，也就是通过表音文字的方式，实现在汉语世界实际使用的各种方言与书写符号的真正对应。那样的话，中国文学将呈现为与古与今都大不相同的情景。

当然，这些梦想至今还是未能成真。不过尽管空想不尽如人意，却毕竟留下了深刻的历史印痕，其中之一便是对汉字改革的推动。如今，古老的汉字及其书写系统虽说没被废除，却因接连的冲击变革而出现了多元格局，其中包括字体上简、繁体二体的并立，印刷上"直排"与"横排"的差异，拼音方案的多样并立。延伸开来，则还有可通过书面形式呈现出来的文言与白话的区分，以及上文提过的多种方言文学及方音文字的崛起。

汉语书写系统 {
文言体、白话体
直排式、横排式
简化字、繁体字
方言字、拼音字（韦氏拼音、注音符号、汉语拼音）
}

这样，通过中国范围内已知文字系统的并立比较，从母语文学的书写类型来看，作为整体的"中国文学"同样呈现出丰富多样的格局（依照"中国各族文字一览表"仿制）：

中国多民族母语书面文学 {
（文字类别）　（书面母语文学分类）
一、象形类：纳西族东巴文书面语文学
二、汉字及变体：汉文、方块壮字等书面语文学
三、表意类：古彝文等书面语文学
四、音节类：纳西族哥巴文、规范彝文书面语文学
五、拼音类：（含六种不同类别）
}

1) 印度字母类：藏文、傣文等书面语文学
2) 回鹘文字母类：蒙古文、锡伯文等书面语文学
3) 阿拉伯字母类：老维吾尔文等书面语文学
4) 朝鲜文字母类：朝鲜文书面语文学
5) 拉丁字母类：壮文、新维吾尔文等书面语文学
6) 斯拉夫字母类：俄罗斯族使用的俄文

通过整体的审视和比较，可以见出，中国多民族母语格局中，以汉字呈现的书面语文学只是其中的一个部分。正如汉字不能等同于中文一样，汉字书写的文学也不是中国文学书面样式的全貌。为了对这一丰富完整的全貌加以把握和阐释，需要更为开放平等的眼光和胸怀。

四　语言转用与双语书写

若将中国范围内每种语言（包括方言）及文字（包括新创文字）都逐一对应起来，构拟出作为整体的中国多民族母语文学的话，将会呈现出一幅多么宽阔全面的景象啊：从"汉语文学"、"藏语文学"、"维吾尔语文学"直到"满语文学"、"末昂语文学"……然而到目前为止，那样的景象还只是理想蓝图，在真实的社会生活中，各具体的母语单位，不论在口语还是书面类型上，都存在程度不一的问题甚至危机，所以真正对等和实践意义上的中国多母语文学还有待分析和展望。

到现在为止，被语言学家们划归出来的130多种语言，虽然在语别总数和语言资源的丰富性上令人欣慰，从而为超越既定族别单位的限定去认识中国的多元母语文学提供了新的视野和更加开放的框架，然而由于在"族类"和"语类"划分标准和识别原则上的不统一，如海峡两岸在划分台湾"原住民族"——"高山族"的类别上就还存在差异，以至于彼此间数量上的较大区分；另一方面，仍因为分类原则上的不一致，也导致国内外学界在认识上民族（族群）和语言（语族、语系及方言、土语等）划分上的不对应，故而在类别与统计方面还存有商议空间。

表8-9　　　　　　　　学界对语言数量统计的差异

文献	中国语言数量
《中国大百科全书》1988	80种左右
《中国语言地图集》1987	82种
《中国的语言》2007	129种
Ethnologue, Languages of the World 2005	259种

资料来源：黄行。

更为重要的是，虽然20世纪50年代后中国56个政府认定的民族内已有数十种语言配有了文字，也就是已成为口头和书面并置的"双母语"类型，而且理论上讲其他剩余的语种都可以实现这样的目标。然而由于各自实际的语言地位、社会需求及民族交往和文化变迁等多方面原因，在实际生活中真正在使用并且产生效果的"双母语"种类仅占少数。其中许多已创制了新型文字的语种，它们在自身人群中的交际流通及与其他人群的有效交往也堪称微乎其微。

为此，还可运用语言学界的"语言活力"指标对中国各语言的现状特征加以评估分析。跨入21世纪之后，联合国教科文组织的相关机构发布了检测各母语实际状况"语言活力"的一系列指标，并根据指标的检测指向把现存语言列为从"安全"到"濒危"直至"灭绝"的系列等级。这些指标特别突出了"代际传承"、"使用领域"和"书写、文学和教育"（见表8-10、8-11、8-12）。[①]

表8-10　　　　　　　语言活力"代际传承"指标

濒危程度	级次	使用人口
安全	5	下自儿童至所有年龄段的人都使用该语言
不安全	4	仅有部分儿童在所有场合使用该语言；所有儿童仅在有限场合使用该语言
确有危险	3	该语言大多由父辈及更上代人使用
很危险	2	该语言大多由祖父母辈及更上辈人使用

---

① 参见联合国教科文组织濒危语言问题特别专家组《语言活力与语言濒危》，范俊军等译，《民族语文》2006年第4期。

续表

濒危程度	级次	使用人口
极度危险	1	该语言多半由极少几位曾祖辈人使用
灭绝	0	该语言已无人使用

在这项指标中，只有"下自儿童至所有年龄段的人都使用该语言"的母语才是安全的，其余都存在不同程度的问题乃至危机。根据调查，第4级至第1级的情况在中国的现存语言种类中都不同程度地存在着，其中"该语言大多由父辈及更上代人使用"类也已有出现。

表8-11　　　　　　语言活力"使用领域"指标

濒危程度	级次	语域与功能
通用	5	该种语言用于所有领域、所有功能
多语交替	4	在大多数社会域和大多数功能使用两种或多种语言
正在收缩的语域	3	该语言用于家庭以及用于诸多功能，但强势语言已开始渗入家庭
有限或正式语域	2	该语言的社会使用域有限，功能也有限
非常有限的语域	1	该语言只用于极有限的语域，功能甚少
灭绝	0	该语言不用于任何语域，没有任何功能

此项指标要检测的是各母语实际使用的社会广度。以此审视中国语言的整体状况，不难发现除了汉语等少数区域性语种外，其他大部分语种都已处于"多语交替"、"正在收缩的语域"或"非常有限的语域"指标之列。

书写、文学和教育

接下来，一旦进入针对教育和书写的检测指标之后，各母语现状的相关问题就更加凸显了出来。通过实际比较即可发现，在中国语言的一百个语种当中，真正达到第5级指标，即"有现成文字系统，有符合语法的读写系统，有词典、课本及文学作品和日常媒体"并且"该语言的书写也用于管理和教育"的，除了汉语外，可谓寥寥无几。

表 8-12　　　　　　语言活力"书写、文学和教育"指标

级次	书面材料的可及度
5	有现成文字系统，有符合语法的读写传统，有词典、课本、文学作品和日常媒体 该语言的书写也用于管理和教育
4	有书面材料可以利用，儿童在学校培养语言读写能力。书面语言不用于行政管理
3	有书面材料：儿童在学校能接触该语言的书面形式。但未通过出版物提高读写能力
2	有书面材料，但是可能只对族群某些人有用，对其他人仅具象征意义。该语言的读写教育未列入学校课程
1	有可行的拼写符号为族群成员所了解，一些材料仍在编写之中
0	该语言族群没有可用的拼写符号

依照检测"语言活力"的相关指标，中国的语言学家对中国范围内汉语之外的（少数民族）诸语言状况加以分类，得出了从"充满活力"到"已无活力"的六级排序：

1）充满活力的语言：维吾尔、藏、朝鲜、蒙古、哈萨克、壮、彝等语言；

2）有活力的语言：傈僳、傣、苗、黎、哈尼、侗、水、独龙、布依、雅眉（达悟）、拉祜、锡伯等语言；

3）活力降低、已经显露濒危特征的语言：羌、德昂、达斡尔、纳西、嘉绒、塔吉克、景颇、载瓦、土家、仫佬、东乡、保安、布朗、白、撒拉、尔龚、临高、勉、阿美、毛南、德昂等语言；

4）活力不足，已经走向濒危的语言：仡佬、普米、基诺、怒苏、门巴、义都、仓洛、京、浪速、勒期、拉乌戎、格曼、达让、裕固、鄂伦春、乌孜别克、尔苏、纳木义、木雅、贵琼、史兴、扎巴、却隅、村、回辉、标、拉基、布赓、俄罗斯、户、炯奈、拉珈、布努、巴哼、博嘎尔、鲁凯、邹、布农、卑南、排湾、克木、巴那、堂朗、莽、卡卓、鄂温克、柯尔克孜、茶洞、桑孔、毕苏、莫、佯僙、白马、末昂等语言；

5）活力很差，属濒危语言：阿侬、赫哲、塔塔尔、畲、普标、俫、康加、柔若、图瓦、仙岛、波拉、葛玛兰、泰耶、赛德克、克蔑、赛夏、布兴、苏龙、崩汝等语言；

6）已无活力、已经没有交际功能的语言：满、木佬、哈卡斯、羿、卡那卡那富、沙阿鲁阿、巴则海、邵等语言。①

在此排序中，分析者对第一级"充满活力"类型的语言特征是这样描述的：

仅仅掌握母语的单语人比例比较大；母语的代际传承不存在问题；使用母语的绝对人数很多；

有自治区或自治州一级的自治机构推动语言规划；有记录本民族语言的书面形式，而且有大量本民族文字的出版物；有母语广播；语言不仅在家庭、集市、学校中使用，而且也在政府机构和立法机构使用；

本民族对保护母语的意识比较强烈；有大片的聚居区；虽然有方言差异，但是书面形式可以在不同方言区传播等。

若在这种较为单一的语言分析基础上再加入文学创作的书写、出版和传播等项指标的综合比较，则可获得更为全面的多民族母语格局和景象。由此，也能更容易的理解我国国家级的《民族文学》刊物，到目前为止除外汉文版，只开发了藏文、维吾尔文、朝鲜文、蒙古文和哈萨克文等为数不多的几种版本。稍作对比即可见出，这些语种正好处在上述"充满活力"的等级之列。

在 2009 年《民族文学》推出的"国庆专号"上，国务院总理的亲笔题词是："办好民族文学，促进民族团结进步"。其他多位具有少数民族身份的国家领导人分别用蒙古、维吾尔和藏文字题写贺词，均表明了对此事业的肯定和支持。时任国家民委主任的蒙古族领导杨晶用汉字书写的"民族文学是多民族文化交流的重要阵地"，则进一步阐明对此领域的认知与界定。② 毫无疑问，由中国作家协会主办的《民族文学》

---

① 孙宏开：《中国少数民族语言活力排序研究》，《广西民族大学学报》2006 年第 5 期。
② 参见《民族文学》2009 年第 10 期。

《民族文学》藏文版、维文版、蒙文版封面

能够从达到"充满活力"指标的语种中挑选好几个名列前茅者出版其母语文字版,体现了政府部门对非汉语种母语文学的有力扶持和推广,提升了汉语之外其他母语种类的地位和影响力。不过与此同时,如若忽略和减少了对处于"充满活力"级别以下其他语种如"赫哲语"、"木佬语"乃至"满语"等的关注,势必会造成中国语言文学整体格局内不必要的"马太效应",亦即"强者更强、弱者更弱"。这样的问题同样值得警惕。

此外,正如在 2009 年《民族文学》国庆专号的"卷首语"里,藏族作家阿来以《熟悉的与陌生的》为题写到的那样:少数民族"并无奇风异俗,只是有如一面诚实的镜子,映照着人们难以觉察的自我本相"。[①] 在笔者看来,阿来所要强调的,与其说是一种依靠外在

---

① 参见《民族文学》2009 年第 10 期。

认可和规定的民族特色，不如说是超越族别界限的普遍精神。所以说：

> 表述与被表述，代表着内与外、上和下两种相互关联的力量。拥有这两种力量，中国"多民族文学"的客观存在，便具有了丰富深刻的内涵。①

阿来是藏族作家，却坚持用汉语书写。他的作品，从早年的诗集《梭摩河》到后来获奖的长篇小说《尘埃落定》及散文《大地的阶梯》、新创神话《格萨尔王》等，都是用汉语书写并在汉文期刊上发表的。

在中国近现代以来，类似的作家不少，如满族的老舍、苗族的沈从文、蒙古族的玛拉沁夫，还有藏族的扎西达娃、回族的张承志以及彝族的吉狄马加和鄂温克族的乌热尔图。这种非母语写作的现象被语言学家称为"语言转用"（language shift），在阿来自己的解释中，则叫作"文化混血"。

语言学家认为，"语言转用"是语言使用功能的一种变化，是语言发展中"一种带普遍性的现象"。这现象在世界各民族的历史发展过程中都或多或少地出现过，中国亦不例外。通过归纳，中国语言环境中的"语言转用"被学者们以"汉"和"非汉"为界分成了三类，即：1）民转汉；2）民转民；3）汉转民。其中"汉"表示汉语言，"民"表示少数民族语言亦即非汉民族的语言。② 戴庆厦等学者指出，在当代中国的语言环境下，"民转汉"类型较为普遍。如："回族基本上都已转用汉语；满族除黑龙江、嫩江流域有少数人还会说满语外，都已转用汉语；与汉族杂居的土家族、仡佬族、畲族的大多数人已转用汉语。"除了这种被称为"整体转用"的情况外，"民转汉"类型中还有"主体转用"和"局部转用"等多种差别。③

以此对照，张承志可归为"民转汉"中的第一类："整体转用"；作为属于"充满活力"语言类型之一的"藏语言"人群成员，阿来和

---

① 徐新建：《表述与被表述：多民族文学的视野和目标》，《民族文学研究》2011年第5期。
② 戴庆厦、王远新：《论我国民族的语言转用问题》，《语文建设》1987年第4期。
③ 戴庆厦、王远新：《论我国民族的语言转用问题》，《语文建设》1987年第4期。

扎西达娃的汉语写作则可视为"民转汉"的"局部转用"。其中的原因，既体现了民族演变的整体因素，也包含个人生长和教育背景的多重影响及作家自己的语言选择。

相比之下，作家乌热尔图的个案值得深入分析。1952年出生在内蒙古乌兰浩特的乌热尔图，父亲的族别是鄂温克族，母亲是达斡尔族。也就是说，他从一出生就具有族别上的双重身份及教育培养上的不同影响。虽然童年生活在当时隶属于莫力达瓦达斡尔族自治旗的尼尔基镇度过，但他从进幼儿园到上小学和初中，接受的都主要是汉族文化和达斡尔族文化的教育。

乌热尔图自我阐述说：

> 我一九五二年出生在中国北方靠近森林的小镇，这个小镇杂居着好几个民族，鄂温克人在这里生活的人数很少，所以，在我读完汉文的小学课程后，并没有清楚地意识到鄂温克民族到底是个什么样子。
>
> 鄂温克族没有文字，在生活中使用自己的母语，在民间以口头的方式流传着一些民歌和传说故事。这就是说，在一九四九年以前，鄂温克民族没有自己的知识分子，很少有人掌握书面文化。[1]

正是在这样的背景下，乌热尔图开始用汉语写作。他别无选择，"因为鄂温克民族没有创造自己的文字，汉族文字已经变成对我影响最深，离我最近的，可以借用的符号形式"。[2]

由于历史和现实的多重原因，乌热尔图已难以用自己母语——无论是源自父辈的鄂温克语还是母系的达斡尔语写作，不得不通过语言转用改由汉语表达。但对他来说，面对心中更为神圣的目标，将作为外在工具的语言加以转用，表面看是不得已的被动选择，从深处讲何尝不是为了民族发展的主动适应。乌热尔图写道：

---

[1] 乌热尔图：《我的写作道路》，《文学自由谈》1987年第2期。
[2] 乌热尔图：《我的写作道路》，《文学自由谈》1987年第2期。

作为一个人口稀少、面对现代文明冲击的古老民族的第一代作家，我越来越意识到自己的责任，力图用文学的形式记录和保留自己民族独特的文化，因为她苍老的躯体变得十分脆弱；因为人类某些意识不到或者说不可避免的失误，正在使地球上一些珍贵的动物和植物，永远地消失；因为一些弱小和古老的民族文化时刻处于被动的、被淹没的文化困境之中。①

可见，语言工具的后面存在更为关键的文化主体。相比之下，母语可以延续也可以转用，对于各个不同的民族传统来说，最为关键的是能否在确保主体独立的前提下拥有并发挥对文化的自我阐释权。对此，乌热尔图以人类学界著名的"萨玛雅人"表述与被表述之争的民族志书写为例，阐述自己观点，把维护文化自表述的性质定义为"不可剥夺的阐释权"。他说：

千百年来，处于人类早期社会的成员们以不可遏制的述说的冲动，维系着部族的意志、传递着整个群体的生存经验，在他们中间自我阐释的愿望与自我阐释权利的运用已成为合理的存在。②

秉持着这样的文化观和语言策略，乌热尔图自20世纪70年代以来连续发表了一系列用汉语写作的作品，如《瞧啊，那片绿叶》、《一个猎人的恳求》、《森林里的梦》、《猎犬》、《草原》以及《七岔犄角的公鹿》、《琥珀色的篝火》等，获得了从地方到国家各种级别的许多文学奖项，其中不少作品还被译成多种语言在世界各国出版，为本族文化的传播、交流做出了突出贡献。

阿来的情况略有不同。作为背靠"充满活力"语种的藏族作家，阿来也使用汉语书写。他的汉语书写同样可称为"语言转用"，但其中的缘由既出于某种程度的无奈，亦体现出阿来独立主体的策略性选择。

---

① 乌热尔图：《我的写作道路》，《文学自由谈》1987年第2期。
② 乌热尔图：《不可剥夺的自我阐释权》，《读书》1997年第2期。

由于出身带来的双族别特征（藏/回），阿来把自己命名为"一个肉体和精神上双重混血儿"，① 并解释说：

> 从童年时代起，一个藏族人注定就要在两种语言之间流浪。在就读的学校，从小学，到中学，再到更高等的学校，我们学习汉语，使用汉语。回到日常生活中，又依然用藏语交流，表达我们看到的一切，和这一切所引起的全部感受。②

由此，阿来称自己是一个"用汉语写作的藏族人"，他写作的独特之处在于"讲的是藏人故事，但主要听众却是操持汉语的别的民族的人"。并且，他认为当自己在能够征服汉语读者的时候，也就意味着已同时朝向文学和文化的"世界性"目标迈进了。

在被问到是否将汉语当作自己母语时，阿来又作了意味深长的回答。他说：

> 一些强势的语言将越来越多地被一些非母语的人来使用；而且可能使用得比本族人更好。
>
> 英语里面，很多杰出的作家都不是盎格鲁撒克逊人，而是犹太人，是黑人，近些年来，又加了上印度裔的人，比如拉什迪，还有奈保尔。我想自己比较成功的一点，是成功地把一些典型的藏族式的审美经验转移到了汉语当中。③

顺着阿来的阐述继续延伸的话，还可看到汉语在海外华人——这里主要指汉族——群体中同样出现了"语言转用"现象。一批批生活在欧美的华人后代采用"非母语写作"的事例正日益普遍地增多起来。

---

① 阿来：《时代的创造与赋予》，《四川文学》1991年第3期；相关论述可参见徐新建《权力、族别、时间：小说虚构中的历史与文化——阿来和他的〈尘埃落定〉》，《西南民族学院学报》1999年第4期。
② 阿来：《我是一个用汉语写作的藏族人》，《文艺报》2005年6月4日。
③ 阿来、姜广生：《我是一个藏人，用汉语写作》，《西湖》2011年第6期。

这种现象在北美被称为"ABC"（American Born Chinese）的人群里尤为突出。一批批海外生长的新生代华人子女，无论其先辈源自中国的闽、粤、港、台还是大陆的内地家庭里曾拥有何等不同的汉语方言，他们当中均已有相当多的人不再使用汉语（汉字），而改用英语（英文）作为第一语言，也就是出现了语言学意义上的"母语失落"和"语言转用"。依照相关专项调研的数据和分析表明：在美华裔几代之间"语言转用"的趋势呈现为：第一代移民汉语使用率为100%，到第二代降为88%，第三代则只在50%左右。学者们分析造成这种趋势的主要原因是：在美华裔的母语使用场合非常狭窄。"母语使用大多局限在家庭环境，学校、工作单位等场合基本不使用其母语。"[1]

不过，一如上文经由国内"民转汉"事例所显示的一样，所谓"语言转用"的效果是双向的，其一方面导致了母语失落；另一方面催生了第二语言的习得和发挥。在美国，正是由第二和第三代"语言转用"的华裔人群当中，涌现了一批因写作出色而广获赞誉的英语作家如谭恩美（Amy Tan）、汤婷婷（Maxine Hong Kingston）等。她/他们用英语发表的优秀作品如 *The Joy Luck Club*（《喜福会》）、*The Kitchen God's Wife*（《灶神之妻》）、*The Woman Warrior: Memoirs of a Girlhood Among Ghosts*（《女勇士》）等，不仅成为"海外华人文学"的突出代表，而且进入了美国文学乃至世界文学的佳作之列，为华人文学的地域扩展及第二语言写作的成就作出了贡献。其中，谭恩美的《喜福会》曾连续四十周登上《纽约时报》畅销书排行榜，销量达到数百万册，获得过"全美图书奖"等奖项，并已被译成30多种不同语言在世界各地传播，增进了多母语间的跨族际和跨语际交流。

由此便要说到与母语文学相关的多民族国家普遍存在的双语乃至多语现象了。谭恩美是第二代移民，母亲出生在上海，到美国后几乎不会讲英语。谭恩美自幼就在学校受全英文教育，但一方面用英文写作；另一方面能在家里和母亲说汉语（吴语?），体现出别具一格的"双语表

---

[1] 参见魏岩军等《美国华裔母语保持与转用调查研究》，《华文教学与研究》2013年第1期。

达"和"双语人生"——尽管她的汉语母语已差不多仅保持在单一的口语层面。不过书面母语失落的遗憾却未削弱她描述自己由母亲辈传承下来的文化积淀,亦不影响她返回中国后经由"外语"书写多民族群体中"非汉人群"的多彩人生。例如2007年,谭恩美应美国《国家地理》之约到达贵州黔东南少数民族村寨考察,采写了《时光边缘的村落》,以清新抒情的笔调描绘在苗乡侗寨的所见所闻,并生动勾画了当地村民的母语传承现状。文章从英语译成汉语、由域外返回本土,实现了别有韵味的另一种跨语际互动。

文章写道:

> 是音乐吸引我来到了地扪。侗族人使用的侗语没有书写形式,一族的各种传统和历史传说都通过歌曲代代相传,可以上溯千年——至少歌曲里是这么说的。我早就听说,在侗寨里随便让谁唱歌,人家都会毫不犹豫地唱给你听。
>
> 后来我确实听到了许多歌曲:有迎宾时唱的,有感叹年华逝去的,还有侗族人最钟爱的火热情歌。此外,一位老大妈还喜欢唱革命老歌《东方红》……①

---

① 谭恩美描写贵州侗族村寨的文章先刊发于2008年美国《国家地理》(英文版)第5期,随后又以汉语版的形式摘登于贵州媒体。参见谭恩美《时光边缘的村落》,《当代贵州》2008年第9期。

通过观察询问，谭恩美既欣赏到当地侗族以歌交际、传情和载史的多样功能，同时也发现了与此同在的母语传承危机。她以名叫地扪的村寨为例，向读者讲述了侗歌传唱的情形。村里有位十分出色的歌师老奶奶，她唱的歌种类繁多，"有的是讲吃饭的规矩，有的是讲田里的活计，还有的是讲无私的可贵和贪婪的卑劣"。然而这位"能够把地扪史诗般的侗族大歌中所有 120 首唱全"的女歌师已 70 多岁，年青一代愿意学歌的侗人越来越少。谭恩美担心地问道：一旦老人过世，那些以侗族母语演唱的史诗之歌将会怎样？"万一没有了传人，这首口耳相传的侗族大歌还能存在么？侗族生活中还有多少传统会迅速湮灭？"她的问题体现了源于母语、又超越母语的多重忧虑和关心。

有意思的是，作为跨族际和跨语际交流的回应，贵州媒体在介绍谭恩美时不仅称她为（美国的）"少数民族作家"，而且夸赞了她在多元文化背景的写作成就和意义。简介写道：

> 谭恩美（Amy·Tan），祖籍湖南，1952 年出生于美国加州奥克兰，曾就读医学院，后取得语言学硕士学位。她因处女作《喜福会》而一举成名，成为当代美国的畅销作家……作品被译成 20 多种文字在世界上广为流传。
>
> 如今谭恩美已然成为美国文坛少数民族作家的一位代表人物，而在当今美国社会倡导多元文化的大背景下，她的地位早已渐渐超越了一位少数民族或者流行小说家的身份，成为整个美国乃至西方最为著名的作家之一。[①]

由谭恩美的事例再回到世界各地越来越普遍的双语、多语和跨语实践问题。值得进一步区分的是，所谓的"多语现象"或"多语社会"其实包含两个不同的维度：一是群体间的多语言并置与交流；另一是个

---

① 谭恩美描写贵州侗族村寨的文章先刊发于 2008 年美国《国家地理》（英文版）第 5 期，随后又以汉语版的形式摘登于贵州媒体。参见谭恩美《时光边缘的村落》，《当代贵州》2008 年第 9 期。

体式的多语言习得和驾驭。前者涉及语言（语种、方言）的横向关联，后者体现个人的纵深能力（母语、外语）。在后一个方面，尽管在实际的社会生活中掌握不易，但古往今来仍有许多能够出色地以两种以上语言进行写作的优秀人物涌现出来。如苏联柯尔克孜族的作家艾托马托夫就兼通俄语和柯尔克孜语（也称吉尔吉斯语），他的作品既能用俄语写作、发表，获得范围广泛的影响接受；同时又能用本民族的母语呈现出来，使之在跨族际的双语世界里比翼齐飞，达到民族内外的双向理解和认同，而且超越民族国家的地域界限，赢得了如今俄罗斯民族、中国柯尔克孜族及吉尔吉斯斯坦民族等多国人群的跨境荣誉。在中国多民族的当代文学里，彝族作家阿库乌雾堪称另一个双语写作的突出例子。他同时用彝名阿库乌雾和汉名"罗庆春"写作，发表的作品除了已经出版的彝语诗作《虎迹》和《冬天的河流》等，还包括了大量以汉语书写的原创诗歌和散文，如《走出巫界》、《神巫的祝咒》和《密西西比河的倾诉》等。作为本族文化的守卫者，阿库乌雾一方面强调要"用母语跟世界对话"；另一方面也赞美"同构同辉的双语人生"。当有人问及他的双语名字和双语写作的意义时，阿库乌雾回答说："两个名字、两种符号体系的同时获得，是出生并生活在'多元一体'的当代中国的少数民族文化人必然的文化命运和精神遭际。"对此，他进一步阐释说：

> 作为当代中国少数民族知识分子，无论有没有一个汉语名字，汉语已经不可否认地成为我们的"第二母语"，我们必须对源远流长、博大精深的汉语文明以开放的胸怀深入学习，才有资格成为一个现代多民族国家合格的文化人和书写者。[①]

在这一点上，他与阿来、扎西达娃、乌热尔图乃至远在彼岸的谭恩美、汤婷婷相似。但回过头来，他通过双语驾驭而使自己本民族的母语

---

① 参见明江《阿库乌雾：同构同辉的双语人生》，《文艺报》2011年11月9日第5版"少数民族文艺专刊"。

得到尊重、留存乃至弘扬的实践则类似艾托马托夫。阿库是出生在凉山冕宁一个叫"普龙拉达"山寨的彝人。在当地生活中,人们都用彝语交流。阿库评述说,使用母语,"这是日常生活中最普通、自然的事,也是我感悟生命存在的最直接、最准确的道路"。后来他上学读书,先后学会了彝文和汉文,从而开启了诗意盎然的双语写作和双语人生。通过母语,他不仅感悟自己生命的准确存在、承继先辈的文化根基,而且通过对毕摩经师神圣祭词及民间口传文类的沿用改写,更使彝人生活的深厚传统在当代得到传递与发挥。在这样的母语成绩事例中,最为著名的便是他用彝语写作并四处传送的《招魂》。[1]

……中间部分省略

（招魂）

——

2009年,阿库乌雾作为同时用母语和汉语写作的中国少数民族作家应邀访问了美国。

在美国华盛顿州立大学音乐厅内,身着彝族传统服饰的阿库乌雾拿着话筒,双目微闭,用一腔深情朗诵着诗歌《招魂》。台下,是有着不同肤色、使用不同语言的师生。当他最后动情高呼"Ola! Ola!"（魂兮,归来! 魂兮,归来!）时,全场掌声雷动,人人情绪高涨。每个人内心都有流泪的理由,罗庆春的招魂之音拨动了人们的心弦。正因为声音穿越了语言屏障,一位黑人姑娘拥抱罗庆春,放声痛哭:"我听不懂你的彝语,但你的声音,让我看到了父

---

[1] 参见彝、英、汉三语对照本《虎迹》,[美]俄亥俄州立大学出版社2006年版,第24—32页。

亲的墓碑!"①

阿库乌雾从自己的经历和体验出发,认为拥有双语或多语能力的少数民族作家必然遭遇对多重文化背景的"深度焦虑",同时,也将获得"深度通脱"的精神创造契机。对此,他做了三个层面的深入阐释:

> 首先,他们必须正确处理好母语文化与汉语文化、民族文化与外来文化、传统文化与现代文化,以及个人文化立场、价值观、审美观与时代文化发展趋势之间的复杂关系。
>
> 其次,他们必须正确面对母语、汉语、外语或通过汉语获得的西方文学素养之间的内在关联。比如用母语抒写汉语世界、汉语文化,用汉语抒写母语世界、母语文化,以及当代西方文学对母语创作和汉语创作不可避免的影响等等。
>
> 再次,通过文学创造过程体验到的多元文化、多重精神文化背景的深度碰撞、深度融会必然带给民族作家广阔的艺术创造空间。在全球化背景下,少数民族作家将成为本民族传统文化深度变迁的见证者、记录者,同时成为新时代民族文化和语言艺术审美创造的开拓者和践行者。②

阿库乌雾阐述的这三个层面,把母语文学的关涉领域指向了从文学到文化、从语别—族别到国家法规和社会政治的构架之中。

五 多语言政策与多母语前景

深入来看,在一个多民族、多语言和多文学的共同体当中呈现出双语和多语表达与书写之现象,实与共同体特定的社会环境、族际关系、文化结构及政府实施的语言政策有关。在当代中国的范围内,虽然还以

---

① 蒋楠:《罗庆春:用母语和世界交流》,《成都日报》2013年4月15日。
② 明江:《阿库乌雾:同构同辉的双语人生》,《文艺报》2011年11月9日第5版"少数民族文艺专刊"。

差异性为基础并置着130多种不同的语言及其从理论上讲可能包含的母语文学与之对应,但实际上,由于从历史到现实的诸多原因,各母语间的社会地位、使用范围及交际功能却存在显著差区别。在这里面最为突出的,便是在多语并存和交互竞争中逐步上升为"官话"、"国语"直至"国家通用语"和"国民共同语"——的汉语与一百多种其他语种的巨大分野。

将汉语中的某一方言升为"官话"的历史至少在明清时期就开始了。明朝建立政权后,为与"胡人""胡语"相区别,出现了"汉儿"和"汉儿话"之说。明太祖朱元璋就对来访的朝鲜使节说过:"……你那里使臣再来时,汉儿话省得的着他来,一发不省的不要来我这里。"① 另据《太祖实录》记载,为需求官场用语的便利,朱元璋曾命官员修订《洪武正韵》,以作为"明代官话"的基础。其中的起因和目标在于"以旧韵起于江东,多失正音……以中原雅音校正之。"另有文献记述当时的情形,称"雅宜不喜作乡语,每发口必官话",② 还有"及登甲科,学说官话,便作腔子,昂然非复在家之时",③ 以及"江南多患齿音不清;然此亦官话中乡音耳。若其各处土语,更未易通也……"④,等等。

1644年清人入关逐步执掌王朝大权后,面对由多民族和多语言构成的庞大政治共同体,选用了各族别和语别多元并置同时凸显所谓"满汉一家"的文化国策。一方面,推行极力维系满语文的国家地位,采取多种措施令满族后代坚持学习和保持自创制的满文。如《满文老档》天命六年七月十一日条记载说:

> 汗谕曰:"命准托依、博布黑、萨哈廉、乌巴泰、雅星阿、科贝、扎海、浑岱等八人为八旗之师傅,八位巴克什尚精心教习尔等门下及所收弟子。教之通晓者赏之,弟子不勤学不通晓书文者罪

---

① 《朝鲜王朝实录》太祖六年(1397),资料来源及相关论述见张玉来《明清时代汉语官话的社会使用状况》,《语言教学与研究》2010年第1期。
② 参见(明)何良俊《四友斋丛说》(卷十五)。
③ (明)谢榛:《四溟诗话》(卷三)。
④ (明)张位:《问奇集·各地乡音》。

之。门下弟子，如不勤学，尔等可告于诸贝勒。该八位师傅，无须涉足他事。"①

在现代的语言学家看来，清人入关后逐步形成的满汉两种语言的交往互涉，"为研究与阿尔泰语言相关的事物以及检视满语与北方汉语方言之间的语言学影响提供了绝佳的媒介"，其中值得关注的便有"满人在与中原官话区民众的紧密交往中在两种语言之间形成了频繁的互相借用情况"。②

另外，为了利用汉语所具有的明显优势有效治理多元帝国，朝廷逐步将汉语定为令各民族通用的"官话"，并以汉语的北方方言（北京话）作为标准音（官音）在全国推行，为此还在雍正时期产生出自上而下的"官话推广运动"。依照后世学者的梳理，仅据《钦定大清会典事例》的记述，涉及此项运动的史实就包括如下方面：

1）雍正八年，议准：于四川省建昌府熟番地区设立义学，教授官话，令熟番弟来学；

2）雍正十三年，议准：于广东省有黎瑶之县，听黎瑶后俊者入学读书，训以官音；

3）乾隆二年。议准：于福建省各府州县原立义学，务令请官音读书之师，实心训勉，毋得视为具文；

4）乾隆十一年，议准：于四川省三齐等三十六寨番民，如有子弟异秀通晓汉语、有志读书者，即送县义学，从师受业，如果渐通文理，照土司苗瑶子弟应试。③

在这样的过程中，由官方实施的汉语官话推广，仅就档案提到的南

---

① 参见袁剑《"国语"兴亡：清朝"满语思路"的流变略论》，作者袁剑是德国弗莱堡大学历史系博士生，该文收入2010年1月16日由清华大学历史系举办的"社会·经济·观念史视野中的古代中国"国际青年学术会议暨第二届清华青年史学论坛论文集。

② 转自袁剑《"国语"兴亡：清朝"满语思路"的流变略论》。

③ 吴永斌：《试析雍乾年间的官话运动》，《民族教育研究》2008年第2期。

方区域而言，其范围已不仅涉及满汉官民，而已扩展至藏、苗、黎、瑶等非汉人群之中了。

到了清末，非但官话日益盛行，在变法维新的知识界人士中还出现了汉语拼音化的主张。其中的代表人物之一王照的观点是：官话即为公话，由于京话使用最广，故可作官话之代表。他说，"官者公也，公用之语自宜择其占幅员人数多者"。

> 因北至黑龙江，西逾太行宛洛，南距扬子江，东溥于海，纵横数千里，百余兆人，皆解京话，此外诸省之语，则各不相通，是京话推广最便，故曰官话。①

不过以历史演变的动态视角看，明清两朝的官话设立虽有着实用与统治方面的关联和承继，彼此选择的对象和标准却反映出汉语共同语内部的南北差异。具体来说，两朝官话虽然都以汉语北方方言作为基准，但其中一个重南，一个偏北。其中原因一如语言学家分析的，在于"汉语共同语的构成因素复杂，既有口语与书面语的区别，又有南北官话的不同，缺乏明晰的标准音，音系结构弹性较大"。②

民国以后，在新文化运动人士提倡和国民政府主导下，汉语的地位进一步由"官话"上升为"国语"。1918年，胡适发表《建设的文学革命论》一文，将文学革命的目标归结为"国语的文学，文学的国语"。胡适解释说：

> 我们所提倡的文学革命，只是要替中国创造一种国语的文学……有了文学的国语，我们的国语才可算得真正国语。

为此，胡适特地举了英语从"方言"到"国语"乃至"世界语"的演变为例，详细描述说：

---

① 王照：《官话合声字母》，"拼音文字史料丛书"，文字改革出版社1957年版，第9页。
② 张玉来：《近代汉语共同语的构成特点及其发展》，《古汉语研究》2000年第2期。

英伦虽只是一个小岛国，却有无数方言。现在通行全世界的"英文"，在五百年前还只是伦敦附近一带的方言，叫做"中部土语"。当十四世纪时，各处的方言都有些人用来做书。后来到了十四世纪的末年，出了两位大文学家，一个是赵叟（Chaucer，1340—1400）一个是威克列夫（Wycliff，1320—1384）。赵叟做了许多诗歌，散文都用这"中部土语"。威克列夫把耶教的《旧约》、《新约》也都译成"中部土语"。有了这两个人的文学，便把这"中部土语"变成英国的标准国语。后来到了十五世纪，印刷术输进英国，所印的书多用这"中部土语"，国语的标准更确定了。到十六、十七世纪，萧士比亚和"伊里沙白时代"的无数文学大家，都用国语创造文学。

从此以后，这一部分的「中部土语」，不但成了英国的标准国语，几乎竟成了全地球的世界语了！①

正是在一批批学界精英对实施"国语"的呼吁鼓吹下，到了1924年，由国民政府教育部设置的"国语统一筹备会"通过决议，决定以北京语音为国语标准音。此后，汉语（北方话）便正式成为国家认定的"国语"和通用语。② 中华人民共和国成立之后，政府制定出一系列语言法规，坚持和巩固了汉语的全民共同语地位。2000年，随着人类社会迈入21世纪之际，中华人民共和国中央政府正式颁布了《中华人民共和国国家通用语言文字法》，明确规定在中国范围内的国家通用语是"普通话和规范汉字"，强调使用国家通用语的目的是"维护国家主权和民族尊严，有利于国家统一和民族团结"。该法划定的通用语覆盖领域广泛众多，包括——

    1）国家机关以普通话和规范汉字为公务用语用字（法律另有规定的除外）；

---

① 胡适：《建设的文学革命论》，1918年4月，《新青年》第4卷第4号。
② 参见黎锦熙《国语运动史纲》，商务印书馆2011年版。

2）学校及其他教育机构以普通话和规范汉字为基本的教育教学用语用字（法律另有规定的除外）、初等教育应当进行汉语拼音教学；

3）广播、电影、电视用语用字；

4）公共场所的设施用字；

5）招牌、广告用字；

6）企业事业组织名称；

7）在境内销售的商品的包装、说明。①

可见，由于多种因素的共同作用，在多民族国家众多不同语言种类的格局，汉语已明确获得了优先使用的独特地位及国家法规的有效保障。对于本书关注的中国多民族母语文学而言，由此产生的影响是广泛而深远的。其中最为引人注目的有两个方面，即"语位提升"和"母语溢出"。"语位提升"使多元母语格局中汉语某一方言的地位跳级升位并导致其他语言间的横向关系改变。"母语溢出"，则导致取得优势地位的某一母语——这里就指汉语（普通话）——以自身为中心，逐步向周边众多母语的渗透、覆盖乃至取代，继而产生从政治到文化的多重影响。

先说"语位提升"。1956年10月，中国科学院举行了一次会期六天被誉为"中国语言学界空前的集会"，②讨论现代汉语的规范问题。中国科学院语言研究所吕叔湘副所长宣读了他和罗常培所长合作撰写的"现代汉语规范问题"研究报告，确立并规范"汉民族共同语"的必要性以及选择"普通话"作为"共同语"标准的诸理由。报告指出，随着现代中国的飞速发展，只有形成一个"统一的、普及的"并且"无论在它的书面形式或是口头形式上都具有明确的规范的"民族共同语，

---

① 《中华人民共和国国家通用语言文字法》，中华人民共和国第九届全国人民代表大会常务委员会第十八次会议2000年10月31日通过。

② 陈望道：《现代汉语规范问题学术会议总结》，现代汉语规范问题学术会议秘书处编：《现代汉语规范问题学术会议文件汇编》，科学出版社1956年版。

第八章　母语表述:多民族文学的语文根基

才能胜利地担当"团结人民、发展文化、提高人民生活水平的主要任务"。汉语方言众多,为什么选择北方方言作为标准呢? 原因在于"在汉语近百年的发展中,已经逐渐形成一种民族共同语,这就是以北方话为基础的'普通话'"。其他的重要理由还包括北方话所依托的政治中心、官话传统、白话文学以及巨量的使用人口数——当时统计为三亿八千七百万,为使用汉语人口之最,占全部总数的70%以上。① 这样,经过历代学界和政府的相互推动,汉语中的一个方言部类——"北方话"便从同源分流的众兄弟母语里脱颖而出,先"官话"、再"国语"直至成为国家指定的"通用语""普通话",完成了历程漫长、影响深远的"语位提升"。

在这样的过程中,另一个值得关注的现象就是与此密切关联的"母语溢出"。前述吕、罗二人的同一篇报告在从内部关系论述汉语从方言到国语的语位提升之后,又进一步将多民族国家的语言推延至国际格局中,阐述了规范并推广汉语普通话的外部意义,指出:1) 在多民族构成的现代中国,汉语已成为民族间交际的语言;2) 随着中国在世界上地位的提升,汉语也日益成为国际间的重要语言之一。因此,将规范的汉语普通话作为全中国的民族共同语,无疑有助于实现各项国内外重要目标。② 正是由于汉语北方话从方言到"国语"(汉语通言)乃至"族际共同语"不断地"语位提升",便带动了以普通话为主体的整个汉语文跨族际、跨国际的传递和接受,亦即出现笔者所称的"母语溢出"。

历史地看,汉语朝向其他语种的溢出现象很早就已发生。比较突出的事例是从回族到满族等群体最终出现的整体性语言转用。反过来看,若以汉语为出发点,看到的便是汉语向满语等的整体覆盖。然而在现代中国的文学意义上,这种母语溢出或覆盖的结果,却是孕育了满族

---

① 罗常培、吕叔湘(执笔):《现代汉语规范问题》,收入《罗常培文集》第9卷,山东教育出版社2008年版,第64—91页。

② 罗常培、吕叔湘(执笔):《现代汉语规范问题》,收入《罗常培文集》第9卷,山东教育出版社2008年版,第64—91页。此外,陈望道在同一会上的总结里强调,"汉语方言的分歧严重地妨碍了人们在政治生活中,经济关系中,生产活动中,文化生活中交际作用与相互了解。"因此"为了加强民族间和国际间的联系与团结,汉语规范化是当前紧急的任务"。

作家老舍、回族作家张承志等一大批新型的汉语书写者。他们的贡献不仅在于通过《茶馆》《骆驼祥子》等"京味十足"的文学书写,[①]沿着自关汉卿、曹雪芹以来的族际兼容之路进一步丰富扩展了现代汉语的表现力,并且经由《心灵史》这样的独特创造,扩展了书面汉语的表现文类。

在中国的现代文学领域,汉语的母语溢出现象,还表现为前面提到过的非汉民族人群日益普遍的双语呈现。其中既有各族作家们的书面写作,亦有乡土民间的汉语讲述与诵唱,直至学者们以汉语为载体对各民族母语文学的转译改写。如今,在许多少数民族地区,当与外来客人交流时,同一首母语民歌已每每要演唱两次了:一次用母语,一次用汉语。在黔中布依族村寨,当地布依族民众还会用母语唱诵布依民歌者日益减少,年青一代歌手——如果还会民歌的话,已越来越只能用汉语"翻唱"本族的传统民歌,乃至只会唱汉语歌曲了。也就是说,在多民族国家内部,以(汉语普通话为基础的)全民通用语的出现和推广,一方面促进了国家层面的民族沟通和社会交际并使更多的歌者、作家加入雄厚的汉语讲述与书写中,为汉语文学增添了新鲜人才;另一方面也导致了其他母语的相对萎缩,从而对多民族母语的发展传承造成了不利影响。这是需要关注的。

此外,汉语的"母语溢出"还包括海外华人的汉语写作以及外国"洋人"对汉语的使用。前者的特点在于同时具有自外向内的"边缘性"和自外向内的"延伸性"。饶芃子等学者从"汉语性"观念出发,一方面强调"现代汉语文学"这一"旗帜鲜明的语言标志",认为只有高举这一旗帜,"许许多多由意识形态或区域间隔等形成的边界才会消失";另一方面在"现代汉语文学"的整体格局上把包括台港澳等区域的海外华文写作视为"边陲空间",其所呈现的汉语文学是一种"边缘写作",然而尽管边缘,却意义重大,值得从全球视野和比较文学角度予以关注。[②]

---

① 老舍是著名的满族作家。
② 参见饶芃子、费勇《本土以外:论边缘的现代汉语文学》,中国社会科学出版社1998年版。

在笔者看来，包括外国人学习使用汉语在内的汉语"延伸性"即汉语在地缘意义上由内及外的"母语溢出"，其意义亦不可低估。它的世界性影响堪与19世纪以后的英语相比。

这样，结合汉语"北京话"从方言到"官话"直至"国语"的演变引出的"语位提升"及"母语溢出"事例，可以见出，对于由多民族构成的完整共同体而言，中国各母语文学的现实处境及未来命运，还得依据母语多元与国语统一的同时兼顾方可获得均衡发展的保证。不然，稍有偏差或武断行事都会导致两败俱伤，顾此失彼。

1917年，《新青年》杂志登载"中华民国国语研究会"《征求会员书》，对在幅员广阔、语言众多之范围内"国语"意涵之宽泛性做过阐释，明确指出："同一领土之语言皆国语也"；是故，所谓"国语统一"，亦非"指定一处之语言，而强其他之语言服从之也"。① 到了1956年，曾在北洋政府和南京政府期间担任"国语统一筹备会"等机构要职的黎锦熙，以"汉语拼音化"和"国语统一"为聚焦，对20世纪持续数十年的"国语运动"进行总结，依照马克思主义的语言观把民族语言的发展目标概括为持续推进的三个阶段，即终极的"国际语"和初级的"方言语"，及夹在二者之间承上启下且充当过渡的"区域语"（"国语""共同语"）。对于中间阶段需要注意的一个重点，黎锦熙引用当时经典文献的话指出，"各个民族长期合作，分出最丰富的单一的'区域语'"；但前提是"得让各民族的语言都自由地发展起来，不能像帝国主义那样拿自己的民族统一语来统一其他民族"。② 作为有"中国语文现代化运动的先驱和导师"之称的"国语运动"代表人物③，黎锦熙能在19世纪50年代果敢讲出这番话是有时代力量为坚强后盾的，那力量就是中华人民共和国成立后政府实施的既推广"国家通用语"同时又保护各民族母语的完整的语言政策。

---

① 《新青年》1917年第3卷第1号。
② 黎锦熙：《四十多年来的"注音字母"和今后的"拼音字母"："汉语规范化"基本工具的研究》，《北京师范大学学报》1956年第1期。
③ 史锡尧：《语文现代化的光辉先驱》，《语文建设》1990年第1期。

1949年9月，中华人民共和国成立之初由中国人民政治协商会议第一届全体会议通过的《中国人民政治协商会议共同纲领》已庄严承诺：

> 中华人民共和国境内各民族一律平等，实行团结互助……使中华人民共和国成为各民族友爱合作的大家庭。反对大民族主义和狭隘民族主义，禁止民族间的歧视、压迫和分裂各民族团结的行为。（第50条）
>
> 各少数民族聚居的地区，应实行民族的区域自治……各少数民族均有发展其语言文学、保持或改革其风俗习惯及宗教信仰的自由。（第51—53条）①

1982年12月4日第五届全国人民代表大会第五次会议通过的《中华人民共和国宪法》在倡明"中国各族人民共同创造了光辉灿烂的文化"（序言）的前提下，规定"各民族都有使用和发展自己的语言文字的自由"（第1章第4条）。② 即便在2000年颁布《中华人民共和国国家通用语言文字法》时，仍对这一规定作了再次重申。（第8条）2010年，国家民委第53号文件进一步指出：中国是统一的多民族国家，目前仍有一部分少数民族人口使用着本民族的语言和文字。少数民族语言文字不仅是少数民族日常生产生活重要的交际工具，还是民族文化的载体，是民族情感的纽带，是国家宝贵的资源。文件还对20世纪50年代以来国家重视和管理多民族语言文字工作的情况做了较全面的概述，其中写道：

> 新中国成立以来，党和政府高度重视少数民族语言文字管理工

---

① 《中国人民政治协商会议共同纲领》，1949年9月29日全国政协全体会议通过，收入政协全国委员会办公厅编《开国盛典：中华人民共和国诞生重要文献资料汇编》（上），中国文史出版社2009年版，第506—514页。

② 《中华人民共和国宪法》，1982年12月4日第五届全国人民代表大会第五次会议通过，参见中华人民共和国中央人民政府网"国务院公报"，http://www.gov.cn/gongbao/content/2004/content_62714.htm。2017年3月1日登录下载。

作，形成了国家、省区、州盟、县旗四级少数民族语言文字工作管理网络和跨省区少数民族语言文字协作体系；少数民族语言文字政策法规不断完善；民汉"双语"教学初具规模；培养了大批专业人才，壮大了少数民族语言文字工作队伍；有传统文字的少数民族，在翻译、出版、教育、新闻、广播、影视、古籍整理、信息处理等领域都获得了前所未有的发展，语言文字规范化、标准化及其健康发展水平大大提高。①

早在1991年，国务院就曾下专文向全国有关机构批转国家民委的同类文件，并强调指出："我国是统一的多民族的社会主义国家，做好少数民族语言文字工作，对坚持民族平等、团结和促进各民族的共同繁荣，具有重要意义。"②

结合本书的主题，可以说只有在坚持国家这种双轨制基本语言国策的前提下，中国多民族母语文学的生存和发展才有保障。如今，再把视野放宽到全球整体考察，母语及其文学呈现和传承更已成为全世界共同关心的重要议题。

2007年5月16日，联合国大会第61/266号决议宣布2008年为国际语言年，"希望透过多种语文和多元文化的多样性来统一国际认识与团结"。2012年2月21日，联合国教科文组织总干事伊琳娜·博科娃女士在第12届"国际母语日"致辞中引用了纳尔逊·曼德拉的观点，强调"用一个人能听懂的语言同他讲话，你触动的是他的大脑，用一个人的母语同他讲话，你触动的是他的心灵"。③

两年后，在同一天的母语日致辞里，伊琳娜·博科娃又说道：

---

① 《国家民委关于做好少数民族语言文字管理工作的意见》（民委发［2010］53号），2010年5月14日，中华人民共和国国家民族事务委员会官网"政策文件"。http：//www.seac.gov.cn/art/2010/6/18/art_142_103787.html，2010年6月18日上传，2017年3月17日登录下载。

② 《国务院批转国家民委关于进一步做好少数民族语言文字工作报告的通知》，《中华人民共和国国务院公报》1991年第26期。

③ 联合国教科文组织文件，http：//unesdoc.unesco.org/images/0021/002153/215319c.pdf，2012年2月21日。

"今天，世界上的标准是至少使用三种语言：一种当地语言，一种用于主要交流的语言和一种用于当地和全球层面交流的国际语言。这种语言和文化多样性也许是我们建设创造性、创新和包容的未来的最大机遇。"因此：

> 保护和促进母语对于世界公民意识以及真正的相互理解至关重要。懂得和会讲多种语言，就可更好地理解我们这个世界丰富的文化互动。承认当地语言可让最大多数人发出自己的声音，积极参与到集体命运之中。所以教科文组织调动一切因素来促进人类所讲的7000种语言的和谐共处。①

而在2003年发布的《保护非物质文化遗产公约》里，被置于首要地位的人类非物质遗产项目即为以多种多样形式存在于世界各地的"口头传统和表现形式，包括作为非物质文化遗产媒介的语言"。② 对这些被视为人类遗产的文化样式加以保护的原因与宗旨是：一如生物多样性之于大自然的重要意义一样，语言多样性是人类的共同遗产。为了实现联合国成员国共同制定的"千年目标"，就要让世界各地的人民，特别是处于弱小和边缘地位的原住民"从小能以自己的母语学习，然后以其他民族或官方语言学习，这是对社会平等与包容的促进"。③

这样，从某一特定的母语案例出发再到人类整体，不难看出作为我们讨论对象的各母语文学均包含着以小见大的三级阶梯：首先它是本族的母语，其次是国家（或民族与地区）的语言，最终则是人类的财富。

---

① 联合国教科文组织文件，http：//unesdoc.unesco.org/images/0021/002153/215319c.pdf，2014年2月21日。

② 联合国教科文组织文件：Text of the Convention for the Safeguarding of Intangible Cultural Heritage. http：//www.unesco.org/culture/ich/index.php?lg=EN&pg=00022。

③ 联合国教科文组织文件，http：//unesdoc.unesco.org/images/0021/002153/215319c.pdf，2012年2月21日。

小　结

通过如上分析，本章的小结如下：

首先，从语言、民族及文学的密切关联来看，中国不仅是一个多民族国家，而是一个彼此依存并交映生辉的多语言和多文学共同体。经过数千年的演变交往，如今中国的语言类别不仅大多能与五十多个族别对应，而且在数量上大大超过了后者，也就是说，如果以语言为单位加以构拟统计的话，总量上的中国文学就达到一百多种。由此出发，就相当把"中国文学"界定为包含5大语系、13语族、26语支、总共133种语言的多母语表述体系。其中的每一类型都值得平等看待，深入研究。

其次，结合语言类别的构拟划分，以语言种类进行的划分只体现了其中的局部环节，在语言类别之下，还有多种多样的具体方言、土语。因此，以母语为起点认识文学，还必须落实到实际的社会生活层面，关注特定的方言文学、地域文学，由此才能认识和鉴赏汉语中的吴歌、粤文、昆曲、川剧乃至苏州评弹、京味相声，并区分和理解其他语别如蒙古语里的长调、维吾尔语中的木卡姆、彝语北部方言的《招魂》和水西土语的《阿西里西》等。

再次，文字出现之后，母语始有口头和书面之分。二者既相交又有别。以言传身受为主的口语文学，因为多与音乐、舞蹈乃至民俗和仪式相结合，从而突破语言界限，成为歌唱的文学、身体的文学以至于社交和仪式的文学。这样，我们对口语文学的研究，就不能仅仅搬出后起的、适用于书面文学的分析模式去加以套用，而应寻找出与之相配的口头文论，抑或口语诗学来进行贴切阐述。另一方面，文字的出现对每一母语的作用和影响亦不应低估，需要结合文字特征、流传范围以及特定式书写实践来加以说明。在中国，由于各语言之间书写符号出现的历史参差不齐，迄今为止，以书面形式呈现的母语文学也就显得多种多样、颇不均衡，需要在个案考察的基础上开展仔细的相互比较和实证分析。

最后，随着历史变迁和民族交往，多民族国家内的"母语失落"、"语言转用"及"双语写作"、"多语交替"等现象正成为日益凸显的社会趋势。这样的现象不仅发生在处于弱势乃至面临濒危的类型如基诺语、怒苏语、门巴语及赫哲语等语种的口头和书写当中,同时也呈现于汉语这样的强势语和通用语之中,尤其是当以汉语作为母语的人们移民国外成为异国他乡之少数族裔的时候,该现象就日益凸显出来,不过移民后代通过对"语言转用"的主动适应又造就了一批新型的跨族际和跨语际书写人才。可见,这些趋势既提示着文化传承的深刻危机,同时也提供了多民族母语文学内外延展的时代机遇,不可单面褒贬。

依照本书的看法,母语和文学应当视为一体,但彼此关系密切却不能简单等同。它们相互依存的特点是双向互补:依托母语,呈现文学、传播文学;通过文学,丰富母语、拓展母语。借用大约一百年前胡适阐述过的话来说,一是"有了国语的文学,方才可有文学的国语";二是"国语没有文学,便没有生命,便没有价值,便不能成立,便不能发达"。[①] 其中的道理,若把国语换作母语,意义也是一样。

现代著名语言人类学家爱德华·萨皮尔(Edward Sapir)曾针对语言、民族和文学的关系提出过三个重要观点:1)语言和民族不存在绝对的对应;2)由于每种语言都具有独自的鲜明风格,依赖于语言载体的文学从来不会有两种完全一样;3)因此每一种不同的文学都各具特色,彼此不可翻译,不可替代。萨皮尔推论说:尽管其中绝大多数或许只是可能而已,但可以确认的是在人类社会里"有多少种语言就差不多有多少种文学风格自然理想"。通过文学——

> 个人在集体的创造里消失了,可是他的个人表达留下一点痕迹,可以在语言的伸缩性和灵活性里看出来。人类精神的一切集体事业都是这样的。语言准备好,或立刻准备好,给艺术家的个性以一定的轮廓。[②]

[①] 胡适:《建设的文学革命论》,1918 年 4 月《新青年》第 4 卷第 4 号。
[②] [美]爱德华·萨皮尔:《语言论:言语研究导论》,汉译本,陆卓元译,第 10 章"语言、种族和文化"、第 11 章"语言和文学",商务印书馆 1982 年第 2 版,第 186—206 页。

讲完这些,萨皮尔便做了最后结论,强调:

如果没有文学艺术家出现,那主要不是因为这语言是薄弱的工具,而是因为这个民族的文化不利于产生追求实在有个性的言词表达的人格。①

萨皮尔客观中肯的分析提示在过去有效,对如今亦然。我们期待在通往未来的路上,每一个多民族、多语言和多文学的社会都能为母语文学们的健康成长及世代传承提供丰沃的土壤和良好的场域。

---

① [美]爱德华·萨皮尔:《语言论:言语研究导论》,汉译本,陆卓元译,第10章"语言、种族和文化"、第11章"语言和文学",商务印书馆1982年第2版,第186—206页。

第九章 改革开放：多民族文学的再度起航

中国的多民族文学经历了不同发展阶段。20世纪80年代，以"改革开放"为标志的新时期促成了转折复兴的又一次高峰。其间不但有对新中国《共同纲领》的承继，有对"文革"极左思潮的拨乱反正，更涌现出各民族文学身份意识的再度觉醒，从而启动了多民族中国在新时期"第二次解放"中呈现的文学新格局。在此基础上，重新打开的国门推动了中国学界与世界多民族文学及文化的新一轮交流对话。

一 新时期开启新变革

经历"文革"十年的磨难之后，现代中国迎来了20世纪80年代的新解放和新启蒙。1978年2月，重新复出的邓小平号召肃清"文革"流毒，"拨乱反正，打破精神枷锁，使我们的思想来个大解放。"[①] 在由此而来的新时期里，不但各民族的政治身份逐步得到政府的最终确认，民族调查与区域自治等工作恢复开展，国家层面的"多元一体"格局也在这时期明确提出。以这样的"改革开放"为背景，中国的多民族文学呈现了柳暗花明的全面复兴。

"文革"破坏中国多民族文学进程的根源被归结为60年代以后的极左干扰。1979年召开有关中国少数民族文学工作的座谈会作了这样

[①] 邓小平：《解放思想，实事求是，团结一致向前看》，《邓小平文选》第2卷，人民出版社1994年版，第119页。

第九章 改革开放：多民族文学的再度起航

的总结：

> 自反右斗争以来，一直存在着"左"的干扰，"文化大革命"十年形成的"左"倾路线发展到登峰造极的程度，使我国少数民族的歌手、艺人、作家和从事少数民族文学工作的同志横遭打击、迫害，几乎所有少数民族文学作品和少数民族文学史都受到了粗暴的践踏和否定，多年积累起来的少数民族文学资料绝大部分被销毁，给我国少数民族文学事业造成了难以弥补的损失。①

正因如此，"文革"的终止被称为拨乱反正、百废待兴，由此带来的复兴被形容为"第二次解放"和"新时期的春天"。据参与新时期《民族文学》创办工作的蒙古族作家特·赛音巴雅尔回忆，文艺春天之所以再度来临，就源于以思想解放为主导的政治变革，即：

> 1978年召开的党的十一届三中全会之后，党的工作重点转移，拨乱反正，改革开放，全面贯彻落实党的民族政策和文艺方针。②

1979年10月，中断多年的全国文代会在北京再度举行。邓小平出席并代表中共中央和国务院讲话，就如何在新时期繁荣文艺发表祝词。《祝词》依照中国历史悠久，地域辽阔，人口众多的国情，强调不同民族、不同经历的人们有多样的生活习俗、文化传统和艺术爱好，因此"应当在我们的文艺园地里占有自己的位置"。③ 新中国体制里，国家领

---

① 中国社会科学院文学研究所：《一九七九年全国少数民族文学史编写工作座谈会纪要》，收入中国社会科学院民族文学研究所编印《中国少数民族文学史编写参考资料》，1983年，第276—279页；另可参见《光明日报》当时发表的会议报道《要重视少数民族文学：全国少数民族文学史编写工作座谈会在昆明举行》，1979年3月24日。

② 参见《我国少数民族文学的春天：访原中国作协〈民族文学〉副主编特·赛音巴雅尔》，吴志旭采写，《广播电视大学学报》2004年第4期。

③ 参见《邓小平同志代表党中共中央和国务院在中国文学艺术工作者第四次代表大会上的祝词》，1979年10月30日，中国文学艺术联合会编《中国文学艺术工作者第四次代表大会文集》，四川人民出版社1980年版。

导的重要讲话通常是集体酝酿的成果故能标志新的政策基调。第四次文代会《祝词》也不例外，它的面世不但经历论争而且数易其稿。① 于是，其中对不同民族有多样习俗和多样传统的认可也绝非随意为之，而应视为新的国策导向。对此，大会通过的新文联章程第八条就做了进一步强调，明确指出：

> 本会尊重各兄弟民族文学艺术的传统和特点，重视培养兄弟民族的作家、艺术家，促进各兄弟民族文学艺术的发展，加强各兄弟民族间的文化交流，相互学习，共同提高。②

紧接着，中国作家协会和国家民族事务委员会又在次年7月联合召开全国少数民族文学创作会议，从国家层面重新启动和部署少数民族文学工作。会议共有49个民族的作家、诗人、评论家和翻译家等128人出席，被视为继1955年之后在北京召开的又一次少数民族作家盛会，意义是"为少数民族文学事业开路"。③ 会后，经中共中央宣传部和统战部批转，向各地相关部门发布了题为《全国少数民族文学创作会议纪要》的重要文件，要求各级领导关心和重视少数民族文学工作，同时提出了一系列重要任务，包括：

- 力求按照文学艺术的客观规律，有的放矢地解决问题；
- 组织少数民族作家参观访问，促进各民族文学的交流；
- 编辑出版中国少数民族文学丛书，创办少数民族文学杂志；
- 加强少数民族文学翻译、研究和评论工作，培养翻译人才，

---

① 据记载，邓小平《祝词》的发表版本实为周扬起草，胡乔木等参与修订，而此前负责过起草的成员先为为顾镶及邓力群等。参见徐庆全《风雨送春归——新时期文坛思想解放运动记事》，河南大学出版社2006年版，第204页。
② 《中国文学艺术界联合会章程》，中国文学艺术联合会编：《中国文学艺术工作者第四次代表大会文集》，四川人民出版社1980年版。
③ 参见《为少数民族文学事业开路——全国少数民族文学创作会议发言摘登》，《中国民族》1980年第8期。

建立少数民族文学研究队伍；

● 组织力量开展对少数民族民间文学遗产的搜集、整理和抢救。①

需要深入阐述的是，在"新时期"思想解放的背景下，从国家组织的角度再度强调民族文学事业要尊重各民族的不同传统、遵循文学艺术规律、重视文学的跨族际交流并将民间类型纳入民族文学整体之中等一系列提法来之不易，意义深远。

第一，确认各民族不同的文学传统与特征。这意味着在确立统一的现代国家内多民族共存前提下，承认并鼓励"多文学"存在。多文学的存在意味着一国之内不能只是其中某个民族的文学类型一花独放并被封为模板，让其他民族放弃传统，仿效追随，致使整体的多民族文学扭曲为千人一面，千篇一律。尽管中华人民共和国成立初期老舍也曾在作协报告里把各兄弟民族的"文学传统"与"文学遗产"相并提，②但受"左"的思潮干扰，即便仅仅作为遗产，各民族的文学传统也几乎全都在"文革"期间遭受毁灭。因此在新时期的语用学意义上，对各民族"文学传统"的概念重申，不仅标志着对中国文学在族别多样性方面的认识由偏重"果"的现实场景延伸到关注"因"的历史之维，而且在本体论意义上推进了对"多元一体"格局中不同的文学之"元"的追寻和揭示。因为，传统的不同不仅关涉源头的区分而且代表着本原的差异，从而延伸出不同的文学观念及其对应的文学样式和功能。

在文学作用于特定民族的生活世界里，传统的作用还不仅限于观念层面，经过漫长的世代延续，还能滋养出成员内部凝聚认同的文学共同体。其中的标志，既可是中原汉地的《小说选刊》，亦可是青藏高原的

---

① 《全国少数民族文学创作会议纪要》，《作家通讯》1980年第3期。
② 老舍：《关于兄弟民族文学工作的报告》，《人民日报》1956年3月25日。老舍在报告的"民族文学遗产和新文学的兴起"段落里，提到了有文字的蒙古族、藏族和维吾尔族的"文学传统"。

"格萨尔"传唱，抑或是维吾尔民间的"木卡姆"、内蒙古草原上"长调""呼麦"，乃至黔东南山寨的"多嘎"（侗族大歌）合唱等。基于这种以族别为单位的文学共同体立场，参加 1980 年 7 月全国少数民族文学创作会议的藏族作家益希单增对自己的"文学传统"做了概述，指出：

> 我们西藏的文学创作，大概有一千多年的历史了。主要是佛经故事，还有诗歌、民间故事。元朝末期开始有了藏戏，比较著名的藏戏剧本有《文成公主》、《朗莎姑娘》、《洛桑王子》等。此外，还有著名的英雄史诗《格萨尔王传》。[1]

来自贵州的布依族文学工作者讯河从文学的类型多样性入手，对"传统"的内涵和功用做了扩充，强调"各民族兄弟不仅共同创造了祖国的历史和社会物质财富，同时也创造了丰富多彩、优美动人的精神财富"。这些财富表现在文学方面，就包括了"神话、传说、故事、童话、寓言、歌谣、长篇叙事诗、戏曲以及文人文学等等"。它们的作用何在呢？讯河指出，"这些不同形式和题材的文学艺术，为历代的作家和诗人们提供了汲之不竭的源泉"。[2] 这就是说，各民族多种多样的文学类型都作为全民的精神财富和历史资源，在各自不同的民族共同体及其世代延续中起到阶层贯通、古今相连的作用。在同一次少数民族文学创作会议上，冯牧的报告对各民族文学传统的阐述不但具有组织机构的权威性，而且体现出新时期的理论提升。冯牧首先强调："每个民族的文学都有区别于其他民族的传统和特色。"其次论述说：

> 全部文学史告诉我们，愈是具有民族特色的作品，不但愈能得

---

[1] 参见《为少数民族文学事业开路——全国少数民族文学创作会议发言摘登》，《中国民族》1980 年第 8 期。
[2] 参见《为少数民族文学事业开路——全国少数民族文学创作会议发言摘登》，《中国民族》1980 年第 8 期。

第九章 改革开放:多民族文学的再度起航

到本民族人民的喜爱,而且也愈能成为全国各族人民乃至全世界人民所接受、所珍视。愈有民族独创性的作品,愈有全国意义和世界意义。①

其中对"每个民族"的反复连用,突出了多民族共同体以族别为单位的各成员并置、无一例外;把文学传统的特质强调为"区别于其他民族",确认了彼此价值上的原创和自立;最后,把论述的对象放置到文学史的语境,不但对传统和特色做了正面肯定,而且将文学独创性价值由民族的内部认同,扩展至国家整体及全球体系的接受和传播,继而以20世纪前半叶即已出现过的"愈民族—愈国家—愈世界"公式,增强了在新时期中国文学多元整体中彰显民族独特性的理论合法性。②

联系近代以降受进化观念和极左思潮影响,学界及官方此起彼伏出现把"传统"等同"落后""蒙昧"的现象,在20世纪80年代开启的中国新时期,经由国家领导讲话及全国文联章程的最高表述,加上各民族作家代表的多重回应,对不同民族的文学传统予以肯定,就具有理论与实践的里程碑意义,标志着确认中国文学具有多源、多样和多元特征,不同的文学类型相互对应,价值平等。

第二,开启少数民族文学史撰写的国家工程。"传统"的存在不但表现为族群生活中的自我呈现和世代承继,还能以口碑或文本形式呈现于各式各样的历史书写之中。相对于以往自给自足的乡土社会而言,在现代性的知识体系与族际交往里,历史书写更能展示传统的存在和地位。对于过去长期被排斥在正史之外或被认为无史可言的弱小民族、无文字民族来说,是否获得书写历史的权利及至被写入主流国史,很大程

---

① 冯牧:《大力发展和繁荣我国各少数民族的社会主义文学》,《中国民族》1980年第8期。
② 鲁迅在1934年10月19日致陈烟桥的信里写道,"在的文学也一样,有地方色彩的,倒容易成为世界的,即为别所注意。打出世界上去,即与中国之活动有利。可惜中国的青年艺术家,大抵不以为然。"这话被后人引申简化为"越是民族的就越是世界的"公式,流传较广。原文见《鲁迅全集》第13卷,人民文学出版社1981年版,第391页;相关讨论可参见龙长吟《越是民族的地方的就越是世界的》,中国会议论文数据库《中国小说研究》,2003年。

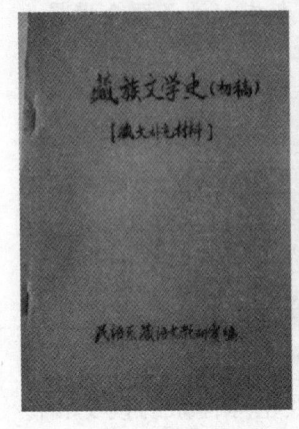

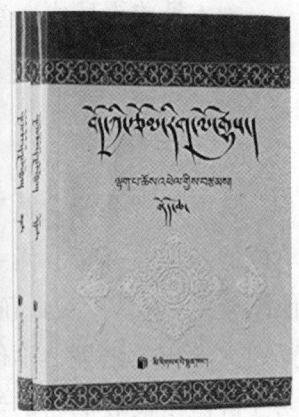

多种版本的《藏族文学史》

度上将关涉他们的族籍地位和成员的未来。就像与中国"新时期"同步面世的人类学著作《欧洲与没有历史的人民》对欧洲揭示的那样,西方主流社会通过长期掌控的"历史"话语权,将非西方的弱势"他者"置于文明边缘,排斥在主流的历史之外,体现出多样化世界在知识话语上的不平等,而改变此种局面的主要途径,便是让以往听不见的声音进入历史。①

以全球关联的视野来看,中国新时期由国家出面重新启动、以中国境内各民族为单位的文学史撰写工程就具有重大的象征意义,标志着各少数民族的文学传统正式介入国家正史的体系之中,彰显出与汉族文学并列等同的史学地位。

中华人民共和国成立后,国家组织的少数民族文学史书写工程始于20世纪50年代,中断于"文革",后重启于80年代开始的新时期。1961年4月,在中国社会科学院文学研究所举办、历时近一月的"少数民族文学史座谈会"上,会议组织者何其芳所长做总结发言,特别指出过多民族共同体中文学史书写长期存在偏重汉族故而"名不符实"

---

① [美]埃里克·沃尔夫:《欧洲与没有历史的人民》,赵炳祥等译,上海人民出版社2006年版。沃尔夫在书中指出:"无论是那些宣称他们拥有自己历史的人,还是那些被认为没有历史的人,都是同一个历史的当事人。"参见该书第32页。

问题。他说：

> 直到现在为止，所有的中国文学史都实际不过是中国汉族文学史，不过是汉族文学再加上一部分少数民族作家用汉语写出的文学的历史。这就是说，都是名实不完全相符的，都是不能比较完全地反映我国多民族的文学成就和文学发展的情况的。①

到了20世纪70年代末80年代初，经国家部署，组建了全国性的"中国少数民族文学学会"并在中国社会科学院创建了专门的少数民族文学研究所，接着即由这些机构组织恢复召开全国少数民族文学史编写的系列座谈。参加的人员来自新疆维吾尔自治区、西藏自治区、内蒙古自治区、广西壮族自治区、宁夏回族自治区和云南、贵州、湖南、甘肃、黑龙江、吉林等省份，以及中宣部、国家民委、中国社会科学院、中央民族学院、中国民族学研究会等若干国家机构和学术单位的领导、专家。参与者们对重新接续的国家项目予以高度评价，把汉族之外各民族文学史的编写称为中国文学事业的"奠基工程"，是既前所未有又将无愧于子孙的"开创性事业"，对全面总结多民族中国的文学发展历史具有重大意义，而且还把此项工程的社会作用上升到增强民族团结的高度。② 1985年，中宣部、国家民委等批转的相关通知更进一步，把少数民族文学史的编写性质进一步明确为学术和政治的双重维度。③ 对于这项具有国家治理意义的重大工程，吕微做了深刻阐释，指出其时代功能在于"通过组织化的学术行为，通过现代性的统一思想，并且通过汉语这一统一的表述形式，将民族自我意识转化为现代民族国家——中华民族现代意识的有机组成部分。"④

---

① 何其芳：《少数民族文学史编写中的问题》，《文学评论》1961年第5期。
② 参见《全国少数民族文学史编写工作座谈会在北京召开》，《民族文学研究》1985年第1期。
③ 《中共中央宣传部、中国社科院、国家民委、文化部关于转发〈1984年全国少数民族文学史编写工作座谈会纪要〉的通知》，参见邓敏文《中国少数民族文学史的建设历程》，《民族文学研究》1994年第1期。
④ 吕微：《中国少数民族文学史研究——国家学术与现代民族国家方案》，《民族文学研究》2000年第4期。

1984年11月在北京举行的"第四次全国少数民族文学史编写工作座谈会"通过了中国社会科学院少数民族文学研究所关于编辑出版"中国少数民族文学史、文学概况丛书"和"中国少数民族文学资料丛书"的计划，确定丛书按族别划分，"各民族单独编写，各自成卷"。到了1986年，"中国少数民族文学史、文学概况丛书"被全国哲学社会科学"七五"计划列为重点项目。当年底，中国大陆的少数民族已有45个建立了本民族文学史或文学概况编写组。其中，苗、藏、白、蒙古、纳西、布依、彝、壮、瑶、傣、水、维吾尔等民族的文学史或文学简史已先后正式出版或即将出版。①

第三，构建多民族各具特色的文学体系。在新时期国家政策推动下重新确认现代中国55个少数民族的文学传统皆应入史的决定之后，按族别为单位的众多文学以何入史就成了阐释各民族文学史（或文学概况）的新难点。对于以民族团结为立国之本的现代中国而言，各民族文学史的撰写标志着一个重大转折，其担当的使命是唤起国民对不同民族的文学认知从平面之"流"向纵深的"源"的回溯与延伸，从而形成各民族互为春秋、各显其长的厚重对应。由此一来，对多民族文学的评价就不再是仅以小说、诗歌与戏剧乃至作家数量与文字出版物的多少等现代样式为尺度的单一坐标，而将复原并尊重各自不同的文学类型、艺术准则和历史逻辑，也就是在审美实践上认可作为复数的"多文学"。此中关涉的问题繁多，不妨以《藏族文学史》为个案稍作分析。

如果可以把藏族文学视为藏族文化的组成部分、把对藏族文学的整理研究归入藏学系统的话，即可以说对藏民族文学传统的历史阐释由来已久，如藏族学者自13世纪后对《诗镜》等域外文论的引进和评论以及近代中外藏学家对藏族民间故事、藏戏和仓央嘉措情歌等的译介便是如此；即便是现代意义上立意明确、篇章完整的《藏族文学史》，也在20世纪50年代后期即已作为新中国少数民族文学史工程的首批立项正

---

① 邓敏文：《一项具有战略意义的基础工程：〈中国少数民族文学史、文学概况丛书〉编纂情况报告》，《民族文学研究》1986年第6期。

式启动。1958年7月,中共中央宣传部下发的文件责成《藏族文学史》的编写由中央民委负责,西藏、四川、青海等省区协助,建立跨地域的专门机构合作进行。① 其中的参与者既有藏族出身的学者,亦有通晓藏语的汉族专家,还包括20世纪以整理出版《第六世达赖喇嘛仓央嘉措情歌》而著名的于道泉等。

从学理上说,编写文学史首先要解决的基本问题是确立文学的界定,亦即回答文学是什么。这问题在晚清以降有关中国文学史编撰的新潮里就激起过不断的论争。围绕汉语"文学"的解说众说纷纭,长期未定。到了20世纪的新时期,大陆采用的界定大多来自建立在现代性基础上的主流话语,高校通用的教材和新版《现代汉语词典》都把文学解释为"用语言反映现实的艺术"。1986年印行的《中国大百科全书》把"文学"词条界定为"专指语言艺术的美学术语",阐释说:

> 文学是艺术的基本样式之一。它以语言文字为媒介和手段塑造艺术形象,反映现实生活,表现人们的精神世界,通过审美的方式发挥其多方面的社会作用。因此,通常人们称文学为语言艺术。②

在对文学包括的相关分类上,与当时流行的其他大多词典、教材一样,《中国大百科全书》也采用"四分说",认为文学的样式主要体现为诗歌、小说、散文和戏剧。在与"西方许多民族叙事文学发展较早"相比后,该词条还指出中华民族的文学特点在于"抒情文学特别兴盛",其中的《诗经》《楚辞》及唐诗、宋词等是永远的骄傲。③ 基于这种笼统的"文学"解释,中国新时期少数民族文学史的撰写实际未涉及晚清至五四那样对"文学"意涵的跨文化论说。结果是要么对

---

① 《中共中央宣传部关于少数民族文学史编写工作座谈会纪要》,1958年7月,中国社会科学院少数民族文学所编印:《中国少数民族文学史编写参考资料》,1984年。
② 杜书瀛:《文学:〈中国大百科全书〉条目之一》,《扬州师院学报》1986年第1期。
③ 杜书瀛:《文学:〈中国大百科全书〉条目之一》,《扬州师院学报》1986年第1期。

各民族存在自身文学意涵的无视，要么便是对汉语"文学"的简单照搬。

在1985年出版的《藏族文学史》中，对作为核心概念的"文学"词义做了模糊暧昧的处理，值得分析。或许限于编写体例，全书没有设专节对藏族的"文学"加以解释，看上去似乎放弃了从族别文学角度对这一词语的界说权。然而该书的"前言"却通过指出在以往长期的藏学领域中"没有今天科学意义上的'文学'这个概念"的事实，揭示了"文学"一词的外来性、借用性，从而也就暗示了此概念在跨族别书写中的差别和不对等性。据此，作者把藏族文学归为藏学的组成部分，特点是"文史哲合璧"，从而不仅"在文化上有重要地位"，并且"在学术上有重要价值，在现实生活中有重要社会作用"。① 在接下来的篇章中，编撰者没有生硬遵循汉语学界对"文学"词义的界定，按"四分法"类别来做划分，而是依照藏族传统的自身类别及其与宗教信仰紧密关联列入了"伏藏"、"大藏经"以及"卜辞"、"道歌"、"佛经故事"、"史传文学"等专节，而且给予民间"口头文学"与作家"书面文学"几乎等同的地位，使藏族文学的历史长河呈现为双轨并立的贯穿整体，而不是同期汉族文学史叙事通常呈现的口头与书面、民间与作家的失衡或割裂。对此，著者并非随意为之而是有着清醒的判断。该书一方面指出作为藏族人民精神世界的反映，他们的文学几乎都具有明显的宗教观点，没有宗教色彩的作品的确是"凤毛麟角"；另一方面强调民间文学和作家文学是藏族文学的两股洪流，二者交错，"汇成了藏族文学的海洋"。②

不过尽管对藏族传统的独特性有一定揭示，《藏族文学史》的表述整体上还是对"文学"的汉语意涵、标准及分类表示出推崇和紧跟，不但在开篇即以藏族"作家文学"问世早、数量多，"居少数民族之

---

① 中央民族学院《藏族文学史》编写组：《藏族文学史》，四川民族出版社1985年版，"前言"第2页。

② 中央民族学院《藏族文学史》编写组：《藏族文学史》，四川民族出版社1985年版，"前言"第15、22页。

冠"和"仅次于汉族"自豪,而且还把许多文史哲不分的古代作品被当作文学入史称为"赋予荣誉"。①

这样的判断还可讨论。新时期以后,汉语学界即已展开对"文学"定义的再度论争,涌现出以审美论的"情感评价"说替代反映论的"意识形态"说等多种主张,②有的甚至提出既有的定义源于西方,受困于仅以诗歌、小说和剧本为样式的体裁划分,从而导致文学在多媒体时代陷入边缘化危机,摆脱之法唯有回归汉语固有的文学界定。③既然如此,同样的反思、质疑何妨不能同步出现于中国多民族内部的"文学"辨析?

回到藏汉差异。对于彼此间有关"文学"的解释分野,其实在20世纪上半叶就有了相关阐述。例如被称为藏学泰斗、中华人民共和国成立后任过中国佛协会会长的喜饶嘉措就在各地讲学、同汉族文人卢前(冀野)等的交往中,作过深刻阐发。双方交流的成果被记入卢氏所著的《民族诗歌论集》。该书于1940年出版,其中第二章"边疆文学鸟瞰"首节便以"西藏诗说"为题,论述了藏汉不同的源流和类型。诗歌方面,著者解释说"藏人称诗为'连雅',其源盖出于印度","与中土歌诗之出于民间者不同",且自萨嘉派执政——即中土的元代起,"每代皆有名诗人辈出"。不仅如此,在"文学"原理上,藏人的理论出自印度"五明"。因在整个知识体系中位置不同及其对人生的意义有别,所谓"五明"还有大小之分,"诗"的地位属次一等。由此而言,诗人——文学家的地位也不太高,属"凡人""外道"之列。对此,该书——向汉语读者——做了简要介绍:

  所谓大五明者:内明、声明、因明、工巧明、医方明也。小五

---

① 中央民族学院《藏族文学史》编写组:《藏族文学史》,四川民族出版社1985年版,"前言"第13页。

② 参见钱中文《文学理论中的"意识形态本性论"》,《文学评论》1984年第4期;童庆炳《谈谈文学性》,《语文建设》2009年第3期。童庆炳的文章指出:"80年代初掀起的'美学热'的滚滚浪潮,使大家在讨论中逐渐形成了文学的特性是审美的共识。这就是说,审美是区别文学与非文学的根本特征。那么什么是审美呢?审美,最简明的概括,就是情感的评价。"

③ 张法:《从中国文化资源重新定义文学》,《学术月刊》2012年第5期。

明者:诗明、典故明、戏技明、修辞明、星卜明也。诗实为小五明之一,唯"大什伴达"能兼通十明,"什伴达"云者,犹言"智慧"也。佛教徒治大五明者多,而凡人或外道习小五明者多,是为"小什伴达"。①

作为20世纪三四十年代"江南文化圈"的"极为活跃"人物及先后任教于金陵大学、暨南大学和中央大学的教授,卢前专长于文学艺术的教学研究,1930年就出过题为《何谓文学》的论著。他对文学的界定强调思想、情感与审美结合,体裁主要包括的就是诗、散文、小说和戏剧。一位具有如此理论背景的知名学者竟还能在后来的著述里,辟出专章容纳并阐释与汉地有别的西藏诗学,实属不易,也与作者所处的社会背景和人际交往有关。卢前的解说并非独自形成,而是源自喜饶嘉措的讲授。这在其《民族诗歌论集》里即以"喜饶嘉错大师为余言"做过交代。② 因此其中的解说可视为对藏族文学(文论)自我界定的转述。其不但展示了藏族文学的缘起特征,而且体现了汉藏之间的内在区别与跨界交流。双方的差异十分显著。若以藏学信奉的"五明"分类来看,如果可与现代汉语的"文学"勉强对应的话,包括诗歌、典故及修辞、戏技在内的一切"小五明"都不过只是智慧修行的次级种类和过渡中介而已,人生的终极目标理当超越于此,抵达"内明""因明"等更高阶段。

可见,在多民族中国的共同体内,各民族之间对"文学"词义阐发的不同,不但关涉知识体系的差异,而且指向以各自传统为基础对人生目标的不同理想和境界。在这方面,20世纪前半叶卢前等人对西藏诗歌与五明关系的转述做了铺垫,20世纪50年代开始启动的各民族文学史编写给予有力推进,继而在新时期激发更内在的转变,那就是各民

---

① 卢前:《民族诗歌论集》,1940年,收入《卢前文史论稿》,中华书局2006年版,第282页。
② 卢前:《民族诗歌论集》,1940年,收入《卢前文史论稿》,中华书局2006年版,第283页;另可参阅卢偓等《喜饶嘉措在内地传播藏族诗学的历史见证——从卢前诗作看民国期间喜饶嘉措对国家所做的重要贡献》,《西藏大学学报》2006年第3期。

卢冀野著《民族诗歌论集》（1940年）

族群体身份的觉醒和提升。

第四，彰显族别文学的主体身份。新时期多民族文学传统交汇呈现的顺应成果，是多民族意识的再度彰显，也就是在一个范围更大同时也有边界的文化共同体中，通过互为他者的交流并置，形成并互衬出平等对应的多元主体。这一态势的最突出方式，常常就是创作或阐释者采用的第一人称。此苗头在同一时期部分中国少数民族文学史的表述即已露出端倪。如与前述《藏族文学史》同期完稿但稍晚出版的《彝族文学史》便通过编撰者的第一人称出场，彰显了"我们"的族别主体性。该书"绪论"陈述并追问说：

> 要发展彝族文学，就必须发展彝族文化。文化是比文学更宽泛的概念。我们已经有了自己的三代作家，他们借助汉语进行文学创作。我们能否培养出新一代的作家，让他们用我们自己民族的语言，反映我们民族自己的生活呢？①

---

① 李力、李明等编：《彝族文学史》，四川民族出版社1994年版，"绪论"第35页。

在这段落反复出现的"我们",标志着多民族中国文学关系史上的重大转折。第一句借用并模拟那个年代汉语写作的惯常方式,采用无人称、无族别表述,使对发展彝族文学与文化的宣称貌似超越界别的真理,既客观公允也毋庸置疑。接下来告诉世人彝族已有三代作家时亮出"我们",则使话语接受者——读者和听众同时包含了本民族成员及族外"他者"。这样,在最后对能否培养出新一代彝族作家的询问时,"我们"的指向就有了多重之维,既是面对彝族成员的自我追问,同时又是朝向彝族之外的恳切征询。问询的核心聚焦在一个核心点上,即能否——在文学里体现:"我们"自己的民族、自己的语言和自己的生活?

此处"我们"以民族主体身份的隆重出场,至少包含三重解读。首先是在以汉语普通话标准语的格局里,把"我们"的文学写给自己看,从而即让彝族文学的母语世界在汉语表述里再现出来,同时使或许已丧失了母语能力的那部分彝族同胞通过汉语恢复对自我传统的了解、掌握。其次是"我们"把自己的文学写给他人看,从而帮助多元一体的各兄弟民族了解彝族。最后,我们自己把有别于他者的传统展示于整体的中国文学之中,通过比较交流,参与创建多民族国家"不同而和"的文学与文化体系。

这样,结合新时期以改革开放为动力促成的社会推进而论,可以毫不夸张地说,《彝族文学史》撰写者以主体身份推出的提问,堪称多民族中国在20世纪后半期涌现的时代之问和身份觉醒。这样的问题既问向特定族别,更抛给了多民族共同体的所有成员,象征着以往被长期代言的少数民族表述,开始迈向自我确定的主体呈现,以及以此为基础的相互比较和对话交流,落实新时期全国文联新章程提出的"加强各兄弟民族间的文化交流"目标,以多元主体为前提,"相互学习,共同提高"。

1986年,朝鲜族学者尹虎彬在《民族文学研究》撰文论述"新时期少数民族文学发展",指出其中呈现的重要特征就是"民族自我意识的觉醒"和"民族意识的强化"。[①] 作者以"没有民族特色就没有少数

---

① 尹虎彬:《论少数民族文学创作中的民族意识与现代意识》,《民族文学研究》1986年第4期。

民族文学"为前提，强调与新时期关联的时代转变，在于民族性的表现形式已转向精神文化和民族意识之中。尹虎彬列举的案例包括老舍的晚期作品《正红旗下》及张承志对穆斯林的文化书写，认为即使作为满族、回族成员——民族母语等表面特征已经消失，但当"感悟自己胸中流淌着祖先的血液时"，也照样激起"反映本民族历史命运的强烈的创作欲"。结合中国新时期的深刻变革，尹虎彬提出在社会历史的阵痛、嬗变中，少数民族文学担负着重大的历史任务，即："再造民族灵魂。"①

在这点上，彝族诗人吉狄马加更为响亮的诗作《自画像》堪称最佳象征。在20世纪80年代创作的诗歌里，诗人先轻声诉说生世，"我是这片土地上用彝文写下的历史/是一个剪不断脐带的女人的婴儿"，接着以一连串对照排比揭示出"我"重叠凝重的文化身份；最后面朝世界，将彝人的族别做了豪迈高昂的宣称——

> 其实我是千百年来
> 正义和邪恶的抗争
> 其实我是千百年来
> 爱情和梦幻的儿孙
> 其实我是千百年来
> 一次没有完的婚礼
> 其实我是千百年来
> 一切背叛
> 一切忠诚
> 一切生
> 一切死
> 啊，世界，请听我回答
> 我—是—彝—人！②

---

① 尹虎彬：《论少数民族文学创作中的民族意识与现代意识》，《民族文学研究》1986年第4期。
② 吉狄马加：《自画像》，《凉山文艺》1984年第11期；诗作收入作者诗集《初恋的歌》，四川民族出版社1985年版。

· 353 ·

几年以后,吉狄马加在《民族文学》杂志发表诗歌创作谈,依然凸显了自己的族别意识,强调说:"我写诗,是因为我的父亲是彝族,我的母亲也是彝族。他们都是神人支呷阿鲁的子孙。"① 如果说吉狄马加在诗中凸显自己身份主体还只是个人行为的单向表达的话,接下来诗人包括《自画像》在内的作品接连获得全国少数民族文学"骏马奖"和"中国作协新诗奖"等则表明赢得了时代的接纳认同。1985 年末,主持"骏马奖"评选的国家民委领导指出,评奖检阅了民族文学创作的成果,获奖作品"深刻反映了各民族悠久的历史进程和丰富的现代生活,具有强烈的时代精神和浓郁的民族特色"。②

结合以"第一人称"凸显民族身份的文学史书写案例,再将视野扩展至全球,还可见出新时期中国少数民族文学家们民族意识的觉醒、强化,一方面与 20 世纪 80 年代世界性的反殖民话语兴起及原住民浪潮同步;另一方面甚至比"美国国立印第安博物馆"(National Museum of the American Indian)的"第一人称"表述早了几乎一代。后者于 2004 年在华盛顿国家广场建成开馆,无论物象还是文字都以第一人称"我们"陈述,向世人展示印第安人自己的文化和历史。通过从"他者"到"我们"的主体更换,"不仅象征着原住民身份的自我确立而且意味着表述与被表述关系上的主次还原"。③

第五,创办交相呼应的民族文学期刊。前面说过,吉狄马加展现的身份主体意义不仅在于作者个体的独自表达,更在于国家奖项的连续认可和官方传媒的全国性传播。值得进一步指出的是,诗作《自画像》等首发并非北京、上海那样的中心地带,而是作者家乡、远在四川西南山区、离成都也还有数天公路旅程的凉山彝族自治州首府所在地——西

---

① 吉狄马加:《一种声音——我的创作谈》,《民族文学》1990 年第 2 期。
② "骏马奖"即全国少数民族文学创作奖,1981 年由中国作家协会和国家民族事务委员会联合创设,自 1994 年第 5 届后冠名为"骏马奖"。参见任英《在第二届全国少数民族文学创作评奖发奖大会上的讲话》,《中国民族》1986 年第 2 期;以及《中国作家协会第三届(1985—1986)新诗(诗集)评奖初选揭晓》,《诗刊》1988 年第 3 期。
③ 徐新建:《熔炉里的太阳花——美国国立美洲印第安人博物馆的特质与象征》,《民族艺术》2016 年第 3 期。

昌，刊载的杂志叫《凉山文艺》。

《凉山文艺》在 1987 年改名为《凉山文学》，由凉山彝族自治州文联主办，双月出版，国内外公开发行，刊号分别为"51－1121/I"与"1006－0790"，宗旨是：

> 以培养凉山彝族及其他彝族地区的文学作者为己任，以发展民族文化为宗旨，以繁荣文学事业为目的。展示凉山民族历史文化及新时期改革开放的风采，推动凉山民族文学创作的繁荣。[1]

更为重要的是，自 1980 年起《凉山文学》便以彝汉双语的形式出版，不但让吉狄马加这样的新一代诗人用汉语写作走出凉山、走向全国乃至迈向国际，并且通过"全中国唯一公开发行的彝文文学刊物"平台，让彝族的母语文学在新时期得到突破性进展，凝聚起一支以彝语开拓民族文学的新生力量。从而"以具有彝民族特色的思维方式和表达方式，从本民族悠久历史的积淀中去探索认识自己的民族文化和民族精神"。时至 1990 年，以季刊周期出版的《凉山文学》彝文版总况如下：

> 出刊 38 期，390 万字，总发行 15 万份，刊发不同体裁的文学作品有：诗歌 518 首，故事 232 篇，传统民歌 199 首，小说、散文 199 篇，译作 218 篇，评论 24 篇，歌曲 7 首。[2]

对此，获得全国少数民族文学创作骏马奖的彝族作家时长日黑发挥说，"一个没有自己民族文学的民族，是不可能成为世界先进民族的"；而一个没有母语文学的民族，其文学和文化将是惨白、残缺和断裂的。[3]

---

[1] 凉山彝族自治州文联主办，《凉山文学》2021 年第 3 期，中国知网，https://navi.cnki.net/knavi/journals/LSWX/detail。

[2] 阿鲁斯基：《规范彝文促进彝族文学繁荣》，参见伍精华等《祝贺〈彝文规范方案〉推行 10 周年笔会》，《民族语文》1990 年第 3 期。

[3] 时长日黑：《当代彝文文学发展的园地：在〈凉山文学〉彝文版创刊 30 周年庆祝会上的发言》，《凉山文学》2011 年第 4 期。

主管《凉山文学》的州文联主席倮伍拉且则做了双向互补的对应总结，指出一方面，"《凉山文学》彝汉文版，发表过几乎所有凉山作家们的作品，许多在州内外，省内外，甚至国内外有影响的作家们最初也起步于《凉山文学》杂志"；另一方面，同一时期的凉山作家们"在北京、在成都、在全国各地文学刊物上发表各类文学作品，参加各种文学笔会，与外界产生了广泛的联系和交流"。①

中国新时期以凸显和繁荣民族文学为己任的《凉山文学》并非孤例，而是成批涌现的众多同类期刊之一。在20世纪80年代末，以各民族文字和汉文出版的少数民族文学期刊已达五六十种。② 其中，刊名在1978年再度恢复为《草原》的内蒙古自治区文联机关刊物，与中国当代少数民族文学的进程紧密相连，被称为蒙古族文学的"发展见证"。③《草原》的前身最早是创刊于1950年10月的《内蒙文艺》，1954年改名《内蒙古文艺》后连载过蒙古族作家玛拉沁夫的长篇小说《在茫茫的草原上》以及时任自治区文联领导的布赫论述积极发展内蒙古民族文化艺术的文章。④ 1957年，在与艺术类的演唱与曲艺分离后，《内蒙古文艺》更名为《草原》继续出版，进一步突出了刊物的文学性，并在新发布的"稿约"里对创作类作品做了具体规定，即：诗歌、小说、散文、特写、剧本以及民间文学和古典文学。到了1978年，历经"文革"劫难后的这份内蒙古自治区"老资格"文学刊物再度以《草原》名称面世，并发出"解放思想，繁荣创作""纵情歌唱新时期"的时代呼唤。⑤

2010年10月，《草原》出满555期，作为创办时间仅比《人民文学》晚一年的新中国文学刊物，它迎来了自己的60周年纪念。因

---

① 参见倮伍拉且《60年，与新中国同行》，凉山州文联、凉山州作家协会编《凉山当代文学作品选》，四川民族出版社2009年版。
② 白崇人：《少数民族文学事业繁花似锦》，《中国民族》1989年第10期。
③ 陈祖君：《论汉语文学期刊影响下的中国当代少数民族文学》，中国社会科学出版社2011年版，第152页。
④ 玛拉沁夫：《在茫茫的草原上》，《内蒙古文艺》1955年9—12月号；布赫：《积极发展内蒙古民族的文化艺术》，《内蒙古文艺》1954年8月号。
⑤ 郑广智：《解放思想，繁荣创作：为实现新时期的总任务做出更大贡献》，《草原》1978年第4期；本刊编辑部：《纵情歌唱新时期的总任务》，《草原》1978年第2期。

创办时间长、在全国影响大,编辑们自豪地将其誉为内蒙古自治区各民族的"作家摇篮",评价说该刊为自治区以及国家的文学事业所做的贡献无可估量,并用充满诗意的语言对《草原》的"文学梦想"做了提升:

> 60年的风雨历程,60年的文学梦想。内蒙古的文学事业因为《草原》而更加壮丽辉煌;《草原》也因为立足大草原,其视野更加开阔,胸怀更加宽广。

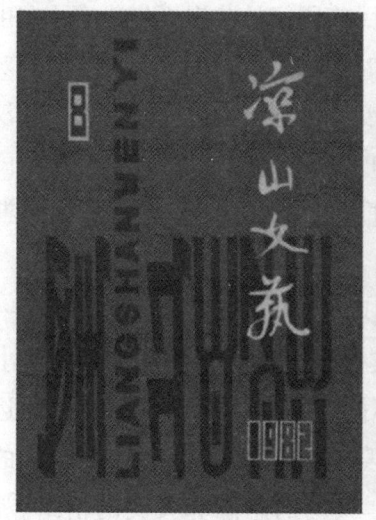

中国新时期民族文学刊物一瞥:《凉山文艺》和《草原》

在多元一体的国家格局里,立足内蒙古、开拓自治区民族文学事业还只是《草原》发挥的期刊功能之一,更为重要的是,在长达半个多世纪的时期里它还面朝草原之外开放,形成了全国性多民族文学跨界联通的交互平台,不但云光照、扎拉嘎胡、玛拉沁夫等好几代内蒙古作家在这里起步,内地著名作家茅盾、老舍、曹禺、林风眠、叶圣陶、田间、翦伯赞、郭沫若等也先后在《草原》发表作品;1985年起开辟的"北中国诗卷"栏目更"吸引了中国诗坛几乎所有诗人的关注",引来顾工、公刘及北岛、顾城、杨炼、江河、海子等新时期诗坛实力派的纷纷参与。① 这种通过文学期刊达成的跨界交往及双向组合，促进了中国多民族文学在新时期既彰显民族和区域特性同时又注重彼此观照、同步竞争的时代特征。

自梁启超等维新志士在光绪二十八年（1902）创办《新小说》以来，具有现代意义的文学期刊已在中国走过了好几个不同的历史阶段。文学期刊的出现不但改变了文学作为审美知识的生产结构，使作家的社会地位显著提升，而且催生了具有现代功能的"期刊文学"，形成了包括创、编、读、评多位一体的新型"文学场"与"文学界"。需要特别提出的是，随着对中国作为统一的多民族国家的共识逐步达成，在由晚清民初至新中国创建直到改革开放新时期的历史转型中，文学期刊对现代文学界的创建也发生重大的结构改变，呈现出由以往较为单一的汉民族中心向多民族共存呼应的整体延伸。在国家层面，1981年以中国作协名义创办的《民族文学》堪称此进程的又一历史里程碑和新时期多民族文学拓展的时代象征。

回顾历史，1949年创刊的全国文联刊物《人民文学》宣告了一个新的"群众时代"到来和"人民的文艺"开始。用周扬在创刊号上发表的话说，这个时代与过去的最大不同，是"人民已成为自己命运的主人"，因此文艺应更多地"在人民身上看到新的光明"，新时代的文学将反映人民的斗争、人民的思想、人民的意志和人民的情绪。② 至此，"人民"成为新中国定位并引导文学的政治修辞，在其基础上诞生的文学期刊自然就当是以人民为中心、"为人民服务"的精神园地。对于"人民"的所指及其范围、边界，《人民文学》的"发刊词"做了对照式说明，那就是与帝国主义者、封建阶级和官僚资产阶级为代表的反动派进行英勇斗争的革命政党和广大群众。可见，作为新时代的全国性期刊，《人民文学》所要的凝聚、服务与形塑的文学人群，是按社会阶级与意识形态信仰划分的国内群体。不过即便如此，仍同时为多民族并

---

① 《草原》杂志社：《〈草原〉杂志简介》，2010年10月8日。资料来源："草原文学月刊的博客"，http://blog.sina.com.cn/s/blog_ad496f5301018uvx.html。
② 周扬：《新的人民的文艺》，《人民文学》创刊号，1949年第1期。

存的国情留了余地。在茅盾撰写的"发刊词"里,刊物列举的六项任务即有专门一项是要"开展国内各少数民族文学运动"。①

到了1981年,《民族文学》在新时期突出民族团结、强调共同发展的背景下创刊,选用"民族"作为文学的政治修辞语,与中华人民共和国成立时期选用的"人民"一词并置,体现出国家层面的观念拓展和话语延伸,意味着"中华人民共和国"国号所含关键词在修辞对称上的进一步完备。前者凸显"人民共和",后者指向"中华民族";而中华民族的意涵亦有了层次上的扩展,在费孝通等民族学家提出的"多元一体"新格局框架下,既代表现代中国的多民族整体,又指向共同体内部包括汉族在内的各民族。② 在此意义上可以说,从《人民文学》到《民族文学》体现着中国多民族文学历史阶段的演进,前者标志阶层的更替,后者展现族别的联结。二者都在以文学创建国家、凝聚国民的历史中发挥出互补并存的独特功用。

2009年,为配合中华人民共和国成立60周年华诞,《民族文学》推出纪念专号。国务院总理专门为此题词:"办好民族文学,促进民族团结进步"。其他多位具有少数民族身份的国家领导人分别用蒙古、维吾尔和藏文字题写贺词,表明了对此事业的肯定和支持。杂志封二整版图片精心选用了55个少数民族的作家代表彩照,题记是:"全国少数民族作家'祖国颂'创作研讨班55个民族作家代表剪影"。③ 这种多民族作家会聚一堂的画面传达了重要的视觉象征,即:文学并置,国家统一;各族均等,全体在场。④ 与此同时,《民族文学》增扩了蒙古文、藏文和维吾尔文的少数民族文字版(简称"民文版")。作协领导及媒体报道称,《民族文学》"民文版"是中国少数民族文学史上"值得记载的大事",是向共和国60华诞献上的一份"厚重的文化贺礼",同时是"少数民族母语创作的新平台"。⑤ 到了2013年,随着哈萨克文、朝

---

① 茅盾:《发刊词》,《人民文学》创刊号,1949年第1期。
② 费孝通等:《中华民族多元一体格局》(修订本),中央民族大学出版社1999年版。
③ 参见《民族文学》2009年第10期插页。
④ 徐新建:《表述与被表述:多民族文学的视野和目标》,《民族文学研究》2011年第2期。
⑤ 俞灵:《民族文学〈民文版〉:打造少数民族母语创作新平台》,《中国民族报》2009年9月18日。

鲜文版的加入,《民族文学》"民文版"的数量增至5种。为此,《文艺报》发表专文指出,"民文版"的创办是立足于一个不容忽略的现实,即在蒙古族、藏族、维吾尔族、哈萨克族和朝鲜族等少数民族中"存在着大量的母语写作者和读者",如"在维吾尔族作家中,以维吾尔文创作的占98%以"上,而以蒙古文创作的蒙古族作家的作品,"质量不亚于本民族的汉文创作"。① 文章进一步强调:

> 文学是体现各民族精神与文化的重要载体,通过文学这个媒介,大家互相交流、沟通,各民族之间可以进一步凝结在一起,共同进步。少数民族文学,既显在也潜在地对民族国家的统一与建设发挥着政治与文化的作用。而《民族文学》少数民族文字版的创办,将这种作用和影响又向更深广的层面推进。②

1949—2009:《人民文学》创刊号与《民族文学》民族文字版

就这样,新时期营造的时代氛围开启了中国多民族文学的系列变革。变革以族别共存为前提,涉及文学观念、文学史撰写以及文学期刊平台等多个层面,从路线复归、国策改革到话语转型直至实践拓展,既自上而下又上下互动,几乎重新构铸了中国文学的多样性格局。

---

① 石一宁:《〈民族文学〉少数民族文字版的意义》,《文艺报》2013年12月4日。
② 石一宁:《〈民族文学〉少数民族文字版的意义》,《文艺报》2013年12月4日。

二 新交流催生新跨越

20世纪80年代中国新时期呈现的时代主潮是双重变奏。一个声部是改革，另外一个是开放。改革主导内省，拨乱反正；开放重启国门，融入世界。于是，经过几乎一代人的隔绝，以中美建交及中华人民共和国恢复在联合国席位等为标志，中国再度与欧美各国相互交往。伴随着西方各学科新观念、新方法和新理论的不断引进，堪称新一轮"西学东渐"的浪潮再次推动了多民族中国的对外交流。并且，如果说改革主导的社会变迁主要由政治人物引导从而更多体现为国家、政府的官方行为的话，由开放推动的对外交流则因与学术相关而逐步延伸到科研、教育及创作领域，激活了高等学府、科研机构、学会团体与作家诗人的多重参与，形成自晚清以来中西对话的又一次高峰。

在新时期对外交流中对多民族文学发展产生重要影响的，首推比较文学与世界文学的视野扩展。

1983年夏，首届中美比较文学双边会议在北京举行，中国社会科学院副院长钱钟书代表中方致辞，强调中美双边的比较有双重目的：既比较"文学"也比较相互有别的"比较文学学者"。他预言这种双边和双重的比较将是长期的，范围会一次比一次广，理想也会一次比一次更接近。①

钱钟书（1910—1998）早年就读清华大学外文系，20世纪30年代考取英庚款留学，先后在牛津和巴黎大学深造，研修西方文学，回国后开始小说写作，1946年出版短篇集《人兽鬼》，接着发表影响深远的长篇小说《围城》与美学论著《谈艺录》，是跨越研究、创作及时代的学者型作家。1979年，在中断流传三十后，《围城》英译本以 Fortress Besieged 之名在西方出版。次年，汉文本由人民文学出版社再版。读书和评论界不久便掀起了一场波及广泛的"围城热"。哥伦比亚大学夏志清教授在专著《中国现代小说史》列专章论述《围城》，认为

---

① 钱钟书：《在中美比较文学学者双边讨论会上的发言》，《中国比较文学》1984年第1期。

《围城》是中国近代文学中最有趣和最用心经营的小说，可能亦是最伟大的一部。[1]《纽约时报》发表史景迁的书评，称《围城》是一部才华横溢的艺术杰作，其英译本的出版，将改变西方人对现代中国文学的看法。法国汉学家西蒙·莱斯认为，钱钟书无可辩驳地是中国文坛最引人注目的、最出色的人物之一。中国大陆学界则结合新时期时代背景，强调"改革开放使《围城》在中国内地重见天日"。[2] 剧作家柯灵评论说，"四人帮"锁国十年，实行严格的文化封闭政策，"结果只挡住了自己的视线，蒙不住别人的眼睛"。如今《围城》"倦游归来，蜚声国际，举世传诵"，可谓"老树新葩，正是阳春的景象。"[3]

《围城》的主题意象取自法国谚语："城外的人想冲进去，城里的人想逃出来"，里面的主人公也不是在现代主流的中国文学史所习见的政治明星或时代英雄，更不是"文革""三突出"理念形塑的高大全人物，而是方鸿渐那样因留洋归来而诸多不适、远离时代甚至与世脱节的知识分子，因此不但刻画出现代中国与外部世界交往中呈现的另一类形象缩影，同时也提供了关涉更大时空的文学隐喻。正如有评论指出的那样，《围城》的笔触超越特定的历史对象，"指向整个人类存在和人生这个庄严的题目本身"，作品的讽刺与批判"基于一种文化哲学和人的存在哲学而非某一确定的政治信仰和阶级观念"，因而"对几个世纪以来占支配地位的理性—乐观主义、英雄—浪漫主义的人生观念提出了质疑和挑战。"[4]

随着"围城热"的波及及其引出的观念更新，文学界——包括批评、读本和教材——不但开始改变对既有文学名家及经典的排序并且掀起了一波波重写文学史浪潮。紧接在钱钟书之后，在汉语文学史书写中因名誉恢复而备受关注的突出人物便有沈从文、金庸、张爱玲，以及他

---

[1] Hsia, Chih-Tsing, *A History of Modern Chinese Fiction*, 1917—1957, New Haven: Yale University Press, 1961, p. 441.

[2] 何启治:《〈围城〉曾经沉寂30年》,《全国新书目》2010年第3期。

[3] 柯灵:《钱锺书的风格与魅力：读〈围城〉、〈人兽鬼〉、〈写在人生边上〉》,《读书》1983年第1期。

[4] 解志熙:《人生的困境与存在的勇气：论〈围城〉的现代性》,《文学评论》1989年第5期。

们代表的边城写作、武侠小说和言情文学。

在此意义上,作为中西交汇的积淀成果,《围城》本身即可归为一种比较文学现象。其中包含的中外会通及人们看待它的应有视野都已超出一国边界和时代樊篱。尽管该作在 40 年代即已问世并产生过影响,其于新时期的重返却标志着中西之间在文化交往及文学超越上的又一轮复归。由此再结合钱钟书对比较文学的学理阐述,便更能理解那一代学者在改革开放后积极鼓动中外比较的初衷与动力。依照钱钟书的看法,比较文学的价值是帮助人们在各民族(国家)交互体系中知己知彼,考察彼此系连,交互映发,"不但跨越国界,衔接时代,而且贯穿着不同的学科";[1] 通过发现社会人类学上所谓的"文化多样"和"结构相对",[2] 最终达成人类"文心""诗心"的相互打通——"以中国文学与外国文学打通,以中国诗文词曲与小说打通。"[3]

北京大学乐黛云说过,比较文学在中国的复兴以钱钟书巨著《管锥篇》在中国新时期(1979 年)的出版为标志。钱著的最大贡献在于纵观古今,横察世界,"突破各种学术界限(时间、地域、学科、语言),打通整个文学领域"。[4]

Comparative literature 被译为汉语的"比较文学",其既是观念、方法和学科,同时也是指向实践的话语,是彼此观照中的发明和发现。比较意味着面对差异,承认差别。在由西方引进的比较文学原理中,无论法国学派的"影响研究"还是美国学派的"平行研究",都强调不同文学的交往和并置,也就是关注"间性"(inter-)与"关联"(connection)。对于中国文学的现代进程而言,比较文学在新时期的再度兴起,强化了文学的空间属性与共时结构,使之成为流动的共时整体,而不是以特定区域为中心自我进化的时间流程,彼此间的文学差异也不再简单地等同于先进与落后、高等与初级或革命取代式的否定之否定。

---

[1] 钱钟书:《诗可以怨》,《文学评论》1981 年第 1 期。
[2] 钱钟书:《在中美比较文学学者双边讨论会上的发言》,《中国比较文学》1984 年第 1 期。
[3] 罗厚辑注:《钱钟书书札书钞》,《钱钟书研究》(第三辑),文化艺术出版社 1992 年版。
[4] 乐黛云:《中国比较文学的现状与前景》,《中国比较文学年鉴·1986》,北京大学出版社 1987 年版。

扩展来看，比较文学在新时期所起的重要作用，是为中国文学再度突破故步自封的自我中心及对外封闭的偏狭局限，回归世界格局的关联整体，通过跨界比较，重建自己的坐标与位置；继而以国别文学的对话交流为基础，迈向由亚洲文学、欧洲文学、非洲文学、大洋洲和美洲文学等构成，以"只有一个地球"为前提之统一地理意义上的"世界文学"了。①"世界文学"的观念整体及其理想远景使中国文学不再是人类文学的唯一，而恢复为其中的相关部分。这为重新确认文学在国别、地域乃至文化上的多元性起到了新的奠基作用。它的历史意义一如乐黛云指出的那样，"经过长期的封闭与隔绝，我们特别需要以世界文学为背景，以他种文学为参照系统，重新估价自己，重新认识自己"。目的在于使中国文学及其相关理论"完成重大突破，走向更高阶段"。②

接下来，随着认识与实践的推进，新时期比较文学的视野也不再限于长期遵循进而几乎板结化了的中西对照，而逐渐扩展至南亚、中东、非洲乃至多民族国家内部的各民族之间。

1983年7月中旬，北京大学季羡林教授为新创刊的《中国比较文学》杂志题写发刊词，呼吁打破西方中心及囿于同一文化圈的局限；指出比较不是目的，目的是要"通过各国文学之间，特别是中国文学同其他国家文学之间的比较，东方文学与西方文学之间的比较，探讨出规律性的东西，以利于我们的借鉴"，并且有利于"加强同其他国家人民的了解与友谊"。③季羡林与钱钟书同辈，在德国留学十余年，受过民间文学与比较神话学训练，懂德、英、梵等多种语言，是研究印度与东方文学的专家，梵文长诗《罗摩衍那》译者，还被誉为中国比较文学的"泰斗"。④1986年，他在"全国首届东方文学比较研究"学术会

---

① 徐新建：《世界文学格局中的中国文学》，载《面对世界：中国比较文学学会第三届年会暨国际学术研讨会论文集》，贵州人民出版社1991年版，第132—150页。
② 乐黛云：《比较文学的名与实》(《比较文学丛书·总序》)，参见《比较文学原理》，湖南文艺出版社1988年版，第7页。
③ 季羡林：《当前中国比较文学的七个问题》，1986年，收入《季羡林文集》第八卷《比较文学与民间文学》，江西教育出版社1996年版，第450—458页。
④ 孟昭毅：《中国比较文学泰斗季羡林》，《天津师范大学学报》2005年第4期。

上发言，又以《当前中国比较文学的七个问题》为题，倡导开展国内各民族文学的比较研究，强调在中国、印度这种"国内民族林立"的大国，不能片面追随欧洲国家的旧模式，因为在中印等国的文学里，族别差异"不下于欧洲国与国之间的文学"，故而不仅可以而且应该进行国内的民族文学比较研究。①季羡林指出，"中国境内各民族之间的文学关系十分密切，头绪复杂，内容丰富，应该尽快在上面播种，使之长出茁壮的禾苗"。②

沿着这样的思路，季羡林积极倡导创立比较文学的"中国学派"。其中的重要内容即包括两个方面，首先是将世界格局中的"东西方"划分由冷战时期以意识形态为基础的敌对阵营，转变为以历史传统为根基的文化区域。于是在后一种划分中，东方及其文化与文学便包括了中国、印度、伊朗、阿拉伯和日本与东亚诸国，由此展开的比较研究即意味着人类文明间的对话和互补。季羡林阐述说，应该把东方文学纳入比较的轨道，"以纠正过去欧洲中心论的偏颇"。③

此外便是多民族共同体内部的跨民族文学比较交流。季羡林认为开展各民族文学比较的好处很多，不仅能够丰富中国文学史，加强国内各民族之间的理解，而且有助于"提高对中华民族文学发展规律的认识"，增强全民族的团结。④

就这样，对世界文学多元共存的认知扩展帮助了对国内文学多元互补的比较需求——既然以国家、区域或文化圈分野的文学都需要以平等眼光开展国别比较，那么贯彻到底，多民族文学的族别之间为何不应该照此延伸、推进？经过季羡林等著名人物的倡导推动，中国文学共同体内部的跨族别比较日益蓬勃地开展起来，随后便朝着多个相

---

① 季羡林：《汇入世界文学研究的洪流中去》，收入《季羡林文集》第八卷《比较文学与民间文学》，江西教育出版社1996年版，第285—286页。
② 季羡林：《少数民族文学应纳入比较文学研究的轨道》，收入《季羡林文集》第八卷《比较文学与民间文学》，江西教育出版社1996年版，第464—466页。
③ 参见季羡林为张隆溪《比较文学译文集》撰写的序言，北京大学出版社1982年版，第1页。
④ 季羡林：《少数民族文学应纳入比较文学研究的轨道》，收入《季羡林文集》第八卷《比较文学与民间文学》，江西教育出版社1996年版，第464—466页。

互关联的维度延伸。

首先是汉与非汉民族的文学比较,通过这种二元并置,一方面凸显了彼此在历史进程及现实处境中的地位差异,同时呈现出"少数民族文学"的共同特征及其对中国文学整体多重贡献。在这方面出现的成果有《试论汉族同西南少数民族神话传说的关系》、《试论壮、汉民族神话、民俗相互渗透和影响》及《古代少数民族与汉族文学本质论之比较》等。① 尽管对是否应把多民族共同体内部的跨族别研究称为"少数民族比较文学"存在争议,② 事实上正因能直面二元界限的现实存在,才有了将中国多民族文学连为整体的结构前提——因为有界限,便意味着跨界的必要和可能;一旦并且也只有实现对二元边界的跨越,才能完成各族别的多元连接。

其次是开展了少数民族文学的跨族别比较,揭示彼此间既往存在的文学关系,使之不再被误解为各自孤立的单个存在,而是相互影响、渗透乃至构成跨族别交互圈的文学整体,从而不仅提出"稻作文化圈"、"草原游牧文化圈"与"高地阔叶文化圈"等不同的区域划分,而且以语言系统为标准,论述汉藏、阿尔泰、印欧、南亚与南岛诸类型,考察彼此间的内在联系与亲疏远近。③ 仅以 1993 年 3 月在北京举行的中国少数民族比较文学研究会成立为例,与会学者一次性地就提交了《蒙藏尸语故事比较研究》《北方女神神话的萨满文化特征:中原女神神话与北方女神神话比较》《不同民族文化区域中的神蛙丈夫型故事的比较》《蒙古—突厥英雄史诗情节结构类型的形成与发展》等若干论述,④ 此后又陆续见到分量厚重的研究专著《中国少数民族文学比较研究》《中国南方民

---

① 参见王美逢《试论汉族同西南少数民族神话传说的关系》,《中央民族学院学报》1985 年第 4 期;林建华《试论壮、汉民族神话、民俗相互渗透和影响》,《广西民族大学学报》1993 年第 4 期;艾光辉《古代少数民族与汉族文学本质论之比较》,《民族文学研究》1992 年第 4 期。
② 姑丽娜尔·吾力甫:《比较文学视野下的中国少数民族文学研究:回顾与瞻望》,《中国比较文学》2011 年第 2 期。
③ 马学良等主编:《中国少数民族文学比较研究》,中央民族大学出版社 1997 年版,"序"第 1—5 页。
④ 陈晓红:《中国少数民族文学比较研究会成立大会暨首届学术研讨会综述》,《民族文学研究》1995 年第 5 期。

族文学关系史》《中国各民族文学关系研究》等多项成果。① 经过各民族的学者协作努力,终于促成了汤晓青总结的,使少数民族文学从"族别史"到"关系史"再到"多民族文学史"推进这样一项"极富想象力而又有相当难度的工作"得以顺利进行。②

最后是使中国文学共同体内的各民族文学作为平等单位直接与"外国文学"关联,进行以"影响"或"平行"研究为类型的跨国别比较,从而不但使以往在国别文学比较研究中被忽略或遗忘的少数民族文学获得自立,重放光彩,而且使作为整体的"中外比较"更为丰富和深入,于是不但有《〈格萨尔王传〉与荷马史诗》《原始思维在英雄神话中的制约作用——中国少数民族英雄神话与外国英雄神话的比较》等专题面世,而且出现了体现族别与国别双重跨越的阐发成果,如《从〈霍斯罗与西琳〉到〈帕尔哈德与西琳〉的演变看波斯与维吾尔文化的交流》《屠格涅夫与玛拉沁夫的森林题材作品比较》《我国少数民族作家与外国文学》等,呈现出令人欣喜的面貌,宏观和综合性的研究日益加强。③

由此可见,从学理与话语的多重层面看,即便把新时期对外开放背景下的比较文学复兴视为促使中国多民族文学通过互动实现凝聚的关键杠杆也不为过。从此之后,经过对汉与非汉文学的整合超越以及在族别、国别及文化等多重维度的对比连接,多民族文学将不再是空泛扁平的称谓观念,而变为主体交汇并富有活力的实践整体。此后关注、接受或讲授"中国文学"的人们,无论以什么身份出场,无论从何角度介入,都很难无视史诗"格萨尔"的价值意义、北方突厥语文学与古代波斯的关联以及梵语作品《罗摩衍那》对南方各族口传文化的影响。④

---

① 参见马学良等主编《中国少数民族文学比较研究》,中央民族大学出版社1997年版;刘亚虎、邓敏文、罗汉田《中国南方民族文学关系史》(上、中、下三册),民族出版社2001年版;郎樱、扎拉嘎《中国各民族文学关系研究》(上、下册),贵州人民出版社2005年版。
② 汤晓青:《比较文学视阈下的中国各民族文学关系研究》,《新疆大学学报》2006年第1期。
③ 郎樱:《比较文学及少数民族文学的比较研究》,《民族文学研究》1986年第1期。
④ 参见降边嘉措《〈罗摩衍那〉在我国藏族地区的流传及其对藏族文化的影响》,《中央民族学院学报》1985年第3期;高登智、尚仲豪《〈罗摩衍那〉对傣族文学的影响》,《思想战线》1985年第5期。

作为学界新时期对外开放的标志之一，中国比较文学研究的视野不断跨越国门，关联世界，不但参与国际比较文学会议，邀请各国学者来华讲学，而且争取多种路径出国访学，翻译引进了大批前沿论著，使长期隔绝的文学研究恢复了与外域同行的对话交流。1995年，美国比较文学学会组织撰写的"伯恩海默报告"以《多元文化主义时代的比较文学》为题汇总出版。报告提出两个重要观点：（1）比较文学应该摒弃欧洲中心主义，朝更为多元的环球主义方向发展；（2）比较文学应该朝文化研究发展，把注意力从文学文本扩大至文化文本。此报告的英文版刚一问世就引起了中国学界的迅速回应，北京的《读书》杂志发表评述文章，强调以美国为代表的文学研究已发生极大改观，西方经典的颠覆已成事实，大学的文学课程也不再被"死掉的白种男人"（dead white males）独霸。作者认为"报告"及其引出的讨论体现西方学界宝贵的学术自省和自我期待，对于非西方学人而言，它的意义在于激发同样的警觉和自省。① 有学者呼吁，面对西方学界的学科大论争，该重新反思中国比较文学自身的理论了。②

表面看，"伯恩海默报告"体现了人们常说的文化研究潮流，其实在深层意义上，更关联着20世纪后半期波及甚广的人类学转向。不过对于新时期的中国而言，转向首先意味着人类学的学科重现。

三　新方法带动新话语

与比较文学的复兴密切相关，新时期中国多民族文学的另一重要发展是文学与人类学的交叉推进。

自严复等人在晚清之际把人类学原理从西方引进之后，以《天演论》为起点的种群竞争图景日益深入人心，借助"物竞天择"与"优胜劣汰"这样的中式表述，进化主义逐渐成为中国现代化的意识形态

---

① Charles Bernheimer, *Comparative Literature in the Age of Multiculturalism: Re-visions of Culture and Society*, The Johns Hopkins University Press, 1995. 奚密：《比较文学何去何从》，《读书》1996年第6期。

② 谢天振：《面对西方比较文学界的大争论》，《社会科学战线》1997年第1期。

基础。随着在欧美留学的李济、凌纯声等一批人类学家的学成归来，在遗址发掘与实证分析的支持下，科学方式的考察报告逐渐取代"层累式"造成的文献国史，继而不但重塑了有关本土历史的国民记忆，并改绘了多元中国的种群版图。[1] 此外，《松花江下游的赫哲族》与《湘西苗族考察报告》等民族志著作的出版，标志着人类学者对书写中国多民族文化的有力介入。在他们的作品里，各民族不同的文学样式，包括神话传说、故事歌谣及仪式展演等，不仅依存于自身的文化传统，而且本身就是传统的组成和体现。

经过20世纪50年代教学改制的学科中断后，人类学在80年代的重新复出便担当了特殊的历史使命：既不同于西方学界的范式转型，亦不是本土学人的凭空创立，而是对晚清以来西学东渐的再度接续，同时是新时期中外对话语境的重新开启。

自1989年起，由萧兵、叶舒宪等发起撰写的一套数百万字规模的"中国文化的人类学破译"丛书连续推出，对象直指《诗经》《楚辞》等古汉语的文学经典，力图借助人类学理论方法"探讨中国诗歌发生的文化背景及'六义'的原始面目"；[2]"用现代的、世界的眼光重新诠释中国原典，使其真正成为当代全球文化的一部分，成为人类共享的思想、文化资源"。[3] 王孝廉、乐黛云等评价说，"丛书"在传统文献的掌握与西方理论的认知"两方面取得平衡而又开拓出了自己的见解"；[4]"破译"进行的研究既发掘了自身文化的特点，又促进了不同文化的沟通理解和互补互利，"代表着历史前进的方向"；[5] 以及丛书成果的特点，在于"用人类学眼光和方法对本土文献重新解读，打破了过去仅用小学方式对经典进行考据、训诂的惯例"。[6]

---

[1] 徐新建：《科学与国史：李济先生民族考古的开创意义》，《思想战线》2015年第6期。
[2] 萧兵：《诗言"寺"和"瞽"诵诗》，见《关于叶舒宪等"中国文化的人类学破译"丛书的笔谈》，《海南大学学报》1995年第4期。
[3] 乐黛云：《文学人类学与〈中国文化的人类学破译〉》，《东方丛刊》1999年第4期。
[4] 王孝廉：《在中西学术的平衡中觅求新知》，见《关于叶舒宪等"中国文化的人类学破译"丛书的笔谈》，《海南大学学报》1995年第4期。
[5] 乐黛云：《文学人类学与〈中国文化的人类学破译〉》，《东方丛刊》1999年第4期。
[6] 徐新建：《文学人类学的中国历程》，《西南民族大学学报》2012年第12期。

结合学科关联的实际成效来看,"中国文化的人类学破译"丛书堪称新时期中国文学研究领域"人类学转向"的重要标志。对于转向的目标,译介丛书的发起人之一萧兵做了较为明晰的说明,指出无论人类学还是哲学性的阐释,对"文本"的正确处理和解读是首要前提,由此期望做到的是:

> 以人类普遍心理——思维模式的再现为依归,从语言文字屏障的突破逐步切入意义层次、象征层次或背景层次;换言之,即竭力自"文本"看"本文",从"所指"求"能指",经"平面"入"立体",由"表述"解"象征"。

以此为基础,促进一系列二元关系的并置整合,以期达成:现代性与古典性的交融,古代与现代的相会,中国与世界的对话,以及民间与精英的握手,文学与科学的会通。① 正是在这种理念与实践的推动下,文学的意涵再度扩展,不再只是艺术的分支、虚构的文本或意识形态的图解工具,而与范围更广的文化、历史及民族身份与活态传统内在关联。

在创作界,与弗雷泽《金枝》与弗莱"原型批评"等西方文学人类学代表论著的引进相并行,涌现了一批以"寻根文学"著称的新生作品,其中有韩少功的《爸爸爸》《归去来》,阿城的《棋王》《孩子王》及李杭育的"葛川江系列小说"等。1985年,韩少功在《作家》杂志发表专文,指出文学有"根",文学之根"应深植于民族传说文化的土壤里,根不深,则叶难茂"。他以《楚辞》代表的楚文化消亡为例,发出具有震撼力的追问:楚文化源流,是什么时候在什么地方中断干涸的呢?都流入了地下的墓穴么?继而提出著名的"文学寻根"。如何去寻呢?就楚文化而言,路径之一便是重返当年孕育过作家沈从文的"边城",因为在"那苗、侗、瑶、土家所分布的崇山峻岭里找到了还

---

① 萧兵:《诗言"寺"和"瞽"诵诗》,见《关于叶舒宪等"中国文化的人类学破译"丛书的笔谈》,《海南大学学报》1995年第4期。

活着的楚文化"。①

与此呼应，在评论家陈思和看来，文学艺术不再只是审美形态而已堪称文化精粹，属于"时代的预言者与文化的象征物"；在这意义上，新时期中国文学中文化寻根意识的产生，既可与马尔克斯《百年孤独》为代表的拉美"魔幻现实主义"文学相提并论，同时标志着中国本土"民族文化的更新与走向新的成熟"。②

1982年，拉美作家马尔克斯（Gabriel García Márquez）因《百年孤独》等杰作获诺贝尔文学奖。瑞典委员会的颁奖词称："加西亚·马尔克斯以小说作品创建了一个自己的世界，一个浓缩的宇宙，其中喧嚣纷乱却又生动可信的现实，折映了一片大陆及其人们的富足与贫困。"③ 与马尔克斯同时代的卡洛斯·富恩特斯评论说，《百年孤独》令读者在现世、过去与想象的三个世界中穿梭，感觉和读《圣经》或希腊悲剧时一样：所有的话语都已道尽，那个动词已将思想化为真实的肉身。④

几年之内，《百年孤独》很快摆上几乎每一个中国作家的书桌，"马尔克斯"也成了各种文学聚会上发言者们屡屡念叨的名字。一时间，与长期习惯了的现实主义写作截然有别，"魔幻文学"如龙卷风一般从拉美袭来，"给80年代中期的中国文坛带来了巨大震动和启示"。⑤然而真正体现与拉美文学对等呼应的却不是内地作家们的纷纷追随模仿，而是扎西达娃及其引出的西藏新叙事。

1985年，藏族青年作家扎西达娃发表《西藏，系在皮绳结上的魂》，随后荣获全国优秀短篇小说奖。评论称他的贡献在于对西藏新小说的开创："因为有了他，西藏小说界视野和胸怀得以开阔，并带动其他文学品种共创了一回繁荣。"作品"集神话、传说与幻想于一体"，

---

① 韩少功：《文学的"根"》，《作家》1985年4月号。
② 陈思和：《当代文学中的文化寻根意识》，《文学评论》1986年第6期。
③ 参见刘硕良编《诺贝尔文学奖授奖词和获奖演说》（下册），漓江出版社2013年版。
④ 《马尔克斯与富恩特斯的文学信札四则》（1966—1967），张懿德、林德译，《书城》2012年第1期。
⑤ 李洁非：《寻根文学：更新的开始（1984—1985）》，《当代作家评论》1995年第4期。

虽受拉美文学影响,但不是"魔幻现实主义"的翻版,而是"产生于西藏的人文背景"。①

无论众人如何评说扎西达娃与马尔克斯的关联,若将《百年孤独》与《西藏,系在皮绳结上的魂》两部作品的开篇稍加对照,即不难见出彼此遥相呼应般的深切关联。

《百年孤独》与《西藏,系在皮绳结上的魂》

《百年孤独》: 多年以后,奥雷连诺上校站在行刑队面前,准会想起父亲带他去参观冰块的那个遥远的下午。 当时,马孔多是个二十户人家的村庄,一座座土房都盖在河岸上,河水清澈,沿着遍布石头的河床流去,河里的石头光滑、洁白,活像史前的巨蛋	《西藏,系在皮绳结上的魂》: 现在很少能听见那首唱得很迟钝、淳朴的秘鲁民歌《山鹰》。我在自己的录音带里保存了下来,每次播放出来,我眼前便看见高原的山谷…… ……桑杰达普活佛快要死了,他的扎妥寺的第二十三位转世活佛。高龄九十八岁。在他之后,将不再会有转世继位

在作品面世的时间上,马尔克斯在前,扎西达娃在后,中间还隔着浩浩万里的太平洋,但彼此之间似乎也出现了一根连接两地之魂的"皮绳",除了上面提到的秘鲁印第安民歌外,还有扎西达娃刻意呈现的这段描写:

---

① 张军:《扎西达娃及其小说》,《文学自由谈》1990年第3期。

……乱石缝里窜出的羊群、山脚下被分割成小块的田地、稀疏的庄稼、溪水边的水磨房、石头砌成的低矮的农舍、负重的山民、系在牛颈上的铜铃、寂寞的小旋风、耀眼的阳光。

这些景致并非在秘鲁安第斯山脉下的中部高原，而是在西藏南部的帕布乃冈山区。①

既然并非，又为何提及呢？答案在于扎西达娃眼中，西藏与拉美在文化处境上的内在一致，也就是马尔克斯总结过的乌托邦式的"非同寻常的现实"。在拉美，"这非同寻常的现实并非写在纸上，而是与我们共存的，并且造成我们每时每刻的大量死亡，同时它也成为永不枯竭的、充满不幸与美好事物的创作源泉"。②藏地的情景是：无数的英魂在脚底下不甘沉默地躁动，使人在家乡永恒的大山与河流中看见先祖的幽灵、巫师的舞蹈，并从远古神话和世代歌谣中"看见了先祖们在神与魔鬼、人类与大自然之间为寻找自身的一个恰当的位置所付出的代价"。③

此外，面对十分相似的现实处境，两位作家表达了志向相同的文学愿望，即用写作改变外来影响对本土的文学扭曲。马尔克斯揭示的是："用他人的模式来解释我们的生活现实，只能使我们显得更加陌生，只能使我们越发不自由，只能使我们越发感以孤独。"④扎西达娃则总结说，过去的写作"被束缚在单一的并且不属于自己本土意识的观念中"，只有回归哺育了自己的大地，才重新找回自信，找回"失落的梦想"。⑤扎西达娃说的过去，就是《西藏，系在皮绳结上的魂》之前。他把那时的写作归结为模仿，是"照葫芦画瓢"，然后用本土生活的日

---

① 扎西达娃：《西藏，系在皮绳扣上的魂》，《民族文学》1985年第9期。
② 马尔克斯：《拉丁美洲的孤独》，收入马尔克斯授权文集《我不是来演讲的》，李静译，南海出版公司2012年版。
③ 扎西达娃：《你的世界》，《文学自由谈》1987年第3期。
④ 马尔克斯：《拉丁美洲的孤独》，收入马尔克斯授权文集《我不是来演讲的》，李静译，南海出版公司2012年版。
⑤ 扎西达娃：《你的世界》，《文学自由谈》1987年第3期。

常真实加以解构,说:"你忘了你的姑娘去河边舀水时从不用木瓢而是用的铜勺。"①

在以《你的世界》为题的创作谈里,扎西达娃就这样以第二人称方式阐述了自己对于文学世界与世界文学的观点。通过称赞马尔克斯、福克纳凭借"邮票大小"的地方风靡世界,他立志要从自己的血统中发现以前不曾注意到的东西,其中的动力还不仅因为"当你开始长大后,你发现世界都变小了",而且还蕴藏着更大志向,那就是对多民族中国的文学拓展做出独到贡献。为此,扎西达娃对自己,同时也是对西藏内外的读者们发出宣告:

> 你耳朵一定也听到了一阵前所未有的、激动人心的喧嚣与嘈杂:写吧,用文学记录下我们这个民族的文化——开拓出一个少数民族文学的黄金时代——已为时不远了。②

与此呼应,北方鄂伦春族作家乌热尔图也通过与世界对话的方式,践行着以文学写作捍卫民族文化的"自我阐释权"。③ 而或许是作为多民族文学的积极回应,汉地出生的作家马丽华、马原等以不同方式进入藏区,通过《西行阿里》、《灵魂像风》及《拉萨河女神》、《冈底斯的诱惑》等独特的文学描写展现了不同以往的西藏镜像,与扎西达娃及后继的阿来等藏族作家的"主位"叙事交相映照,构成了中国内部文化多样性景观的互补延伸。与此相关的还有张承志以《黑骏马》《北方的河》等抒写的内蒙情怀,以及王蒙《淡灰色的眼珠——在伊犁》、《买买提处长轶事》直至后来获茅盾文学奖之作《这边风景》所表达的新疆记忆等。它们与本土写作汇聚一起,体现了多民族文学的主体并置和交错表述。

至于新疆"放逐"对王蒙创作的影响,有评论认为堪以"心灵拐

---

① 扎西达娃:《你的世界》,《文学自由谈》1987 年第 3 期。
② 扎西达娃:《你的世界》,《文学自由谈》1987 年第 3 期。
③ 乌热尔图:《不可剥夺的自我阐释权》,《读书》1997 年第 2 期。

点"相称,通过助其实现精神转变,使之"从伊犁走向世界"。① 具体而言,"与汉族文化差异甚大的维吾尔族群体中独特的精神体验"以及"对自然、底层与异族文化的由衷感谢",使被划为右派发配的汉族作家完成了创伤的修复、心胸的开阔以及幽默和智慧的获得。②

在改革开放的 80 年代,面对中外交汇中创作界涌现的文化觉醒、传统复归和风格转型浪潮,有评论认为无异发生了一场新时期的小说革命,革命的特点是不再纠缠于现实的政治问题和道德批判,而开始"从生活的纵深方面拈出世事沧桑的意境",由此开辟出一条"表现民族民间的群体生存意识的新路。③ 深入而论,如果真以"小说革命"相称的话,"寻根文学"等所代表的其实是对自五四新文化运动以来以文学反映个人情感或阶级意识的转变,转为对民族、文化或传统的关切,重新以"类的写作"回归晚清时期梁启超一代以"小说界革命"催生的国族叙事与国民文学。只不过在这历史的循环中,由于经历了"少数民族"文学和文化之崛起,作为整体的中国文学便呈现为更为多元的杂糅交错,从而以更加多样的声音、姿态、类型和渠道加入世界文学的时代互动。

需要特别指出的是,在这样的进程中,扎西达娃以及张承志、乌热尔图等新一代"少数民族作家"的出现,已不再是与主流汉族文学脱离的他者、等待扶持的弱势边缘或需要单列论述的存在,而已成为新时期中国文学不可或缺的重要构成,就如黑人作家阿历克斯·哈利、莫里斯之于美国文学以及马尔克斯、富恩特斯之于世界文学一样。也正是通过这样的交错汇入和彼此接纳,多民族的中国文学和文学的多民族中国才逐渐形成多元互补、相互依存的共同体。

正是以"寻根文学"及扎西达娃的西藏叙事等为例,可以说,新时期的中国文学至少在小说写作中渐已出现了人类学转向,或呈现出具

---

① 温奉桥等:《从伊犁走向世界:试论新疆对王蒙的影响》,《中国海洋大学学报》2010 年第 1 期。
② 郜元宝:《当蝴蝶飞舞时:王蒙创作的几个阶段与方面》,《当代作家评论》2007 年第 2 期。
③ 李庆西:《寻根:回到事物本身》,《文学评论》1988 年第 4 期。

有人类学意味的文学书写。以此为背景,作为与创作对应的文学人类学批评也应运而生。自 20 世纪 80 年代中期起,以方克强为代表的学者开始在《上海文学》等刊物接连发文,强调文学与人类学的关联,从理论上阐述从人类学观照文学的重要意义。用方克强的话来说,文学人类学批评的实质,就是运用人类学的视野、方法和材料审视文学,从而"对文学持一种远古与现代相联系、世界各民族相比较的宏观研究态度",最终"把任何文学作品都看作人类整体经验的一部分或一个环节"。①

通过文学人类学批评的扩展,不但鲁迅揭示的"阿Q""祥林嫂""孔乙己"等国民性形象可解读为"第三世界的文化寓言"、②韩少功与扎西达娃等的寻根返本可借"原型""神话"等深入阐发,更重要的是,随着人类学理论的深入挖掘,所有作家创造出来的书面文学只能代表文学整体的一个侧面,在其背后,绕过文人精英的模仿借鉴,一个更为本原的存在日益显现,那就是根植在厚重传统中的乡土本身。在其中,既有韩少功神往的楚文化传承,有赋予扎西达娃文学灵感动力的巫师之舞、远古神话,更有王蒙新疆记忆中的"维吾尔精神"以及在藏、蒙古、裕固、维吾尔、柯尔克孜等民族中世代诵唱的《格萨尔王》《玛纳斯》《江格尔》,直至更晚被"发现"的苗族古歌《亚鲁王》。

1997 年,中国文学人类学研究会首届年会在厦门举行,海峡两岸著名学者汤一介、乐黛云、李亦园等出席会议并做演讲。中国比较文学学会会长乐黛云认为,"文学人类学的目标,是通过文学与人类学的融通来达成文化的多元和生活的多样"。③人类学家李亦园阐述人类学与文学研究的互动意义,指出跨学科的互动不仅能使文学的范围从单一的书面作品扩大至神话、传说、故事,甚至咒语、歇后语、俚语、寓言、

---

① 方克强:《文学人类学批评的内容与前景》,《上海文学》1992 年第 1 期。
② 弗雷德里克·詹姆逊:《鲁迅:一个中国文化的民族寓言——第三世界文本新解》,《鲁迅研究月刊》1993 年第 4 期。詹姆逊写道:作为与拉丁美洲及印度不同的另一种第三世界文本,鲁迅作品的表现力如果缺少寓言的回应就不能获得欣赏。在鲁迅笔下,"后来的和后帝国时期被残害、被阻碍、被分裂的伟大中国的国民,他的同胞,都是'字面上的'吃人的人。他们的绝望被最传统的形式和中国文化的进程所掩盖而事实上被强化"。
③ 《文学人类学笔谈》"编者按",《辽宁大学学报》1998 年第 4 期。

谚语、谜语、祷词、歌谣等被称为口传文学的诸多类型,并将关注的聚焦由孤立的文本延伸到动态的交互过程,关注讲述人、受众以及相关的仪式、展演;进行这种文学人类学研究的益处是能打破民族文化的高下之分,"从而形成真正的多元文化观"。① 为此,李亦园强调指出,人类学多元立场的重要意义在于:扩大文学研究的视野和范围、改变贵族主义倾向的重"雅"轻"俗"之传统偏见。②

这样,凭借着比较文学"中外会通"及文学人类学"眼光向下"、倡导多元的学理助推,中国多民族文学逐渐形成了一套新的表述话语。以此为基础,其中的构成体系不但将过去以"民间文学"或"口头传统"区分隔离的部分更为紧密地与"书面文学"相并置,并且因作家们的主动吸纳认同,而朝着互补生辉、合二为一的前景迈进。

四 新范畴创建新体系

"多民族文学"是20世纪以来在中国学界日显重要的新概念和新范畴。与以往先后出现过的"兄弟民族文学"、"少数民族文学"及"各民族文学"等相比,"多民族文学"的突出特征在于将包括汉民族在内的中国文学拓展为新的多元整体。在这整体中,以多民族政治、文化共同体为前提和基础的中国文学呈现出新的结构,以民族为边界的文学单位不但彼此平等,而且互为主体,交相辉映。

对于多元一体的中国文学与文化来说,"多民族文学"具有指向学理与实践的双重功用,一如笔者阐发过的那样,其不仅有助于"建构一种新型的族群构架",而且还可用来"谱写多民族和多元文化的文学理论和文学史"。③ 作为新创建的学术概念和范畴,"多民族文学"产生的影响是显著的。如果说过去的"兄弟民族文学"与"少数民族文学"等概念分别确立了汉族以外其他民族之文学地位的话,"多民族文学"的命名则标志着对多民族国家整体文学的催生。正如潘年英强调的那

---

① 李亦园:《文学人类学的形成》,《中外文化与文论》1998年总第5期。
② 李亦园:《文学人类学之我见》,《辽宁大学学报》1998年第4期。
③ 徐新建:《表述与被表述:多民族文学的视野和目标》,《民族文学研究》2011年第2期。

样,文学研究领域中从"各民族"到"多民族"的跨越,意味着建构和确立一种新的文学史观,亦即"承认那些边缘的、不入流的文学其实也是一种文学,甚至还有可能是一种更有价值的文学"。①

此外,作为能跨越国别、关联世界的学术范畴,"多民族文学"的重要价值还可堪比现代全球体系中,以民族—国家(Nation-state)为前提、国别文学为单位日趋呈现为整体的"多国文学"。以这样的范畴变革为前提,过去以"西方文学"(或"欧洲文学")为中心、"非西方文学"为边缘(或陪衬)等级划分且分离表述的格局,将让位于多元对等并关联互补的"世界文学",亦即自歌德、马克思等以来便被许多诗人、作家和思想家所向往的文学整体——The word literature。② 在这个意义上,"多民族文学"范畴还具有不同语境中的多重含义:在多民族国家层面,它意指一国范围内的各民族文学;而在世界各国组成的全球构架中,则指向既包含所有国家同时又超越国界的文学共同体,也就是英文书写的 Multinational literature(多元民族文学)或文学人类学研究者倡导的 Anthropological literature(人类整体文学)。③

在近代中国的话语变迁意义上,"多民族文学"范畴的创生并非一蹴而就,而是坎坷不易,曲折艰辛。其中的关键所在,是少数民族在中国政治舞台的历史性登场。晚清至民国,先有同盟会"驱除鞑虏,恢复中华"的激进主张,④ 接着是南方梁聚五、杨汉先等提出"五族共和"之外苗夷民族的地位诉求,⑤ 再后来便出现了与新中国"共同纲

---

① 潘年英:《从"各民族"到"多民族":一种新文学史观的表述与建构》,《文学人类学研究》,社会科学文献出版社 2018 年版,第 201—205 页。
② 参见乐黛云《全球化趋势下的文化多元化》,《深圳大学学报》2000 年第 1 期;徐新建《世界文学格局中的中国文学》,载中国比较文学学会、贵州省文化厅编《面对世界:中国比较文学学会第三届年会暨国际学术讨论会文集》,贵州人民出版社 1991 年版。
③ 叶舒宪:《"世界文学"与"文学人类学":三论当代文学观的人类学转向》,《中国比较文学》2011 年第 4 期。
④ 孙中山:《中国同盟会盟书及联系暗号》(1905),《孙中山全集》(第一卷),中华书局 1981 年版,第 276—277 页。
⑤ 梁聚五:《苗夷民族发展史》,1951 年刊印,收入《梁聚五文集》上册,李廷贵、张兆和编,香港科技大学华南研究中心 2010 年版,第 10—12 页;参见张兆和《从"他者描写"到"自我表述":民国时期石启贵关于湘西苗族身份的探索与实践》,《广西民族大学学报》2008 年第 5 期。

领"相呼应的"民族识别"及各民族在国家政治与文化生活中的平等互助。正是在这样的多元一体语境下,以少数民族和汉民族长期并置兼容为基础,多民族文学的命名和实践,终于在改革开放的新时期日益正式地展现于中国文学与文论的话语之中,成为面对历史与当代的"文学中国"时难以忽视和逾越的新工具。①

如今,继 2004 年在成都举办首届多民族文学论坛的十余年后,② 中国的多民族文学研究正朝向历史和地域的纵横向度推进。③ 历史维度的拓展表现为从当代向古代回溯、延伸并力求用"多民族文学史观"将古今打通。④ 地域维度则分别从国内与国际两个方向展开。对国内,学界对"多民族文学"的关注逐渐转向不同区域的具体呈现,考察由多民族实践构成的"文学中国"如何在特定区域中体现一体多元。⑤ 面向国际的空间扩展体现为多民族文学的跨文化比较,其中最突出标志是"世界少数族裔文学"(World Ethnic Minority Literature)概念的提出及其相关研究与对话的践行。⑥

随着学界共识的日益达成,"多民族文学"正取得与"少数民族文学"等既有范畴相比肩的地位。与此同时,由于使用者对范畴理解的不明晰,也存在不少界限模糊的混用。有的学者忽略了中国多民族的多元特征,将其简化为二元对立的 1 + 55,即"汉民族" + "少数民族"。⑦

---

① 徐新建:《中国多民族文学研究的意义和前景——国家社科基金重大项目开题报告》,《中外文化与文论》2013 年总第 23 期。
② 参见《2004 年首届"中国多民族文学论坛"掠影》,《民族文学研究》2005 年第 1 期。
③ 明江:《中国多民族文学论坛继往开来的十年之路》,《文艺报》2013 年 11 月 13 日。
④ 关纪新:《关于中华多民族文学史观的理论建设》,《西北第二民族学院学报》2008 年第 3 期;徐新建:《"多民族文学史观"简论》,《民族文学研究》2007 年第 2 期。
⑤ 徐新建:《多民族国家的文学与文化》,人民出版社 2015 年版。
⑥ 首届世界少数族裔文学论坛:《平等、正义、爱——世界少数族裔文学宣言》,《中外文化与文论》2017 年总第 37 期。
⑦ 李晓峰的论文梳理了概念混用现象,指出由于未能对不同概念的科学性及使用的规范性进行讨论和统一,学界存在着"少数民族文学"、"国内各民族文学"、"兄弟民族文学"甚至"多民族的文学"等在不同语境的同时使用,以至于出现"表述相同但内涵多有差异的'概念混杂'情形"。但该论述未能阐明"少数民族文学"为何会与"多民族文学"混用的原因,甚至还把中国的多民族文学结构简化为主体的汉民族文学及主体之外的少数民族文学。这样的二元对立显然是有问题的,明显背离了由不同民族构成之多元一体性。参见李晓峰《"少数民族文学"构造史》,《当代作家评论》2017 年第 5 期。

有鉴于此，亟须正本清源，消除歧义，廓清"多民族文学"的范畴内涵与意指，从逻辑与现实的对应出发，通过在时间、空间及价值——也就是历史、地域与思想的三维中加以验证。

在逻辑与知识论意义上，范畴体现的是对客观存在的主观分类。① 一个时代有一个时代的范畴选择，不同选择折射不同立场和价值取向，继而产生各自有别的话语体系。在近代汉语的表述演变中，与人群分类及判别相关，就出现过同情并承认边缘群体的"弱小民族"、"被压迫民族"及至后来的"少数民族"、"兄弟民族"等与凸显自我中心、强调去民族化的"宗族"、"边胞"乃至"一个民族"等立场迥异的对立选择。②

根据托马斯·库恩（Thomas S. Kuhn）对科学革命的结构研究，在人类的知识演进过程中常有划时代的革命出现。革命的发生源自"范式"（Paradigm）转移。构成范式的要素即包括了特定时代惯常使用的概念、术语和范畴。③ 这就意味着当某一论域出现根本性概念及范畴的新旧替代时，变革就开始了。随之而来的将是价值观念革新和话语体系置换。在社会科学的研究及实践领域，以"民族"（"国家"）为词根的概念和范畴就不断经历着与时代关联的范式转移。例如，英语中可被汉译为"民族"或"国家"的 nation 一词，当用作政治与文化修饰语时，便由 national 为基点，延展出从 international 到 multinational 的转变。National 意指"民族的"或"国家的""国民的""国族的"。加上介词 inter（在……之间）后，可译作"民族间"或"国际的"、"族际的"，表示相关与跨越；换以 multi-（多……的）关联，则变为"多元民族

---

① 参见［古希腊］亚里士多德《范畴篇·解释篇》，方书春译，商务印书馆 2008 年版。
② 中国共产党的早期创始人李大钊、瞿秋白等都使用过"弱小民族"概念并投以明显同情的关注。参见李大钊《狱中自述》（1927 年），载《思想政治工作研究》2013 年第 10 期；瞿秋白《十月革命与弱小民族》，《向导》1924 年 11 月 7 日第 90 期；另见《瞿秋白文集》，人民出版社 1989 年版，第 492—493 页。相比之下，与之对立的突出例子可举民国时期的傅斯年与顾颉刚。后者明确反对中国多民族的提法，主张"中华民族是一个"。参见顾颉刚《中华民族是一个》，《益世报·边疆周刊》1939 年 2 月 9 日第 9 期。其后有蒋介石署名出版的《中国之命运》，同样主张对多民族的中国"去民族化"，提出用"宗族"、"边胞"取代"民族"。参见蒋介石（署名），陶希圣（执笔）：《中国之命运》，正中书局 1943 年版。
③ ［美］托马斯·库恩：《科学革命的结构》，李宝恒、纪树立译，上海科学技术出版社 1980 年版。

(的)"也就是汉语的"多民族",只不过汉语可用名词修饰名词,故可将后缀"的"省去,派生出与此相关的"多民族国家"、"多民族文化"与"多民族文学"等。可见从 nation（民族、国家、国族）成为具有特定功能的范畴开始,被其修饰、命名与规定的文学、文化乃至国家,便不断由本族（国）为"中心",转向注重跨界关联的"之间"直至强调交流互补之"多元"的话语演变。若以现代文学的拓展趋势为例,呈现的图景正好是,即：

族别文学──→比较文学──→世界文学

其中的"族别文学"可与"国别文学"并置,兼容着多民族国家的各民族文学；"比较文学"象征跨族际、跨国界的关联对照；作为最终理想目标的"世界文学"就是跨国界的多民族文学,指向的是多元民族的整体文学。

1871 年,法国诗人鲍狄埃（Eugène Edine Pottier）创作的《国际歌》被誉为歌曲版的《共产党宣言》。其不但唱响了劳工革命的欧洲战歌,也通过"英特拉雄耐尔"的概念（口号）标志全世界无产者迈入跨国联合的时代。"英特拉雄耐尔"即 international 的音译,用其与 Communism 相加,则组合成"国际共产主义"。汉语转译后的歌词不仅凸显了"不要说我们一无所有,我们要做天下主人"信念,而且期盼"团结起来到明天"——"英特拉雄耐尔"就一定要实现！[①]

2016 年 10 月,来自亚洲、非洲、拉丁美洲的不同民族作家、学者汇集成都,参与四川大学与西南民族大学共同发起的"首届世界少数族裔文学论坛"。会议发表了以"平等、正义、爱"为主旨的《世界少数族裔文学宣言》,呼吁：

[①] 据考证有多人先后参与了《国际歌》的汉译。对于原诗的 international 一词,瞿秋白版本采用直译方式保留音节化的"英特纳雄耐尔",萧三本则意译为"共产主义世界"。参见宋士锋《传播和实践〈国际歌〉：瞿秋白的未竟事业》,《瞿秋白研究文丛》（第 9 辑）,中央文献出版社 2015 年版,第 303—316 页；金点强《中文〈国际歌〉修改好几遍》,《传承》2010 年第 10 期,中国党建期刊文献总库：http：//kns.cnki.net/kcms/detail/detail.aspx?filename=GXDS201010017&dbcode=CJFX&dbname=CJFXLAST&v=。

让我们用人类心灵的力量和文化多样性的魅力,守护脚下每一寸神圣的山河!用锐气、智勇与信心,开辟世界少数族裔文学未来发展的光明之路!用友谊和歌与诗,追寻人类生命的恒久价值和意义!①

笔者有幸参与了此次论坛筹办和《宣言》撰写。如今看来,"平等、正义、爱"的主旨既是"多民族文学"的成果体现,亦揭示了此范畴的价值根基。

---

① 首届世界少数族裔文学论坛:《平等、正义、爱——世界少数族裔文学宣言》,《中外文化与文论》2017 年总第 37 期。

第十章 文学生活：民间传统的世代承继

"文学生活"是学界日益关注的新概念和新视角。由此形成的趋势在于不仅把文学视为观念形态的文本，更当作社会成员的动态参与，也就是现实生活的部分。以此观之，文学与生活的关系就不像以往某些教材定义说的那样是生活的反映或镜像，而被看成生活本身。[①]

以当今的学术分类看，"文学生活"与文学人类学研究密切相关，包含着诗学、民族学及社会学等多重意向。[②] 从早期关注世界各地的神话仪式及口头传统到现代转向考察都市当中文学的生产、消费和传播，这样的传统持续不断。在20世纪80年代，波亚托斯等学者借助"国际人类学和民族学大会"的跨学科、跨区域平台，组织圆桌专题，讨论欧美世界的文学生活，又进一步推进了文学与人类学的联盟。[③]

以文学人类学眼光来看，关注"文学生活"的意义，在于与特定

[①] 钟进文、汤晓青等：《中国少数民族文学生活：多学科对话》，《文化遗产研究》2016年第1期。

[②] 近期发表的相关论述有：黄万华《文学生活：当代社会转型时期文化建设的重要基石》（《湖南社会科学》2012年第3期）；李敬泽《希望引导中国人的文学生活》（《文学报》2011年4月7日）；李勇《从文学性到文学生活：文化研究范式中的文艺学基本范畴》（《艺术广角》2008年第2期）；黄浩《民众的文学生活权力必须得到尊重——就文学人民性和人民文学问题答刘淮南先生》（《北华大学学报》2008年第1期）；张清俐《"文学生活"进入文学研究领域：关注普通读者对文学的"接受"情况》（《中国社会科学报》2013年1月11日）等。

[③] 参见［美］波亚托斯等《文学人类学——迈向人、符号和文学的跨学科新路径》，徐新建、梁昭等译，中国社会科学出版社2021年版。

的人群、地域及历史相结合,理解并阐释"文学的生活性"与"生活的文学性",也就是生命诗意的多元展开。"文学的生活性"强调文学不仅是书写的文本和死去的遗产,更是鲜活的事象和动态的过程,是个体的心志展现,更是众人的互动参与。

在近年掀起的讨论里,论者大多倾向于把焦点定于当代中国"国民的"文学生活,而后描述和分析农民工阅读状况、大学校园的文学教育以及近年来长篇小说的生产与传播、网络文学面貌等。① 这是必要的,但有局限。一个局限是因视野限于国族之群,缺失了文学整体的另外两头:个体和人类。此外,即便讨论国内群体,也因局限于汉民族之内,忽略了多民族国家的更大整体。因此,就算以"国民"为对象,此类考察仍是不完整的,因为中国的"文学生活"无疑不限于单个的民族、单一的书写、孤立的城市和统一的文学话语。

要想超越世俗局限,面对多民族中国的实际,考察动态存在的"文学生活",就需将视野同时扩展至汉族和其他民族,并且包括城市和乡村、果园和牧场,涵盖手写与印刷、公开出版和民间传阅、大部头巨著与即兴式诵吟……这种多元多样的文学生活,既在作协高楼、新华书店或校园课堂、颁奖大厅,更在田间地角、街头巷尾、酒吧茶馆、劳作路途,或琴声飘扬的葡萄架下、牛羊伴行的雪域草地之间以及"格萨尔""玛纳斯""江格尔""亚鲁王"那样以上万行母语世代吟唱的"英雄史诗"和"古歌送魂"的践行里。②

一 《格萨尔》:英雄的颂唱

18 世纪末至 19 世纪初,欧洲旅行者帕拉斯和帕尔格曼等先后在麦马钦城及卡尔梅克等地发现了后来汉译为《格斯尔》《格萨尔》的诗文片段。通过他们及后来承继者的译介,不同版本的《格萨尔》逐渐传到西方,并引出对该作族属、宗教及体裁的讨论。③

---

① 参见温儒敏《中国国民的"文学生活"》,《中华读书报》2012 年 8 月 24 日。
② 徐新建:《多民族国家的文学生活》,《中外文化与文论》2013 年第 4 期。
③ 李连荣:《国外学者对〈格萨尔〉的搜集与研究》,《西藏研究》2003 年第 3 期。

第十章 文学生活:民间传统的世代承继

蒙文刻本《格斯尔王汗传》

其实在此之前的 1716 年——康熙五十五年,北京就出现了蒙文刻本《格斯尔王汗传》,但直到 20 世纪上半叶中原内地的汉语学界仍对"格萨尔"十分陌生,内中原因被归结为除语言障碍,主要受制于"大民族主义思想的桎梏"。① 这样的情况直到 1930 年后才逐渐改变。当年,受聘赴西康考察的任乃强将藏区流传的"格萨尔"在《四川日报》和《康导月刊》等报刊上译介,内地学界才开始逐渐关注。由于任乃强的介绍较早,见到不少第一手资料,有关格萨尔的不少提法尚属首次,因此对外界的认识有着奠基性作用。他先是把所述对象称为"格萨故事",介绍说其内容主要讲述中古时代番国首领之一"格萨王"因卫护佛法,"与白、黑、黄三种幕属胡人及其番国争战事"。格萨王在藏族中的地位,类似于汉人心目中的关羽,故格萨故事在民间又有"藏三国"之称。根据与吐蕃历史人物的对比,任乃强认为格萨王称不上卓越出众,之所以死后出名,家喻户晓,就像关羽因《三国演义》而广为流传一样,全在于后世文学家"特笔描写",再加上佞佛者的

---

① 任新建:《任乃强与〈格萨尔〉》,《康定民族师范专科学校学报》2005 年第 5 期;程洁:《千年格萨尔:东方的"荷马史诗"》,《社会科学报》2013 年 10 月 24 日。

借题发挥。然而尽管有史可据，后世流传的格萨故事却变得"穿插奇诡，谐趣流溢"，在任乃强看来，又全部成了宗教神话，格萨王则变为"家尸户祝，禁不可止之神"。只不过各式各样的改编虽然荒诞，却因恰好满足了藏族文化的传统需求，从而在康藏地区脍炙人口，广为流传。① 为此，任乃强还对当时的记录做了生动描绘。他描绘说："余此次入康所见此书抄本甚多有书写甚者亦有颇潦草者。书页大小装潢精粗亦不一。"② 尽管存在不同版本印制差异，但彼此呈现的诵唱场景都同样感人：

> 无论何种抄本，是何卷帙，皆有绝大魔力引人入胜，使读者津津有味，听者眉飞色舞，直有废寝忘食欲罢不能之势。③

值得一提的是，根据任乃强当时的调查，虽然格萨王的护法地位得到西藏官府承认，有关格萨故事的刻本却被列为禁书，原因包括佛教上层担心内容晦涩影响修行及教派之争等。这样一来便出现了格萨故事在藏区社会的二元格局：一边是西藏"黄教政府"的文字封禁，一边则是各地民间的口头流传。依照这一矛盾现象，任乃强还特意为格萨故事起了一名，叫作"普遍流传的禁书"。不但如此，在民间屡禁不止的格萨故事，在口头传诵的同时也出现了各种样式的抄写本，并且像对待宗教信仰的经书一般，在抄写中体现出庄严敬仰的神圣性，对其中包含的名称、语体各有讲究，以红字或金银色字区分，"散文用行书，诗歌作楷写"。给人的感觉是，"工作甚为庄严，非抄小说、剧本可比"。④

可见，在任乃强最早向外界介绍"格萨尔王"之时，采取的视角便是多重的。他一方面将格萨故事视为与文学、历史相关，并依照其"藏三国"俗称而与汉人的《三国演义》、《封神演义》乃至《西游记》、

---

① 任乃强：《关于"藏三国"》，《康导月刊》1945 年第 9、10 期。
② 任乃强：《"藏三国"的初步介绍》，《边政公论》1944 年第 4—6 期。
③ 任乃强：《"藏三国"的初步介绍》，《边政公论》1944 年第 4—6 期。
④ 任乃强：《"藏三国"的初步介绍》，《边政公论》1944 年第 4—6 期。

《水浒传》等做比较，甚至冠以"西藏第一部文学著作"之称；另一方面又揭示了格萨故事与世俗意义上的"文学""历史"之区别，把它列入宗教神话。再者，任乃强注意到格萨尔故事口传与抄本的区分和并存，也曾亲身深入西康藏区收集调研，可却没有作过民间格萨尔演唱的实景记录。其有关格萨尔在藏区"家喻户晓""脍炙人口"的描绘大多出自当地人受邀后对抄本念诵的情形，而非发自民间口头场景中的真实传承。不过尽管如此，经他转述的格萨尔诵读境况，已令人感叹不已，超越了通常的世俗消遣或文学审美。其曰："环听者如山，喜笑悦乐，或愠或嗥，万态必呈"；效应是"恍如灵魂为书声所夺"。[1] 最后，在文学和历史的结合上，任乃强介绍格萨尔时不叫"史诗"而是"诗史"（或"王传"），词序不同，差异甚大。诗史的用法自唐代便在汉语文献出现，近代后日趋消隐；[2] 而随着西方话语的不断介入，史诗之名差不多成了今日《格萨尔王》的代称。

结合后来的传播演变历程来看，正因为有了史诗代称的出现，才为蒙藏地区民间流传的"格萨尔"全面进入现代中国的各个领域起了关键推动。其中的内在动力在于，从少数民族传统里发现的长篇"诗史"，可望协助20世纪汉语学界摆脱自缠不已的"史诗之困"。

晚清之际，王国维从中西比较出发谈论汉语"文学"，作出中国"史诗"发育不良，"尚处于幼稚时代"的判断，认为这种幼稚的结果是导致"以东方古文学之国而最高之文学无一足以与西欧匹者"；而这样的结果非但与华夏的大国地位脱节而且实在不该。为此，王国维向汉语文学的后世传人提出了深沉的自责式期盼，曰："此则后此文学家之责矣。"[3] 何样之责呢？总结缺憾，改写历史？抑或是勇于检讨，是奋起直追？王没明说。

王国维依照的文论观把文学分为抒情与叙事两大类别。"叙事的文

---

[1] 任乃强：《"藏三国"的初步介绍》，《边政公论》1944年第4—6期。
[2] 时至明末清初，钱谦益等文人还持有"诗史同源"观念，认为"《春秋》未作以前之诗皆国史"，故提出"诗之义不能不本于史"。钱谦益：《胡致果诗序》，收入钱谦益《有学集》，上海古籍出版社1996年版，第811页。
[3] 王国维：《文学小言》，《教育世界》1906年12月，第139号。

学"以描写自然及人生之事实为主,包括叙事诗、诗史和戏曲等,与"抒情的文学"并行,情景交映,方称完备。这便是"文学者,不外知识与感情交代之结果而已"的意指所在。然而传统的汉语文学自屈原以后虽在抒情类型上成就斐然,叙事方面却严重缺失,这不能不令后世传人深感不安。作为学贯中西并联结古今的近代大家,王国维的看法影响深远。他由中西叙事差异做出的文学自责,在鲁迅、胡适、茅盾等后续者中产生了连锁反应,形成了难以摆脱的"史诗之困"。[①] 胡适在其后发表的《白话文学史》中把英文的 Epic 译为"故事诗",然后接着王国维的判断继续发挥,认为该类型在中国不发达属于世界文学史的异常现象,而推论说"可见古代的中国民族不富于想象",[②] 从而在中外比较的诸对照中将本土传统做了自贬。

面对汉语文学的史诗缺憾,王国维的诊断好比发现了中国文学的瘸腿,胡适的推论则进一步透视出其中枢残缺。由此一来,自古以天下中心自居的华夏传统便陷入了严重挑战:一个在审美表达上"肢缺脑弱"的群体如何自立于世界文学,继而去参与优胜劣汰的国际竞争?更有甚者,若将视野扩展至近代以来的中西互动,即可发现"史诗之困"并非汉语学界的自我发明,而是潜藏着更为严峻的域外汹涛,那就是出自西方中心的诗学评判。这个评判以亚里士多德代表的古希腊诗学为起点,经伏尔泰等汇合后在黑格尔处形成重要评价和质疑。

黑格尔在19世纪20年代的《美学讲演录》里明确指出"中国人没有民族史诗"(Die Chinesen dagegen besitzen kein nationales Epos),而后对与此关联的缺憾及缘由加以分析评述。黑格尔的论点是:1)中国人的宗教观点不宜于艺术表现;2)他们的观照方式是散文性的,并形成了用散文方式安排历史的传统;3)这样的特质造成了史诗发展的大障碍。[③] 由此出发,再与古希腊和印度等区域的文明类型相比,中国文

---

① 相关论述可参阅林岗《二十世纪汉语"史诗问题"探论》,《中国社会科学》2007年第1期。
② 胡适:《白话文学史》,新月书店1928年版。
③ 黑格尔的此段论述收录在海德堡大学和柏林大学的美学讲演中,1955年代以《美学》书名出版。参见 G. W. F. Hegel, *Asthetik*, Berlin, 1955, p. 985。汉译本见《美学》第三卷(下),朱光潜译,商务印书馆1979年版。

学的所谓"史诗之困"即被归纳成了缺憾明显的处境：

> 中国人的文化教养、精神意识和宗教观念所形成的思维方式是缺乏与神话内核紧密相关的奇突想象和幻想的，不利于表现民族史诗的艺术形象。①

因在西方美学研究中的开创性影响，黑格尔赢得过"艺术史之父"之称，他的《美学讲演录》则被视为现代艺术研究的典籍文献，其中一个重要理由是它创立了一个前所未有的尝试，即"全面而系统地考察整个世界艺术的历史"。②

这就是说，尽管带有明显的西方中心痕迹，但通过世界性的跨文化比较，黑格尔对"中国没有史诗"的评价分析已不只是孤立判断，而将用作世界美学体系中的残缺案例，削弱中国文学乃至文化和文明在世界整体中的地位与价值。

正是在这样的背景下，"格萨尔"的出现使深陷史诗之困的"中国文学"重获生机。格萨故事以诗叙史的诵唱特征、围绕英雄救世展开的长篇情节同时又具有神话意味的诸多优长犹如及时雨一般从天而降，令在史诗比较中败下阵来的汉语学界欣喜不已，继而一方面纷纷用史诗的眼光关注和审视在以往属于边远陌生的"少数民族"口头文学；另一方面以多民族的国家结构作支撑将其纳入中国文学更为宏大、完整的全新体系。

格萨尔的史诗属性在 20 世纪早期便在国外学者的论述中有所提及，如弗兰格、加尔萨诺夫等。③ 不过其作为史诗类型的重要代表纳入中国文学的结构当中，却是在新中国开展大规模少数民族文学运动之后。该运动与同样由国家主导的"民族识别"工程并行配合，担负起在民族

---

① 参见张德厚《剧诗与民族意识：论黑格尔剧诗观念及中西剧诗异同》，《文艺研究》1987年第 4 期。

② [英] 贡布里希：《艺术史之父：读 G. W. F. 黑格尔（1770—1831）的〈美学讲演录〉》，曹意强译，《新美术》2002 年第 3 期。

③ 参见石泰安《西藏史诗和说唱艺人》，耿升译，中国藏学出版社 2005 年版。

团结和文化凝聚上创建多民族国家的重大使命。

1955年"五一劳动节"期间，中国作家协会邀集部分少数民族文学工作者到首都北京，座谈文学事宜。以此为基础，满族作家老舍以中国作协领导身份在次年的作协理事扩大会上作了"关于兄弟民族文学"的工作报告。通过与汉民族文学的并置比较，老舍把"格萨尔"作为少数民族"史诗"之一列举出来，正式纳入中国文学的整体之中。老舍在报告中提到的史诗还包括在其他少数民族中流传的"格斯尔""江格尔"等。他称赞这些史诗具有很高的文学价值，是"优美的、富有神奇性的人民文学著作"，提出不仅要把它们当作祖国文化的宝贵财产看待，而且"应当列入世界文化宝库"。①

老舍报告不一定是对"格萨尔"史诗属性的首次提出，但因身份及宣告场所的重要特殊，即便仅只是转述，其中体现的肯定性赞誉，无疑具有自上而下的象征和引导意义，从而推动了"格萨尔史诗"在各流传地区考察调研的全面展开。通过新一轮广泛开展的收集梳理，格萨尔的分布突破了以往零散孤立的表象，在汇集前人材料的基础上呈现出从北至南，并横跨东西的广阔局面，仅以现代中国的版图观察，范围就包括了内蒙古、西藏、四川、青海、新疆、甘肃、云南，几乎涵盖了整个西部中国。

格萨尔分布区域得以完整呈现的意义非同小可，其不但赋予各地格萨故事以统一的"史诗"之称，而且将散在各地的口头演唱结集为内在关联的整体，继而以数以百万行计的长度跃居世界最长的史诗，并在多民族中国的版图上连起了由若干"格萨尔传播圈"组成的史诗之网。

另有一点不能忽略，当时将格萨尔史诗的研究推向高潮的动力还关联着一个重要的国际背景——中苏友好。早在100多年前，远在域外的俄国人就介入了对蒙文"格斯尔"与藏文"格萨尔"的研究。20世纪50年代后他们的后继者以"苏联专家"身份发表一系列相关论著，显然影响了中国发动的史诗热潮。前引老舍报告中对格萨尔的

---

① 老舍：《关于兄弟民族文学工作的报告》，《人民日报》1961年3月25日。

赞美评价，就与当时苏联专家格·米哈伊洛夫的提法几乎相同，连语句都几乎一致。① 在对"格斯尔"与"格萨尔"的史诗属性认定上，当时社会主义阵营的学者们也表示了高度肯定，有的直接把《格斯尔传》称作中亚的《伊利亚特》。1957年，蒙古国科学院院士、格斯尔专家达木丁苏荣夸赞说英雄史诗《格斯尔》这部巨著流传宽广："从热带地域的恒河一直传播到严寒地域的黑龙江，从阳光普照的黄河一直传播到阳光昏暗的领地。"在其之后，俄国的乌雷姆吉耶夫则以文学式的语言做了进一步描绘：

> 民间艺人们以说唱的形式对这部史诗予以歌颂，从过去久远的年代一直传唱至今。艺人们的颂歌辗转流传，直传到西藏、蒙古、布里亚特大草原以及西伯利亚的原始森林中。②

这样，尽管在格萨尔体裁、译名的界定上还存在差异，③ 但受国际阵营的影响，加上国家部门的积极引导，西藏、青海、甘肃、四川、云南、新疆、内蒙古等已知有格萨尔流传的省区纷纷在"史诗"名称鼓舞下掀起了对格萨尔、格斯尔的调研热潮。1959年，国家级学术刊物《文学评论》刊登长篇论文，将"格萨尔王传"的类别及属性明确定为"藏族史诗"，称赞它是一部极其珍贵、"富有高度人民性和艺术性的民间文学作品"。④ 同年，为落实党和国家有关搜集整理格萨尔史诗的文件实施并力争向中华人民共和国成立十周年献礼，中国民间文艺家协会

---

① （蒙古族）托门:《一部光辉的史诗：评介〈英雄格斯尔可汗〉》,《读书》1960年第10期。
② [俄] Д.乌雷姆吉耶夫:《俄国对史诗〈格斯尔传〉的研究》，原载《蒙古学通讯》，乌兰巴托，1994年；金淑华译,《蒙古学信息》1996年第3期。
③ 例如，在老舍报告发表之后的1957年，青海省文联的工作者还把从民间搜集的格萨尔归为"藏戏"，以汉译名称"盖舍尔"刊登出来。参见华甲《南瞻部洲的雄狮——盖舍尔（藏剧）》，金放译,《青海文艺》1957年第7期。
④ 徐国琼:《藏族史诗〈格萨尔王传〉》,《文学评论》1959年第6期。徐国琼在文章中对苏联和蒙古学者作了援引，认为他们对史诗的评述是精辟的。作者指出，米哈伊洛夫不仅认为格萨尔是"优美的、富有神奇性的人民文学著作"，并主张"把这一史诗列入世界文化宝库和现实主义作品的范例里去"。

派人从北京专程前往被中宣部指定为七省区"首选地"的青海,落实上级对格萨尔工作的指示。① 在那期间,仅青海一省就组成200多人的"民族民间文学调查团",对省内39县的135个公社588个生产队进行普查,② 并派人到夏河、甘孜、德格及拉萨、昌都等地收集的格萨尔抄本和刻本就达28部74种,经全部译成汉语后字数超过130万。其规模之巨,用后来评价者的说法,已堪与古代玄奘法师佛经翻译的总和或10部《红楼梦》相比。③ 在内蒙古,自治区社会科学院于1959年组织专家对说唱艺人琶杰诵唱的"英雄格斯尔"进行长达一年的录音,整理出的成果有6万诗行、300万字,④ 其汉译本在1962年由作家出版社以《英雄格斯尔可汗》的书名推向社会。该书虽然用汉字文本的形式推出,却提供了比惯常作品更多的信息。首先,交由作家出版社出版表明其登上了正统的文学殿堂;其次,在作者署名处明确写着"琶杰说唱/其木德道尔吉整理"以及"安柯钦夫译",体现出对说唱者的身份确认及对史诗文本多重参与的揭示;最后,该汉译本特别加了副标题——"蒙古族民间史诗",由此凸显了不可忽略的族属与体裁特色。⑤

在20世纪50年代被动员参与到格萨尔史诗热潮中的,除了从中央到地方的各级民间文艺工作者与民间歌手外,还有一批重要的少数民族学者和宗教人士。作为掌握本民族语言文字、理解自身文化传统的精英,他们像重要的桥梁中介一样,对格萨尔史诗的跨界沟通、阐释起到了不可忽略的作用。这样的人物很多,在青海就有著名的藏族学者桑热嘉措与活佛才旦夏茸,都参与了本地格萨尔文本的翻译整理。他们的出场,为"格萨尔"在多民族中国的崛起、交流和传播铺垫了重要根基。⑥

---

① 刘锡诚:《遥望西宁》,《丝绸之路》2013年第7期。
② 德吉:《〈格萨尔〉事典》,《中国西藏》2002年第6期。
③ 黄智:《青海省〈格萨尔〉研究工作的回顾与展望》,《青海民族研究》1996年第3期。
④ 德吉:《〈格萨尔〉事典》,《中国西藏》2002年第6期。
⑤ 琶杰说唱,其木德道尔吉整理:《英雄格斯尔可汗》,安柯钦夫译,作家出版社1962年版。
⑥ 洛珠加措:《当代青海藏族著名学者桑热嘉措先生生平简介》,《青海民族学院学报》1987年第2期;黄金花、李连荣:《青海早期〈格萨尔〉史诗资料学建设研究》,《青海师范大学学报》2015年第4期。

第十章 文学生活:民间传统的世代承继

内蒙古:整理成文的《英雄格斯尔可汗》／
青海:参与整理"格萨尔"的桑热嘉措、才旦夏茸等

不过即便有越来越多的"格萨尔史诗"印刷出版,参与整理的人们还是清楚地意识到,作为流传甚广的史诗作品,"格萨尔"的真正特质绝不限于刊印成书,而更在于它在民间的活态传承。从这个意义看,"格萨故事"或"格萨尔王传"得以在中国的20世纪后半叶得到抢救性发掘保存,除了受域外史诗话语的激发外,还因为新中国政府鼓励倡导的民间文艺观及以此为基础建立起的一支强大的民间文艺队伍。在国家各级部门组织领导下,经培训后的这支队伍以多种方式深入各地乡村田野,对所有能接触到的说唱艺人展开普查了解,从而使格萨尔的口传状况获得前所未有的展现。对于必须重视民间艺人的学理意义,学者们有过很多阐释。其中,格萨尔研究专家、藏族学者降边嘉措的论述具有代表性。他认为史诗格萨尔的千古流传要归功于那些优秀的民间说唱艺人。他们才是"史诗最直接的创作者和最忠实的继承者"。降边嘉措强调指出:

若没有那些卓越的民间说唱艺人世世代代、坚持不懈、持续不断的传颂,薪火相传,生生不息,这部古老的史诗,可能早已淹没

在历史的尘埃之中,藏族人民乃至中华民族,将会失去一份极其珍贵的文化遗产,一部伟大的英雄史诗。①

不但如此,降边嘉措补充说,如果没有广大艺人们的口头传唱,还会"在人类文化发展的历史上留下一个巨大的遗憾"。②

正是在这样的认识促使下,青海省文联在50年代就把能说唱格萨尔的华甲艺人留到城里,用国家经费供养起来,为组织分派的专业工作者金放、王沂暖等讲唱"格萨尔"("盖舍尔"),协助徐国琼等到民间搜集调研,与此同时对全省说唱艺人进行普查。③ 依照1990年时的资料统计,青海境内调查到的说唱艺人已有一百多位,藏族、土族、蒙古族的都有,以青海90多万人口总数计,平均10000人中就有格萨尔歌手一人。在分布最集中的果洛藏族自治州及互助土族自治县,说唱格萨尔的歌手人数分别为34和17人,占当地人口总数的比重更高。在口头传承的才能上,这些民间歌手记忆非凡,动辄即能诵唱十几部、几十部,海西州格尔木市唐古拉山乡的牧民才让旺堆竟能唱148部,达到令人惊叹的程度。④

到了改革开放的新时期,"文革"的极"左"干扰被纠正,随着国家为被打成"毒草"的《格萨尔》高调平反,民间普遍遭受打击的格萨尔歌手又重获新生。⑤ 西藏艺人扎巴、桑珠被邀请到西藏大学和西藏自治区社会科学院录音。扎巴完成的口传录音虽只占其能诵唱的1/3,却已有25部半、998小时之多;桑珠的长度达到2114小时,成为当时格萨尔口传录音者之最。⑥

---

① 降边嘉措:《昔日乞丐今日国宝:谈〈格萨尔〉说唱艺人社会地位的历史性变化》,《西藏大学学报》2008年第3期。
② 降边嘉措:《昔日乞丐今日国宝:谈〈格萨尔〉说唱艺人社会地位的历史性变化》,《西藏大学学报》2008年第3期。
③ 黄金花、李连荣:《青海早期〈格萨尔〉史诗资料学建设研究》,《青海师范大学学报》2015年第4期。
④ 谈士杰:《青海〈格萨尔〉艺人概述》,《柴达木开发研究》1994年第1期。
⑤ 本刊编辑部:《为藏族史诗〈格萨尔〉平反》,《民间文学》1979年第2期。
⑥ 杨恩洪:《格萨尔口头传承与民族文化保护》,《青海社会科学》2012年第1期。

第十章 文学生活:民间传统的世代承继

西藏说唱歌手桑珠和玉珠①

对民间歌者的重视的效果是显著的,比如依照讲唱人录音整理形成了新的文本类型——"艺人说唱本"。此种版本的问世突破了过去仅有旧抄本、刻本的局限,为社会各界深入了解格萨尔全貌提供了新的依据和更多参照。然而由于当时人们普遍偏重对文本资料的收集,倾向于把艺人们请到与生活实景脱离的地方进行诵唱实录,令格萨尔的口头传唱与其赖以存活的场景脱节,从而遮蔽了格萨尔诵唱在民间实际存在的真实全貌。

经过20世纪50年代启动、80年代再度掀起高潮的国家引导,"格萨尔"作为伟大史诗的声誉得到日益广泛的流传。1979年,在中共中央宣传部批示下,由新建立的中国社科院民族文学研究所和中国民间文艺研究会牵头,成立了全国性的"格萨尔"工作领导小组,负责统筹各地"格萨尔史诗"的抢救、搜集、整理及研究,贾芝任组长。1983年,"格萨尔"的搜集整理被列为国家"六五"重点项目。贾芝评价说,"一部以卖艺和乞讨为生的民间艺人吟唱的史诗"能获此殊荣,说明党和政府对少数民族文化遗产非常重视。后来,贾芝到芬兰出席世界史诗讨论会,以《史诗在中国》为题发言,用"格萨尔"的例子回应"中国无史诗"的说法,引起国外媒体关注,将"中国是史诗宝库"

---

① 资料引自杨恩洪《民间诗神——格萨尔艺人研究》,中国藏学出版社1995年版,插图页。

"史诗还活在中国"的消息做了宣传报道。①

史诗的冠名无疑促进了新中国各界对"格萨尔"的关注和赞美，并为多民族中国的整体文学赢得堪与希腊、印度等史诗古国齐肩匹敌的美名，然而在民众生活的实际流传中，无论藏区还是内蒙古，"史诗"却不是"格萨尔""格斯尔"的自称。在藏族传统里，其民间更常见的俗称叫"格萨尔仲"（Ge Sar gyi Sgrung），"仲"是藏语音译，藏文写为སྒྲུང，读音 Sgrung，意思是故事、说唱。与此相关的说唱人叫"仲堪"（སྒྲུང་མཁན）。② 由此，有学者认为，若是依照"名从主人"原则直译，"格萨尔"的名称应该译为"格萨尔说唱"或"说唱格萨尔"，属于一种说唱的艺术。③ 此外，藏族学者边多认为，从音乐角度看，"格萨尔说唱"还与藏族音乐的特殊类型相关，堪称"西藏民族民间'古尔鲁'方面的一个典型的具有代表性的作品"。④

可见，以"史诗"视角研究"格萨尔"，固然凸显了其在现代的多民族中国乃至全世界的文学价值，但其民间俗称所包含的多重意蕴和自在功能却不应因此而遭到忽略和掩盖。1958 年启动、1985 年出版的《藏族文学史》把《格萨尔王传》称为藏族人民集体创作的一部"伟大的英雄史诗"，代表古代藏族文学的最高成就，同时也是体现古代藏族社会生活、民族历史及宗教信仰的"百科全书"。⑤

作为英雄史诗的核心形象，"格萨尔"是一位什么样的英雄呢？根据民间说唱者的浓缩，格萨尔故事常被概括为前后关联的三组情节，即：

    上方天界遣使下凡，中间世上各种纷争，下面地狱完成业果。⑥

---

① 贾芝：《中国史诗〈格萨尔〉发掘名世的回顾》，《西北民族研究》2012 年第 4 期。
② 包发荣、余世忠等：《〈格萨尔〉调查》，《青海湖》1962 年第 7 期。
③ 张康林：《"格萨尔仲"的概念》，《西藏艺术》1994 年第 4 期。
④ 边多：《论藏族英雄史诗〈格萨尔〉说唱音乐的历史演变及其艺术特色》，《西藏艺术研究》1991 年第 3 期。
⑤ 马学良、恰白·次旦平措、仲锦华主编：《藏族文学史》（上册），四川民族出版社 1985 年版，第 176—177 页。
⑥ 马学良、恰白·次旦平措、仲锦华主编：《藏族文学史》（上册），四川民族出版社 1985 年版，第 177 页。

第十章 文学生活:民间传统的世代承继

地狱业果之后是格萨尔"重返天界"的收尾。关于降生,四川搜集翻译本《赛马登位》的开篇是这样叙说的:

> 话说制伏妖魔,威慑黄霍尔,身为黑头藏人的主宰,南赡部洲之圣主,克敌制胜的法宝——格萨尔大王受上界天神的激励,世上凡人的祈祷,下界龙王的赞助;在东方花花岭国的吉瑞雅要冲之地,由神、龙、人结合怀胎降生出世。①

"英雄"被视为史诗体裁的主角与标志,还是源于西方文论与诗学。从荷马开始到亚里士多德,英雄便与史诗关联,成为被颂赞的丰功伟业开创者;到了维柯及后来的摩尔根及马克思与恩格斯笔下,又被阐述为代表"英雄时代"的氏族首领。② 维柯承继埃及人的观点,认为"英雄时代"是人类历史由"神的时代"向"人的时代"演化的过渡阶段;虽然神圣时代和英雄时代都处于诗歌弥漫期,但前者酿出"神圣的诗",后者诞生"英雄的诗"。③

这样,作为中国文学进入世界文学之林的重要代表,"格萨尔"史诗英雄的大举宣扬便展现了意味深长的含义,尤其对革命现实主义原则指引下已习惯于创作工农兵人物为己任的当代文学主流而言更是如此。

然而西方史诗理论评述中国少数民族民间流传的"格萨尔仲",会引出许多事关紧要的话题。例如,无论在诗学理论还是历史实践上,不同文化语境中的"英雄"是否相同?能否类比?即便"格萨尔"从天界下凡,为世间除暴安良,具有半神半人的点,大致能装入"英雄时代"框架;然而由于他的降临并非己愿而是受观世音、阿弥陀及莲花生等佛祖菩萨的安排、派遣,最终使命不是立事功而是出人世,于是又带有明显的区域性宗教特征。对西学阐释的"英雄时代"来说,人类

---

① 西南民族学院语言文学研究所、四川省《格萨尔》工作领导小组办公室编:《格萨尔史诗·赛马登位》,李学琴译,四川民族出版社1980年版,第1页。
② 王敦书:《古希腊"英雄时代"辨析》,《世界历史》1985年第12期。
③ 孟慧英:《维柯的英雄史诗论》,《民族文学研究》1997年第2期。

世界是进化的，英雄之所以为英雄，功绩在于告别神界，使人成人，也就是进入"人的时代"，创立人之主体。而在佛教观念中，非但格萨尔自身最终要回归天界，普度众生的使命也不是成人而是脱离此岸苦海，前往彼岸净土。面对连目标方向都如此不一的人物，可否都以同一个"英雄"名号相称，相称后又如何相比？对此，不妨以汉译浓缩本的《格萨尔王》为例稍作观察。在该本开篇有关格萨尔降世的诵唱中，传递信息的罗刹使臣是这样交代的：

> 嗡嘛尼叭咪吽誓
> 在难以教化的藏区
> 雪山环绕的国度里
> 发了邪愿的鬼魅们
> 九个王臣在横行
> ……
> 能拯救众生的是神子推巴噶
> 五位佛陀为他授记
> 三世救主给他加持
> 该是他降生人世的时候了……①

"推巴噶"是格萨尔下凡前的天界神名，在人世降生后取名"觉如"，成为岭国国王后才简称"格萨尔"，全称是"世界雄狮大王格萨尔洛布扎堆"。照降边嘉措分析，"格萨尔"是修饰语尊称，"洛布扎堆"才是名字，意为"制敌法宝"。② 作为"制敌法宝"的格萨尔称王之后，岭国民众向他欢呼颂唱，洋溢出尚武征战的豪情：

> 愿您镇压黑魔王
> 愿您铲除辛赤王

---

① 降边嘉措、吴伟：《格萨尔王》（浓缩选本），海豚出版社 2011 年版，第 7 页。
② 降边嘉措：《格萨尔名字探析》，《民族文学研究》1986 年第 3 期。

第十章 文学生活：民间传统的世代承继

愿您打败霍尔王
愿您降服萨丹王
愿您征服四大魔
愿您把四方黑暗齐扫光[1]

而在此之前，莲花生大师为"格萨尔"（扎巴嘎）立下的志愿却是：

诸佛的事业集于一身
一切胜者的智慧聚于一处
愿众生脱离苦海
到达幸福的彼岸[2]

一个分彼此，一个救众生；境界不一，所求甚远，"英雄"的归属难定，还留下了后人对"格萨尔仲"属本（教）、属佛（教）乃至"抑本扬佛"或"抑佛扬本"的议论纷纷。[3] 而若再把被当作英雄诵唱的"格萨尔"与古希腊史诗《奥德赛》里的奥德修斯（Odysseus）相比，同样能见出彼此间的目标区别：一个历经艰险，终回故乡；一个别离众人，重返天界；奥德修斯重回家，指向的是人世亲情和丰功伟业，格萨尔王要归去，凸显出对凡尘的放下和对天界的皈依。若真要与世界文明中其他类似人物对照，格萨尔形象更接近希伯来谱系中"道成肉身"的先知类型，因为他从降生之初就是神而非人，是神的使者和化身。

在藏语传统分类里，有关格萨故事的诵唱叫"仲"，用绘画表现的叫"仲唐"，[4] 已知的其他方式还有舞蹈和藏戏等。可见，格萨尔故事

---

[1] 降边嘉措、吴伟：《格萨尔王》（浓缩选本），海豚出版社2011年版，第81—82页。
[2] 降边嘉措、吴伟：《格萨尔王》（浓缩选本），海豚出版社2011年版，第8页。
[3] 参见丹珠昂奔《〈格萨尔王传〉的神灵系统：兼论相关的宗教问题》，《民族文学论坛》1992年第1期。作者认为《格萨尔王传》是原始神灵信仰、本教信仰与佛教信仰三大系统的混合体。
[4] 冶青措：《浅谈〈格萨尔〉唐卡艺术》，《青海社会科学》2009年第3期。

的类别已超出了现代意义上的文学范畴，或者说有关格萨尔的"本事"深藏于民间信众的记忆中，同时以多种不同的"分身"流布在更适于故事生长的民间土壤里。

20世纪中期，任乃强就了解到藏区流传的"格萨故事"文字优美，但优美到什么程度"非深通藏文者无由欣赏"。他从成都前往西康考察，在炉霍格聪活佛的寺庙里见过格萨尔的故事壁画。画面上，"楼窗内有男妇相逼，一红脸武士导人援梯而上，似欲争之。"① 还观察和记录了格萨尔在当地生活中口传与绘画间的相互关联。任乃强写道："演唱者与导观者口讲指画，津津然不忍自辍。从予叩听者眉飞色舞，憷憷然化入书中。"②

唐卡中的"格萨尔"：人神相通的多重世界③

在四川大学博物馆珍藏的清代唐卡中，"格萨尔"故事也得到了绘

---

① 任乃强：《"藏三国"的初步介绍》，《边政公论》1944年第4—6期。
② 任乃强：《关于"藏三国"》，《康导月刊》1945年第9、10期。
③ 图片来源：《岭·格萨尔降生的经过》，藏人文化网·文化专题，http：//www.tibetcul.com/zhuanti/whzt/201702/41620.html；更新时间：2017年2月17日10：47：41；下载时间：2017年9月2日。

画形式的传神展现。其中描绘"雄狮大王"赴地狱救妻的图像,以夸张形式揭示地狱恐怖,通过好酒徒被灌铁水、说谎者舌头被铁铧犁过等强烈渲染,"使人不寒而栗"。

清代《格萨尔唐卡》SCM-XI:"地狱救母"与"重返天界"①

在后世研究者看来,唐卡绘画的加入,使格萨尔说唱呈现视听结合的双向推动:通过唐卡,《格萨尔》得到进一步形象地传播;反过来,唐卡艺术亦借助《格萨尔》的传说魅力,"在国际绘画艺术殿堂大放异彩"。②

格姆寺法会:有"仲唐"陪伴的街头说唱③

---

① 四川博物院、四川大学博物馆:《格萨尔唐卡研究》,中华书局2012年版;相关研究参见华青道尔杰《浅析四川博物院藏格萨尔唐卡的排序和结构——以〈格萨尔唐卡研究〉为中心》,《藏学学刊》2012年第1期。

② 华青道尔杰:《浅析四川博物院藏格萨尔唐卡的排序和结构——以〈格萨尔唐卡研究〉为中心》,《藏学学刊》2012年第1期。

③ 石泰安:《西藏史诗和说唱艺人》,耿升译,中国藏学出版社2005年版,插图页。

如本节开头所述,作为目前深受学界关注的新概念、新视角,"文学生活"已被当作从人类学视角观察辨析多民族文学、文化的重要方法和路径。由此形成的趋势,在于不仅把文学视为观念形态的本文,更当作社会成员的动态参与,也就是现实生活的必要部分。以此观之,文学与生活的关系就不像以往某些教材定义说的那样是生活的反映或镜像,而被看成生活本身。在此意义上,藏、蒙古、裕固等民族世代传唱的《格萨(斯)尔王传》,无疑可视为多民族中国版图中文学生活的活态样本。

值得注意的是,在多民族中国的文学世界里,与天界相通并体现人神关联的"格萨尔"诵唱并非孤例,而是一种发布宽广、种类繁多的广泛存在,包括在蒙古与柯尔克孜民族中世代流传的《江格尔》《玛纳斯》以及近来日益受到关注的苗族古歌"亚鲁王"等,在文学生活的多元呈现上,都是通往世界诗学的不同民族之路。

20世纪"改革开放"的新时期以来,中国学术界的"格萨尔"研究取得了丰厚成果,在史诗学理论推动下,无论面对田野的发掘保护还是注重学理的文本阐释,都呈现出继往开来的新局面。在由此延伸的口头诗学、展演理论及民间演唱的比较研究等方面,也获得了引人注目的新拓展,甚至引发了从"目治之学"到"耳治之学"的重要转向。[①] 不过在笔者看来,为了满足学理需要及跨文化对话,我们可以把"格萨尔"传唱归为"民间文学"或"史诗"等文类,然而这样做的目的并非使它们获得"升级",更不应将原本的"仲""仲唐"等自称身份和功能消隐。也就是说,"史诗"一类的外来话语,不是要把"格萨尔"转写为文学了事,更不是简化为说唱艺人技术化记忆的程式理论。当把"史诗"还原到实践之中、把各民族"文学"从现代性审美定义中解放出来之后,需要确认的是:在多民族文化的世代相承中,无论"格萨尔"、"玛纳斯"还是"亚鲁王",都不仅只是文字文本或历史记忆,而更是在生活实践中使族群凝聚的超验信仰,是联结神俗的多元人生。

[①] 朝戈金:《朝向21世纪的中国史诗学》,《国际博物馆》2010年第1期。

二 《亚鲁王》：祖灵的回归

自2012年以来，贵州腹地的麻山地区正因苗族古歌"亚鲁王"的被"发现"而备受关注，相关的宣传和新闻发布会从地方一直延伸到首都人民大会堂。① 冯骥才发表文章把"亚鲁王"的被发现形容为"横空出世"，称其价值"无论在历史、民族、地域、文化还是文学方面，都是无可估量的"②。刘锡诚视"亚鲁王"为"原始农耕文明时代的英雄史诗"，认为它的发现、记录与出版"是21世纪我国非物质文化遗产保护工作的重大成果"，从此将改写"已有的苗族文学史乃至我国多民族文学史"。③ 接下来引出的议论热烈而广泛，话题关涉民族—文学、史诗—古歌及地方开发与遗产保护等多个方面，可谓一举成名、四方围观，然引出的问题驳杂繁多，值得深入辨析和探讨。

（一）生死信仰"送魂歌"

麻山苗族流传的"亚鲁王"被发现后，外界的命名有很多，最突出的是"英雄史诗"。这一说法得到国家级"非物质遗产名录"的认定和社会舆论的广泛传播，故影响较大。媒体向外发布的说法是《亚鲁王》所传唱的是西部苗族人"创世与迁徙征战的历史"④。余未人称它是用心灵记录、用口头传唱的"民族历史记忆经典作品"。⑤ 另有人认为《亚鲁王》是至今仍在民间口头传诵的"活态史诗"⑥。冯骥才则在把"亚鲁王"界定为苗族的"长篇英雄史诗"后，进一步指出其为

---

① 参见"本报记者"（王晓梅等）《一部民族的心灵追寻史——〈亚鲁王〉出版成果发布会在北京人民大会堂举行》，《贵州日报》2012年2月24日；《〈亚鲁王〉：新世纪以来民间文学的最大发现》，《中国社会科学报》2012年3月9日；《英雄的民族英雄的史诗 重大的发现重大的成果》，《中国艺术报》2012年3月9日；本刊记者《"亚鲁王"回归——苗族英雄史诗〈亚鲁王〉记略》，《中国民族》2012年第4期。
② 冯骥才：《发现〈亚鲁王〉》，《当代贵州》2012年第21期。
③ 刘锡诚：《〈亚鲁王〉：原始农耕文明时代的英雄史诗》，《西北民族研究》2012年第3期。
④ 本刊记者：《"亚鲁王"回归——苗族英雄史诗〈亚鲁王〉记略》，《中国民族》2012年第4期。
⑤ 参见高剑秋《发现和出版〈亚鲁王〉：改写苗族没有长篇史诗的历史》，《中国民族报》2012年2月24日。
⑥ 《英雄的民族英雄的史诗 重大的发现重大的成果》，《中国艺术报》2012年3月9日。

"口述的、诗化的民族史"。①

根据目前见到的资料,特别是与葬礼吟唱有关的实地调查,不难发现"亚鲁王"在当地的活态传承中谱系驳杂、功能多样、含义甚广,命名问题还可以讨论。"英雄史诗"不失为其中的一种视角和层面。结合与之类似的黔中布依族村寨案例的比照,② 不妨把亚鲁王的核心部分称为唱给亡灵的"送魂歌"。

所谓"送魂"就是送死者魂灵回归。通过经师诵唱,让亡灵离别人世,返回先祖会聚的地方,从而帮助逝者完成生死交替。在此过程中所唱的歌,听众并非在世的生者,而是将要离去的魂灵。因此它的基本功能是:起歌为死者,以唱送魂灵,所以当叫作"送魂歌"。

需要说明的是,如今汉语指涉的"苗"有广义和狭义之别。狭义指20世纪50年代后经政府认定的民族群体,即中华人民共和国境内56个民族之一;广义则与古代"三苗"、"荆楚"、"南蛮"及近代"苗夷"等含义相关。③ 这是在把"亚鲁王"界定为"苗族史诗"时需要明确的一点。当由此谈到魂灵信仰和口头传唱等现象时,"苗人"的意思,在指涉上也会涉及广狭两面。此外,所谓魂灵信仰每每与鬼神崇拜相关。说白了,就是相信人世与神界的双重存在,是一种生死关联的世界观。

关于苗人的魂灵信仰及鬼神崇拜,文献记载是久远和广布的。《书·吕刑》曰:"昔三苗……相当听于神。"《左传》说"楚人信巫"。乾隆年间的《楚南苗志》记载:"苗俗为鬼,祭名匪一。"④ 到了近代,民族学家们到黔中一带实地调查,了解到当地苗夷信仰鬼神仍"甚为虔诚","举凡日常一切活动,农事、交易、疾病、婚姻、丧葬之类,莫不均受

---

① 冯骥才:《发现〈亚鲁王〉》,《当代贵州》2012年第21期。
② 徐新建:《罗吏实录:黔中一个布依族社区的考察》,贵州人民出版社1997年版。
③ 人类学家凌纯声等在20世纪40年代调查湘西苗族时就区别过"苗人"指称的广狭两义,指出广义的"苗"泛指所有的西南民族。不过他们持的是狭义观,考察研究的对象限于"纯苗"。参见凌纯声、芮逸夫《湘西苗族考察报告》,商务印书馆1947年版,第17页。与此同时,出生黔东南的"苗人"梁聚五秉持广义说,认为苗族的所属有苗、夷、蛮、荆、僚、瑶、黎、僮、水家、洞家等,范围不仅包括东南和西南,甚至涵盖至越南、缅甸和暹罗一带。参见梁聚五《苗族发展史》,收入《梁聚五文集》(上册),香港科技大学华南研究中心2010年版。
④ 参见段汝霖《楚南苗志》(四库全书存目丛书),齐鲁书社1996年版,第664页。

第十章 文学生活:民间传统的世代承继

鬼神信仰所支配。"① 而依照石启贵的本土描述,"苗乡鬼神类多,有谓三十六神、七十二鬼"。在这样的信仰背景下,亡灵在当地(湘西)苗人的丧葬仪式里地位十分显要。与之相关的各种诵唱也丰富多样。其中不但有《探亡歌》,还有"寻亡"和"安亡"仪。《探亡歌》唱的是:

> 死了死了真死了,生的莫挂死的人;
> 丢了丢了丢开了,千年万载回不成。
> 从此今夜离别去,要想再见万不能。②
> ……

这是表明生死之别,人鬼两分。其中既有对逝者的惋惜之意,同时亦强调了彼此不再牵连。"寻亡"和"安亡"在苗话中叫作"土昂"(tongd ngangs)、"喜响"(xid xangb),是针对亡灵及其与生者关系而分别在入夜和清晨举行的两种仪式。

举行"土昂"(寻亡)时要备两顶罐饭,敬亡灵和祖先。然后经"苗巫"做法,请"亡灵"现身且悲痛而哭。这时,"全家见之,亦放声大哭"。待次日天明鸡叫五声时,举行"喜响"(安亡)仪式:"……酒饭碗各五个,击竹筒祭之。"目的何在呢? 在于"聚祖安亡也"。更值得注意的是,当地苗人以诵唱和法事对待亡灵并与之沟通的方式,不仅关涉男性"苗巫"而且还有女性"仙娘"。据石启贵记载,当逝者离去后,亲人既悲痛又惦记,却难于与之再见:

> 于是请仙娘走阴送饭祭之。仙娘所述之情节,与亡者口吻无异。全家问话,一一答复。听之实令人悲感矣。③

---

① 陈国钧:《贵州安顺苗夷族的宗教信仰》,《边政公论》第七、八期,1942 年 3 月;收入《贵州苗夷社会研究》,民族出版社 2004 年版,第 198—205 页。
② 参见石启贵《湘西苗族实地考察报告》(增订本),湖南人民出版社 2002 年版,第 127—128 页。
③ 参见石启贵《湘西苗族实地考察报告》(增订本),湖南人民出版社 2002 年版,第 414—415、128—131 页。

到了20世纪50年代以后，政府组织编撰的《苗族简史》记载说，苗族成年人正常死亡举办丧葬形式和过程，各地渐趋一致，只是在细节上有所差别而已。在这些渐趋一致的仪式中，为亡灵开路仍是其中主要环节。书中写道：

> 出丧之前，要请巫师"开路"，交待亡魂去处。这是一项很隆重的仪式，不可缺少。亡魂送去何方？一是"升天"，二是沿着祖先迁来的路线回到祖先发祥的地方去。①

可见，在如今麻山当地的活态传承中，"送魂歌"的存在及其特征与上述记载十分类似，彼此关系不说一脉相承至少也称得上文化同构。

据现今公布的资料，麻山地区的"送魂"诵唱大多伴随有两个主要的仪式环节："砍马"和"开路"。"砍马"时唱《砍马经》，对象是将要作为牺牲的马。"开路"面对逝者亡灵，诵唱的即是《送魂歌》。二者表象不尽相同，体现的内在信仰是一样的，那就是：人神相关，万物有灵；生而有魂，死有所归。依照中华书局2011年版的《亚鲁王》文本，苗人口承传统体现的信仰特征，是相信世界先有神灵，后有人类；人类由神创造。其中的主要创造者之一叫"董冬穹"（Dongx Dongf Nblongl）。是他先造了天地、日月，而后才造出了人类。有意思的是，一方面被叫作"董冬穹"的创造神仍有其自身的创造者（先辈）；另一方面他对人类的创造亦非独自实现，而是由若干后代接替完成。为此，《亚鲁王》中的"亚鲁祖源"篇先是记载曰：②

> 在远古岁月，
> 是远古时候。
> 哈珈生哈泽，
> 哈泽生哈翟。

---

① 《苗族简史》编写组：《苗族简史》，贵州民族出版社1985年版，第334页。
② 参见中国民间文艺家协会主编《亚鲁王·史诗部分》，中华书局2011年版，第30—39页。

……
觥斗曦吩咐董冬穹去宽阔的下方造天，
觥斗曦吩咐董冬穹去宽阔的下方造地
……
董冬穹造人已是横眼睛的岁月，
董冬穹造人到了横眼睛的时代。

像这样描述了世间由来及远古演变之后，歌者们又继续唱诵道：

董冬穹说，
儿女们呀，
你们分别去造万物，
你们分别去造祖先……①

可见正是在这种由神创造的世界里，人类的存在不仅与神灵有关，生死之间也因神和灵而紧密联系。也就是说正因为让众人——从唱者、听众到全体参与者——知晓了原本"从哪里来"，从而便明白将会"到哪里去"。

另据已出版的其他相关考察报告描述，"亚鲁王"流传的麻山一带，苗人对于魂灵存在及其相关仪礼的传承纷繁而精细。例如2009年11月—12月调查的紫云县湾塘村个案中，老摩公操持的仪式类别就十分多样，其中的"隔魂""牵魂"环节意味深长。据介绍，所谓"隔魂"是拿鸡蛋在棺木上砍为两半，意在把阴魂、阳魂分开，不使相混："阴的上山，阳的回家"。后一种叫作"牵魂"的仪式，是通过摩公的引导和诵唱，把亡魂牵到神坛，使其不再游离人间。②

记得20世纪90年代笔者在罗吏目考察"砍牛"习俗时，当地民众

---

① 参见中国民间文艺家协会主编《亚鲁王·史诗部分》，中华书局2011年版，第30—39页。
② 资料来源：中国民间文艺家协会主编《亚鲁王文论集》，中国文史出版社2011年版，第130—131页。

对魂灵存在的普遍深信及相应仪礼的异常繁多，令我印象深刻。除了口头诵唱的"非物质"话语外，还有一系列有关灵魂的物质性表达，如"招魂幡"、"纸经文"和"符咒图"等。前者高悬在死者屋前，象征着与亡灵对话，让其知晓生命已死，亡灵应归。后者用文字书写，直截了当地表明：奉……之令，好年好月，好日好时，露灵出去！笔者当时所做的分析是："为亡灵放幡，既希望其升天，更盼望其万世不回……因此放幡就是放魂、送魂、辞魂。"①

这样的内容和形式在以"巫—觋"著称的南方族群中可谓由来已久，绝非鲜见，除了麻山所见的苗族"亚鲁王"外，上自南方古国的楚辞，下至当代黔中布依族的摩公"砍牛"以及川滇黔彝语支民族由毕摩诵唱的《指路经》，②实在是密切相关，流传久远。例如屈原《九歌·礼魂》篇如此唱道：

　　成礼兮会鼓，
　　传芭兮代舞，
　　姱女倡兮容与。
　　春兰兮秋菊，
　　长无绝兮终古。③

如此盛大的场面配以庄严的仪礼，展示了南方农耕传统中魂灵信仰的精美绚丽。在地处贵州黔西的纳雍一带，因为相信"灵魂不灭"，人死之后魂魄将脱离躯壳而"存在"，故而在唱给亡灵的"送魂歌"里，不但为其指路，还特地替亡灵索要粮种、树种、麻种、鸡种、猪种、竹种、牛种，进而重新传授农耕技艺。歌中唱道：

---

　　① 徐新建：《罗吏实录：黔中一个布依族社区的考察》，贵州人民出版社1997年版，第174—175页。
　　② 参见果吉·宁哈等主编《彝文〈指路经〉译集》，中央民族学院出版社1993年版；相关讨论见李列《彝族〈指路经〉的文化学阐释》，《民族文学研究》2005年第4期。
　　③ 屈原：《九歌·礼魂》，参见王泗原《楚辞校释》，中华书局2014年版，第253—254页。

卯月你泡谷，辰月你撒种，巳月你插秧……
打得三升谷子，舂得一升米；
拿一碗做你的衣禄饭，一升做你的供食饭；
拿一把米草来，打成你的一双草鞋，
你好穿到阿略地去跳花。①

在黔东南月亮山一带的苗族"牯脏节"祭典中，参与者们通过"请鼓""祭鼓""吹笙""砍牛"等一系列隆重仪式，同样也有对亡灵的歌唱，同样实现着对逝者的追思和悼念；只是与麻山苗民安葬初逝者时以歌送魂不同，在月亮山牯脏节的情景中，又还多了一层祖先魂灵与在世子孙间的生死交往、沟通循环。②

如今若从深层信仰的角度出发，再与流传于其他民族文化区域内《格萨尔王》、《玛纳斯》及《江格尔》等与本教—佛教和萨满教—伊斯兰教传统的比较来看的话，《亚鲁王》这样的苗族"送魂歌"无疑代表着与之有别的另一种谱系，体现着多民族中国口头文化的另外类型：南方农耕民族的魂灵信仰传统。若结合中原文化的所谓"傩文化"传统一并考察的话，或许还能发现彼此在鬼神信仰方面的内在关联。③

此外，若再把比较的目光扩大至世界范围，以"魂兮归去来"为标志的灵魂诵唱，堪称世界文学和文化中普遍存在的原型之一。无论屈原"招魂"、东朗"送魂"，还是在西方经莫扎特转化为室内乐形式的"安魂"（Requiem），④ 都可视为"魂歌"原型的特定显现或变体，值得在人类整体的文学视野及诵唱功能之比较中进一步探讨。

（二）万物相连"创世记"

有意思的是，麻山地区苗族民众在死者葬礼上诵唱"送魂歌"时，其间要夹唱"万物起源歌"，也就是讲述生死由来的"创世记"。在调

---

① 纳雍县民族宗教事务局：《纳雍苗族丧祭词》，民族出版社2003年版，第22—23页。
② 徐新建：《生死之间：月亮山牯脏节》，浙江人民出版社1998年版。
③ 徐新建：《傩与鬼神世界》，收入《从文化到文学》，贵州人民出版社1992年版。
④ 莫扎特谱写的《安魂曲》完成于1791年，是西方音乐史上最著名的安魂曲作品之一，内容包括"进堂咏"、"垂怜经"、"末日经"及"奉献经"和"牺牲祈祷"等。

查者记录的事例之一里，有对为何要做这种夹唱的解释，比如举行"开路"仪式前，歌师对亡灵唱道：

> 我们要送你回家了
> 对于我们的祖先你生前没有人告诉你
> 现在我们就告诉你我们祖先的事情
> 你要记在心上，回去与他们同在。①

由此可见，在为亡灵诵唱"祖先的事情"，目的是使之记住来源，以便回归。至于此例提的"生前无人告知"现象，倒不一定是常态，而有可能是因社会境遇变异而发生的脱落或转型。需要弄清楚的是，在麻山地区"夹唱"于丧葬仪礼中的祖先故事和万物起源歌，在平时的其他人生环节中是否出现？如有出现，这里便是提醒和复习，也就是让死者进一步"记在心上"；若无出现，就要了解为什么。也就是要弄清当地族群的世界观、生死观如何形成，又如何传播和承继。如不弄清的话，就无法解释此交往圈中族群成员对万物有灵的信仰如何形成，以及生者与死者间的世代沟通何以实现。

根据各地收集的材料和调查，苗族古歌中创世传说——祖先故事和万物起源，其实包括着两种诵唱场景，为亡灵而唱只是其中之一。另外一种更常见的是面对生者，为在世的成员集体传授，以口碑方式铭记万物起源、承袭族群记忆。

扩展来看，类似的情景在黔省各地普遍存在，比如黔东南地区传唱的"仰阿莎"和"蝴蝶妈妈"，以及侗族大歌中的"讲款辞""嘎萨岁"等。它们都以口头古歌的形式，描述并传递了族群认知中的宇宙观念和事物来源。概述起来，也就是万物关联的"创世记"。此中，最突出的是关于"天地创造"等古歌的成员对唱，如流传于苗族中部方言区的"造日月歌"。其中以歌手间的相互问答唱道（苗汉对照）：

---

① 参见唐娜《贵州麻山苗族英雄史诗〈亚鲁王〉考察报告》，中国民间文艺家协会主编《亚鲁王文论集》，中国文史出版社2011年版，第29—58页。

第十章 文学生活:民间传统的世代承继

甲（Ot）:
Dib jangx juf ob hlat，造了十二个月亮，
Juf ob hnaib bil ent，天上十二个太阳，
Dib jangx dad mak bit. 造好给他们命名。
Dail hlieb bit gheix xid? 老大名字叫什么？
Dail ob bit gheix xid? 老二名字叫什么？
……

乙（Dliux）:
Dail hlieb mais bit said，老大名字叫做子，
Dail ob mais bit hxud，老二名字叫做丑，
Bit ghangb yenx bit hxed. 这个名字多么美。
Dail bib mais bit yenx，老三名字叫做寅，
Dail dlob mais bit mol，老四名字叫做卯，
Dail zab mais bit xenx. 老五名字叫做辰。[1]
……

  湘西和贵州松桃收集的苗族古歌唱诵了对世界的二次创造。歌中唱到本来的世界"开天立地，气象复明"，后又混沌不清："陆地粘着故土，天空连接着陆地"。在被称为平地公公和婆婆两位神灵的再次开创下，天地才又重新分离，平地公公用平地婆婆的血肉用为材料:

> 把她的心制成高高的山梁，
> 将她的肾做成宽大的陡坡。
> 这样（天）地就分开了，
> 下面的就成了陆地，
> 上面的变成了天空……[2]

---

[1] 参阅苗族古歌《铸日造月》，相关讨论见今旦《苗族古歌歌花·歌骨歌花对唱实例》，贵州民族出版社1998年版；吴一文《苗族古歌的问答叙事》，《贵州民族学院学报》2011年第5期。
[2] 石如金、龙正学（收集翻译）:《苗族创世史话》，民族出版社2009年版，第111—113页。

在麻山地区，与天地起源相关的苗族古歌不仅为亡灵诵唱，而且还出现在砍马的仪式中。如调查于紫云县猛林村的案例里，歌师吟诵的《砍马经》就唱道：

> 马啊马……
> 听我唱古理
> 听我唱古根
> 很早很早前
> 棉轰王不歹
> 造了百种邪
> 造了亚多王……①

目前学界及媒体的多数说法把《亚鲁王》命名为"英雄史诗"。笔者认为不够全面。因为即便其中的确包括有史诗内容，也只是部分而已。宽泛些说，把已经考察到的"亚鲁王"视为口头传唱及仪式综合体更恰当些，若顾及因分类产生的等级和地位差异而一定要标明为"史诗"的话，至少看到它是兼容了"英雄史诗"和"创世史诗"的类型，所以还可像朝戈金说的那样称为"复合型史诗"②，或叫作"古歌—史诗混合体"，不然会有损于它的丰富性和完整性，并且还将卷入难以共识的文体分类之争。对于现代受西方分类影响产生的汉语"史诗"（Epic）一词，以往的解释很多，如"叙事诗"、"故事诗"或"诗史"、"史话"等。在英语世界，史诗被界定为"一种长篇叙事诗，内容通常涉及英雄伟绩以及特定文化或民族的重大事件"。③ 在现代中国的学术界，也有多种多样的说法。马学良主编的《中国少数民族文学史》界定说，"史诗"指的是"民间叙事诗"的一类，属于"规模宏大的集

---

① 参见王金元《紫云县四大寨乡猛林村苗族丧葬仪式调查报告》，中国民间文艺家协会主编《亚鲁王文论集》，中国文史出版社 2011 年版，第 167—169 页。

② 朝戈金：《〈亚鲁王〉：复合型史诗的鲜活案例》，《中国社会科学报》2012 年 3 月 23 日。

③ Michael Meyer, *The Bedford Introduction to Literature*, Bedford/St. Martin's, 2005, p. 2128.

第十章 文学生活:民间传统的世代承继

体创作的古老作品"。① 从这个意义上看,视苗族的"亚鲁王"为史诗也未尝不可。与此同时还有人主张将其归为"神圣历史"。② 笔者觉得也没太大的错,关键看命名者各自的不同定义和取舍。

如今细读已整理出版的《亚鲁王》文本,再结合对当地诵唱过程的实地考察,笔者认为"亚鲁王"是结合了神话、史诗、古歌和历史、仪式的综合体。其中的内容既有"招魂歌",也有"英雄谱",还有"创世记"。而从彼此的关联逻辑上说,"创世记"最为根本。因为它道出了万物起源、人类由来以及历史演变和族人命运,为关涉者自我的主体确认和文化的口承传递提供了最基础的构架和前提。有了这样的认识,再来看和听"亚鲁王"中的创世吟唱,就无法不对其中的描述、场景及气派所震撼。东朗们这样唱道——

> 女祖宗们一次又一次造族人,
> 男祖宗们一次再一次造万物。
> 女祖宗造成最初的岁月,
> 男祖宗又造接下的日子。
> 造九次天,造九次人。
> 最初的岁月一过而去,
> 接续的日子绵延下来。
> 有了天,才有地,
> 有了太阳,才有月亮。
> 有了天外,就有旷野,
> 有了大地,才有人烟。
> 有了太阳,就有白天,
> 有了月亮,才有黑夜。

---

① 马学良、梁庭望、张公瑾主编:《中国少数民族文学史》(上册),中央民族学院出版社1992年版,第128页。
② 杨培德:《生命神话与神圣历史:神话思维叙事的苗族英雄史诗〈亚鲁王〉》,中国苗族网:http://www.chinamzw.com/wlgz_readnews.asp?newsid=2188,2012年9月4日。

>　　有了种子就有生灵,
>　　有了根脉,才有枝丫。
>　　有了上辈,就有儿女。
>　　……①

不过对于这些颇为壮观的排比式唱词,整理和选编者十分负责任地作了说明,交代说它们"只适用于葬礼上唱诵"。② 由此需要进一步探究"创世记"在这里的特殊功能。对于麻山地区苗族诵唱的"亚鲁王"而言,为亡者送魂过程中"万物起源"及"古歌唱史"的出现,还担负着一个重要的功能,即用歌唱出来的世界图式为亡灵指路。参加紫云县宗地乡一带实地调查的项目成员指出,当地东朗在"开路"仪式里诵唱的内容包括五个部分。第四部分即为"开天辟地"和讲"祖先的历史"。歌师们介绍说这部分最为重要,因为"唱得好了,亡人才能够顺利地沿着祖先迁徙的路线回归到祖先曾经生活过的地方"。③

此外,在如今搜集整理出来的麻山古歌"亚鲁王"中,有关万物起源的部分同样丰富,不但包括开创性的"造天造地"、"造日月太阳"和"造人",还包括讲变迁的"兄妹联姻"和"洪水朝天",等等,均从纵横面向讲述了事物由来及生命演绎。马学良等编撰的少数民族文学史认为西南各民族的史诗普遍讲述"创世"神话和传说,"这与草原文化圈的史诗很不相同",是一种"储存神话的复合型史诗"。④ 有学者把西南的这种现象概括为"南方创世史诗群",认为其"不仅是我国其他区域所没有的现象,同时在世界文化史上也实属罕见",堪称"值得中

---

① 中国民间文艺家协会主编:《亚鲁王·史诗部分》,引子"亚鲁起源"(杨再华演唱),中华书局2011年版,第57页。
② 中国民间文艺家协会主编:《亚鲁王·史诗部分》,引子"亚鲁起源"(杨再华演唱),中华书局2011年版,第30页。
③ 参见李志勇《紫云县宗地乡湾塘村苗族丧葬文化调查报告》,中国民间文艺家协会主编《亚鲁王文论集》,中国文史出版社2011年版,第130—131页。
④ 马学良、梁庭望、张公瑾主编:《中国少数民族文学史》(上册),中央民族学院出版社1992年版,第157页。

国人自豪的一座宝库"。① 在这样的族群地域背景参照下,朝戈金才较为全面地指出,《亚鲁王》的特点在于兼具了"创世史诗、迁徙史诗和英雄史诗三个亚类型的特征"。②

在笔者看来,虽然在"亚鲁王"里包含了大量的"英雄祖先"叙事,但正是以古歌诵唱的神话观和创世记构成了"送魂歌"的生成背景。换种说法,亦即奠定了苗族古歌的"话语场"。它的核心是"万物相关"与"神灵创世"。这种表现为人神相连的信仰特征,与世界各地的"土著知识"(Indigenous Knowledge)连为一体,构成更为根本的超验类型,呈现的是人类整体精神史中与生态伦理及自然保护相吻合的类型,同时亦是自西方启蒙时代以来面对现代性危机重新开展"文明对话"的重要资源,需要从人类学和哲学角度深入总结。③

(三) 口耳相沿"英雄诗"

根据目前出版的材料,作为古歌传唱的主角,"亚鲁"(yangb luf)其人究竟是族长、先祖抑或"苗王"乃至"神灵"还可讨论。从已搜集汇编的唱本内容看,"亚鲁"(王)被传唱者视为某一类型的族群"先驱""首领"这一点是可以肯定的。由此也就突出了他在族群承继中的"英雄祖先"特征。不过,笔者想讨论的重点还不是其中曲折漫长的故事情节,而是作为特定的"英雄祖先",亚鲁王在世代成员里口耳传唱的身体性。

麻山大地坝村接受访谈的歌师说,在唱"开路"的时候都要唱到"亚鲁"。"他是我们的老祖公,我们要唱到他。""李家唱到他,张家、罗家、我们杨家也唱到他……"最后,歌师用反问的语句强调说:

> 要是开路的时候不从"亚鲁"唱来,我们怎么知道我们是从

---

① 巴莫曲布嫫:《南方少数民族的创世史诗》,中国社会科学院"中国民族文学网":http://iel.cass.cn/news_show.asp?newsid=1647。

② 朝戈金:《〈亚鲁王〉:"复合型史诗"的鲜活案例》,《中国社会科学报》2012年3月23日。

③ 徐新建:《文明对话中的"原住民转向":兼论人类学视角中的多元比较》,《中外文化与文论》2008年第1期。

哪点来的?①

可见,作为族群祖先,"亚鲁"在诵唱中出现,必须出现,并且只在诵唱中出现。"他"通过声音,以歌词和动作的形式存活于族群记忆中;经过诵唱,在口耳相沿的路上穿越世代成员的身体,才成为四方共享的形象。在这样的传承中,口耳记忆就是身心记忆,是人类知识得以呈现和累积特殊类型。在这个意义上,"亚鲁王"虽已在今天被整理印制成了文字文本,但在现实的生活世界,其特质仍是以身心传承的口头践行。它的习得和呈现,仍将依赖歌师的勤学苦练及听者们的现场参与。对此,当地歌师表述说,我们苗族"是用苗话来唱的,没有字来看,都是用嘴巴来讲,用脑子来记,有时候记几句话都要很长时间",因此"要反反复复练习才能记住""很难学会";而且"学不成总是忘记"。"亚鲁王"涉及内容很多。操办葬礼仪式时,光是诵唱"开路"(送魂)就忙不过来,要由"开天辟地"讲起,从下午一直唱到次日天亮,故而要多人协作,数位歌师轮流诵唱。开路唱些什么呢?歌师杨宝安介绍说:

> 我们唱开路就是要理天是谁来造的?人是谁来造的?洪水滔天以后,只剩下两兄妹,后来没有办法了就结婚才有后面的这些人。这两个兄妹的名字我们用苗话叫做"namu",但是不知道用哪个字来写……②

从歌师们的讲述中可以看到,由于诵唱内容的口传性,"亚鲁王"在当地并无固定"版本",其中的情节、结构及顺序、名称等时常不一,呈现为形态的多样和场景的唯一,也就是说在整体的分布区域里表

---

① 参见李志勇《马宗歌师杨宝安口述史》,中国民间文艺家协会主编《亚鲁王文论集:口述史·田野报告·论文》,中国文史出版社 2011 年版,第 173—187 页。
② 参见李志勇《马宗歌师杨宝安口述史》,中国民间文艺家协会主编《亚鲁王文论集:口述史·田野报告·论文》,中国文史出版社 2011 年版,第 173—187 页。

第十章 文学生活:民间传统的世代承继

现为多种多样,同时又在具体的葬礼仪式中因歌师的派系传承乃至个人的临时取舍而呈现为独特不二。

此外,对于为何苗人只有口传而无文字,当地歌师也有自己的说法。紫云打拱歌村师杨光祥和格然村的梁大荣讲了内容相似的一个故事:

> 以前我们老祖宗和别个民族的人去学歌,学得歌回来的途中遇上一条河。别个民族的人把记下来的歌条放进包里,把衣服脱了放在头上过河来,而我们的祖公把得来的歌条放进嘴里,等到过河来后才发现歌条已经化在嘴里了。①

面对如此令人沮丧的后果,幸好苗人的祖公已把歌全都学会,且已牢记在心,故而才得以世代相传。不过自那以后,所有的苗歌都没有文字记载,只能用唱来学习和承继了。然而正因为不靠文字阅读而用口耳传递,"亚鲁王"的存在和呈现就具有了集体参与和现场互动的交往特征。那样的场景异常热闹,对族群凝聚和集体认同所起的作用,实不亚于清冷的文本。歌师们描述说,当哪家老人过世后,请歌师诵唱这些古歌时来听的人很多,堂屋中的人挤得满满的。有的是亡人的兄弟姐妹,有的是亡人的儿女、亲戚。他们来做什么呢?

> 他们主要是来听你唱家族是从哪里来,怎么一步步走到今天的历史。因为各家从各个地方来,历史是不一样的,所以那些客要来看你念到他家没有,念到念不到他家他都知道……念不到旁边听的人也会笑话你不会。②

根据人类学家所作的世界性民族志研究,"口耳相沿"的历史诵唱

---

① 中国民间文艺家协会主编:《亚鲁王文论集:口述史·田野报告·论文》,中国文史出版社2011年版,第266页。
② 中国民间文艺家协会主编:《亚鲁王文论集:口述史·田野报告·论文》,中国文史出版社2011年版,第183页。

体现出族群记忆的身心合一。这种特征在众多的无字民族里表现得尤为突出。其中的意义和功能绝非后世带有傲慢和偏见的"文盲"二字所能遮蔽。长于仪式研究和阐释的维克多·特纳甚至提出当今世界已重新变为"身体社会",在其中"所有重要的政治和精神事宜都要通过身体的渠道来阐述"。①

华裔人类学家乔健教授则在对北美印第安人的考察中,关注过在拿瓦侯族"诵唱者"(singer)的传承行为里,知识与身体不可分割的联系。乔健不仅将此与藏族的"格萨尔王"颂歌相比,指出二者的共同点之一是都具有仪式和医疗功能,而且还同儒家经典中的类似表述做了深入比照。他引述荀子《劝学》篇的话"君子之学也,入乎耳,箸乎心,布乎四体,形乎动静"来做分析,然后总结说,在这种口耳并用的传承模式中,诵唱已融入参与者的身体,成了他们"呼吸与生命的一部分",或一如儒家圣者所称道的"修身"和"体认"。② 这种理解的重要之处在于把儒家一类的理论阐释与原住民族的实践传统连成一体,打破了后世偏见将精英与底层对立开来的人为间隔,形成一种富有开拓力的诗学对话。

在这点上,其实从儒家诗论到原住民族的诵唱践行,在人类表述史上始终呈现着另一条世界性的"超文字"通道和路径。无论《诗大序》所谓"在心为,志发言为诗"和"言之不足故嗟叹之,嗟叹之不足故咏歌之"直至"手之舞之足之蹈之",抑或是侗族歌师信奉的"饭养身、歌养心",莫不阐述了这种身心关联的践行道理。③

这是尤其值得当今因陷入文字崇拜而导致身心蜕化的现代人倍加反思的大课题。

1998 年联合国教科文组织公布的《人类口头和非物质遗产代表作条例》呼吁,各国政府和人民应当行动起来,保护那些"以传统为依

---

① 参见[英]肖恩·斯威尼等编《身体》(The Body),贾俐译,华夏出版社 2006 年版,第 4 页。
② 参见乔健《印第安人的颂歌:中国人类学家对拿瓦侯、祖尼、玛雅等北美原住民族的研究》,广西师范大学出版社 2004 年版,第 10—24 页。
③ 徐新建:《表述问题:文学人类学的起点和核心》,《西南民族大学学报》2011 年第 1 期。

据""通过模仿或其他方式口头相传"来表达群体或个体准则和价值的人类口头代表作。

结合其诵唱功能及流传影响来看,麻山苗族口头传唱的"亚鲁王"正是这种值得珍视和保护的人类代表作之一。

(四)沟通两界"东朗"人

麻山地区的"亚鲁王"传唱中,歌师"东朗"(Dongb Langf)是至关重要的核心和中介。依据实地调查资料,余未人指出,流传于乡间的《亚鲁王》并非人人能唱,而仅只是"一部由东郎世代口传的史诗"。而成为东朗的人,不但要有学唱的愿望、天赋和优良记忆,并且必须通过虔诚拜师、艰苦学习以及长期参与方可出师。①

在麻山,与"东朗"类型相关的另一个名称是"Bot muf"。在现今整理出来的文献里有的译为"褒谋""褒牧",用汉语解释的意思是"摩公"(或"巫师""祭司""鬼师"),有时也与"歌师"的称呼混用。1997年笔者在与紫云县毗邻的罗甸苗族村寨调查,当地也有用汉语称为"摩公"的人物。苗语叫法与麻山近似,但笔者选择的汉译是"播摩"(后来在黔中布依族村寨罗吏目选择的是"布摩")。有意思的是,麻山的"东朗"(摩公)不但能用苗歌传承古史,有的还可以用诵唱来治病②。罗甸的"播摩"同样如此,也能用苗歌请神、驱鬼和招魂。③ 在黔东南及广义的"苗疆"地区,类似人物普遍存在。有的叫"沟横"、"神东"和"相"等,在湘西则称为"巴岱"(bax deib),还有女的叫"仙娘"……

结合这些地方的文化传统及信仰特征来分析,尽管名称多样,其在族群内部的作用和功能是共同的,那就是作为人神中介,完成生死沟通。这一类型在中国南方的巫—觋文化里极为普遍。麻山苗族的"东朗"自称,令人想到云南纳西族的"东巴"。另外,麻山一带存在的

---

① 余未人:《21世纪新发现的古老史诗〈亚鲁王〉》,《中国艺术报》2011年3月23日。
② 参见杨正兴《苗族英雄史诗〈亚鲁王〉歌师普查手记》,贵州省苗学会编《苗族文化保护与利用研究》,中国言实出版社2011年版,第131—143页。该文引用受访者的话说,麻山诵唱"亚鲁王"的歌师分两种类型,一种负责"唱述"故事;另一种专为治疗及其他。
③ 徐新建:《苗疆考察记》,上海文艺出版社1997年版,第1—57页。

"Bot muf"叫法又与黔中布依族的"布摩"（摩公）和彝族的"毕摩"颇为相似，并且各自承担的功能也颇为相同。这样的现象有可能意味着存在着一个范围广大的南方信仰共同体，或以沟通人间与灵界为特征的巫觋文化圈及其法事传播带。只不过在这样的整体格局中，各地间的关系是同源抑或共生？还需另做研讨。

在笔者看来，"东朗"的存在对于理解《亚鲁王》至关重要。从生命视角看，他们体现的是对生死两界的信仰和沟通；从文学层面看，则代表与"世俗书写"极为不同的另一种类型，即不但诵唱万物起源、祖先历史，而且能连接生死、指引亡灵，乃至促进教化、实现传承的"神圣表述"。[①] 再者，从口耳传递的特点看，东朗们依靠各自的身体功能——习得、体认、记忆、诵唱、感染、传播乃至联想和即兴创作等，完成着民族群体的文化储存和认同凝聚，不仅堪称族群中的文学家、史学家和精神领袖，而且是民族传统的图书馆、信息库，远古生活的"纪念碑"。

不过，若把范围扩大，拿"东朗"与西南地区藏缅语族"尼"、"东巴"和及其他跨文化体系的"格萨尔"、"玛纳斯"与"江格尔"等史诗演唱者和传承人等作番比较，其中的联系和异同还值得思考。

"尼"是彝族群体中主要通过"神授"（病变、附体等）和传习获得通灵功能的人物。与"毕"（毕摩）不同，"尼"的男性叫"苏尼"，女性叫"嫫尼"。我们近年在四川大学组织的"藏彝走廊民族文化遗产研究"课题组对此做过专题调查。在实地调查的众多案例中了解到，"尼"的形成要通过更高一级的祭司"毕"的授予方可实现，由此才能拥有自己的"阿萨"。"阿萨"是能附体在"尼"身上予以护佑和协助的神灵。而正是借助"阿萨"的附体，"苏尼"和"嫫尼"便能践行"占卜"、"招魂"和"治病"的多样法事。但与毕摩不同，"尼"不识字，也就是认不得彝文，故他们的仪式通常不用经书，而是击鼓、舞蹈和诵唱口传歌谣。此外，虽然"尼"因阿萨附体而在表面上看去更具

---

① 参见徐新建《文学：世俗虚拟还是神圣启迪？》，《文艺理论研究》2011年第3期。

神通，但毕摩却能经由世代流传的经书，在主持丧葬仪式时向"东朗"为亡灵"指路""安魂"。其中的内容、程序都与为送魂而唱的"亚鲁王"十分类似。

在藏族地区，史诗"格萨尔"的诵唱者也被视为人神之间的中介。根据普遍流传的说法，最早的歌手是一只秉承格萨尔使命的青蛙，转世到人间后变成以歌诵史的"仲肯"。后来的众歌手是受神灵庇护、托梦而歌的能人。藏语称为"包仲"，意为"托梦艺人"或"神授艺人"。[①]

今日新疆柯尔克孜族地区，演唱长篇史诗《玛纳斯》的歌者叫"玛纳斯奇"（Manasqi）。在他们当中，有居素普·玛玛依这类进入了最高级别的"大玛纳斯奇"。因能够记诵数十万行的《玛纳斯》以及其他十几种长度相当甚至更长的柯尔克孜族和哈萨克族的长篇史诗，居素普·玛玛依被誉为最杰出的艺术家、"活着的史诗库"和"当代荷马"。[②]而通过学者们的调查发现，《玛纳斯》的演唱者大都有过从事巫师、占卜的经历，而且几乎所有的玛纳斯奇都"以各种神秘的梦授来解释自己怎么会演唱《玛纳斯》"。有条件的会宰杀牲畜进行简单的祭祀，并在演唱前按伊斯兰教的教义小净后才唱。有学者由此见到了《玛纳斯》及其唱者体现的萨满教与伊斯兰教乃至摩尼教、祆教等多教杂糅的痕迹。[③]

在西域地区与柯尔克孜同属突厥语民族的哈萨克文化中，也有和"玛纳斯奇"类似、被称为"阿肯"（Akin）的人物。"阿肯"是哈萨克语"诗人"的意思，但含义要广泛得多，意味着"智者的化身"，是人群里最博学、经验最丰富以及最受人尊敬的人。与"东朗"所属的苗人一样，由于诗与歌这样的口头传统在哈萨克群体中具有不可替代的地位，"阿肯"的作用也十分突出，是民族传统的核心。对此，人们的

[①] 降边嘉措：《关于〈格萨尔〉说唱艺人的创作观》，载《二十世纪中国民俗学经典·史诗歌谣卷》，社会科学文献出版社2002年版，第360—369页。

[②] 参见艾克拜尔·米吉提《歌者与〈玛纳斯〉》，《民族文学》2002年第5期；另还可参阅阿地里·居玛吐尔地《20世纪中国新疆阿合奇县玛纳斯奇群体的田野调查分析报告》里的案例描述。见《西北民族研究》2006年第4期。

[③] 古丽多来提：《〈玛纳斯〉与柯尔克孜族宗教文化》，《安徽文学》2009年第3期。

看法是：要了解哈萨克就必须了解哈萨克诗歌；而要了解哈萨克诗歌，首先就得了解阿肯。在这样的结构里，阿肯及其演唱就异常紧要，几乎关乎族民的整个一生。这一点，诗人们是这样表述的："歌儿替你打开世界的大门，你的躯体又伴随着歌儿被埋进坟茔。"①

通过广泛的比较研究，今天的学者认为尽管作为"山地游牧民族"和作为"草原游民民族"的柯尔克孜与哈萨克有所区别，但他们世代流传的史诗，无论在叙事结构、方式还是内容情节上都具有突厥语民族的鲜明共性，且都受到早期碑铭文学的影响。在以《阙特勤碑》为名的文字篇章里，亦有关于创世论的记载：

> 当上面蓝天、下面赭色大地造成时，
> 在二者之间创造了人类之子。
> 在人类之子上面，
> 坐有我祖先布民可汗和室点密可汗……②

这就是说，虽然在史诗诵唱的实践上，突厥语民族的"玛纳斯奇"与"阿肯"都可归入口承文化和创世信仰的体系之中，但与南方的"东朗"及"苏尼"相比，却已体现着从口传向书写的转换（或以书面向口头的延伸）；相应的，前者的史诗演唱也随之出现了由宗教信仰到世俗娱乐的替代和变形。而迄今为止，麻山地区苗族东朗们诵唱"亚鲁王"古歌除非面临特殊境遇，通常是不会在丧葬之外的场合呈现的，更不会轻易拿来娱人。这样的特点不知在他们的口传唱本被收集整理并以书面方式出版之后是否还能保持，将是值得关注的问题。

（五）"多语并置"再传承

2011年，通过中国民间文艺家协会的推动和组织，中华书局出版

---

① 参见张昀、阿里木赛依提、达丽哈《论哈萨克民族的阿肯与阿肯弹唱》，《青海民族研究》2003年第3期。

② 参见朗樱、扎拉嘎主编《中国各民族文学关系研究·先秦至唐宋卷》，"突厥英雄史诗的叙事传统"一节，贵州人民出版社2005年版，第400—411页。

了装帧精美、苗汉对照的《苗族英雄史诗：亚鲁王》。在"后记"里，作为执行主编和汉译参与者的余未人提出了一个重要问题：对于如此浩瀚、特殊的民族古歌究竟该如何翻译？举例来说，读音为"勒咚"的苗语是《亚鲁王》的核心概念和关键词语，但汉语能将它准确翻译转达吗？根据了解，"勒咚"在苗语中有"天"的含义。但在译者看来无论译成汉语的"天宇"、"宇空"还是"苍穹"都不足以体现苗语本意。最后，经过交流琢磨，决定采用双语并置来处理，即一方面用音译方法保留苗族母语的"勒咚"读音，同时选择用"天外"的汉译来加以补充说明。为什么要如此审慎呢？余未人写道：苗语的"勒咚"一词，"含义既丰富又模糊，体现了远古苗人的宇宙观"。[①]

此举不但标志着翻译者对"异文化"的尊重及对"本文化"的认知，而且体现出对不同文化交遇、对照时应有的冷静和严谨。以往的相关研究在促进了文化交往和比较的同时也犯过错误，比如简单地用"萨满"（Shamanism）、"巫术"或"天人合一"来概指各地存在的超验现象和泛神信仰，遮蔽了"东朗"、"摩公"以及"开路"、"勒咚"等文化自称所具有的自身底蕴。

自地球上各个区域性文明不断靠近以来，人类便开始处在不同文化的多语并置之中。这里的"多语"既指日常交际的社会语言，亦指包含信仰和价值体系的文明话语。

[①] 参见冯骥才策划，余未人主编《苗族英雄史诗：亚鲁王》，中华书局2011年版，第757—763页。

· 423 ·

如果说汉语文献的《诗经》《乐府》开启了从大一统教化到移风易俗的社会改造传统、现代西方人类学的民族志书写发明出对文明"他者"的代言的话，在倡导族群平等、文明对话的如今再次面对"勒咚"一类的苗人语词时，就应当从任何"我族中心"的心态和观念中走出来。走向何处呢？目标之一是以我称为主位、客位及全位"三位一体"的视野重新看待自我和他者，以便在异同比较的基础上获得对人之为人的整体认知。

以这样的思考为前提，对"亚鲁王"的考察研究显然是方兴未艾、任重道远。其中的话语分析和多方对话，不但涉及民族、历史和语言、文学，更关联到人类对宇宙与生命的普遍呈现和多元表述。

因此回头来看，就还应当进入"亚鲁王"的母语本体及其信仰语境，从最基本的语词、概念及仪式实践开始，回归这一正被汉语赋予"英雄史诗"及"非物质遗产"等他称的文化主体，重新认识他们本有的自表述。让当地人说话，用他们的言辞、话语呈现生命本相和对世界的独特表述……

在那之后，与世界各地原住民族的文明对话方可开始。①

接下来再看云南的待识别民族"摩梭人"的表述案例。

三 《阿哈巴拉》：摩梭的传承

（一）泸沽湖畔"摩梭人"

云南宁蒗县永宁乡的瓦拉别村离泸沽湖20多千米，虽不及湖区核心景点那般热闹，但随着"摩梭文化"在旅游推动下的日益升温，村里也发生了与民族身份相关的多种变化。2006年，瓦拉别被云南省公布为首批"传统文化保护区"，2011年升为"云南民族团结示范村"，甚至还被联合国开发计划署列为中国少数民族文化产业"可持续发展项目示范基地"。有意思的是，2006年获批的文化遗产保护项目，使用的名称叫作"瓦拉别纳西族（摩梭人）传统文化保护区"。其中，以母

---

① 徐新建：《文明对话中的"原住民转向"》，《中外文化与文论》2008年第1期。

语汉译的"瓦拉别"作为地名没有疑义,还挺有特色,而用"纳西族"再加括号说明的"摩梭人"表示族别身份就令人费解。①

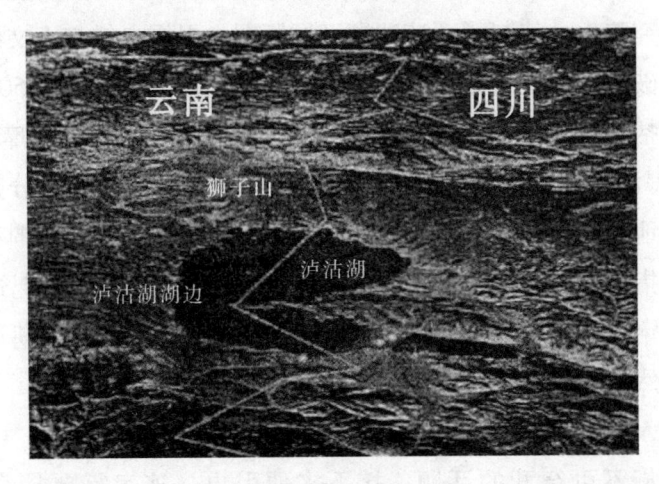

泸沽湖省界图

泸沽湖位于雅砻江下游,水面有50多平方千米,风景秀美,是自然形成的湖泊整体,加上在周边世代相沿的各族村寨,构成了以湖为圆心的广阔空间,在自然和文化对应的地理关联上,称得上一个相对完整的环泸沽湖地区。可是自秦汉以来,尤其是元朝以军事征服方式在西南设置川、滇行省之后,环泸沽湖地区便被自上而下的中央王权从行政上一分为二,西南面属滇,东北部归川。自那以后,环湖而居的各族民众便从国家(王朝)政治上被剖成了相互区隔的不同部分,即便其中不少人群无论血缘还是文化自古便是一体。(见上图)

长期以来,环泸沽湖区域在行政上的分割强化了川滇两地的各自为政,并且还会因利益问题而不时引发程度不一的地方冲突,如地界划分、资源分配直至如今实施旅游开发后的品牌之争等。②

进入21世纪后,出于对生态危机的警惕及对民族文化开发利用之

---

① 资料来源:云南非物质文化遗产保护网,http://www.ynich.cn/view.php?id=1175&cat_id=1111119. 2007年9月29日。
② 有关环泸沽湖地区的行政设置及差异冲突可参阅周俊华《川、藏纳西族聚居区土司制度的多种类型》,《思想战线》2007年第3期。川滇两省在泸沽湖旅游开发上的品牌之争待后文论述。

考虑，政府相关部门开始为环泸沽湖区域制定彼此关联的总体规划，促使该地区在一定程度上恢复了自身的整体属性。2002年，中国城市规划设计研究院人员编制了环泸沽湖区域版图。根据自然与人文结合的原则，在打破川滇两省的分割之后，泸湖地区的范围被总和为500多平方公里，包括80多个村落、9个不同民族，人口3万，"其中摩梭人1.1万"。值得注意的是，规划者虽以风景区保护为主题，却十分显著地突出了这一地区的"摩梭人"属性。《规划》描叙说泸沽湖范围有山有水有坝子，指出其"地域空间完整""地方特色独具"，继而把这一地区的性质确定为"以保持摩梭人母系氏族文化特征，集高原湖泊景观特色，融自然山水与民族风情于一体"的类型。①

可见，有关"摩梭人"及其母系文化特色的各种描述，已成了认识泸湖区域不可绕开的话题。接下来便引出一连串需要探究的问题了："摩梭人"是谁，指代哪一个特定人群，该名称是怎样产生的，在当代中国的多民族格局中，"摩梭"的称谓具有何样的政策和社会意义？

1. 族别的自称和他称

2015年7月，《中国多民族文学的共同发展研究》项目组在宁蒗县永宁乡瓦拉别等村寨考察，见到的情景是，"摩梭人"称号已写入路牌、挂在村民屋前的标牌相框上，并频繁出现于村民们接待外客的自我介绍中。不仅如此，环泸湖岸边的景区里，到处布满以"摩梭"为招牌的客栈酒吧，落水村办起了展示摩梭民俗的专题博物馆；在四川那边，在盐源县泸沽湖镇界扎窝洛码头附近的湖边上，更耗资上亿元兴建了占地80亩、一期建筑面积就达4500平方米的"摩梭博物馆"，自2013年起便已对外接待各地游客。

在如今国家民族事务委员会的官网里，被政府正式认定的民族是

---

① 中国城市规划设计研究院唐进群、刘冬梅等编制：《泸沽湖风景名胜区总体规划》，引自中国城乡规划行业网，http://www.china-up.com/programmingHarvestFinal.php?id=1435808&subtp=%E3%F2%B9%C1%BA%FE%B7%E7%BE%B0%C3%FB%CA%A4%C7%F8%D7%DC%CC%E5%B9%E6%BB%AE。

第十章 文学生活:民间传统的世代承继

56个,其中未含"摩梭人"。"摩梭"之称,被涵盖在对纳西族的简介中。国家民委的官网引《民族问题五种丛书》之《中国少数民族》卷介绍说:

> 在汉文古籍中,纳西族的他称有"麽些"(些读如so)、"摩沙"、"摩挲"、"摩娑"等,近现代汉族民间亦曾流行以"麽些"(摩梭)称纳西人。由于历史上的这一他称比较普遍,直至族称正式定为"纳西"之前的20世纪50年代初,各地纳西人填族别时填"麽些"或"摩西"。①

"他称"的意思是旁人、外人、其他人对某一人群的称呼,常常与该人群的自称不相对等或毫无关系,有时还会带有误读或歧视,就像古汉语文献的"戎狄蛮夷"之于中原之外的非汉民族以及"印第安人"(Indian)之于美洲原住民一样。那么"纳西族"群体是如何自我称呼的呢?前引的官方资料说,"纳西族有多种自称",驳杂不一,包括了云南丽江、四川木里等地的自称"纳西"以及云南宁蒗、四川盐源一带的自称"纳"和"纳日"(或音译为"纳汝")等。②

族称的差别意义重大,尤其是用于自称的特定符号,更代表着群体身份的主观确认与自我传承。其中某些细微读音和拼写,在外人眼里或许微不足道,实际却每每标志出相互区别的重要边界,若要识别,无论如何都得精细考量、慎重对待。可惜,理性上说得通的情况在历史的实践中往往并非如此。20世纪中国政府逐步实施的民族识别中,在川滇地区对"纳西族"的认定,就因对族称解释的不同,产生了被识别成员的彼此分歧,从而在后来导致"摩梭人"从"纳西族"群体的脱离。

---

① "中华各民族·纳西族"条目,国家民族事务委员会官网,http://www.seac.gov.cn/col/col301/index.html;另可参见国家民委《民族问题五种丛书》编辑委员会《中国少数民族》,民族出版社2009年版。

② "中华各民族·纳西族"条目,国家民族事务委员会官网,http://www.seac.gov.cn/col/col301/index.html;另可参见国家民委《民族问题五种丛书》编辑委员会《中国少数民族》,民族出版社2009年版。

对于当时的识别经过,文献资料是这样说的——

> 在上述自称中……自称纳西的人占纳西族总人口的六分之五,因此,根据本民族意愿,经国务院批准,于1954年正式定族称为纳西族。①

问题出在对何为"本民族意愿"的理解上。由于不在总数为5/6的"纳西"人群当中,那些自称"纳""纳日"("纳汝")的人群似乎就被排除在有权表达"意愿"的范围之外。

1979年,方国瑜、和志武在《民族研究》上发表论文,对纳西族的族称及分布问题做过专题阐述。文章指出,已确定"纳西"为共同的族名的人群生活在金沙江上游地带,原本"称谓复杂",一般来说,东部称为"么些",西部称为"纳西",见于史籍记录,则通称"么些"。作者认为"么些"是他称,非但"记录无定字,同音异写",且"含有侮蔑",因此明确提出废除"么些"之称。文章指出:

> 从本族自称来说,西部自称 na ɣi˧,东部自称 na 或 na˧ zz˧。按:i˧ 和 zz˧ 之意为"人"或"族",而以 na 为专名。na 的取意为"大"。②

作者由此得出结论,认为"名从其主,称为'纳西'是正确的"。

方国瑜、和志武都是出生于丽江地区,也就是所述人群西部范围的纳西学者,威望颇高,影响很大。他们的观点对纳人群体的称谓兴废无疑起了重要作用。③ 不过,族别的确定并不仅与族名相关,还与特定的文化内涵及成员认同相联系。若单以族名定族别,是不够全面的。在对

---

① 国家民委《民族问题五种丛书》编辑委员会:《中国少数民族》,民族出版社2009年版。
② 方国瑜、和志武:《纳西族的渊源、迁徙和分布》,《民族研究》1979年第1期。
③ 例如有学者撰文称赞方国瑜的纳西研究作出了开创性贡献,"为纳西历史文化的研究奠定基础"。参见和智《"筚路蓝缕 以启山林":方国瑜先生与纳西历史文化研究》,《文山学院学报》2014年第2期。

不同族称的选择上，命名意味着分类，影响着归属，因此事关重大，引出各种争论也实属正常。

就金沙江上游地带包括丽江地区和环泸沽湖区域纳人的族名之争而论，面对这一自称有别、他称一致的不同人群，本也可像有学者主张的那样，突出彼此自称中均含有的相同词根"纳"，而重新视为一个统一的"由各族群所构成的民族共同体"，统称为"纳族群"。① 假若不是这样，而只选择其中某一种附加尾词来做民族称号，如采用纳"西"，而不是单一的"纳"或纳"日"、纳"汝"……，难免造成矛盾，引起"纳西"之外人群的不认同，进而引发少数对多数的不满和抵制。

事情果然如此。环泸沽湖地区的部分"纳""纳日"人群不认同被赋予的"纳西族"称号，不断提出异议。经过多方申诉和长期坚持，这部分人数虽少但影响不弱的成员的不懈努力终于使事情发生改变：

> 在一些纳人干部的一再要求下，云南省人大常委会在1990年4月27日召开的七届十一次会议上通过了《宁蒗彝族自治县自治条例》，将纳人确定为"摩梭人"，允许宁蒗县境内摩梭人的身份证上用"摩梭人"作为本人的民族身份。②

1993年出版的《宁蒗彝族自治县志》经统计后宣告"至20世纪80年代末，称为摩梭的人口，大约有4万人"，并将他们的分布详细标注如下：

> 今摩梭人口，宁蒗有15000人，分布在永宁、拉伯、翠玉、红桥、红旗、大兴、宁利、新营盘、西布河等9个乡镇；此外，丽江、永胜、华坪、维西等县有摩梭人散居。四川省盐源县有13000多摩梭人，木里有7000多摩梭人，盐边、冕宁和西昌也有零散摩

---

① 杨福泉：《"纳木依"与"纳"之族群关系考略》，《民族研究》2006年第3期。
② 杨福泉：《多元因素影响下的纳族群称谓与认同》，《民族研究》2003年第5期。

梭人居住。①

由此，泸沽湖一带的部分"纳"人群体就在称谓意义上从"纳西族"划分中脱离出来，成为一支以"摩梭人"相称的独特人群。

1956年1月和1958年8月，云南、四川的调查组分别进入各省管辖的纳西族地区调研，发现当地"纳西族"成员都忌讳被称为"摩梭"，原因是该称呼含有偏见。②谁能料到时隔不过两三代人，"摩梭"称谓竟然转变为泸沽湖地区"纳"人群的重新选择。在笔者看来，这一为了表示区别、凸显主体而放弃自称改用他称的做法，称得上当代中国民族认定进程中的标志性事件。若把视野扩大，"摩梭人"群体的被认可，不仅改变了云南宁蒗的"纳人"身份，而且连带出了四川盐源等地的"蒙古族"难题。后者分布在泸沽湖东面以前称作"五所、四司"的地带，数量1万余人。他们的自称原本与宁蒗这边更名为"摩梭"的人群相同，也叫"纳日"（Nazl），后来却拥有"蒙古族"称谓。依照李绍明的说法，其中缘由在于20世纪50年代民族申报和认定时的不准确：

解放初期，四川境内的纳日人，未经过民族识别，而沿用了某些上层人士的说法，被称为蒙族和蒙古族。③

李绍明认为，在四川界内被划为"蒙古族"的人群，实与云南宁蒗的"纳日"相同，都源于古代西羌，是古"么些"的一支；至于"么些"的另一支即为分布在西面丽江一带的"纳西"。但与此相对，另有族别为蒙古族的学者坚持认为泸沽湖地区的"纳日"就是蒙古族，

---

① 宁蒗彝族自治县志编撰委员会编：《宁蒗彝族自治县志》，云南民族出版社1993年版，第178页。

② 参见云南省民族事务委员会《解放前纳西族概况》（1956）、四川民族调查组木里小组《木里俄亚纳西族概况》（1958），收入云南省编辑组编《纳西族社会历史调查》（二），民族出版社2009年版，第1—11页。

③ 李绍明：《川滇边境纳日人的族别问题》，《社会科学研究》1983年第3期。

是元代自北方迁入川滇所遗留的元军后代,他们在外表上与"纳人"(纳西、纳日)的某些相似,只是一定程度上受当地土著同化的结果而已。这些学者中有人通过考察得出的结论是:

1. 摩梭人不是纳西族的一支;
2. 他们与蒙古族有族源方面的联系;
3. 他们应该是蒙古族。①

论者提出,如不愿赞同这结论的话,也可以让其"成为一个独立的民族",而这"取决于本民族大众的意愿"。②

可见,由于20世纪50年代以来川滇两地的民族划分在内外和上下间的不一致,导致了"纳"人群一分为多的局面。此结果产生的影响是多重的。尽管川滇两省的民委已就跨省分布的"纳""纳日"族称进行协商,召集各支系代表拟达成新的协议,但最终还是决定在协议行使之前,仍维持既有的"纳西"和"蒙族"(蒙古族)之称。于是从环泸沽湖区域的整体来看,"纳"(纳日)人群的认同状态,便依旧处在被学者观察到的矛盾之中。③

如今,由于各自诉求、表达及其与外界沟通差异等缘故,这一地区"纳日"人群的成员们不得不处在"纳西族"、"蒙古族"和"纳人"等不同称谓间徘徊和游离,外界对他们的介绍宣传也陷入了各执一端、含混不明的局面。

在这样的背景下,"摩梭人"他称的广泛使用,如同异军突起,无论对历史改变还是对未来引导都产生了强烈冲击,波及各界,影响深

---

① 乌力吉巴雅尔:《四川蒙古族乡考察散记》,《内蒙古社会科学》1989年第6期。
② 娃素·沙拉若:《川滇边界蒙古族情况简介》,《蒙古学信息》1995年第2期。娃素·沙拉若的文章写道:"解放初期,川滇边界地区蒙古族分布于四川境内的登记为'蒙族',1972年人口普查时,有的改登为蒙古族,1983年人口普查时,全部登记为蒙古族。"
③ 参见黄泽《云南未识别群体研究的族群理论意义》,《广西民族学院学报》2001年第2期。黄文指出:"同样作为'纳日人'(自称)并环绕泸沽湖定居的群体,云南部分被识别为纳西族,而四川部分(木里、盐源)被识别为蒙古族,导致该群体的族群认同一直处于矛盾状态。"

远。不过以上所述，关注的都是宏大历史、总体区域，在底层民间，情形又是如何？在现实生活当中，民众们的族别归属与文化认同，难道就仅限于称谓上的字面之争或书卷式的文献考据？

让我们再次走进瓦拉别，看看微观世界的村民们究竟如何"民族"着，又是怎样"摩梭"的。

2. 身份归属的底层情景

本节开头提到云南非物质文化遗产保护网，对入选首批"民族文化遗产保护区"的瓦拉别有较详细的介绍。其中写道：

> 丽江市宁蒗彝族自治县永宁乡温泉行政村位于永宁乡北部，瓦拉别是温泉行政村村民委员会所在地，是一个纳西族摩梭人聚居的村落，海拔2680米，56户，422人……①

该介绍文字还提到了摩梭人的"母系院落"，渲染说村里的传统母系院落占94.64%，"是整个永宁坝摩梭村寨中保持传统民居建筑最好的村子"，并列举了掌握"摩梭经书"的达巴（祭司）或代表工艺传承的"摩梭妇女"等标出名称的具体人物。②

可见"纳日"人群的族别问题已渗入泸湖地区的基层村寨，并且把"摩梭人"的新身份带进了当地生活。

2015年7月中下旬，我们住进瓦拉别村里，通过不同人家的访问，对村民们的身份构成有了一定了解，感到生活中的民族意涵，远比想象和标签丰富。

先说我们的房东杨二车娜姆一家。她家是个大家庭，母亲健在，同辈姐弟5个，下面还有几个属于第三代的儿女，祖孙三代十余口人，一起住在同一个"依咪"（母屋）里。杨二车娜姆1964年出生，属龙，

---

① 参见云南非物质文化遗产保护网，http://www.ynich.cn/view.php?id=1175&cat_id=1111119，2007年9月29日。

② 参见云南非物质文化遗产保护网，http://www.ynich.cn/view.php?id=1175&cat_id=1111119，2007年9月29日。

是二女儿。除了拼写可以做出区别外，杨二车娜姆的名字听上去和另一位由四川"走向世界"的摩梭名人相同。① 但深入了解后便可知晓，她们是不一样的。瓦拉别的这位全名叫高汝·杨·二车娜姆。名称中包含着多重的身份含义。其中，"高汝"是出生时由达巴（本土祭司）取的乳名；"二车娜姆"是请活佛给的名字，意为宝石和仙女，蕴含藏传佛教的吉祥如意；"杨"是汉姓，体现出与汉人社会的相通，但说不清从哪代出现，而且村里并非同一支系的家庭也大都有"杨"姓。

二车娜姆两个弟弟，大的叫高茸品初，小的叫彭措尼玛，都是活佛起的名字。但彭措尼玛还有汉名叫杨永刚，是上学后学校老师起的，而且写到了身份证上。哥哥没有汉名，身份证上写的就是高茸品初。"品初"、"彭措"还有"平措"等的意思都是圆满、长寿，由于汉字记音有别，会让外人误以为表示不同含义。

村里有的人家还有用母语起的房名，为家人共有，随母系相传，与汉人"父姓"不同，可称为纳人的"母名"。母名的存在，体现着当地"纳"的文化特征。不过除开名字上的略微差别外，村子所有以前被划成"纳西族"的成员都有一个共同特征，即身份证上都已添加上了新的称谓："摩梭人"。

这样，仅从名字的构成来看，瓦拉别"摩梭"村民的身份属性已非单一，而是呈现为多元并置的复合结构了。以"高汝·杨·二车娜姆"为例，即可发现其中包含了多维的"身份"：（见笔者制图）

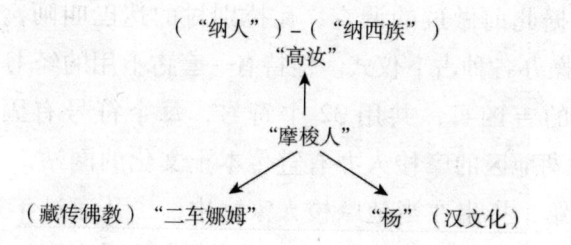

（"纳人"）-（"纳西族"）
"高汝"
↑
"摩梭人"
↙ ↘
（藏传佛教）"二车娜姆"　　"杨"（汉文化）

在如此多元的结构中，纳、藏、汉三种文化，源头不一，指向各异，却又杂糅为一体，对每一个被叫作"摩梭人"的成员产生着重要

---

① 参见君歌《杨二车娜姆：女儿国飞出的金凤凰》，《新闻天地》2007 年第 6 期。

的影响。影响的后果形形色色，有同有异，呈现为生动多样的不同情景。相关事例在我们随后的观察中得到了不少印证。

首先，在"纳人"的身份指向里，体现得最为突出的是她们至今仍持有的族别语言，无论学者们把它划为"纳西语的东部方言"还是"摩梭话"，都没有影响该语言在瓦拉别村民日常生活中的使用传承。我们住在杨二车娜姆家期间，观察到她们的家人都使用母语，也就是用"纳人"自己的语言说话、讨论、取名、歌唱……此外，虽然无法看见也难以实证，可以推断的是，她们无疑也在用母语思想。母语使用方面最生动的例子，当推村里的妇女达诗玛为我们演唱的《阿哈巴拉》之歌。达诗玛家就在二车娜姆家斜对面不远，她唱的歌由祖辈传承下来，使用自己民族的母语。而她们的母语无论说还是唱，对于非同族的人而言，就是外语，如果不经学习，就完全听不懂。唱出的歌词，甚至无法用汉字准确记音，而要借用国际音标，因为在语言的声韵母上存在明显差异。不仅如此，语言的差异还表现在族类之间的相互称呼上。资料显示，包括瓦拉别村在内的永宁"摩梭人"自称为"纳"，称汉人和藏人为"哈八比""古宗"。这些名称体现出"纳人"命名的主位特性，与汉语文献的常见单一说法有别，代表着对人群区分的不同视角。

瓦拉别村民的纳人身份特征，除了母语之外，还有"达巴"。达巴是纳人社会的祭司和智者，由其主持和传承的本土信仰被学者们称为"达巴教"。据此前做过的调查，瓦拉别村的达巴叫阿窝·益史拖丁，负责为村民操办各种占卜仪式。他持有一套占卜用的经书12卷，"每篇记录一个月的吉凶日，共用32个符号，每个符号有固定的形、音、意"。[①] 泸沽湖地区的摩梭人办有宣传本土文化的网站，上面有对达巴教的专门介绍，指出在当地摩梭人家庭中，"凡逢过年过节、婚丧嫁葬、为死者灵魂归宗引路、主持成丁礼等各种祭庆礼仪，均由达巴主持举行"，又对达巴经书介绍说：

---

① 云南非物质文化遗产保护网，http://www.ynich.cn/view.php?id=1175&cat_id=1111119，2007年9月29日。

第十章 文学生活:民间传统的世代承继

　　达巴经典内容上至天文,下至地理,涉及历史、宗教、哲学、社会、经济、医学、文学、艺术等领域,记录了古摩梭人的生产、生活、意识、习俗,充分反映了原始先民的世界观、道德观、自然观等,对研究摩梭文化有极高的价值。①

　　值得注意的是,网站的介绍文章有的把摩梭人的"达巴"与纳西族的"东巴"并提,认为二者是一脉相承关系,并举证说明其在永宁和拉伯乡拉卡西里一带称"达巴",在拉伯加泽和三江口一带称"东巴",而在宁蒗县城一带则称为"比扎"。②此举与前引资料对瓦拉别介绍时使用括弧把"摩梭人"同"纳西族"并置处理相同,也反映出对二者区分和取舍上的不确定。

　　2015年7月中下旬我们住在瓦拉别的那几天里,彭措尼玛告诉说达巴阿窝·益史拖丁不在村里。因此我们未能亲见达巴及其主持的相关仪式,不过却在扎美寺见到与瓦拉别村民生活相关的丹珠喇嘛,感受了与摩梭人身份相关的另一维度:藏传佛教。

　　扎美寺在瓦拉别西面,离村子十多里远,是瓦拉别的阿其尼玛和彭措尼玛开车送我们去的。两人和丹珠喇嘛都认识,因为他们的藏语名字都是丹珠起的。说起来喇嘛也是本地"摩梭人",来自永宁夏开基村松拉米家。蔡华教授80年代到永宁考察时在他家住过。见我们到访,喇嘛很高兴,亲自到门口迎接,还用酥油茶和青稞面招待大家。

　　丹珠幼年出家,在北京的中国佛学院受教育后回到扎美寺任过主持。据他介绍,佛教在数百年前就传到永宁了,早期的萨迦派等逐渐被格鲁派——也就是民间说的"黄教"取代。扎美寺是泸沽湖地区最大的藏传佛教寺庙,明代时由西藏来的噶玛巴活佛创建,规模恢宏,大殿

---

① 参见《摩梭人的达巴教简介》及《摩梭人达巴(东巴)文化保护传承工作总结》等文,引自丽江市泸沽湖摩梭文化研究会主办"摩梭网",http://www.mosuo.org.cn/content.asp?guid=314,2006年9月14日及2012年8月23日。

② 参见《摩梭人的达巴教简介》及《摩梭人达巴(东巴)文化保护传承工作总结》等文,引自丽江市泸沽湖摩梭文化研究会主办"摩梭网",http://www.mosuo.org.cn/content.asp?guid=314,2006年9月14日及2012年8月23日。

里供奉着宗喀巴塑像以及达赖、班禅的台座，同时供有护佑泸沽湖本土的女神格姆。寺庙建筑在"文革"期间严重被毁，2012年的宁蒗地震又使之受到重创，目前还在修复中。塑像修复者是从四川甘孜请来的藏族工匠，会唱《格萨尔王》。由此亦可见出寺庙与藏族文化的跨区域联系。

笔者向丹珠喇嘛请教佛教对本地民众的主要影响是什么。喇嘛说是生命信仰。佛教的传入改变了"摩梭人"的精神生活。在早期，也就是20世纪50年代"民改"以前，这里的摩梭人家会有男子出家做喇嘛，每户至少一个，多的两三个。云南出版的资料也有类似记载：

> 在1956年以前，如果一个家庭有两个以上的儿子，至少会送一个到寺院去当喇嘛。藏传佛教及其文化浸润着永宁人生活的各个方面，至今依然是家家有经堂，村村有玛尼堆。[①]

出家的喇嘛返回乡里，为亲友讲经说法，操持仪式，便把教义传至家家户户，使藏传佛教的观念日益深入民心，也使信众的文化边界与周边持有其他信仰的人群形成区别。更值得关注的是，永宁的佛教由藏区传来，寺庙由西藏活佛创建，经典用藏文传播，结果是在相当程度上使泸沽湖区域的"摩梭人"在精神信仰的层面上，被融入藏传佛教范围。其中呈现的宗教场景与藏传佛教其他地方几乎一样，例如——

> 扎美寺每年有6次大的法会活动：农历正月初三至十二是"美农多佳节"，也称跳神节法会；农历三月是措区会；五月初八是欢送喇嘛进藏会；七月二十五是祭祀格姆女神法会，又称转山节；十月二十五是祭祀宗喀巴甘丹安曲会；十月二十六是降神法

[①] 萧霁虹、王碧陶：《亟待抢救和保护的永宁扎美寺》，《中国民族报》2012年7月17日。

会。这6次大法会与摩梭人的生活融合在一起，成为当地的盛大节日。①

这样的情景也可站在民族交融的角度来观照，那样的话，就会见出一个多民族的"藏传佛教圈"，从而改变对"藏传"一词民族含义的理解，并由此发现"不同的藏传佛教"，诸如扎美寺举行的佛教法会中将摩梭山神"格姆"的加入。

至于底层村民的日常生活当中，"藏传佛教"的影响更比比皆是。我们住在瓦拉比村二车娜姆家的日子里，老阿依（母祖）每日清早起来就要诵经，边做家务边诵念。到了2015年7月14日这天，二车娜姆家的三姐妹加上村里的其他女伴，总共八人，全在她家院子里集结起来，准备行装，打扮完毕，就要出门远行。

问出门去哪里。回答去丽江、甘孜，最后去拉萨。问去干什么。回答说"看菩萨、拜佛"。

若用学术一点的话讲，所谓拜佛就是朝圣。为了欢送八姐妹的朝圣之旅，村里亲友聚集了一大堆，驾驶好几辆小车送行，浩浩荡荡，打破了村里平静。二车娜姆对我们说，人的一生，趁着身子骨还好，一定要去一次拉萨，去拜佛。

面对这样的场景，你又如何划定她/他们的族别归属？摩梭乎？藏族乎？

然而若要深入辨析"摩梭人"的身份归属，还有最后不得不说的一个重要维度，那就是汉文化的渗透影响。根据对文献材料的分析，中原汉文化对泸沽湖周边非汉民族的影响可谓由来已久。自秦汉的中原政权在"西南夷"地带开边拓疆以来，这一地区的行政治理模式便逐步呈现为土流并举的"双轨制"了。自此以后的族群互动过程中，彼此间的文化往来断断续续，产生了不少异中见同的相互影响。例如，大部分中原地区的汉族用十二年兽表示个人生肖，瓦拉别的摩梭人同样如

---

① 萧霁虹、王碧陶：《亟待抢救和保护的永宁扎美寺》，《中国民族报》2012年7月17日。

· 437 ·

此，村民们也都有各自的生肖，用以记录自己的出生年份。在我们采集的瓦拉别家谱案例里，上下若干代、成员数十人的每一位成员都能毫无差错地标出她/他们的生岁属相。总之在年兽—生肖的使用上，摩梭与汉族一样，存在着文化上的明显同构，至于在源头上是谁影响谁，可另外讨论。①

在语言使用上，瓦拉别村民除了少数上年纪的老人，大都会双语，即不仅会本族母语"摩梭话"而且会汉语。摩梭话用于族内沟通，汉语用于对外交际。此外由于常与住在周边的普米族、彝族等人群交往，有的村民还掌握了一定程度的普米话及彝族话。

一般场合下，瓦拉别"摩梭人"使用的汉语主要是云南话（西南官话），和我们几位来自贵州、四川的调查者很容易交流。但在需要时其中一些也能讲普通话。例如二车娜姆接受个人专访时，就能对着摄像机说出一口一点不差的普通话。她弟弟彭措尼玛协助我们调查，同样能用普通话对接。前面说过彭措尼玛的汉名叫杨永刚，他不仅从永宁中学毕业，之后考到海南上大学，学习交流的主要工具，当然都是汉语。

学校教育是摩梭人的年青一代接受汉语、学习汉文化的重要途径。瓦拉别是永宁乡温泉行政村的所在地，村级完小就办在这里。学校建于20世纪50年代初期，就读的学生有摩梭人、彝族、普米族和汉族，迄今为止已有三到四辈的当地村民在这里受过教育。与当地交通、师资、设施等条件所适应，在瓦拉别完小的周边有4所村小。村小的孩子要读到三年级，就得升学至温泉完小。村小到完小要徒步走1—4小时不等的路程，所以大部分村小来的孩子都在完小寄宿，每周五才放学回家。②

---

① 有学者依据楚文化的重"巫"传统，分析过两湖地区出土的十二生肖墓葬俑，认为其表现了南方地区先民特有的天文宇宙的模式。参见卢昉《隋至初唐南方墓葬中的生肖俑》，《南方文物》2006年第1期。彝族学者刘尧汉提出十二生肖与西南民族的"十二兽历法"相关，起源于原始的图腾崇拜。参见刘尧汉《十二兽历法起源于原始图腾崇拜》，收入刘尧汉《彝族社会历史调查研究文集》，民族出版社1980年版。

② 参见《云南温泉完小2014年秋季支教招募（3人）》，中华支教网，http://www.cta613.org/thread-8568-1-1.html，2014年6月17日。

第十章　文学生活：民间传统的世代承继

在教学要求上，完小执行全国统一的相关规定。这一点在2006年颁布的《中华人民共和国义务教育法》里有着进一步确定。《教育法》第四条指出：

> 凡具有中华人民共和国国籍的适龄儿童、少年，不分性别、民族、种族、家庭财产状况、宗教信仰等，依法享有平等接受义务教育的权利，并履行接受义务教育的义务。①

该法强调在全国范围内实行统一的义务教育。其中的统一，包括制定统一的义务教育阶段教科书和设置标准等。统一教科书的语文教材用汉语撰写，并用汉语讲授。这样，进入完小上学的当地孩子，无论身份是汉族、彝族还是普米族或"摩梭人"便都在这里学会了规范统一的汉语。

语言是文化的载体及呈现。学习汉语意味着接受汉文化熏陶。尽管在理解的深度及掌握的进度上，母语不是汉语的摩梭儿童不一定赶得上同龄的汉族孩子，但毕竟会在系统的非母语培训中受到汉语的深刻影响。这些影响会在学生们今后成长的过程中逐步体现出来。在这方面，瓦拉别村的阿七尼玛称得上代表之一。

阿七尼玛是瓦拉别村阿七独支玛的儿子。他母亲很有名，因为致力推广本土手工编织，被誉为突出的摩梭妇女代表，获得过政府授予的摩梭文化传承人称号，还是云南省有关"瓦拉别民族文化遗产保护区"资料里唯一提到名字的妇女。作为阿七家的年青一代，尼玛一方面追随了母亲传承的摩梭传统；另一方面则充分发挥出经由学校掌握的汉语知识与能力，把母亲的事业推至新的台阶。通过对本土文化的熟悉及对外界市场的了解，尼玛参与把家里的旧民居扩建成两层楼作坊外加另一栋展示大厅的新式大院，还制作网站、撰写微博，向外界深度宣传阿七家的传统工艺。2015年7月，我们在瓦拉别调研的那些天里，尼玛不仅

---

① 《中华人民共和国义务教育法》，2006年。

带我们参观他家已经布置好的摩梭传统工艺展示厅,到泸沽湖景区见他在那里开设摩梭酒吧的朋友和同学,而且还向我们讲解了他正参与的保护本土传统的 NGO 理念。尼玛告诉我们他在丽江租有一间房子,服务于泸沽湖摩梭文化研究会,自己担任手工传承分会总经理。在发布于 2014 年 3 月的一则微博里,尼玛写道:

  摩梭传统手工纺织厂手工培训作坊即将完工,将容纳和培训更多的手工艺人,提高手工技能,升级产业结构,完善摩梭手工纺织"阿七独支玛"制作流程,建立可持续发展模式……①

  双语能力的掌握,使尼玛跨越了既有的族别边界;而对"可持续发展"一类概念的使用则标志着已迈入更为广阔的跨国语境。尼玛的例子表明,学习汉语已不再简单地等同于"汉化",而意味着借助国家范围的主流交流工具,进入超语言的共享文化之中。

  不但如此,尼玛个人的跨文化步子更大,他的婚姻突破了瓦拉别大部分摩梭人的惯习,不但不再遵守传统的"走访",而且竟与从台湾来丽江做 NGO 工作的女友结婚,组建了跨越海峡两岸的新式家庭。这样,待不久之后新家庭的下一代出生,该如何确定他或她的族别,无疑需要认真动番脑筋。

  3. 旅游对"摩梭人"的身份重塑

  在瓦拉别村调研之后,我们到泸沽湖边上的落水村客栈住下来,近距离观察因旅游开发而推动的"摩梭人"身份延伸。落水自然村也属宁蒗县永宁乡,人数 500 多的村民里,"摩梭人"占了大半。自 1989 年起就在"摩梭籍"返乡干部的带动下,率先开启了以泸沽湖风景与摩梭风情结合的旅游经营。到了 20 世纪 90 年代,云南和四川两省先后把各自管辖的泸沽湖区域列为重点风景名胜地,并将发展战略的核心定位于以摩梭文化为基础的民族风情。2010 年,两省联合成立"滇川泸沽

---

① 《摩梭手工—阿七尼玛》,微博页,http://weibo.com/p/1005052158593094/home?from=page_100505&mod=TAB#place,2014 年 3 月 19 日。

第十章 文学生活:民间传统的世代承继

湖保护管理委员会",协调对整个环泸沽湖区域风景与风情旅游的开发经营。

资料显示,经过二十多年的内外合力,在如今的落水村,旅游已成为第一支柱产业,这不仅使村民的"摩梭人"身份得到异常凸显,每户人家的生活方式也发生极大变形。在以旅游为轴心的新生活方式中,以母系大家庭为单位,全村的村民被分成了两个大组,每户每天派出一人,按统一的原则参加村里的各项旅游项目,分别是"锅庄舞表演"、"划船游湖"以及"骑马观光"等。[①] 在我们于 2015 年 7 月住进落水村时,见到的村景已全然变为嘈杂拥挤的闹市和游乐场一般了,靠近湖边的码头一带,除了游客,几乎全是商铺、餐馆、酒吧和客栈,一家紧挨一家,到处打的都是"摩梭"招牌。我们和阿七尼玛到他同学在湖边开的酒吧交谈,酒吧悬挂的名称别具风格。后来在离湖边稍远些的街上吃饭,店主叫甲阿,是从阿果瓦村来的"摩梭人"。他开的餐馆以摩梭风格取名,意在吸引游客前来消费摩梭饮食的文化特色。不过我们到店里用餐倒不是真要去体验这样的消费,而是随蔡华教授对店主人回访和看望。蔡华介绍说,甲阿是他当年做调查时的房东家成员之一,也是出了名的"瑟瑟"能人,已被写进了蔡华用法文出版的学术专著《无父无夫的社会》。

"瑟瑟"是纳人话的音译,本义是来来往往,用于表示"摩梭人"的男女关系时,特指双方两情相悦的性交往。该词在过去常被汉译为"走婚",蔡华认为应译成"走访",理由是对纳人没有婚姻,故而无婚可走。然而极具反讽的是,不知由于社会大环境的改变还是旅游开发的原因,当年号称"瑟瑟"能人的甲阿如今也已结婚成家,不仅娶泸沽湖附近的普米族女子为妻,而且离开以往从"母居"的传统惯习,分家出来,到异地谋生,以至于自己的"摩梭人"归属除了还继续使用的母语外,就剩下以旅游销售为目的"摩梭餐饮"了。

类似的情形,在泸沽湖东北面的四川界内也有了明显呈现。当地的

---

① 参见干鸣丰《川滇民俗文化旅游经营模式比较研究:以泸沽湖摩梭村寨为例》,《乐山师范学院学报》2011 年第 12 期。

村落归盐源县管辖，盐源行政上属于凉山州彝族自治州。近十年以前，凉山州州长在检查盐源工作时，就明确提出要"围绕摩梭人家品牌打造泸沽湖旅游精品"。[①] 该县制定的"十一五"规划推出以泸沽湖旅游为龙头、以摩梭母系文化为核心的"旅游兴县"战略，[②] 继而还在打造摩梭特色上出现了同云南方面的较劲和赶超，[③] 连省委书记都亲临盐源，部署"保护摩梭文化，抢占泸沽湖旅游发展制高点"的总体构想"。[④] 这样结果不仅使当地村民的身份归属受到极大激发和再生产，"强化了摩梭人的族群认同"，[⑤] 并深刻改变了当地民众的生活状况。更有甚者，由于旅游开发带来的利益驱动族群关系的改变，在泸沽湖景区周边村寨里的普米族、汉族成员竟也出现了主动和被动的"摩梭化"迹象，开始穿上摩梭服装、讲着摩梭语言、扮成"走婚"情侣、再划着摩梭特色的"猪皮船"，一起涌上以摩梭为名的地域舞台，参与到民族身份再生产的新浪潮之中，转变为观光场域里的"旅游民族"。[⑥]

2015年7月19日，我们从云南这边的落水村出发，租了一辆车沿湖行驶，环绕了泸沽湖一周，对属四川盐源县管辖、如今改名为泸沽湖镇的"摩梭景区"也做了大致比较，了解到的最突出事例当推"杨二车娜姆之家"和"摩梭博物馆"。前者位于大嘴村，名称前面被冠以"摩梭文化大使"；后者建在博树村，对外宣称为中国乃至世界唯一"系统展示摩梭历史文化与民俗风情"的专题博物馆。时间不巧，到的

---

① 张崇宁：《围绕摩梭人家品牌打造泸沽湖旅游精品》，《凉山日报》2006年4月20日。
② 曾成绪、米色你阿木等执笔：《解读盐源"十一五"崛起的凉山增长极》，《凉山日报》2011年1月28日。
③ 川滇两省在环泸沽湖区域展开"摩梭品牌"竞争的相关报道不少，可参见朱勇钢《同是泸沽湖，谁会更美？》，《四川日报》2003年11月5日；《一湖两个天：川滇开发泸沽湖旅游之比较》，《中国旅游报》2002年4月10日。
④ 参见李清波等《"摩梭家园暨摩梭文化建设与保护国际学术论坛"在凉山成功举办》，《四川日报》2012年8月31日；刘泱等《摩梭家园——泸沽湖走向世界的新名片》，《凉山日报》2013年11月18日。
⑤ 陈刚：《多民族地区旅游发展对当地族群关系的影响：以川滇泸沽湖地区为例》，《旅游学刊》2012年第5期。
⑥ 参见哈斯额尔敦《地域分布与共同体的形成：以泸沽湖地区旅游开发中的"摩梭化"现象为例》，《中央民族大学学报》2011年第4期；徐新建《开发中国："民族旅游"与"旅游民族"的形成与影响》，《西南民族学院学报》2000年第7期。

那天博物馆不开放，我们未能证实其中的内容究竟如何"唯一"。司机驾车返回云南这边的落水村，带我们参观了同样以展示"摩梭"文化为宗旨的另外一间博物馆。

落水这边的展示以摩梭民俗为主，但也包含了对"摩梭人"文化特色的系统表述。在大门入口处的第一块展板上，就写有对"摩梭人"族称的说明，强调"摩梭这个民族称谓，屡载史籍，历史悠久"。然后从东汉的"摩沙夷"列举到民国时的"摩些"，最后收尾于当代《宁蒗彝族自治县条例》确认的"摩梭"。

可见，"摩梭人"的身份归属不但不是从天而降的偶然事件，而且已进一步卷入深刻演变的社会浪潮之中。结合川滇两地20世纪后半期以来的系列变迁而论，环泸沽湖区域"摩梭人"事例，不仅同丽江纳西古镇成功列入"世界遗产名录"密切相关，而且同步于迪庆藏族自治州首府中甸的"香格里拉"更名转型以及四川凉山彝族自治州"国际火把节"的连续举行。[1]

如今回头反省，之所以有上述系列重大事情发生，其实有着共同的内在属性，均可视为20世纪80年代中国政府实行"改革开放"的时代产物，中央与地方、汉与非汉民族在新时期的互动作品。以作为中国多民族构成之主要体现区域的西南来看，还可由此见到进入21世纪后各民族关系在横断走廊的生动变局。[2]

4."摩梭人"身份与表述问题

对泸沽湖畔的"摩梭人"进行调研，引出的是当代中国的民族分类问题。

现代中国是个多民族国家，这一点非但在宪法上获得确认，且已成为各界讨论国情时绕不过去的基本事实。但什么是"民族"？在术语来源上，"民族"是近代引进的外来语，本义丰富繁杂。然而经过在中国本土百余年的语用实践，民族一词却演化成了与其来源不全对应的汉语

---

[1] 相关论述可参见徐新建《"香格里拉"再生产》，《民族艺术》2015年第1期；罗安平《凉山火把节：传承与变迁》，《民族文学研究》2012年第4期。

[2] 有关横断走廊民族问题的论述可参阅徐新建《横断走廊：高原山地的生态和族群》，云南教育出版社2011年版。

新词。所以时至今日，在不少特定语境里，当需要把"民族"译成外文时，已有很多人不再寻找它的对应原配，而直接采用音译方式，拼为"Min Zu"了。这样的策略在一定程度上缓解了汉语新词与其早期源语言术语间的误解，并且还保留和凸显了"民族"一词由本土派生的新义。

接下来需要继续深究的问题是，如何理解作为汉语新词的"民族"？该怎样探寻和诠释其中体现着本土语用实践的新词义？

结合近代中国的国情变化，汉语"民族"一词，已融入了古今中西多重含义，既能单就汉字"民""族"的古义来做理解，亦不可脱离现代人类学所赋予的基本学理，与此同时更应视为与现代中国民族问题对应的政治过程。从学理看，民族可从生物与文化两重属性来理解。生物属性主要指可通过血亲遗传的体质特征；文化属性包括三重意涵，即：语言、生技和人观，在语言层面则还可细分出日常话、文学言和咏歌语。由此即可见出，民族分类的宏大叙事是需要回到微观场域中去的。

（二）摩梭民歌再传承

与摩梭民歌"阿哈巴拉"相关的族属问题已在前文做了论述，此处再作为个案专门展开，以求对民族文学在现实生活的真实场景能有更为深入的了解。

瓦拉别是云南永宁的一个村子，位于川滇交界处，行政上隶属宁蒗彝族自治县。乘班车从丽江古城出发，到瓦拉别的公路距离约 260 千米，可以走长短不同的 5 至 9 小时路程。短程路段穿过著名的玉龙雪山风景区，可观赏高海拔的自然美景，但每人要多缴 100 多元的景区费。

村子离泸沽湖 20 多千米，在隶属云南省的一侧，虽不及如今的湖区景点那般热闹，但随着"摩梭文化"在旅游推动下的日益加温，也发生了与民族身份相关的多种变化。2006 年，瓦拉别被云南省公布为首批"传统文化保护区"，2011 年升为"云南民族团结示范村"，村里的手工纺织还被联合国开发计划署列为中国少数民族文化产业"可持续发展项目示范基地"。[①] 有意思的是，2006 年获批的文化遗产保护项目，使用的

---

① 参见邓启耀《不离本土的自我传习与跨界传播——摩梭民族服饰工艺传承"妇女合作社"考察》，《文化遗产》2017 年第 6 期。

名称叫作"瓦拉别纳西族(摩梭人)传统文化保护区"。其中,以母语汉译的"瓦拉别"作为地名没有疑义,还挺有特色,而用"纳西族"再加括号说明的"摩梭人"表示族别身份则意味深长。①

1. 达诗玛和阿哈巴拉

"阿哈巴拉"是瓦拉别村流传至今的民歌之一。因歌的起头是当地语言的"阿哈巴拉",唱的内容与日月相关,故笔者将其名为"阿哈巴拉日和月"。

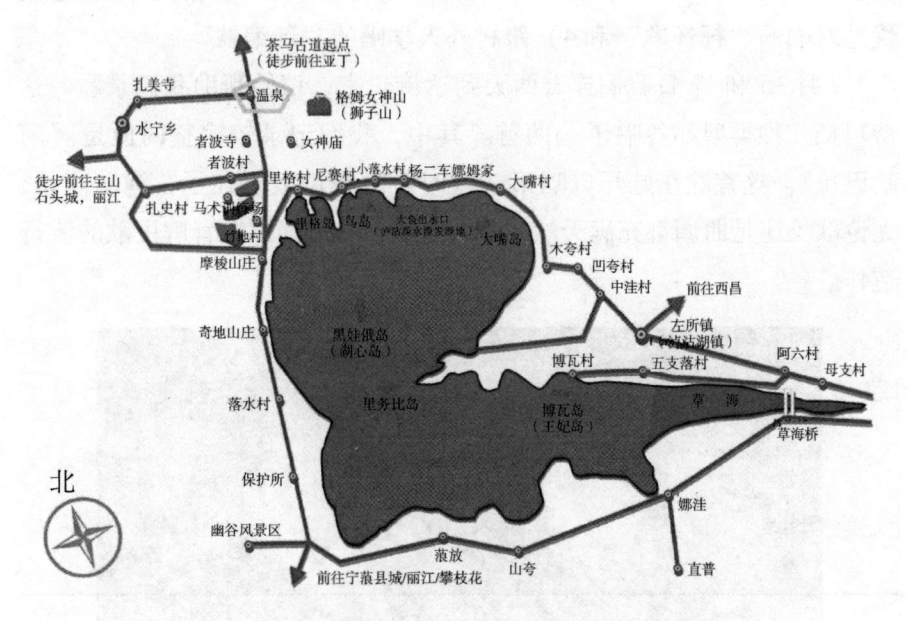

旅游地图中的泸沽湖。左上角黄色五角形即为瓦拉别(温泉村委会)所在地②

---

① 资料来源:云南非物质文化遗产保护网,http://www.ynich.cn/view.php?id=1175&cat_id=1111119,2007年9月29日。该资料将该村的名称译作"瓦拉片"。有关泸沽湖"摩梭人"族别及名称的论述不少,可参见方国瑜、和志武《纳西族的渊源、迁徙和分布》(《民族研究》1979年第1期)、李绍明《川滇边境纳日人的族别问题》(《社会科学研究》1983年第3期)以及蔡华《一个无父无夫的社会——中国的纳人》(《决策者信息》2006年第3期)等。

② 资料来源:http://xc.aiketour.com/raiders/show_14.html。如今的泸沽湖被一分为二,行政上分属川滇两省并由此派生出地方管理及旅游开发等方面的诸多问题。参见王维艳等《跨界民族文化景区核心利益相关者的共生整合机制——以泸沽湖景区为例》,《地理研究》2007年第4期。

· 445 ·

唱歌的人是瓦拉别村的摩梭妇女，叫达诗玛，是本地的普通农民。她会讲一点汉话，但歌是用自己母语唱的。由于语言不通，她唱完后，我们再请同村的小伙子彭措尼玛协助翻译和解释。

达诗玛的歌是向她阿依——亦即"母祖"，妈妈的妈妈——学的。老人叫布茨，在 2014 年去世，活到 97 岁。达诗玛说她从很小就跟阿依学了，会唱的歌数不清。根据她的描述，我们按内容和功能分成了四类：1）男女对唱的"情歌"；2）干活时唱的"自娱歌"；3）思念或忧愁时唱的"抒怀歌"和 4）跟村外人学唱的"新编歌"。

7 月 15 和 17 日我们连着两天到达诗玛家，请她帮助我们录歌。达诗玛把几种类型都各唱了一两首。其中，我们记录较完整的便是《阿哈巴拉》。这首歌在她开口唱第一遍时就把我们吸引住了，饱满高昂，无论歌嗓还是曲调都充满天然韵味，全然没有外面那些冒牌民歌的流行造作。

达诗玛和彭措尼玛商议翻译（笔者拍摄）

达诗玛唱的《阿哈巴拉》属男女对歌类型，当地母语称为"呱拉拉"。"呱"读为 Kua，意为"歌"，用作动词时则指"唱"；"拉拉"有对抗、竞赛的意思，合起来可理解为"对歌"或"对唱"。为了使采集的资料尽可能完整准确，我们采用了先录歌、后记词，然后再翻译的步骤进行。在请达诗玛坐在家屋台阶上完整唱一遍之后，我们用镜头和录音机把音响和视频录制下来。接着请她不唱曲调，只以说话的方式（且放慢速度）用母语将歌词反复念诵。我们用字母和谐音汉字记下歌词发音，然后把笔录的内容逐字逐句核对，直到歌者认可为止。这样，通过与演唱录音的节奏对照，这首《阿哈巴拉》前两段的四句歌词便记录为如下样式：

Yiya——A ha ba la tri su zu Gue wu　mao wu, tri la ni——
咿呀——阿哈巴拉垂　苏足呱　乌　茅　乌，垂　拉尼——
Yiya——Ni mi hi mi da zi gwu Di cha mao ga, hli mao dju
咿呀——尼咪嘿咪达兹固　狄查　茅　嘎，荷　茅　都——

然而面对如此几行看似对称的字符，又能知晓些什么呢？谁也不明白。只是在梳理辨析后，才发现这些歌词的结构其实是有规律的：除了开头起呼语作用的"咿呀"外，其余都是七言对称的工整句式：

阿哈巴拉垂苏足
呱乌茅乌垂拉尼
尼咪嘿咪达兹固
狄查茅嘎荷茅都

其中第一、三、四句的尾字押韵（下加点字）；在字音韵母及节奏的搭配上，首句的"阿哈巴拉"、次句的"呱乌茅乌"和三句的"尼咪嘿咪"都具有发音上明显的对应美感。有意思的是，这样的效果只是以念诵方式单独呈现时的排列境况；在实际的演唱中，通过曲调旋律的配置，七言式的文句发生了很大变化：首先是下面一句的前四字与上句相连，唱成了十一言的联句，继而把次句的尾三字拉长，让其单独成句。如此循环反复，便把原本以七言方式记录（及念诵）的歌词唱成了更为别致的节奏样式，即——

| Yiya— | A ha ba la tri su zu | /Gue wu mao wu | tri la ni |
| 咿呀—— | 阿 哈 巴 拉 垂 苏 足 | /呱 乌 茅 乌 | 垂 拉 尼—— |

| Yiya— | Ni mi hi mi da zi gwu | /Di Cha mao ga | hli mao dju |
| 咿呀—— | 尼 咪 嘿 咪 达 兹 固 | /狄 查 茅 噶 | 荷 茅 都—— |

可见,被称为"民歌"的生活事象其实是因境而异的。即便同一首歌,当以文学(念诵)或音乐(演唱)方式分别呈现(及记录)出来时,存在很大差别,且均不能反映原歌的全貌。由此便可推知,当后世学者把"十五国风"以来的民歌仅当作文学的字句来记载和欣赏时,其实已丢失了大量的节奏、音高等曲调信息,也就是遗漏了它们的音乐之美。反过来也一样,如若只关注实际唱出来的旋律节拍,则同样会见不到蕴含其中的诗。为此,唯有通过分科协作,互相映照,方能还原(接近?)本身即为整体的"民歌"。协作的益处还在于能帮助理解被各科限制的划分,如被文学标准视为"虚词"的许多字句其实不虚,在实际的演唱具有不可或缺的结构功能。比如达诗玛开场所唱的"咿呀——"乃至被认为无实际含义的"阿哈巴拉"。这些"虚词"(衬词)或许可在文学记录里省掉,在音乐演唱中则缺一不可——如若省掉,就不再是歌。在一些特别的民歌例子里,甚至会出现以"虚词"为主的歌,从被鲁迅称赞的"杭育杭育"劳动号子[1]到黔东南村寨的侗族《蝉歌》那样。后者的演唱从头到尾几乎都是以"虚词"重复的方式,模拟夏蝉鸣"唱"。[2]

如今被称为"摩梭村寨"的瓦拉别有50多户人家,村民们大多懂双语。除了与外人交流使用汉语(云南方言)外,在内部都讲自己的"摩

---

[1] 鲁迅:《门外文谈》,人民文学出版社1974年版。
[2] 参见徐新建《侗歌民俗研究》,民族出版社2011年版;杨晓《侗族大歌》,浙江人民出版社2009年版。

梭话"。"摩梭"是个意味深长的话题。多年前在成都一次有关纳西研究的会上，我记得李绍明教授就专门谈过对这部分人的称谓应叫"纳"，或"纳人"。这回在瓦拉别，蔡华告诉我们的意见也是如此。蔡补充说"摩梭"名称不准确，是外人对"纳人"的他称。然而如今众所面对的事实是，与泸沽湖地区的同族人一样，瓦拉别村民自90年代起就获得了政府承认的"摩梭人"之称，而且还获得了把这称谓印在身份证上的权利。不过摩梭族称的"意味深长"并不仅限于上述事例。时至2007年，国内出版的语言学权威著作仍把摩梭人母语划归"纳西语"的东部方言。该著作指出，与西部方言的彼此相近不同，纳西语的东部方言差异较大，"永宁、瓜别、北渠坝地区互相通话还有一定困难"。①

语言学方面的调查显示，包括东西部方言在内的"纳西语"（"纳人语""纳语"）具有自己的鲜明特征，如"主—宾—谓"结构、形容词位于名词之前、动词重叠表示互相动作或连续动作以及声调变化能起一定语法作用等。而且若以汉语相比，它们在声母和韵母方面也有很大不同，许多发音很难与汉语对等，无法用汉字准确记音，如其复元音韵母中的 iə、ua、ue 等。因此在上文中我们用"呱"字指代 kua 乃迫不得已。至于"阿哈巴拉"这么重要的词语，在达诗玛的歌唱中，其实更接近"阿哈巴啰"，只是为了相互统一，笔者才将最后一词记为"拉"。

此外，被用作村名的"瓦拉别"也不尽准确。在当地母语里，"瓦拉别"指的是"山靠陡"（"靠陡山"），② 但由于音译汉字的选用不同，才接触不到几天我便发现有不下三种称法。除了我们知晓的"瓦拉别"，还有叫"瓦拉片"的，而在村里的路牌上则写作"瓦拉型"，在"别"字底下加了"土"。如果不熟悉当地实情，你会误以为上述名称指的是不同之地。这些由表及内的种种差异，无不揭示着不同语言间的

---

① 孙宏开等主编：《中国的语言》，商务印书馆2007年版，第346—365页。
② 参见直巴·尔车、许瑞娟编著《摩梭语常用词句荟萃》，云南人民出版社2003年版，第23页。该书的论述范围是"摩梭语永宁方言"，亦即"居住在永宁坝子及泸沽湖畔的摩梭人所使用的语言"（页2）。值得注意的是，该书用音标注明了"瓦拉别"读音为 wa^{55} la^{31} bi^{31}，但用的音译汉字却是"挖拉必"，与常见的都不一样。

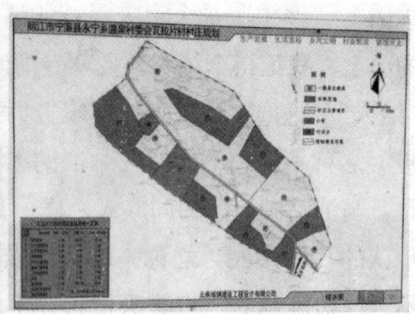

瓦拉别外景及村规划图。图中的村名写为"瓦拉片"（笔者摄于 2015 年）

区隔。于是你不得不把当地人使用的母语——无论叫"纳语"还是"摩梭话"当作汉语之外的独立单位来看待。由此还必须承认，任何不同语言间的文字音译其实都不太可信。汉夷之间如此，英语法语也是这样。彼此的语音各具特色，没有优劣，亦无高下。

可见，在来到瓦拉别进行所谓的"异文化"调查之际，外来者面对的第一障碍，是隔在彼此之间的语言之墙。这一点无可否认，亦无法回避。比如，在我们刚开始的经验中，既听不懂"呱拉拉"（Gue lala），不明白"阿哈巴拉"（A habala），连"达诗玛"和"彭措尼玛"的人名也理解不了，仅用汉字记音就弄了好半天。而且如果不借助音标的帮助，就无法完成彼此间许多几乎全然不同的发音对照。可见，语言之墙，把达诗玛和我们隔成了两个世界。

可话说回来，我们在此采集记录的并不是语，而是歌。歌不是说出来的日常语。歌是唱出来的曲调声。二者之间，连接着另一个重要的文学环节——诗。这过程即如《诗大序》和《乐记》这类汉语文献分析过的那样：先有言，后有诗，接着才是歌和舞。如今达诗玛在瓦拉别为我们呈现的也是一样：平时大家都只是（用母语）说话，在需要表达情感（和心志）的时候，日常话不够了，就开始作"诗"，于是有了七言（或四、五言）为句的"阿哈巴拉"（和其他）；当仅仅把诗念诵出来也不满足时，便再把它唱成了曲调。此时，与前面各环节的最大不同，在于歌唱使话语发生改变，使之出现了具有无穷改变的音高、节奏和旋律。在这里,歌也是言,一种特殊、升华了的音乐之言。

2. 《阿哈巴拉》词和曲

达诗玛为我们演唱的《阿哈巴拉》,在曲调上具有明显的旋律和节拍特征,唱者以此与原词相配之后,便使每个字的节奏和音高都发生了显著改变,令其与日常的言说和念诵都极不相同,也就是使被汉字记音的那些摩梭语段落更加艺术化和富有音乐感了。为了有助于了解这首《阿哈巴拉》的音乐特征,在没有办法直接播放其音响实况的情况下,不妨先借用五线谱形式将其声调抽离呈现出来,后面再加与歌词对照后逐步解析。

《阿哈巴拉》谱例:①

需要说明的是,无论如何,摩梭民歌与西洋歌曲各属不同文化谱系,此处呈现的谱例形态——包括调号、小节线等——只是相对地便于直观说明通过测试出来的歌曲音高、音值与节拍等要素而已,并非意味着与五线谱体系本身意味的"B 大调"、"四四拍"或"固定调"等含义等同。如果那样理解的话,不如不记谱更好,因为那样一来,就等于使本地原歌遭受外来"污染"②,亦即用另外的地方话语遮蔽或替换了本土内在的知识传承。这一点,无论文字翻译还是音乐谱例都是尤其需要警惕的。

通过此处以五线谱方式呈现的曲调,可见出达诗玛所唱"阿哈巴拉"的一些特征,如音域宽阔,起伏较大,节奏总体舒缓,长音多有无限延长。若以首调审视,其旋律的主要构架,基本是在高八度 2 和低

---

① 达诗玛演唱,徐新建记谱,四川音乐学院夏凡博士的团队及陈伶硕士协助打谱。

② 把外来解释视为对本土文化的"污染"之提法源自对 20 世纪在四川做调研的人类学家葛维汉(David Crockett Graham,1884—1962)的评价。后世学者对 20 年代在川西从事人类学考察的葛维汉工作进行总结,认为他因忧虑当地文化会在与西方世界的实际接触中受到污染而作了大量考察记录,但之所以只记录而不诠释,则是"担心这种诠释将是更加西方化的污染"。对此,葛维汉的解释是"这些搜集到的对其本质和作用的记录将说明自己本身"。参见李绍明、周蜀蓉选编《葛维汉民族学考古学论著》,巴蜀书社 2004 年版,第 233—258 页。

八度 5 之间演进。音程跨度的跳跃，使旋律显得起伏跌宕，一定程度上弥补了歌曲机械反复的单调乏味。

此外，此歌所构成的乐句相对规整，基本是一个起伏延宕的长句的循环反复。每个乐句对应歌词的两个句子。在对歌演唱中，男女一唱一和，各以一个乐句搭配两段歌词，形成民歌曲式中的"上下句"结构。

20 世纪 80 年代以来，学者们对"阿哈巴拉"民歌作了一定数量的采录和介绍。有的以简谱呈现，有的则用五线谱表示，用不同的方式对演唱进行转写，一定程度上再现了歌曲的曲调特征。对于"阿哈巴拉"的所指，有的解释为"民间山歌"，具体含义指"好多好听的调子"；[①] 有的则归为"摩梭民间歌唱的山歌调子和舞蹈音乐相结合的结晶品"，并转借当地之口称为"摩梭第一调"。[②] 在萧梅的调查中，《阿哈巴拉》由情歌逐渐演变，成为唱山歌时的"过门曲"，作用是"以预备下面的词"。[③]

根据对相关谱例的比照分析，学者们发现上下两句式的曲调反复在宁蒗地区较为常见，呈现出摩梭民歌在曲式上的简单、循环之美。如——

1991 年简谱记录的《阿哈巴拉》：[④]

---

① 参见殷海涛词，周国庆曲《阿哈巴拉》（无伴奏女生合唱）注释部分，《民族音乐》2012 年第 4 期。

② 周国庆：《从摩梭调子到歌曲创作——歌曲〈阿哈巴拉〉创作记》，《民族音乐》2013 年第 6 期。

③ 萧梅：《云南摩梭人今日的音乐生活——〈永宁采风日记〉摘录》，《中国音乐》1994 年第 2 期。此处的"过门曲"提法值得注意。其或许抓住了"阿哈巴拉"在音乐上的类型属性。在其他学者的调查中也提到过类似的类型，不过被称为"开场调"，举的案例也不叫"阿哈巴拉"，而叫"阿勒火拉"。参见桑德诺瓦《藏族锅庄舞的综合价值及其传承与分类——以康巴地区多民族锅庄舞的承袭现状为中心》，《民族艺术研究》2013 年第 5 期。

④ 张金云：《摩梭民歌简介》，《中国音乐》1991 年第 2 期。原文未标注唱者和记谱人。

1987年五线谱记录的《阿哈巴拉》：①

泽拉初唱、殷海涛记

(五线谱：自由、高亢 —— 哟 阿哈 巴拉 玛达米 巴拉呀哈 呀辽辽 呀。)

1990年记谱记录的《情歌对唱》：②

拉姆 格若 唱
殷海涛 记

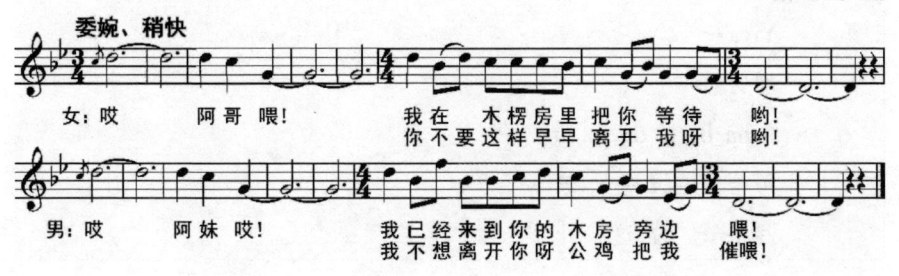

*(五线谱：委婉、稍快 ——
女：哎 阿哥喂！ 我在木楞房里把你等待 哟！
你不要这样早早离开我呀 哟！
男：哎 阿妹哎！ 我已经来到你的木房旁边 喂！
我不想离开你呀公鸡把我 催喂！)*

在第三例里，除了中间和临近结尾的部分略有变化外，上下两句几乎一样。20世纪80—90年代的谱例采集者总结说："在摩梭人的民歌中，由一个弱起的长腔引子作开头，之后加上由一个乐句变化而重复构成的上下两个乐句的曲式十分普遍。"③

资料显示有不少的摩梭民歌被统称为《阿哈巴拉》。以往被记录的《阿哈巴拉》与达诗玛唱的曲调大体一致，套用汉文化的音乐术语来讲，它们大都以"徵"（5）为调（主音），在开头结尾处都是同样的延长音"5——"和由"2"向"5"过渡的"223 5——"。不过达诗玛的歌唱里，在"阿哈巴拉"后面所未见的"玛达咪"三字，却在其他谱例中频频出现，并且被有些媒体连成"阿哈巴拉玛达咪"的名称，渲染为摩梭民歌

---

① 殷海涛：《采自"女儿国"里的歌：云南摩梭人的民歌》，《音乐探索》1987年第2期。谱例由四川音乐学院陈伶硕士重新打谱，特此致谢。
② 殷海涛：《摩梭人的音乐概述》，《民族艺术》1990年第4期。此处谱例由四川音乐学院陈伶硕士重新制作，节拍标记略有调整。
③ 殷海涛：《摩梭人的音乐概述》，《民族艺术》1990年第4期。

的标志和象征。① 至于《阿哈巴拉》是否即为摩梭民歌的一个"歌种"则还有待确证。我们还是回到对达诗玛之歌的含义继续追寻。

尽管唱出来的"歌声"已饱含魅力，可是歌之意义，毕竟离不开所唱的内容。为了抵达对"歌意"的理解，我们请村民彭措尼玛协助，在不改动母语语法次序的前提下把歌词直译成汉语句子，于是又得出了前四句的汉文译本。其中的上排为用字母记音，中排是对照的谐音汉字，下排是直译的汉文：

Yiya—
咿呀—

A ha ba la tri su zu
阿哈巴拉垂　苏足
阿哈巴拉这　几句（首）

Gue wu　mao　wu　tri la ni
呱乌　茅　乌　垂拉尼
唱能　不　能　这样了

Yiya—
咿呀—

Ni mi　hi mi　da zi gwu
尼咪　嘿咪　达兹固②
太阳　月亮　交叉　会

Di cha　mao ga　　hli　mao　dju
狄查　茅嘎　　荷　茅　都

---

① 例如四川凉山的官媒便把《阿哈巴拉》说成"摩梭人的生活伴侣"，渲染说摩梭人"忧伤的时候唱啊哈巴拉，快乐的时候唱啊哈吧拉。"参见凉山彝族自治州人民政府官网《四川泸沽湖：山更青水更绿　摩梭儿女唱新歌》，2018年7月6日：http://www.lsz.gov.cn/lszrmzf_new/tpxw2392/6080352/index.shtml。

② 在直巴·尔车和许瑞娟的编著中，"太阳""月亮"的摩梭语记为"妮咪""里咪"（或"你米""里米"），音标表示的发音与瓦拉别（达诗玛与彭措尼玛）略有区别。参见直巴·尔车和许瑞娟编著《摩梭语常用词句荟萃》，云南人民出版社2003年版，第28、102页。

· 454 ·

第十章 文学生活:民间传统的世代承继

一生　　不　配（换）人　没　有

由于两种语言间的构成差别及唱者与解释者相互沟通的不易，进入意译环节后的工作十分困难，有时面对一个字的准确处理，争论起来竟要花费一两个小时的功夫，最终却不能达成一致，勉强做出的选择也难以令人满意。比如，对于口头的"阿哈巴拉"，达诗玛和彭措尼玛都讲不清楚。达诗玛说它们是一直这么传下来的，不清楚什么意思。彭措尼玛汉语好一些，在海南上过大学，但也解释不了，只说是虚词，不管它。比较为难的如第二段第一句的"达兹固"（da zi gwu）。"固"的词义倒还容易理解，意思是"会"；可对于"达兹"，作为翻译的彭措尼玛最初解释为"日全食""在一起"；第二天在我们质疑下，才改成接近母语本义的"相遇""重叠"。他用手比画出里两物相叠的样子，解释说，指的是月亮在天上与太阳交叉在一起的那种情景，就是你们说的"日食"。根据他的说法，我们选择了"重叠"，后来考虑到与"歌意"的对应，又改成了"交合"。

此外，第二段末句里的"嘎"（Ga）这个词，译者说它的意思是"换"，指不同事物间的交换、走动，或你来我往；但若以汉字的"换"单独放置在此句里的话，不仅词义含糊，而且容易产生误读，不如把它改成"配"好些。这样，为了传递其中的歌词含义，经过无可否认的转译加工，达诗玛所唱《阿哈巴拉》的其中两句就被转写成了这样的汉语直译：

　　太阳月亮（也）会交合
　　一生不配（的）人难寻

至此，歌词翻译的工作仿佛已经完成。其实不然。为了使汉译语句与实际唱出的意境及乐句相配，我倒愿仿照其在演唱时被拖长的委婉效果，把这两句进一步延伸为更散文化的句式，使之变成：

　　天上的日月也有交合时刻

· 455 ·

人间的情侣哪能不成对双

在笔者的感受中,这样的延伸似乎更贴近原歌的情貌。由此彰显的词义,不论于诗歌、美学还是人生哲理,无疑都达到了至高境界。它们不仅彰显出与先秦"十五国风"、汉代"乐府"等多脉相承的古歌传统,也毫不逊色于后世中原以名人篇章流传的唐宋诗句。当然此番发挥只是笔者个人的主观作为,在瓦拉别的达诗玛演唱中,所有这些转译和阐释都并不存在,在彼处真实发生的,显然只是当事才知晓和懂得的原本乐句。那些在摩梭村民之间以唱和听产生的人际互动,不用改编,也无须翻译。

这就回到了母语歌唱的世代传承。

3. 由古而今"蛮夷"歌

从地域和语言归属的特点看,我们在瓦拉别采集到的《"阿哈巴拉"日和月》还可联系到更早的时代,比如 2000 年前以双语形式收录在《东观汉记》里的《莋都夷歌》。此歌为当时被视为"西南蛮夷"之一的"白狼王"首领用"夷语"——也就是当地非汉民族的母语所作,经名叫田恭的官员以汉字记音和汉字意译的方式奉命转写成汉文后,不仅送到了京城献唱,而且被载入官修史册。然当其仅以"推潭仆远"这样的汉字夷音呈现于后世都城时,遇到的情景却匪夷所思。各方名流虽遍读典籍,满腹经纶,却不得不在此等异邦"夷语"前面面相觑,十分尴尬,终究只能是"群相猜测,莫解所谓"。[①]

《莋都夷歌》的歌词虽为四言短句的叙说体,表面看说理重于抒情,但在词句的节奏排列上,照样显出了诗句的明快对称,如其中的——

原词:　　汉译:
综邪流藩/冬多霜雪
花邪寻螺/夏多和雨

[①] 据清代朱彭寿撰写的《安乐康平室随笔》记载,彼时有人以《莋都夷歌》里的"推潭仆远"词句题写为额,悬挂在都门酒肆的店中,额已挂旧,却无人能解。

第十章 文学生活:民间传统的世代承继

藐得消漓/寒温时适
菌补邪推/部人多有①

一如此处转引的例句一样,这首记载久远的《莋都夷歌》一半是汉文,一半记"蛮音",形成可贵的双语对照,为今日的语言学、民族学及多民族文学的对比研究保留了价值难估的文档。遗憾的是,与《诗经》收录"十五国风"的命运相似,由于缺失了歌声传送和曲谱相配,令后世的人无法真切了解它的诵唱实情,从而感受不到白狼王所唱之"夷歌"的真实乐句,也还原不了它的律动节拍。

时光流变,曾一度与《史记》《汉书》并称"三史"的《东观汉记》地位渐被《后汉书》取代,其中所载的《莋都夷歌》被转录进后者的《西南夷列传》里。此后的歌名也慢慢演化成了《白狼歌》。

有关《白狼歌》产生地及其族属的论说不少。20世纪80年代,马学良和戴庆厦通过汉字记音同藏缅语族的语言比较,认为其应与缅语支和彝语支接近。② 方国瑜考证其歌词记音有90余字与现代纳西语基本相同或相近,且语法结构亦相符,故推断白狼语近于纳西语。③ 江应樑和岑仲勉主张此歌的产生地在凉山,向达则判断为丽江,④ 都与今日摩梭人的生活区域靠近。如果这些推论成立,《白狼歌》即可望在同属于藏缅语族彝语支的"摩梭话"以及至今保存在瓦拉别的民歌传唱间找出联系。那样一来,我们于2015年7月在瓦拉别村里采集到的《阿哈巴拉》等民歌,就不仅仅是某个偏远之地偶然存在的当下现象,而与两千年前便已普遍呈现于西南"蛮夷"里的口头传统,产生了遥遥关联。如今我们在川滇边地进行的"夷歌"采集,早在数千年前便有人做过,区别仅在于态度和方法上的某些差异,充其量仍是一种延续:做得不好,连古人都不如;做得好些,或许称得上有所推进,如此而已。

---

① 参见邓文峰、陈宗祥《〈白狼歌〉歌辞校勘》,《西南师范大学学报》1981年第1期。
② 马学良、戴庆厦:《〈白狼歌〉研究》,《民族语文》1982年第5期。
③ 方国瑜:《方国瑜文集》(第四辑),云南教育出版社2001年版,第63页。
④ 江应樑:《凉山夷族奴隶制度》第5页前,广州珠江大学丛书本;岑仲勉:《白族源流试探》,《中山大学学报》1962年第3期;向达:《蛮书校注》,中华书局1962年版,第347页。

遗憾的是，此种"夷歌"采集的传统，在后世日益凸显中原正统的官学谱系里，不但退居末梢，且时断时续，作为以多民族文学研究为业的学者，不努力使之继续弘扬，又怎能说得过去？

于是，回头自省此次在永宁的民歌调研，就多增了几分历史的厚重感。上面说过，笔者把达诗玛所唱的摩梭对歌称为《"阿哈巴拉"日和月》，其中的日月之意，除了强调歌曲对自然物象的美好象征，多少也隐含着对岁月流逝的感怀。

达诗玛属龙，1964年出生，现在与自己的妈妈、舅舅、妹妹以及她和妹妹的4个孩子及2个外孙子女住在一起。不过虽然在瓦拉别算得上中等规模的母系家屋，但与别家有人外出打工或开设小卖铺等的村民相比，她们以务农为主，称不上富裕。达诗玛没有兄弟，按照摩梭人的习俗，自己的"走访"对象也没和她同居。家里男子少，耕地、喂猪、做饭、打扫、带小孩……各种农活家务无论轻重几乎都是她在做，从早做到晚，很苦，很累。

好在达诗玛会唱歌，从小跟母祖布茨学的，会很多种，很多首。干活时能唱，开心或烦恼时可以唱，以前有机会与心意投合的男子相遇时更可以唱。达诗玛唱歌不是为了歌星那样的登台表演，亦不是为学者进村采集，歌是她生活中的一部分，抑或本即是她的一种生活。她只是为自己唱，与伙伴唱，给情人唱。那样的情景在我们见到她之前，便已依不同的需求和场合一再地循环出现过了。

达诗玛不识汉字，不会乐谱，唱出的歌记录下来却充满诗意，独具韵律。她向我们解释说，这首让我们录制的"阿哈巴拉"平时是要同男子对唱的，女的一段，男的一段，一直比下去，直到其中一个对不出来了，才再由男女合唱结束。

比什么呢？——我们问。

比哪个唱得多、唱得好啊。

在我们的要求下，达诗玛接着上面的起头，自己对唱了一遍：

（接上段，以下省去了汉字记音与直译对照）

第十章 文学生活:民间传统的世代承继

女唱:七天七夜下了雨,
　　　老鹰翅膀不沾水。
男唱:九天九夜下大雪,
　　　花鹿角上不沾雪。①

依照达诗玛的解释,上面段落表示男女双方的斗智,以不同动物来比喻,显示各自的能干机灵。接下来的部分仍以同样风格持续:

女唱:千里骏马万般好
　　　只是母马弱小驹
男唱:公鹿翻山越岭去
　　　母鹿歇在山脚底
若一轮不分高下,就再接唱下去——
女唱:木桥断就断了吧
　　　湖海之上石桥新
男唱:腐朽木材松最烂
　　　松木里面有黄金

如此循环往返,直到各自尽显风采,交映生辉。可以想见的是,通过这般生动真切的歌声传递,男女双方都自然增加了互知,促进了感情,于是便进入最后彼此的合唱:

男女合唱:银花开来金花开
　　　　　是不是要同争艳?
　　　　　银鸟好来金鸟好
　　　　　喝水是否一起来?

---

① 达诗玛唱,彭措尼玛直译,徐新建、梁昭记音、意译。

对于已通过对歌情投意合的男女，回答还会有什么疑问呢？当然是——

男女合唱：树干生长不同处
　　　　　长成树冠枝相连
　　　　　咱俩号称好朋友
　　　　　就像溶成茶和盐

最末一句的比喻生动可感。达诗玛和彭措尼玛一起解释说，一对相爱的男女最后就像溶进一个罐里的茶和盐，想分也分不开了。

4. 世代传承歌与唱

朴实的表达，情真意切；委婉的歌唱，感人至深——尤其是通过翻译帮助理解其中的歌意之后。经过两天的交流，我们坐在达诗玛家的院子里，慢慢安静下来，那堵隔离彼此的"语言之墙"已悄然打开。永宁的海拔平均2600多米，7月的季节全然感受不到中原的酷热烦闷，加上最近连续降雨，更让人觉得四周清凉无比。村里小学刚放假，孩子们都回家了，往常喧闹声的骤然停止使瓦拉别变得格外寂静。望着远处的延绵群山和蓝天白云，我们赞叹达诗玛的高昂歌喉，感怀于歌中的悠远意境，禁不住请她从头至尾又唱了一遍。达诗玛也很开心，特意回到屋里换上盛装为我们演唱。

作为远道而来的过客，这回我们不再打断，也不吱声，只静静地让荡漾出来的美好呈现眼前，流淌于心——

《"阿哈巴拉"日和月》[①]

（下略）

若用五线谱表示，则可对照如下：[②]

[①] 瓦拉别村达诗玛唱，彭措尼玛协助翻译，笔者采录，四川大学梁昭协助记词，四川音乐学院夏凡、陈伶协助打谱。

[②] 瓦拉别村达诗玛唱，彭措尼玛协助翻译，笔者采录，四川大学梁昭协助记词，四川音乐学院夏凡、陈伶协助打谱。

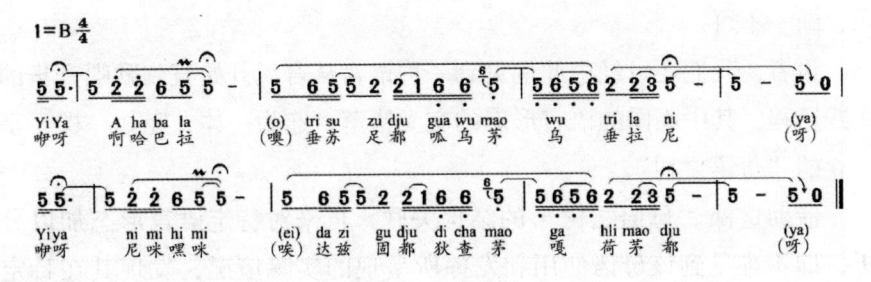

早在20世纪90年代初，音乐人类学家萧梅就从音乐生活的角度对摩梭人的民歌做过调研。按照她的介绍和分析，《阿哈巴拉》的曲调虽然只有上下句，歌词却可有很多，因而和一般的民歌一样，"其一首歌的概念是以词的内容划分的"。①

笔者赞同这样的看法，并由此出发，以歌词内容把达诗玛演唱的这首歌叫作《"阿哈巴拉"日和月》或《阿哈巴拉·日和月》，目的在于体现与其他《阿哈巴拉》的联系和区别。是否妥当，还可商议。至于不得已采用的简谱方式，则留有太多阐释与改进的余地。比如设想一下，如若去掉常规使用的1/4标记及小节线划分或许更好？在笔者听来，达诗玛的歌唱其实没有小节之分，使用4/4或5个升号一类的标记，也是迫不得已。

比照《乐记》和《诗大序》的划分，以说话、言志到作诗和咏唱的序列来看，凡能歌唱的民族，其语言必定可依次呈现为"言说"、"嗟叹"和"咏歌"等形态。这样，达诗玛所唱的"阿哈巴拉"即可视为摩梭话的"咏歌态"。如要对其加以仔细研究，除了能以人类学的"深描"为基础外，无疑还当分别对应更多的学科，从语言、文学到音

---

① 萧梅：《云南摩梭人今日的音乐生活——〈永宁采风日记〉摘录》，《中国音乐》1994年第2期。

乐，缺一不可。

再者，我们还可经由此例见到一种语言从言说开始直到歌唱升华的实践历程，其中不同的语言形态的交叉错落，连为一体，宛如一棵亭亭玉立的"母语之树"。

借助这棵"母语之树"的结构关联，再来对特定语言形态加以分析，即不难见到该母语使用和发挥所呈现的实际境况，发现其在特定人群生活中的丰富、生动、完整，抑或残缺、濒危与损伤。无论如何，我们在瓦拉别见到的场景表明，本地母语仍能抵达最高"树梢"处的"咏歌态"，从而保存着"摩梭话"的结构完美。对比我们所在的现代学府，如拥有数万知识人的综合大学，你能在其中找出几人像达诗玛这样，通过出自内心的演唱抵达母语"树梢"？在笔者经验中，几乎没有。

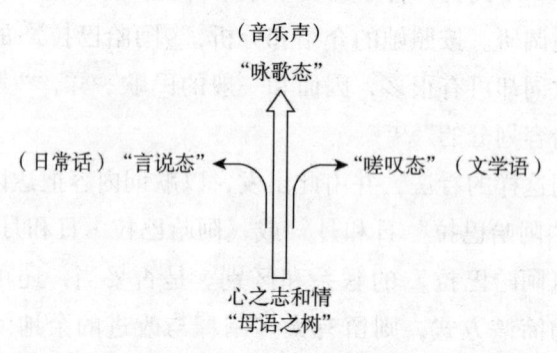

```
                    （音乐声）
                    "咏歌态"
                       ↑
（日常话）"言说态" ← ┼ → "嗟叹态"（文学语）
                       │
                       ↑
                    心之志和情
                    "母语之树"
```

"母语之树"（笔者制图）

话说回来，无论我们的上述采集记录多么仔细，其实都不是其在瓦拉别村民生活中的本相。生活中的民歌能面朝镜头，边唱边译，同时加上汉语注音？现实里的民歌需要对着镜头一遍遍地反复？此外，被称作《阿哈巴拉》的男女对唱能够仅由达诗玛独自完成？

回答是否定的。上述场景的前二者是因外来的学术之需才不得以出现的某种扭曲；至于对歌，我们由衷地期盼见到真实的男女对唱，无奈村里与达诗玛对唱的男子外出打工，会唱的都找不到。就连给我们做翻译的彭措尼玛也一句都唱不了，此前甚至不知道本村有这样的歌曲流传。他家里开了接待游客的客栈，遇到尊贵一点的客人到访，几个姐姐在酒桌争相献上的也多半是从外面学来用汉语演唱的"新民歌"。那些歌我们在彭措尼玛家听过几次，表面上也高昂激情，多听几遍便能觉察热闹后面的逢场作戏。

所以严格来说我们的收获虽是实地采录，却算不上文学生活或音乐民俗的现场反映，离"阿哈巴拉"的真切情景还有很大差距。①

小　结

经过20世纪以来各学科工作者的采集研究，有关《阿哈巴拉》的论述已发表不少②。其中一首被介绍为"摩梭人山歌"的创作歌曲，赢得了文化部主办的中国艺术节"群星奖"③，另一首则以"纳西族民歌"为名收入教育部统编教材的小学课本，让各地儿童学习传唱④。然而，对照在不同场景呈现的诸多差异，不得不触及民歌传承的更深部分，追问一系列根本的问题，如：什么才是民歌本体？词意、乐音还是风俗？⑤

---

① 近年也有学者深入永宁一带进行作现场考察，记录了"阿哈巴拉"与摩梭人成年礼仪相结合的载歌载舞情形，可惜未对相应的歌词含义及场景区分加以分析。参见杨敏《中国西南摩梭的阿哈巴拉：表演、表述和意义》，《音乐探索》2013年第2期。相对而言的场景实录笔者也曾做过，但在顾及歌唱程序及民俗背景的完整再现时，对于每首出场的词曲细节却又粗略带过——在整体与局部之间总是顾此失彼，难以两全，甚是遗憾。参见徐新建《沿河走寨"吃相思"——广西高安侗族歌会考察记》，《民族艺术》2001年第4期。

② 殷海涛：《采自"女儿国"里的歌：云南摩梭人的民歌》，《音乐探索》1987年第2期；张金云：《摩梭民歌简介》，《中国音乐》1991年第2期。

③ 余结红：《精品节目尽展民族风情：云南省群星奖获奖作品12场巡演惠基层》，《中国文化报》2014年10月22日。文章报道说"巡演节目以第十届中国艺术节群星奖获奖作品为主"，其中，"备受好评的小合唱《阿哈巴拉》以云南泸沽湖畔摩梭人的山歌《阿哈巴拉》为基调，以无伴奏女声合唱形式，展现了泸沽湖秀美的湖光山色和独特的人文风情"。

④ 《阿哈巴拉》的类型之一被当纳西族民歌收入教育部统编教材小学三年级音乐课本，名为《妈妈的歌》。在为教师编写的音乐教案里，包含有这样的提示："纳西族是我国西南地区的少数民族，主要聚居于云南省丽江纳西族自治县，其他分布在该省的宁蒗、中甸和四川省的盐源、木里等地。纳西族的民间音乐有民歌、歌舞音乐和民族器乐等。"参见人教版三年级上册音乐教案《妈妈的歌》。

⑤ 有关"民歌本体"的问题值得讨论。也就是需要追问什么才是歌的本体？是文学、音乐、民俗抑或其他？对此，文学、音乐和民俗研究者们的看法不一，每每各执己见。若从人类学出发，依笔者之见，与歌唱相关的各层面不可分离，如果一定要从本体意义上加以确定的话，只能视其为"合成本体"。在这方面已有学者做过相关讨论。可参阅樊祖荫《为民歌正名——兼谈民歌的传承、传播与发展》（《中国音乐》2019年第1期）、高贺杰《论语音在鄂伦春人歌唱建构中的作用》（《中国音乐学》2011年第1期）。后者阐述歌唱行为中语音与乐音的交融，并引梅利亚姆的观点，强调彼此作为整体之局部的交互作用。

"阿哈巴拉"之歌为什么而唱?"达诗玛们"的歌声缘何而起?如果失却了民歌所需的生活场景,摩梭人的母语歌唱还能否为继?

问题错综复杂,须细致辨析方可逐一求解。在笔者的初步观察里,答案绕不开一个核心词语:情感。

随着20世纪50年代以来对泸沽湖"母系社会"的介绍增多,外界对摩梭人的兴趣日益聚焦于"走婚",并由此停留于对"性"的好奇。其实通过辨析民歌,不难发现,"性"只反映了当地民俗的一个方面,而与之密切关联的另外一面就是情。在这意义上可以说,性情结合,才是摩梭"走访"的动因。比如在达诗玛为我们唱的歌里,在男女对唱、抒发情怀的《阿哈巴拉》之外,就还有表达独自思念的"相思歌",如:

《女人在家思念男人的歌》①
Yiya——
咿呀——
Wu shua ri pu ka da la
高山 杉树 哈达 挂/飘动
A du lu la la ni gu
朋友 手 招手 像那样
Wu shua gu bu gu bu zi
高山 布谷 布谷叫声 叫
A du niao wa diu ni gu
朋友 我 叫 在 像那样

与《阿哈巴拉》一样,此歌的格式也是七言,曲调用循环反复的上下句。歌词多用自然事物来做比喻和衬托,汉语的意译如下:②

高山杉树哈达飘

---

① 达诗玛唱,彭措尼玛译,徐新建、梁昭采录。
② 达诗玛唱,彭措尼玛直译,徐新建、梁昭采录、意译。

第十章 文学生活:民间传统的世代承继

　　就像情人手招摇
　　高山布谷声声吵
　　就像情人把我召

　　心怀思念的女子独自在家,遥望山上不时飘动的杉树枝条,触景生情,仿佛见到自己的恋人在遥遥召唤;听见山里"咕咕"叫唤的布谷鸟声,如同闻见情侣发出的相见信号。联系到在摩梭社会普遍存在的"走访"习俗①——即恋爱的男女不同屋居住,歌中所唱的别离、遥望和相思便显出了独具特色的意味:由于分,所以聚;不在一起,故而呼唤;聚后别离,思念即起。并且辞表意,歌传情,通过声音,彰显念想,借助诵唱,舒缓愁绪……

　　资料显示,时至20世纪50年代,瓦拉别所在的温泉乡"走婚"比例高达90%。其后虽有过一两辈人的时代变异,但到了20世纪90年代,曾经结婚的家庭约有30%的都离婚了,"离婚之后的人们大多回复到摩梭走婚的古老习俗中"。②

　　于是,若与当地的风俗传统连为一体,便更能理解"摩梭情歌"的特点和意义。在这里,作为生活的不可或缺部分,文学促进了情感的延伸,或者换句话说,文学生活为摩梭人的性爱往来提供了功能支撑。③

　　20世纪30年代,随国民政府民族考察团到永宁考察的周汝诚对当地"麽些民族"做过专题调研。他的结论是该民族的人们"多半

---

① "走婚"是外界对摩梭两性交往方式的一种说法。蔡华教授认为这是不对的,因为当地文化体系中没有婚姻观念和形式,因此只能叫"走访"(当地话叫 tisese)。此处采用蔡华教授的用语。其他引文则遵从作者,照用"走婚"。参见蔡华《婚姻制度是人类生存的绝对必要条件吗?》,《广西民族大学学报》2003 年第 1 期。

② 王贤全、石高峰:《嬗变与复兴:一个母系文化村落的人类学考察——以丽江宁蒗县瓦拉别村为例》,《云南社会科学》2019 年第 2 期。

③ "文学生活"是学界日益关注的议题。作为《中国多民族文学的共同发展研究》的项目主持,笔者也参与了其中的相关论述。可参见徐新建《多民族国家的文学生活》,《中外文化与文论》2013 年第 4 期;钟进文、徐新建等:《中国少数民族文学生活:多学科对话》,《文化遗产研究》2016 年第 1 期。

借着歌谣来表达自己的意志和人生观"。周汝诚观察到，当地民歌在形式上多是男女对唱，"歌声清脆动听，大有遏云绕梁的水平"；所唱的劳动歌，边作边唱，"苦中作乐，以减少疲劳"；而相互抒发的情歌则与男女间的性爱关联："唱着跳着，心心相印，缔结了'欧休'关系。"①

周汝诚记录的"欧休"（ΛçiΛ）就是后人写为的"阿夏"，系当地村民的母语，意指"摩梭"传统中"走婚"（走访）习俗的两性伴侣。②

田野归来，回到大学课堂。在川大博士研究生的文学人类学课程里与大家讨论本雅明焦虑的"灵韵"（aura）问题。20世纪中叶，欧洲的思想家、美学家担忧机器复制时代会导致艺术品的内核消逝。他们以绘画风景向照片印刷的变异为例呼吁关注艺术的"灵韵"。③ 本雅明使用的"灵韵"原指圣像作品中环绕圣人头顶的光晕，用以表示神秘韵味与膜拜之感，在知识谱系上可与"万物有灵"论相通。④ 然而如若把这个概念更宽泛地解释为人与场景的灵气关联的话，与"阿哈巴拉"代表的情歌诵唱相比，本雅明所说的那些艺术（品）其实已经异化——真正的灵韵只存于有灵气的生命之间，也就是只显现为情意互动的心心相印。

如果一定要用"艺术"这样的术语指称的话，《阿哈巴拉》的"艺术"非现代的舞台扮演可比，更不屑与商业仿作并提，而是和乾坤同构，与生命并行。歌中诵唱的"日""月"也不仅是比喻和象征，更不是可复制的绘画摄影，而是与人类生死关联的存在整体。于是，才会有由心涌出并诵唱为歌的物我交映：

---

① 周汝诚：《永宁见闻录》（1935、1950），收入云南省编辑组编《纳西族社会历史调查》（二），民族出版社2009年版，第148—194页。

② 有关"摩梭"族别及"走访"或"走婚"的话题涉及较多，需另文讨论，参阅徐新建《中国多民族文学的共同发展研究》中的"瓦拉别考察报告"部分（未刊稿）。

③ ［德］瓦尔特·德本雅明（Walter Benjamin）：《机器复制时代的艺术作品》，王才勇译，中国城市出版社2002年版。

④ 参见方维规《本雅明"光晕"概念考释》，《社会科学论坛》2008年第9期。方的译文将aura译为"光晕"。有关讨论可参见孟凡行《灵韵的发生——本雅明艺术理论新探》，《民族艺术》2019年第1期。

（原歌）：　　　　　　　　（意译）：
尼咪嘿咪达兹固　　　　　天上的日月也有交合时刻
狄查茅嘎荷茅都　　　　　人间的情侣哪能不成对双

四　《阿里郎》：文学的跨境

提起延边，首先想到朝鲜族；提起朝鲜族，首先想到《阿里郎》，那首旋律委婉、一歌三叹的民谣。

阿里郎，阿里郎，阿拉里哟！
我的郎君翻山过岭，路途遥远……①

2014年9月，笔者一行五人前往延边，在延边大学朝韩学院李光一教授带领下，对如今中国最东面的民族区域自治州进行考察。在此之前的1996年夏秋之交，笔者曾到过延边，缘由是去参加中国比较文学年会，不过会议的地点是长春，延边是散会后特地去的。

18年过去，延边的面貌变了不少，但很多地方又没怎么变。比如，延吉市区的高楼成片崛起，到处布满全球品牌的耀眼橱窗，尤其是入夜以后建筑物和大桥的灯光映照得一片辉煌，城市风貌已与内地没太多分别；与此同时，街上的路牌、店名大多写着汉语和朝文两种文字，延边大学校园里的教研内容凸显出朝鲜族的文化传统，宪法确立的自治州政府依然在延边留存……这些都让人确信中国依然是一个统一的多民族国家。

延边引人联想的议题很宽，但由于与课题关联的缘故，笔者两次的焦点似乎都聚集在了一组相关的词语之间，即：民族、文学、区域和比较。

（一）延边大学

延边大学的官网公布说："延边大学始建于1949年，是中国共产党

---

① 《朝鲜族民歌〈阿里郎〉》，《广播歌曲》2012年第2期。

最早在少数民族地区建立的高校之一。"① 网页上的校徽以朝鲜语、汉语和英语三种文字呈现，中间的图案是红太阳和蓝色龙，但经了解才知道其实是朝文校名"연대"的艺术体变形，寓意着突出的民族与地方特色和多元中华的现代象征。②

延边大学官网 LOGO 与校徽图案

查阅延大校史，该校的创立时间是 1948 年。这意味着其在中华人民共和国于北京宣告成立之前即已出现。年份后面揭示出在统一简化并通过普及教育潜入国民记忆的"国家年表"深处，隐含着地域间颇为有别的时间差。就"新中国诞生"的标志而言，当毛泽东主席在 1949 年 10 月 1 日登临北京天安门城楼庄严宣布之前，东北就已成为解放军的掌控区域，延边一带则在更早的 1945 年即伴随日军投降而被苏军和东北抗日联军接管，并在 1946 年成为受中共中央东北局领导的吉东分省、接着又于 1948 年经东北行政委员会批准改为由吉林省政府管辖的延边专区。可见，若以延边本地的标志性事件来看，无论 1945 年、1946 年还是 1948 年及 1949 年，不都可以视为新历史创生的标志么？

细细想来，仅以 1949 为时代标志的象征隐藏着影响深远的误解和偏见，即便只谈及现代，其中的结论也是：全中国的文化都由一个政治中心的摇篮向四方传播；"新中国"的纪元统一当从 1949 年开始。然而仅从延边的事例即可再次看出事实并非如此。看来对于那些积淀已深的选择，真正要做的工作是一方面继续破除"一点四方"的文化史观，

---

① 参见延边大学官方网站（http：//www.ybu.edu.cn/index.php? id=1）以及延边大学校友会网，http：//alumni.ybu.edu.cn/index.php? id=135。
② 参见延边大学官方网站（http：//www.ybu.edu.cn/index.php? id=1）以及延边大学校友会网，http：//alumni.ybu.edu.cn/index.php? id=135。

也就是以"中原—四边"为结构的国史论述方式，同时着手巩固新的多元史观，重新强调"边缘关联中心"及"在本地发现历史"。

回到延边。据资料介绍，延边大学的筹建方案最初由中共吉林省委讨论通过并报经中共中央东北局批准。最早的校名曾叫"东北朝鲜人民大学"和"延吉大学"，后几经讨论再由东北行政委员会批复为"延边大学"。据载，延吉大学（延边大学）的首届开学典礼于1949年3月20日举行，地点是位于延吉市中心的斯大林剧场。延边公署专员、大学筹委会主任林春秋做了讲话，指出"延吉大学的创立是伟大的中国共产党民族政策的光辉体现"。典礼上发表的《建校宣言》则宣告在中国共产党民族政策指引下成立的延吉大学，将肩负着"为建设新民主主义国家培养有革命思想和专业知识的各类民族人才"的时代任务，强调该校的创立是一件历史性创举，并将成为"实行新民主主义文化教育的榜样"。①

不过联系延边的近代史脉络来看，延大建立的意义更在于转型而不是开创。也就是说它是在当地朝鲜族既往的深厚教育基础上提升、改造而成而非白手起家。在当地的史料记载中，延边的朝鲜族向来就有深厚的教育传统，并由此而自豪地把本地称为"教育之乡"。对此，《延边大学校史》2004年版的撰述者们做了进一步阐发，他们写道：

> 我国朝鲜族自古就有崇尚教育的优良传统，他们从迁徙到我国境内的那天起，就积极兴建学校，创办教育。据1932年不完全统计，延吉县人口仅有16000多人，竟有6所中学，11所小学，学生数达到5890多人，占全县人口的38.8%，在这些学校中，只有一所是公立学校。到20世纪30年代，延边地区朝鲜族上学适龄儿童入学率已经达到80%左右……②

20世纪初叶，东北亚地区局势巨变。1905年，朝鲜沦陷为日本的

---

① 《延边大学校史》，转自 http://www.guandang.net/doc/398230.html。
② 《延边大学校史》，转自 http://www.guandang.net/doc/398230.html。

"保护国",其国内各界的大批人士为了救国而纷纷逃往国外,其中不少移居到朝鲜族集中的延边地区,"以兴办私立学校和设立教堂为业、为生""致力于朝鲜族民众的启蒙教育"。从1906年起,以李相卨、姜伯奎等为代表的来华朝鲜人士先后创办了"瑞甸书塾"、"明东学校"和"正东学校"等数间影响深远的现代学校。① 在一批批教育先驱前赴后继的努力下,尽管其间交错着"日化教育"与"反日教育"的对立抗争,到1948年时,延边的中学数已占吉林省中学数的63.4%,学生数占57.1%,整个延边地区的教育面貌已经是"乡乡有中学,村村有小学"了②。

顺此思路再做梳理,又可发现延边大学在1949年的创建不仅与本地教育传统的积淀相关,而且还与当时东北亚地区的多国、多民族局势变迁有紧密联系。一方面,中国共产党要在解放后的东北朝鲜族地区实行民族自治,需要大批民族人才方可落实;另一方面,由于当时的延吉尚无合适的高等学校满足日益增长的社会需求,大部分朝鲜族青年不得不前往朝鲜国才能完成自己的高等教育学业。为此,中共在东北的各级组织及地方机构专门召开了一系列重要会议,商讨相应对策,避免人才外流,并在有关文件中专门讨论"解决朝鲜族青年进学问题",指出"朝鲜族人民教育发达是很好的现象。现时小、中学已举办不鲜,但没有大学可进。是一问题"。③ 于是才最终决定以当地既有的延边高级师范学校、延边工业学校、延边医科专门学校及龙井中学、龙井人民中学等教学机构为基础,合并创办了延边大学。

可惜对于生长在西南的笔者而言,上述的相关背景以往差不多是一概不知。1996年第一次来的时候,由于时间匆忙,真的是过门不入,而且连哪怕走进延大校门去扫一眼的念头都没有。当时心想吉林也不过是东北的一个边远省,延大顶多算得上普通的省属地方学校,没啥值得关注的。这样一来就把宝贵的时间分配给了去考察连接一国三地的图们

---

① 龙井百年教育:http://www.longjing.gov.cn/user/index.xhtml?menu_id=847。
② 《延边大学校史》,转自http://www.guandang.net/doc/398230.html。
③ 中共延边地委:《关于延边民族问题》,1948年8月15日,转自《延边大学校史》,转自http://www.guandang.net/doc/398230.html。

江一带。幸亏2014年的这次会议就在延大举行，于是才有机会对这所意义深远的北方大学有了非常重要的了解，不然如若再次错过那才真是令人遗憾。

开会期间，笔者得到承办方赠阅的一份校办刊物。翻开一看，刊名就令人眼睛一亮，叫作《东疆学刊》。这里要检讨一下自己的无知：尽管已来过东北好多次，"东疆"这个词语却是头一回见闻。以前多少知晓过"南疆""北疆"的提法，其中大多还仅指新疆的南北区域，若扩大一点，也熟悉以地貌物产特征而把中部地区分为"北国""南国"的——如古今诗作里的"红豆生南国，春来发几枝""北国风光，千里冰封，万里雪飘……"等；然对东北可称作"东疆"真是知之甚少，而对照来看，不禁感到此提法不仅别出新意而且蕴涵深远，不失为认识及解说多元中国的另一个有效工具。

2010年《东疆学刊》创刊100期，各地学者纷纷祝贺。有的把该刊誉为"东疆明珠"，有的肯定其长处在于"北国名刊，东疆特色"或"立足东北，放眼全国"。延大校长金柄珉则对该刊"彰显多元文化"的宗旨予以勉励。① 《光明日报》刊登的文章这样写道：

> 延边大学地处我国东北边疆，与东北亚俄罗斯、朝鲜（韩）相毗邻，与日本隔海相望。这些国家由于地缘关系，自古以来就保持着密切的通商贸易和文化交流，它们的文化相互借取、彼此渗透、陶融，在这块土地上积淀下来厚重而又富有特色的文化传统。坐落在这块土地上的延边大学多年来培养了大批研究东北亚文化的专门人才。得天独厚的地缘优势为《东疆学刊》办好"东北亚文化研究"这一特色栏目，提供了取之不尽的源头活水。②

这样的陈述即已凸显了《东疆学刊》所在地的区位特征及其关联的学术优长。

---

① 《〈东疆学刊〉创刊100期纪念》，《东疆学刊》2010年第3期。
② 参见关飞《〈东疆学刊〉的东北亚文化研究》，《光明日报》2004年7月29日。

2014年9月18—22日，前后4天的比较文学年会时间不长，但仅仅通过校园亲历的感受及史料的检索查询便已对延边大学留下了很深的印象——这是一所值得再次寻访的东疆高校。

笔者拍摄的延边大学校门与《东疆学刊》封面

（二）朝鲜族自治州

延边是中华人民共和国成立后设置的朝鲜族自治州。提到包括朝鲜族在内的中国各民族区域自治，不得不从朝鲜民族的地理处境及其与古今中国的关联交往说起，而且首先得关注当地论著的视角。

翻阅会上赠阅的《东疆学刊》2014年第3期，发现头条里即有相关陈述。在题为《论朝鲜朝时期的意识形态与小说意识》的论文中，作者金健人等勾勒了14世纪前后朝鲜王朝的创建历程及其与明清帝王的关系演变。情形大致如下：1388年，高丽恭愍王养子辛禑获得高丽王位后发动对明朝的进攻；武将李成桂伺机将其推翻，随后建立李朝，同年受明帝朱元璋册封后改国号为朝鲜。自此"开始了朝鲜半岛历史上长达500多年的朝鲜王朝时代"。[①]

就人类社会的历史地理而论，任何区域的疆界均可以从不同视点出发予以观察，其中所谓的中心与周边划分都是相对的。对作为今日中国东北行政区划之一的延边朝鲜族自治州来说，也可作如是观。首先，其

---

① 金健人等：《论朝鲜朝时期的意识形态与小说意识》，《东疆学刊》2014年第3期。

之所以被视为"东疆",那是以中国为整体、以中原为中心的审视结果。其次,若以黄海为圆心,即可发现此处属于周边三个半岛——山东半岛、辽东半岛和朝鲜半岛的其中之一。最后,再进一步看,与位于环黄海相望的平壤与大连之间的丹东不同,延边地区处在朝鲜半岛的东北端,以图们江的出海口划分的话属于日本海区域,陆地上又与今天的俄罗斯海参崴接壤,体现出典型的"东北亚"区域特征。

可见,对于黄海和辽东半岛而言的"东疆",即是日本海的"西域"及海参崴的紧邻;而如今属于吉林省行政区域南部的延边,则同时也是朝鲜半岛的东北顶端,其以图们江一水之隔,连接着一个民族的跨境存在,经过漫长岁月的变迁,成为如今朝鲜族自治州之所以在现代中国出现的历史背景以及国家开发"长吉图经济圈"的区域前提。

对于自治州的概况,延边州政府的官网首页介绍说:

> 延边朝鲜族自治州位于吉林省东部,幅员4.27万平方公里,约占吉林省总面积的四分之一。总人口218.6万,其中,朝鲜族人口79.8万,占总人口的36.5%,是全国唯一的朝鲜族自治州和最大的朝鲜族聚居地。自1952年9月3日成立以来,连续四次被国务院评为"全国民族团结进步模范集体"。全州下辖延吉、图们、敦化、珲春、龙井、和龙6市和汪清、安图2县,首府为延吉市。①

从今日中国的行政区划图来看,延边州占了吉林省东部完整的一角,其4万多平方千米的面积与丹麦、荷兰及瑞士接近,并几乎为60个新加坡的总和。在东北亚区域的地缘关联上,延边还具有多国交界的突出特征。对于这一点,延边自治州的政府官网以"边疆近海 区位独特"为题做了宣传,强调说:

> 延边地处中俄朝三国交界,东与俄罗斯滨海边疆区接壤,南隔

---

① 延边州人民政府官网,http://www.yanbian.gov.cn/zq/,2022年2月3日引用。

图们江与朝鲜咸镜北道、两江道相望,边境线总长768.5公里。其中,中朝边境线522.5公里、中俄边境线246公里。

延边濒临日本海,图们江是我国通向日本海的唯一水上通道。①

延边朝鲜族自治州成立于1952年9月,成立初期名为"延边朝鲜族自治区"。同年8月,中国政府颁布实施《中华人民共和国民族区域自治实施纲要》。《纲要》以1948年中国人民政治协商会议通过的《共同纲领》为基础,规定:"各民族自治区自治机关须保障自治区内的各民族都享有民族平等权利;教育各民族人民互相尊重其语言文字、风俗习惯及宗教信仰;禁止民族间的歧视和压迫,禁止任何煽动民族纠纷的行为。"(第二十五条)"各民族自治区自治机关须保障自治区内的一切人民,不问民族成分如何,均享有中国人民政治协商会议共同纲领所规定的思想、言论、出版、集会、结社、通讯、人身、居住、迁徙、宗教信仰及示威游行的自由权;并依法有选举权和被选举权。"(第二十六条)②

延边博物馆:"迁入初期的朝鲜族农家""民族自治",笔者拍摄

---

① 延边州人民政府官网,http://www.yanbian.gov.cn/zq/,2022年2月3日引用。
② 《中国人民政治协商会议共同纲领》,1949年9月29日全国政协全体会议通过,收入政协全国委员会办公厅编《开国盛典:中华人民共和国诞生重要文献资料汇编》(上),中国文史出版社2009年版,第506—514页。

第十章 文学生活:民间传统的世代承继

作为继内蒙古自治区之后北方成立的又一个民族区域自治单位,延边朝鲜族自治区(州)的诞生,是朝鲜族人民在这里长期奋斗的结果,也是新中国民族政策在东北地区的重要体现。朝鲜民族的先民世居于朝鲜半岛,自18世纪前后因政治和经济方面的缘由陆续迁入图们江和鸭绿江北岸,也就是如今隶属吉林省的春晖、图们和延吉、龙井等市县,接着扩散至中国东北诸省并陆续形成了众多大大小小的朝鲜人聚居区。到1945年时,居住在东北的朝鲜人口已达216万,人民的生活不仅依托于农耕为主的乡土社会,而且积极争取民族和地方的自主权,建立从政治、经济到文化艺术各方面的组织,如20世纪20年代以来的"耕学社"、"扶民团"、"垦民会"及"归化韩族同乡会"和"延边自治促进会"等。

2014年9月21日,我们专程前往气势宏大的延边博物馆,在精心设计的系列展示中看到了对于朝鲜族在中国境内生活的详细陈述。

除了展厅里的陈列展示外,延边博物馆还在自己的网页里设有学术交流专栏,其中有文章对"朝鲜族对东北开发的贡献"进行专节介绍,写道:

> 中国朝鲜族分布的主流在鸭绿江、图们江沿岸地区和绥芬河流域,并逐渐向北部和西部方向延伸,向东北内地移动和扩散。朝鲜族是个擅长种水田的民族。他们一迁入,就沿着有水源的地区安家落户。东北绝大部分水田地区是朝鲜族迁入后由朝鲜族首先开发的。①

客观来讲,这样的内容并不尽为人所知。相反,由于历史偏见的长久习染,对于中国作为"统一的多民族国家"的国情而言,不少国民其实知之甚少,有的甚至是曲解连连。近来竟还有人认为如今日渐增多的民族冲突是新中国民族政策的误导所致,甚至连"少数民族"也是政府推行"民族识别"的产物。这些人不清楚(或视而不见)"五族共

---

① 参见延边博物馆网页专文,徐龙成讲座《中国朝鲜族的形成》,http://www.ybbwg-china.org/two_level_d.asp?id=255&type=学术交流。

和"的主张也从晚清到民国持续不断、内蒙古自治区的成立先于毛泽东在天安门城楼对新中国诞生的宣告。同样的,朝鲜族在东北地区的迁入和开发先于延边自治州的建立,而该自治州的建立则先于1953年之后"民族识别"工作的大规模推行。①

(三)"迁入民族"的"跨境而居"

2014年到延边的一个新感受是在很多场合听人把朝鲜族界定为"迁入民族"。这真是一个值得关注的提法,甚至可视为对中国各民族的一种新分类。② 有关朝鲜族是"迁入民族"的论述主要强调了该群体的母国本源(朝鲜半岛)及后来(主要是近代以来)的移民特性,尤其描绘了晚清时期对该地区的解禁及日本统治朝鲜而导致大批韩民越江而来的拓荒开垦、聚居繁衍,由此证明朝鲜族不是中国"土著"而是迁入民族,也就是外国移民的后裔。与此同时,被视为中国朝鲜族的成员需要有两个条件:1)具有被认定的朝鲜族身份,2)拥有中国国籍。③ 缺少前者的只是普通的中国公民(汉族或其他非汉民族),不具备后者的则是旅居中国的朝鲜侨民或具有其他国籍的朝鲜人、韩国人或美国人……可见如今作为跨界而居的群体,虽然在族源和文化方面可统称为"朝鲜民族",其成员却已演化为因国籍划分的多个特殊部分了。

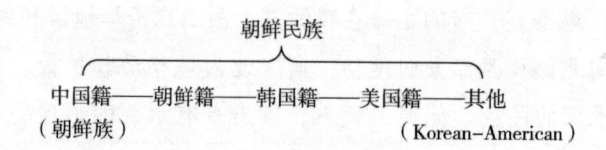

朝鲜民族
中国籍——朝鲜籍——韩国籍——美国籍——其他
(朝鲜族)　　　　　　　　　(Korean-American)

人口统计(1996年):
- 总计:7302万人
- 韩国:4485万人,占65.6%
- 朝鲜:2296万人,占29.1%
- 美国:2057546万人,占2.8%

---

① 黄光学、施联朱等主编的《中国的民族识别》指出:"民族识别工作在1953年以后作为首要解决的民族工作之一提上了议程。"民族出版社2005年版,第104页。
② 金元石:《关于中国朝鲜族的含义》,《中国边疆史地研究》2003年第4期。
③ 黄有福:《朝鲜族》,辽宁民族出版社2012年版,"前言"。

第十章 文学生活:民间传统的世代承继

- 中国:2043578 万人,占 2.7%
- 日本:660214 万人,占 0.9%
- 其他:……①

如今对于朝鲜族是否可界定为"迁入民族",学界仍有论争。持不同意见的学者主张"土著民族"说,提出"古朝鲜的发祥地,高句丽、渤海的疆土,就是延边";因而"古朝鲜的后裔,就是现今居住在中国,生活在延边、黑龙江、辽宁省的 200 万朝鲜族"。② 但无论结论如何,今日中国的朝鲜族作为朝鲜民族在世界分布的构成之一却是没有疑义的。而这种跨界而居的分布特点,正是认识多民族中国及多国家世界的重要前提。对于生活在现代世界体系中的任何国民而言,民族的身份其实是重叠在国家属性之上的,由此便与国籍、国界及国境、国史等密切关联。一方面当你知晓自己是某国人时还不够,还得具体弄清自己是该国的哪个民族;另一方面当你判定自己属于(或源于)某一民族时也不够,还得确认你属于哪一个国家,归哪个主权政府统管。

这样的情形发生在清代至民国的朝鲜迁入者身上时,事情便有了意涵丰富且波折不断的显现。起初,清朝政府先是将包括延吉在内的辽东地区视为满洲祖地,实施封禁,严禁外人私闯开垦;19 世纪之后才解禁撤关,改为移民实边,但对于由境外进入的韩民(朝鲜人)而言,又规定必须"剃发易服",也就是得归化入籍后方可拥有地权。直到辛亥鼎革在武汉等地爆发的宣统三年(1911),清廷在吉林的衙门还颁布了对入籍与否之朝鲜人予以分别对待的办法,规定:"就现有韩侨已相沿袭有土地权者,劝令入籍,作中国国民";反之,"如有不愿入籍者,拟由政府将其所有土地,酌情收回,视为纯外国人,令其出境"③。清

---

① 数据统计源于韩国外务部,此处转自金元石《中国朝鲜族的含义》,《中国边疆史地研究》2003 年第 4 期。
② 高永一等:《延边移民史与朝鲜族自治州》,《韩民族移民史国际学术讨论会论文集》(1990),第 63 页。
③ 《清朝末期各部门的章程规条》,《延边地区历史档案史料选编》第六期,延边朝鲜族自治州档案局(馆)编 1984 年版,第 7—8 页。

廷这种带有歧视的同化政策在很长时期内遭到朝鲜移民的反对和抵制，致使许多进入图们江、鸭绿江北岸开垦种地却又不愿意剃发易服的朝鲜耕民不得不朝耕晚回，以"游农"的方式为生。

民国以后，事情起了变化。由于日本对朝鲜的统治，为了求得中国当局的保护，中国东北的朝鲜移民组织发起归化入籍运动，将争取在中国境内的民族自治与反日独立运动连为一体，希望以获得中国公民身份为前提，把朝鲜民族的解放运动推向前进。①

渐渐地，迁入东北地区的朝鲜人就逐步从早期的移民、侨民演变成了中国的国民，接着又进一步成为与朝鲜半岛同一民族的文化相连但历史有别、跨境而居的中国少数民族之一。

在 2014 年 9 月的中国比较文学学会第 11 届年会上，我们以文学人类学研究会和多民族文学研究会之名联合组织了为时两天的圆桌专场。参会者来自北京、上海和四川等地，最远的来自云南楚雄和丽江。提交论文的学者族别有汉、藏、苗、壮和裕固、纳西、维吾尔及柯尔克孜等，当然也有本地的朝鲜族。同行们就"多民族国家的文学跨界"话题展开多学科及多视角的讨论，许多焦点实际是在延续我们于 2014 年春夏就在西昌和兰州分别起头了的母语书写和跨境文学话题。不过为了使讨论不至于停留为纸上谈兵，我们除了在延边大学的会场里围坐商讨外，还一同前往延边博物馆考察并请延大的李光一教授（朝鲜族）带着走访了图们江沿岸，最后到了一个与朝鲜人民共和国一河相隔的朝鲜族民居点——月晴镇白龙村。

该村位于图们江下游，距镇区十余公里。我们开了两辆车从延吉市内出发，先与布尔哈通河并行由西往东沿延图高速到达图们市，再从那里改为由北至南，朝着图们江上游方向使往月晴镇。沿途人烟稀少，十分宁静，江的南岸能清晰看见朝鲜国境内（咸镜北道）起伏的山丘、树林和农田，偶尔还能见到骑自行车经过的路人。放眼望去，图们江两

---

① 参见金柄珉《试论跨国民族的多重认同——以对中国朝鲜族认同研究为中心》，《文明的和谐与共同繁荣——人类文明的多元发展模式：北京论坛（2007）论文选集》，北京大学出版社 2008 年版，第 416—426 页。

第十章 文学生活:民间传统的世代承继

岸呈现出别无二致的地貌景观:一样的蓝天,一样的白云,一样的空气,一样的季节,同一河水在同一江里静静地流淌着,自远古流来,不分彼此——从自然的景观里丝毫感受不出南北的分别,只是在时显时隐的地段见到标志国界的人为铁丝网才提醒我们这里是两个不同的主权国家。我们没在途中停留,只是在车上一边观察两岸景色一边议论对民族国家及其边境构建的感想。

到白龙村后发现民居稀疏,四周有点清冷,连路过的车辆也没多少。李教授领我们进入一个叫"百年部落"的景点参观,在里面见到已有上百年历史的韩式老屋以及为参观者表演朝鲜族民间艺技的一对老年夫妇,还在农家店里品尝了烤肉串和米酒。不过尽管看到的建筑别致、风景也不错,但心里总不是滋味,冷静一想原来还是对当地民族传统的观光化和表演化难以释然。在村头那间低矮昏暗的小屋里,两位为观光客重复表演的老人的技艺真是不错。大爷吹奏的箫浑厚悠长,且有几分凄婉;大娘用手拍打的长鼓节奏分明,韵味无穷,合奏为一体后交映生辉,动人心弦。可是看着他/她们就这么守着空屋,整天坐在这里等候来客光临,笔者怎么也高兴不起来,手上鼓着掌,心里仍悲凉。依照笔者有限的观察体会,一个民族的悠久传统若只像这样要靠旅游观赏才能继续保存的话,离其流失消亡的日子也不会太远了。

后来查阅资料了解到,白龙村的"百年部落"是由去韩国打工的村民回国兴建的。其中年代最久的老屋修建于 1893 年,由一位名叫朴如根的朝鲜移民所建。在如今健在的老一辈村民记忆中,盖这所老屋用的原木红松从长白山用木排载运而来,房瓦则从朝鲜用绳船搬运来。老屋体现出较为典型的韩式建筑特点,而且修建时没用一钉一铆,一百多年过去却依然经久无损。为此,主导对其修复利用的村民金京男才决定以该屋为基础打造对外宣传的民俗村,目的是完整保存先辈留存下来的传统房屋,"让更多的人感悟祖先的智慧"。[①]

老屋的建造历程连接着两岸和古今。村民的生命故事也关联着民族

[①] 参阅崔胜虎《一归国劳务人员在图们江畔建起一座"百年部落"》,《吉林朝鲜文报》2010年9月30日。

白龙村"百年部落",笔者拍摄

跨境与今昔变异。吹箫的老人在演艺结束后告诉我,他姓朴,是本村人,妻子(长鼓演奏者)姓金,是从那边嫁过来的。哪一边啊?我问。"就是那一边",老人用手指着图们江对岸的朝鲜国方向又说,"她娘家是那一边的。抱歉她不会说汉语,不能跟你们交谈……"

(四)图们江流域的多民族

延边自治州的首府延吉有一条美丽蜿蜒的布尔哈通河穿行而过。河水由西向东缓缓流淌,装点市镇,灌溉乡里,最后汇入图们江。

2014年9月我们开会的这几天,每次从宾馆前往延大会场都要沿河而行,并从连接两岸的桥上通过。同行的本地学者告诉我们说,"布尔哈通"是满语,意为柳树之河;"图们"(江)也是满语,意思是"万流之源"。

后来经过进一步交谈,我们获知不仅布尔哈通和图们等河流名称源于满语,"哈尔滨""齐齐哈尔""佳木斯""珲春"等一连串东北著名城市的称谓都来自满语,就连吉林(省)的名称也源于满语的"吉林乌拉",满文写作"ᡤᡳᡵᡳᠨ ᡠᠯᠠ",意为"滨江之城"。这样的交谈产生了意想不到的提示效果,它使我如梦初醒般地反应过来,回想到如今被世人熟知的吉林延边朝鲜族自治州一带,在早其实是女真及其后裔满洲民族的发祥之地;与其毗邻,还生存着被近代人类学家凌纯声等考察描写过的赫哲族人以及鄂伦春等多种人群,晚清解禁后则还有由山东等地闯关而来

· 480 ·

第十章 文学生活:民间传统的世代承继

的大批汉族移民,由此才逐步构成了今天的多民族交错格局。

不过面对着这一多元格局,令笔者久思不得其解的一个疑问是,满人到哪里去了?这个由此发迹并称霸一方乃至最终统治全国的强大群体难道就在一夜间全然消逝了么?

时间往前推移,在顺治元年(1644)至宣统三年(1911)两百多年里,入关后的满人通过武力征服建立起庞大的清帝国,之后便选择以不同方式治理其统辖的满、汉、蒙、回、藏等不同人群及各自所在的不同区域。因视东北为满人的祖源之本,清廷采取了与内地"行省制"有别的"军府制"来管辖统领。史料记载,清廷于乾隆年间在辽东地区设正一品的"镇守吉林乌拉等处将军",简称"吉林将军",驻吉林乌拉(今吉林市),为当时在东北地区中辖地最大的三个将军之一,统辖范围包括如今吉林省的中东部、黑龙江省东部和俄罗斯的滨海边疆区全部和哈巴罗夫斯克边疆区东南部。作为朝廷命官,吉林将军掌管着当地的最高军政,职责是"镇守吉林乌拉等处地方,缮固镇戍,绥和军民,秩礼山川,辑宁边境"。① 其中的"缮固镇戍"和"辑宁边境",在清廷对东北实行近200年的封禁期间,便是防范内外两端的民众私自进入满洲祖源的神圣故地。对内,主要针对的是山海关以内的汉民;对外则是阻止边境外的朝鲜移民。有资料描述说:

> 为禁止汉人流入东北,筑有柳条边实行封禁。吉林将军辖区内柳条边门有布尔图边门、克尔素门、伊屯门、法特哈门。每门设防御、笔帖式各1员,披甲10名,直辖于吉林副都统,而统于吉林将军。②

1881年和1882年,时任吉林将军的铭安多次上奏朝廷,要求"将越垦韩民概令入籍",理由是这些越境而入的韩民"既种占中原之地,即为中原之民",因此必须"除领照纳租外,必令隶我版图,遵我政

---

① 《清朝通典》卷三十六,职官十四。
② 赵云田:《清代的吉林将军》,引自 http://www.historychina.net/qsyj/ztyj/ztyjjs/2011-09-23/32808.shtml。

教,并酌立年限,易我冠服"。为此,清朝皇帝光绪于1882年前后连续颁发谕旨,先是依照"历奉成宪,禁令甚严"的祖规,强调"朝鲜民人越界垦地,本应惩办"的道理,然后才以新的现实需要对其移民多年的既成事实予以首肯,曰"惟现在该民人等开垦有年,人数众多,朝廷务从宽大,不咎既往,即著准其领照纳租",①紧接着又站在大清帝国的立场对境外移民提出入籍归化的严厉要求,指出:

> 该民人等既种中国之地,即为中国之民,除照该将军等所请,准其领照纳租外,必令隶我版图,遵我政教,并酌立年限,易我冠服。②

这样,在朝廷与吉林将军上下沟通的配合下,清王朝有效实施并不断调整着对东北地区朝鲜移民的管辖治理。这就意味着,在清廷统治的年代里,在图门江和鸭绿江流域由境外移民引出的中外问题,首先触及的其实是满朝关联,也就是满人和韩民的关系。这种关联和关系只是到了民国建立及至中华人民共和国成立后,因国体改变、政权鼎革之故方才又变为华和"夷",亦即汉族与韩民——以及后来出现的朝鲜族之新关系。此外,在清帝国统治时期,东北地区与满—朝关系并列的,还有满汉关系以及满人与其他不同人群如赫哲人和鄂伦春等的多种关系。根据资料记载,清廷在辽东设置"镇守吉林乌拉等处将军"的主要目的并非仅为了防止汉人和韩民私闯入禁,而在于正面地管理满人自己的官庄和旗地,此外则是负责治理当地的其他原著民族,如居住在黑龙江、松花江和乌苏里江流域以及滨海与库页岛地区的赫哲、库页、费雅喀、鄂伦春、奇勒尔、恰克拉等族群。③

---

① 《清季外交史料》,光绪朝,卷3、6—7;参见衣保中《论清政府对延边朝鲜族移民政策的演变》,《东北亚论坛》2005年第6期。
② 《清季外交史料》,光绪朝,卷3、6—7;参见衣保中《论清政府对延边朝鲜族移民政策的演变》,《东北亚论坛》2005年第6期。
③ 赵云田:《清代的吉林将军》,引自http://www.historychina.net/qsyj/ztyj/ztyjjs/2011-09-23/32808.shtml。

第十章 文学生活:民间传统的世代承继

以这样的历史背景来观察,关注今日辽东,即便只聚焦少数民族议题,也不应仅限于延边自治州、仅留意朝鲜族及其带出的汉(族)—朝(鲜族)关系,而该把目光扩大和延伸,关注满族、关注赫哲人与鄂伦春、关注整个东北的多民族格局及其历史演变。进而言之,若不掌握相关的历史地理知识,你就不可能懂得"南满铁路""东满特委"这样的名词,即便在走进今日延边博物馆后它们是如何醒目地掩映在你眼前也是白搭。而正因多少了解到一点相关的历史背景,笔者才(在回到成都后)明白南北满的划分与20世纪30年代日本侵华有关,"东满特委"指的是抗战时期成立的中共东满特别委员会,其活动范围就是如今的延边一带。

不过笔者还是想继续追寻的是——满人都哪里去了?

由于时间所限,历史的途径尚未畅通。机缘巧合的是,心中的遗憾竟在学会换届的结果里得到了一种补偿。本次中国比较文学学会在延边换届,经多边协商,新一届会长由曹顺庆教授担任。曹顺庆来自四川大学,族籍满人。[1] 这意味着中国比较文学学会的领导在满族发源的祖地移交给了满族后裔。这样的格局令人回味,不仅体现了比较文学界的开放多元,且不妨视为一种地域奇迹和时代象征。

(五)民族文学的跨界关联

若仅从字面上看,比较文学就是把人类社会不同的文学事象加以比较,并通过比较揭示异同。在此学科创立之初,欧洲的学者主要关注的是文学的国别关系,形成了以法国为代表的"影响学派"。而当其于近代从西方传入中国后,在很长时期里,无论中外,学者们所醉心的也还大多是文学间的国别异同。只是20世纪80年代之后,在国家重提民族平等与区域自治的政治主张背景下及受文化多元主义等思潮的影响,中国的比较文学界才渐有学者开始转向多民族国家内的文学比较,并在

---

[1] 作为中国比较文学学会前任会长,曹顺庆教授对中国多民族文学的研究发表过大量论述。参见曹顺庆《三重话语霸权下的少数民族文学研究》(《民族文学研究》2005年第3期);曹顺庆《多民族文学史的编写问题——重新建立中国文学史观》(《民族文学研究》2008年第2期)以及曹顺庆等《"当前比较文学前沿及少数民族比较文学学科发展"讲座实录》(《中外文化与文论》2020年第3期)。

90年代及21世纪先后成立了专门研究跨族别比较的中国少数民族文学学会和中国多民族文学研究会。中国比较文学学会的全国年会此次在延边召开，即由作为其二级分会的多民族文学研究会组织了有关多民族文学比较的圆桌专场。与会者们关注议题便是同时基于国别与族别而作比较的文学跨界。

2014年9月19日上午，朝鲜族学者、延边大学副校长金柄珉教授作大会主题发言，题目是"东亚文学的跨文化研究刍议"。金教授在报告中说，"共同的文化基因虽然造就了东亚各民族文化的类似性，但相互之间的细微差异却时常引发更多、更大的矛盾"，由此强调要注重不同民族和文化间的"和而不同"。他引述朝鲜统一新罗时期的高僧元晓所著的《金刚三昧经论》来做例证，曰："湛然，融二而不一；独静，离边而非中。"然后发挥说："只有尊重差异，确保差异的共存及其相互之间的协调，才能达到'湛然'，即充裕的境界。"①

在以"中韩文学及东北亚文学关系研究"为题的另外一组里，《东疆学刊》主编徐东日的论文研究"朝鲜朝燕行使臣笔下的辽东关羽庙"、李光一教授讨论"中国朝鲜族与苏联朝鲜人文学发展的历时性比较研究"，都从不同角度阐述了以朝鲜民族为基点的文学跨界。② 前者的论述涉及古代时期中朝之间的文学交往和互渗，后者则进一步把对朝鲜民族文学跨界的审视范围加以扩展，使之延伸至中朝以外的苏俄境内。李光一教授的论文指出：

现在在朝鲜半岛之外居住的朝鲜人散居在中国、美国、日本、俄罗斯、加拿大、澳大利亚以及其他国家，人口大约有700万人。其中，居住在中国、美国、日本、俄罗斯等国家的朝鲜人形成了自己的作家队伍，他们组建文学团体或创办文学刊物，展开了积极的

---

① 参见金柄珉《东亚文学的跨文化研究刍议》，收入中国比较文学学会第11届年会论文资料集光盘，2014年9月。
② 徐东日论文《朝鲜朝燕行使臣笔下的辽东关羽庙》及李光一论文《中国朝鲜族与苏联朝鲜人文学发展的历时性比较研究》，均收入中国比较文学学会第11届年会论文资料集光盘，2014年9月。

文学创作和研究活动,并已形成自己的文学体系。①

论文随后介绍了对于"朝鲜半岛之外居住的朝鲜人文学创作"的相关研究,提到论者们关注的"散居者拥有的共同性"、"离散的痛苦"、"对民族共同体的渴望"以及从"他者"的视角"关注居住地现实"等诸多方面。

听延边大学学者们的会上发言和阅读他们提交的论文使人眼界开阔,耳目一新。不过如要以朝鲜族为例讨论文学跨界的话,依笔者个人从事比较文学和文学人类学的经验,那首跨国流传且历经演变的《阿里郎》民谣无疑即可作为最具说服力的个案。

普及本册子《朝鲜族》开篇就说:"在朝鲜族传统聚居地区,无论是在耕作的田间,还是在节日的盛会,我们随时都可以听到动人的《阿里郎》的歌声",② 在正文里则强调了该民谣的"三最":历史最悠久、流传最广、最具有民族文化特色。

2002年"阿里郎乐队"参加青歌赛③

2002年,由几位延边朝鲜族歌手创建的民间演唱组"阿里郎乐队"

---

① 李光一论文《中国朝鲜族与苏联朝鲜人文学发展的历时性比较研究》,中国比较文学学会第11届年会论文资料集光盘,2014年9月。
② 黄有福:《朝鲜族》,辽宁民族出版社2012年版,第3、83页。
③ 资料来源:央视网2002年8月10日报道:《阿里朗乐队喜获青年歌手大赛"观众最喜爱歌手"奖》,http://www.cctv.com/entertainment/song_pro/baodao20.shtml。

到北京参加第十届全国青年歌唱大赛，一举夺得通俗类银奖并获得"观众最喜爱歌手奖"，此后又登上了影响深广的"春晚"直播现场。由此一来，原本并不太为人所知的《阿里郎》便在现代媒体与国家力量的助推下迅速传遍中国各地。接着，2006年和2013年，东北歌手卞英花和王喆又连续以《阿里郎》的演唱荣获青歌赛大奖。

《阿里郎》在朝鲜民族中流传久远，版本众多，分为本调阿里郎、永州阿里郎和迷阳阿里郎、端川阿里郎等，彼此演唱的调子、歌词和韵味、风格也纷繁不一。① 时至2006年，专业工作者统计的《阿里郎》数量已有"曲调50""歌词3000"之多。②

2013年王喆演唱《阿里郎》获奖

在21世纪时期登上中国中央电视台春晚舞台的"阿里郎乐队"的唱本显得乐观和热情，曲调听起来也较为自信、高昂。他们在歌中唱道：

> 阿里郎　阿里郎　阿拉里哟
> 离我而去的他正走过阿里山坡
> 走不出多远　我想他会回来的哟……③

---

① 参见龚晓妍《论朝鲜民谣"阿里郎"在我国的生存脉系》，《宁德师范学院学报》2017年第2期。
② 金洪琳：《朝鲜民族阿里郎现象的研究》，硕士学位论文，上海音乐学院，2006年。
③ 金洪琳：《朝鲜民族阿里郎现象的研究》，硕士学位论文，上海音乐学院，2006年。

第十章 文学生活:民间传统的世代承继

相比之下,卞英花参加2006比赛时的演唱要伤感一些,电视直播时在视频上用汉字滚动播出的"歌词大意"也与"阿里郎组合"的不同,显示了这首民谣的悲切一面:

　　阿里郎　阿里郎　阿拉里哟
　　翻过那高高的山岗,离开我的阿里郎……
　　今宵离别后何日能回来
　　请你留下你的诺言,我好等待①

到了2013年王喆在第十五届青歌赛演唱时,滚动字幕里的歌词汉译又提升了离别"元素",虽然曲调仍显得高昂,但情感却透出了感怀与惆怅。翻译的歌词呈现为:

　　遥望我那负心郎　渐渐去远方
　　但愿他脚生病　早日能回乡
　　天上的星星多得数也数不清
　　我家的忧愁　多到叫人好悲伤
　　今日离开家　何日才回乡……②

在中国,除了舞台与电视这样的现代公众平台外,《阿里郎》民谣还被选入国家统编的音乐课本,进入了范围更广、影响也更为根本的普及教育领域。在教育部推广使用的全国初中音乐学科八年级教材(上册第三单元)里,对于《阿里郎》的歌曲背景是这样介绍的:

　　朝鲜民歌《阿里郎》源自朝鲜的李朝中叶,名叫白云的小伙

---

① 《阿里郎》,演唱:卞英花,CCTV节目官网,http://tv.cntv.cn/video/C10404/39684 61b9613488e8fc0fb9371b664d1,2011年6月16日。
② 王喆唱《阿里郎》,CCTV节目官网,https://tv.cctv.com/2013/05/14/VIDE1368534794228617.shtml,2013年5月14日。

子和叫圣妇的姑娘参加了反抗地主的暴动。暴动失败后，俩人躲进深山里过上了与世隔绝却浪漫、幸福的生活。一天，里郎决定要为冤死的村民报仇雪恨，越过山岭走向战场。圣妇望着白云远去的背影唱起了这首《阿里郎》。①

以这样的介绍为背景，《教材》提示说老师还将在课堂上对学生们解释说："这首民谣曲调优美，委婉缠绵，历经时代的变迁，涌现了多种不同风格的演绎形式。"更值得关注的是，该教材最后做了寓意深长的总结发挥：

  一曲《阿里郎》，典型的3/4，长短节奏，五声音阶的旋律，以其委婉的曲调、深厚的意境，传递着5000年的朝鲜民族气质、感情和内涵。
  同学们，让我们记住这个含蓄、内敛的民族——朝鲜族！②

伴随着国家体制的教育权威，这样的理念与情感自上而下、从北到南，一直延伸到全国各地无数授课老师们的教案之中③，而后又经由她/他们的具体实践，渗透到各民族孩童们的心灵深处，成为孕育他们感受朝鲜民族并理解中国作为统一的多民族共同体的认知基础。

如果说上面的例子体现出《阿里郎》在中国境内由延边向外地、从朝鲜族向其他"兄弟民族"的广泛传播的话，与此平行、同样值得关注和考察的是其在中国之外的并置与关联。在与延边隔河相连的朝鲜民主主义人民共和国，民谣《阿里郎》不仅同样备受重视、被改编成歌剧搬上国家舞台，并且还通过大型团体操形式举行以"阿里郎"为名的盛大表演。

---

① 《音乐》，义务教育教科书，八年级（上册第三单元），人民音乐出版社2012年版。
② 参见广州市萝岗区科学城中学老师文芳的教案《〈阿里郎〉教学设计》，资料来源：中小学音乐教研网，http：//xk-zxyy.gzluogang.edu.cn/DocHtml/414/2013/2/4/4021207511283.html。
③ 参见广州市萝岗区科学城中学老师文芳的教案《〈阿里郎〉教学设计》，资料来源：中小学音乐教研网，http：//xk-zxyy.gzluogang.edu.cn/DocHtml/414/2013/2/4/4021207511283.html。

20世纪80年代，由金京莲等执笔改编的五幕七场歌剧《阿里郎》在平壤上演。作品以悲剧结尾：女主角阿英因心上人先她而去，万念俱灰，持刀自尽；里郎死里逃生，回到故乡，抱着阿英一步步走上高高的阿里郎山岗。这时，歌曲《阿里郎》在舞台上久久回荡……①

此外，在朝鲜歌手李京淑及宋素姬等演唱的《阿里郎》版里，也是以悲情为主，并没有过多的华丽铺张，显出的是真切、朴实和沉稳并带有几分凄婉。

2013年平壤艺术节场景之一，舞台上方呈现即为朝文的"阿里郎"字样②

到了2013年，在朝鲜庆祝建国60年之际，朝鲜官方组织表演的巨型团体操《阿里郎》（参演人数接近十万）的风格体现出明显不同。朝中社的报道夸赞说：

（团体操）民族情趣浓艳、艺术技巧高超的音乐、舞蹈、体操和杂技，会同五彩缤纷、绚烂夺目的光线效果、照明和礼花爆竹，

---

① 参阅韩昌梅《论歌剧〈阿里郎〉》，硕士学位论文，中央民族大学，2006年。作者认为该作品表现的是穷苦青年里郎和知府女儿阿英冲破阶级等级差别大胆相爱的"悲剧故事"。

② bilibili 网页：凤凰卫视–2013年朝鲜大型团体表演《阿里郎》，https://www.bilibili.com/s/video/BV16s411a78P，2016年12月27日。

· 489 ·

再加上千变万化的背景台与别具一格的舞美造型、光电装置和照明，使表演无论从内容还是形式上极为协调、炉火纯青，博得了观众热烈的喝彩。①

该团体操版本的《阿里郎》结构如下：

第一场　阿里郎
第二场　先军阿里郎
第三场　幸福的阿里郎
第四场　统一阿里郎
第五场　友谊阿里郎

在西方媒体的评述里，有的说《阿里郎》体操的场景"令人叹为观止"，其表演堪称"运动、色彩与声音的奇妙结合"。有的则关注人数大约5万的青少年用200多万张纸做成的"人类马赛克"，"他们大概每20秒变幻一次，全程都是同步的，创造出了眼花缭乱的意象"。②

中国"凤凰卫视"进入平壤五一体育馆进行现场直播，在向"全球华语观众"的解说里，称《阿里郎》已由最初的民间情歌转变为朝鲜民族的象征，如今更是通过盛大演出的方式变成了朝鲜官方向全球展示自己的宣传舞台和窗口，为世人了解这个"白衣民族"提供了不同视角。而在演出之前，朝鲜旅游部门给中国相关机构发来宣传材料，一方面预告演出即将举行；另一方面对内容做了介绍。在其中，朝鲜版的《阿里郎》基调被定为"背井离乡的朝鲜同胞对故乡的思念"。③ 中国旅

---

① 凤凰网，http：//qd.ifeng.com/lexianglvyou/hangkongshanglv/detail_ 2013_ 07/25/1034415_ 0.shtml。
② 吴丹丹编译：《朝鲜第十一届阿里郎艺术节盛大开幕》，环球网，http：//qd.ifeng.com/lexianglvyou/hangkongshanglv/detail_ 2013_ 07/25/1034415_ 0.shtml。
③ 凤凰卫视2013年7月22日播出节目《朝鲜大型团体表演〈阿里郎〉实况转播》，http：//v.ifeng.com/history/wenhuashidian/201308/01c4e4cf－70af－4cc0－8455－c34e0ef08056.shtml。

游机构据此向游客们宣传说:"在这片天空下,多少流浪汉,思念小时候吹柳笛的故乡,多少朝鲜同胞忍受离别之苦吟唱《阿里郎》!"① 而在接下来的文字里,又强调了转折性的"但是",指出:

> 但是,曾经让人们痛苦万分的这首《阿里郎》歌谣,现在却成了幸福之歌。在每年黄金旅游季节8月,朝鲜人民要向全世界倾诉蕴涵在《阿里郎》歌曲里的受难的昨天和幸福的今天!②

有了这样的国界跨越之后,让我们再把视域往南延伸,对比一下韩国版的《阿里郎》情况。总体来说,《阿里郎》在韩国的流传影响同样丰富复杂,在很多方面都表现得与中朝两地不尽相同。有韩国学者指出,一方面,对韩国人来说,《阿里郎》是"韩国民族"最有代表性的民谣;另一方面,人们对其起源、性质和流变细节又充满争议。总之,《阿里郎》由最初的地方性俗曲转变成后来的国民性民谣是经历了多个不同历史阶段锻造的。在其中的日殖后期,阿里郎变成了代表国民音乐的民谣,通过韩悠韩等音乐家把阿里郎作为韩民族的象征形象来演奏,使之包含了"对祖国对民族的思想感情""从中散发着抗日救国的思潮",由此才逐渐"变成了具有民族意识的音乐"。③ 或许正因为延续着这种传统,韩国版的《阿里郎》风格就更为接近于愤慨和悲壮,堪称民族的经典悲曲。这种传统一直延续到韩国导演金基德执导的影片《阿里郎》之中。2011年5月该片在第64届戛纳电影节上获得"一种

---

① 参见中国青旅社《2013年朝鲜阿里郎旅游演出将继续上演!》。消息于2013年3月27日发布,称:刚刚接到朝鲜观光总局通知,2013年《大型团体操和艺术演出——阿里郎》的演出时间是7月27日—9月9日,每周共演出四场,每晚北京时间19:00—20:30,门票800元/人。资料来源:http://www.shanshui114.cn/news/38721.html。

② 参见中国青旅社《2013年朝鲜阿里郎旅游演出将继续上演!》。消息于2013年3月27日发布,称:刚刚接到朝鲜观光总局通知,2013年《大型团体操和艺术演出——阿里郎》的演出时间是7月27日—9月9日,每周共演出四场,每晚北京时间19:00—20:30,门票800元/人。资料来源:http://www.shanshui114.cn/news/38721.html。

③ [韩]金红莲:《从俗曲〈阿里郎〉的蜕变看韩国民谣的形成过程》,《人民音乐》2008年第10期。

关注"单元的最佳影片奖。颁奖仪式上,备感欣喜的金基德登台演唱了《阿里郎》,并在接受记者采访时发表了关于《阿里郎》意义的评论。他说:

> 在韩国,《阿里郎》是一首脍炙人口的歌曲,是关于人的生命的歌。通过演唱这首歌曲,韩国人可以克服生活中所有的困难。对我来说也是如此。①

本调《阿里郎》谱例②

有博客在网络里评论说金基德纪录片《阿里郎》讲述的是他自己

---

① 陈令狐:《〈阿里郎〉:金基德拷问金基德》,2012年9月11日。http://i.mtime.com/greatbird/blog/7459056/。
② 金洪琳:《朝鲜民族阿里郎现象的研究》,硕士学位论文,上海音乐学院,2006年,第63页。

第十章 文学生活:民间传统的世代承继

翻山越岭去"追寻一个渐渐远去梦想"的故事。就如金基德在影片中说的那样,"人生就是自己在做斗争",也就是登山的过程。论者指出金基德喜欢这样的象征,只不过此刻的他隐居在深山里;"身体未动,只是灵魂在艰难的攀爬"。①

《阿里郎》在韩国的流传类型还有很多,其中也有歌舞乐一体的大型舞台形式,如2012年末应邀到南京访问演出的韩国全罗北道道立国院艺术团表演的《阿里郎》等。而据不完全统计,在朝鲜民族不同地区的数百年流传中,已知的变型就达186种之多,其中37%仍以爱情和别离为主题,19%以娱乐为主题,其他的内容则偏重爱国、婚姻、自立等。②

以这样的线索为背景,通过对在中、朝、韩三地不同情景的简述和对比,我们已不难见出《阿里郎》"北京版"、"平壤版"和"首尔版"在很多方面的异同。无论我们如何评价这些相互间的异同,其中有一点是毋庸置疑的,那就是,仅以母语与曲调的同源与相通为标准,《阿里郎》已成为东亚地区文学跨界的典型现象。通过《阿里郎》的演唱——尽管彼此间存在着细节与风格方面的区分,我们仍看到了同一首歌在不同国界里的内在呼应、在不同人群间的密切关联。这种关联,可表现为文学内容上的一歌多词、音乐风格上的一曲多唱,亦可呈现为意识形态上的一族多制和审美文化上的一源多流。

2012年,韩国民谣《阿里郎》申遗成功,被联合国教科文组织列入世界遗产名录,由此进入整体的人类文化体系,成为更大范围的跨语言和跨国界现象。③ 今天的人们上网搜寻,很容易查到不同文字的《阿里郎》歌词对照本,如:

---

① 陈令狐:《〈阿里郎〉:金基德拷问金基德》,2012年9月11日。http://i.mtime.com/greatbird/blog/7459056/。
② 黄有福:《朝鲜族》,辽宁民族出版社2012年版,第84页。
③ 中华人民共和国国务院新闻办公室:《韩国民谣〈阿里郎〉申遗》,http://www.scio.gov.cn/ztk/hlwxx/dejzhhlwyzhy/29810/Document/1353816/1353816.htm,2012年12月14日。

朝鲜语歌词	罗马字注音	汉语大意
아리랑 아리랑 아라리요 아리랑 고개로 넘어간다 나를 버리고 가시는 님은 십리도 못 가서 발병난다	a li lang a li lang a la li yo a li lang go gae lo neo meo gan da na leul beo li go ga shi neun ni meun shim ni do mot ga seo bal byeong nan da	阿里郎,阿里郎,阿里郎哟! 我的郎君翻山过岭,路途遥远, 你怎么情愿把我扔下, 出了门不到十里路你会想家!
아리랑 아리랑 아라리요 아리랑 고개로 넘어간다 청천하늘엔 별도 많고 우리네 가슴엔 꿈도 많다	a li lang a li lang a la li yo a li lang go gae lo neo meo gan da cheong cheo na neu len byeol do man go wu li ne ga seu men kkum do man da	阿里郎,阿里郎,阿拉伊哟! 我的郎君翻山过岭,路途遥远, 晴天的黑夜里满天星辰, 我们的离别情话千遍难尽!
아리랑 아리랑 아라리요 아리랑 고개로 넘어간다 저기 저 산이 백두산이라지 동지 섣달에도 꽃만 핀다	a li lang a li lang a la li yo a li lang go gae lo neo meo gan da jeo gi jeo sa ni baek du sa ni la ji dong ji seot da le do kkot man pin da	阿里郎,阿里郎,阿拉郎哟! 我的郎君翻山过岭,路途遥远, 今宵离别后何日能归来, 请你留下你的诺言我好等待!

《阿里郎》歌词朝文、汉语及罗马字注音的对照本①

最后,回到本文探寻的地域起点。需要追问的是:既然作为在中国、朝鲜及韩国之间的跨国现象而存在并有着各自不同的众多版本,那么哪一个才是"延边版"的《阿里郎》呢?换句话说,若以延边本地为中心来考察,存活于民众生活中的"阿里郎"原型何在,源头何寻?难道仅仅依据艺术家们通过想象发挥而在舞台及银屏上加工出来的那些演出么?如是那样,其作为朝鲜民族文化精神之代表的根据及动力又当如何还原呢?

凡此种种,唯有通过跨文化与跨族别的关联比较方可解答。

小 结

雍正至乾隆年间,清廷在王朝范围内设立的"军府制"地方不仅有东北的盛京和吉林,同时还远跨至西北新疆的伊犁。后者的统辖区域包括了今天的伊犁、乌鲁木齐及塔尔巴哈台、喀什噶尔。可见自那时起,延边的地位就与整个王朝的规模、体制及结构密切相连。

时至今日,若在民族国家的疆界意义上将"延边"的含义放大,即可见到从中国吉林省的延边朝鲜族自治州开始,由东北到西南,中国

---

① 网络资料:百度百科"阿里郎"词条,http://baike.baidu.com/subview/45409/5550441.htm。

第十章　文学生活:民间传统的世代承继

的"延边"蜿蜒曲折,陆地邻国达 14 个之多,包括朝鲜、俄罗斯、蒙古国、哈萨克斯坦、吉尔吉斯斯坦、塔吉克斯坦、阿富汗、巴基斯坦、印度、不丹,以及尼泊尔、缅甸、老挝和越南;隔海相邻的则还有韩国、日本、菲律宾、马来西亚和文莱、印度尼西亚等。在如此广延的边界内外,交错跨越地分布和生活着包括朝鲜族在内的众多人群。关注他们由古至今在族群和文化的交互跨境,无疑内容繁多,意义深远,值得国民认真了解,细细发掘。

与此同时,正如《阿里郎》所唱的那样,在这样的过程中,从口传到书面,各民族的文学实践者或许也一方面在经历"翻山越岭,路途遥远"的世代传承,一方面仍持续思索着"何处是家"的隐含之问。不过,对于现代中国的多民族共同体成员来说,答案已趋明晰,那就是:与共和国同在,家在中国,多元一体;关联互动,交映生辉。在文学,尤其是口传的文学与音乐的文学日益参与到现代国家的多元创建过程之际,不但有《阿里郎》这类强调族别认同的分支歌曲,同时更不断涌现出凝聚国家整体的万众合唱。在现代中国,最凸显的案例便是由抗日战争开启、最终成为中华人民共和国国歌的《义勇军进行曲》。其中反复呈现的"中华民族",既是期盼在被侵略、被奴役状态不断觉醒的对象,更是即将登上世界体系的统一主体,亦即现代意义上在"中国疆域里具有民族认同"的全体人民。为此,民族学家费孝通阐释说:

> 中华民族作为一个自觉的民族实体,是近百年来中国和西方列强对抗中出现的,但作为一个自在的民族实体则是几千年的历史过程所形成的。①

与世界多数国家一样,中华民族也经历了"由许许多多分散孤立存在的民族单位,经过接触、混杂、联结和融合"的过程;结果才逐

---

① 费孝通等:《中华民族多元一体格局》(修订本),中央民族大学出版社 1999 年版。

渐形成一个"你来我去、我来你去，我中有你、你中有我，而又各具个性的多元统一体"。①

五 多元美学：创建跨族别的审美话语

然而说到底，除了对政治平等与历史共建等社会意义的关注，研究多民族的文学生活，实质应在审美，也就是阐发由多民族文学引发的美学问题。

美学作为一门现代学科在欧洲诞生以来，随着其在欧洲之外的地区不断传播扩张，而被视为用以剖析人类所有审美现象的有效工具和具有跨文明功力的普遍话语。以这样的认知为基础，由鲍姆加登（Alexander Baumgarten）至康德、黑格尔、席勒、歌德等创建的审美范畴——如优美、崇高、悲剧、喜剧、滑稽、荒诞等，便成了各地通用的"世界语"。这些建立在欧洲民族审美经验上的审美范畴的全球传播，不但推动了对欧洲经验的了解，也促进了不同文明在话语意义上的美学沟通和交流。

然而，仅从单一的地方性经验及知识出发和评判，即能达成人类整体的美学沟通吗？回答是否定的。因为若以构建通约性话语为目标，则任何单一经验与知识都是不完整和不充分的，唯有更为多元的认知互动，方可达成人类互通的美学理解。

正因如此，20世纪以来，欧洲之外的不同文明区域，不断以创建本土范畴的方式对鲍姆加登式的美学话语进行回应，为迈向跨文明的整体美学做出了积极努力。在汉语世界，便先后有"风骨"、"气韵"、"空灵"及"逍遥"、"虚静"等范畴的提出或重建，为世界美学的话语对话开辟了独具特色的华夏路径。②

然而范畴问题还值得讨论。什么叫范畴？什么样的概念对象可以称为范畴？在什么学科、何种意义上的范畴？都是需要追问的。在美学领

---

① 费孝通等：《中华民族多元一体格局》（修订本），中央民族大学出版社1999年版。
② 参见曾祖荫《中国古代美学范畴》，华中工学院出版社1986年版；王振复、陈立群《中国美学范畴史》，山西教育出版社2009年版。

第十章 文学生活：民间传统的世代承继

域，如果把人们的审美活动视为具有时空形态的整体构成，其中的范畴便还可细分。以笔者之见，人类审美实践的整体结构里，可作为范畴存在的类别至少有两大种类。原先人们所熟知的"优美""崇高"及"空灵""雄浑"等属于情态范畴；而在此之外，则还有可称为"关系"和"过程"的类型需要添加，比如中国本土源自各族民间的"养心"、"暖屋"及"热闹"、"达尔尕"等。

两相对照，情态范畴聚焦审美现象中的"情态—感知"，关系与过程范畴则体现主客体互动的"实践—结果"。在语词构成上，情态范畴主要为名词、形容词；而过程范畴则可由动词呈现，且每每呈现为动宾结构的词组。如果说审美场域的情态范畴体现的还只是"美"的可能、潜在，也就是无主体的尚未实现之"在""将在"的话，关系与过程范畴则表示了"美"的主体性实践和完成，亦即可由亚里士多德提出的范畴类别里引申出关系式的"共在"（connected being）[1]，直至怀特海（Alfred North Whitehead）"过程哲学"所阐述的"动在"（actual entities）。[2]

如今，有关人类美学话语的跨文明交流仍在继续，还有许多新的维度期待推进。以中国传统的多民族共同体为例，若沿着多元一体的文化格局及眼光向下的知识视野，便不难发现在中原华夏的精英之外，还存在着丰厚的多元美学。若与精英体系相对照，不妨把这些还仍被遮蔽的审美动在称为原生实践、乡土知识或民间体系。

通过扎根田野的实证考察，我们从文学人类学、艺术人类学及审美人类学角度汇集不同区域与族群的诸多案例，发现可从中提炼出不少具有本土特色的审美范畴。为此，需要从各族底层和民间的生活实践出发，参与多元美学的话语对话。除了前文论述过的《格萨尔》、《亚鲁王》、《阿哈巴拉》与《阿里郎》等外，值得列举的案例与范畴还有不少，如壮侗民族歌唱传统中的"养心""暖屋"，中原汉民族

---

[1] 亚里士多德在《范畴篇》里论述过十种存在、十类范畴，其中被列为最重要的前四类之一便是"关系"。笔者由此发挥，把"共在"作为关系之一种予以提出，希望得到关注和讨论。参见［古希腊］亚里士多德《范畴篇·解释篇》，方书春译，商务印书馆2008年版。

[2] ［英］怀特海：《过程与实在》，周邦宪译，贵州人民出版社2006年版，第19、37页；相关论述可参见樊美筠《怀特海美学初探》，《江苏社会科学》2015年第3期。

· 497 ·

秧歌、社火民俗中的"热闹"及嘉绒藏族神圣与世俗仪式中的"达尔尕"。"养心"议题已在以往对侗族大歌的人类学考察论述中有所揭示;①"暖屋"的讨论,最早由陆晓芹通过博士学位论文及系列文章做过阐发;②"热闹"的发现,则呈现于人类学家乔健牵头、四川大学等相关院校课题团队共同参与的"黄土文明与介休案例的人类学考察"项目之中,并由郭明军博士撰写成以《热闹与红火:黄土高原乡村审美研究》命名的学位论文;③"达尔尕"是嘉绒藏语,以往被汉译为"锅庄",指一种形式上的圈舞。忽略且遮蔽了其中蕴含的美学深意,即藏语本身所指的"喜乐"(美)。④ 倘若把这些丰富范畴放在一起并置讨论,便可从构建本土范畴的角度,参与对跨族别"多元美学"的话语推进。

美学范畴的问题之所以重要,是因为涉及话语体系的构建根本。一如笔者与课题组同人在本书阶段成果里阐述的那样:比如谈论"史诗",不得不注意的是"其在西方文学、艺术乃至整个西方传统中都是一个根本,是一个核心范畴,在很大意义上甚至奠定了西方文明的世界意义"。⑤ 因此需要从现代世界的格局建构出发,关注跨族别、跨国家乃至跨文明的交往互动,考察并阐释"史诗"这样的美学范畴渗透至西方之外的各地后,引起的各种后果;聚焦它们如何在很大程度上"颠覆或消解了非西方文学(文明)的自在和自洽"。联系本土的古今演变实际,我们指出"这样的后果在近代中国就有体现,致使从王国维到胡适、鲁迅等一代学者深陷于难以自拔的'史诗之困',及至藏蒙民族的《格萨尔王》登场才渐解套"。为此,需要超越族群文化边界,跳出文

---

① 参见徐新建《侗族大歌的人类学研究》(国家社科基金项目,2011—2015),《侗歌民俗研究》,民族出版社2011年版。
② 陆晓芹:《吟诗与暖——广西德靖一带壮族聚会对歌习俗的民族志考察》,广西师范大学出版社2016年版。
③ 郭明军:《"热闹"的乡村:山西介休民间艺术的审美人类学考察》,博士学位论文,四川大学,2017年,以及已单篇发表的《"热闹"不是"狂欢"——多民族视野下的黄土文明乡村习俗介休个案》,《民族艺术》2015年第2期。
④ 卢婷:《嘉绒"达尔尕"的苯教审美文化解读》,《宗教学研究》2021年第2期。
⑤ 徐新建、陆晓芹、郭明军:《本土范畴:多元审美的话语意义》,《民族艺术》2019年第1期。

字文本中心，关注文学生活的过程与展演，① 构建人类美学整体：

  一方面与拓展美学理论的实践面向相连接，一方面跟重新打通人类学"大小传统"的论述相关联，也就是把对地方、民间及多民族文学、艺术与文化的研究提升到话语建设层面，努力创建兼容民间范畴、乡土实践、审美生活及至生命美学等多重表述的开放体系。②

---

 ① 谭佳、徐新建：《关注文学的展演和过程——李亦园先生对文学人类学的开拓贡献》，《青海民族研究》2018 年第 2 期。
 ② 徐新建、陆晓芹、郭明军：《本土范畴：多元审美的话语意义》，《民族艺术》2019 年第 1 期。

结　语[*]

本书开篇讨论"文学"词变，梳理总结该词在"西学东渐"冲击下从语词、语义到语用的一系列转型与影响，继而联系现代中国的多元创建，引出对多民族、多语言及多文学的关联讨论。在凝聚社会与形塑历史的意义上，文学的作用在于故事讲述，不但讲述民族、国家，也讲述人类整体乃至万物关联。文学与身份认同相关：有什么样的文学就有什么样的故事，有什么样的故事便有什么样的认同。

如今，在全球体系重新构建、民族国家既合作又竞争的世界之中，如何讲好"中国故事"，使国民知晓自己、让世界认识中国，已成为关涉甚广的重要议题；而能否展现"中国故事"所包含的多民族魅力则是检验讲述效果的一个关键。

一百多年以来，伴随着世界格局的演变，"中国故事"处在不断的自我完善过程中，如今更是到了版本升级的重要时刻，也就是如何重塑自己"多元一体"的大国形象，展示各民族"不同而和"的时代风采。20 世纪初期，随着沙俄及奥斯曼等一系列古老帝国的先后解体，欧亚大陆进入了民族解放、国家独立及人民革命的历史新时期。处于此一背景下的"中国故事"也发生了与时代潮流相符合的重大变化。最初，以推翻封建君主为标志的辛亥革命，率先把故事的主题从帝国转为民国，开启了由传统王朝向现代国家的划时代转型；接着，以汇入全人类

---

[*] 本节主要内容曾以《展现"中国故事"的多民族魅力》为题，刊于《光明日报》2016 年 2 月 18 日（第 16 版），后被中华人民共和国国务院新闻办公室官网转载，参见 http：//www.scio.gov.cn/m/zhzc/10/Document/1468837/1468837.htm. 2016 年 2 月 18 日挂网，2022 年 2 月 1 日下载。

解放大业为使命的新中国更以国家大法保障为基础，凸显了各民族平等、团结、奋进的伟大篇章。国家颁布的《宪法》在其开篇就向世界宣告：中华人民共和国是统一的多民族国家、各族人民共同创造了光辉灿烂的文化。[1]

于是，千百年来在旧史中由一姓皇族统治的"家天下"开始让位于在中国革命和建设的道路上共展风采的"多民族"。从乌苏河畔到天山南北，从黄河两岸到长城内外，从草原毡房到海防边关，中国多民族的崭新形象开始以前所未有的样态呈现于宽阔深广的历史舞台，无论人口众多还是人口较少、无论丰厚文献还是口耳传承，无论是农田里的精耕细作还是草原上的跃马驰骋，无论操持汉藏语系还是阿尔泰语系、南岛语系……中国多民族各具魅力的丰富身影都被载入了新中国版本的"中国故事"之中。故事的主题映现为八个光辉大字：国家统一、民族团结。

然而由于社会动荡及错误思潮的干扰，"中国故事"的多民族主题也经受了各种各样的冲击，遭遇过或轻或重的波折。其中的最大干扰，即大汉族主义和狭隘民族主义，前者否定多样平等，后者排斥交往互动。[2] 在此二者的影响下，"中国故事"的讲述要么偏向为华夏中心、汉族本位，变成了单一的"炎黄故事"或"龙的传人"；要么以族为界，各自独白，裂变为彼此对立、不相往来的孤立碎片，撕裂了夷夏互补的历史整体。这样的倾向诋毁了多民族共存互补的结构优越，也抹杀了各民族彼此离不开的既存事实。近代以来的考古发掘，通过多重证据的方式不断表明中国故事的文明开端呈现的是"满天星斗"格局而非某一中心的单线传播。[3] 在此格局中，无论内蒙古草原距今 8000 年的"红山文化"，还是成都平原距今 4000 年和 3000 多年的"三星堆"与"金沙"遗址，也无论黄河中游的"仰韶"还是长江下游的"良渚"，

---

[1] 《中华人民共和国宪法》，中国法制出版社 2014 年版。
[2] 中国新闻网：《中央民族工作会议：坚决反对大汉族主义和狭隘民族主义》，2014 年 9 月 29 日上传，2022 年 12 月 18 日浏览。http://www.chinanews.com.cn/gn/2014/09-29/6644238.shtml。
[3] 苏秉琦：《中国文明起源新探》，生活·读书·新知三联书店 2000 年版。

东南西北的广漠大地上，种类繁多且各具特色的考古发现，莫不显示出"中国故事"自石器时代以来便已具备的多元风采。

再以北方自然和历史的地理构成为例，千百年来游牧与农耕两大人群、两种文化的长期互动，早已演绎出"长城内外是故乡"的辉煌故事，而非狭隘民族主义者所呈现的各自为阵或画地为牢、彼此对立。在音乐艺术上，早年由西域传入的"胡乐"，从琵琶到唢呐到胡琴等等，无一不在漫长的文化交往中融入了本土的"民乐""国乐"行列，直至在20世纪滋养出经汉族音乐家阿炳和刘天华等人演绎而名扬世界的中国名曲《二泉映月》《江河水》。

中国文学上多民族交映生辉的例子更是数不胜数。且不说经过若干世纪的历史演变，至今在900万多平方千米的国境内仍保存着语言学家统计出的130多种不同语言，其中大部分还在以口耳相传的方式承继着本族群悠久独特的口头传统，经由口碑的形态呈现该语言持有人群的社会交往，延续自己的历史记忆，即便在比例相对较少但数量仍不可小视的文字类型里，除了最具影响的汉文表述及其关联的一系列名家名作外，还有若干以其他文字呈现的多民族文学及其杰出代表，如藏文的《格萨尔王》、维吾尔文的《福乐智慧》、蒙文的《江格尔传》和《蒙古秘史》，以及新近发现并以字母标音的苗族史诗《亚鲁王》……而由中国作协创办的《民族文学》如今也有了除汉文之外的多语种版，它们与理论界近年蓬勃展开的"多民族文学史观"研讨以及茅盾文学奖、鲁迅文学奖之外国家设置的少数民族文学"骏马奖"等一道，呈现出中国多民族文学的当代风采。在这种亮丽的风采里，不仅并列着古典类型的《诗经》"十五国风"、《楚辞》传递的楚地吟诵，亦有进入当今人类遗产名录的昆曲神韵、侗歌和声以及新疆"十二木卡姆"的生动展演；也不仅有从司马迁到鲁迅直到莫言的汉语大家，同样有从柯尔克孜族"玛纳斯"演唱大师居素甫·玛玛依到彝族诗人阿库乌雾（罗庆春）这类的母语代表，以及乌热尔图（鄂温克族）、张承志（回族）和阿来（藏族）等成功运用汉语写作的"文化混血"类型。如若再把视野扩展至海峡对岸，将宝岛台湾纳入中国多民族文化和文学之整体，则不但会加上被王力宏等在两岸唱红的《龙的传人》和因"春晚"直播而唱红大陆的卑南族歌手以及以"原住民视角"讲述赛德克人历史的影片《赛德克·巴莱》。①

总而言之，以古往今来的"多元一体"格局为背景，从文学到文化，从历史到未来，"中国故事"呈现的就该是多民族共同缔造、共同发展的故事。在这个故事的讲述中，多民族的魅力表现为：地理生态的多样互补；文明发生的多源交汇；族群种类的多元交往；历史沿革的交错连续；以及语言文字的种类繁多；文学艺术的各族纷呈……

正因如此，在最近国家民族工作会对各民族团结凝聚的全面推动下，能否讲好"中国故事"、展现其中蕴含的多民族魅力便关联着新的历史责任和时代呼声。国家发布的公文强调"多民族是我国的一大特色，也是我国发展的一大有利因素"。依照这条重要的基本判断，多民族版的"中国故事"内涵便得到了充分肯定和的延伸，它将讲述的是："各民族共同开发了祖国的锦绣河山、广袤疆域，共同创造了悠久的中国历史、灿烂的中华文化。"在这样的"中国故事"中，多民族的特点和魅力将展现为多重的依存互补与厚重的命运关联，也就是分别表现出文化的"兼收并蓄"、经济的"相互依存"与情感的"相互亲近"；最终呈现为"你中有我、我中有你，谁也离不开谁的多元一体格局"。②

古往今来的历史长河里呈现过多种版本的"中国故事"。不同的故事反映着不同的历史观、民族观和世界观。在传承国民交往记忆与凝聚共同体身份意义上，文学是最佳选择和最重要途径。从口传史诗到作家书写直至国歌演唱，文学都在实践中推动着多民族共同体的群体认同。因此，如若能在古今相通及中外关联的基础上经由多民族文学方式讲好"中国故事"，展示其中蕴含的多民族魅力，无疑将有助于多民族国家的整体凝聚，提升社会成员的相互交往，增强各民族间的不同而和，而

---

① 参见人民日报记者王平撰写的文章《台湾最浪漫的导演魏德圣》，《人民日报》（海外版）2013年9月9日。
② 《中央民族工作会议暨国务院第六次全国民族团结进步表彰大会在北京举行》，《人民日报》2014年9月30日第1版。

且还可为改革开放所指向的跨文明对话展示自身的多样性内涵,形塑对外的平等包容形象。①

2015年6月18日,"中国多民族文学高层论坛"在云南腾冲召开,北大教授陈平原发言指出:"'多民族文学'视野的形成,主要意义在于打破传统的独尊汉族文化的思维定式;"②继而强调打破不是目的,不是要把传统弄得支离破碎,而是保持"主干不动"、允许"节外生枝"的"五色缤纷"局面;因此在重写文学史的过程中,"应更多地关注多民族文学之间的交流、对话与相互影响"。③

在笔者看来,这样的愿景及其阐发本身,便已标志了中国多民族文学从实践到理论的"不同而和"。

---

① 新华社北京3月28日电:国家发展改革委、外交部、商务部28日联合发布《推动共建丝绸之路经济带和21世纪海上丝绸之路的愿景与行动》。
② 陈平原:《"多民族文学"的阅读与阐释》,《文艺争鸣》2015年第11期。
③ 陈平原:《"多民族文学"的阅读与阐释》,《文艺争鸣》2015年第11期。

参考文献

一 中文专著

陈岗龙：《蒙古民间文学比较研究》，北京大学出版社 2001 年版。

陈守成、庹修宏等主编：《中国民族文学与外国文学比较》，中央民族学院出版社 1989 年版。

陈思和主编：《贾植芳先生纪念集》，复旦大学出版社 2011 年版。

邓敏文：《中国多民族文学史论》，社会科学文献出版社 1995 年版。

杜维明：《儒家传统与文明对话》，河北人民出版社 2006 年版。

费孝通主编：《中华民族多元一体格局》，中央民族学院出版社 1989 年版。

关纪新：《老舍与民族文化》，辽宁民族出版社 2008 年版。

关纪新：《满族书面文学流变》，中国社会科学出版社 2015 年版。

关纪新、朝戈金：《多重选择的世界——当代少数民族作家文学的理论描述》，中央民族大学出版社 1995 年版。

何少贤：《日本现代文学巨匠夏目漱石》，中国文学出版社 1998 年版。

侯外庐：《中国思想通史（第四卷下册）》，人民出版社 1980 年版。

黄人：《中国文学史》，杨旭辉点校，苏州大学出版社 2015 年版。

季羡林：《比较文学与民间文学》，北京大学出版社 1991 年版。

季羡林：《我的心是一面镜子》，华艺出版社 2008 年版。

郎樱、扎拉嘎主编：《中国各民族文学关系研究》，贵州人民出版社 2005 年版。

李鸿然：《中国当代少数民族文学史论》，云南教育出版社 2005 年版。

李晓峰、刘大先:《中华多民族文学史观及相关问题研究》,中国社会科学出版社 2012 年版。

李亦园:《李亦园自选集:从民间文化看文化中国》,上海教育出版社 2002 年版。

梁启超:《饮冰室合集集外文》,北京大学出版社 2003 年版。

梁庭望、张公瑾主编:《中国少数民族文学概论》,中央民族大学出版社 1998 年版。

林乐知:《文学兴国策》,任廷旭合译,上海广学会 1896 年印行,上海书店出版社 2002 年重印版。

刘大先:《文学的共和》,北京大学出版社 2014 年版。

刘亚虎、邓敏文、罗汉田:《南方民族文学关系史》,民族出版社 2001 年版。

刘正埮、高名凯等编:《现代汉语外来词词典》,上海辞书出版社 1984 年版。

《鲁迅全集(第十卷)》,人民文学出版社 2005 年版。

陆晓芹:《吟诗与暖——广西德靖一带壮族聚会对歌习俗的民族志考察》,广西师范大学出版社 2016 年版。

罗庆春(阿库乌雾):《灵与灵的对话——中国少数民族汉语诗论》,香港天马图书有限公司 2001 年版。

马学良:《中国少数民族文学比较研究》,中央民族大学出版社 1997 年版。

马学良、梁庭望、张公瑾主编:《中国少数民族文学史》,中央民族学院出版社 1992 年版。

玛拉沁夫、吉狄马加主编:《中国少数民族文学经典文库 1949—1999》,云南人民出版社 1999 年版。

彭兆荣:《文学与仪式》,北京大学出版社 2004 年版。

热贡·多杰卡等主编:《藏族文学史(藏文版)》,民族出版社 2006 年版。

苏秉琦:《中国文明起源新探》,生活·读书·新知三联书店 1999 年版。

苏晓星等主编:《苗族文学史》,四川民族出版社 2003 年版。

汤晓青主编:《多元文化格局中的民族文学研究》,中国社会科学出版社 2010 年版。
徐其超、罗布江村主编：《族群记忆与多元创造》，四川民族出版社 2001 年版。
徐新建：《多民族国家的文学与文化》，人民出版社 2015 年版。
徐新建：《横断走廊：高原山地的生态和族群》，云南教育出版社 2010 年版。
许寿裳：《亡友鲁迅印象记》，当代世界出版社 2015 年版。
杨义：《中国古典文学图志》，生活·读书·新知三联书店 2006 年版。
叶舒宪：《熊图腾：中国祖先神话探源》，上海文艺出版社 2007 年版。
干春松、孟彦弘编：《王国维学术经典集》（上、下），江西人民出版社 1997 年版。
云南省民族民间文学大理调查队编著：《白族文学史》，云南人民出版社 1983 年版。
张炯、邓绍基、樊骏主编：《中华文学通史》，华艺出版社 1997 年版。
赵志忠：《民族文学论稿》，辽宁民族出版社 2005 年版。
中国社会科学院语言研究所词典编辑室编：《现代汉语词典（第 7 版）》，商务印书馆 2016 年版。
中华人民共和国国务院新闻办公室：《中国的民族政策与各民族共同繁荣发展》，人民出版社 2009 年版。
中华人民共和国国务院新闻办公室：《中国的少数民族政策及其实践》，人民出版社 2009 年版。
中华人民共和国国务院新闻办公室：《中国国务院新闻办公室白皮书》，人民出版社 2009 年版。
祝秀侠、袁帅南编：《中华文汇：清文汇》，中华丛书编审委员会 1960 年版。

二　译著

［印］阿玛蒂亚·森：《身份与暴力》，李凤华等译，中国人民大学出版社 2009 年版。

［美］伯恩海默编：《多元文化主义时代的比较文学》，约翰·霍普金斯大学出版社1995年版。

［法］弗朗兹·法农：《黑皮肤，白面具》，万冰译，译林出版社2004年版。

［美］亨廷顿：《文明的冲突与世界秩序的重建》，周琪等译，新华出版社1998年版。

［日］矶田光一：《矶田光一著作集》，小泽书店1991年版。

［日］吉田精一：《近代文艺评论史·明治篇》，至文堂1975年版。

［日］铃木贞美：《文学的概念》，王成译，中央编译出版社2011年版。

［美］赛义德：《东方学》，王宇根译，生活·读书·新知三联书店1999年版。

［日］实藤惠秀：《中国人留学日本史》，谭汝谦、林启彦译，生活·读书·新知三联书店1983年版。

［瑞］索绪尔：《普通语言学》，高名凯等译，商务印书馆1982年版。

［英］汤林森：《文化帝国主义》，冯建三译，上海人民出版社1999年版。

［日］夏目漱石：《文学论》，王向远译，上海译文出版社2016年版。

［日］夏目漱石：《文学论》，张我军译，神州国光社1931年版。

［日］夏目漱石：《我是猫》，于雷译，吉林大学出版社2000年版。

［美］伊万·布莱迪主编：《人类学诗学》，徐鲁亚等译，中国人民大学出版社2010年版。

三 外文著作

Annie Curien, *Dong Culture & Literature*, Editions Bleu de Chine, 2000.

David Damrosch and David L. Pike, eds., *The Longman Anthology of World Literature* (2ndEdition), New York: Longman, 2008.

Victor H. Mair, Edit., *Columbia History of Chinese Literature*, Columbia University Press, New York, 2001, Chapter 51: Ethnic Minority Literature.

四 论文

曹顺庆：《多民族文学史的编写问题——重新建立中国文学史观》，《民族文学研究》2008年第2期。

曹顺庆：《三重话语霸权下的少数民族文学研究》，《民族文学研究》2005年第3期。

陈平原：《"多民族文学"的阅读与阐释》，《文艺争鸣》2015年第11期。

陈希我：《夏目漱石：永远的反动派》，《名作欣赏》2009年第19期。

陈一荣：《古城贞吉与〈时务报〉"东文报译"论略》，《历史研究》2010年第1期。

程金城：《文学人类学与当代文学批评范式转换研究》，《淮北师范大学学报》2011年第4期。

段江丽：《明治年间日本学人所撰〈中国文学史〉述论》，《中国文化研究》2014年第2期。

龚晓妍：《论朝鲜民谣"阿里郎"在我国的生存脉系》，《宁德师范学院学报》2017年第2期。

姑丽娜尔：《比较文学研究中的国家认同与族别身份》，载陈思和主编《贾植芳先生纪念集》，复旦大学出版社2011年版。

关纪新：《应当确立中华多民族文学史观》，《中国民族》2007年第4期。

郭明军：《"热闹"不是"狂欢"——多民族视野下的黄土文明乡村习俗介休个案》，《民族艺术》2015年第2期。

黄伟林：《论壮族作家冯艺的文学创作》，《民族文学研究》2006年第3期。

黄兴涛：《日本人与"和制"汉字新词在晚清中国的传播》，《寻根》2006年第4期。

蒋英豪：《十九、二十世纪之交"文学"一词的变化——并论汉语中"文学"现代词义的确立》，清华大学国学研究院主办《中国学术》辑刊，总第26辑，商务印书馆2010年版。

降边嘉措：《民族大团结从此开始——记毛主席书写"中华人民共和国各民族团结起来"题词的经过》，《中国民族》2000年第6期。

乐黛云：《多民族文化研究的广阔前景》，《读书》1993年第12期。

李光一：《中国朝鲜族与苏联朝鲜人文学发展的历时性比较研究》，中国比较文学学会第11届年会论文资料集光盘，2014年9月。

李骞:《李乔小说的社会价值》,《民族文学研究》1990年第1期。

李亦园:《从文化看文学》,《中国比较文学》1998年第2期。

栗原小荻:《精神的觉悟与创造的突变——试评中国少数民族先锋诗人的态势》,《民族文学研究》1995年第4期。

梁启超:《论小说与群治之关系》,载滕浩主编《梁启超经典》,当代世界出版社2016年版。

梁昭:《"老传统"与"新叙事":以蓝靛"刘三姐"叙事为例论"传说"与"历史"的分野》,《西南民族大学学报》2008年第3期。

梁昭:《汉、壮文化的交融与疏离——"歌圩"命名再思考》,《民族文学研究》2007年第1期。

刘雅君:《曹魏东宫官制研究:汉晋间东宫官制演进中的承前与启后》,《许昌学院学报》2013年第6期。

刘跃进:《中华多民族文学经典理应进入中文系课堂》,《文学遗产》2015年第4期。

卢婷:《嘉绒"达尔尕"的苯教审美文化解读》,《宗教学研究》2021年第2期。

马戎:《正确认识"中华民族"的凝聚核心与共同历史》,《中国民族报》2012年2月16日。

毛执剑:《试析夏目漱石对鲁迅的影响》,《赤峰学院学报》2012年第11期。

潘年英、杨曦:《"多民族文学史观"之管见》,《民族文学研究》2008年第2期。

汤晓青:《比较文学视阈下的中国各民族文学关系研究》,《新疆大学学报》2006年第1期。

汤一介:《"和而不同"原则的价值资源》,《学术月刊》1997年第10期。

屠友祥:《索绪尔"符号学"设想的缘起和意图》,《浙江大学学报》2005年第5期。

王立杰:《起点与限度:对"多民族文学史观"讨论的思考》,《民族文学研究》2009年第1期。

王齐洲：《论孔子的文学观念：兼释孔门四科与孔门四教》，《孔子研究》1998 年第 1 期。

奚密：《比较文学何去何从》，《读书》1996 年第 5 期。

夏敏：《密教双修与藏族文学》，《民族文学研究》1997 年第 1 期。

徐东日：《朝鲜朝燕行使臣笔下的辽东关羽庙》，收入中国比较文学学会第 11 届年会论文资料集光盘，2014 年 9 月。

徐新建：《"多民族文学史观"简论》，《民族文学研究》2007 年第 2 期。

徐新建：《"香格里拉"再生产》，《民族艺术》2015 年第 1 期。

徐新建：《蚩尤和黄帝：族源故事再检讨》，《广西民族大学学报》2008 年第 5 期。

徐新建：《当代中国的民族身份表述——"龙传人"和"狼图腾"的两种认同类型》，《民族文学研究》2006 年第 4 期。

徐新建：《文明对话中的原住民转向》，《中外文化与文论》2008 年第 10 期。

徐新建：《族群问题与校园政治：族群研究在哈佛》，《思想战线》2006 年第 4 期。

姚新勇：《"族裔民族主义"思潮与中国多族群文学的立场选择》，《贵州民族学院学报》2011 年第 6 期。

姚新勇：《萎靡的当代民族文学批评》，《西南民族大学学报》2004 年第 8 期。

叶舒宪：《中国文化的构成与"少数民族文学"：人类学视角的后现代观照》，《民族文学研究》2009 年第 2 期。

张炯：《中国文化与文学再认识》，《贵州社会科学》2012 年第 11 期。

张直心：《当代民族文学研究评论：兼评〈萎靡的当代民族文学批评〉》，《社会科学战线》2006 年第 3 期。

赵建民：《森有礼的"Education in Japan"在中国的翻译及其影响》，《贵州大学学报》2001 年第 2 期。

钟进文：《我国人口较少民族书面文学初探》，《民族文学研究》2007 年第 4 期。

邹振环:《戢元丞及其创办的作新社与〈大陆报〉》,《安徽大学学报》2012 年第 6 期。

五　译文

[法] 安妮·居里安:《中国文化边界旁的一种文学》,《风雨桥》1998 年第 3 期。

[韩] 金红莲:《从俗曲〈阿里郎〉的蜕变看韩国民谣的形成过程》,《人民音乐》2008 年第 10 期。

金介甫:《沈从文乡土文学在现代中国文学中的运用》,徐新建译,《中国比较文学》1999 年第 2 期。

[美] 马克·本德尔:《略论中国少数民族口头文学的翻译》,吴姗译,巴莫曲布嫫审校,《民族文学研究》2005 年第 5 期。

[日] 小森阳一:《帝国的文学/文学的帝国:夏目漱石的〈文学论〉》,"比较现代主义:帝国、美学与历史"国际学术研讨会,2005 年 8 月 3—6 日,北京。

Barnes, R. H. , A. Gray, and B. Kingsbury, eds. , *Indigenous Peoples of Asia*, Ann Arbor: Association for Asian Studies, 1995.

F. D. Saussure, Ecrits de linguistique générale, Paris: éditions Gallimard, 2002.

六　网页

新华社北京 2018 年 3 月 21 日电,《中华人民共和国宪法》,http: //www. npc. gov. cn/npc/xinwen/node_ 505. htm [2019 - 04 - 17]。

《〈中国各民族文学关系研究〉出版》,新华网,2005 年 11 月 25 日,http: //news. xinhuanet. com/book/2005 - 11/26/content_ 3837348. htm。

中华人民共和国国务院新闻办公室官网,http: //www. scio. gov. cn/m/zhzc/10/Document/1468837/1468837. htm. 2016 年 2 月 18 日。

后　记

十年了。

记得那是2011年的秋天，通知到北京答辩。一同参与的还有彭兆荣教授投标的另一重大项目——"中国非物质文化遗产话语体系探索"。我是课题组成员，应首席专家之邀，作为两位"辩手"之一进场答辩。我主持投标的"中国多民族文学的共同发展"，搭档是汤晓青，地点都在京西宾馆。同一时间内竞投标的项目很多，在宾馆进进出出，遇见的学界熟人不少，文学组就有新疆大学来的王佑夫教授。他报的项目是"中国少数民族文学理论批评文库"。不过时间匆忙，各项目几乎都是差额录选，气氛比较紧张。大家顾不上交谈，只在楼道上、电梯间打打招呼，擦肩而过。

入场答辩的情形还依稀记得，具体问了什么和答了些啥，几乎都忘了，大概全部要说的就是阐述中国多民族文学研究的时代背景、论证各民族文学共同发展的重大意义以及我们课题组为此做了哪些认真准备。

后来结果公示，我们的项目中了，连同彭兆荣和王佑夫在内的一批。

接下来，开题报告通过，而后便开启了东南西北的实地调研和咨询论证。东北去到赤峰、延边，西北抵达喀什、伊犁；西南走得最多，川滇黔桂几乎每年都去。2013年起参与创建川大牵头的2011学术平台"中国多民族文化遗产与文化凝聚协同创新中心"。其中成员多与项目组重合，故每每举办研讨或实地考察都一并推进，议题交叉，人员结合，时常是阵容浩浩荡荡，气氛热闹不已。那时节的学术氛围真好。大家来自天南地北，族别各异，却亲如一家，相见恨晚；聚会时直抒己见，开诚布公，即便能为学理分歧争得面红耳赤，说完后即刻和好如初，无有芥蒂，其乐融融，真可谓融入了多民族研究的最佳时期。

2018年年末，项目组与协同中心联合出行，组织部分成员考察云南红河与玉溪。一则补充滇省多民族文学的现实材料，一则对已完稿的结项报告做打磨研讨。考察采用流动工作坊形式，沿路而行，边走边议。到达红河哈尼族彝族自治州首府蒙自后，在阿库乌雾与云南朋友的联系安排下，我们参观了国立西南联大文法学院旧址与滇越铁路的碧色老站。在元阳菁口村，除了观看远近闻名的梯田景观外，还与村民座谈，了解村里与高校合建民族文化基地以及旅游开发的基本情况。望着哈尼族村民在田间地头劳作与屋前屋后操持民宿接待的辛劳身影，令我想起了泸沽湖瓦拉别村。在那里，我曾与蔡华、梁昭等一道，静静地倾听和记录摩梭民歌"阿哈巴拉"的诵唱。在那里，远离了繁忙交往和网络便利，也远离了琐碎杂务与都市喧嚣。紫色的索玛花开在房前屋后，潺潺溪水在四处泛着亮光。我们整天与村民彭措尼玛一家待在一起，相互的交谈亲切自然，发自内心的歌声则显得自在且不可或缺。

回想起来，自立项以来的年年月月，我们的教学科研乃至生活方式都发生了很大改变。那些跨越春夏秋冬的日子，与其说是校园书斋的机械延续，毋宁说已变为进入多民族田野后的解放身心。在天南地北的高山峡谷里，在民情鲜活的村寨场景中，让我们身临其境感触和感动的，是文学生活的动态展现与民族文化的世代传承。

汉语的古典美学认为"在心为志，发言为诗"；又说"和实生物，同则不继。"由此连接一个世代相通的道理：文学就是生活，生活因多样而美。

古往今来，能拥有不同而和的多民族文学生活是一种幸福。

2022年除夕—成都望江路

致　谢

2011年11月，以《中国多民族文学的共同发展》为题的国家社科基金重大项目获批立项。项目的申报和开展得到学界同人的广泛支持，除了牵头单位四川大学文学与新闻学院外，协作单位还包括中国社会科学院民族文学研究所及中央民族大学、西南民族大学、内蒙古大学、青海民族大学和喀什大学的相关院系。课题组成员分布多元，阵容庞大。十位子课题的负责人分别是：汤晓青、曹顺庆、叶舒宪、彭兆荣、钟进文、姑丽娜尔·吾甫力、阿拉坦宝力格、卓玛、阿库乌雾（罗庆春）和梁昭。作为首席专家，笔者主要承担了课题前期的总体设计、相关调研的组织协调和结题报告的执笔撰写。本书即为结题报告的最终成果。

感谢全国社科规划办的立项支持，让聚焦多民族文学共同发展的课题申报在重大项目的激烈竞标中脱颖而出实属不易；感谢各阶段评审和参与专家——郎樱、关纪新、朝戈金、徐其超、纳日碧力戈、曾明以及杨圣明、蔡华、杨煦生、周大鸣、王建明、李晓峰、刘大先、李光一、阿地里·居玛吐尔地、宁梅、多洛肯等给予的充分认可及中肯建议，同行专家的支持勉励，使项目的顺利开展获得不可或缺的鼓舞力量；感谢调研过程中学界同行及相关部门熟悉与不熟悉友人给予的热情接待和鼎力相助；感谢跨越数十家院校和科研机构的课题成员为此付出的辛勤努力，没有大家对学术的执着追求与精诚团结，项目的开展几无可能；感谢四川大学文学与新闻学院提供的出版资助，感谢中国社会科学出版社尤其是责任编辑郭晓鸿博士极其专业的设计编排。

需要说明的是，本书部分章节曾以阶段成果形式在国内期刊发表，但在集结出版时做了补充修订。书中重要成果均得益于项目组全体成员的集思广益与无私奉献，若有缺憾和错漏均由笔者本人承担。

　　作为与人类命运攸关的基础项目和艰难事业，多民族文学与文化的研究阐释依然任重道远。我们都还在路上。